HEYNE
BÜCHER

Das Buch

Colin MacLaren kämpft als Magier und Priester des Lichts gegen die Diktatur der Finsternis. Nach langjährigem Einsatz gegen das Naziregime kehrt er 1956 in die USA zurück und muss feststellen, dass der Welt das dunkle Unheil immer noch droht: Toller Hasloch, der Magier der Nacht, entpuppt sich als gefährlicher und machtvoller Gegner. Dank seiner hohen Intelligenz und charismatischen Ausstrahlung gelingt es Hasloch, sich die Unterstützung höchster Kreise zu sichern, und er beginnt, die amerikanische Gesellschaft zu unterhöhlen. Immer wieder stößt MacLaren, der inzwischen Dozent für Parapsychologie in Berkeley ist, auf die Machenschaften von Haslochs okkultem Zirkel. Als der Magier der Nacht das Präsidentenamt anstrebt, um auf diesem Weg seine Weltherrschaft der Finsternis zu errichten, kommt es zum entscheidenden Kampf. Jetzt geht es nicht mehr nur um Leben und Tod MacLarens und seiner schönen Schülerin Rowan, sondern um die Zukunft der Menschheit.

Die Autorin

Marion Zimmer Bradley erlangte mit dem Fantasy-Klassiker *Die Nebel von Avalon* Weltruhm. Im Wilhelm Heyne Verlag sind viele ihrer internationalen Bestseller erschienen, darunter die *Ruwenda*-Trilogie sowie *Geisterlicht* (01/10394) und *Dämonenlicht* (01/10395). Marion Zimmer Bradley lebte zuletzt in Berkeley, Kalifornien, wo auch ihr letzter Roman spielt und wo sie im Herbst 1999 verstarb.

Im Wilhelm Heyne Verlag liegen unter anderem vor: *Das graue Schloss am Meer* (01/10086), *Trapez* (01/10120), *Das Wort des Hastur* (01/10390), *Die Erbin von Ruwenda* (01/10581), *Die Engel der Dämmerung* (01/13070).

MARION ZIMMER BRADLEY

MAGIER DER NACHT

Roman

Aus dem Amerikanischen
von Andreas Nohl

WILHELM HEYNE VERLAG
MÜNCHEN

HEYNE ALLGEMEINE REIHE
Band-Nr. 01/13489

Die Originalausgabe
HEARTLIGHT
erschien 1998 bei Tom Doherty Associates, Inc., New York

Umwelthinweis:
Dieses Buch wurde auf
chlor- und säurefreiem Papier gedruckt.

Taschenbucherstausgabe 12/2001

Printed in Germany 2001

Umschlagillustration: Roger Garland / Agentur Holl
Umschlaggestaltung: Hauptmann und Kampa Werbeagentur, CH-Zug
Satz: Leingärtner, Nabburg
Druck und Bindung: Ebner, Ulm

ISBN 3-453-19838-7

http: / / www.heyne.de

Die Autorin dankt an dieser Stelle Sandy Ellison vom Büro des Kanzlers der University of California in Berkeley für ihre Informationen über den Campus und die Vorgänge dort in den sechziger Jahren.

Mögliche Ungenauigkeiten und Irrtümer stammen selbstverständlich von mir.

Danken möchte ich auch Rosemary Edghill, die mir – wie schon bei den vorhergehenden Büchern dieser Reihe – geholfen hat, das Manuskript für die Veröffentlichung vorzubereiten.

»Also hatte dieses einzigartige aufhetzende und entscheidende Dokument des Dritten Reiches seinen Ursprung in jener zwielichtigen Welt, wo sich Okkultismus und Spionage begegnen, einer Welt, auf die wir im Laufe unserer Studie wieder und wieder stoßen werden.«

Peter Levenda, Unholy Alliance *(Unheilige Allianz)*

PROLOG

AVALON DES HERZENS

Geh an diesen Schatten
Mit freundlichem Herzen vorbei; mit sanfter Hand
Berührung …

WILLIAM WORDSWORTH

Habe ich Colin MacLaren geliebt? Eine merkwürdige Frage, aber man wird sie wohl stellen, vorausgesetzt, man wüsste etwas von uns beiden – oder besser gesagt, interessierte sich für uns. Gewiss war er die große Konstante meines Lebens; er überdauerte Jobs, Wohnungen und sogar meinen geliebten Peter.

Ich begegnete Colin erstmals, als ich gerade zwanzig war; eine junge Frau, die gerade auf eigenen Beinen stand, in einer Welt, die sich in den vierzig Jahren seither so sehr verändert hat, dass einem Menschen von heute die sechziger Jahre wahrscheinlich wie ein fremdes Land vorkommen werden. Es war eine Welt, in der Frauen wussten, wo sie hingehörten und dort dann auch meist blieben – eine Welt, in der der Fortschritt unvermeidlich und sich alles zum Besseren zu wandeln schien.

Vor noch nicht allzu langer Zeit hatten wir – Amerikaner und Alliierte – den Krieg gegen das Böse gewonnen, so glaubten wir jedenfalls. Dieser Krieg hatte das Leben der Boom-Generation geprägt. Allerdings war der Konflikt, von dem ich und meine heranwachsenden Schwestern am meisten hörten, nicht der Zweite Weltkrieg, sondern der Koreakrieg. Damals empfand man beide Kriege als ehrenvoll und als entscheidende Siege für unseren *Way of Life*, wie man in jenen Tagen sagte; auch wenn sich mit den Jahren diejenigen Stimmen mehrten, die am Sinn und an der Rechtmäßigkeit Zweifel anmeldeten – nicht nur an diesen Kriegen, sondern auch an Vietnam, dem Golfkrieg und den Hunderten kleinerer Konflikte, die seither an allen Ecken der Welt ausgebrochen sind.

Ich glaube, dass wir erst wirklich begreifen werden, was »der letzte gute Krieg« für uns bedeutete, wenn die letzten Soldaten dieser tragischen Auseinandersetzung beerdigt und die letzten der nicht zur Ruhe kommenden Toten exhumiert sein werden.

Colin würde sagen, die Erkenntnis des Nichtwissens sei der erste Schritt zur Weisheit ... Colin MacLaren, mein Lehrer und Freund. Er war einer derer, die in diesem großen Konflikt milder geworden waren – verändert wie so viele, die später die Eltern meiner eigenen stürmischen Generation wurden. Doch in Colin hatten der Krieg und seine Nachwehen eine schreckliche, wilde und fordernde Liebe entfacht, die zu umfassend war, um je eine einzelne Frau – oder auch einen Mann – als einzigen Mittelpunkt zu dulden.

Habe ich Colin MacLaren geliebt? Ich erinnere mich, offen gesagt, nicht mehr an meine Gefühle, als ich ihn zum ersten Mal sah. Aber ich weiß, dass er viel zu sehr die ganze Menschheit liebte, als dass er mich allein hätte lieben können.

1

BERKELEY, KALIFORNIEN, MONTAG, 5. SEPTEMBER 1960

Alles glänzt und leuchtet in der rauchlosen Luft,
Lieber Gott! Die Häuser scheinen noch zu schlafen;
Und das ganze mächtige Herz liegt still!

WILLIAM WORDSWORTH

Im Januar jenes Jahres erklärte ein Senator aus Massachusetts namens John F. Kennedy, er wolle sich um die Präsidentschaft der Vereinigten Staaten bewerben. Im Februar eskalierten in Charlotte, North Carolina, die Bürgerrechtsproteste, die seit vier Jahren den Neuen Süden spalteten, und Elvis Presley – ein weißer Sänger, dessen musikalische Wurzeln im schwarzen Soul lagen – erhielt seine erste goldene Schallplatte.

Im Mai wurde ein amerikanischer Pilot, Francis Gary Powers, abgeschossen, als er mit seiner U-2 über die Sowjetunion flog, und der Kalte Krieg, der ganz Europa in einem politischen Winter gefangen hielt, nahm bedrohlich an Spannung zu. Margaret, die jüngere Schwester der britischen Königin, heiratete Antony Armstrong-Jones, und diese Hochzeit beschäftigte so sehr wie nichts anderes seit Grace Kellys Märchenhochzeit vier Jahre zuvor die Phantasie des glamoursüchtigen Publikums.

1960. Das Jahr, als die Zukunft selbst zur *New Frontier* erklärt wurde. Doch es war eine *Neue Grenze*, die noch die Gespenster der Alten Welt mit sich schleppte. Es war das Jahr, in dem viele aus ihrer emotionalen Erstarrung erwachten und schließlich die wahre Rechnung des »letzten guten Krieges« aufmachten – des Krieges vor Korea, dessen Kosten im Nachkriegsboom begraben worden waren. 1960 wurde Adolf Eichmann aus Buenos Aires entführt und im umkämpften Staat Israel endlich für seine Verbrechen vor Gericht gestellt. Sein

Prozess wurde weltweit übertragen und begründete die Stellung des neuen Mediums, des Fernsehens, an jener *Neuen Grenze*. Das Fernsehen wurde zum festen Bestandteil einer Welt, die noch an das globale Klassenzimmer und das globale Dorf glauben konnte.

1960. Es war das Jahr, in dem die Großmächte sich fortgesetzt ihrer kolonialen Besitztümer entledigten, die einer anderen Zeit anzugehören schienen; ein Jahr, das zunehmende Kämpfe in einem oft fälschlicherweise Belgisch Kongo genannten Land sah und eine flügge werdende UNO, die mit ihren internationalen Muskeln zu spielen begann (während der Vatikan mit dem neuen Papst Johannes XXIII. das gleiche Recht und die gleiche Pflicht reklamierte, sich in fremde Angelegenheiten einzumischen).

In jenem Sommer begann eine dreizehn Jahre alte US-Bundesbehörde namens CIA, die aus den Überresten des Kriegsgeheimdienstes OSS hervorgegangen war und das übermächtig werdende FBI in seine Schranken weisen sollte, eine Reihe schmählich scheiternder Attentatsversuche auf ausländische Diktatoren – insbesondere auf den seit einem Jahr herrschenden neuen starken Mann in Kuba, Fidel Castro. Ein Vierteljahrhundert später kamen die Einzelheiten dieser zahlreichen Mordversuche ans Licht, und der Geheimdienst fiel in Ungnade. Auf dem Nationalkonvent der Demokratischen Partei ernannte jener populäre, über beste Verbindungen verfügende junge Senator aus Massachusetts einen zweiundfünfzigjährigen Texaner namens Lyndon Baines Johnson zu seinem Kandidaten für das Amt des Vizepräsidenten, und die Sowjetunion baute die Erfolge ihres noch in den Anfängen steckenden Raumfahrtprogramms weiter aus.

Es war ein Jahr der Hoffnung und der Verzweiflung; zwölf Monate, in denen die Sehnsucht nach Frieden sich wie ein Buschfeuer in Asien und dem Nahen Osten ausbreitete, während Europa unter dem Gewicht eines Eisernen Vorhangs ächzte, der von einem ehemaligen Verbündeten herabgelassen worden war. Wie ein Phönix aus der Asche hatte sich der Russische Bär aus der Schlacke des alliierten Sieges erhoben, um die westlichen Staaten erneut zu bedrohen, mit so grauenhaften Waffen, dass ein Krieg für vernünftige Menschen undenkbar schien. Die Zivilisation stand benommen am Abgrund eines nuklearen Weltenbrandes, während die Supermächte um die beste Ausgangsposition in der Neuen Weltordnung rangen, die im Entstehen begriffen war.

Das also war die Welt, in die Colin Niall MacLaren vier Jahre zuvor zurückgekehrt war – in ein exotisches Land, das das Fernsehen erfunden, die Kinderlähmung besiegt und Colins Krieg in die Nebel einer toten Vergangenheit verbannt hatte. Als er von Europa aufgebrochen war, hatte er ein Westdeutschland zurückgelassen, das kaum damit begonnen hatte, sich mit dem Ausmaß der Verbrechen Nazi-Deutschlands auseinander zu setzen, das jedoch nicht länger von den Großmächten kontrolliert wurde – eine politische Landschaft, die in den annähernd zwanzig Jahren, die er dort verbracht hatte, zerstört und auf beispiellose Weise umgepflügt worden war.

Fast die Hälfte seines Lebens hatte er auf die eine oder andere Weise im Ausland, fern seines Geburtslandes, zugebracht. Er hatte in Paris gelebt, als die Wehrmacht dort einmarschiert war – ein groß gewachsener, schlaksiger junger Mann mit durchdringenden Augen unter buschigen, hellen Brauen und mit dem undefinierbaren Flair des ewigen Studenten. Er war kaum alt genug, um in seinem Heimatland das Wahlrecht auszuüben, doch mit neunzehn Jahren war Colin alt genug, um zu wissen, dass der Krieg, in dem zu kämpfen er berufen war, nicht in regulärer Uniform ausgefochten werden konnte.

Die Zeit bis Mitte zwanzig hatte er auf der Flucht, mit Sichverstecken und Töten zugebracht, mit dem Kampf für das Licht und gegen den Schwarzen Orden der SS, der eine ganze Nation manipuliert hatte, seinem Willen zu folgen. Freundschaften waren kurz und intensiv, noch verstärkt durch die Drohung von Folter und Tod, vor der jeder stand, der sich gegen das »Tausendjährige Reich« stellte.

Als 1945 der Tag des Sieges kam, hatte Colins Krieg in gewissem Sinn erst begonnen. Denn jetzt, da die deutsche Bedrohung niedergeworfen war, wurde er zum Reinigen und Heilen gerufen. Er musste das Schlachtfeld säubern, geradeso wie ein Arzt Verwundungen sterilisiert, damit der Heilungsprozess ohne Infektion vonstatten gehen, der Patient sich wieder erheben und sein Leben erneut aufnehmen kann.

Und schließlich kam, wie bei allen Aufgaben, der Tag, als auch dies erledigt war.

Die Heimkehr nach Manhattan im Frühjahr 1956 war für Colin MacLaren, als kehrte er in eine fremde Zukunft zurück. Überall standen Wolkenkratzer und weitere waren in Bau. Das neue UN-Gebäude beherrschte die Straßen der East Fifties, und die liebenswürdigen Straßenbahnen, die er von Ausflügen mit seinen Eltern in die Stadt erinnerte, gab es schon lange nicht mehr – genauso wenig wie die Grünstreifen an den Rändern der Park Avenue und die Tasse Kaffee für fünf Cents. Glücklicherweise war er nicht in der Situation, nach seiner Demobilisierung sofort eine Anstellung finden zu müssen – dafür sorgte sein rückständiger Sold, den ihm die Army jetzt auszahlte.

Doch schon bald floh Colin aus der Stadt, um sie gegen die Welt seiner Kindheit in Hyde Park einzutauschen. Sein schottischer Vater war gestorben, als Colin noch ein Junge gewesen war, und seine Mutter starb, als er in Europa war. Das alte weiße Farmhaus jedoch sah noch genauso aus wie in seiner Erinnerung. Es war der Großteil des Erbes seiner Mutter, und das übrige Geld reichte, um einige Jahre lang Grundsteuern zu zahlen und Rechnungen zu begleichen.

So kam es, dass er zum ersten Mal seit dermaßen langer Zeit, dass er lieber nicht darüber nachdachte, wirklich frei war. Niemand beanspruchte seine Zeit, niemand trachtete nach seinem Leben. Das Tal des Hudson war noch genauso friedvoll und einladend wie in seiner Erinnerung; Colin umgab sich mit seinen Büchern und mit seiner Musik und lernte wieder zu schlafen, ohne mit gespitztem Ohr auf ein Klopfen an der Tür oder ein Telefonklingeln um Mitternacht zu lauschen. Er war frei. Es war Frieden in der Welt.

Die Ruhe auf dem Land heilte etwas in seinem Inneren, von dem er nicht gewusst hatte, dass es verwundet worden war. Doch schon nach wenigen Monaten zu Hause merkte Colin, dass er fürs Landleben nicht gemacht war. So verkaufte er nach langem Überlegen den alten Besitz und zog wieder nach Süden, zurück in die hektische Großstadt. Das war im Frühjahr 1957.

Hier investierte er den Ertrag aus dem Verkauf des Hauses und die kleine Familienerbschaft in ein dreistöckiges Mietshaus in einer Nebenstraße der East Twenties. Es hatte sieben Wohnungen; Colin überließ die Pflege des Hauses seinem Verwalter und zog in das leer stehende Apartment im Obergeschoss. Das Haus war eine Investition – so hoffte er –, die ihm sowohl ein Dach über dem Kopf als auch einen regelmäßigen Geldbetrag bescherte, der es ihm ermöglichen würde, seiner eigentlichen Arbeit nachzugehen.

Wenn er nur genau gewusst hätte, wie diese aussehen sollte. Vor gar nicht langer Zeit wäre es ihm vermessen erschienen, Pläne für die Zukunft – einschließlich das Alter – zu schmieden, und dann war ihm seine Arbeit deutlich und klar vorgegeben worden. Jetzt war alles anders. Für einen Adepten des Pfades zur Rechten Hand, der sich dem Großen Werk der Transformation geweiht hatte, war es seine Pflicht, denen Hilfe zu gewähren, die in Not waren, und jenen Beistand zu leisten, die wie er selbst Pilger auf dem Pfad waren. Doch das Land, in das er heimgekehrt war, stürzte sich kopfüber ins einundzwanzigste Jahrhundert, nur daran interessiert, zu sehen und zu hören, zu riechen, zu fühlen und zu schmecken. Amerika schien im fünften Jahrzehnt des zwanzigsten Jahrhunderts erstaunlich gleichgültig – ja abgestumpft – gegenüber der Unsichtbaren Welt, die jenseits der fünf Sinne lag.

Dieses Desinteresse ließ Colin jedoch nicht verzweifeln – Verzweiflung war immer eine Sünde, und er hatte in den letzten Jahren weitaus Schlimmeres gesehen als die frohgemute Selbstzufriedenheit der amerikanischen Mittelklasse. Aber es warf für ihn die Frage auf, worin seine zukünftige Aufgabe bestehen sollte und ob es die richtige Entscheidung gewesen war, heimzukehren.

Doch die Zukunft konnte niemand voraussehen, und so schob Colin seine Selbstzweifel beiseite und konzentrierte sich auf die Arbeit, die vor ihm lag, wie seine Lehrer es ihn gelehrt hatten. Er hasste leidenschaftlich jede Form von Aberglauben. Wenn nicht unter den Durchschnittsdeutschen abergläubische Ängste weit verbreitet gewesen wären, so hätte die ganze Alptraummaschinerie der NSDAP vor drei Jahrzehnten niemals die europäische Politik in ihren Würgegriff nehmen können. Er entschloss sich, gegen den Aberglauben vorzugehen, wann und wo immer er ihm begegnete, und zwar mit der mächtigsten Waffe, die ihm zu Gebote stand: dem Wissen.

Er unterschrieb einen Vertrag, an einer der vielen »freien Universitäten« in Manhattan eine Reihe von Vorlesungen über Volkskunde und Okkultismus zu halten, und richtete sich sein neues Domizil behaglich ein. Schnell hatte er seine wenigen persönlichen Besitztümer vom Lagerdepot abgeholt und Bücherregale an den Wänden aufgestellt. Langsam passte er sich dem städtischen Lebensrhythmus an. Er kaufte sich eine Schreibmaschine und begann, Artikel für einige kleine esoterische Zeitschriften zu verfassen. Diese Veröffentlichungen trugen ihm eine kleine, aber sorgsam gepflegte Schar von Briefpartnern ein sowie – wenn auch sehr selten – den Ruf nach jener Art von Hilfe, für die Colin eine einzigartige Befähigung hatte.

Doch irgendetwas fehlte noch, und als der Winter wieder in einen Frühling überging, zog es Colin hinaus auf die Straßen. Er wollte auf seinen langen, ziellosen Spaziergängen »seine« Stadt wieder entdecken. Die Straße, in der sein Brownstone-Haus stand, grenzte – zumindest in der Phantasie eines Maklers – an den nördlichen Rand von Greenwich Village, und meist durchwanderte Colin nun am Abend nach getaner Arbeit die gewundenen Straßen und Gassen im Village.

Er suchte irgendetwas, so viel war ihm klar, aber was immer es war, er fand es nicht – oder zumindest erkannte er es nicht. Mehr und mehr begriff Colin im Laufe der Wochen, dass dies nicht der Ort war, wo er hingehörte. Er passte nicht hierher – nicht in dieses geschäftige New York und schon gar nicht zu den ausgemergelten Dichtern und heimatlosen Philosophen in den Kaffeehäusern der neuen Boheme.

Colin war instinktiv von ihnen und ihrer rebellischen Lebensweise abgestoßen, fürchtete allerdings, dass diese Empfindung weniger mit ihnen zu tun hatte als mit einem eigenen inneren Mangel. Die *Folk*-Sänger mit ihren traurigen Balladen erinnerten ihn nur daran, wie sehr er die wild-gezügelten Leidenschaften der Oper der nahezu atonalen *Folk*-Musik vorzog, die »Gerde's Folk City« und ähnliche Lokalitäten erfüllte.

Aber als er merkte, dass er gegen alle Gewohnheit diese jungen Leute, die nie im Krieg gewesen waren, als Generation ohne Disziplin verurteilte, war er von seinen feindseligen Gefühlen so beunruhigt, dass er sie dem einzigen anderen exoterischen Mitglied seines Ordens, das zur Zeit in Amerika lebte, mitteilen wollte: Dr. Nathaniel Atheling.

Es war ein ungemütlicher, grauer Tag. Der Wind, der über den Fluss peitschte, schnitt wie ein Messer ins Gesicht. Der gelbe Backsteinklotz des Bellevue Hospitals sah unangenehm lebendig aus, so als könnte er jeden Moment aufstehen und weggehen. So weit im Süden der Stadt beherrschte die Brooklyn Bridge und nicht mehr das Empire State Building die Silhouette der Stadt. Colin fröstelte, als er auf die Glastüren mit dem Schild AUFNAHME zueilte.

Atheling war Mitglied der Ordensloge in Kairo gewesen, hatte sich dort aber nie heimisch gefühlt. Gleich nach dem Krieg war er – einer der vielen, die der Krieg staatenlos gemacht hatte – in die Vereinigten Staaten gegangen. Atheling kam aus der Medizin, was die Einbürgerung erleichterte. Nachdem er sich erneut qualifiziert hatte, nahm er eine Stelle im Bellevue an.

Da die Wohlhabenden und auch die Mittelklasse unaufhaltsam in Richtung Norden abwanderten, waren die Krankenhäuser in der Lower East Side wie das Bellevue mehr und mehr für die medizinische Versorgung der armen und eingewanderten Bevölkerung zuständig – sowohl für deren körperliche als auch seelische Gesundheit.

Wie die meisten Menschen seines Alters hatte auch Colin in seiner Kindheit die Folgen der Großen Depression erlebt. Armut hieß Zwangsvollstreckung und Schulden – sie war eindeutig und auf Anhieb erkennbar. Er machte sich keine Gedanken über das Elend in diesem Viertel, aber es bedrückte ihn doch. Es war seltsam, Amerika als ein Land der Armen zu sehen.

Dr. Nathaniel Atheling hatte ein kleines Büro im dritten Stock des Hauptgebäudes. Colin fand es mühelos und klopfte.

Atheling war ein hagerer Mann Ende vierzig. Sein dunkles Haar, mit ersten frühen Silbersträhnen, hätte schon seit mehreren Wochen einen Haarschnitt gebrauchen können. Als er aufsah, blickte Colin in merkwürdig bernsteinhelle, nahezu goldfarbene Augen. Das Einzige, was seine Kleidung ungewöhnlich machte, war der Skarabäus aus leuchtend blauer Fayence, der an einer Silberkette um seinen Hals hing und auf seiner nüchtern-förmlichen Krawatte ruhte. Er saß hinter einem von Papieren bedeckten Schreibtisch.

»Ah, drei Uhr. Sie müssen Colin MacLaren sein«, sagte Atheling. Er hatte keinerlei Akzent, nur seine sorgfältige Aussprache wies darauf hin, dass Englisch wohl nicht seine Muttersprache war.

Als Colin die Tür hinter sich schloss, hob Atheling wie in einer unwillkürlichen Begrüßungsgeste seine rechte Hand. Jedenfalls hätte jeder Nicht-Eingeweihte diese Gebärde fälschlicherweise dafür gehalten, und das lag durchaus in der Absicht: So begrüßte ein Adept höheren Grades einen Adepten niederen Grades.

Automatisch erwiderte Colin den Gruß, der Niedere dem Höherrangigen, und nahm in einem unbequemen Plastiksessel Atheling gegenüber Platz.

»Verzeihen Sie, dass ich Sie in einer solchen Umgebung empfange, Dr. MacLaren, aber meine Arbeitstage sind lang. Sie deuteten an, es handele sich um eine ... dringende persönliche Angelegenheit.«

»Kurz und bündig gesagt«, erwiderte Colin. »Aber lassen Sie bitte den Doktortitel weg, nennen Sie mich Colin. Ich bin Doktor der Philosophie, nicht der Medizin. Ich fühle mich eigentlich nicht berechtigt zu diesem Titel.«

»Wie Sie wünschen, Colin. Wenn Sie einer meiner Patienten wären, würde ich Sie fragen, um welches Problem es sich handelt, und Sie bitten, offen und ehrlich zu sein, egal wie phantastisch die Sache auch klingen mag. Mir scheint das auch für uns ein guter Einstieg ...«

Dieses Treffen war das erste von vielen – obgleich Colin zuerst als Ordensbruder zu Atheling gekommen war, hatte er schnell Freundschaft und geistige Leitung sowie fundierten Rat gefunden. Nathaniel war es, der ihm schließlich zu der Einsicht verhalf, dass die altbekannten Straßen New Yorks nicht das waren, was Colin wirklich brauchte, und eine Kur in Sonnenschein und Seeluft vorschlug – an irgendeinem völlig anderen Ort, als New York es war.

Ebenso hatte er moniert, dass Colin sich in diesen knapp zwei Jahren einen allzu gemütlichen Alltagstrott zugelegt bzw. sich in seiner Höhle verkrochen habe. Es waren solche Metaphern, die Colin davon überzeugten, dass Nathaniels Rat Hand und Fuß hatte. Er bereitete sich nicht auf die Anforderungen der Zukunft vor; vielmehr wich er ihnen aus, verwirrt und vielleicht sogar furchtsam. Er musste wieder in die Welt hinaus, musste sich ihr stellen, so wie sie jetzt war, und aufhören, sie mit seinen Erinnerungen zu vergleichen.

Die Mittel dazu lagen auf der Hand. Er hielt jetzt fast jeden Abend Vorträge über Themen, mit denen er sich immer schon beschäftigt hatte. Er hatte sich nirgendwo heimischer gefühlt als an der Universität. Vor langer Zeit – in einem Leben, das einem anderen zu gehören schien – hatte er sogar eine akademische Karriere angestrebt. Warum sollte er dies nicht aufgreifen, um sein früheres Leben wieder aufzunehmen? Auf dem Campus würde er in den Sog des Hier und Jetzt eintauchen, sein Leben wäre jungen Menschen gewidmet, deren Augen fest auf die Zukunft gerichtet waren …

Es war eine gute Lösung, auch wenn erstaunlich viel Mut dazu gehörte, sie in die Tat umzusetzen. Im Herbst 1959 raffte sich Colin zu einem ersten Schritt auf.

Auch wenn Colins akademische Referenzen ein wenig überholt wirkten, nachdem er zehn Jahre lang zunächst beim OSS, dem Office of Strategic Services, und dann im Besatzungsheer zugebracht hatte, waren sie für zukünftige Arbeitgeber doch noch recht interessant. Und seine Vorlesungen, so unorthodox sie waren, sprachen sicherlich auch für ihn. Schließlich konnte er zwischen verschiedenen Angeboten wählen. In Gedanken an Nathaniels Rat, sich für etwas möglichst Fernes und Unbekanntes zu entscheiden, schlug er Angebote der Columbia University und des Boston Colleges aus und unterzeichnete einen Vertrag mit der University of California in Berkeley.

Das Bedauern, mit dem er seinem Nachbewohner die behagliche Wohnung überließ, überzeugte ihn mehr als alles andere davon, dass Nathaniel Recht gehabt hatte. Colin brauchte eine größere äußere Veränderung, als New York ihm hätte geben können. Er brauchte einen neuen Anfang, an einem neuen Ort. Kalifornien.

Der stille Campus – eine Vision aus hellem Backstein und Spannbeton – hatte die verträumte Atmosphäre einer sonnendurchfluteten griechischen Stadt. Der höchste sichtbare Punkt in der leuchtenden, mediterranen Landschaft, die sich vor ihm erstreckte, war der graue Campanile oder genauer Uhrturm, der dem ansteigenden Panorama der Campusgebäude jenseits von Sather Gate einen seltsam strengen Akzent verlieh.

Es gab kaum Verkehr auf der Bancroft Street. Die Straße wurde durchströmt von jenem spezifisch säuselnden Spätmorgenverkehr, den Colin MacLaren bereits als Besonderheit der San Francisco Bay Area kennen gelernt hatte. Nur durfte man nicht *San Francisco* Bay Area sagen, das hatte er inzwischen auch gelernt; genauso wie man die Stadt auf der anderen Seite der Bay nicht »Frisco« nennen durfte. Sie hieß »San Francisco« – und jeder im Umkreis von einhundert Meilen nannte sie einfach »The City«, als ob keine andere Stadt ringsherum existierte – und man sprach von der »Bay Area«. Wenn Colin hier heimisch werden wollte, tat er gut daran, sich die Sprachgewohnheiten ihrer Einwohner schnell anzueignen.

Und er wollte hier heimisch werden, schwor er sich, an diesem Ort, den weise Menschen das moderne Lotos-Land, den *Goldenen Staat* nannten. Er hatte den Krieg in all seinen Formen satt – den heißen Krieg, den Kalten Krieg, den vergessenen Krieg, den nicht erklärten Krieg – und wollte allem, was er von diesem erbarmungslosesten aller Lehrer gelernt hatte, den Rücken kehren. Wie hieß es doch in der Gospel-Hymne: Er wollte den Krieg nicht mehr studieren. Hier würde er die Geister der Vergangenheit abschütteln.

Hier und jetzt würde sein Leben neu beginnen.

Colin hielt einen Augenblick an der Telegraph Avenue inne und betrachtete das fein geschmiedete Eisentor des Haupteingangs, das zur University of California und zu deren Campus von Berkeley führte. Trotz des friedlichen Aussehens lag eine Atmosphäre der Erwartung über dem Campus, als ob große Dinge bevorstünden.

Bevor er endgültig ins Trödeln verfiel, riss er sich zusammen und überquerte den freien Platz, der ihn von Sather Gate trennte. Schilder wiesen ihn darauf hin, dass etwas mit dem Namen Sproul Plaza in Bau sei und demnächst vollendet werden solle.

Der Campus war sehr ausgedehnt und erstreckte sich kilometerweit in alle Richtungen. Er umfasste mehrere Stadien, Sportplätze, ein Amphitheater und war Heimat von vielen der größten Koryphäen auf den Gebieten von Kunst und Wissenschaft. Colin wohnte zwar schon seit einem Monat in Berkeley, aber die Abwicklung seiner Angelegenheiten im Osten und der Einzug in seinen Mietbungalow hatten ihn so sehr in Anspruch genommen, dass er noch nicht dazu gekommen war, das Universitätsgelände zu besichtigen. Im vergangenen Winter war er zu einem Vorstellungsgespräch hier gewesen, doch da hatte es die meiste Zeit geregnet. Jetzt erst sah er den Campus in seinem ganzen Reiz – eine Skulptur aus Zement und Stein, vom Sonnenlicht sanft ummalt. Tolman Hall – das die Psychologische Fakultät beherbergte – lag an der Hearst Avenue ganz auf der anderen Seite. Colin genoss den Weg über das stille moderne Gelände.

Die eleganten modernen Bauten aus Beton und hellem Backstein, an denen er vorüberkam, wirkten wie eine Mischung aus mittelalterlicher Universitätsstadt und Zukunftsvision. Nur wenige Studenten waren unterwegs. Nächste Woche würden die Einführungsveranstaltungen für die Erstsemester beginnen, und noch immer herrschten hochsommerliche Temperaturen. Colin hatte seinen alten Trench zu Hause im Schrank gelassen, und noch in seinem Jackett fühlte er sich viel zu warm angezogen. Es widerstrebte ihm jedoch, leger gekleidet auf dem Campus zu erscheinen. Schließlich, sagte sich Colin, waren der Kanzler und der Rektor als konservativ bekannt und seine zukünftigen Studenten würden ihm kaum Respekt entgegenbringen, wenn er wie ein Beatnik herumliefe. Die Psychologie war ein Fach, das genug seltsame Lehrmeinungen bereithielt – da war es überflüssig, auch noch als Exzentriker aufzutreten.

Doch obgleich er Mantel und Hut zu Hause gelassen hatte, war er mit dunkler Hose, Weste, Krawatte und abgestepptem Tweedjackett immer noch förmlicher gekleidet als die wenigen Passanten, die ihm an diesem Morgen auf den Straßen begegneten. Er fragte sich, ob er auffiel und sich als verpflanzter Ostküstler zu erkennen gab.

Colin lächelte über diese Gedanken. Während so vieler Jahre war es ihm fast zur zweiten Natur geworden, sich im Hintergrund zu halten, unbemerkt zu bleiben, nicht die geringste Aufmerksamkeit auf sich zu lenken. Er hatte geglaubt, dieses Verhalten sei ein fester Bestandteil seiner Psyche, ein Charakterzug für den Rest seines Lebens geworden, lange nachdem der Anlass dafür vergessen war. Aber nun zeigte sich, was es tatsächlich war: Angewohnheit und keine Lebensnotwendigkeit.

Nathaniel hatte wie immer Recht gehabt. Die Zeit, die große Heilerin, hatte auch ihn geheilt. Noch vor kurzem wäre es ihm unmöglich gewesen, sich so an einem harmlosen Spaziergang zu erfreuen. Damals hatte er sich im Schatten des Schwarzen Ordens der SS bewegt und alles in seiner Macht Stehende versucht, um Licht in die Dunkelheit zu bringen – stets in Gefahr, selbst der Dunkelheit anheim zu fallen.

Doch Vorstellungen von Initiation und alten magischen Orden wirkten reichlich unpassend auf dem Campus von Berkeley. Dies war ein Ort der Vernunft und geistigen Klarheit. Berkeley schien vom amerikanischen Geist durchdrungen – von einer optimistischen Gesundheit, die jene schattenhafte Halbwelt, in der Colin seine Schlachten geschlagen hatte, schlicht nicht verstehen konnte. Und vielleicht würden seine Erinnerungen mit der Zeit ebenfalls verschwinden.

Der folgende Montag war wieder ein strahlender, wolkenloser Tag, und das morgendliche Sonnenlicht fand Colin in seinem neuen Büro, wo er die Bücherkartons auspackte, die er von seinem verbeulten schwarzen Ford Sedan die Stufen hinaufgeschleppt hatte. Den Sedan hatte er sich neu angeschafft, da er nun in einem Teil des Landes lebte, in dem das Auto, anders als in New York City, eine lebenswichtige Rolle spielte.

In dem kleinen Büro befanden sich nun ein mitgenommener Metallschreibtisch und ein dazu passender Aktenschrank, ein alter Schreibtischstuhl aus Eichenholz auf quietschenden Rollen, ein wackeliger Stuhl und mehrere Metallregale, die an den Wänden standen. Das Fenster klemmte, davor hing eine staubige Jalousie. Die Wände waren mit grünlich beiger Ölfarbe gestrichen, die sich mit dem abgenutzten Braun der Linoleumfliesen biss.

Man hatte Colin versichert, diese Ausstattung sei nur vorübergehend – bessere Möbel seien bestellt. Und es gab sogar das Gerücht, dass die gesamte Fakultät demnächst in bessere Räumlichkeiten umzöge, doch Colin misstraute diesen schönen Aussichten. Nach seiner Erfahrung war nichts in dieser oder der nächsten Welt so dauerhaft wie eine vorübergehende Situation.

Colin fand seine derzeitige Unterkunft gar nicht so übel. Nachdem seine Bücher eingeräumt waren und er eine Pinnwand und einige Bilder aufgehängt hatte, sah das Zimmer nicht ungemütlicher aus als andere Arbeitszimmer. Es war ein Raum, in dem er seine Arbeit erledigen konnte, und die Studenten, die zu ihm kamen, waren sicher mehr an ihren Problemen und seinem Rat interessiert als an der Schönheit seines Büros.

Colin hatte die letzten Tage damit zugebracht, endlose Formulare auszufüllen, die die Universität offenbar benötigte, um jeden Schritt und Tritt rechtlich abzusichern, sowie damit, seine neuen Kollegen an der Fakultät kennen zu lernen und sich auf dem weitläufigen Campus zurechtzufinden. Die Einschreibung fand in einem anderen Gebäude statt, und der Unterricht begann am nächsten Montag. Colins Kollegen versicherten ihm, das größte Durcheinander sei Ende September vorbei, wenn die Spätankömmlinge und alle, die sich im letzten Moment anders entschieden, ihre Stundenpläne endlich abgegeben hätten.

Sein eigener Stundenplan sah recht voll aus, zumindest für die ersten beiden Semester. Parapsychologie I und II und das Proseminar zur Psychologie (alle neuen Mitglieder des Lehrkörpers mussten es abhalten, so hatte man ihm bedeutet) waren bereits ausgebucht. Wenn man dazu die Verpflichtungen außerhalb des Unterrichts rechnete, die man von ihm als Studienberater der Fakultät erwartete, blieb keine Zeit für überflüssiges Brüten. Er würde froh sein, überhaupt einen klaren Gedanken fassen zu können.

»Hallo, hallo, hallo! Ist jemand zu Hause?«, rief eine fröhliche Stimme von der Tür.

Colin wandte sich um.

»Alison!«, rief er freudig überrascht.

Alison Margrave war eine stattliche, theatralische Frau Anfang sechzig, von Beruf Psychologin – auch Parapsychologin – und Musikerin, die zu Colins ältesten Freunden zählte. Sie war wie gewöhnlich auf ihre extravagante, zigeunerhafte Art gekleidet. Über Bluse und Rock trug sie ein rotes Wollcape. Als sie es über den Stuhl warf, sah er, dass sie einen jener Schals umgebunden hatte, die mittlerweile ihr Markenzeichen waren, eine bunte Webmischung erdiger Farben, zusammengehalten von einer großen Silberbrosche mit einer gewaltigen Amethystgemme. Der Stein passte zum Violett der Amethyste in den Silberkämmen, die ihre weiße Haarmähne zurückhielten.

»Na, immerhin freust du dich, mich zu sehen«, brummte sie gutmütig. »Seit fast einem Jahr kein Sterbenswörtchen von dir, Colin …«

Er hatte sich bei ihr melden wollen, sobald er in der Bay Area Fuß gefasst hatte, doch dann waren immer mehr Alltagspflichten dazwischengekommen.

»Wie hast du mich gefunden?«, fragte er arglos. »Ich weiß, ich habe dir geschrieben, dass ich …«

»Das war im Januar, und ich hatte schon befürchtet, du wärest irgendwo in Kansas hängen geblieben und würdest nie mehr hier ankommen«, zog Alison ihn auf. »Glücklicherweise habe ich meine Informanten auf dem Campus. Also dachte ich, guck ich mir doch den verspäteten Colin MacLaren selber an – und bringe dir ein Einweihungsgeschenk vorbei.« Sie trat in sein Büro und stellte ein kleines Päckchen auf den Schreibtisch.

»Ich wollte dich diese Woche anrufen«, protestierte Colin, setzte sich auf den Schreibtischstuhl hinter den Tisch und bot Alison den anderen Stuhl an.

Als sie saß – ihre Augen funkelten trotz ihres Alters vor jugendlichem Schalk –, begann Colin in seinen Taschen nach seinem vertrauten Begleiter, einer alten Bruyère-Pfeife, zu kramen. Als er sie gefunden hatte, klopfte er die Asche in den Metallpapierkorb und suchte nach Tabak und Streichhölzern.

»Ich hatte sowieso hier zu tun«, sagte Alison freundlich, um ihn nicht länger zappeln zu lassen. »Du musst also nicht so schuldbewusst dreinblicken, Colin. Aber ich wollte wissen, was so alles passiert ist. Wie geht es dir? Es ist Jahre her, seit ich dich in Fleisch und Blut gesehen habe, weißt du.«

Blitzartig kam die lebhafte Erinnerung zurück: Die Luft war geschwängert von Weihrauch, und er stand mit vier anderen vor dem Hochaltar einer Kirche, deren Dach von amerikanischen Bomben zerstört worden war. Seine weiße Robe war steif von den eingestickten Zeichen seiner Loge und seines Grades, er trug Krone und Brustplatte des Adeptenstandes, und in seiner Hand hielt er einen Silberstab, umwunden von einer smaragdenen und einer scharlachroten Schlange. All diese Dinge waren nur Symbole, die exoterische Darstellung seines inneren Wesens: Priester und Adept des Pfades.

Dort unter dem Baldachin des sternenklaren Himmels arbeiteten er und die anderen aus allen Orden und Logen, die das Licht als ihr Ziel ansahen – von den meisten kannte er nicht einmal die weltlichen Namen –, als Sanitäter, um das Land von den dunklen Flecken zu reinigen, die es immer noch wie ein giftiger Nebel bedeckten.

Die klare Erinnerung schwand, und er befand sich wieder in seinem Büro mit Alison. Falls sie ahnte, wohin er in diesen kurzen Sekunden abgeschweift war, gab sie es nicht zu erkennen, doch Colin wusste, dass die Erinnerungen auch in ihr fortlebten. Jene Nacht hatte einen Augenblick höchsten Selbstopfers beinhaltet, eine Apotheose, für die ein Mann oder eine Frau gut und gerne den Rest seines beziehungsweise ihres Lebens hingeben würde, um sie noch einmal zu erleben.

Es gab Zeiten, in denen Colin sich fragte, ob jener eine Augenblick, da er als Krieger des Lichts im Kampf gestanden hatte, ihm nicht ebenso viel Leiden zugefügt hatte wie das Dunkel, das über Generationen seine Überseele im Krieg zermürbt hatte. Der Weg und das Ziel des Pfades waren Frieden – doch der fatale Fehler der sterblichen Rasse war das Gefallen, das sie am Krieg fand.

»Colin?« Alisons schnarrende Stimme holte ihn unsanft in die Gegenwart zurück.

»Ich habe gerade an Berlin gedacht«, sagte er.

Alisons Gesicht hellte bei dieser Erinnerung auf. »Es war einmal vor langer Zeit, weißt du«, sagte sie mit veränderter Stimme.

Nein, das war es nicht!, begehrte sein Herz stumm auf. Er konnte sich genau an den Tag erinnern: Es war der 31. Oktober 1945. Nächsten Monat war es fünfzehn Jahre her.

»Du hast Recht«, sagte er laut. »Es ist manchmal schwer zu glauben, dass dies immer noch dieselbe Welt sein soll«, fügte er hinzu.

»Das ist sie auch nicht«, sagte Alison lächelnd. »Und dem Licht sei Dank dafür. Wir haben die Schlange vielleicht nicht getötet, mein Lieber, aber gewiss haben wir ihr das Rückgrat gebrochen. Es wird lange dauern, bevor diese Scheußlichkeit wieder ihr Haupt erhebt.«

»Mag sein«, sagte Colin mechanisch. Mühsam vertrieb er die Geister der Vergangenheit und lächelte Alison an. Sie war zwar kein Mitglied seines Ordens, arbeitete aber mit Colin als Lichtmissionarin zusammen und kannte die Gespenster, die ihn plagten, nur zu gut. »Aber erzähl mal von dir, Alison. Was hast du so getrieben?«

»Na ja«, begann sie, während er seine Pfeife mit Tabak stopfte, »du weißt, ich habe da das alte Haus – Greenhaven – drüben in San Francisco. Ich glaube, du hast es nie gesehen – viktorianisch; es würde dir gefallen – nur ein paar Häuserblocks von der Haight Street entfernt, und ich kann Zitronen von den Bäumen pflücken. Ich habe jetzt sogar einen Kräutergarten – du erinnerst dich, das war schon immer mein Traum. Vor ein paar Jahren habe ich die Garage zu einem Arbeitsraum umgebaut; es ist sehr praktisch, einen ruhigen Raum zu haben, wo man hin und wieder meditieren kann. Lass mich nachdenken – was sonst noch? Ich habe unterrichtet – Musik und auch anderes. Es gibt da draußen ein paar Leute, die auf mehr als nur Parapsychologie aus sind. Und natürlich helfe ich ihnen – doch heutzutage klagen die Leute eher über kleine grüne Männchen als über ›lärmende Geister‹.«

»Die Zeiten ändern sich«, stimmte Colin zu und zündete seine Pfeife an. »Vor zehn Jahren konnte ich mir nicht vorstellen, dass ich je wieder auf einen Campus zurückkehren würde, ganz zu schweigen vom Lehren.«

»Warte, bis du deine erste Klasse voller Studenten vor dir hast«, neckte sie ihn lachend. »Dann wirst du schon verstehen, warum du zurückgekehrt bist, mein Junge! Ich würde die Lehre nicht für alle Königreiche der Welt aufgeben – aber es ist wirklich schwer zu glauben, dass einer von uns beiden je so jung war wie diese Studenten.«

»Ich frage mich, ob wir überhaupt je jung waren«, sinnierte Colin düster. Manchmal schien ihm die Kluft zwischen dem, was er geworden war, und den Ahnungslosen, die ihn umgaben, unüberbrückbar.

Alison musterte ihn genau, ihre grauen Augen taxierten ihn etwas kühl. »Wir waren alle einmal jung, Colin«, sagte sie sanft, »so wie wir alle alt werden und sterben. Und es ist unsere Verantwortung, dass unser Wissen über das Große Werk nicht mit uns stirbt.«

»Ich weiß, Alison«, sagte Colin.

Sie sagte ihm nichts Neues; diese Situation beschäftigte Colin, seit er zurückgekehrt war. Jeder Pilger auf dem Pfad – auch wenn er erst am Anfang stand – hatte die Pflicht, nach besten Kräften anderen die Richtung zum Licht zu weisen. Für jemanden wie Colin, der dem Pfad seit mehreren Leben folgte, war es sogar noch wichtiger, einen Nachfolger zu finden und in dem Großen Werk zu unterweisen; jemanden, der seinen Platz in den Heerscharen des Lichts würde einnehmen können.

Einen Menschen auf den Pfad zu führen war eine ungeheuerliche Verantwortung, die man nicht leichtfertig auf sich lud. Doch sein *chela* zu finden und ihm die richtigen Schritte beizubringen war die wichtigste Prüfung für einen Adepten. Denn es gab viele Fallstricke auf dem Weg, und ein Fehltritt bedeutete einen verdorbenen Adepten; einen, der die Verführung der Macht gekostet und zugleich nicht genug Disziplin bewiesen hatte, um sie für das Gute zu gebrauchen. Wenn solche Geschöpfe den Abgrund überlebten, kehrten sie zurück, um ihre Lehrer mit jeder Drehung des Rades heimzusuchen: dunkle Geister, die alles verdarben, worein sie sich mischten.

Liebe war das Einzige, was ein solches Risiko erträglich machte, und in den geheimen Kammern seines Herzens fragte sich Colin MacLaren, ob er zu solcher Liebe noch imstande sei, nach den Schrecken, die er erlebt hatte. In all den Jahren seines Lebens hatte er nicht einen getroffen, den zu unterweisen er sich berufen gefühlt hätte – lag es an ihm selbst, dass er so blind war?

»Es ist noch Zeit«, sagte Alison und legte ihre Hand auf seine, als ob sie seinem Gedankengang gefolgt wäre – und vielleicht war sie es wirklich. Das Empfinden der warmen Berührung war wie eine Segnung, besänftigte die Schuldgefühle ob seiner uneingelösten Versprechen. »Unsere Meister verlangen nichts von uns, das wir nicht durch Liebe und Vertrauen erreichen können.«

»Ich hoffe, du hast Recht«, erwiderte Colin langsam. Er hatte sich noch nie unfähiger zu dieser leidenschaftslosen, machtvollen Liebe gefühlt, die das Schwert und Schild derjenigen war, die für das Licht kämpften.

Alison ließ seine Hand los und stand auf. »Aber ich bin nicht hergekommen, um mit dir zu streiten, mein Lieber – du hast gewiss Besseres verdient. Ich komme, weil ich dich nach Greenhaven zum Abendessen einladen wollte, an einem der nächsten Abende. Ich koche nicht schlecht; danach könnten wir eine Runde durch einige Jazz-Clubs der Stadt machen. North Beach hat mehr zu bieten als nur Oben-ohne-Tanzen, und du kannst dich nicht die ganze Zeit von deiner Arbeit auffressen lassen. Es gibt hier eine ziemlich große Gruppe unserer Weggefährten; du solltest sie kennen lernen.«

»Wohl wahr«, sagte Colin und erhob sich ebenfalls. Sein Blick fiel erneut auf das Päckchen, und er nahm es in die Hand. »Wir verabreden uns zum Abendessen, sobald ich meinen Stundenplan kenne. Jetzt lass aber mal sehen, was wir hier haben. Ich mag ja Geschenke sehr«, fügte er hinzu, als er das Goldpapier und Silberband löste.

»Oh … meine Güte. Alison, ist das schön.«

»Und praktisch dazu«, sagte sie fröhlich. Ihre feierliche Stimmung von vorhin verschwand wie San Franciscos berühmter Morgennebel. »Du kannst damit Briefe beschweren und öffnen und unliebsame Kollegen aus dem Weg räumen …«

Colin wendete den Gegenstand in seinen Händen. Er war ziemlich massiv. Ein Schwert aus Sterling-Silber durchstieß einen Amboss aus schwarzer Jade und steckte mit seiner Spitze in einem weißen Granitstein, auf dem der Amboss saß. Glimmer sprenkelte den bleichen Stein und glitzerte im Sonnenlicht.

Das Schwert ließ sich herausnehmen und als Brieföffner benutzen. Colin zog es aus seiner Scheide und prüfte es eingehend.

»Excalibur?«, sagte er ironisch, indem er den Briefbeschwerer abstellte und das Schwert in die Öffnung zurücksteckte. »Ich hoffe, du glaubst nicht, dass ich das sehr bald brauchen werde.«

Sie lachte. »Diese Tage sind ein für alle Mal vorbei, dem Licht sei Dank! Aber ich muss los – ich habe noch ein halbes Dutzend Besorgungen zu erledigen und muss vor drei zu Hause sein. Mein neuester Schüler kommt für eine Musikstunde, und ich mag es überhaupt nicht, unpünktlich zu sein.«

»Schüler?«, fragte Colin interessiert.

»Im wahrsten Sinne des Wortes«, entgegnete Alison. »Ich habe noch nie so viel Kraft und Hingabe in einem jungen Menschen erlebt – er ist erst siebzehn, aber er hat Energie und Disziplin wie jemand, der dreimal so alt ist. Du erinnerst dich vielleicht an seine Mutter – sie hat eine Zeit lang bei mir studiert, und glücklicherweise hat sie sich an mich erinnert, als ihr Sohn von einem Poltergeist besessen war. Sie hatte ihn ausgerechnet in eine Militärschule gesteckt. – Na ja! Ich habe mich seiner erbarmt; ich gab ihm Stunden, aber schon damals konnte ich ihm nicht mehr viel beibringen. Und als das Sinfonieorchester ihm eine Stelle anbot, nahm ich ihn unter meine Fittiche, zur großen Erleichterung seiner Mutter, kann ich sagen. Du musst wirklich bald zum Essen kommen, Colin, dann lernst du ihn kennen – er ist so begabt, dass es manchmal schon fast beängstigend ist. Ich glaube, ihr beide habt einiges gemeinsam. Er heißt Simon. Simon Anstey.«

Nachdem Alison gegangen war, saß Colin lange da und starrte zum Fenster hinaus, die wohlriechende Pfeife zwischen den Zähnen.

Simon Anstey. Es war das erste Mal, dass er diesen Namen hörte, doch ein Echo aus der Zukunftserinnerung ließ ihn in seinem Bewusstsein widerklingen. Simon Anstey war jemand, der für ihn, Colin, noch eine Rolle spielen würde – auf welche Weise, konnte er sich noch nicht vorstellen.

Er seufzte und schüttelte den Kopf. Die Zukunft entfaltete sich in der ihr eigenen, gegebenen Zeit – Colin war kein spiritistisches Medium, das den Schleier heben und nach Lust und Laune in die Unsichtbare Welt blicken konnte. Die Inspirationen, die er empfing, waren nur die entferntesten Echos aus der Akashi-Chronik, die zur Warnung und manchmal auch zur Orientierung dienten. Er wusste nicht, um welches von beiden es sich diesmal handelte, und in einem Winkel seiner Seele fürchtete er, es könnte vielleicht der Ruf zu einer neuen Schlacht im niemals endenden Krieg für das Licht sein.

Die ersten Wochen des Herbsttrimesters gingen schnell vorbei, und Colin war bald vom Kleinkram des Uni-Lebens in Beschlag genommen. Zwar ging es ihm auf die Nerven, dass seine Studenten ihn »Doktor« MacLaren nannten – er mochte diesen Titel nicht –, aber sonst konnte er nicht klagen. Diese Kinder waren nicht alt genug, um sich an den Zweiten Weltkrieg zu erinnern, sie waren sogar zu jung, um sich mit den Folgen von Korea auseinander zu setzen; sie schienen seltsam unreif, beinahe als wandelten sie in den Fluren eines Wachtraums umher.

Er konnte nur einen Teil seines Versprechens an Alison einlösen – er traf sie zu einem kurzen Mittagessen in einem Restaurant in der Stadt und gelobte, sie das nächste Mal in Greenhaven zu besuchen. Simon Anstey war allerdings auf

Tournee, und so verpasste Colin die Gelegenheit, Alisons erstaunlichen Schüler kennen zu lernen. Simon war mit acht Jahren als Solist beim San Francisco Symphony Orchestra aufgetreten und hatte bereits mit zwölf fünf Schallplatten eingespielt. Zu Alison war er wegen ihrer Heilkräfte und wegen ihrer musikalischen Erfahrung gezogen, denn er hatte bereits als Fünfzehnjähriger mit Problemen gekämpft, wie sie die meisten Menschen auch in weiteren zwanzig Jahren nicht erlebten. Überdies besaß er eine eigensinnige Neugier, die ihn auf wenig beschrittene Nebenwege des Unsichtbaren führte.

Alison sprach oft von ihm auf eine Weise, die – würde sie so als jüngere Frau über einen älteren Mann reden – leicht als romantische Verliebtheit hätte missverstanden werden können. Doch sie hatte auf diese Lebensmöglichkeit frühzeitig verzichtet und ihre Energien ganz ihrer beruflichen Karriere gewidmet. In einer Zeit, als die meisten Frauen noch mit zwanzig heirateten und bald danach Mütter wurden, hatte Alison Margrave es vorgezogen, allein zu bleiben. Sie war immer schon eine Einzelgängerin gewesen, auf der Hut vor Selbstaufopferung, die sich als sozialer Dienst am Nächsten tarnte. Und außerdem hätte Simon ihr Enkel sein können.

Sie hatte Colin eine von Simons Platten mitgegeben, eine Reihe von Cembalosonaten von Scarlatti. Als er sie auflegte, staunte er über den reinen, brillanten Klang, den diese jungen Finger Alisons altem Instrument entlockten. Die Töne schwangen sich empor, hallten von den Wänden in seinem Wohnzimmer wider und strömten die Hügel Berkeleys hinunter wie ein Schwall Sternenlicht. Colin hielt verzaubert inne.

Er hörte sich die Platte mehrere Male an und versuchte, sich über den Musiker klar zu werden, der solch engelhafte Klänge hervorzuzaubern vermocht hatte. Die Musik war kalt, mathematisch, nahezu seelenlos, aber das lag sicher in der Absicht des Komponisten und an der Jugend des Interpreten. Die Leidenschaft der Kindheit ist selten so tief und wahr wie die späterer Jahre. Die ganz Jungen glaubten noch, immer so zu bleiben wie im Augenblick, unerschrocken und unsterblich.

Er hatte keinen Grund, sich Ansteys wegen zu beunruhigen; schließlich war er nicht sein, sondern Alisons Schüler. Alison Margrave aber war erfahren und skeptisch. Unwahrscheinlich, dass sie sich über die Motive oder Fähigkeiten ihres Schützlings täuschte – und gewiss riss sie sich nicht darum, die Verantwortung für eine Ausbildung zu übernehmen. Als Frau hatte sie viel für ihre Kunst und ihre Unabhängigkeit geopfert, und sie würde sich kaum durch eine unkluge Wahl oder eine unmögliche romantische Liaison der Lächerlichkeit preisgeben.

So sagte sich Colin und schrieb seine nagenden Zweifel allein einem kleinen Aufflackern beruflicher Eifersucht zu. Er würde noch genug Zeit haben, sich einen Eindruck von Simon Anstey zu verschaffen, wenn er ihn treffen würde.

Der strahlende Herbst verging in der East Bay in einer Folge kristallklarer Tage und zunehmend kühler Abende, während die Menschen – wie jedes Jahr – Angst vor der Brandgefahr hatten, die von den graubraunen, zundertrockenen Hügeln ausging. Dann kam endlich der Winterregen, und als der Oktober in den November überging, zeigten die Hänge das leuchtende Smaragdgrün des nordkalifornischen Winters.

Der junge Präsident, der im November gewählt worden war, schien der geborene Führer jener unschuldigen Generation, die Colins Veranstaltungen besuchte. Obwohl er die Politik seines Landes und die internationale Politik nur oberflächlich verfolgte, konnte Colin sich des Gefühls nicht erwehren, dass der falsche Kandidat gewonnen hatte. Seine Vorbehalte waren unbestimmt, sie bestanden größtenteils aus dem Gefühl, John Fitzgerald Kennedy sei zu jung und zu selbstverliebt, um mit jenem zerklüfteten Schachbrett umzugehen, das ihm der Kalte Krieg überantwortet hatte. Camelots Kronprinz war allzu sehr der strahlende Held, um in die dunklen Gefilde hinabsteigen und unversehrt wieder daraus hervortreten zu können – ungeachtet seiner familiären Verwicklungen in eine rücksichtslos intrigante Bostoner Politik und der Tatsache, dass sein Vater vor ihm Senator gewesen war.

Doch dafür, sagte sich Colin, hatten Präsidenten ihre Berater. Seine nervöse Gereiztheit schien ihm nichts anderes als das starke Verlangen eines alternden Polopferdes, wieder ins Spiel zurückzudürfen. Doch Alison hatte Recht gehabt: Seine Aufgabe war erledigt. Das Spiel war aus.

Jedes Mal jedoch, wenn Colin sich das wiederholte, sagte ihm ein schwacher Instinkt, dass er sich irrte …

Ende November ergab es sich schließlich, dass Colin Simon Anstey kennen lernte.

Die kürzer werdenden Tage eilten unaufhaltsam in die dunkle Hälfte des Jahres, und die meiste Zeit ließ sich die Sonne, die bei Colins Ankunft in der Bay Area so allgegenwärtig schien, überhaupt nicht blicken. Nebelschwaden krochen über die Hügel von Berkeley, und die ganze East Bay schien von Dunstschleiern eingehüllt, so dass ein New Yorker sich nach den klaren, blauen Tagen und dem bleichen Sonnenlicht des Ostküstenwinters sehnte.

Um Erntedank herum schloss der Campus für ein paar Tage, und Alison hatte Colin gebeten, nur ja lange genug zu bleiben, um Greenhaven einen richtigen Besuch abzustatten und mehr von der Stadt zu sehen, als es ihm bei seinen Stippvisiten bisher möglich gewesen war. Also packte er eine Reisetasche, nahm den Zettel mit der ausführlichen Wegbeschreibung und lenkte den verbeulten, aber zuverlässigen Ford (er hatte ihm den Spitznamen *la Bête noire* gegeben, treues Lasttier, das er war) in Richtung der City an der Bay.

Der neue Highway brachte ihn über die Oakland Bay Bridge, wo die alte Kiste von Windböen geschüttelt wurde. Sie waren so heftig, dass die lokalen Radiosender ihre morgendlichen Wetter- und Verkehrsnachrichten gewöhnlich mit »Warnungen für Kleinwagen« verbanden. Obwohl er sich in dem Ford nicht in Gefahr befand, war Colin doch froh, als die Brücke hinter ihm lag und er in die Straßen der Stadt eintauchte. Nicht ganz eine Stunde später lenkte er *la Bête* in Alisons steile Einfahrt.

Greenhaven war, entgegen ihrer Beschreibung als »alter Schuppen«, ein kleines, braun verschindeltes viktorianisches

Haus mit jeweils einem Paar gleicher Erkerfenster auf beiden Seiten der zurückgesetzten, rot gestrichenen Tür. Warmes, goldenes Licht drang aus dem bleiverglasten Oberlicht über dem Türsturz wie ein freundlicher Gruß an diesem grauen Tag. Als er den Motor abstellte, ging die Tür auf, und Alison erschien im Eingang. Sie trug einen langen Rock mit Schottenkaro und eine weiße Rüschenbluse.

»Colin! Hast du endlich zu uns hergefunden«, sagte sie freudig. Eine ihrer weißen Katzen strich um ihre Beine und hinterließ weiße Haare auf dem hellroten Stoff.

»Das war gar nicht so einfach«, kommentierte Colin. »In Greenwich Village habe ich mich zurechtgefunden – aber S. F. zwingt mich immer zu Extrarunden.«

Sie lachte. »Die Stadt erfordert eben ein bisschen Eingewöhnungszeit«, erwiderte Alison mit einem gewissen lokalpatriotischen Stolz. »Komm doch rein – Simon ist da –, er kam heute früh mit dem Flugzeug – und du weißt, wie sehr ich möchte, dass ihr euch kennen lernt.«

Colin reichte ihr die in Geschenkpapier eingewickelte Flasche, die er gekauft hatte, und trat ein, gefolgt von Alison und der weißen Katze. Ein Gefühl tiefen Friedens bemächtigte sich seiner, sobald er über die Schwelle ihres Hauses trat: Alison arbeitete mit Menschen, deren Geist auf Abwege geraten war, und deshalb hielt sie ihr Haus aufs strengste rein und beschirmt vor dunklen Einflüssen. Greenhaven war erfüllt vom Frieden und Glück eines heiligen Ortes.

Auf jeder Seite der elfenbeinfarben gestrichenen Diele führte eine breite weiße Tür zu einer Reihe von Zimmern, die durch Glastüren voneinander getrennt waren. Alison führte ihn durch die linke Zimmerflucht. Im ersten Raum standen ein Schreibpult, ein Sofa und Aktenschränke – sie benutzte ihn offensichtlich als Beratungszimmer –, doch der Raum dahinter ging durch die ganze restliche Länge des Hauses, und die Rückwand wurde von einem großen, auf die Bucht blickenden Panoramafenster beherrscht.

Heute waren durch den Nebel nur die Spitzen der Golden-Gate-Türme zu sehen, doch Colin konnte sich mühelos vorstellen, wie überwältigend die Aussicht aus diesem Fenster an einem klaren Tag sein musste.

»Die Küche ist auf der anderen Seite; von dort kommt man hinaus in den Garten«, sagte Alison. »Nicht, dass sich das heute lohnen würde. Ich habe sogar ein Feuer gemacht.« Sie wies auf den marmornen Kamin. »Und hier ist Simon.«

Colin hatte seine Gastgeberin angeschaut. Jetzt wandte er sich dem anderen Gast im Zimmer zu.

Der kleine Lord Byron auf einer Vespa, lautete sein unmittelbares, unfreundliches Urteil. Simon Anstey gehörte zu jener Art Jugendlichen, die von den alten Griechen bedichtet worden waren – sein lockiges schwarzes Haar war übertrieben lang, es stieß auf dem Kragen auf und umrahmte ein schönes Gesicht. Er stand vor dem kleinen schwarzen Marmorkamin in einer Haltung, die zugleich formell und natürlich wirkte, auf der Einfassung hinter sich ein Weinglas aus geschliffenem Kristall. Er hielt eine weitere von Alisons weißen Katzen auf dem Arm.

Das Dunkelblau seiner Augen fiel noch stärker auf als seine ausgeprägten Gesichtszüge – Hakennase und hohe Wangenknochen –, die dem jungen Anstey einen Anschein von Reife und das Aussehen eines Adlers verliehen. Er trug eine schwarzweiße Sportjacke aus Tweed, dazu dunkle Hosen und einen hellblauen Rollkragenpullover, die seine bohemienhafte Erscheinung noch unterstrichen.

Doch bei aller zur Schau gestellten Gelassenheit konnte Colin dem Jungen ansehen, wie nervös und aufgeregt er war. Er fragte sich, was Alison wohl Anstey über ihn erzählt hatte. *Wahrscheinlich eine Menge übertriebenen Quatsch,* dachte er und schritt mit ausgestreckter Hand durch den Raum.

»Simon Anstey, nicht wahr? Ich habe viel von Ihnen gehört«, sagte Colin warmherzig.

Simon setzte die Katze sanft auf den Boden und erwiderte den Handschlag. Die Katze trollte sich verstimmt von dannen.

Simons Händedruck war erstaunlich kräftig, und Colin erinnerte sich daran, dass der Junge bereits Konzertpianist war, mit Tausenden von Übungsstunden in den Fingern. Er hatte vom Flur aus einige von Alisons Cembali gesehen und fragte sich, welches davon Anstey für seine Scarlatti-Aufnahmen benutzt hatte.

»Professor MacLaren. Dr. Margrave hat mir so viel von Ihnen erzählt.« Ansteys Stimme klang tief und kräftig, eine feste Stimme, die zu den geübten Händen passte. »Ich habe mich sehr auf dieses Treffen gefreut.«

»Ich auch«, erwiderte Colin.

»Ich überlasse die Gentlemen sich jetzt selbst und kümmere mich um das Essen und stelle diese Flasche kalt«, sagte Alison. »Bevor wir gehen, muss ich mich noch umziehen, aber ich werde mich hüten, auf hochhackigen Schuhen Essen zu kochen. Simon, warum machst du Colin nicht einen Drink?«, fügte sie hinzu. »Ich bin gleich zurück.«

Alison wollte, dass er sich eine Band anhörte, die »The Kingston Trio« hieß, in einem Nachtclub mit dem unglaublichen Namen »The Hungry Ego« unten in North Beach.

(»Als Psychologin finde ich den Namen äußerst treffend, Colin – das ›Ego‹ ist immer hungrig. Aber es wird dir gefallen, du wirst sehen«, hatte Alison am Telefon gesagt.)

»Kann ich irgendwie helfen?«, fragte Colin höflichkeitshalber, doch Alison lachte nur. Sie verschwand durch die verglasten Schwingtüren und ließ Colin mit ihrem jungen Schüler allein.

»Möchten Sie ein Glas Wein, Dr. MacLaren?«, fragte Anstey zuvorkommend. »Es gibt auch Scotch, wenn Sie den lieber mögen. Ich weiß nicht genau, was Dr. Margrave in ihrem Barschrank hat.«

»Gerne Wein – und nennen Sie mich bitte ›Mister‹, nicht ›Doktor‹«, bat Colin. »Ich bin nur Doktor der Philosophie und leider so altmodisch, dass ich den Titel der Medizin vorbehalten möchte.«

»Wie Sie wollen, Professor«, sagte Simon lächelnd. Er ging zu dem niedrigen Bartisch vor dem enormen Panoramafenster – eine von Alisons Veränderungen an dem viktorianischen Haus, wie Colin annahm – und schenkte aus der Flasche auf dem Silbertablett ein zweites Glas ein. Er kam zu Colin zurück, um ihm das Glas zu reichen, und lud ihn dann auf eines der beiden dänischen, mit olivgrünem Leinen bezogenen Sofas ohne Armlehnen ein. Die schlichten Linien der modernen Möblierung harmonierten vortrefflich mit den anmutigen Proportionen des viktorianischen Raums.

Colin nippte an seinem Wein und nahm dann genussvoll einen größeren Schluck. »Ein fabelhafter Tropfen«, bemerkte er.

»Ja«, erwiderte Anstey, »ich habe Dr. Margrave eine Kiste von meiner letzten Frankreichtournee mitgebracht.«

Bildete Colin es sich nur ein oder schwang in Ansteys Stimme ein aggressiver Ton mit, der Versuch eines jungen Mannes, Anspruch auf sein eigenes Erwachsensein anzumelden. Er lächelte bei dem Gedanken und bemühte sich, es Anstey leicht zu machen.

»Es ist ein schönes Land, nicht wahr? Konnten Sie sich Paris ansehen, als Sie dort waren? Ich kann mir vorstellen, dass dafür nicht viel Zeit bleibt, wenn man beruflich unterwegs ist.«

»Ein bisschen«, entgegnete Simon, der sich offenbar etwas entspannte. Er holte sich sein Glas und ließ sich auf dem Sofa beim Kamin nieder. »Aber eine Reise ist etwas anderes, als wenn man dort leben kann. Dr. Margrave hat mir erzählt, Sie seien längere Zeit in Europa gewesen.«

»Während des Krieges«, antwortete Colin, bevor ihm bewusst wurde, dass es nicht mehr nur einen Krieg gab. Klebte er mittlerweile in seiner eigenen Vergangenheit fest? »Während des Zweiten Weltkrieges, genauer gesagt. Nach der Kapitulation blieb ich noch ein paar Jahre und arbeitete an eigenen Projekten.« Dies war die beste Formulierung für seine Zeit in der Army. Über einige der Dinge, die er mit Abteilung 23 unternommen hatte, ließ sich nicht sprechen, auch nicht zehn Jahre danach.

»Sie sind sicher froh, wieder zu Hause zu sein – oder vielleicht auch nicht«, sagte Simon mit seiner betörenden Mischung aus Reife und jungenhafter Begeisterung. »Aber sagen Sie – ich möchte nicht zudringlich sein –, Dr. Margrave hat erzählt, Sie seien auch in parapsychologischen Kreisen tätig?«

»Simon! Das klingt so, als ob Colin Porzellanteller fliegen ließe«, neckte ihn Alison, als sie ins Zimmer zurückkehrte. Die beiden Männer standen auf, und Simon beeilte sich, um ihr Glas von einem Beistelltisch zu nehmen und von dem exzellenten Burgunder nachzuschenken.

»Nun, Alison, du willst mich wohl um die Chance bringen, mich über mein Lieblingsthema zu verbreiten? Schließlich habe ich die letzten beiden Monate damit zugebracht, meinen Erstsemestern die Grundlagen der wissenschaftlichen Methodik einzubläuen. Es wäre mal erfrischend, mit jemandem darüber zu sprechen, der in der Parapsychologie nicht eine Art ›Voodoo für Anfänger‹ sieht.«

Simon und Alison lachten über den Scherz und Alison fragte:

»Hast du irgendwelche Feldforschung betreiben können? Simon und ich hatten letztes Jahr einen faszinierenden Fall: einen Poltergeist hier mitten in der Stadt – erinnerst du dich noch an den Fall oben am Russian Hill, Simon?«

»Wie könnte ich den vergessen?«, entgegnete Simon mit leidvoll tuendem Humor, während er sich eine imaginäre Beule am Kopf rieb. »Nachdem ich mir auf der Treppe beinahe den Hals gebrochen hätte, tat mir eine Woche lang alles weh. Wenn ich je dazu geneigt haben sollte, das Unsichtbare zu unterschätzen, war dies das letzte Mal.«

Das Gespräch wandte sich von selbst dem Gegenstand ihres gemeinsamen Interesses zu, und Colin entdeckte, dass Simon Anstey bereits ein intensiver Forscher auf dem jungen Gebiet der Parapsychologie war und ebenso fasziniert von der zwielichtigen Welt der Magie.

»Wenn es eine Welt jenseits der unseren gibt, warum sollten wir sie nicht genauso beeinflussen können wie die materielle?«, fragte Simon beim Abendessen. »Der physische Körper wirkt auf die physische Welt – warum sollte der geistige Körper nicht auf die spirituelle Welt wirken?«

In Greenhaven gab es kein separates Speisezimmer – Alison hatte auf diese Möglichkeit zugunsten eines größeren Musikzimmers verzichtet –, doch die geräumige viktorianische Küche bot genügend Platz für einen sehr schönen alten Bauerntisch aus Ahornholz, an dem leicht doppelt so viele Personen hätten sitzen können. Gedeckt mit weißem Damasttischtuch und zwei silbernen Kerzenleuchtern, sah der Tisch recht elegant aus, auch wenn die Küchengeräte im Hintergrund zu sehen waren. Und immerhin garantierte diese Gegebenheit, dass das Essen heiß serviert wurde.

»Die Art und Weise, wie wir auf die materielle Welt einwirken, möchte man nicht immer auf die spirituelle Welt übertragen wissen. Nehmen wir die Bodenerosion – den Tagebergbau – die Luftverschmutzung. Rachel Carson hat ein paar aufschreckende Bücher darüber geschrieben. Es wäre schön, wenigstens eine Wirklichkeit zu haben, die davon verschont bleibt.«

»Das habe ich auch nicht gemeint«, entgegnete Simon ungeduldig und wischte Colins Einwände beiseite. »Wir könnten so viel lernen, so viel tun, wenn wir die Magie auf die gleichen rationalen Grundlagen stellten wie die Naturwissenschaften. Wissenschaftler zittern nicht jedes Mal vor Angst, wenn sie durchs Mikroskop gucken – sie glauben nicht an eifersüchtige Götter, die sie für jede Einsicht ins Universum mit einem Blitz erschlagen würden.«

»Aber sie bringen ihrem Material und ihrem Gegenstand die Ehrfurcht entgegen, die ihnen zukommt«, erinnerte Alison ihren Schüler. »Die Unsichtbare Welt ist für Uneingeweihte ein gefährlicher Ort. Aber du bist noch jung, Simon. Du hast dein ganzes Leben vor dir. Du wirst noch jede Menge Zeit für deine Forschungen haben: mehrere Lebenszeiten.«

»Ich weiß, Alison«, äußerte Simon zerknirscht.

Doch obwohl er das Thema fallen ließ und sie den Rest des Abends über andere Dinge sprachen, wunderte sich Colin über den leidenschaftlichen Ehrgeiz, der sich so deutlich in Simons Worten gezeigt hatte. Zu viel Leidenschaft konnte für angehende Adepten nicht weniger schädlich sein als zu wenig, und Simon war sozusagen randvoll davon. Leidenschaft … und noch etwas anderes, etwas, das Colin nur kurz in dem Augenblick wahrgenommen hatte, bevor Alison das Thema gewechselt hatte. Etwas Dunkles, Bedrohliches.

2

BERKELEY, KALIFORNIEN, OKTOBER 1961

Mein Herz würde sie hören und heftig schlagen,
Wär' es auch Erde in erdiger Gruft;
Mein Staub würde sie hören und heftig zagen,
Läg' ich auch seit hundert Jahren tot.

ALFRED LORD TENNYSON

Das neue Jahr hatte schlecht begonnen – die Vereinigten Staaten brachen die diplomatischen Beziehungen zu Kuba ab, und an verschiedenen Ecken und Enden der Welt, die noch vor wenigen Jahren bedeutungslose Flecken auf der Landkarte gewesen waren, kam es zu erbitterten Kämpfen: in Vietnam, Kambodscha und Laos. Überall schienen die Sowjets vorzudringen, und der kommunistischen Supermacht war es gelungen, einen Kosmonauten ins Weltall zu schießen und heil wieder auf die Erde zurückzubringen – eine Pioniertat von größter Bedeutung.

In Israel begann der Prozess gegen den kürzlich gefassten Nazi-Kriegsverbrecher Adolf Eichmann, begleitet von einem Chaos aus Nachrichten, Reportagen und höchsten Sicherheitsvorkehrungen. Die Zeugenaussagen weckten in Colin MacLaren halb verdrängte Erinnerungen und machten ihm bewusst, dass die Schrecken der »Endlösung« nicht überwunden, sondern nur zugeschüttet worden waren – beiseite geschoben, als müsste man sie, wie einen nagenden Alptraum, nur ignorieren, damit sie verschwänden. Selbst die Opfer – diejenigen, die das größte persönliche Interesse haben mussten, dass solche Gräueltaten sich nie mehr wiederholten – näherten sich so widerstrebend der Vergangenheit wie ein gebranntes Kind dem Feuer.

Der Eichmann-Prozess änderte das, wenn auch vielleicht nicht in ausreichendem Maße. Aber doch immerhin so weit, um in Colin erneut die Furcht zu wecken, dass die friedvollen Jahre an der Heimatfront, die Amerika seit der Niederlage des »Dritten Reiches« erlebt hatte, nicht der heilsame Schlaf gewesen seien, der einer großen Anstrengung folgt, sondern das Koma als Folge einer vergifteten Wunde. Seine größte Furcht war, und zwar seit jeher, dass die Weißen Adepten zu wenig und das Wenige zu spät getan hatten.

1961. Der wieder gewählte westdeutsche Bundeskanzler Konrad Adenauer besuchte die USA, um den jungen Präsidenten zu treffen – wenige Tage bevor ein amerikanischer General in Deutschland seines Kommandos enthoben wurde, weil er Verbindungen zu einer reaktionär-rassistischen Organisation, der *John Birch Society*, unterhielt. Als Adenauer heimkehrte, bildete er eine Regierungskoalition, die dem geschlagenen und geteilten Deutschland einen kurzfristigen Frieden bescherte – einen Frieden, der zunehmend durch die kommunistische Diktatur im Osten des geteilten Landes unter Druck geriet.

War der Osten, wie die meisten Politiker fürchteten, die große neue Bedrohung? In diesem Jahr wurde in einer Nacht-und-Nebel-Aktion die Berliner Mauer errichtet. Rollen von Stacheldraht verwandelten sich zusammen mit Stein und Beton in ein unüberwindliches Bollwerk inmitten eines kahlen Todesstreifens. Der Begriff »Checkpoint Charlie« wurde zum festen Begriff und die Mauer ein sichtbares Symbol für die Spannungen zwischen dem demokratischen und dem kommunistischen Deutschland, zwischen Ost und West – ähnlich wie der russische Balletttänzer Rudolph Nurejew, der während eines Gastspiels seiner Truppe in Paris um Asyl bat, zum Symbol für östliche Unterdrückung und westliche Freiheit wurde.

Hatte der Westen die Nazis zerschlagen, nur damit deren düstere Stafette an die Erben Stalins weitergegeben würde? Hatte das stets wandelbare Böse, gegen das Colins Orden gekämpft hatte, nur eine andere Gestalt angenommen? Vielleicht hatte er – hatten Alison und sie alle – sich in dem Glauben getäuscht, dass der Drache besiegt sei? Vielleicht hatten sie nur die äußere Schale der Finsternis zerbrochen, ohne deren Geist zu treffen, und jetzt war dieser Geist auferstanden und scharte neue Jünger um sich.

Es gab genug Anzeichen dafür, dass Colin MacLaren zu Recht besorgt war, denn er wusste, dass die Materiale Ebene – von den meisten Nicht-Adepten als die Wirkliche Welt betrachtet – nur das Spiegelbild der Wahren Wirklichkeit war, die auf den Ebenen des Inneren existierte.

Wie im Inneren, so im Äußeren …

Doch nicht jede Schlacht auf der Materialen Ebene kümmerte einen Adepten, denn die spirituelle Entwicklung war ebenso hart und grausam wie die physische Entwicklung, die in der Natur stattfand. In dem Streben des Geistes nach Licht wurden Nationen geopfert, ganze Völker ausgelöscht. Was Colin grausam oder ungerecht fand, bedeutete nicht unbedingt eine Gefährdung des Lichts, auch wenn eine solche philosophische Sichtweise niemals eine Entschuldigung für jene auf dem Pfad sein konnte, die Gewalt unterstützten.

April war der grausamste Monat … Ein versuchter Staatsstreich von Exilkubanern, die in der *Schweinebucht* landeten, scheiterte, und als wenige Wochen später das erste Verkehrsflugzeug nach Havanna entführt wurde, sah es aus, als könnte das neuerdings kommunistische Kuba Anlass eines unausweichlichen nuklearen Krieges werden. Der Tod des Generalsekretärs der Vereinten Nationen, Dag Hammarskjöld, auf seiner Friedensmission im Kongo unterstrich, wie zerbrechlich der Frieden zur Zeit des Kalten Krieges war. Der Frieden, für den eine ganze Generation gekämpft hatte, erschien im Fortgang des Jahres immer weniger greifbar.

In jenem Frühjahr brachen die »Freedom Riders« von Washington nach Louisiana auf. Einige sollten nicht zurückkehren, wie um Colins Befürchtung zu bestätigen, dass der Krieg nach Amerika heimgekehrt und ein heimlicher Krieg geworden sei, mit Frontlinien, die erst noch in den Herzen und Köpfen der Menschen gezogen werden mussten.

Es war ein Krieg, in dem er – wie ihm dämmerte – eine Rolle zu spielen hatte, auch wenn er noch nicht wusste, welche …

Ist schon ein ganzes Jahr vorbei?, staunte Colin. *Ja, sogar noch etwas mehr.*

Da sein Bungalow auf einem Hügel lag, erbebten seine Fenster jedes Mal, wenn eine Windböe an ihnen rüttelte. Manchmal rasselte es, wenn der Wind kleine Steinchen und trockene Blätter von den Eukalyptushainen auf dem Hügel gegen die Wände peitschte. Die Herbstfarben, die Colin aus seiner Kindheit im Hudsontal kannte, waren dem Oktober in der *Bay Area* fremd. Vielmehr schien die Natur einfach zu verblassen, der Winterregen verwandelte das Gold und Blau des Sommers in das Silber und leuchtende Grün des Winters.

An diesem Abend war Colin dankbar, gemütlich mit seiner Lieblingspfeife und einem Glas Scotch in seinem Wohnzimmer zu sitzen. Früh war die Nacht hereingebrochen, und die dahinjagenden Wolken zogen über den abnehmenden Mond hinweg. Diese Nacht erfüllte ihn alljährlich mit Unbehagen.

Es war Halloween.

Eine Menge Partys fanden an diesem Donnerstagabend statt, sowohl auf dem Campus als auch anderswo, und er war von seinen Studenten zu mehreren eingeladen worden, doch irgendwie war Colin nicht nach Gesellschaft zumute. Lieber wollte er mit seinen Erinnerungen zu Hause bleiben und niemandem damit zur Last fallen, der sie ohnehin nicht verstehen konnte. Heute war die Nacht der Gespenster, und Colin kannte deren viele.

Vielleicht konnte er sich einfach nicht mehr auf dieses uramerikanische Fest einstimmen. Ehedem ein großes, unheimliches Ereignis, das einen deutlichen Einschnitt im Jahr darstellte, hatte es sich zu einem bloßen Vorwand für Schabernack entwickelt. Vor ein paar Stunden hatten die Kinder aus der Nachbarschaft – als Filmmonster und Cartoonfiguren verkleidet – an allen Haustüren in Colins Straße geklingelt, um Süßigkeiten zu ergattern. Als Colin seinen Obolus entrichtete, um ihren angedrohten Streichen zu entgehen, hatte er sich gefragt, ob ihre Eltern ahnten, dass sie an dem blutleeren und verfälschten Überbleibsel eines schauerlichen heidnischen Brauchs teilnahmen.

Einst hatte man geglaubt, dass in dieser Nacht die Toten zu den Lebenden zurückkehrten und von diesen mit Speise und Trank versöhnlich gestimmt und überredet werden mussten, wieder in ihre Hügelgräber zurückzukehren und ein weiteres Jahr zu schlafen. Es war eine Nacht, die noch immer diejenigen in ihren Bann zog, die dafür einen Sinn hatten – ein Bann, der so stark war, dass selbst Ahnungslose und Unbedachte sich zuweilen in seinem unsichtbaren Netz verfingen.

Welche Macht ging jetzt da draußen auf den Hügeln um?, überlegte Colin. Er hatte heute seine Zuhörer in den Klassen kaum wahrgenommen, so geistesabwesend war er – beschäftigt mit etwas, das sich aus einer stärkeren Quelle als der Erinnerung speiste. Er hatte seine Sprechstunden abgekürzt – die Studenten hatten an Halloween ohnehin Wichtigeres zu tun – und war nach Hause gegangen, wo er wie ein gefangener Bär durch die Zimmer trollte und vergeblich versuchte, den Grund seines Unbehagens herauszufinden.

Doch auf der Suche in seinem Innern stieß er nur auf Fetzen von Bildern – Kathedralen des Bösen, errichtet auf Säulen des Lichts –, die ebenso gut der Vergangenheit wie der wolkenverhangenen Gegenwart angehören mochten.

Entspann dich, dachte Colin. An einem solchen Außenposten der Vernunft wie der Universität Berkeley erschien die europäische Perversion der dreißiger und vierziger Jahre wie ein Alptraum, den man fast nicht ernst nehmen konnte. Nathaniel hatte Recht gehabt: Es war wichtig für ihn, hierher zu kommen, um die Vergangenheit loszuwerden. Was gewesen war, würde sich nicht wiederholen – gleichgültig, wie sehr ihn gegenwärtige Weltereignisse die Wiederkunft der Finsternis fürchten ließen.

Doch die ganzen Jahre seiner Ausbildung hatten ihn gelehrt, über Andeutungen oder erste Anzeichen von Problemen, und seien sie noch so verschwommen, nicht leichtfertig hinwegzugehen. Der unbewusste Geist war nichtsprachlich. Er existierte außerhalb der Zeit, in direkter Kommunikation mit dem Unsichtbaren, und er teilte sich dem Bewusstsein nicht durch Worte mit. Wenn sein Unbewusstes versuchte, ihn auf etwas aufmerksam zu machen, dann benutzte es vielleicht

Bilder aus seiner Erinnerung, die sich für ihn mit einer gewissen Dringlichkeit verbanden oder mit einer bestimmten Örtlichkeit oder sogar mit einer besonderen Form der Beunruhigung.

Dass die meisten medial begabten Menschen, die mit der Zukunft oder auch einer weit entfernten Gegenwart in Kontakt standen – und Colin MacLaren gehörte mit Sicherheit nicht zu ihnen –, sich in ihren öffentlichen Voraussagen irrten, lag an ihrer Unfähigkeit, die Botschaften, die ihnen durch ihren vorbewussten Geist übermittelt wurden, richtig zu interpretieren. Sein eigenes Gefühl der Beunruhigung gründete in seiner Übung als Adept: Es gab auf der Astralen Ebene eine Erschütterung, die stark genug war, ihre Wellen bis in die wachende materiale Welt zu senden, und doch zugleich so schwer fassbar war, dass keine noch so große geistige Anstrengung sie vollständig aus dem Schatten hervorholen und seinem Bewusstsein zugänglich machen konnte.

Das war frustrierend, und er konnte verstehen, warum viele auf dem Pfad dachten, ein Adept müsse auch ein Medium sein: Es wäre in diesem Moment außerordentlich tröstreich gewesen, über die Fähigkeit zu verfügen, durch seine eigene angeborene seelische Kraft der Unsichtbaren Welt Antworten abzuringen. Doch in einem seiner vorherigen Leben hatte er diese Fähigkeiten für sich verworfen, und so hatte er keine Wahl, als zu beobachten und zu warten.

Mitternacht war vorbei. Die älteren Nachtschwärmer auf den Straßen, die es eher auf Bosheiten als Süßigkeiten abgesehen hatten, waren schließlich an andere Orte gezogen oder zu Bett gegangen, und abgesehen vom tobenden Wind war wieder Stille eingekehrt. Colin hatte sich schon damit abgefunden, seiner Unruhe in dieser Nacht nicht mehr auf den Grund gehen zu können, als er durch den Wind hindurch das Motorengeräusch eines Autos hörte.

Es wohnten außer ihm nur noch wenige Leute in dieser Sackgasse, und deren Häuser waren zu dieser Stunde schon alle dunkel. Er war nicht sonderlich überrascht, als das Scheinwerferlicht die Wände seines Wohnzimmers erhellte und der Wagen mit stotterndem Motor vor seinem Haus hielt. Er ging zur Haustür und öffnete sie.

Die Nachtluft war schwer von herannahendem Regen, der sich den ganzen Abend zurückgehalten hatte, und die Lichter der Stadt gaben der niedrigen Wolkendecke einen leicht grünlichen Schimmer. Colin kannte das Auto nicht – ein nagelneues, scharlachrot lackiertes Modell, das im Straßenlicht glänzte –, doch als das Licht im Wageninneren anging, erkannte er den Fahrer.

Jonathan Ashwell.

Schlank, dunkelhaarig und leidenschaftlich, war Ashwell ein privilegierter Abkömmling alten Ostküstengeldadels. Sein ganzer Name lautete Jonathan Griswold Ashwell III.; sein Vater war General der US-Army. Jonathan war ein Student, wie ihn sich jeder Professor erträumte – engagiert, selbstbewusst, intelligent. Und unglücklicherweise jung genug, um zu glauben, ihm könne nichts Böses widerfahren. Er war Colin zur Beratung zugeteilt, und obwohl er vordergründig die Promotion in Psychologie anstrebte, fühlte sich Jonathan zugleich vom Zerrspiegel dieser Wissenschaft angezogen, der Parapsychologie. Colin hatte ihn sofort gemocht und bisher Jonathans intellektuelle Neugier mit den vergleichsweise sicheren Untiefen des Rhine-Experiments und ähnlicher Forschungen in den Seitengassen des Wahrnehmungsvermögens beschäftigt gehalten.

Doch irgendetwas war geschehen, was dies ändern sollte. Er erkannte das auf der Stelle, als er Jonathan die Stufen – zwei auf einmal – hinaufkommen sah, das Gesicht weiß und verzerrt, die Krawatte verrutscht.

»Professor! Gott sei Dank, dass Sie da sind – ich habe nicht gewusst, wo ich sonst hingehen soll.« Er schien geradezu hysterisch, und Colin fürchtete das Schlimmste. Es gab so viele Dummheiten, die ein junger Mann in seinem Alter anstellen konnte. Aber es waren nicht Jonathans Fehltritte, die ihn so lange wach gehalten und warten lassen hatten.

»Komm doch rein, Jonathan«, sagte Colin und hielt die Fliegengittertür auf. »Ich bin sicher, wir bekommen das schon hin.«

»Nein – Sie verstehen mich falsch – sie ist im Auto …«

Einen Augenblick gefror Colin das Blut in den Adern, dann rannte er die Stufen hinunter, vorbei an dem verblüfften Jonathan.

Auf dem Beifahrersitz des Autos saß ein Mädchen. Sie war blond, trug einen Pagenschnitt und war – schätzte Colin – ziemlich groß. Sie war bewusstlos oder im Delirium, ihr Kopf rollte auf der Kopflehne hin und her. Ihre Lippen bewegten sich stumm, und ihre Hände vollführten sinnlose Gebärden, als ob sie ein unhörbares Gespräch träumte.

Er nahm ihr Handgelenk. Ihre Haut war kalt und klamm, der Puls schwach und schnell. Er sah die zuckenden Bewegungen ihrer Augen unter den Lidern, als läge sie in tiefem REM-Schlaf.

»Ich wusste nicht, was ich tun sollte«, sagte Jonathan. »Wir waren auf einer Party, und plötzlich kippte Claire um und fing an zu schreien.«

»Meinst du nicht, sie hat erst geschrien und ist dann umgekippt?«, fragte Colin. Er befühlte die Stirn des Mädchens. Sie war feucht von kaltem Schweiß.

»Nein, Professor, ich schwöre es! Sie verdrehte die Augen und fing dann an, alles mögliche Zeug zu erzählen.«

Colin schlug ihr sanft auf die Wangen, um sie aufzuwecken. »Was für Zeug?«, fragte er abwesend.

»Über – ach, ich weiß nicht – die Stadt des Tempels und die Drachen in der Erde – absolutes Sciencefictionzeugs«, sagte Jonathan unbeholfen. »Dass der Drache sich gegen die Stadt des Tempels und gegen den Tempel erheben wird, das war es. Und etwas über den Pfad der Finsternis.«

Für Colin jedoch klang das nicht nach wirrem Gerede. Vielmehr klang es seltsam überzeugend – wie Voraussagen, an denen sein eigener Orden festhielt –, aber das konnte bloßer Zufall sein. Vor allem war jetzt wichtig herauszufinden, was mit Jonathans Freundin los war.

Als Claire die Augen öffnete, starrte sie an Colin vorbei auf etwas, das nur sie sehen konnte. Im Licht der Straßenlaterne erkannte er, dass ihre Pupillen schrecklich geweitet waren, die Iris nur ein blasser silberner Ring um die Pupille.

»Die Sonne«, sagte sie mit rauer, wie von weither kommender Stimme. »Die Stadt auf dem Berg – Meister – Er hängt an einem Baum, und ich will nicht ...« Abrupt warf sie sich nach vorne und wollte aussteigen. »Ich halte es nicht aus«, murmelte sie mit etwas normalerer Stimme. »Raus hier – aus dem Weg. Hört auf, Schluss, *Schluss damit!*«

»Halt still!«, befahl Colin streng. Er ahnte jetzt, was mit ihr los war. Claire zeigte gewisse Anzeichen, auf die er in seiner Ausbildung zu achten gelernt hatte: Anzeichen einer medial Sensibilisierten, deren Zentren auf irgendeine Weise aufgebrochen worden waren. Jetzt war sie wehrlos, ohne Schutzschild gegen den Ansturm der sensorischen Informationen aus dieser und der nächsten Welt. Mit dem Daumen seiner rechten Hand drückte er das Siegel des Pentagramms auf ihre Stirn und fand seinen Verdacht bestätigt, als sie kraftlos in den Sitz zurücksank.

Ein magisches Siegel wäre bei jedem diesseitigen Leiden ohne Wirkung geblieben, aber hier half es und schenkte Claire für einen Augenblick Ruhe. Da er nicht wusste, wie das *Kether Chakra* geöffnet worden war, wagte er nicht, es zu schließen. Und es würde ihn mehr Zeit kosten, als Claire hatte, um es selbst herauszufinden. Sie brauchte jetzt einen sicheren Ort, bis ihre Zentren wieder geschlossen waren.

Während ein Grundsatz der Parapsychologie lautete, mediale Kräfte nicht für übernatürlich zu halten – sondern vielmehr für eine seltene Gabe, die zum normalen menschlichen Wahrnehmungsapparat gehörte –, besagte ein anderer Lehrsatz, dass ein Aufbrechen der seelischen Zentren des Geistes, sofern es sich nicht um die eines starken Mediums handelte, höchstens wilde Ahnungen und vielleicht ein paar Alpträume auslösen könnte. Und nicht die Reaktion, die sich bei Claire London hier zeigte – vorausgesetzt, sie wusste wirklich nicht mehr, was sie war.

Colin warf einen Blick zurück zum Haus. Sie hineintragen? Doch nein – wenn sie bereits geöffnet und ungeschützt war, konnte es für sie das Schlimmste nach sich ziehen. Colins Räume waren stark bewacht, doch was in ihnen steckte, auch wenn es vom Licht herstammte, war zu intensiv für eine Uneingeweihte, um sich dagegen behaupten zu können. Sie ins Haus zu bringen würde die Dinge nur unermesslich verschlimmern.

Wen kannte er in der Bay Area, der mit dieser Art Krisis umgehen konnte?

»Alison«, sagte Colin laut.

Greenhaven war ein geschütztes Haus, dem Großen Werk geweiht, und Alison Margrave verbannte ebenso unnachsichtig wie gewissenhaft alles Böse. Keine Macht, die Alison nicht eigens ausgewählt hatte, konnte in dieses Haus eindringen, solange seine Hüterin lebte. Claire wäre dort sicher.

»Professor?« Jonathans Stimme klang angstvoll. »Was haben Sie gemacht? Was ist los mit Claire?«

»Keine Sorge, Jon, ich glaube, sie wird bald wieder auf dem Damm sein, wenn wir ihr die Hilfe geben, die sie braucht. Ich werde sie zu einer Freundin bringen. Versuchen Sie, sie auf den Rücksitz zu schaffen; ich gehe schnell meinen Mantel holen.«

Es war nach zwei, als sie Greenhaven erreichten. Colin hatte Alison angerufen, bevor sie losfuhren, aber niemand hatte abgenommen. Dafür konnte es ein Dutzend Gründe geben, doch Claires Problem duldete keinen Aufschub. Wenn Alison bei ihrer Ankunft nicht da wäre, könnte Colin trotzdem hinein. Ohne diese Freistatt schwebte Claire, so fürchtete er, in Lebensgefahr.

Gott sei Dank vertraute Jonathan ihm voll und ganz und folgte seinen Anweisungen ohne Zögern, selbst als er ihn von den medizinischen Einrichtungen auf dem Campus und dem Kaiser Hospital fortdirigierte. Was er gedacht haben mochte, als Colin ihm den Weg über die Bay und in die nebligen Hügel von San Francisco wies, stellte sich Colin gar nicht erst vor, auch wenn er dem jungen Mann für seine Willfährigkeit dankbar war.

Obwohl er den Siegeldruck während der Fahrt öfter anwandte, kam es bei Claire immer wieder zu Ausbrüchen. Sie phantasierte und schlug um sich, weinte und schrie gegen Dinge an, die Colin nicht sehen konnte. Manchmal brauchte er seine ganze Kraft, um sie festzuhalten, und er war froh, Jonathan gebeten zu haben, sie auf den Rücksitz zu setzen, wo er nun neben ihr saß. Wenn sie vorn gesessen und die Möglichkeit gehabt hätte, ins Steuer zu greifen, wären sie schon mehr als einmal von der Straße abgekommen.

Jonathan war völlig verängstigt. Colin versuchte ihn abzulenken, indem er ihn in den Pausen zwischen Claires Anfällen befragte. So erfuhr er, dass Claire London neunzehn sei und dank eines Stipendiums die Schwesternschule besuche. Sie sei in Burlingame geboren und aufgewachsen – was sie zu einem der seltensten aller Geschöpfe machte, einer echten Kalifornierin. Jonathan kenne sie nicht gut, obwohl er im letzten Jahr ein paar Mal mit ihr ausgegangen sei. Auf der Party habe er sie zufällig getroffen.

»Es war eine von Tollers Feten, wo's hoch hergeht, wissen Sie, Professor. Eine Halloween-Party; ein paar Leute waren als Zigeuner verkleidet und haben die Zukunft vorausgesagt, mit Alphabettafeln und so.« Seine Stimme klang bestürzt. »Sonst ist niemandem was passiert – nicht so was.«

»Hat Claire die Alphabettafel ausprobiert?«, fragte Colin. Das so genannte Spiel galt als harmlos, doch in den falschen Händen – ob unschuldig oder nicht – bahnte es sich einen Weg in das schutzlos preisgegebene Unterbewusste, wo es sich genauso katastrophal – unter gewissen Umständen sogar tödlich – auswirken konnte wie der Versuch eines Laien, seinen Fernsehapparat mit Eispickel und Hammer zu reparieren.

»Nein«, sagte Jonathan. »Sie hasst so was. Hält es für Selbsttäuschung, Zaubertricks. Als sie das Ding sah, hätte sie es am liebsten vom Tisch gefegt.«

»Hm«, murmelte Colin. Eine merkwürdige Reaktion von einer medial so begabten Person.

Claires Kopf lag an seiner Schulter, ihr helles Haar war durch den Schweiß honigbraun geworden. Ihr Rock und Pulli waren schweißgetränkt; ihr Körper strömte den schweren chemischen Geruch eines Krankenzimmers aus, ihr Puls ging schwach und bedrohlich schnell. Colin gefiel das gar nicht. Er hatte gedacht, sie hätten genug Zeit, um das Mädchen bei Alison in Sicherheit zu bringen, doch jetzt begann er zu fürchten, das Risiko unterschätzt zu haben.

Es war ein Fehler, vor dem ihn seine Lehrer gewarnt hatten – allzu große Sicherheit auf dem Pfad führte zu übereilten Handlungen, die den Suchenden in Kämpfe verstrickten, die jedermanns Kräfte überstiegen. Misserfolge zügelten den Geist und lehrten Bewusstheit und Sorgfalt, sagten seine Meister, doch er hatte sich nie Fehler erlaubt. Noch bevor er in dieses Leben geboren worden war, hatte er gewusst, wie hoch der Einsatz in seinen jugendlichen Kämpfen sein würde, und er hatte in dieser Inkarnation das Risiko auf sich genommen, alle Macht und Kontrolle beizubehalten, die normalerweise die Früchte eines langen mühsamen Lebens waren. Infolgedessen verlor der junge Colin MacLaren auch angesichts einer hoffnungslosen Lage nie seine Zuversicht – und war jetzt vielleicht zu optimistisch gewesen.

»Können Sie nicht schneller fahren?«, fragte er mit neuer Spannung in der Stimme.

Jonathan antwortete, indem er fest aufs Gaspedal trat, so dass die Limousine einen Satz nach vorn in den Nebel hinein machte.

Auf dieser Seite der Bucht hatte es geregnet, und die kurvenreichen Straßen der Twin-Peaks-Gegend waren rutschig. Das Auto schlingerte hin und her, und Colin hörte einen erstickten Laut von Jonathan, als der junge Mann beinahe die Kontrolle über das Steuer verloren hätte. Er hielt den Atem an, doch Jonathan konnte das Auto abfangen. Der Motor heulte auf, als er zurückschaltete, um den letzten Hügel zu nehmen.

»Schnell ... schnell«, murmelte Colin leise. »Hier!«

Jonathan stieg auf die Bremse, so dass Colin und Claire gegen die Rückenlehnen stießen. Er riss das Lenkrad herum und gab noch einmal Gas, das Auto kreischte und ruckte die ansteigende Einfahrt von Greenhaven hoch.

Alison stand an der Tür. Sie war beim Wagen, noch ehe er richtig gehalten hatte, und öffnete die Seitentür.

»Simon hat gesagt, dass ihr kommt«, begann sie, als Colin vom Rücksitz herauskletterte. »Und er irrt sich selten, wenn jemand in Schwierigkeiten ist. Was ist los?«

»Sie ist ein Medium und hatte wohl eine Begegnung mit etwas, das mächtiger ist als sie.« Colin bückte sich ins Auto und hob Claire heraus.

Sie lag in seinen Armen, entkräftet vom langen Kampf gegen ihre unsichtbaren Dämonen. Alison gab einen Schreckenslaut von sich und winkte ihnen, ihr zu folgen.

Colin trug Claire ins Haus. Jonathan folgte wie ein verwirrtes Küken.

Sowie Colin über die Schwelle des Hauses trat, senkte sich Ruhe über ihn; ein kaum wahrnehmbares Abschalten des verwirrenden Hintergrundlärms, der von den dicht gedrängten Geistern und Seelen der Menschheit durch den Äther hallte. Sogar Claire schien die wohltuende Stille zu empfinden.

»Die Treppe hinauf«, sagte Alison.

Colin und Jonathan trugen das bewusstlose Mädchen zusammen in das Gästezimmer hoch, wo Colin bei seinen Besuchen in Greenhaven übernachtet hatte. Dort erwartete sie Simon mit mürrisch-übernächtigter Miene.

Auf dem kleinen Altar in der Ecke brannte das ewige Licht, und das Zimmer duftete nach reinigendem Weihrauch. Colin nahm an, dass die religiösen Symbole von Simon stammten, da Alisons Hermes-Tisch größer und aufwändiger war. Er befand sich in der umgebauten Garage, die Alison als Meditationsraum benutzte.

»Legt sie auf's Bett«, sagte Alison.

Simon kam und half ihnen, und bald lag Claire London ausgestreckt auf dem Bett. Obwohl das Siegel längst nachgelassen hatte, war Claire ruhig, behütet von Greenhavens Schutz. Alison kniete neben ihr und öffnete eines ihrer Augenlider mit der Selbstverständlichkeit eines Menschen, der Erfahrung im Umgang mit dem verlassenen Körper eines Adepten hatte, während dessen Seele durch die Weiten des Astralen Reichs irrte.

»Sie steht unter Drogen«, erklärte Alison bestimmt. »Das hatte ich befürchtet – es bräuchte einen ganzen Hexensabbat, um sie durch bloßen Willen so zugrunde zu richten. Sie ist sehr schwach. Simon, hol meine Tasche.«

Der junge Musiker verließ folgsam den Raum.

»Drogen?«, stammelte Jonathan. Er starrte von dem kleinen Altar zu Alison, sein Gesicht eine einzige Frage – und schwache, ungläubige Schuld.

»Aber sie… Alles, was sie – alles, was sie auf der Party getrunken hat, war der Punsch, Professor. Es war nur ganz wenig Wodka drin.«

»Hat sie nichts geraucht? Vielleicht Tabletten genommen?«, fragte Colin, obwohl die Party-Pillen, die unter den Studenten neuerdings beliebt waren, um einen Nachtmarathon durchstehen zu können, kaum eine solche Wirkung hatten. Mit Marihuana oder Haschisch verhielt es sich ähnlich.

»Nein«, sagte Jonathan unsicher.

»Macht euch keine Sorgen«, sagte Alison, als Simon mit ihrer Arzttasche zurückkehrte. »Ich glaube, ich weiß, was es ist. Es ist gefährlich, es ist verführerisch und, das Schlimmste – es ist vollkommen legal.«

Sie öffnete die Tasche und holte eine Spritze und eine Ampulle mit klarer Flüssigkeit hervor. »Ich werde ihr ein Aufputschmittel geben – so viel ich mich traue –, und dann werden Simon und ich versuchen, ihre *channels* freizubekommen und ihr dabei zu helfen, ihre natürlichen Schutzschilde wieder aufzubauen. Ist sie deine Studentin, Colin?«

»Ich habe sie heute Abend zum ersten Mal gesehen«, sagte Colin wahrheitsgemäß.

»Zu schade«, sagte Alison. »Es wäre leichter, wenn jemand hier wäre, dem sie vertraut. Ich habe nicht das Gefühl, dass sie eine sonderlich vertrauensselige Person ist – warum sollte sie es auch sein?«

Sie drückte die Luftbläschen aus der Spritze, dann schob sie die Nadel in die weiche Haut der Armbeuge, die Simon bereits mit Alkohol gereinigt hatte. Langsam ließ sie die Dosis in die Vene des Mädchens gleiten.

»Professor, was geschieht hier?«, fragte Jonathan. »Was sind…«

Colin hob die Hand. »Still, Jonathan. Ich antworte nachher auf Ihre Fragen. Doch jetzt müssen wir Alison und Simon in Ruhe lassen, damit sie arbeiten können.«

Die Adepten standen auf beiden Seiten des Bettes, ihre ausgestreckten Arme bildeten eine Brücke über Claires ausgestrecktem Körper. Mit langsamen, regelmäßigen Streichbewegungen ihrer Hände arbeiteten sie sich den Körper hinunter, ihre Hände strichen immer in dieselbe Richtung, als entfernten sie Fusseln von einem Samtstoff. Sie taten für Claire, was diese nicht selbst tun konnte: Sie befreiten ihre höheren Zentren von der Bürde ungewollter seelischer Energie und erlaubten ihnen, sich zu schließen und sich wieder selbst zu schützen.

Colin war kein Medium, doch durch Jahre des Trainings konnte er sich vorstellen, was sie sahen: ein Netzwerk von Bahnen, wie das verzweigte Geäst eines Baumes, das die Energie-Kanäle des Lichtkörpers bildete. Dieses ätherische Selbst oder der Astralleib war der Bestandteil des dreigeteilten Selbst, den Hellsichtige benutzten, um sich in der physischen Welt an einen anderen Ort zu versetzen, oder mit dessen Hilfe Magier in die Anderwelt reisten. Es war die Astrale Gestalt, die manchmal als Double den Tod überlebte und die Materiale Ebene auf der Suche nach dem verlorenen Körper und der entschwundenen Seele durchwanderte. So entstanden Spukgeschichten von Geistern und Gespenstern, wenn jemand sie per Zufall zu Gesicht bekam.

Als sie ihre Zehen erreicht hatten, begannen sie erneut an ihrem Kopf. Diesmal waren ihre Bewegungen ausladender, um die Energie zu zerstreuen und in die Erde zu schicken.

Neben ihm schaute Jonathan fasziniert zu. Colin wusste, dass der junge Mann von den Energieströmen erfasst war, die durch den Raum wirbelten. Er hatte sich in seiner Einschätzung nicht geirrt, dass Jonathan Ashwells Begabung über bloßes Buchwissen hinausging. Colin musste den jungen Mann vor spiritistischen Tischerückern und anderen okkulten Scharlatanen bewahren, wenn er nicht in den seichten Gewässern der Unsichtbaren Welt, umgeben von Treibgut, untergehen sollte.

Schließlich beendeten Alison und Simon ihr Werk und wischten die letzten Reste der Energie von ihren Händen. Simon sah mitgenommen aus, sein Gesicht war bleich vor Erschöpfung.

Alison, der langjährige Erfahrung und Übung zugute kamen, wirkte nur müde.

Wie aus dem Nichts erschien eine von Alisons Katzen, sprang auf das Bett und rollte sich laut schnurrend neben Claire zusammen.

»Das ist alles, was ich im Augenblick für sie tun kann, Colin; ich hoffe, es ist genug. Ich werde in einer halben Stunde nach ihr sehen, aber eigentlich müsste sie jetzt bis morgen Mittag durchschlafen, wenn wir Glück haben. Jetzt würde ich ganz gern mit dir und deinem jungen Freund reden«, schloss Alison bedeutungsvoll.

»Nun, ich gehe ins Bett«, sagte Simon und fuhr sich mit seiner langen, eleganten Hand durch die verwuschelten, schwarzen Locken. »Ich glaube, ich schlafe jetzt durch, bis sie zum Jüngsten Gericht blasen.« Ohne ein weiteres Wort huschte er an den anderen vorbei und war fort.

Colin seufzte. Die nervöse Energie, die ihn während der Krise wach gehalten hatte, wich nun, da alles überstanden war, von ihm. Es war immer so: erst das Gefahren-Hoch – und dann das Tief. Adrenalin war gewiss nicht weniger eine Droge als Heroin; suchte er sich womöglich Situationen wie diese aus, um sein Verlangen danach zu decken?

»Kommen Sie, Jonathan. Claire müsste jetzt aus dem Gröbsten raus sein. Und ich glaube, ich bin Ihnen eine Erklärung schuldig.«

In dem Kamin des langen Wohnzimmers brannte ein Feuer, und der Raum war erfüllt von dem würzigen Geruch der Eukalyptus-Scheite. Jonathan sank dankbar in einen Sessel, während Alison zu dem Bartisch ging. Plötzlich fiel Colin etwas ein.

»Alison, was hast du damit gemeint, als du sagtest, ›es ist legal‹? Weißt du, was es war? Was hat Claire genommen?«, fragte er.

»Ich bin natürlich nicht ganz sicher, aber ich glaube, sie hat etwas zu sich genommen – oder hat es ohne ihr Wissen verabreicht bekommen –, das *Lysergsäurediäthylamid* heißt, ein Derivat des Mutterkorns, das es seit den vierziger Jahren gibt. Sandoz stellt es her; es wird in der Psychotherapie verwandt – ich habe es selbst schon einigen meiner Patienten gegeben, weil es nicht verschreibungspflichtig ist. Es wirkt auf die Serotonin-Rezeptoren des Mittelhirns – kurz gesagt, LSD öffnet die Tore der Wahrnehmung und schließt gleichzeitig die Zensurmechanismen des Gehirns kurz.«

Sie reichte ihm ein schweres Kristallglas mit zweifingerbreit Scotch darin und Jonathan das Gleiche. Obwohl der junge Mann noch nicht in dem Alter war, in dem er dem Gesetz nach Alkohol trinken durfte, nahm er das Glas dankbar an, und Colin konnte es ihm nicht verübeln. Es schien widersinnig, dass ein Amerikaner mit achtzehn Jahren alt genug war, um in den Streitkräften zu dienen, aber nicht wählen, Alkohol trinken oder einen rechtskräftigen Vertrag unterschreiben durfte. In Europa wurden solche Dinge anders gehandhabt.

»Ein Kurzschluss … das kann für jemanden, der medial begabt ist, verheerend sein«, murmelte Colin.

»Und Claire hat eindeutig wie ein Medium reagiert«, sagte Alison. »Der Stoff ist nützlich, aber bösartig – jeder Hobbychemiker kann ihn zusammenbrauen. Er ist farblos, geruchlos, und es genügt eine winzige Dosis; ich gebe es meinen Patienten auf einem Zuckerwürfel, damit wir beide die Sache unter Kontrolle haben. Es wirkt beinahe sofort, hält bis zu achtzehn Stunden vor – und die Wirkung ist sehr stark und nicht vorhersehbar. Wir wollen hoffen, dass Ihre Claire bei ihrem Experiment keine Narben davongetragen hat. Aber warten wir ab, was sie selbst zu sagen hat, wenn sie aufwacht.«

»Ist … ist Claire ein Medium?«, fragte Jonathan. »Eine Hellseherin? Kann sie in die Zukunft sehen?«

Alison und Colin schauten sich an. Wer von ihnen sollte diese grundlegendste und schwierigste aller Fragen beantworten?

»Claire ist sicher, was wir medial begabt nennen«, sagte Colin schließlich, »in dem einfachsten Sinn, dass sie eine Reihe von Wahrnehmungen hat, die andere nicht haben. Andere sind für solche Wellenlängen schlicht und einfach nicht ausgestattet. Wie Sie sich vielleicht aus meinen Vorlesungen erinnern, werden etwa zwischen zehn und zwanzig Prozent der Menschen mit einer gewissen medialen Fähigkeit geboren, die sich gewöhnlich in Form von Ahnungen, Glückstreffern, prophetischen Träumen und Ähnlichem manifestiert. Ein Bruchteil dieser Menschen verfügt über eine stärkere Gabe – was früher ›Zweites Gesicht‹ genannt wurde und jetzt präziser als Clairvoyance und Präkognition bezeichnet wird. Bei ihnen ist der sechste Sinn stark genug entwickelt, dass sie ihn bis zu einem gewissen Grad beeinflussen und sich räumlich oder zeitlich entfernte Geschehnisse aussuchen können, auf die sie sich konzentrieren wollen.

Aber es gibt noch eine andere Art von Hellsichtigen, nämlich die Sensitiven, die mehr oder weniger konstant Wahrnehmungen aus der Unsichtbaren Welt haben. Diese Sensitiven lernen schnell, den Fluss bedrohlicher und unerwünschter Nachrichten, die sonst niemand zu empfangen scheint, auszublenden. Viele von ihnen verbringen ihr ganzes Leben, ohne zu wissen, dass sie zu den Begabten gehören.«

»Wie Claire«, sagte Jonathan. »Aber es steckt noch mehr dahinter, oder? Ich könnte schwören, Professor, dass Claire nicht gewusst hat, medial begabt oder sensitiv zu sein. Sie ist das vernünftigste und praktischste Mädchen, das ich kenne.«

»Ein Medium zu sein bedeutet nicht unbedingt, den gesunden Menschenverstand zu verlieren«, sagte Alison lächelnd. »Vor Tausenden von Jahren war das, was damals ›Die Gabe‹ genannt wurde, eine unabdingbare Voraussetzung für Gesetzgeber und Führer. Die Zivilisation hätte nicht lange überdauert, wenn sie bloß aus einem Haufen von Exzentrikern bestanden hätte.«

»Kann sein«, sagte Jonathan. »Aber, Dr. Margrave – wenn jemand sensitiv ist, wie findet er es dann heraus? Wie fühlt sich das an?«

»Nun, das ist das Stichwort für einen sehr langen Vortrag«, sagte Alison. »Colin, kannst du noch etwas Holz nachlegen?«

Colin stand auf und ging hinüber zum Kamin. Der Holzkasten war mit kleinen, gestapelten Scheiten gefüllt, einer Mischung aus hellem, weichem Eukalyptusholz, grauem, salzgetränktem Treibholz und massiven, rötlichen Apfelholzstücken. Er stellte sein Glas auf den Kaminsims, legte mehrere Apfelholzscheite ins Feuer und stocherte mit dem Schürhaken, um ein gutes Glutbett für das neue Holz zu bereiten. Während er wartete, um sicherzugehen, dass das Holz Feuer fing, fiel sein Blick auf das große Fenster.

Die Vorhänge waren zurückgezogen, und der Himmel färbte sich vom Licht der Morgendämmerung grau. Die Welt hatte ein weiteres *All Hallows Eve* – den Abend vor Allerheiligen – überstanden, und der Tag der Toten brach an.

Hinter ihm erklärte Alison Jonathan die grundlegenden Glaubenssätze des Lichts. »Es gibt eine Energie, die uns alle miteinander verbindet – um die Jahrhundertwende wurde sie *aethyr* genannt, dieser Begriff ist aber mittlerweile veraltet. Dieser Teil von uns – der Lichtleib – erlaubt unserem Geschlecht, all jene Dinge zu tun, die normalerweise unter der Rubrik ›Parapsychologie und Okkultes‹ im Buchladen stehen.«

Colins Gedanken wandten sich von dem Gespräch ab und dem Mädchen zu, das oben lag. In dem Moment, als er sie zum ersten Mal in Jonathans Auto gesehen hatte, hatte er blitzhaft empfunden, dass er sie kannte. Irgendwann in einem anderen Leben war er dieser jungen Frau schon einmal begegnet.

Es wurde ihm bewusst, dass er seit seiner Rückkehr in die USA auf etwas wie einen Befehl gewartet hatte. Claire Londons Ankunft war so zwingend wie ein Befehl: Die Götter des Karma verlangten von ihm, dass er der Sache, der er verschrieben war, treu blieb, und sie hatten ihm nun diese Aufgabe gestellt.

Doch obgleich er sehr viel schwierigere Prüfungen als eine einzelne junge Frau hinter sich gebracht hatte, fragte sich Colin zum ersten Mal in seinem Leben, ob sein Wille und seine Fähigkeiten ausreichten, das zu leisten, was man von ihm erwartete. War Claire zu ihm gesandt worden, damit er sie lehrte, bildete, leitete? Und wenn es so war, was dann?

Hinter ihm brannte das nachgelegte Holz kräftig und erfüllte den Raum mit neuer Wärme. Colin wandte seinen Blick vom Fenster ab. Alison und Jonathan saßen nebeneinander und waren in ihr Gespräch vertieft.

»Wenn Sie erst einmal akzeptieren, dass Sie mehr als nur Körper sind – dass Sie ebenso einen geistigen Körper haben, mit dessen eigenen Sinnen und Bedürfnissen –, haben Sie den ersten Schritt in ein größeres Universum getan und Ihren Fuß auf einen Pfad gesetzt, den zu gehen viele Leben dauern kann.«

Jonathan starrte sie an, schwankend zwischen unwillkürlicher Abwehr eines solch fremdartigen Gedankens und sehnsuchtsvoller, gläubiger Hoffnung. Die beiden so zu sehen erfüllte Colin plötzlich mit einem Anflug von Neid. Für Alison war es so einfach, von diesen Dingen zu sprechen und die Schritte eines Suchenden auf den Pfad zu lenken. Wenn sie je von den Zweifeln oder Skrupeln geplagt wurde, die Colin angesichts der Gefahr und Verantwortung ihres Tuns empfand, dann zeigte sie es nicht.

Doch andererseits hatte Alison als Lehrkraft einige Erfahrung – Simon Anstey war nur der jüngste in der langen Reihe ihrer Schüler, deren Leben wie ein Garten voller Blumen war, die sie in ihrem Erdendasein berührt hatte. Alison Margraves Leben war nicht vergeudet, sie hatte es im Dienste des Lichts verbracht.

Konnte Colin das Gleiche von sich sagen? Er hatte große und furchtbare Schlachten im Dienste des Lichts geschlagen, doch das Leben eines Adepten sollte das Werk seines Geistes und Herzens krönen. Colin war noch nicht zufrieden mit dem, was er aus sich gemacht hatte.

»Wenn LSD für Claires Zustand verantwortlich ist«, sagte er wenige Minuten später in einer Gesprächspause, »dann würde ich gern erfahren, wie sie daran gekommen ist. Du sagst, es wirke ziemlich schnell, Alison – heißt das nicht, dass sie es auf der Party bekommen haben muss?«

»Ich denke schon, Professor«, sagte Jonathan langsam. »Es war, na ja, eben eine von Tollers Partys. Jeder weiß, wie es da zugeht. Claire auch.«

»Angenommen, wir wissen es nicht«, sagte Alison ironisch. »Einen Moment. Ich glaube, es ist besser, wenn ich noch mal nach dem Mädchen sehe.« Sie stand mit dem Glas in der Hand auf und ging zur Treppe.

Jonathan drehte sich in seinem Sessel um und sah über seine Schulter zu Colin.

»Ich glaube, ich bin hier heute Abend etwas überfordert, Professor, nicht?«, fragte er zerknirscht.

»Sie schlagen sich tapfer«, versicherte ihm Colin. »Ein kühler Kopf in einer Krise und die Bereitschaft, Anweisungen klug zu befolgen, das wird immer helfen, ans Ziel zu gelangen, gleichgültig, welchen Weg Sie einschlagen.«

»Diesen Weg will ich gehen«, sagte Jonathan entschlossen. »Ich weiß, es klingt verrückt, aber ich fühle mich, als ob ich nach Hause gekommen wäre.«

Nicht so verrückt, wie du glaubst, dachte Colin insgeheim lächelnd. Einer der Glaubenssätze des Lichts war der unendliche Prozess des Lernens, in den das Selbst Leben auf Leben wieder geboren wurde. Dies war vielleicht nicht das erste Leben, in dem Jonathan Ashwell einen tieferen Sinn der Existenz suchte.

Alison kam zurück. »Schläft noch. Puls und Atmung sind regelmäßig und kräftig; ich glaube, wenn sie morgen aufwacht, wird es ihr wieder gut gehen – zumindest körperlich. Und was die Psyche betrifft…« Alison hielt inne. »Ich denke, damit beschäftigen wir uns, wenn es so weit ist. Allerdings würde ich wirklich gerne mal ein Wörtchen mit demjenigen reden, der die Party gegeben hat, auf der Sie beide waren. Er scheint es lustig zu finden, seine Gäste unter Drogen zu setzen.«

»Niemand gibt Ihnen die Schuld, Jonathan«, versicherte Colin. »Aber alles, was Sie uns sagen können, hilft uns weiter.«

Mittels der geduldigen Fragen von Colin und Alison begann sich ein Bild herauszukristallisieren.

Toller Hasloch war das Urbild des BMOC – des *Big Man On Campus*. Er war zweiundzwanzig, Jurastudent aus einer wohlhabenden Familie in Baltimore. Er wohnte außerhalb des Campus in einem weitläufigen viktorianischen Haus in einer älteren Gegend der Stadt und gab oft Partys, die einen gewissen Ruf erlangt hatten. Er gehörte einer Reihe von Clubs auf dem Campus an, die alles andere als respektabel waren und im Ruf standen, sowohl geistig wie körperlich an Tabugrenzen zu rühren.

Dass auf Tollers Partys Drogen – meistens Marihuana und Tabletten – angeboten wurden, war allgemein bekannt. Doch soviel Jonathan wusste, war noch niemand gezwungen worden, sie zu nehmen.

»Wenn sie einen Rausch hatte, dann durch den Punsch«, sagte er. »Es gab eine große Punschterrine; da war Wodka drin, aber das wusste jeder. Claire auch. Normalerweise trinkt sie nichts, aber an diesem Abend hat sie getrunken. Ich habe sie vor dem Alkohol gewarnt, aber sie hat mich nur ausgelacht. Aber ein bisschen Schnaps hat doch keine solche Wirkung, oder? Und wenn noch was anderes im Punsch war, dann hat Toller es hineingetan«, fügte Jonathan bestimmt hinzu. »Er bleibt gern im Hintergrund, aber ich glaube nicht, dass ihm irgendetwas entgeht.«

»Wie schwierig ist es, an diese Droge heranzukommen?«, fragte Colin.

»Nicht sehr«, gestand Alison. »Und sie ist ziemlich einfach herzustellen, wenn man Zugang zu einem Chemielabor hat – oder ein Verhältnis mit einer Chemikerin.«

»Gehe ich recht in der Annahme, dass Mr. Hasloch mindestens eine dieser Bedingungen erfüllt?«, fragte Colin Jonathan.

»Bestimmt«, sagte Jonathan unsicher; er begann sich etwas unbehaglich zu fühlen. »Ich meine … er kommt an alle möglichen Dinge«, sagte er zögernd. »Zumindest habe ich das gehört. Ich will aber nicht, dass er in Schwierigkeiten gerät, Professor …«

»Er steckt schon in Schwierigkeiten«, sagte Alison düster. »Vorausgesetzt natürlich, dass er wirklich die Verantwortung trägt. Aber, um uns die Sache für's Erste zu erleichtern, unterstellen wir, dass es so ist, dass er an LSD gekommen ist und angenommen hat, er könne seine Halloween-Party lustiger machen, indem er ein paar echte – oder echt erscheinende – Gespenster und Kobolde beisteuert. Es war pures Glück, dass Claire als Einzige so reagiert hat – zumindest hoffe ich das.

Und Gott sei Dank haben Sie nichts von dem Zeug getrunken, womit er die Bowle präpariert hat«, sagte Alison. »LSD kann ziemlich verblüffende Wirkungen haben.«

»Nein«, sagte Jonathan erleichtert. »Ich habe nichts von dem Punsch getrunken. Ich bin bei Bier geblieben. Das heißt…«, begann er, als er merkte, was er da gesagt hatte.

»Ich würde sagen, unter den gegebenen Umständen waren Ihre Sünden klein«, sagte Colin. »Und sind vergeben.«

»Sünden«, sagte eine neue Stimme von der Tür her. »Habe ich auch welche begangen?«

Colin hatte richtig geschätzt, Claire London war groß: an die eins achtzig, ein »strammes Mädchen«, wie seine schottischen Vorfahren gesagt hätten. Sie war barfuß, ihr Rock und ihr Pulli waren vom Schlafen etwas zerknittert. Sie stützte sich mit der einen Hand am Türrahmen ab und fuhr sich mit der anderen durch das kurze blonde Haar. Ihr Mund bildete einen grimmigen, argwöhnischen Strich.

»Wir dachten, Sie würden noch ein paar Stunden schlafen«, sagte Alison ruhig.

»Warum sollte ich?«, antwortete Claire gereizt. »Hat mir jemand heimlich ein Betäubungsmittel verpasst? Du etwa, Johnny?«, fügte sie spöttisch hinzu.

»Du … bist zusammengebrochen, Claire«, erwiderte Jonathan kraftlos. »Auf Tollers Party, erinnerst du dich? Ich habe mit dir gesprochen; bei der Punschterrine – du hattest dir gerade ein neues Glas Punsch eingeschenkt, erinnerst du dich? Wir haben uns beide gefragt, wo Toller wohl steckt…«

»Nein.« Die Antwort kam zu schnell, und Claires scharfer Spott wich nackter Angst. »Ich erinnere mich an nichts, *weil nichts passiert ist*. Kapiert?«

Ihre Augen richteten sich plötzlich auf Colin, und sie starrte ihn beinahe entsetzt an.

Colin erkannte plötzlich mit untrüglicher Intuition, dass sie sich schon einmal begegnet waren. In Leben auf Leben, seit ihrer ersten Begegnung in den Hallen des alten Sonnentempels in der Tempelstadt, als der Mensch, der damals Riveda hieß, zum ersten Mal den Verrat beging, dessen Sühne ihn seither an das Rad der Wiedergeburt kettete.

Der durchdringende Augenblick der Transzendenz schwand. Colin spürte aber noch den Nachhall seiner Energie. »Jeder Mensch braucht manchmal Hilfe, Miss London«, sagte er und merkte im gleichen Moment, dass dies irgendwie nicht die richtigen Worte waren.

»Ich nicht«, erwiderte Claire, immer noch mit dieser schneidenden Fröhlichkeit. »Niemand sorgt für mich außer ich selbst«, fügte sie warnend hinzu. »Ich kann allein auf mich aufpassen – Gott weiß, dass ich das immer musste.«

»Wie lange hören Sie schon die Stimmen, Liebes?«, fragte Alison freundlich.

Die Reaktion war so dramatisch, als hätte sie der jungen Frau ins Gesicht geschlagen. Claire wurde blass und sackte in die Knie. Jonathan sprang von seinem Sitz auf und bekam sie gerade noch zu fassen, bevor sie auf den Boden schlug.

»Ich bin nicht verrückt«, stammelte Claire verzweifelt, als Jonathan sie halb zum Sofa trug, halb zog. »Ich bin nicht verrückt, bin ich nicht, bin ich nicht…«

»Hören Sie zu, junge Frau«, sagte Alison streng. »Entgegen allem Augenschein heute Abend – Sie verlieren *nicht* Ihren Verstand. Ich bin ausgebildete Psychiaterin, Sie können mir glauben.«

Claire London starrte in Alisons Augen und schien zum ersten Mal ihre Umwelt wirklich wahrzunehmen. »Sie sind… Ärztin?«, fragte sie zitternd. Tränen traten in ihre blauen Augen und vergrößerten noch ihre geweiteten Pupillen.

»Zugelassen, um zu günstigen Stundentarifen Köpfe zu schrumpfen«, antwortete Alison. »Und zu meinen weiteren Fertigkeiten gehört noch das Klavierspiel. Aber Spaß beiseite, Claire, Sie sind hier unter Freunden. Ich halte Sie nicht für verrückt – und Colin auch nicht.«

Claire sah Colin an. »Colin … MacLaren?«, fragte sie. »Ich habe von Ihnen gehört. Sie sind der neue Professor in der Psychofakultät – der an Gespenster und Teeblätter und diesen ganzen Unsinn glaubt. Ein schöner Bundesgenosse…«, stöhnte sie. Sie legte sich zurück aufs Sofa und schloss die Augen.

»Ich gebe freimütig zu, dass ich an Gespenster glaube«, sagte Colin, »und Sie selbst können Teeblätter in jedem Lipton's-

Teebeutel sehen. Und was den Rest betrifft – möchten Sie lieber, dass man Sie für medial begabt oder für verrückt hält?«

»›Medial begabt‹ ... glauben Sie nicht auch, dass das ein Haufen Blödsinn ist, Professor?« Mit der fiebrigen Energie, die Alison als Nebeneffekt des LSD beschrieben hatte, setzte sich Claire auf und lächelte kalt. Ihre Stimme hatte einen zynischen Beiklang. »Unsichtbare Welten ... mystische Visionen ... als Nächstes wollen Sie wohl, dass ich an grüne Männchen glaube.«

»Nur mit Ihrer Erlaubnis«, sagte Colin ernst. »Und bei ausreichender Beweislage. Claire, lassen Sie sich von uns helfen. Ich weiß, dass dieser Abend für Sie ein schrecklicher Schock war, aber Sie müssen verstehen, Sie verfügen über eine große Gabe, über sinnliche Fähigkeiten, zu denen nur wenige Menschen Zugang haben. Ich weiß, das alles erscheint Ihnen noch etwas unfassbar, aber glauben Sie mir, Sie können lernen, diese Wahrnehmungen zu steuern – bewusst, mit Vernunft ...«

»So viel auf einmal«, flüsterte Claire und sank zurück. Erneut schien sie zu vergessen, dass die anderen da waren. »So viel Lärm ... immer mehr und mehr und *mehr* ...«

»Claire«, sagte Alison und ergriff das Handgelenk der jungen Frau. »Kommen Sie zurück zu uns. Nichts kann Ihnen etwas anhaben, solange Sie in meinem Haus sind, gleichgültig, was Sie sehen. Sie stehen unter Drogen, deshalb sehen die Dinge erschreckender aus, als sie sind. In ein paar Stunden wird das vorbei sein. Versuchen Sie, stark zu sein.«

»Nein!« Claire wich mit einem Schrei vor der Berührung zurück. »Du wirst sterben – ich sehe dich – er hat dich geliebt und getötet – du bist tot, und überall ist Blut; Blut, Blut, Blut ...«, stammelte Claire, zusammengekauert in der Sofaecke.

»Sie sehen die Zukunft«, bemerkte Alison sachlich. »Jeder stirbt, liebes Kind, auch schrullige alte Musikerinnen – nur weil Sie es sehen, heißt das nicht, dass Sie daran schuld sind. Hören Sie mir zu, Claire; ich bin nicht tot. Ich bin hier, sehen Sie? Sie können Ihre Augen öffnen und mich sehen ...«

Alison sprach weiter beruhigend auf sie ein, bis Claire ihre Augen mit einiger Anstrengung schließlich wieder öffnete.

Colin sah, dass die junge Frau am Ende war; ihr Gesicht war totenbleich, unter den Augen hatte sie dunkle Ringe.

»Wie konnten Sie das wissen?«, fragte sie verwundert.

»Ich habe einfach richtig geraten«, gab Alison zu. »Aber ich kenne viele Leute, die so sind wie Sie. Sie sind nicht allein, Claire – das müssen Sie glauben. Es ist eine seltene Begabung, aber sie ist nicht einzigartig. Viele Menschen haben sie im Laufe der Geschichte besessen.«

Claire starrte in Alisons Augen, zugleich widerstrebend und voller Hoffnung. Colin konnte den Moment erkennen, als ihre Augen sich verdunkelten; den Moment, als Claire sich dagegen entschied, Alison zu vertrauen. Sie schüttelte den Kopf.

»Wenn Sie ihr nicht glauben wollen, dann glauben Sie mir«, sagte Colin. Jetzt endlich fand er die richtigen Worte. »Sie kennen mich, Claire – Sie haben mich vorher schon gekannt – glauben Sie, dass ich Ihnen immer die Wahrheit sage?«

Ihre Lippen formten eine rasche Antwort, doch dann zögerte sie. Er beobachtete, wie Claire mit sich selbst rang; die Unbeugsamkeit und Aufrichtigkeit ihres innersten Wesens weigerten sich, über seine Frage leichtfertig hinwegzugehen.

»Ich … glaube Ihnen«, sagte sie unwillig. »Es steht zu viel für Sie auf dem Spiel, wenn Sie nicht die Wahrheit sagen«, fügte sie höhnisch hinzu.

Wusste sie, wie Recht sie mit ihren Worten hatte?, fragte sich Colin. Für einen Adepten des Lichts war eine bewusste Lüge das Gleiche wie ein Akt körperlicher Selbstverstümmelung; es war nichts, was man fahrlässig – wenn überhaupt – tat, und es hatte immer Beschädigungen zur Folge, die manchmal über die Grenzen eines einzelnen Lebens hinauswirkten.

»Ich werde Sie nie belügen«, wiederholte Colin ernst. »Glauben Sie mir, wenn ich Ihnen sage, dass Sie nicht krank oder anomal sind? Sie sind einfach sensitiv für Eindrücke, die andere Menschen nicht haben. Zu sagen, Sie seien verrückt, nur weil Sie sehen, was Sie sehen, wäre so, als ob man jemanden, der ein außerordentlich gutes Gehör hat, für verrückt erklärte, weil er Dinge hören kann, die andere nicht hören. Doch eine mediale Begabung ist ähnlich einer musikalischen Begabung: Sie kann verschiedene Formen annehmen und ausgebildet werden; man kann sie aber auch ignorieren.«

»Ich bin müde«, sagte Claire klagend. »Alison hat erklärt, mir habe jemand Drogen gegeben. Oh, mein Gott, es muss irgendwas auf der Party gewesen sein, dieser Dreckskerl …«

»Claire!«, sagte Colin scharf. »Versuchen Sie nicht, diesem Thema auszuweichen – es wird Sie nicht verlassen.«

»Ach ja?«, murmelte Claire leise, und Colin unterdrückte ein Lächeln. Verschüchtert und emotional gebeutelt, wie sie war, hatte die junge Frau immer noch erstaunlichen Kampfgeist.

»Was Ihnen heute Nacht passiert ist, können Sie nicht wegwischen, als wäre es nicht geschehen. Es hat dauerhafte Folgen. Ich kann mir denken, dass Sie so tun, als ob Sie eine Menge in Ihrem Leben nicht sehen oder hören würden. Das wird Ihnen nach dieser Nacht ungleich schwerer fallen. Auch wenn Sie es nicht glauben wollen, Sie sind mit Ihrer Begabung auf Ihre Umgebung zugegangen. Ihnen ist diese Fähigkeit aus einem Grund gegeben worden, und Sie können nicht länger davor weglaufen.«

Das Mädchen zögerte.

»Bitte, Claire«, sagte Colin. »Vertrauen Sie mir. Lassen Sie mich Ihnen helfen.«

»Oh, also gut«, sagte Claire und seufzte ungnädig. Ihre Stimme klang hart, aber es schimmerten Tränen in ihren Augen. »Tun Sie, was Sie nicht lassen können, Professor. Ich nehme an, dass ich sowieso keine Wahl habe.«

INTERMEZZO #1

BERKELEY, 1961

Sich an das Kind zu erinnern, das man einmal war, ist, als erinnerte man sich an ein anderes Leben – wie viel ist wahr davon und wie viel nur beschönigende Phantasie? In uns allen ist etwas, das vergessen möchte. Ich glaube, es wäre zu schmerzhaft, wenn wir uns wirklich die Hoffnungen vergegenwärtigen könnten, die wir in unserer Jugend für die Zukunft hegten. Jedes Kind erwartet, die Welt sei vernünftig eingerichtet, dass Ereignisse einer gewissen Gerechtigkeit und einem Gleichgewicht unterliegen, die es eigentlich nur in Romanen gibt. Wenn wir älter werden, stellen wir fest, das Leben ist anders. Manche werden darüber verbittert, andere zu Philosophen.

Es ist schwer, sich an jene junge Frau zu erinnern, die vor fast vier Jahrzehnten zum ersten Mal Colin MacLaren begegnete. Ich glaube, sie war ein wütendes Kind; ich weiß, dass sie mit Hass auf die Welt aufwuchs, denn sie dachte, die Welt hätte sie belogen. Was sie nicht wusste – wofür sie Jahre intensiven Lernens und tiefen Glaubens brauchte –, war, dass die Welt, in der sie lebte, sich vollkommen von der ihrer Mutter und ihrer Schwestern unterschied, denn sie war mit dem *Zweiten Gesicht* auf die Welt gekommen.

Das *Zweite Gesicht* ist eine schwere Bürde für die, die es besitzen. Für sie sind Raum und Zeit keine absoluten Größen; sie sehen um Ecken und in die Tiefe des Menschenherzens. Es es ist eine grausame Bürde für ein Kind, und ich habe mich mit ganzer Kraft dagegen gewehrt. Als Teenager hatte ich gelernt, der Welt mit zynischer Gleichgültigkeit zu begegnen. Ich habe andere verletzt und so getan, als würde es mir nichts ausmachen, selbst verletzt zu werden. Gott weiß, warum ich Krankenschwester werden wollte, bei den Gefühlen, die ich für meine Mitmenschen hegte. Zu meiner Entlastung kann ich nur sagen, dass sich eine Frau in jenen Jahren nur zwischen den Berufen Krankenschwester oder Bibliothekarin entscheiden konnte. Und die Vorstellung, den ganzen Tag hinter einem staubigen Schreibpult zu verbringen, während das Leben woanders stattfand, war für mich ein Gräuel.

Ich befand mich im Krieg mit der Welt. Ich wollte sie für alles zahlen lassen, was sie mir angetan hatte.

Aber man kann sich nicht an der Welt rächen, nur an den Menschen in ihr. Als ich in Colins Obhut kam – und ich glaube fest, dass es etwas Höheres war als bloßer Zufall –, war ich in Verzweiflung versunken und drauf und dran, eine Tat zu begehen, die mein Leben zerstört hätte, ohne es mit meinen schwachen Kräften je wieder reparieren zu können.

Die einzige Person, die ich verletzte, war ich selbst.

3

BERKELEY, 3. NOVEMBER 1961

Warum hast du den viel begangnen Pfad der Menschen
Allzu bald verlassen und trautest dich,
Mit stolzem Herzen, doch schwachen Händen
In seinem Bau den Drachen zu versuchen?

PERCY BYSSHE SHELLEY

An diesem Freitag gelang es Colin MacLaren endlich, der Sache auf den Grund zu gehen.

Er hatte Claire London am Mittwochmorgen zu ihrem Studentenwohnheim zurückgebracht und eine komplizierte Geschichte über nächtliche psychologische Experimente erfunden, um die Heimleiterin wegen Claires Fortbleiben zu beruhigen. Er fand, mit der Situation ganz gut umgegangen zu sein – leider konnte er das von Claire nicht behaupten. Sie war verängstigt, wütend, streitsüchtig. Colin war sich nicht sicher, ob er sie überhaupt erreichte, geschweige denn ihr beibringen konnte, was sie unbedingt wissen musste. Und obwohl sie beide in verschiedenen Leben einander nahe gewesen waren, war ihm klar geworden, dass sie diesmal nicht als Schülerin zu ihm gekommen war. Der Pfad war nicht ihr Weg – in diesem Leben war das Wissen, das er vermitteln konnte, nur ein Werkzeug, das sie brauchte, um sich allein auf die Reise zu begeben.

Was die ganze Angelegenheit auf Toller Hasloch zurückbrachte.

Als Erstes nutzte Colin seine Stellung aus und sah die Unterlagen des jungen Mannes im Einschreibungsbüro ein. Hasloch war knapp dreiundzwanzig, nächstes Jahr würde er seinen Bachelor-Abschluss machen. Laut Einschreibungspapieren strebte er eine juristische Laufbahn an. Anderen Dokumenten ließ sich entnehmen, dass er sehr wohl für den mit Drogen versetzten Punsch verantwortlich war. Einige Professoren in Colins Fakultät experimentierten mit LSD. Einer von ihnen hatte Colin gegenüber dessen Wirkungen gepriesen. Weitere Fragen hatten ergeben, dass er vor wenigen Wochen Hasloch ein paar Proben überlassen hatte, damit dieser sie zu Hause ausprobieren könnte. Eine solche Verantwortungslosigkeit war zwar erschreckend, doch der Mann hatte nichts Verbotenes getan. Wie Alison gesagt hatte: LSD unterlag keinen strengeren Auflagen als Aspirin.

Hasloch verfügte über Mittel und Möglichkeiten – und nach allem, was Jonathan und andere gesagt hatten, auch ein Motiv.

Colin lag es fern, eine viel versprechende Zukunft einer Sache wegen zu zerstören, die womöglich nur aus jugendlichem Übermut geschehen war. Doch ebenso wenig wollte er, dass sich solche Zwischenfälle wiederholten. Colin schien es das Beste, mit Hasloch ein Gespräch zu führen und ihm klarzumachen, dass es keine derartigen Streiche mehr geben durfte.

Er erspähte Hasloch, als dieser inmitten einer Gruppe von Studenten in die Sprout Hall ging. Das bleiche Haar, das er ganz kurz und zurückgekämmt trug, fiel ins Auge wie eine leuchtende Flagge im blassen Novemberlicht. Er war ordentlich und konservativ gekleidet – in einem weizenfarbenen Pullover mit weißem Hemd und dunkler Krawatte.

»Mr. Hasloch?«

Der junge Mann drehte sich um, und Colin blickte geradewegs in ein Paar fahle Augen.

»Professor MacLaren«, sagte Hasloch. »Ich freue mich schon lange darauf, Sie kennen zu lernen.«

Es klang ein entfernt belustigter Ton in seiner Stimme mit, ein verwirrend unangemessener Ton. Colins Nackenhaare sträubten sich. Es war, als hätte Hasloch ihn gesucht und nicht umgekehrt. *Er ist doch nur ein Junge,* sagte sich Colin.

»Ich würde gern einen Moment mit Ihnen sprechen, wenn's Ihnen recht ist«, sagte Colin fest.

»Natürlich«, antwortete Hasloch unbefangen. »Aber ich vergesse die guten Manieren.« Er hielt seine rechte Hand auf die Brust und hob sie dann langsam in Stirnhöhe.

Colin stand wie angewurzelt. Hasloch hatte ihn in seinem Rang als Adept des Pfades zur Rechten Hand begrüßt – etwas, das auf dem Campus in Berkeley kaum bekannt sein konnte. Und selbst wenn, war es äußerst unwahrscheinlich, dass ein junger Mann Anfang zwanzig genug Wissen und Erfahrung besitzen sollte, um ihn von gleich zu gleich zu begrüßen.

Colin erwiderte unwillkürlich den Gruß – vom Ranghöheren zum Rangniederen –, und Hasloch drehte sich mit einem kalten, wölfischen Grinsen weg.

Colin folgte ihm mit dem Gefühl, einem Gegner den Sieg überlassen zu haben, bevor der Kampf überhaupt begonnen hatte. Hasloch setzte sich an einen der Tische in der Ecke der Mensa, und Colin schloss sich ihm an.

»Also, Herr Professor, warum wollten Sie mich sprechen?«, fragte Hasloch. »Sie kommen doch bestimmt nicht als Abgesandter Ihres Ordens?«

Colin ließ ihm diese Bemerkung fürs Erste durchgehen; Hasloch versuchte ihn auf durchsichtige Weise zu ködern. »Es geht um die Erfrischungen, die Sie auf Ihrer Halloween-Party gereicht haben«, begann er, und Hasloch kniff die Lippen zu einer übertriebenen Grimasse des Verstehens zusammen. Er war durch die Anspielung nicht im Mindesten irritiert.

»Sie sind sich darüber im Klaren, dass Sie für Ihre Handlungen von der Universität gewiesen werden können?«, fügte Colin hinzu.

»Ein Studentenscherz«, murmelte Hasloch. »Ich kann mir nicht vorstellen, dass Sie das rügen wollen … zumindest nicht in aller Öffentlichkeit.«

»Das werde ich tun, wenn Sie mich dazu zwingen«, sagte Colin. »Unterschätzen Sie nicht den Ernst, mit dem ich Ihre Aktivitäten beurteile, Mr. Hasloch.«

»Oh, das tue ich nicht«, sagte der Student ungezwungen. »Aber ich glaube, dass Sie – oder zumindest Ihre Meister – sie nicht so ernst nehmen wie ich selbst. Lassen Sie uns offen sprechen, Herr Professor. Ich kenne Ihren Glauben, aber Sie scheinen über den meinigen in Unkenntnis zu sein. Ich wäre glücklich, diesem Mangel abhelfen zu können. Wer weiß: Vielleicht sind wir natürliche Verbündete? Mit Sicherheit unterscheiden sich Ihre Ziele von denen der Sklavenrassen, die um Sie sind.«

Colin wich entsetzt zurück, als er jene Sprache hörte, die er in den Ruinen von Berlin begraben geglaubt hatte. Plötzlich war die Vergangenheit wieder lebendig, der Drache reckte wieder sein Haupt. Das Ganze kam hier vor ihm wieder hoch, zum Leben erweckt in Gestalt dieses schmalen, blassen jungen Mannes.

»Verstehen Sie?«, sagte Hasloch, spreizte seine Hände und lächelte einnehmend. »Ich bin Ihnen gegenüber völlig offen. Die, mit denen ich von Zeit zu Zeit Kontakt habe, erzählten mir, Sie seien ein großer Kämpfer für das Licht.« Er sprach leise, mit neutraler Miene. Keiner der Studenten, die an ihrem Tisch vorübergingen, wurde auf sie aufmerksam.

»Aber es gibt mehr als nur eine Quelle des Lichts, Professor MacLaren. Die Helligkeit, die vom Tausendjährigen Reich ausging, lässt sich nicht so leicht verdunkeln – doch die Kerzenflamme wird im größeren Feuer der Sonne übersehen.«

Colin hatte Mühe, seinen Schrecken und sein Entsetzen zu verbergen, als er den Mann, der ihm gegenübersaß, anstarrte. Strahlend und tödlich wie eine fein geschliffene Schwertschneide und kalt wie Alpenschnee saß Hasloch im Licht der kalifornischen Sonne vor ihm und erklärte seine Zugehörigkeit zu einem Kult, den Colin längst für besiegt, dessen Anhänger er für tot oder in alle Winde zerstreut und dessen unheilige Stätten für gereinigt gehalten hatte. Die Alliierten hatten ihre Zukunft verpfändet und ihre gesamte Kraft darauf verwendet, das Rückgrat der großen Schlange Nationalsozialismus und den Willen ihres schwarzen Messias Adolf Hitler zu zertreten.

Doch die bloße Existenz dieses jungen Mannes zeigte Colin, dass sie gescheitert waren.

»Wenn das Ihre Sonne ist, dann kann ich Ihnen sagen, sie ist bereits untergegangen«, zischte Colin verächtlich. »Wenn Sie behaupten, ein Nazi zu sein, dann erinnere ich Sie daran, dass Ihre Seite verloren hat – und was Ihre geheimen Chefs im Exil angeht, so werden sie einer nach dem anderen aufgegriffen, oder waren Sie so sehr mit dem Studium beschäftigt, dass Ihnen der Eichmann-Prozess entgangen ist?«

»Professor MacLaren«, tadelte ihn Hasloch. »Was Sie als Zerstörung ansehen, sieht die *Armanenschaft* nur als Läuterung; eine Veredelung unserer Doktrin der spirituellen Evolution zu einer höheren Ebene. Der Körper des Reiches mag am Boden liegen, doch der Geist lebt, und Germanias Adler ist ein Vogel Phönix geworden. Wo wir früher mit Panzern und Maschinengewehren kämpften, führen wir heute einen geistigen Kampf. Wir erlauben unserem Werk, auf den Äußeren Ebenen die Gestalt des Inneren zu formen. Ihr Amerikanischer Adler stirbt, Professor, und sein Nachfolger wird der Weiße Adler von Thule sein. Er wird seine Schwingen über ein Viertes Reich breiten, das dem ewigen Eis abgetrotzt ist. Meine Verbündeten sind umso mächtiger, da sie im Geheimen arbeiten – die Nationen der Welt werden den Frieden nicht erleben, den Ihre Landsleute zu Ihren oder meinen Lebzeiten gesucht haben, Professor. Wenn wir über gegenwärtige Ereignisse sprechen, dann lassen Sie mich Ihrem Eichmann den Generalsekretär der Vereinten Nationen Hammarskjöld und seinen so überaus seltsamen Tod in Afrika gegenüberstellen. So viel zu diesem Aufguss des Völkerbundes und seinen schwächlichen Friedenshoffnungen.«

Haslochs Gesicht glühte von einer – alles andere als unschuldigen – Begeisterung, einer Inbrunst, von der Colin gehofft hatte, sie sei für immer von der Erde getilgt. Im geheimsten Winkel seines Herzens hatte er stets gewusst, dass es sich um einen frommen, vergeblichen Wunsch gehandelt hatte. Der Kampf des Lichts mit dem Schatten war ewig. Doch dieser Versuch – in dieser Form – musste jetzt beendet werden, denn die Waffen, über die die Menschheit heute verfügte, konnten Zerstörungen solchen Ausmaßes bewirken, das bisher nur Wahnsinnige und Heilige sich vorzustellen vermocht hatten.

»Ist es nicht ein bisschen hochtrabend für einen Collegestudenten, sich geistig mit internationalen Attentaten schmücken zu wollen?«, fragte Colin scharf.

»Schweife ich zu sehr ab von Ihrem ursprünglichen Anliegen, Professor?«, fragte Hasloch mit seidenweicher Stimme. »Dann will ich Ihnen ganz klar sagen: Wenn Sie mich öffentlich beschuldigen, werde ich zutiefst erschüttert und empört sein – und irgendein Trottel wird zum Sündenbock gemacht, wird gefunden werden, um die Schuld zu tragen – vielleicht Ihr teurer Johnny Ashwell? Ich habe mächtige Freunde, Professor MacLaren; warum also Ihre Kräfte damit vergeuden, gegen Windmühlen anzurennen. Eine Nation lässt sich leicht zerstören, wenn man die Sache richtig anpackt. Nationen haben Seelen, genauso wie Menschen, und beide werden leere Hülsen, wenn die Seelen in ihnen sterben. Ihre Sonne geht unter, Herr Professor Doktor, während meine aufgeht. Warum den Rest Ihres Lebens mit nutzlosen Dingen verbringen?«

Kein Sieg des Lichts, wie scheinbar unbedeutend auch immer, ist umsonst, dachte Colin. Wenn er in all den Jahren, die ihm noch zu leben blieben, nichts anderes zuwege brächte, als der Verzweiflung nicht nachzugeben, würde er damit seine Waffenbrüder stärken.

»Sicherlich«, Colin bemühte sich, mit ruhiger Stimme zu sprechen, »erwarten Sie nicht, dass ich mich Ihnen anschließe.«

»Warum nicht?«, fragte Hasloch unbekümmert. »Ich bin nicht so dumm zu bestreiten, dass Sie praktische Erfahrungen besitzen, die mir fehlen, sowohl auf magischem als auch auf weltlichem Gebiet. Sie haben Ihre Figuren über das Schachbrett Europas bewegt; Sie können mir etwas über ›Realpolitik‹ beibringen, glaube ich.«

»Wenn Sie so viel über mich und meinen Orden wissen, wie Sie vorgeben«, erwiderte Colin schroff, »werden Sie wissen, dass eine solche Offerte nicht mal als Scherz durchgehen kann.«

»Sie werden sich uns anschließen oder sterben«, sagte Hasloch einfach und streckte seine Hand wie in bittender Gestik aus. Einen Moment lang betrachtete er seine langen eleganten Finger, dann zog er die Hand zurück. »Doch wenn Sie nicht wollen, aus missgeleiteter Achtung vor dem, was Sie gelernt haben und ausüben, lasse ich Sie in Frieden, und Sie können ungehindert eine Fußnote der Geschichte werden.«

»Vorausgesetzt, dass ich Ihnen gegenüber die gleiche Höflichkeit walten lasse«, schoss Colin zurück. Trotz all seiner bewundernswerten Selbstbeherrschung war Hasloch immer noch ein junger Mann – kaum mehr als ein Junge – mit der geballten Selbstüberschätzung der Jugend. Seine dunkle Seele war ein Geschöpf dieses Jahrhunderts, ohne die Kenntnis der vorangegangenen Leben, die sie hätte schützen können. Kein erfahrenes Mitglied jenes Schwarzen Totenkopfordens hätte je so viel Zeit damit vergeudet, Colin in seine Pläne einzuweihen.

»Geben Sie doch auf, Mr. Hasloch. Das Schattenreich belohnt seine Diener nicht – es verbraucht sie. Wenn Sie so viel wissen, wie Sie behaupten, wissen Sie das auch. Dieselbe Geschichte, die auf Ihrer Seite steht, wie Sie behaupten, wird Sie begraben, wie sie es mit so vielen anderen getan hat.«

»Ich glaube wirklich, dass wir uns nichts mehr zu sagen haben«, erwiderte Hasloch. Diesmal allerdings kostete ihn die scheinbare Leichtigkeit seiner Stimmlage hörbar Mühe. »Doch mein Angebot für einen Waffenstillstand steht. Ich wünsche Ihnen einen angenehmen Tag, Professor.«

Er erhob sich und entfernte sich schnell. Colin beobachtete ihn, sein ganzes Selbst hin- und hergerissen zwischen Entsetzen und Mitleid.

Eine Woche verstrich. Colin schickte einen umfassenden Bericht über das Gespräch an die Mutterloge nach Großbritannien, denn nicht einmal der geringste Hinweis auf ein Wiedererstarken der *Thule*-Gruppe durfte auf die leichte Schulter genommen werden; schon die bloße Verehrung von Nazi-Idealen musste aufmerksam beobachtet werden. Zwar hatte ihn das Gespräch mit Hasloch bis ins Mark erschüttert, doch Colin brauchte einen stärkeren Beweis als das Gerede eines jungen Mannes, bevor er zur Tat schritt. Arroganz und Angeberei waren nicht strafbar. Darüber hinaus hatte er noch keinen festen Anhaltspunkt dafür, dass Hasloch wirklich Mitglied einer okkulten Vereinigung war, die den Vereinigten Staaten von Amerika den geistigen Krieg erklärt hatte.

So also stand die Sache, bis an einem späten Nachmittag Jonathan Ashwell in sein Büro kam.

»Jonathan, kommen Sie herein. Setzen Sie sich. Wie geht es Ihnen?«

Der schlaksige Student trat zögernd ein und fühlte sich augenscheinlich unwohl in seiner Haut. Seit der Nacht seiner unorthodoxen Einführung in die Unsichtbare Welt hatte Colin Jons erste tastende Schritte hin zum Licht gelenkt. Jonathan war ein wissbegieriger Schüler, der alles las, was Colin ihm gab, und immer mehr verlangte. Colin hatte ihn bereits mit ersten einfachen Übungen zur Verankerung, Zentrierung und Konzentration vertraut gemacht. Sie sollten Jonathan befähigen, den Geistigen Körper wahrzunehmen und zu beherrschen. Von da an würde Jonathan das Tempo seines Fortschritts selbst bestimmen.

Aber sicher hatte Colin ihm nichts beigebracht, was ihn derart mit sich selbst hadern ließ.

»Er macht es wieder«, behauptete Jonathan. Er reichte Colin ein Blatt Papier, als hielte er eine giftige Schlange in der Hand.

Colin nahm das Papier und legte es auf seinen Schreibtisch. Es war in gotischer Fraktur gedruckt, in Rot und Schwarz.

Toller Hasloch gab an diesem Abend, dem 10. November, eine Geburtstagsparty. Eine sehr besondere Party, wie es in der Einladung hieß, doch nur in dem Teil, der in englischer Sprache abgefasst war. Scheußliche magische Zeichen und Talismane waren über das Blatt verstreut – jedes für sich eine Einladung von einem Fürsten oder Herzog der Hölle.

Und eingewoben in diese Zeichen und die weltliche Schrift fanden sich, als ob sie nur Schmuck wären, Zeile für Zeile blutrote Runen. Sie waren wie Buchstaben angeordnet, Colin konnte sie mühelos übersetzen.

Hasloch lud seine speziellen Freunde zu seinem Geburtstag ein, um mit ihm an der Schwarzen Messe teilzunehmen, die er zu seinen eigenen Ehren zelebrieren würde.

»Ich weiß, dass da nur etwas von einer Geburtstagsparty steht, Professor – aber das stimmt nicht. Es wird eine Schwarze Messe geben. Ich habe herumgefragt, um zu sehen, was ich für Sie herausbekommen kann, und Hasloch hat …« Jonathan stockte, als seine Vorstellungskraft ihn im Stich ließ. »Er – sie sagen, er ist ein Magier – dass er magische Rituale abhält. Aber heute tut doch keiner mehr so etwas, oder, Professor?«

»Viel mehr, als die meisten glauben, Jonathan. Was in manchen Fällen verhängnisvoll ist.« Mechanisch holte Colin seine Pfeife aus der Tasche und begann mit ihr herumzuspielen.

Für die meisten Menschen im zwanzigsten Jahrhundert war eine Schwarze Messe Stoff billiger, mit *Sex and Crime* gespickter Sensationsromane. Für den Historiker der Okkulten Wissenschaften war sie etwas durchaus anderes – eine seltene, komplizierte Form antikirchlichen Protestes, ein Ritus, der sich keinem weltlichen Ziel wie Aufklärung oder Bereicherung verschrieb, sondern nur einem: die katholische Kirche anzugreifen und dabei etwas von der Macht der großen Gegnerin an sich zu reißen.

Alison hatte erzählt, sie habe in Paris in den zwanziger Jahren einer dieser Messen beigewohnt, und Colin hätte darauf gewettet, dass seither keine wirkliche Schwarze Messe mehr abgehalten worden sei.

»Aber eine *Schwarze Messe*, Professor? Satanismus?«, rief Jonathan ungläubig.

»Wahrscheinlich nicht – zumindest hoffe ich das«, sagte Colin und zündete sich die Pfeife an. »Was die Presse in diesem Jahrhundert ›Schwarze Messen‹ genannt hat, war das Werk von skandalträchtigen und öffentlich agierenden magischen Logen wie Aleister Crowleys *Ordo Templi Orientis* oder einer der zahllosen Ableger des *Esoterischen Ordens von der Goldenen Dämmerung*.«

Oder der Thule-*Gesellschaft*.

»Skandalumwittert, aber noch nicht satanisch«, warf Colin ein, um Jonathans Befürchtungen – wenn nicht die eigenen – zu dämpfen. »Andererseits überlässt man rituelle Magie, ähnlich verschreibungspflichtiger Medizin – besser den dafür ausgebildeten Fachleuten.«

»Aber was sollen wir tun, Professor? Er hat mich zu der Party eingeladen – und ich würde ihn gern seine eigene Medizin schmecken lassen, für das, was er Claire angetan hat …«

Auf einmal erinnerte sich Colin an Haslochs lässige Drohung, Jonathan zum Sündenbock zu machen, wenn Colin versuchen sollte, Haslochs Missetaten zu ahnden.

»Und genau deswegen werden Sie nicht hingehen«, sagte Colin bestimmt. »Ich möchte, dass Sie heute Abend zu Hause bleiben, geschützt in Ihren eigenen vier Wänden. Gehen Sie nicht hinaus, gleichgültig, wie verlockend es sein mag.«

»Aber Professor – wenn ich hingehe, kann ich ihn vielleicht aufhalten.« Jonathan sah verwirrt aus.

»Glauben Sie mir, Jonathan. Wenn Sie Haslochs Pläne durchkreuzen wollen, so können Sie nichts Besseres tun, als sich von ihm fern zu halten.«

Es hatte ihn schließlich annähernd eine Stunde gekostet, um Jonathan von der Wahrheit des Gesagten zu überzeugen. So vieles von der Magie war logisch, aber nicht einleuchtend, arbeitete mit der gleichen radikalen Unvernunft wie Märchen. Doch als Jonathan ihn verließ, war Colin sicher, dass der junge Mann seine Mahnungen befolgen und nicht mit dem Finger am Abzug, den Kopf voller grandioser Heldentaten, losziehen würde, um sich Haslochs Plänen auszuliefern.

Colin glaubte nicht, dass die Messe dieses Tages allein um Jonathans willen veranstaltet wurde. Der eigene Geburtstag hatte immer eine spezifische okkulte Ausstrahlung, da zum Zeitpunkt der Geburt alle himmlischen Einflüsse abgezogen waren und es dem Willen des Magiers überlassen blieb, ob sie für das nächste Jahr zurückgerufen oder ausgeschlossen wurden.

Und Haslochs Geburtstag war ein besonders unheiliger Tag im deutschen Kalender ... der Tag der deutschen Kapitulation im Ersten Weltkrieg; das Geburtsdatum von Baron von Schottendorf, dem Gründer der *Thule*-Gesellschaft. Der 9. November 1938 – Haslochs Geburtsjahr – wurde die Nacht der Glasscherben, die Reichspogromnacht.

Im winzigen zweiten Schlafzimmer seines Bungalows, das er als Arbeitszimmer nutzte, legte Colin MacLaren die Kleidung für die Schlacht an. Der Winterregen hatte pünktlich eingesetzt. Die Feuchtigkeit drang durch die Mauern und erfüllte den Raum mit leicht modrigem Geruch. Über diesem Muff lagen aber die würzigen Düfte von Zedernholz und Weihrauch – Zedernholz aus der Truhe, die er geöffnet hatte, Weihrauch von den Kleidungsstücken, die zusammengefaltet darin lagen.

Der goldene Brustharnisch – eine schwere Platte von dreißig Quadratzentimetern, mit zwölf kostbaren Steinen besetzt und den Großen Namen beschrieben – leuchtete aus den weißen Falten eines eingefassten Leinenhemds hervor.

Es war viele Jahre her, seit er die volle Amtstracht seines Ordens getragen hatte, doch sie war für zukünftige Anlässe sorgfältig eingepackt, und jetzt zog er mit feierlicher Langsamkeit Stück für Stück des rituellen Gewandes an.

Es stand ihm klar vor Augen, was zu tun sei: Haslochs magische Präsenz im Astralen Reich zu lokalisieren und von dort zu verbannen. Was in der Überwelt nicht existierte, hatte keine Macht auf der Ebene des Seins. Sobald Colin gegen Haslochs Astralen Tempel vorgegangen sein würde, würde die Schwarze Messe des Jungen zu einem hässlichen Theaterspiel werden, nicht mehr. Seine vergiftende Macht wäre ausgetrieben.

Ein Adept konnte davon ausgehen, dass er seine Tracht nur zu ganz wenigen Gelegenheiten in seinem Leben trug, nur wenn er an einer der seltenen Versammlungen von Adepten teilnahm, die sein Orden in Zeiten größter Bedrängnis einberief. Gewiss hätte Colin sie nicht nötig gehabt, um das Licht zu erhöhter Wachsamkeit gegenüber Haslochs nackter Profanität anzuhalten.

Doch wie sich ein Mann die Besteigung eines Berges vorstellen mag, für die ihm in Wirklichkeit die Kraft fehlt, so dachte Colin über sein Vorhaben an diesem Abend nach und fühlte nur kalte Asche, wo früher die Flamme seines Magierwillens gebrannt hatte. Es war geradezu so, als spielte das, was Hasloch heute Abend tun würde, keine Rolle.

Selbst wenn der junge Magier wirklich war, was er zu sein vorgab – die Wiederkunft der okkulten Nazi-Ideologie, die eine ganze Generation vernichtet hatte –, wie konnte sich Colin selbst dazu bringen, das wichtig zu nehmen? Er und seine Mitstreiter für das Licht hatten geglaubt, das große Böse für immer besiegt zu haben. Wenn es einmal aus der Asche seiner Niederlage wieder geboren werden konnte, dann konnte es Hunderte Male wieder geboren werden, und keine Niederlage richtete dagegen irgendetwas aus.

Er wusste, dass es Verrat an seinem Höheren Selbst war, mit solchen Gefühlen in den Kampf zu ziehen, beinahe eine sichere Garantie für sein Scheitern. Aber was sollte er tun? Wie konnte er über die Gewissheit des Sommers gebieten inmitten von Winter und Eis – dem Eis, das Hasloch die Wiederkunft des Schattenreiches bedeutete?

Jener Mann, der Colin einst gewesen war, hatte solche Zweifel, solche Ängste nicht gekannt. Doch dieser Mann war entschwunden, er war in den Feuern von Berlin zu Asche verbrannt. Die Zeit hatte Colin geheilt. Sie hatte ihm etwas wie Ganzheit und Frieden geschenkt. Keine Zeit der Welt jedoch konnte Colin noch einmal zu dem Mann machen, der er einst gewesen war. Er hatte mit der Kraft des Mannes gerechnet, der das Schwert des Ordens gewesen war, doch nur um zu erkennen, dass es jenen Mann nicht mehr gab und er in dem weitläufigen Haus der Zeit alleine war.

Wie eine weltliche Randglosse zu seinen düsteren Gedanken läutete da die Türklingel. Colin ignorierte es. Einer der Eide, die er geschworen hatte, verpflichtete ihn, die Existenz seines Ordens zu verbergen. Er durfte kaum in der vollständigen Rüstung des Lichts zur Tür gehen, ohne Fragen heraufzubeschwören, die er nicht beantworten durfte. Ein Parapsychologe war auf dem Campus von Berkeley weiß Gott ein bunter Vogel – ein arbeitender Magier aber hätte die Toleranzschwelle des Verwaltungsrates überschritten.

Doch es klingelte weiter, ein entnervendes, hartnäckiges zweitöniges Läuten, das sich mit dem lauten Prasseln des Regens mischte. Wer immer da draußen auf den Stufen stand, er musste mittlerweile bis auf die Haut durchnässt sein. Und obwohl aus dem dunklen und stillen Bungalow kein Lebenszeichen drang, hörte dieser Jemand nicht auf zu klingeln.

Wer konnte das bloß sein?

Widerwillig – wenn auch mit dem wachsenden Gefühl, dass es sich um einen Notfall handeln könnte – zog Colin seine Amtskleidung wieder aus und verstaute sie rasch in der messingbeschlagenen Zedernholztruhe. Hastig griff er nach seinem bunt karierten, wollenen Bademantel – viel zu warm für das Klima, aber aus einer Art Sentimentalität mitgenommen –, warf ihn sich über und zog die Tür seines Arbeitszimmers hinter sich zu.

Das Türläuten war von einem schwächeren – aber nicht minder entschiedenen – Klopfen abgelöst worden. Colin schaltete das Licht im Wohnzimmer an und öffnete die Haustür. Der Regen strömte und verwandelte die Nacht in Silber. Claire London stand auf der Eingangsstufe. Sie sah aus wie eine ertrunkene Ratte.

Das Haar klebte ihr am Kopf. Die Wimperntusche bildete verschwommene Flecken unter ihren Augen, was deren Farbe noch betonte und ihr beinahe ein irres Aussehen gab. Ihr kamelhaarfarbener Mantel war von der Schulter bis zur Taille völlig durchnässt und darunter mit Wasserspritzern übersät.

»Darf ich hereinkommen?«, fragte sie. Ihre Stimme verriet nichts von der Dringlichkeit, die sie hergeführt haben musste, oder auch nur davon, dass sie ungeschützt im eisigen Winterregen stand.

Colin trat beiseite, um sie einzulassen. Ihre Halbschuhe machten ein quatschendes Geräusch, als sie eintrat.

»Ich fürchte, ich mache Ihren Teppich schmutzig«, sagte sie, ohne entschuldigend zu klingen.

»Claire, was machen Sie hier?«, fragte Colin. »Ist es nicht etwas, das bis morgen zur Bürozeit warten kann? Es ist ein bisschen spät für Besuche. Und in einer solchen Nacht …«

»Wen kümmert's, was für eine Nacht das ist?«, sagte Claire bissig. »Ich will wissen, warum Sie sich entschlossen haben, mich links liegen zu lassen. Es ist fast zwei Wochen her, und ich habe kein einziges Wort von Ihnen gehört. Haben Sie damals in der Nacht irgendetwas ernst gemeint von dem, was Sie sagten? Oder war das nur Händchenhalten und Schulterklopfen?«

»Lassen Sie mich Ihren Mantel nehmen und Ihnen etwas Trockenes zum Anziehen holen«, sagte Colin beschwichtigend. Mit Claires Fragen konnte er sich immer noch beschäftigen, wenn sie trockener war. Andernfalls lief sie Gefahr, sich eine Lungenentzündung zu holen.

Als sie ihren triefenden Mantel abgestreift hatte, stellte Colin die Heizung höher und ging für Claire etwas zum Anziehen suchen. Das Beste, was er fand, war ein alter Seemanns-Wollpulli, und er brachte ihn ins Wohnzimmer, gerade als Claire sich von ihren voll gesogenen Schuhen befreite. Sie trug ein Trägerkleid mit weißer Bluse, die vor Nässe fast durchsichtig war.

»Das Badezimmer ist da hinten«, erklärte er und reichte ihr den Pulli. »Ich setze Wasser auf.«

Während sie fort war, zog er sich wieder an – schlimm genug, wenn jemand herausfinden sollte, dass er eine Studentin ohne Begleitung bei sich zu Hause hatte, ganz abgesehen davon, dass er nur seinen Bademantel anhatte.

Als er zurückkehrte, stand Claire vor dem Heizkörper und breitete ihre Bluse zum Trocknen aus. Die Ärmel des grauen Wollpullis hatte sie aufgerollt, doch sie waren noch immer viel zu lang. Der Pulli reichte ihr bis zur Mitte der Oberschenkel, darunter trug sie ihren Unterrock.

»Ich glaube, das wird trocken – oder wenigstens weniger feucht. Ich war in meinem ganzen Leben noch nicht so froh über Antron-Polyester – wenn der Rock aus Wolle gewesen wäre, dann wäre er jetzt hinüber.«

Er gewöhnte sich langsam an ihre schnellen Stimmungsumschwünge; damit versuchte sie, sich vor den eigenen Gefühlen und denen anderer zu schützen.

»Ich habe es ernst gemeint, was ich bei Alison gesagt habe, Claire. Es ist nur, ich …« *Ich hatte zu tun,* wollte Colin sagen, aber in Wahrheit hätte er Zeit finden können, wenn er nur gewollt hätte, wie er es bei Jonathan auch getan hatte. Dass er sich nicht weiter um Claire gekümmert hatte, lag einfach an dem gleichen seltsamen seelischen Schwächezustand, der ihn heute Abend befallen hatte, als wäre das innere Licht des Herzens ausgelöscht worden, ohne dass er es gemerkt hätte.

»Na klar doch«, sagte Claire zynisch. »Aber das ist es nicht. Nein, das ist es nicht ganz«, verbesserte sie sich. »Es ist – es gibt noch etwas anderes, daneben, mehr … ach, ich weiß nicht, was ich sagen soll!« Sie schwenkte ihre Bluse wie die Capa eines Toreros.

»Hängen Sie sie einfach über einen Stuhl«, sagte Colin. »Ich mache Ihnen einen Tee.«

»Ich mache ihn«, sagte Claire, obwohl sie – nach ihrem Gesichtsausdruck zu schließen – nichts dergleichen hatte sagen wollen. »Wenn Sie mir zeigen, wo die Küche ist. Ich habe bisher noch keinen Mann getroffen, der auch nur Wasser kochen konnte.«

Sie konnte sich wirklich in einer Küche zurechtfinden, entschied Colin ein paar Minuten später. Sie hatte den Kessel ausfindig gemacht, den Wasserhahn aufgedreht, bis das Wasser kalt war, dann den Kessel gefüllt und ihn auf eine der Herdplatten gestellt.

Sie war entschieden die selbstbewussteste Person, der er je begegnet war; die Art von Person, die dickköpfig lieber über den Rand der Klippe hinausgehen als nach dem Weg fragen würde.

»Sie haben mir geraten, meinen Gefühlen zu folgen«, sagte Claire. »Das habe ich getan. Womit wir hier bei Ihnen angelangt wären.« Sie schüttete losen Tee in Colins braune Rockingham-Teekanne und goss das kochende Wasser aus dem Kessel darüber. »Warum bin ich hier? War es meine Idee oder Ihre?«

»Meine nicht«, musste er zugeben. »Zumindest habe ich Sie auf keiner bewussten Ebene herbestellt. Und ohne irgendein wichtiges Anliegen wären Sie sicher nicht in einer solch scheußlichen Nacht ausgegangen, oder?«

Claire schüttelte den Kopf.

»Worum geht es also? Was sagt Ihnen Ihre Gabe?«

»Wie soll ich das wissen?«, erwiderte sie mürrisch. »Ich will das verdammte Ding sowieso nicht haben. Es bringt Glück, das ist alles, was ich weiß, Glück für andere.«

Colin betrachtete sie ruhig. Er konnte sie nicht zum Weitermachen zwingen und wollte sie nicht überreden. Wenn ein Medium die Manifestation seiner Begabung als etwas erlebte, das ihm Lob und Aufmerksamkeit eintrug, dann produzierte es falsche Informationen, wenn die wahre Intuition ausblieb. Colin wollte, dass Claire auf ihr inneres Selbst hörte und die Wahrheit sagte.

»Tut mir Leid, Claire. Ich werde so viel wie möglich erklären, aber ich gehöre noch nicht einmal zu den Sensitiven, und jeder medial begabte Mensch hat eine andere Art von, nun, man könnte es Trick nennen. Ich kann Ihnen helfen, Ihre Erlebnisse zu interpretieren, aber ich kann Ihnen nicht im Voraus sagen, welche Erlebnisse das nun genau sein werden – und warum Sie sie haben.«

Sie drehte sich um und goss den Tee in zwei bereitstehende Becher. Colin gab Milch und Zucker in seinen und griff nach einem Glasgefäß auf der Anrichte. »Nehmen Sie einen Keks«, lud er sie ein.

Sie rührte Zucker in ihren Tee, dann nahm sie sich ein paar mit rosa Zuckerguss überzogene Kekse, die aus der Bäckerei nahe der Universität stammten. Colin wartete und hoffte, sie würde aus eigenem Antrieb über sich sprechen.

»Ich war nie ein sonderlicher Glückspilz«, sagte sie und schlürfte von ihrem Tee. »Ich klage nicht, verstehen Sie – es ist nur, es gibt Leute, die Glück haben – *und* die es wissen. Ich bin anders. War es immer.«

»Und weiter?«, fragte er.

»Aber ich bringe anderen Leuten Glück, ist mir aufgefallen. Ich tauche immer im richtigen Moment auf und habe die Extra-Sicherheitsnadel dabei, so in der Art. Ich nehme einfach zum Spaß den Bus und fahre herum, und schließlich sitze ich auf einem Platz neben jemandem, der nur darauf gewartet hat, sich bei mir auszuweinen. Wann immer jemand in Schwierigkeiten ist, scheine ich irgendwie davon angezogen zu werden. Genau wie jetzt. Aber irgendwie, Professor, sehen Sie nicht wie jemand aus, der in Schwierigkeiten steckt.«

»Vielleicht schon«, gab Colin zu. Mit innerem Seufzen überließ er sich seinem Schicksal. »Es gibt etwas, das ich tun muss, und ich weiß wirklich nicht, wie ich es anstellen soll.«

»Erzählen Sie«, bat sie. »Ich bin gut bei Problemlösungen – zumindest bei Problemen anderer Leute«, fügte sie hinzu.

»Ich fürchte, das liegt außerhalb Ihrer üblichen Erfahrungswelt«, begann er zögernd. Claire stand an der Schwelle ihres Lebens – eines Lebens, das bisher ohne die Wahrheiten ausgekommen war, mit denen er nun länger vertraut war, als er sich erinnern konnte. Wie sollte er anfangen, insbesondere da er wusste, dass sie in diesem Leben nicht an den Pfad gebunden war.

»Toller Hasloch zelebriert heute Nacht eine Schwarze Messe«, sagte Colin offen, »und ich weiß nicht, wie ich dagegen angehen soll.« Das war das schlichte Eingeständnis einer Glaubenskrise.

Sie blinzelte, auch wenn sie von Colins Worten nicht so erstaunt war, wie er vielleicht hätte annehmen können. Sie überdachte die Angelegenheit ungefähr eine Minute lang, bevor sie sprach.

»Warum müssen Sie – ich meine jetzt speziell Sie – dagegen angehen? Satanismus ist nicht verboten – glaube ich zumindest. ›Treib, was du willst, nur nicht auf offener Straße, und mach die Pferde nicht scheu‹, heißt es doch.«

»Solange keine verbotenen Handlungen während der Zeremonie begangen werden, läuft das, glaube ich, unter freier Religionsausübung«, stimmte Colin zu. »Obwohl, wenn wir über Satanismus sprechen, man besser von der Freiheit sprechen sollte, aus sich einen verdammten – ich verwende das Wort mit Bedacht – Idioten zu machen.«

»Nur Sie glauben nicht, dass Toller spaßt«, sagte sie entschieden. »Ich glaube es auch nicht. Und selbst wenn es ihm darum ginge, wäre das kaum besser, denn er ist für seine üblen Späße berüchtigt. Wissen Sie«, sagte Claire und zog ein wohlbekanntes Blatt Papier aus dem Ärmel von seinem Pulli und schwenkte es durch die Luft, »ich habe sogar eine Einladung.« Sie zuckte ratlos mit den Schultern, unfähig, ihre Gefühle auszudrücken. »Dennoch, die Frage bleibt – warum Sie?«

»Komplizierte Frage; ich hoffe, Sie verzeihen mir, wenn ich Ihnen eine einfache Antwort gebe«, erwiderte er. »Es ist meine Aufgabe.«

Claire starrte ihn an und wiegte ihren Becher in den Händen. Offensichtlich wartete sie noch auf etwas.

»Vor einer Reihe von Jahren, vielleicht um die Zeit, als Sie geboren wurden, war ich drüben in Europa, aber nicht mit der Army. Ich studierte in Oxford, als Hitler 1939 in Polen einfiel. Ich hätte nach Hause zurückkehren können, aber meine Lehrer baten mich zu bleiben, denn sie wussten, dass ich gebraucht würde. Es ist nicht allgemein bekannt – die Alliierten hielten es völlig geheim, und an ihrer Stelle hätte ich es wohl auch getan –, dass Hitler sich nicht nur als Eroberer, sondern auch als Messias sah. Der Nationalsozialismus war ebenso ein Kult wie ein politisches Programm, und wie jeder Kult hatte er seine Priester und Rituale.«

»Wollen Sie damit sagen, Hitler sei ein schwarzer Magier gewesen?«, fragte Claire, bemüht, nicht ungläubig zu klingen.

»Unbestreitbar waren es die Mitglieder seines inneren Führungskreises. In den so genannten Ordensburgen, die über ganz Deutschland verteilt lagen, praktizierten sie Magie. Der Nazismus verunglimpfte das Christentum, um eine reaktionäre heidnische Kultur an seine Stelle zu setzen. Die Mächte, die er in jenen Zeremonien heraufbeschwor, benutzten Hitler als Instrument ihres Willens. Menschen können Menschen bekämpfen – doch nur Magie kann Magie bekämpfen.«

Er glaubte, dass er sie nun verlieren würde, doch er dankte ihr innerlich dafür, dass sie ihm weiter Glauben schenkte, da er es so dringlich brauchte. Er wusste, dass dies für sie wie reine Phantasterei klingen musste; und die Einzelheiten, die sie hätten überzeugen können, konnte er ihr nicht enthüllen.

»Dann ist es das, was Sie im Krieg getan haben?«, fragte sie ein wenig unsicher. »Sie haben Magie – mit Magik, der echten Magie, bekämpft?«

»Das habe ich«, sagte er ruhig. »Es ist nicht das, wofür ich ausgebildet wurde, doch im Wesentlichen übernahm ich mit meiner Ausbildung zugleich die Verantwortung dafür, dass Magik und verwandte Disziplinen nie eingesetzt werden dürften, um Schaden anzurichten.

Die große Masse der Menschheit weiß nichts von Magik und interessiert sich nicht dafür – ich meine wahre Magik und nicht das Samstagmorgenwunder im Fernsehen, das viele so lustig finden. Und die Menschen haben das Recht, sich so zu verhalten. Sich nicht beunruhigen zu lassen von Mächten, die außerhalb des Horizonts ihres täglichen Lebens stehen, oder sich nicht manipulieren zu lassen von Mächten, denen sie in keiner Weise gewachsen sind. Wenn ich also auf jemanden stoße, der mit Magik in das Leben anderer Menschen eingreift, ist es meine Pflicht, ihn aufzuhalten, wenn ich kann – zu seinem eigenen Besten wie zum Besten der Menschen, denen er sonst vielleicht Schaden zufügen würde.«

»Ist es das, was Sie mit Toller vorhaben?«, fragte sie. »Ihn aufzuhalten?«

»Ja«, bestätigte er, plötzlich sicher, in welche Richtung sein Pfad wies. »Das will ich tun, wenn Sie mir helfen, Claire.«

Ihre Mutter hatte immer gesagt, Männer wollten von Frauen nur »das Eine«, das gelte erst recht für einen reichen Mann und eine arme Frau. Diese Erinnerung war ohne Bedeutung angesichts ihrer neuen Aufgabe, doch wie gewöhnlich war es schwer für Claire, die Worte ihrer Mutter aus dem Kopf zu verbannen. Sie waren wie das Brummen einer Hornisse, die sich niederließ, um in dem Moment zu stechen, in dem man sie vergaß.

Es regnete immer noch. Sie hatte sich zwar von Professor MacLaren einen Regenschirm geliehen, doch ihre Kleidung war erst halb trocken. Sie fröstelte, als sie zur Straßenecke ging, die schwere Handtasche wippte gegen ihre Hüfte. Tollers Haus lag auf halber Höhe der Querstraße, und sie würde vollkommen durchgefroren sein, bis sie es erreicht hatte. Dennoch würde es, wie der Professor gesagt hatte, »einer ansonsten dürftigen und wenig überzeugenden Geschichte eine kunstvolle Wahrscheinlichkeit« verleihen – eine Zeile aus einem Buch, das »Der Mikado« hieß. Er versprach, es ihr vorzuspielen, wenn das hier überstanden sei. Er hatte ihr noch eine Reihe von anderen Dingen versprochen, die Claire alle unter der Kategorie »zu schön, um wahr zu sein« abbuchte.

Trotzdem – gegen jeden Instinkt und alle Erfahrung – vertraute sie Professor MacLaren vollkommen. Er strahlte eine Art Reinheit aus – nicht die einfältige, alles verzeihende Torheit des Christentums, sondern eine Art *fordernde* Zugewandtheit, eine Freundlichkeit, die wusste, dass Reinheit möglich, wenn auch schwierig war und jeder sie erreichen konnte.

Normalerweise neigte sie dazu, ein solches Vertrauen zu enttäuschen und sich ihm zu entziehen. Aber das würde sie nicht tun. Das ließ ihre Selbstachtung nicht zu. Der Professor glaubte, dass sie sein Vertrauen rechtfertigte; sie schuldete ihm für seine Offenheit und sein Zutrauen mehr, als sich in Worte fassen ließ. Und abgesehen davon war sie – auf einer ganz anderen Ebene, die aber in die gleiche Richtung wies – der Meinung, Hasloch hätte sein Unwesen (ein zu harmloser Begriff, aber sie hatte keinen anderen) lange genug getrieben.

Was er tat, war einfach nicht recht. Es war, als verprügelte ein größerer, stärkerer Schuljunge die kleineren, einfach weil er über eine Kraft verfügte, die sie nicht hatten. Als Opfer solcher Verhältnisse, als Opfer von Klassenkameradinnen, Geschwistern, Lehrern, von jedem, der auf ihr *Anderssein* automatisch mit Bosheit reagierte, hasste Claire diese Tyrannei mit der ganzen Leidenschaft, die ihr zu Gebote stand. Wenn dies das Spiel war, das Toller spielte, verdiente er jede Art der Zurechtweisung, die es in der Welt nur gab. Und offenbar war eines dieser Dinge, die die Welt bereithielt, Colin MacLaren.

Als sie um die Ecke bog, riss eine Windböe ihr beinahe den Schirm aus der Hand. Als sie sich umdrehte und damit rang, öffnete sich ihr Mantel, und ein Windstoß schnitt wie ein eisiges Messer über ihre Brust. Sie konnte das Auto des Professors, das in der Seitenstraße parkte, nicht mehr sehen, wusste jedoch, dass es dort wartete. Sobald sie den Raum gefunden haben würde, der, wie er annahm, irgendwo in Tollers Haus versteckt sein musste, und ihm das vereinbarte Signal gab, würde er ihr, so hatte er versichert, im richtigen Moment zu Hilfe kommen und Hasloch aufhalten bei dem … was immer er in dieser Nacht vorhatte.

Eine Schwarze Messe … es klang unglaublich mittelalterlich, und natürlich war auf ihrer Einladung nichts davon erwähnt. Die Tatsache, dass sie überhaupt eine erhalten hatte, brachte ihre Gedanken erneut auf die Meinung ihrer Mutter bezüglich reicher Männer und armer Mädchen und auf »das Eine«, was alle Männer angeblich nur wollten.

Verdammte Mutter und verdammte zwei Schwestern! Die kleine innere Stimme – diejenige, die sie immer in Schwierigkeiten brachte und ins Leben fremder Menschen hineinstolpern ließ – schwieg jetzt, doch die Erinnerung an ihr beharrliches Drängen früher am Abend schwang noch wie die Nachwirkungen eines Traumes mit. Was würde ihre Familie dazu sagen, wenn sie wüsste, wie sie sich an Professor MacLaren herangemacht hatte? Wahrscheinlich dies, dass es die erste Pflicht einer Frau sei, zu heiraten und eine Familie zu gründen, jemanden zu finden, der sie schützte und ernährte. Nur glaubte sie nicht, dass sich MacLaren ohne weiteres in die Pläne ihrer Mutter einfügen ließe – auch glaubte Claire nicht, dass ihre Mutter einen Mann gutheißen würde, der so selbstverständlich den Umgang mit Satanismus und Parapsychologie pflegte.

Es war sehr viel sicherer, über Hasloch nachzudenken. Na, *das* wäre eine Partie, um eine stolze Mama zu beglücken …

Natürlich war Toller nie ernsthaft an ihr interessiert gewesen, aber irgendwie war sie immer auf seinen größeren Feten gelandet, normalerweise mit dem Freund eines Freundes, so wie diese Dinge eben laufen. Jetzt war es das erste Mal, dass sie eine persönliche Einladung erhalten hatte, und es fiel ihr nicht schwer, sich vorzustellen, warum. Nachdem sie unter dem Einfluss des angereicherten Punschs auf der Halloween-Party in Ohnmacht gefallen war, war sie für jemanden wie Toller interessant geworden – vorausgesetzt, sie konnte glauben, was MacLaren über ihn erzählt hatte.

Und trotz ihrer Erfahrung und Neigung konnte sie das; sie glaubte ihm. Und sie wollte ihr Bestes tun, um dem Professor die Unterstützung zu geben, die er brauchte.

Claire stieg die Stufen hinauf und klingelte.

Die Person, die die Tür öffnete, war ihr noch von vorhergehenden Partys vage bekannt: ein großer, älterer Mann mit blauen Augen, dessen selbstherrliches Gehabe nicht ganz zu ihm zu passen schien. Er lächelte, als er sie sah, und bat sie mit einer Handbewegung einzutreten.

»Hereinspaziert, hereinspaziert! Willkommen in Toller Haslochs Haus der Freude – bitte, fühlen Sie sich ganz wie zu Hause.«

Er griff nach ihrem Schirm, und Claire, die nicht recht wusste, wie sie reagieren sollte, überließ ihn ihm. Nichts deutete darauf hin, dass hier alle etwas Böses im Schilde führten. Professor MacLaren hatte betont, die meisten seien wahrscheinlich unschuldige Zuschauer, ohne den geringsten Schimmer von Tollers geheimen Plänen. Claire erinnerte sich bewusst daran, als sie ihren Mantel an die überfüllte Garderobe hängte. Sie ging an der Treppe des eleganten weißen viktorianischen Hauses vorbei zu dem Wohn- und dem Speisezimmer und hielt ihre Tasche eng an sich gedrückt.

Wie durch ein Wunder war das Haus der fast unvermeidlichen Parzellierung entgangen, die eine Folge des Trends zu kleineren Familien und der Stadtflucht der letzten Jahrzehnte war. Die Hälfte des Erdgeschosses bestand aus zwei großen

Räumen – Wohnzimmer und Speise- oder Gesellschaftszimmer –, während auf der anderen Seite Küche, Kammern, Diele und Treppenhaus lagen sowie ein kleines Zimmer, das Toller als Arbeitsraum benutzte. Die beiden großen Zimmer ließen sich durch eine eichene Schiebetür abtrennen, doch jetzt bildeten sie einen weitläufigen Raum voller hiesiger Studenten – eine Menge Leute für eine Party spät an einem Donnerstagabend, zumal jeder am nächsten Tag Unterricht hatte. Auf dem Plattenwechsler der Hi-Fi-Anlage lag ein Stapel LPs, und gerade eben sang das Chad Mitchell Trio »John Birch Society«.

Die meisten jungen Leute hatten ihre Schuhe ausgezogen und tanzten. Andere gaben sich die Küchentürklinke in die Hand und kamen mit Cokes und Schüsseln voller Chips wieder heraus. Mehrere grüßten Claire, und sie lächelte und winkte ihnen zu, auch wenn sie mit neu entfachtem Misstrauen feststellte, wie wenige von ihnen in einer ihrer Pflegeklassen waren. Tatsächlich schienen es heute andere Gäste als bei Tollers üblichen Partys zu sein, viele der Personen hier waren älter als der Durchschnitt der Studenten in Berkeley. Sie sah sogar einen Mann mit angegrautem Haar, der abseits stand, als ob er nicht bemerkt werden wollte.

Doch dann fiel ihr ein, und sie versuchte fair zu sein, dass Toller ja schon im vierten Studienjahr war. Im nächsten Herbst würde er seinen Bachelor-Abschluss machen. Warum sollte er nicht ältere Freunde haben – sie und Toller verkehrten gewiss nicht in denselben Kreisen. Wie konnte sie davon ausgehen, dass sie seine Freunde kannte?

Nur, wenn das alles so war, warum dann sein ständiger Versuch, sie bei seinen Festen zu haben, als gehörte sie zu seinem Zirkel …?

Wusste Toller tatsächlich, wie der Professor zu glauben schien, welche Kraft in ihr wohnte, und umwarb sie, um sie langsam vom Pfad der geistigen Klarheit und des gesunden Menschenverstandes fortzulocken?

Blödsinn, sagte sich Claire rundheraus. Sie hatte von dem Wodkapunsch nur getrunken, weil ihre Mutter, betrunken wie so oft, sie zuvor angerufen und ihr gesagt hatte, welch eine Versagerin sie doch sei. Jeder auf dem Campus wusste, Claire war eine absolute Spielverderberin, wenn es ums Trinken ging. Toller hatte nicht ahnen können, dass sie den Punsch überhaupt anrühren würde, als er das LSD hineinschmuggelte.

Die Krepppapierdekorationen zu Halloween, die Claire beim letzten Mal gesehen hatte, waren entfernt und durch ein handbemaltes Transparent ersetzt, das Toller Glück zum Geburtstag wünschte. Für einen kurzen Moment wurde Claire von Schwindel erfasst, der Raum schien sich zu drehen und in Licht aufzulösen, doch dann beruhigte sich alles, und sie wusste wieder, wo sie war.

Wie auch immer, er interessierte sich für sie.

Bleib auf dem Boden, Mädchen. Jeder, der diesen Punsch getrunken hat, hat Tollers Droge bekommen – es war nichts Persönliches. Wenn du schon Zustände kriegst, nur wenn du das Haus betrittst, wie willst du dann den Rest hinbekommen?

Sie musste ihre innere Kraft wieder finden. Claire straffte ihre Schultern und ging zur nächststehenden Gruppe von Partygästen.

Sie waren leicht zu täuschen, stellte sie wenig später fest. Sie konnte sich nicht gut verstellen, doch niemand nahm besondere Notiz von ihr. Wie immer wurde auf Tollers Party getrunken, und hin und wieder streifte Claire der Hauch eines süßlichen, beißenden Geruchs, den sie für Marihuana hielt.

Toller entdeckte sie nirgendwo. Das war keineswegs ungewöhnlich, doch sie war dankbar dafür – sie war sich nicht sicher, ob sie seinem Blick so wie dem seiner Gäste standhalten könnte.

Niemand bemerkte, wie sie die Treppe zum ersten Stock hochstieg. Sie war schon früher dort oben gewesen, doch die Tatsache, dass sie diesmal eine geheime Mission zu erledigen hatte, machte sie schreckhaft.

Jemand kam aus dem Badezimmer, als sie das Ende der Treppe erreichte. Sie drückte sich an ihm vorbei ins Bad und schloss hinter sich ab. In Sicherheit!

Ihr Herz schlug heftig, als sie in den Spiegel blickte. Ihr Gesicht war sehr blass und sah verängstigt aus, und sie holte mehrmals tief Luft. Es würde schon alles gut gehen, es musste.

Sie spritzte sich etwas Wasser ins Gesicht und hoffte, dass niemand sonst hochkam, der ins Badezimmer wollte. Ihre feuchte Kleidung klebte an ihrem Körper und erinnerte sie daran, wo sie früher am Abend gewesen und warum sie hergekommen war. Auf Verdacht hin öffnete sie den Medizinschrank; darin stand die übliche Auswahl von Fläschchen, und zugleich fand sich eine verblüffende Menge von verschreibungspflichtigen Medikamenten. Außerdem gab es eine Packung Zigaretten – Lucky Strike –, doch als sie das rotweiße Päckchen herausholte, sahen nur die ersten beiden Zigaretten normal aus. Der Rest der Packung war gefüllt mit gelblichen, selbstgedrehten Zigaretten, die an den Enden zusammengezwirbelt waren. Claire seufzte und stellte sie dahin zurück, wo sie sie gefunden hatte. Sie verlor plötzlich alles Interesse, weiterzuforschen. Je mehr sie über Toller Hasloch herausbekam, desto mehr wünschte sie sich, woanders zu sein.

Sie holte den Lippenstift aus ihrer Tasche und zog die Lippen nach. Der blassrosa Glanz gab ihr etwas Farbe, so dass sie wieder lebendiger aussah. Na bitte, kein Grund zur Sorge.

Es war nur eine Rückkehr zu jenem dunklen, widersprüchlichen Ort in ihrem Inneren, dem, der mit unhaltbaren Gewissheiten angefüllt war. Wo sie Dinge wusste, die sie nicht wissen konnte; wo sie aufgefordert wurde, Dinge jenseits aller Vernunft zu tun …

Claire London holte noch einmal tief Luft, hängte die Handtasche über die andere Schulter und verließ das Badezimmer.

Der Flur war leer, die Türen geschlossen. Kammern, Schlafzimmer, dann eine Bibliothek voller Bücher. Sie roch nach Weihrauch, die Buchrücken waren Claire irgendwie unheimlich, aber sie glaubte nicht, dass das der Raum sei, den sie suchte. Der Professor hatte gesagt, dass sie ihn erkennen würde, wenn sie ihn fände, mehr wollte er nicht sagen. Sie seufzte missmutig und setzte ihre Suche fort. Nach einigen Minuten war sie dem, was sie suchte, keinen Schritt näher gekommen; sie hatte lediglich ein paar Pärchen beim Knutschen überrascht.

Wo ist Toller bloß? Er war nicht unten; er ist nicht hier …

Unschlüssig musterte sie die steile, schmale Treppe, die zum Speicher führte. Dort oben zu suchen würde Zeit kosten und außerdem auffallen. Sie zögerte; ob sie es wagen sollte? Doch sie hatte das Gefühl – wenn auch schwach und leicht zu ignorieren –, dass sie im Dachgeschoss nicht fündig werden würde.

Wenn sie nicht irgendetwas übersehen hatte, musste der Ort, den sie suchte, unten sein und nicht oben.

Es kostete sie fast eine Stunde, ihn zu finden. Sie fürchtete schon, Professor MacLaren in seinem Auto könnte sie aufgegeben haben. Sie hielt jetzt nach einem Keller Ausschau – Tollers einziger Möglichkeit, das zu verstecken, wonach sie Ausschau hielt. Doch die meisten Häuser in Kalifornien wurden heute ohne Keller gebaut, sowohl wegen des hohen Wasserspiegels in der Bay Area als auch wegen der häufigen Erdbeben, welche die Gegend heimsuchten.

In der Küche gab es keine Tür zum Keller; sie blieb eine Weile dort und überlegte, was sie übersehen haben könnte. Auf dem Küchentisch stand ein großes Blech mit Kuchen. Seine Oberseite war mit Symbolen geschmückt, die ihr entfernt bekannt vorkamen; vergitterte Kreise, merkwürdige Kreuzformen, primitive eckige Zeichen, die fast, wenn auch nicht ganz, wie Buchstaben aussahen.

Zwei Türen führten aus der Küche hinaus: die neben dem Herd in eine Vorratskammer und in den Garten hinter dem Haus; die andere auf einen unbequem engen Gang, über den man zum Arbeitszimmer gelangte.

Es war der einzige Ort, wo sie noch nicht nachgeschaut hatte. Aber wenn sie dort hineinplatzte, und er war voller Leute, würde sie wohl schneller als je in ihrem Leben reden müssen.

Sie hatte keine Zeit zu verlieren. Es war ein unablässiges Kommen und Gehen in der Küche, und irgendjemand würde bestimmt von ihr wissen wollen, was sie da machte. Claire schlüpfte durch die Tür und schloss sie hinter sich. Vor ihr war kein Laut, und sie atmete erleichtert auf. Der Flur war nur wenige Schritte lang, mehr eine architektonische Verlegenheit als geplant, und schnell erreichte sie die zweite Tür.

Leere Tassen und Flaschen zeigten, dass auch dieses Zimmer benutzt wurde. Ein Nebel süßlichen Rauchs, beißend und fremdartig, hing in der Luft. Claires Blick wanderte fieberhaft umher, sie suchte nach einer Tür in der östlichen Wand, die die Tür zum Keller sein konnte.

Dort war sie! Ein Bücherregal war halb davorgestellt, und sie hätte beinahe Zeit damit vergeudet, es fortzuschieben, bis sie erkannte, dass die Tür nach außen aufging. Zum Glück war sie nicht abgeschlossen. Sie öffnete sie vorsichtig und schlüpfte hindurch. Staubige Holzstiegen führten nach unten, die Treppe roch muffig. Ein kaltes, bläuliches Licht schien von unten herauf. Sie sprang die Stufen hinunter, ihre Tasche schlug heftig gegen ihre Seite. Vor Aufregung wäre sie fast gestolpert und kopfüber nach unten gestürzt.

Sie erreichte den Boden in einer Woge erregter Wahrnehmung, die sie beinahe krank machte. Direkt vor ihr befand sich eine Regalwand, in der Glaskrüge und Schachteln standen, und auf dem unebenen Zementboden stapelten sich Holzkisten mit Bier und Mineralwasser. Das winzige Fenster, das sich oben in der Mauer, auf der Höhe des Rasens, befand, war vom Regen gesprenkelt. Die Tropfen schimmerten blassgelb vom Licht der nahen Straßenlaterne. Das Fenster war von Spinnweben verhangen. Hier war nichts.

Auf dem Zementboden war eine bogenförmige Spur eingegraben. Sie begann in der Mitte der Regalwand und reichte bis zur Mitte des Raums. Claire ging zu dem Regal hinüber, ihr Instinkt ein einziger Schrei: Hier lauerte Gefahr, etwas Abscheuliches – ein Ungeheuer, das sie von den ersten Mädchenjahren an bis in die Ängste ihres Erwachsenenalters verfolgte.

Als sie die Kante des Regals berührte, fühlte sie den Griff, der in den Rahmen eingelassen war. Die Krüge und Schachteln, wie sie von nahem sehen konnte, waren auf den Brettern festgeklebt. Die Wand öffnete sich, als sie an dem Griff zog, und die Rollen, auf der sie lief, erklärten die Spur auf dem Boden.

Claire schob sich vor. Etwa einen halben Meter hinter der falschen Regalwand hing ein schwerer Samtvorhang von der Decke herab. Einen Moment lang mühte sie sich, das Regal hinter sich zuzuziehen und sich einen Weg durch den Vorhang zu bahnen, dann schließlich gelang es ihr.

Der Raum jenseits des Vorhangs war von einer anderen Welt.

Die drei Wände waren mit dunklem Holz verkleidet, und

der Boden war mit einem dicken Wollteppich in tiefem Kastanienbraun ausgelegt. Dem Vorhang gegenüber stand ein schwerer Tisch, ganz in schimmerndes Weiß gehüllt. Doch es war der Gegenstand über dem Altartisch, der Claires ganze Aufmerksamkeit fesselte: ein rund einen Meter zwanzig hohes Holzkreuz, das sie an diesem Ort zuallerletzt erwartet hätte.

Das Kreuz hing nicht verkehrt herum – irgendwo in Claires Kopf regte sich der Gedanke, dass das einfach zu simpel gewesen wäre. Es war vielmehr die Figur am Kreuz, die auf dem Kopf stand.

Der Körper bestand aus geschnitztem Elfenbein, vielleicht war er auch nur so angemalt. Er hing an einer Schlinge am Kreuz, und auch sein linkes Fußgelenk wurde von einer Schlinge gehalten. Wer immer dieses blasphemische Kunstwerk geschaffen hatte, er hatte sorgfältig dargestellt, wie das Seil tief in den Knöchel einschnitt. Nur ein Bein war auf diese Weise gefesselt; das andere war im Knie gebogen und ließ den verdrehten Körper in gespannter Starre hervortreten. Der Körper war über und über mit gleichen eckigen, eingeschnitzten Symbolen bedeckt, die sie auf dem Kuchen oben gesehen hatte. Wiederum hatte der Künstler alle Sorgfalt darauf verwandt, die Zeichen wie Schnitte in lebendigem Fleisch erscheinen zu lassen. Doch die größte Verstümmelung war dem Gesicht angetan: Ein Auge war vollständig herausgerissen und die linke Gesichtshälfte blutüberströmt.

Ihr wurde übel, und sie fühlte sich seelisch so gemartert, als müsste sie unerwartet einer tatsächlichen Folter beiwohnen. Der ganze Raum vibrierte vor grässlicher, geheimer Lust, so dass Claire für einen Moment fassungslos war, erfüllt von Ekel und Schrecken, und vergaß, was sie zu tun hatte.

Sie nestelte am Verschluss ihrer Tasche, ließ sie fallen, und der Inhalt ergoss sich auf den Teppich. Das Walkie-Talkie war so groß, dass es fast nicht hineingepasst hätte. Jetzt, da sie es sah, wusste sie wieder, warum sie hier war. Sie hob das Sendegerät auf und schaltete es an.

»Hallo? Hallo?« Nichts zu hören. Sie versuchte sich zu erinnern, was der Professor ihr gesagt hatte, dann zog sie die Antenne heraus. »Hallo?«

Ein ermutigendes Rauschen antwortete ihr diesmal, und sie drückte auf den Sendeknopf in der Hoffnung, dass er sie hören konnte. »Professor, ich bin unten im Keller. Die Kellertür ist in einem Raum gleich hinter der Küche. Es ist genau so, wie Sie gesagt haben, und es ist grauenhaft ...«

»Grauenhaft?«, unterbrach sie eine belustigte Stimme von hinten. »Nach all der Mühe, die ich mir mit der Dekoration gemacht habe – und das auch noch nach einem richtig großen Essen.«

Claire, ohnehin aufgedreht, entfuhr ein Schrei, und sie ließ das Walkie-Talkie fallen. Mit dumpfem Geräusch schlug es auf den Teppich, und das Rauschen verstummte.

»Warum hast du nichts davon gesagt, dass du im engsten Kreis an meiner Party teilnehmen möchtest, Claire?«, fuhr Toller fort. »Es wäre mir eine Freude gewesen, dir eine persönliche Einladung zukommen zu lassen.«

Dieser Bemerkung folgte Gelächter. Toller war nicht allein. Andere waren mit ihm gekommen – zu viele, um sie auf einen Blick zu zählen, vielleicht ein Dutzend –, alle in schwarzen Roben und roten Heroldsröcken. Jeder Herold trug einen weißen Kreis auf der Brust mit einem der spitzen Zeichen in Schwarz. Toller trug den vergitterten Kreis.

Unwillkürlich wich Claire vor ihnen zurück, bis sie an den Altartisch stieß. Unverrückbar und hart drückte er gegen ihren Rücken.

»Was ... was ...«, stammelte sie. Die grässliche Empfindung, die der Ort in ihr ausgelöst hatte, und der Schock von Tollers Anwesenheit warfen sie aus dem Gleichgewicht.

»Arme Claire – jetzt bist du schon in die Fänge der Opposition geraten, und keiner hat dir die Regeln erklärt. Ich tu's: Das Licht hat seinen Tag gehabt, und die Sonne geht irgendwann immer unter. Jetzt bricht unsere Zeit an – die Zeit der glorreichen, fruchtbaren Dunkelheit und der unwandelbaren Sterne!«

Sie hörte Gemurmel hinter ihm, jemand sagte: »Hör auf damit, Toller.« Einige der Leute in den Roben waren in ihrem Alter und jünger und vielleicht nicht sehr ernst bei der Sache; aber ihr reichte Tollers Ernst allemal. Was der Professor ihr gesagt hatte, glaubte sie nun fest: Es gab Dinge, die so gefährlich waren, dass man sich ihnen noch nicht einmal im Spiel nähern durfte. Jede Art des Umgangs mit ihnen führte unweigerlich zur Wirklichkeit.

Toller schnellte vor und packte sie, trat das Walkie-Talkie beiseite und zerrte an ihrem Trägerrock. Der hintere Reißverschluss und ihre Bluse rissen auf. Die Knöpfe flogen herum, und Claire schrie empört auf.

»Kommt«, rief Toller die anderen. »Was treibt sie hier unten, wenn sie nicht mitspielen will? Sie bekommt, was sie verdient – nicht wahr, Claire?«

Von den Männern hinter ihm kam verhalten zustimmendes Murren.

»Der Teufel soll dich holen, Toller Hasloch«, rief Claire aus tiefstem Herzen. Er lachte und stieß sie zu den Wartenden hinter ihm. Sie wurde von dem Mann mit den leuchtend blauen Augen aufgefangen, der ihr vorhin oben die Haustür geöffnet hatte. Er riss ihr das Kleid von den Schultern, und Claire spürte, wie die raubtierhafte Spannung des Raums zunahm.

Sie wehrte sich, aber es waren zu viele – die meisten mehr als nur angetrunken und erfüllt von der Raserei des Mobs. In wenigen Augenblicken war sie bis auf Slip, Büsten- und Hüfthalter ausgezogen. Ihre Nylonstrümpfe hatten während des kurzen Kampfes Laufmaschen gezogen.

Toller band ihr die Hände auf den Rücken und stieß sie auf den Altar. Sie schlug mit einiger Wucht auf, und während sie wie betäubt dalag, fesselte er auch ihre Fußgelenke. Aus den Wänden ringsumher schien Verzweiflung zu sickern, füllte sie wie ein Gefäß, scharf und plötzlich wie körperlicher Schmerz – warum mit Widerstand unnötige Energie vergeuden, wenn es am Ende doch zwecklos war? Claire lag wie gelähmt da, unfähig, ihr Zittern zu unterdrücken, als er ihre Fußgelenke fest aneinander band. Sie lag auf ihren gefesselten Händen – ihre Schultern waren durch die Fesselung hilflos nach hinten gebogen –, und ihr Körper ächzte vor Kälte, als läge sie in einem Kühlhaus.

»Wir werden ein kleines Experiment machen, meine Freunde und ich«, sagte Toller zu ihr, als er fertig war. »Wir werden uns alle auf dich konzentrieren – alle zwölf von uns – und sehen, ob wir die Seele aus deinem Körper treiben können. Wenn es uns gelingt, dann, fürchte ich, wird die Welt denken, dass du wieder einen deiner Anfälle hattest, nur dass dieser – leider, leider! – nicht mehr enden wird. Natürlich, wenn es nicht funktioniert … nun, die menschliche Seele ist nicht so beschaffen, dass sie solchem Druck standhält, oder?«

»Du Betrüger«, zischte sie zwischen zusammengepressten Zähnen.

»Du wirst dir noch wünschen, es wäre so«, sagte Toller, freundlich tuend. »Aber wenn du mich für einen Betrüger hältst, wärest du nicht hergekommen. Übrigens entschuldige ich mich für neulich Abend – ich wollte nur ein bisschen Spaß haben und Leben in die Party bringen, nicht mehr. Du warst nicht persönlich gemeint.«

Aber du hättest die Gelegenheit genutzt, nicht wahr, wenn Jonathan nicht da gewesen wäre? Sie versuchte sich in Erinnerung zu rufen, dass Professor MacLaren wusste, wo sie war, dass wenigstens noch eine kleine Hoffnung auf Rettung bestand. Aber daran zu glauben war, als wollte sie ein Gewicht heben, das über ihre Kräfte ging.

»Lasst mich gehen«, bat Claire. Tränen stiegen ihr in die Augen – vor Wut oder Angst oder auch beidem.

»Mach dich nicht lächerlich«, blaffte Toller.

Ohne weiteres zündeten nun er und die anderen die verstreut stehenden Kerzen im Raum an und dann die Schalen mit Weihrauch, die auf einem Bord unterhalb des entstellten Kreuzes standen. Ein seidiger, blauer Rauch mit erstickend bitterem Geruch stieg auf und ließ das verstümmelte Gesicht der weißen Gestalt beinahe lebendig erscheinen. Claire schloss die Augen und wandte sich ab. Sie versuchte, ihre Angst zu unterdrücken.

Dann versammelten sich Toller und seine Gehilfen um den Altar, und die Stille wuchs. Claire wollte irgendeine spöttische Bemerkung machen, doch ein seltsamer und mächtiger innerer Widerstand hielt sie ab. Sie schwiegen nicht nur, sie taten etwas – etwas, das Claire spürte, so wie sie die Kraft eines kommenden Sturms spüren konnte; als Druck in ihrer Brust, in ihrem Kopf.

In ihrem Kopf.

Es war wie ein Kopfschmerz, der nicht wehtat, wie eine Empfindung ohne sinnlichen Anlass. Es gefiel ihr nicht, aber sie hätte nicht behaupten können, dass es schmerzte oder auch nur unangenehm sei. Doch das, was dahinter stand, erfüllte sie mit Angst – die Möglichkeit, dass es nicht mehr aufhörte, oder der Augenblick, da es zersplittern und zu etwas noch Hässlicherem werden könnte – und es schien nichts zu geben, was sie dagegen ausrichten konnte.

Es gibt immer etwas.

Eine ruhige Gewissheit überkam sie mit sanfter Plötzlichkeit. Es war das Einzige, was sie außer dem Druck empfinden konnte. *Oh, lieber Gott, hilf mir,* betete sie unbeholfen.

Es gab keine wahrnehmbare Antwort, doch das niederdrückende Angstgefühl wurde etwas schwächer, so dass, angeregt durch die Musik, die sie vorher schon gehört hatte, ein respektloser Gedanke in ihr auftauchte. *Sprich von einer Bewegung, in der sich Schwachsinnige und armselige Kreaturen tummeln … Ob Toller weiß, wie toll er in seinem Aufzug aussieht?*

Das Aufflackern wortlosen Missfallens, das diesem Gedanken antwortete, ließ sie aufstöhnen. Sie konnte nichts sehen; vielleicht lag es nur daran, dass ihre Augen geschlossen waren, doch ihr fehlte die Kraft, sie zu öffnen.

Nein, nein, nein …, sang Claire in ihrem Kopf, unfähig, ein zusammenhängendes Gebet zu sprechen. Sie wusste, dass die Absicht dazu genügte. Sie fror, sie war halb nackt und in verzweifelter Lage, doch das Wissen, nicht allein zu sein, bildete ein unsichtbares Schild. Gott wenigstens sah. Und selbst wenn Toller sie töten würde …

Nur weil du stärker bist, heißt das noch nicht, dass du im Recht bist, Hasloch.

Sie klammerte sich an diesen Gedanken, als das Brüllen in ihren Ohren zunahm und ihre Hände und Füße sich taub und sehr weit entfernt anfühlten.

Da kam die Rettung:

»Toller Christian Hasloch, ich fordere dich im Auftrag des Höchsten und Heiligen Namens auf, auf deinem Irrweg der Dunkelheit innezuhalten!«

Professor MacLarens Stimme donnerte mit der selbstgewissen Wut eines Polizisten, der jemanden auf frischer Tat ertappt. Der entsetzliche Druck ließ nach, und Claire spürte, wie eine heilende Entspannung über sie hinfloss, stillend und liebkosend. Er *war* gekommen!

Nachdem Claire aufgebrochen war, hatte Colin im Auto mit jener zermürbenden Ausdauer gewartet, die er an zahllosen anderen kalten und regnerischen Nächten Tausende von Meilen entfernt gelernt hatte. Wenigstens brauchte er sich heute Nacht keine Gedanken zu machen, ob seine gefälschten Ausweispapiere einer Polizeikontrolle standhalten würden oder ob er der Morgendämmerung in einer Gestapozelle entgegensehen würde. Er brauchte nur für Claire Sorge zu tragen.

Sie war mittlerweile sicherlich schon in Haslochs Haus, und wenn sie fand, wonach sie beide suchten, musste sie ihn nur über das Funkgerät anrufen, das er ihr mitgegeben hatte. Mit einer Sensitiven, die für das Licht kämpfte und sich bereits innerhalb der Festung aufhielt, würde keine von Haslochs magischen Wachen einen Angriff von außen abwehren können, und Colin würde jeden Voodoo-Zauber, den der Bursche trieb, unschädlich machen können.

Er war sich ziemlich sicher, dass niemand ihn davon abhalten würde, ins Haus zu kommen – er war Professor an der Universität, die die meisten von ihnen besuchten; wenn es hart auf hart ginge, müsste er eben Gewalt anwenden.

Wo blieb Claire nur? Er begann sich Sorgen zu machen, als die Minuten sich auf eine Stunde dehnten, dann auf zwei. Warum meldete sie sich denn nicht?

Es kam ihm nicht in den Sinn, dass sie vielleicht ihren Teil der Abmachung nicht erfüllen könnte. Zwar war sie ablehnend und verängstigt, doch sie besaß von Natur aus einen Willen, der fast so stark war wie der eines geübten Magiers. Wenn sie sagte, dass sie etwas tun würde, so nahm sie ihr Wort nicht leichtfertig zurück, das wusste Colin.

Aber es gab so viele Fallstricke auf ihrem Weg – Gefahren, die sie vielleicht noch nicht ernst genug nahm, um sich vor ihnen in Acht zu nehmen. Das Mädchen glaubte ja kaum an seine eigene psychische Sensitivität – wie also von ihr verlangen, noch ein Vielfaches mehr zu glauben …?

Keine Wahl, wenn der Teufel los ist, sagte sich Colin ironisch. Er konnte die Operation heute Nacht nicht durchführen, wenn ihm nicht eine Sensitive dabei half, die äußeren Schilde zu überwinden, und er konnte diese Arbeit nicht ungetan lassen, nur weil Unschuldige dadurch in Gefahr gerieten. Viele mehr würden in Gefahr geraten, wenn diesem Treiben nicht Einhalt geboten würde.

Der schwarze Phönix des Nazismus wieder losgelassen in der Welt … und diesmal in einer Welt, die über nukleare Potenziale verfügt. Was werden die Anbeter der Ewigen Nacht tun, wenn sie die Macht einer neugeborenen Sonne in Händen halten?

Das Ausmaß der Bedrohung rechtfertigte jede radikale Aktion, doch Colin war sich bewusst, dass dies nur eine Falle war, um den Geist in die Irre zu leiten. Der Zweck heiligte niemals die Mittel. Die Mittel formten den Zweck, und so war es dem Licht für immer verwehrt, mit den Waffen der Finsternis Krieg zu führen. Diejenigen, die für das Licht kämpften, mussten stets die Gefahr gewärtigen und bereit sein, ihr Leben in einer Schlacht aufs Spiel zu setzen, die nie anders denn ungleich sein konnte.

Doch wie kann eine Anfängerin die wahre Natur der Gefahr erkennen, bevor sie ihr begegnet? Wie kann ich meine Hände in Unschuld waschen, wenn ich unschuldige Männer und Frauen für meine Ziele opfere?

Darauf gab es nur eine harte, unnachsichtige Antwort: Colins Hände waren nicht unbefleckt und konnten es nie sein. Solange er für das Licht stritt, solange musste er für diesen Kampf büßen. Und doch wurden diejenigen, die kämpften, so nötig gebraucht wie jene, deren Karma es war, abseits zu stehen.

Das Knacken im Funkgerät war eine willkommene Unterbrechung seiner Gedanken. Claires Stimme brach tonlos und verzerrt durch das Rauschen:

»Professor, ich bin unten im Keller. Die Kellertür ist in einem Raum gleich hinter der Küche. Es ist genau so, wie Sie gesagt haben, und es ist grauenhaft …«

Plötzlich war das Gerät tot, doch er vergeudete keine Zeit, ihre Stimme wieder zu finden. Er sprang aus dem Auto und rannte durch den Regen zum Haus, eine Hand an dem kleinen Revolver in der Tasche seines Trenchs. Eine schreckliche Furcht ergriff ihn: Diesen Kampf zu verlieren – Claire zu verlieren – würde ihn alles kosten, was er war. Doch auch dieses Risiko akzeptierte er. Er würde nicht verlieren.

Als er im Haus war, kostete es ihn wertvolle Minuten, die Kellertür zu finden, doch wie Claire vorher hatte er keine Mühe, das Geheimnis der falschen Regalwand zu lüften, die den unterirdischen Raum verbarg. Er konnte dicke Schwaden von Weihrauch riechen.

Als er das »Regal« öffnete, wirbelte der Vorhang um ihn herum, und er hörte das ferne, misstönige Knurren der Wachen, die er ausgeschaltet hatte. Der Revolver war in seiner Hand, bevor er sich umschauen konnte. Er blinzelte in das trübe Kerzenlicht. Bei dem, was er sah, traf ihn ein solcher Schock, dass er beinahe auf die nächstbeste schwarze, runenverzierte Robe gefeuert hätte.

Es war, als wäre er in eine Vergangenheit zurückgekehrt, die er nie mehr hatte wieder sehen wollen.

Dort hing der Runen-Christus am Weltenbaum, sein Körper überdeckt mit den Symbolen alter Magie; eine böse Verschmelzung von Odin und Luzifer. Dort waren die Hakenkreuz Banner, die Hakenkreuz-Kerzen und die dem Sonnenrad nachgebildeten Rauchfässchen: Der Anblick der vertrauten Devotionalien des Schwarzen Tempels traf ihn mitten ins Herz, Symbole des Götzendienstes für Luzifer, der sich dem Willen des Himmels nie gebeugt hatte, für einen Gral, der von Christus nie berührt worden war.

Colin schwang drohend seinen Revolver, schleuderte Worte heraus, die seinem Kopf und seinem Herzen gerade einfielen, und scheuchte damit die Gestalten in ihren Roben und Kapuzen, die um den Altar herumstanden, wie verängstigte Schafe auf. Claire lag auf dem Altar, gefesselt und halbnackt und sah ihm mit einem Gesichtsausdruck entgegen, in dem sich Erleichterung und glühender Triumph mischten.

Doch während die anderen wegrannten, blieb Toller Hasloch stehen. Er blickte Colin über Claires Körper hinweg an, sein angespanntes Gesicht war weiß und hatte einen fanatischen Ausdruck, seine farblosen Augen blitzten im Kerzenlicht.

Vorsichtig nahm Colin den Finger vom Abzug und die Waffe in die linke Hand.

Hasloch rührte sich nicht von der Stelle, als Colin zum Altar ging. Ein paar schnelle Schnitte mit dem Taschenmesser befreiten Claire von den Fesseln, und Colin legte ihr seinen Mantel um die Schultern. Sie glitt vom Altar und blickte Hasloch, der so unbeweglich schien wie der geschnitzte Runen-Christus, mit tödlichem Hass an.

Dann entfernte sie sich vom Altar, ohne die Augen von Hasloch abzuwenden, bis sie hinter Colin stand.

Hasloch holte tief Luft und versuchte angestrengt, seine großspurige Fassade zu wahren.

»Okay, Professor. Dieses Spiel haben Sie gewonnen. Sie sind klüger, als ich Ihnen zugetraut hätte. Natürlich wird Ihnen – oder der verrückten Claire – keiner glauben, wenn einer von Ihnen beiden darüber reden sollte.«

Colin lächelte kalt. »Da zeigt sich Ihr Mangel an Erfahrung, junger Mann. Ich werde mit niemandem reden. Ich werde Ihnen nur den Stecker aus der Steckdose ziehen. Ich empfehle Ihnen, bleiben Sie bloß genau da, wo Sie sind, wenn Sie nicht wollen, dass ich jemandem erklären muss, warum ich Sie erschossen habe. Glauben Sie mir, ich nehme Sie ernst genug, um das zu tun.«

Er erhob seine rechte Hand zu einem archaischen Zeichen, ohne mit der Schusswaffe zu wackeln. Hasloch starrte in die Luft, wo das Zeichen gewesen war, und das bemühte Lächeln schwand aus seinem Gesicht.

Der Unterschied zwischen Toller und dem Durchschnitt okkultistischer Dilettanten war der, dass seine Rituale *funktionierten*. Hasloch hatte Macht, und der Hauptgrund dafür waren die Verbündeten und Diener, die sein junger Tempel auf der Astralen Ebene hatte. Zerstörte man sie, war seine Macht am Ende. Weihte man den Ort, wo das Astrale Ordensschloss gestanden hatte, würde er es ohne Hilfe nicht wieder aufbauen können, und die würde er so bald nach seiner Niederlage nicht erhalten.

Er wurde bleich, als er erkannte, was Colin tat. Eine Hand wanderte zu dem verzierten Dolch an seinem Gürtel, die andere zu der Medaille, die an einer Kette hing.

Und die Gegner stellten sich zum Kampf.

Für Colin MacLaren, der über keine Astrale Sicht verfügte, die ihn hätte führen können, fand der Kampf in einem Doppelreich statt: in dem der geübten disziplinierten Phantasie, die den Willen in Gestalt eines leuchtenden Weißen Adlers gegen den sich windenden Drachen der alten Dunkelheit aufbot, und dem der diesseitigen Welt, in welcher Colin seinen Revolver unverändert auf Hasloch gerichtet hielt, während die Polizeisirenen – von wem eigentlich gerufen? – aus der Ferne immer lauter wurden.

Nach jedem Zusammenstoß versuchte der Schwarze Drache sich kleiner zu machen; sich in etwas Kleines, Gewöhnliches und Harmloses zu verwandeln, das man in Ruhe ließ. Jedes Mal wies der Weiße Adler den Anspruch auf einen Sieg zurück, der auch nur dem schwächsten Sprössling des Drachen das Überleben hätte ermöglichen können. Endlich dann waren alle Schatten gebannt, und das Weiße Licht des Ewigen und Unveränderlichen Wortes brauste durch alle Ecken der Verwüstung, wo der Schwarze Turm gestanden hatte.

Als alle Hoffnung auf einen Sieg dahin war, sank Hasloch gegen den Altar, und Tränen angsterstickter Wut rannen über sein Gesicht. Schwach war durch die Wände das Ausklingen einer Sirene vor dem Haus zu hören.

»Dafür kommen Sie ins Gefängnis!«, schrie er mit überschnappender Stimme. »Sie werden von der Universität gewiesen – und nie wieder Lehrerlaubnis erhalten …«

»Ja sicher, und deine Mutter trägt Armeestiefel«, giftete Claire zurück, ihre Stimme rau vor Zorn. »Zwei gegen einen – oder denkst du etwa, dass Leute diese filmreife Ausstattung hier sehen und irgendetwas glauben, was du sagst?«

»Ich glaube, die Polizei ist da«, warf Colin ruhig ein. »Deine Freunde in den Roben sind wohl in Panik geraten.«

Selbst durch die Draperien und die falsche Wand waren die lauten Stimmen aus dem Stockwerk darüber zu hören.

»Hasloch, deine Freunde werden wahrscheinlich plaudern. Es ist Claire überlassen, ob sie wegen der Vorkommnisse heute Abend Anzeige erstatten wird. Aber wenn du meinen Rat hören willst, dann trennst du dich schnellstens von deinen scheußlichen kleinen Spielsachen, bevor die Stadt Berkeley jemanden mit einem Hausdurchsuchungsbefehl vorbeischickt. Der Krieg mag vorbei sein, mein Sohn, aber niemand kann einen Nazi leiden.«

Hasloch starrte nur wütend, sein Gesicht so weiß und rasend, dass Colin einen Moment lang annahm, er würde einen Anfall erleiden und auf der Stelle tot umfallen. Doch er zog nur seinen Heroldsrock aus und warf ihn zu Boden. Dann öffnete er den Gürtel und zog die Robe über seinen Kopf. Unter der Robe trug er Straßenkleidung. Die Medaille leuchtete einen Augenblick lang vor seinem roten Pullover, bevor er sie mit zitternden Händen unter das Hemd steckte.

Mit beinahe körperlicher Anstrengung wandte er seinen Blick von Colin und Claire ab und schwankte wortlos in einen Seitenflügel des Tempels. Offenbar gab es einen zweiten Eingang zum Keller.

»Was, kein Abschiedswort?«, sagte Claire mit forcierter Fröhlichkeit. »Keine Rachedrohung?«

Ihre Knie gaben nach, und Colin legte einen Arm um ihre Schultern. Erst jetzt merkte er, dass er noch immer den Revolver in der Hand hielt. Er steckte ihn schnell in seine Tasche. Notfalls hatte er einen Waffenschein, und es gab da immer noch eine Nummer in Washington, die er anrufen könnte, wenn er Unterstützung brauchte, was den Polizeichef wahrscheinlich auf die Palme bringen würde. Aber es war besser, wenn niemand irgendwelche Fragen stellte, auch wenn Colin Antworten parat hatte.

»Er wird sie mir wahrscheinlich später in der Nacht telefonisch übermitteln«, sagte Colin. »Claire, Sie waren wunderbar – ich wünschte, ich hätte Sie nie dazu verleitet, diese …«

»Sagen Sie das nicht«, unterbrach das Mädchen schnell und zog den Mantel enger um sich. »Meine Generation redet immer von der Rettung der Welt, oder? Na ja, wenigstens einmal habe ich's geschafft, *etwas* zu tun, und das ist ein gutes Gefühl. Natürlich hatte ich Angst – puh, ich war fertig mit den Nerven. Aber es musste getan werden. Und ich werde es wieder tun – wenn Sie mich lassen.«

Sie streckte ihre Hand aus.

»Möge der Allerhöchste gewähren, dass so etwas nicht noch einmal getan werden muss«, sagte Colin. »Aber wenn doch, werde ich auf Ihr Angebot zurückkommen, Claire – das schwöre ich.«

Er ergriff ihre Hand und schüttelte sie, sein Versprechen feierlich besiegelnd.

»Und jetzt glaube ich, wir sollten nach oben gehen und mit der Polizei reden. Irgendjemand muss sie angerufen haben, als der Rest von Haslochs Hexensabbat türmte – was die Beamten wohl denken werden? Vielleicht an dekadente Rauschgiftorgien; ich bin gespannt, ob das Wort eines Professors der Psychologischen Fakultät etwas gelten wird. Sollen wir hochgehen und es herausfinden?«

Claire kicherte, ein gedämpfter, halb unwillkürlicher Laut. »O ja, natürlich, Professor. Und während wir die Dinge erklären, kann ich mir vielleicht bei jemandem ein Paar Schuhe leihen, die zu Ihrem Mantel passen.«

Die nötigen Erklärungen – gegenüber der Polizei von Berkeley, dem Kanzler der Universität und dem Dekan – waren umfangreich und ermüdend, und Colin feierte das Weihnachtsfest mit einer offiziellen Abmahnung, die seiner Personalakte beigefügt wurde.

Es sollte lange dauern, bis er den Abend und dessen Folgen mit einer Nachricht in Verbindung brachte, die er vier Tage später in der Zeitung gelesen hatte: Präsident Kennedy hatte die Zahl der Militärberater aufgestockt, die er in ein fernes Land namens Vietnam schickte.

Doch vierundzwanzig Monate und dreizehn Tage nach jener Novembernacht musste Colin erneut über Toller Hasloch nachdenken.

INTERMEZZO #2

BERKELEY, 1961

So begann es, so einfach. Was Colin mir anbot, war etwas, nach dem ich mein ganzes Leben lang gesucht hatte; es war nichts Geringeres als ein Magnet, mit dem ich meine Richtung bestimmen konnte.

Colin wurde nicht mein *Guru* – wie veraltet dieses Wort heute auch klingen mag, obwohl es damals, als ich ihm zum ersten Mal begegnete, noch lange nicht in Mode war –, denn zu unser beider Bedauern habe ich den Lehren, denen er sein Leben weihte, nie mit ganzem Herzen folgen können. Es war vielmehr so, als wäre die Welt, in der ein Mann wie Colin MacLaren lebte, deutlich anders als die, an die ich zuvor geglaubt hatte – eine Welt, in der es möglich war, eine Zukunft zu bauen, in der Ursache und Wirkung nicht das Ergebnis einer sadistischen Laune waren.

Ich glaube, wenn ich ihn nicht getroffen hätte, dann hätte ich auch Peter nie getroffen. Denn die Frau, die ich war, bevor Colin in mein Leben trat, hätte sicher nicht geglaubt, dass sie diesen Mann verdiente. So lange hatte ich nur in den Tag hineingelebt, mich durchgeschlagen mit dem schlichten Wunsch, keine Katastrophen mehr zu erleben, dass die bloße Ordnung in meinen Alltagsangelegenheiten mich mit einem Frieden erfüllte, den sich glücklicher Geborene kaum vorstellen können. Doch plötzlich war die Welt neu, und ich hatte an der unbegründeten Hoffnung meiner Generation teil, der Fortschritt würde ewig währen und der Frieden wäre erreichbar. Wie leicht konnte man doch diesem Glauben anhängen – und wie stark wurde er in den nächsten Jahren auf die Probe gestellt, in unserem Leben und in dem Lauf unserer Geschichte.

4

BERKELEY, 1962

Ach, ein Herz dem Himmel nicht so nah,
Ein schmales Auge, Fesseln und Verhaltung,
Ach, ein Wille, wie der Falke ihn besitzt.

FRANCIS THOMSON

Im Frühjahr 1962 umkreiste der erste Amerikaner die Erde im All. Im Herbst darauf gab es Aufstände in Mississippi, und Bundestruppen mussten eingreifen. In jenem Sommer starb eine Filmgöttin: Ihr kurzes tragisches Leben und selbstzerstörerisches Ende dienten all jenen, die ihr folgen sollten, nahezu als Vorbild, all jenen, die die Träume einer Generation verkörperten, die von der Liebe wie Phönix vom Feuer verzehrt wurden und das flüchtige, schillernde Leben von Motten nahe der Flamme führten.

Dann kam jener Herbst, in dem die ganze Nation in den Abgrund starrte; der Oktober, in dem die Welt ins nukleare Höllenfeuer blickte: Es hatte nicht viel gefehlt, und das letzte Kapitel der Menschheitsgeschichte wäre in einer kurzen, strahlenden Sonnenfinsternis geschrieben worden. Neunzig Meilen vor der Küste Floridas standen sowjetische Raketen. Und die Sowjets drohten mit Krieg.

Als er ausblieb, atmete der Westen tief erleichtert auf – und die Vereinigten Staaten sahen auf ihren jungen, unbesiegbaren Präsidenten, um den letzten wie auch den ersten Schlag im Kalten Krieg zu führen.

In jenem Jahr heirateten Claire London und Peter Moffat.

»Colin, das ist Peter.« Claire errötete, als sie den jungen Mann mit verhaltenem Stolz vorstellte. Colin und Claire hatten in den letzten Wochen immer wieder über Peter gesprochen, und nachdem Colin hartnäckig darauf bestanden hatte, willigte Claire schließlich ein, ihm Peter vorzustellen. Eine Nachmittagsgesellschaft, zu der ein gemeinsamer Freund geladen hatte, schien dafür die beste Gelegenheit.

»Ich freue mich, Sie kennen zu lernen, Professor«, sagte Peter und streckte seine Hand aus.

»Ich hoffe, Sie nennen mich Colin«, erwiderte er und ergriff Peters Hand. Sein Händedruck war fest und zupackend, und Colin fand den jungen Mann sogleich sehr sympathisch.

Peter Moffat war Mitte zwanzig, ein paar Jahre älter als Claire. Er hatte hellbraunes Haar und braune Augen und strahlte ruhige Zielstrebigkeit aus, die sicher einer der Gründe war, warum sie sich zu ihm hingezogen fühlte – zumindest, da diese Ausstrahlung sein inneres Selbst zu zeigen schien.

Nachdem sie die beiden miteinander bekannt gemacht hatte, verschwand Claire in Richtung Bar. Es waren überwiegend jüngere Professoren anwesend, daneben die üblichen Einzelgänger aus den Literaturwissenschaften, Ehefrauen und ältere Studenten.

»Hoffentlich plaudere ich kein Betriebsgeheimnis aus, wenn ich sage, dass Claire viel von Ihnen hält«, begann Colin das Gespräch und ließ seinen Blick im Raum schweifen.

»Sie hält eine Menge von *Ihnen*«, verbesserte Peter ihn. »Von Ihnen und von Dr. Margrave – ich bin fast vom Stuhl gefallen, als sie mir erzählte, dass sie Simon Anstey kennen gelernt hat! Ich habe alle seine Platten. Ich habe früher auch Klavier gespielt – natürlich nicht auf diesem Niveau …«

Ihr Geplauder wurde durch Claires Rückkehr unterbrochen. Sie balancierte drei Gläser zwischen ihren Händen, zwei Sherrys und eine große Limonade. Colin war etwas überrascht, als sie Peter die Limonade reichte.

»Ich habe nachher Dienst«, erklärte er, als er Colins Blick bemerkte.

»Peter ist bei der Polizei in Berkeley«, erklärte Claire in leicht tadelndem Ton. »Das habe ich dir doch erzählt, Colin.«

»Das hast du«, gab er lächelnd zu. »Und ich bin der Erste, der zugibt, ein miserables Gedächtnis zu haben. Sie planen also eine Karriere als Gesetzeshüter, Peter?«

»Na ja, Sir – Colin –, ich trage noch Uniform, aber ich mache zur Zeit die Prüfungen und hoffe, in nicht allzu ferner Zukunft als Kriminalbeamter arbeiten zu können«, antwortete er und sah Claire an. »Die Frau eines Polizeibeamten hat ein hartes Leben – unbestreitbar, und ich weiß, dass viele dieser Ehen nicht lange halten …«

»Peter!«, protestierte Claire lachend.

»Sprecht ihr beide schon vom Heiraten?«, fragte Colin. Er spürte einen leisen Stich. Es war nicht eigentlich Eifersucht; aber Heiraten war ein so großer Schritt, und sie war noch so jung …

Sie ist zwanzig, erinnerte er sich. Alt genug, um auf eigenen Beinen zu stehen. Als du selbst zwanzig warst, hattest du schon drei Männer umgebracht. Kein sonderlich passender Vergleich, aber …

»Ich weiß, was ich will«, sagte Peter bestimmt. »Es wäre unaufrichtig, ihr nichts davon zu sagen.«

»Er hat mich noch nicht ganz überzeugt«, sagte sie lächelnd, »aber ich muss zugeben, seine Zermürbungstaktik scheint allmählich zu wirken.«

Colin zog eine Augenbraue hoch. In nur wenigen Monaten hatte sie sich fast völlig verändert. Aus einem unbeholfenen Schwanenküken war ein selbstbewusster Schwan geworden.

Mit Colins Anleitung und Rat hatte sie gelernt, der Gabe zu vertrauen, die die Natur ihr geschenkt hatte. Das hatte auch ihr Vertrauen in die Menschen um sie herum gestärkt.

Begierig hatte sie die einfachen geistigen Übungen aufgenommen, die Alison und er ihr hatten beibringen können. Sie hatte Zutrauen zu ihrer Fähigkeit gewonnen, wirkungsvoll in das Leben anderer einzugreifen, und erkannt, dass ihr Tun rechtmäßig sei.

»Ich habe Peter alles erzählt – über mich«, fügte sie hinzu. Vielleicht hörte nur Colin das viel sagende Zögern in ihrer Stimme.

»Und wie haben Sie es aufgenommen?«, fragte er sachlich.

Peter lachte. »Na ja, das ist nichts, worüber ich mit den Kollegen an der Bar unten reden würde!«, sagte er munter und wurde dann wieder ernst. »Ich weiß, dass diese ganze Angelegenheit mit den seelischen Kräften nach Betrugsdezernat riecht …«

»Manchmal tut es das nicht nur«, stimmte Colin zu. »Denn solange es Medien gibt, solange hat es auch immer Betrüger gegeben – manche sagen sogar, die Betrüger waren zuerst da. Zunächst einmal versucht die Parapsychologie – eine Wissenschaft, die erst im Entstehen ist, wie ich gern zugebe –, das Studium dieser menschlichen Fähigkeiten einer wissenschaftlichen Methodik zu unterwerfen. Ich habe ein ebenso großes Interesse wie jeder andere, die Schwindler zu entlarven, die unser Fach in Verruf bringen. Ich gehe jedoch nicht so weit, jeden mit paranormalen Fähigkeiten zu verdammen. Huuh! Das ist ja fast schon eine Rede.«

»Aber eine gute Antwort«, meinte Claire. »Colin tut genauso viel, um –na ja – die Tischerücker und Teeblattleser und all die so genannten Mystiker, die die Gutgläubigen reinlegen, zu entlarven, wie *du*, Peter!«

»Das ist meine Claire«, sagte Peter zärtlich. »Aber sagen Sie, Professor – äh, Colin –, gibt es irgendein Mittel für jemanden wie mich, um ein echtes Medium von einem Schwindler zu unterscheiden? In Alameda County ist Wahrsagerei verboten – zumindest für Geld. Aber diejenigen, die auf dieser Masche reiten, haben eine Menge Möglichkeiten, das Gesetz zu umgehen, und ich kann nicht immer Claire mitnehmen, damit sie die alle für mich auseinander fieselt.«

Claire zog die Nase kraus. »Da kannst du genauso ein gutes Buch oder ein Deck Tarotkarten lesen – für mich macht das keinen Unterschied, Peter. *Ich* kann nicht wahrsagen – ich wünschte, ich könnte es.«

»Es gibt ganz bestimmte Kriterien, um die Schafe von den Böcken zu scheiden«, warf Colin ein. »Aber das Offensichtlichste haben Sie selbst schon genannt: Wenn jemand seinen Lebensunterhalt mit seinen behaupteten medialen Fähigkeiten bestreitet, handelt es sich mit fast tödlicher Sicherheit um einen Schwindler. Die Wissenschaft hat noch wenig Einsicht in die medialen Sinne, doch über eines besteht heute Einigkeit: dass diese Fähigkeiten sehr sprunghaft sind und sich nicht einfach so abrufen lassen.«

»Aber welche *Möglichkeiten* gibt es?«, fragte Peter. »Wie kann jemand den Unterschied zwischen, sagen wir, einem betrügerischen Medium und, na, jemandem wie Claire feststellen?«

»Schwierige Frage«, entgegnete Colin, »aber wenn Sie wollen, komme ich gern runter und spreche in Ihrer Dienststelle darüber. Vielleicht habe ich ja die eine oder andere Methode gefunden, wie man ein falsches Medium erkennt, die sich noch nicht bei Ihnen herumgesprochen hat.«

Peter lächelte höflich. »Drücken Sie die Daumen, dass ich sie dafür gewinne! Kann jedenfalls nicht schaden, es zu erwähnen. Ein paar von den Kollegen werden allerdings, nun, gelinde gesagt, Vorbehalte gegen Sie haben.«

»Meine Beteuerungen werden da wohl nichts nützen, aber es bleibt die Tatsache, dass mir der Staat Kalifornien seine Kinder anvertraut«, sagte Colin. »Keine Sorge, Peter, mein Ich ist stark genug, um ein paar Kratzer auszuhalten.«

Danach sah Colin Peter Moffat recht häufig. Peter lebte immer noch bei seiner verwitweten Mutter zu Hause, aber Colin und Claire waren regelmäßig in ihrem Haus zu Gast, sonntags zum Abendessen oder auch einfach nur, um den Abend dort zu verbringen.

Nach und nach machte Peter Colin mit merkwürdigen Problemen in den Grenzbereichen der Polizeiarbeit bekannt, Geschehnisse, die nicht eigentlich kriminell oder illegal waren, sondern einfach … sonderbar.

Claire hatte sich als unschätzbare Partnerin in Colins Forschungen erwiesen. Sie war sensitiv für paranormale Vorgänge und konnte unfehlbar mediale Begabungen bei anderen erkennen. Insgeheim war Colin erleichtert, dass Peter ihre Kenntnisse und Fähigkeiten bewunderte. Im Lauf der Monate schien es immer unausweichlicher, dass die beiden den Rest ihres Lebens zusammen verbringen würden …

Die Hochzeit fand im Juni statt. Colin und Peter hatten ein paar Tage zuvor an Claires Schlussfeier an der Schwesternschule teilgenommen, und nun waren viele derselben Leute hier wieder versammelt.

Die Hochzeitszeremonie war eine bescheidene Feier, die in der Lady Chapel der Anglikanischen Kirche abgehalten wurde, der Claire und Peter angehörten. Die Braut trug ein praktisches blaues Kostüm mit einer Korsage von weißen Rosen und einem Pillbox-Hut mit Seidenschleier. Der Bräutigam trug einen schlichten blauen Anzug aus Serge. Beide gaben ihr Jawort gelassen und selbstbewusst.

Sie sieht so glücklich aus, dachte Colin. Aber sahen nicht alle Bräute so aus? Heute hatte er die Braut nach altem Brauch fortgegeben, und er fühlte jetzt großen Frieden, als hätte er ein großes Hindernis geschickt überwunden. Doch die eigentliche Arbeit hatte Claire geleistet; die auftauchenden Schwierigkeiten vermochte er sich nicht einmal auszumalen. Niemand aus Claires Familie nahm an der Hochzeit teil, das war das eine – ob sie nicht eingeladen worden waren oder selbst abgelehnt hatten zu kommen, wusste Colin nicht. Mrs. Moffat trug ein rosa geblümtes Kleid und saß in einer Bank auf der anderen Seite des Mittelgangs. Sie strahlte unter Tränen, als sie ihren einzigen Sohn der Obhut einer anderen Frau anvertraute.

Die Verlobungszeit war nur kurz gewesen – Claire und Peter waren einander zum ersten Mal im Dezember begegnet, kaum sechs Wochen, nachdem Colin Claire zu Haslochs Geburtstagsparty geschickt hatte. Die Geschehnisse dort schienen mittlerweile in einer anderen Welt stattgefunden zu haben. Hasloch war beinahe augenblicklich verschwunden, er hatte nicht einmal mehr sein Semester abgeschlossen. Auf dem Campus liefen Gerüchte und wilde Spekulationen um, die jedoch mit der Zeit verebbten – während diejenigen, die mit ihm in Kontakt gekommen waren, sich anderen – zuträglicheren – Interessen zuwandten. Das alte viktorianische Haus stand immer noch leer, mit einem Schild ZU VERMIETEN im Vorgarten. Auch der Keller war nun geräumt und wieder harmlos.

Hinter Colin rutschte Jonathan Ashwell unruhig auf seiner Bank herum. Einige Zeit hatten er und Claire sich häufig getroffen, doch dann war Claire mit Peter zusammen, und Jonathan hatte fast so schnell wie Colin erkannt, dass sie nur schwesterliche Empfindungen für ihn hegte. Claire hatte sich nicht lange nach Peter für die Ehe entschieden. Colin wünschte nun beiden alles erdenkliche Glück.

Er wandte seine Aufmerksamkeit wieder der Trauung vor dem Altar zu, wo Peter gerade einen goldenen Ring über Claires Finger schob. Einen Augenblick später drehten sich die beiden frisch Vermählten zu der kleinen Festgemeinde um, und die Ringe glänzten an den linken Händen.

Die Zeremonie war beendet. Claire und Peter waren nun für immer einander verbunden; eine spirituelle Entscheidung, die das menschliche Gesetz, wie ernst auch immer angewendet, nicht leicht rückgängig machen konnte. Der Organist spielte einen Schlusschoral, die Gemeinde erhob sich.

Das junge Ehepaar entschwand für einige Zeit aus Colins Gesichtskreis, aber er war damit zufrieden. Seine Lehrtätigkeit nahm ihn zunehmend in Anspruch, und er fand eine gewisse Erfüllung im Umgang mit den jungen Menschen, die auf ihrem Weg zum Erwachsenwerden seiner Leitung anvertraut waren. Die Welt um ihn herum änderte sich nur wenig. Die Gewalt der Ereignisse, die sich unter der Oberfläche der Tage aufstaute, war für die, die in ihnen lebten, unsichtbar.

1963 war das Jahr, als die Polizei von Birmingham, Alabama, Hunde auf Bürgerrechtsdemonstranten hetzte, nicht anders als ihre geistigen Vorfahren es gegen die Bewohner der europäischen Gettos getan hatten. Präsident Kennedy forderte in einer Rede vor dem Kongress gleiche Bürgerrechte für alle Amerikaner. Und bevor noch das Echo seiner Rede verhallt war, wurde ein schwarzer Mann namens Medgar Evers ermordet, weil er diese Sehnsucht des jungen Präsidenten teilte. Es dauerte noch dreißig Jahre, bis ihm Gerechtigkeit widerfahren sollte. In jenem Jahr wurden die Schulgebete abgeschafft, dem Jahr, als Camelot in das umschattete, geteilte Berlin kam und Präsident Kennedy erklärte, dass er wie alle Menschen, die für diese Freiheit beteten, ein Berliner sei. Es war das Jahr, als Martin Luther King jr. von seinem großen Traum sprach.

118 Tage nachdem Kennedy furchtlos im Sonnenlicht Berlins gestanden und die Hoffnung auf ein Ende des europäi-

schen Alptraums bekundet hatte, ging die Nachricht von Dallas um die Welt.

Was dann geschah, beendete den Morgen Amerikas nachhaltiger, als es der Bürgerkrieg, zwei Weltkriege und ein halbes Dutzend Scharmützel vermocht hatten. Die unbesiegbare Unschuld, die die Vereinigten Staaten wie eine Fackel in die Nachkriegszeit getragen hatten, war für immer verloschen. Wie die unheilbare Wunde des Fischerkönigs vergiftete die Zerstörung Camelots die amerikanische Seele immer mehr.

Man schrieb den November 1963.

Es war kurz nach zehn Uhr morgens am Freitag, dem 22. November. Colin hatte seinen *Einführungskurs in die Psychologie* schon gehalten und verließ gerade Tolman Hall, um über den Campus zu seinem Büro zu gehen, als er schnelle Schritte hinter sich im Gang hörte. Er drehte sich um und sah Sylvia Eshleman auf ihn zulaufen. Ihre Wimperntusche war wie eine traurige Clownsbemalung über ihre Wangen verschmiert. Sie weinte mit aufgerissenem Mund, fassungslos und stumm.

Lieber Gott, dachte Colin. *Jemand ist gestorben.*

»Er ist erschossen worden!«, schluchzte sie, als sie ihn erreichte. »Der Präsident wurde in Dallas erschossen.«

Es war, als wäre Armageddon, auf das sie sich alle eingestellt hatten, mit der Verzögerung eines Jahres eingetreten. Den ganzen schrecklichen Tag lang und auch die Nacht hindurch zeigte das tote Glasauge des Fernsehens die Berichterstatter in Dallas und Washington, zeigte auf der Dealey Plaza die schweigende, vor Entsetzen gelähmte Menge. Der Präsident, der die Fackel einer neuen Generation gereicht hatte, war tot – nicht im Krieg oder bei einem Unfall umgekommen, sondern durch die Kugeln eines Attentäters.

Die Menschen drängten sich ratlos zusammen. Alle warteten erschüttert und verzweifelt auf Nachricht, als hätte jede neue Verlautbarung eine Gnadenfrist vor dem Alptraum erwirken können. Colin stand in der Mensa. Wie alle anderen starrte er auf den Fernseher in der Ecke und hoffte, die Nachricht wäre nicht wahr. Dabei wusste er, dass sie es war. Er flehte nur darum, die Nation möge genug Kraft finden, dieser Wahrheit ins Gesicht zu sehen.

Hier fand ihn Claire – er bekam nie heraus, wie –, fiel in seine Arme und weinte, als wäre ihr das Herz gebrochen.

»Sie haben ihn ermordet«, wiederholte sie immer wieder. Diese Worte schienen alles zu sagen. »Sie haben Präsident Kennedy ermordet.«

Eine Stunde später sagte die Universität alle weiteren Veranstaltungen für den Tag ab. Colin wusste, dass es mehr Leute gab, die seinen Trost brauchten, aber zuerst hatte er sich um Claire zu kümmern. Er spürte ihren Körper zittern, wie sie damit auch auf die Gefühle der Leute ringsumher antwortete, Gefühle, die vom Schock bis hin zu Ungläubigkeit und Schmerz und Wut reichten.

»Lass uns nach Hause gehen«, sagte Colin sanft. »Hier gibt es nichts, was du tun könntest.«

Sie fuhren zu der kleinen Wohnung an der Telegraph Avenue, wo sie und Peter sich ihr erstes Heim eingerichtet hatten. Das Telefon klingelte, als sie die Wohnungstür aufschloss. Colin eilte durch den Raum und nahm den Hörer ab.

»Claire? Claire?« Peters Stimme klang verzweifelt.

»Hier spricht Colin. Claire steht neben mir.« Er reichte ihr den Hörer und ging in die Küche. Hinter sich hörte er Claires Stimme, heiser, aber gefasst.

Wo war doch der Teekessel? Colin stöberte in der Küche, und diese ganz gewöhnliche Alltagstätigkeit beruhigte seine strapazierten Nerven. Hier waren der Kessel und die Kanne und der Zucker – aber der Tee?

»Lass mich das machen.« Claire kam und nahm ihm den Kessel ab. »Armer Peter – er hat den ganzen Tag versucht, mich zu erreichen. Ich hatte ihm eine Nachricht hinterlassen, aber er hat sie wohl nicht bekommen. Zur Zeit sehen wir uns kaum noch; er arbeitet tags und ich nachts, aber ich bin sicher, das wird sich bald wieder einpendeln ...«

Sie plapperte weiter wie jemand, der einen ängstlichen Patienten beruhigen will, füllte den Kessel mit Wasser und stellte ihn auf den Herd. Dann nahm sie eine Dose mit Tee aus dem Schrank.

»Peter ist ein solcher Kaffeetrinker, dass ich zu Teebeuteln übergegangen bin. Es hat keinen Sinn, eine ganze Kanne nur für mich aufzugießen. Ich glaube, da ist noch Kuchen im Kühlschrank – mein Gott, schau mal, wie spät es ist; bist du sicher, dass du nicht lieber was zu Mittag essen willst?« Sie rieb sich die Augen und ließ die Schultern hängen. »Ich bin so müde und habe heute noch Nachtdienst. Nach dem, was heute war, wird die Notaufnahme wie ein Taubenschlag sein ...« Ihre Stimme versagte. »Oh, mein Gott ...«

»Claire.« Colin nahm sie sanft an den Schultern. »Du hast die Kraft, das durchzustehen. Es ist ein Schock, aber wir alle werden ihn überleben. Es wird eine friedliche Machtübergabe sein – nur darum geht es in diesem Land – Johnson wird als Präsident vereidigt werden.«

Claire seufzte und lächelte matt. »Ich möchte nur eines wissen: Warum? Das ist es, was wohl alle wissen wollen. Warum sollte jemand so etwas Grauenhaftes tun? Was haben sie davon?«

Chaos. Chaos, Zerstörung und Verderben ...

Einen Augenblick lang war Colin wie weggetreten; in die Gewölbe der Erinnerung, wo das messerscharfe Bild von Toller Hasloch in siegesgewisser Grausamkeit lächelte. *Auf den Äußeren Ebenen formen wir die Gestalt des Inneren ...*

War die Organisation, der Hasloch angehörte, größer, als er vermutet hatte?

1964 begann mit der Rede des neuen Präsidenten zur Lage der Nation. Lyndon Baines Johnson erklärte der Armut den Krieg – um, wie manche sagten, das Wahlvolk von all den Kriegen abzulenken, die verloren wurden. Mehr und mehr war in den Abendnachrichten von Vietnam die Rede, ein Krieg, der – wenn Amerika ihn verlor – dem Kommunismus die Herrschaft über die Hälfte der Erde überließe.

In Kuba geriet der amerikanische Marinestützpunkt in Guantánamo immer mehr in die Isolation; Fidel Castro war im öffentlichen Bewusstsein von einem Unbekannten zu einem

Clown und dann zu einem Monstrum geworden. Sein schmuddeliges, zigarrerauchendes Bild wurde zur Ikone des Kommunismus in einer Bananenrepublik.

Wie um das Land vom Niedergang des amerikanischen Traums abzulenken, kamen im Februar vier englische Jungen in New York an – eine Musikgruppe, *The Beatles*. Die Teenager, die die Singles »Love Me Do« und »Please, Please Me« gekauft hatten, strömten in Scharen zum Flughafen, um diese »Fab Four« mit Geschrei zu begrüßen. Zum ersten Mal hörten ihre Eltern die Stimmen, die nur sechs Jahre benötigten, um hinfort die Musik und politische Weltereignisse zu einer unauflöslichen Mischung zu machen. Zwei Tage später sah Amerika in der *Ed Sullivan Show* die Gesichter, die zu den Stimmen gehörten, in einer Szene, die zum Sinnbild einer Generation werden sollte.

Und als der Frühling dem Sommer wich, waren die Frontlinien eines neuen Krieges, diesmal zwischen den Generationen, gezogen. Endlich hatte sich der Traum der Protestsänger bewahrheitet: Musik *war* Politik. Die Kinder der Soldaten aus dem »Letzten Guten Krieg«, die Generation, die in Dallas verwaist war, hatte ihren ureigensten Feind ausfindig gemacht. Diesmal war der Feind nicht jenseits des Ozeans oder der Landesgrenze. Diesmal lebte der Feind in ihren eigenen Häusern.

In Kalifornien war 1964 der erste »Endlose Sommer« – in Mississippi war es der Sommer der Freiheit. Und in jenen schwülen Tagen brachte in Washington der Präsident, dessen bislang größtes Vergehen darin bestand, überlebt zu haben, eine Resolution ein, die vom Kongress angenommen wurde und tief in das amerikanische Leben einschnitt; als sollte sie eine bewusste Vergeltungsmaßnahme gegen das kurze Hoffnungsflackern der idealistischen Jugendrevolte sein. Die »Golf von Tonkin-Resolution« forderte mehr Soldaten für den Dschungelkrieg in Südostasien, mehr Soldaten für einen Krieg, der sich nicht gewinnen ließ und dessen Existenz die amerikanische Regierung erst nach einem weiteren Jahr eingestand.

Der Buhmann einer ganzen Generation, Nikita Chruschtschow, wurde gestürzt. Oswald wurde des Mordes an Kennedy schuldig befunden, er hatte als Einzeltäter gehandelt (wie das Untersuchungsergebnis der Warren-Kommission lautete). China war jetzt im Besitz der Atombombe; das Zweite Vatikanische Konzil schaffte die lateinische Messe ab. Studenten in allen westlichen Ländern verließen den Campus und gingen auf die Straße, um ihrer Stimme Gehör zu verschaffen. Überall verwandelte sich die Welt und entfernte sich immer weiter von den alten Gewissheiten und dem sicher Geglaubten.

Und Thorne Blackburn kam nach San Francisco.

Das Jahr 1965 begann mit einem weiteren Mordanschlag – diesmal war der schwarze Aktivist Malcolm X das Opfer. Die Gewalt schien sich in der politischen Arena Amerikas auszubreiten und mit ihr eine Gruppierung, die sich »Studenten für eine Demokratische Gesellschaft« (SDS) nannte. Im März griff die Staatspolizei in Selma, Alabama, Demonstranten an, und im Schmelzofen des Augusts kam es im Getto von Watts in Los Angeles zu einem hysterischen Ausbruch selbstmörderischer Gewalt. Niemand blieb von den Veränderungen verschont, die mit Sturmgewalt durch die amerikanische Gesellschaft fegten – am wenigsten jemand, der an einer der turbulentesten Universitäten Amerikas lehrte.

»Ach, die Jugend von heute«, seufzte Colin MacLaren.

»Du bist zu jung für eine solche Äußerung«, tadelte Alison ihn sanft. Sie saßen auf der Terrasse von Greenhaven. Unter ihnen breitete sich die sonnenbeschienene Stadt aus, die mittlerweile Weltruhm erlangt hatte. Jeden Tag strömten Ausreißer aus der ganzen Welt herbei, um im Haight-Ashbury-Viertel unterzutauchen. Sie brachten die städtischen Versorgungsbetriebe dem Zusammenbruch nahe und proklamierten die Geburt einer neuen Nation, die auf Frieden, Liebe und Rock'n'Roll gründete.

»Fünfundvierzig seit letztem Februar«, erinnerte Colin sie mit erneutem Seufzen. Keineswegs ein alter Mann, aber irgendwie war die Zukunft, die er für sein Leben geplant hatte, nicht da, als er sie erreichte. Wie hätte jemand von denen, die den Tag des Sieges 1945 erlebt hatten, voraussagen können, dass die einzige unversehrte industrielle Großmacht unter den Alliierten dergleichen erleben würde? Es war so schnell hereingebrochen … konnte irgendjemand diesen rasend selbstzerstörerischen Kollaps an jenem Tag voraussehen, der vor noch nicht allzu langer Zeit die Welt in einen Freudentaumel versetzt hatte?

Nein. Doch irgendwo da draußen gab es Leute, die dem zugearbeitet hatten und die nun ihren finsteren Triumph feierten. Seit der Ermordung Kennedys las Colin die Tageszeitungen mit wachsendem Unbehagen, suchte die tödliche Handschrift der *Armanenschaft* in jedem neuen Ausbruch des Chaos. Standen ihre Mitglieder hinter diesen Nachrichten von sozialem Zusammenbruch – oder war er der Einzige, der den Kollaps sah? Vielleicht waren diese Unruhen aber auch nur die Wehen einer neuen, fröhlichen Geburt …

»Colin? Hallo!« Alison unterbrach seine Gedanken, und er bemerkte, wie weit weg er gewesen war.

»Entschuldige, Alison. Ich war mit den Gedanken woanders«, gab er zu.

»Allerdings!«, sagte sie lachend. »Aber ich will mein Bestes tun, dich auf die Erde zurückzuholen. Wie geht's Claire?«

»Ihr und Peter geht es gut – er ist befördert worden, und sie arbeiten jetzt meist die gleiche Schicht. Ich habe sie letzte Woche gesehen, und sie hat mir erzählt, dass sie sich bei einer Agentur für Teilzeitjobs anmelden will. Ich glaube, sie überlegen, eine Familie zu gründen, wenn diese Dinge geregelt sind.«

»Welch eine Verschwendung«, sagte Alison sanft. »Sieh mich doch nicht so finster an, Colin – ich muss das sagen. Du weißt ebenso gut wie ich, wie selten Claires Begabung ist. Und du weißt auch, dass eine Frau mit Ehemann keinerlei Freiheiten hat – ganz zu schweigen von einem eigenen Leben. Sie kümmert sich nur noch um *ihn*.«

»Aber irgendjemand muss es doch tun«, brachte Colin zaghaft vor. »Wir Männer sind die hilflosesten Geschöpfe, wenn sich niemand um uns kümmert.«

Alison schnaubte viel sagend.

»Und es war Claires eigene Wahl«, erinnerte er seine Freundin. »Sie wollte heiraten und den Pfad in diesem Leben nicht gehen. Sie muss andere Dinge lernen und auf andere Weise.«

»Wir hören nie auf zu lernen«, stimmte Alison zu. »Und du machst deine Sache bei Ashwell sicher gut – mit der Zeit kann aus ihm was werden. Aber ich glaube, du hättest dich viel mehr um Claire kümmern müssen, jedenfalls hättest du sie nicht in Moffats Arme treiben dürfen.«

»Hier sind wir einfach verschiedener Meinung, Alison«, sagte Colin bestimmt. »Claire ist nicht meine Schülerin; sie ist nicht zu mir gekommen, damit ich sie wieder auf den Pfad lenke. Aber lass uns einen so schönen Tag nicht mit einem alten Streit vertun. Erzähl mir von Simon – was habt ihr so gemacht? Ich habe übrigens deine Monographie gelesen; du musst sehr stolz auf deinen Schüler sein. *Eine Naturgeschichte des Poltergeists?* Sehr anspruchsvoll.«

Alison musste über die kleine Spitze lächeln. »Oh, Simon ist ein Juwel! Und seine öffentliche Karriere macht solche Fortschritte – mir graut vor dem Gedanken, dass die Musik ihn mir nehmen wird, auch wenn ich weiß, dass der Zeitpunkt irgendwann kommt. Aber wir hatten eine schöne Zeit – ausgerechnet in Ohio! Ein faszinierendes Spukhaus: Poltergeister, Medien, Apportationen, all die klassischen Manifestationen. Simon arbeitet gerade meine Notizen auf, aber wir wissen noch nicht, ob wir sie publizieren werden, zumindest nicht in den nächsten Jahren. Die betreffende Familie hat zwei kleine Kinder, und das Letzte, was sie im Moment brauchen können, ist mehr Öffentlichkeit. Aber Simon wird gleich hier sein – warum fragst du ihn nicht selbst? Du weißt, dass es ihm großen Spaß macht, dir davon zu erzählen.«

»Und siehe da: Wenn man vom Teufel spricht ...!«, rief Simon, öffnete die Gartenpforte und schritt zum Haus. Jetzt, da er volljährig war und über das Vermögen verfügte, das er als Kind und Jugendlicher verdient hatte, hatte er sich eine Wohnung in einem der neuen Hochhäuser gekauft, die die ganze Gegend von Twin Peaks überragten. Aber er besuchte Alison immer noch regelmäßig.

»Simon!« Alison stand auf und bekam einen Kuss auf die Wange. Auch Colin erhob sich und gab Simon die Hand. Simon hatte einen kräftigen Handschlag, verzichtete aber auf ein unnötiges Kräftemessen.

In den letzten Jahren hatte sich Simon Anstey von einem gefühlsbetonten, schüchternen Teenager zu einem gut aussehenden, selbstbewussten jungen Mann entwickelt. Er war aufgeschossen, um Brust und Schultern kräftiger geworden und erfüllte so das Versprechen physischer Stärke, das sich früh in seinem Körper angedeutet hatte. Neuerdings, das wusste Colin, hatte sich Simon im Dirigieren versucht, neben dem Komponieren und Konzertieren als Pianist. Ein Dirigent musste einfach über eine ähnliche körperliche Präsenz verfügen wie ein Athlet.

»Colin – schön, Sie wiederzusehen. Es ist viel zu lange her. Ich habe gehört, dass Sie – wie sagt man – ›der Polizei bei ihren Untersuchungen behilflich sind‹?« Er grinste schelmisch, und Colin erwiderte das Lächeln.

»So in etwa. Die Polizei wendet sich oft an Spezialisten. Claire und ich haben ihnen bei einigen Fällen helfen können.«

»Kleine Fische«, sagte Simon nicht unfreundlich. Er setzte sich zu ihnen an den Tisch und ließ sich von Alisons Weißwein einschenken. »Ihr zwei solltet euch mehr um die Scharlatane und Betrüger kümmern, die der Polizei durch die Lappen gehen. Soviel ich weiß, hat sich die Rhodes-Gruppe darauf spezialisiert.«

»Simon«, warf Alison tadelnd ein.

»Doch, es ist wahr, Alison. Und du erinnerst dich, was in Ohio los war – sowie der erste Teller durch die Luft flog, wurden die Kenyons von allen möglichen Hexendoktoren, falschen Exorzisten, Geisterbeschwörern und was weiß ich noch belagert. Sie kamen alle aus ihren Löchern gekrochen und hatten nicht größere okkulte Fähigkeiten als diese Katze da!«

Simon zeigte auf die weiße Katze, die sich auf der Steinmauer sonnte. Doch als hätte sie der Hinweis gestört, sprang sie von der Mauer und verschwand, den buschigen Schwanz würdevoll erhoben.

»Aber sie wollten nicht wenig Geld für ihre Dienste«, fuhr Simon fort. »Tausende von Dollars – für ein paar pseudomystische Handbewegungen und das Abbrennen von ein paar Räucherstäbchen. Und solche Leute gibt es überall – hier, zum Beispiel.«

»Leider«, sagte Colin, »gibt es keine Kontrollorgane für Medien, erst recht nicht für Parapsychologen. Es ist eine junge Wissenschaft – ich kann das meinen Studenten nicht oft genug sagen –, und das heißt, dass die echten Studienprogramme mit Abschluss äußerst selten und weit verstreut sind.«

»Es gibt da dieses Institut in New York. Ganz in der Nähe, wo du gewohnt hast, Colin – hast du davon gehört?«, fragte Alison. Sie versuchte angestrengt, sich an den Namen zu erinnern. »Das Bidney Institut«, sagte sie. »Es ist einem kleinen College angegliedert; bieten die keinen Abschluss an?«

»Ich weiß, dass sie einen Preis ausgeschrieben haben ... eine Million Dollar für denjenigen, der als Erster die Existenz parapsychischer Kräfte beweist. Ich glaube nicht, dass dieser Preis je vergeben wird«, sagte Colin.

»Amateurtischerücker mit einer Schiffstruhe voll afrikanischem Fetischblödsinn«, feixte Simon. »Man kann das Okkulte nicht messen und es auf ein Buch mit Karten und Grafiken reduzieren.«

»Vielleicht nicht«, sagte Colin, eher amüsiert von Simons Aufbrausen. »Doch Okkultismus ist nicht dasselbe wie Parapsychologie, ebenso wenig wie umgekehrt. Die Tatsache, dass die Leute beides so lange durcheinander gebracht haben, ist der Grund für den ganzen Ärger. Jetzt haben wir endlich die Chance, beides voneinander zu trennen.«

»Oh, gut gesprochen, Colin!«, applaudierte Alison. »Und wenn irgendjemand dazu in der Lage ist, dann du.«

Sogar Simon lächelte, ein wenig gezwungen. »Viel Glück, Colin – das werden Sie brauchen, vor allem in diesen Tagen. Haben Sie schon mal von einem Thorne Blackburn gehört?«

Thorne Blackburn, so schien es, war ein weiterer Discount-Messias mit Kultgemeinde. Er hatte die Bay Area heimgesucht und im Haight-Ashbury-Viertel seinen Laden aufgemacht. Simon zufolge vertrat er neben anderem den bescheidenen Anspruch, ein Gott zu sein – und hielt sich und seine bunt zusammengewürfelte Schar mit öffentlichen Zurschaustellungen seiner Magie am Leben.

»Das ist das Widerwärtige«, brauste Simon auf. »Offensichtlich hat dieser Blödmann irgendwo eine richtige Ausbildung hinter sich gebracht. Obwohl er mit ihr nichts anzufangen wusste, oder vielleicht wollte er sowieso nur eine Show abziehen: Das Ganze ist ein Aufguss aus Bühnenillusionen und Rockmusik. Eine Faschingsveranstaltung!«

»Das ist neuerdings ja alles.« Alison seufzte. »Der Wahnsinn ist vielleicht die einzige vernünftige Reaktion, wenn unsere eigene Regierung Frauen und Kinder in Asien mit Brandbomben bombardiert. Wie sind wir in nur zwanzig Jahren dahin gekommen?«, fragte sie – ein verzweifeltes Echo von Colins eigenen Gedanken.

»Du glaubst noch immer, dass die US-Regierung eine weiße Weste hat, nicht wahr, Alison?«, fragte Simon mit sonderbarer Liebenswürdigkeit. »Wir – sie – es ist wirklich alles dasselbe. Jede Regierung ist ihrem Wesen nach korrupt.«

»Wenn das wahr wäre, brauchten wir ihr auch nicht zu helfen«, sagte Alison scharf. Das Gespräch wandte sich damit politischen Themen und dann später weniger wichtigen Dingen zu.

An Thorne Blackburn dachte Colin mehrere Tage lang nicht mehr.

Das Semester war einen Monat zuvor zu Ende gegangen. Colin gab in diesem Jahr nur einen dreiwöchigen Sommerkurs über die Geschichte des Okkulten, der Ende Juni begann, ein Kurs für Magisterstudenten. Colin hatte hart darum kämpfen müssen, dass er – gegen den Widerstand des Kuratoriums – in den Lehrplan aufgenommen wurde.

Vielleicht kam es inzwischen häufiger vor, oder seine Bekanntschaft mit Claire machte ihn hellhöriger: Jedenfalls erkannte Colin mehr und mehr, dass Menschen, die Probleme hatten – Probleme, die außerhalb der Reichweite der hergebrachten Wissenschaften lagen –, von den Medizinern oder Psychologen einer falschen Behandlung unterzogen wurden. Selbst die besten Absichten dieser Ärzte änderten nichts daran, dass sie die Probleme, mit denen diese Menschen zu ihnen kamen, nicht lösen konnten. Die Psychologie trug daran nicht die geringste Schuld – sie hatte sich seit den fünfziger Jahren von einem modischen Lebenszubehör zu einer lebensnotwendigen Disziplin entwickelt, denn mittlerweile galt nicht nur das Streben nach Glück, sondern auch dessen Verwirklichung als unveräußerliches Recht.

Doch die Psychologie konnte die Existenz von Poltergeistern nicht aus der Welt schaffen, ebenso wenig wie die Medizin ein Opfer, das unter einem »lärmenden Geist« litt, mit Pillen zu kurieren vermochte. Nicht jeder, der Stimmen hörte, krankte an einer psychischen Störung, die sich behandeln ließ; nicht jeder Bericht von Telepathie oder Präkognition ließ auf einen Zustand von Geistesverwirrung schließen – obwohl Menschen, die ihr ganzes Leben hindurch eingebläut bekamen, dass nicht sein kann, was nicht sein darf, verständlicherweise bestürzt waren, wenn das Unsichtbare plötzlich in ihr eigenes Leben trat.

Wenn nur die Fachleute, die sich mit diesen Menschen beschäftigten, bereit wären, auch andere Erklärungen in Betracht zu ziehen als diejenigen, die in ihren Lehrbüchern standen, dann ließe sich einiges Gute in der Welt bewirken. Der Sommerkurs an der Universität war nur ein Anfang, aber immerhin war es einer. Vielleicht konnte ja der eine oder andere Teilnehmer einmal Großes leisten und dazu beitragen, dass die schmerzhafte Kluft, die in diesem Jahrhundert zwischen Wissenschaft und Glauben getrieben worden war, überwunden wurde.

Da er seine Lehrtätigkeit über den Sommer aufrechterhielt, hatte Colin sein Büro erst gar nicht geschlossen und bot sogar weiter seine Sprechstunden an. Der Campus war wegen Antikriegsdemonstrationen während des Jahres so oft geschlossen worden, dass Colin den Studenten, die noch hier waren, um etwas zu lernen – im Gegensatz zu denen, deren vorrangiges Ziel die Beendigung des Krieges war –, wenigstens die Möglichkeit geben wollte, ihren Professor zu sprechen. Auf den Straßen Amerikas schien sich eine ganze Generation gegen den Rationalismus als Grundlage des Handelns zu entscheiden. Jedenfalls schien es Colin so.

Der Brieföffner, das Schwert im Stein, den Alison ihm zur Einweihung seines Büros geschenkt hatte, stand glänzend auf einer Ecke seines Schreibtisches. Es gab noch einen weiteren sachlichen Grund, warum Colin an diesem Tag in seinem Büro saß. Er traf sich mit Claire zum Mittagessen – sie hatte ihren freien Tag –, und es war für sie am einfachsten, ihn auf dem Campus zu besuchen, wenn sie von den Einkäufen in der Stadt kam.

Er schickte ein stilles Dankgebet zum Himmel, dass Peter Moffat noch rechtzeitig Detective geworden war. So musste er nicht an den gewalttätigen Auseinandersetzungen teilnehmen, die seit anderthalb Jahren den Campus in Atem hielten. Es hatte noch keine Schwerverletzten gegeben, doch Colin fand den Hitzegrad der Gemütsaufwallungen zutiefst beunruhigend.

So fängt es an, der Weg zu Faschismus und Völkermord. Du weißt es. So fängt es immer an, und dann kommt das Ende – nicht mit einem Knall, sondern mit einem Wimmern …

Ein leises Klopfen an der Tür riss ihn aus seinen Gedanken.

»Professor? Darf ich hereinkommen?«, fragte Jonathan Ashwell.

Der penibel gekleidete Student, den Colin vor vier Jahren kennen gelernt hatte, war schwer in dem Mann wieder zu erkennen, der jetzt – wenn auch unverändert höflich – das Büro betrat. Anstelle von Sportjacke und Khakihose trug er eine zerschlissene, unten weit ausgestellte Jeans, die mit Sonnenblumen, Flaggen, Friedenszeichen und anderen Symbolen benäht war. Darüber trug er ein T-Shirt, das früher einmal weiß gewesen war, jetzt aber handgefärbt in Neonfarben erstrahlte. Um den Hals hingen eine Reihe von Ketten mit Samenkörnern und Münzen, und an seine bemalte Jeansjacke war ein Button geheftet, der die Aufschrift »Vietnik« trug. Über seiner Schulter hing ein Armeerucksack.

Sein inzwischen schulterlanges Haar wurde von den unvermeidlichen Koteletten und einem Schnurrbart ergänzt, und er trug eine Nickelbrille mit achteckigen Gläsern. Ein Stück Papier wedelte in seiner Hand.

»Natürlich, Jonathan. Was kann ich für Sie tun?«, fragte Colin. Er hatte sich längst an die wechselnden Studentenmoden gewöhnt.

»Meine Abmeldung unterschreiben«, sagte Jonathan zögernd und schob das Papier über den Schreibtisch. »Ich habe mich umentschieden. Ich will mich abmelden.«

Als er näher kam, roch Colin einen fast überwältigenden Erdbeerduft. Die Vorliebe für stark riechende Öle hielt Schritt mit der Vorliebe für Marihuana mit seinem starken, unverwechselbaren Geruch.

»Sie wollen nicht in meinen Kurs kommen?«, fragte Colin verblüfft.

Jonathan hatte nur noch ein Semester vor sich, um seinen Magister zu machen, und war bereits als Doktorand zugelassen. Er war einer der lautstärksten Anhänger von Colins Plan gewesen, den dunklen Zwilling der Wissenschaft – wie Colin den Okkultismus nannte – in einer Veranstaltung vorzustellen. Und er war ein sehr ideenreicher, fordernder Student.

»Warum?«, fragte Colin.

»Es hat nichts mit Ihnen zu tun, Professor«, sagte Jonathan schuldbewusst. »Aber es ist, wissen Sie, wie ...«

Colin widerstand der Versuchung, den jungen Mann auf korrekten Sprachgebrauch hinzuweisen; Jonathan war in seiner Unartikuliertheit sehr ernst.

»Ich hab immer gewusst, dass da irgendwie mehr ist. Irgendwas Größeres. Etwas, das dieser ganzen durchgedrehten Welt irgendeinen Sinn verleiht, verstehen Sie? So wie das, was Alison sagte, dass wir alle Soldaten für das Licht sein müssen – aber woher weiß man, was man tun muss, verstehen Sie? Aber jetzt, glaube ich, hab ich's raus.«

Und so hörte Colin MacLaren zum zweiten Mal den Namen Thorne Blackburn. Offenbar hatte Jonathan vor ein paar Wochen an einer Antikriegskundgebung im Golden Gate Park teilgenommen, und Blackburn war einer der Redner gewesen.

»Es war wie ... ich hab mein ganzes Leben gewartet, um so etwas zu hören. Ich werde mich ihm anschließen und mit ihm zusammenarbeiten, um zu helfen, dass der Neue Äon anbricht.«

Wäre Jonathan sein Schüler gewesen, hätte Colin ihm diese Dinge vielleicht einfach verboten, doch Jonathan hatte immer viel zu leidenschaftlich nach eigenen Antworten gesucht, als dass er sich der Disziplin einer Magischen Logik unterworfen hätte. Mit der Behändigkeit eines Grashüpfers war er von einer Wahrheit zur nächsten gesprungen, immer auf der Suche …

Und nun war er bei Thorne Blackburn gelandet.

»Jonathan, ich unterschreibe Ihre Abmeldung, wenn Sie das wollen, aber ich bitte Sie, sich die Sache nochmals zu überlegen. Sie können nicht einfach alles aufgeben, wofür Sie jahrelang gearbeitet haben, um irgendeinem dahergelaufenen Menschen zu folgen, der glaubt, die Wahrheit gefunden zu haben«, sagte Colin beinahe beschwörend.

»Die Leute sind auch Jesus gefolgt«, sagte Jonathan mit dem gleichen Ernst.

»Sie wollen doch wohl nicht diesen … Thorne Blackburn mit Jesus vergleichen?«, entrüstete sich Colin.

»Warum nicht?«, fragte Jonathan. »Jesus kam nicht, um die Wahrheit zu bringen. Er kam, um uns Fragen aufzugeben. Das ist jetzt zweitausend Jahre her – warum sollte nicht jemand noch mehr Fragen für uns haben? Natürlich weiß ich, dass das ein Schock für Sie sein muss, Professor. Warum kommen Sie nicht mit und sehen sich ihn mal an? Sie werden sehen, welch großen Geist er hat. Ich habe Thorne alles über Sie erzählt, und er hat gesagt, dass er Sie gern kennen lernen würde.«

Darauf möchte ich wetten, dachte Colin. Seine Zusammenarbeit mit Claire hatte ihm einen stillen, aber wohlbegründeten Ruf als Entlarver eingetragen und als jemand, der Scharlatane nicht gern gewähren ließ.

»Schauen Sie, Jonathan. Ich gebe zu, das ist ein gewisser Schock für mich, und es scheint mir eine recht plötzliche Entscheidung von Ihnen. Sie haben aber mindestens noch eine Woche Zeit, bevor Sie sich vom Sommerkurs abmelden müssen. Warum also nicht noch ein paar Tage warten und sehen, wie Sie dann darüber denken?«

Das Lächeln schwand aus Jonathans Gesicht.

»Ich dachte, dass wenigstens Sie Verständnis dafür haben würden, Professor MacLaren«, sagte er verletzt. »Sie wissen doch selbst, dass die Welt aus mehr besteht als aus diesem… militärisch-industriellen Komplex. Und Thorne sagt, dass der Alte Äon an sein Ende gekommen ist, dass es Zeit für uns ist, die Götter zur Erde zurückzurufen und die Trennung von Göttern und Menschen aufzuheben. Und ich kann ihm dabei helfen. Man braucht Geld, um die Dinge durchzuführen, die er vorhat, und ich habe die Erbschaft meines Großvaters…«

Colin hörte mit wachsender Bestürzung zu, während Jonathan unbekümmert seine Pläne vor ihm ausbreitete: Er wolle die Universität verlassen und eine »Untergrundzeitschrift« finanzieren, indem er seine Erbschaft überschrieb. Nur ein tiefer Glaube an die Freiheit des Einzelnen und Jahre des Umgangs mit vergleichbar fragwürdigen Ideen ließen Colin die Ruhe bewahren.

Er hatte schon erkannt, dass es zwecklos war, dem jungen Mann zuzureden. Doch am Ende konnte er ihn nicht einmal bewegen, die paar Tage abzuwarten, bevor er eine solch existenzielle Entscheidung traf, ganz zu schweigen von einer Zurücknahme der Abmeldung. Leider hatte Colin keinerlei vormundschaftliche Befugnisse – er hatte kein Recht, ihm die Zustimmung in einer solchen Formalität zu verweigern. Er unterschrieb also das Formular und ließ sich von Jonathan das Versprechen entlocken, nach San Francisco zu kommen und einem von Thorne Blackburns Auftritten beizuwohnen.

Als er gegangen war, fühlte sich Colin plötzlich sehr alt.

Alison hatte einmal nebenbei bemerkt, dass diese Tage in San Francisco sie an die dreißiger Jahre in Berlin erinnerten – aber standen die Dinge wirklich so schlimm? Die sagenumwobene Dekadenz Berlins, bevor die Nazis die Macht an sich rissen, war das Fieber einer Wundinfektion gewesen. War dieses Land hier wirklich in einer vergleichbaren Krise?

Es war in einen ungerechten Krieg verwickelt, den Colin nicht gutheißen konnte. Seine gewählten Vertreter schienen über Nacht zu Scharlatanen und Dieben geworden zu sein, und alles, was er für beständig gehalten hatte, zerfiel ihm unter der Hand. Selbst im Gefolge des Kennedy-Mordes hatte es noch eine Art schwacher Hoffnung im Land gegeben, die der Gegensatz zur Krankheit des »Dritten Reiches« und dessen

Möchtegern-Erben zu sein schien – Erben, die sich mit jedem Tag vervielfachten. Doch Amerika hatte in den letzten beiden Jahrzehnten die Gewissheit verloren, dass es im Recht war – und damit die Grundlage seines Handelns.

Manche mochten diese Veränderung ein Stadium der Reife nennen … Colin erschien sie viel eher als ein Zeichen des Verfalls.

Mach dir keinen unnötigen Ärger, gab sich Colin den ernsten Rat. Der Ärger würde früh genug kommen – Colin hatte sich ganz und gar der Aufgabe verschrieben, ein Werkzeug des Lichts zu sein. Und wenn sein bloßer menschlicher Verstand manchmal nicht ausreichte, um die Entscheidungen seines Höheren Selbst zu verstehen, so wusste er doch genug, um sich ihnen zu überlassen. Dieses Vertrauen hatte ihn hier an diesem Ort verharren lassen, wo er mit der Lehrtätigkeit fortfuhr, obwohl sein Inneres sich dagegen sträubte. Vielmehr wollte er Haslochs Meister in jenen Rattenlöchern aufspüren, wohin sich das »Dritte Reich« verzogen hatte.

Vielleicht war seine Arbeit hier auf dem Campus und die Begegnung mit einem der Studenten wichtiger für die Zukunft als sein Kampf gegen den Schwarzen Adler von Thule. Er konnte das nicht wissen – er konnte nur dem Licht vertrauen. Doch das Licht machte aus seinen Dienern keine willenlosen Marionetten oder Roboter. Der Adept behielt seinen eigenen Willen und musste die Entscheidungen stets für sich persönlich treffen.

Die Frage lautete also: Sollte er in Jonathans Entscheidung eingreifen und, wenn ja, wie weitgehend? Wer war dieser Thorne Blackburn, dessen Schüler Jonathan unbedingt werden wollte? Simon Anstey hatte ihn erwähnt; Colin wollte Simon später anrufen und versuchen, mehr herauszubekommen.

Der Name nagte an Colin, als wäre er ihm von früher schon bekannt gewesen. Schließlich beschäftigte ihn die Sache so sehr, dass er zu zwei ramponierten Aktenschränken ging, die in der Ecke standen. Nach kurzem Stöbern fand er eine Akte, auf der der Name mit seiner eigenen Handschrift geschrieben stand.

Er hatte einmal einen Brief von Blackburn erhalten.

Colin starrte auf das Blatt Papier wie auf die Nachricht von einem anderen Planeten. Die Absenderadresse war New Orleans. Der Brief datierte von 1961, also kurz nachdem Colin in Berkeley angefangen hatte. Blackburn bezog sich darin auf einen Artikel, den Colin einer esoterischen Zeitschrift gesandt hatte: eine vorläufige Untersuchung der Frage, ob das System der Kraftadern, die in England so verbreitet waren, nicht in Wahrheit den gesamten Erdball überzog – und ob sich ihr Muster möglicherweise durch eine Verlängerung der bekannten Adern erschließen ließe. Dazu müsse man vielleicht nur diese Extrapolationen mit bestimmten aussagekräftigen Phänomenen in Beziehung setzen.

Blackburns Antwort – in einer winzigen, fast unleserlichen Schrift – war sowohl begeistert wie sachlich, und verschiedene Äußerungen bestätigten Simons Annahme, dass der Mann wenigstens eine gewisse Fachausbildung genossen haben musste. Wenn Colin den Brief erwidert hatte, so besaß er keine Kopie mehr, und er wunderte sich, warum er diesen Brief überhaupt aufgehoben hatte.

An Blackburns Brief war ein weiterer angeheftet. Colin sah auf den Briefkopf – er stammte von Nathaniel Atheling, aus dem darauf folgenden Jahr.

Nathaniel hatte das Gedränge Manhattans verlassen und eine Stelle an einer Privatklinik irgendwo in Massachusetts angetreten. Er und Colin korrespondierten unregelmäßig, doch dieser Brief war geschäftlichen Inhalts. Nathaniel, in seiner Funktion als Exoterisches Haupt des Ordens in den Vereinigten Staaten, informierte Colin darin, dass ein gewisser Douglas Thorne Blackburn, der den Erhabenen Grad eines Meisters des Tempels in der *Avalon-Loge* in England erworben hatte, von seinen Brüdern nicht mehr als solcher empfangen oder anerkannt werden sollte.

Warum? Colin faltete die Briefe zusammen und zerriss sie in Einzelteile. Er hätte diese Korrespondenz überhaupt nicht aufheben dürfen – ursprünglich hatte er wohl Nathaniels Brief beantworten wollen und es dann vergessen.

Oder sich anders entschieden. Was hätte er auch sagen sollen, wenn er nicht die Partei des jungen Mannes ergriffen hätte? Falls Blackburn seinen Ausschluss vom Orden angefochten hatte, so war ihm damit offenbar kein Erfolg beschieden gewesen.

Colin runzelte die Stirn und korrigierte für sich seine Vorstellung von Blackburn: Er war kein frivoler Rattenfänger von Hameln, nah an Jonathans Alter, sondern eher ein düster brütender Svengali. Meister des Tempels war nicht der höchste Grad, den man erreichen konnte, aber es bedurfte eines mehrjährigen Studiums, um ihn zu erlangen. Er warf die Papierschnipsel in den Papierkorb und setzte sich grübelnd an seinen Schreibtisch.

»Colin?« Claire stand in der Türe. »Was ist los? Ich habe das Gefühl ...«

»Schlechte Laune und ein paar schlechte Nachrichten«, erwiderte Colin und schob beides beiseite. »Claire, komm rein. Schön, dich zu sehen.«

Claire Moffat trat in Colins Büro. Sie trug einen eng anliegenden Hosenanzug in Salbeigrün, und ihre wildlederne Schultertasche mit Fransen war groß genug, um Utensilien für die meisten Wechselfälle des Lebens aufzunehmen. Ihr blondes Haar war kurz in modischer Helmfrisur geschnitten und – wie immer – trug sie nur sehr wenig Make-up.

»Ich habe meine ganzen Einkaufstaschen im Kofferraum verstaut«, sagte sie lächelnd. »Der Tag ist zu schön, um sich mit solchen Sachen abzuschleppen. Aber sag doch, was ist passiert? Du siehst ganz schön mitgenommen aus. Es ist doch nicht wegen Jonathan, oder?«

Zum Glück war Colin schon lange an die verblüffende Treffsicherheit ihrer Ahnungen gewöhnt.

»Um ehrlich zu sein, doch. Er will das Studium abbrechen. Es scheint, er hat einen Guru gefunden und will ihm seinen Verstand und sein Geld überlassen.« Colin konnte einen bitteren Unterton nicht unterdrücken. »Ein gewisser Thorne Blackburn.«

»Na, wenn das kein Zufall ist«, sagte Claire. »Erinnerst du dich an Debbie Winwood? Wir waren zusammen auf der Schule. Wir hatten den Kontakt verloren, aber vor ungefähr sechs Monaten ist sie wieder aufgetaucht. Sie lebt mit Blackburn drüben in San Francisco.«

»Ach du lieber Gott«, sagte Colin, »ist er dein Freund, Claire? Ich muss gestehen, ich habe nicht viel Gutes über ihn gehört.«

Er dachte an Nathaniel Athelings Brief. Dieser belastete zwar Thorne, er konnte ihr das aber nicht mitteilen. Trotz ihrer persönlichen Nähe war Colin durch seinen Eid gebunden; das galt für alle Personen, die seiner Loge nicht angehörten.

Claire zuckte die Schultern. »Er sieht gut aus … aber er ist schon ziemlich verrückt, was? Aber komm jetzt, lass uns was essen gehen. Ich habe Hunger.«

Im Juni glich die Telegraph Avenue ihrer Doppelgängerin in San Francisco wie ein Ei dem anderen. Nur ein erfahrenes Auge konnte die Unterschiede zwischen beiden feststellen, obwohl die Scharen Jugendlicher, die sich auf den Straßen drängten, gleich gekleidet schienen und der gleiche Geruch von Räucherstäbchen und Patschuli in der Luft hing.

Doch in San Francisco ging es um »Bewusstseinserweiterung« und um *»steig ein – dreh auf – heb ab«*, hier in Berkeley dagegen um gesellschaftliche Veränderung, vom *SDS* über die *Black Panthers* bis zu denen, die den Krieg beenden wollten.

Trotz der Tatsache, dass er viele ihrer Ansichten teilte, misstraute Colin den jungen Unruhestiftern. Politischer Aktivismus schlug schnell in Gewalt um, die den Weg für einen faschistischen Staat ebnete, wie die letzten Jahre nur zu oft gezeigt hatten. Colin lief an den Transparenten und Unterschriftensammlern so verkrampft vorbei, als ob er jemandem zuschauen würde, der im zwölften Stock auf dem Fensterbrett balancierte. Das Land stand am Scheideweg der Geschichte – in welche Richtung würde das Schicksal es schließlich weisen?

Claire entschied sich für ein neues Restaurant an der Ecke eines alten Gebäudes. Noch vor kurzem hatte diese Gegend zu den heruntergekommenen Vierteln gehört. In geschwungener, psychedelischer Schrift, die Colin fast unlesbar fand, und umgeben von allerlei Symbolen der Weltreligionen war der Satz »Es ist ein wunderschöner Tag« auf das Fenster geschrieben.

Im Restaurant war es hell und sauber – an den Wänden prangten allerdings politische und Rockkonzert-Plakate –, und die Speisekarte bot einfache gutbürgerliche Gerichte, bereichert um exotische Dinge wie Couscous und Sojasprossen. Aus der Küche drang der Geruch frisch gebackenen Brotes. Farbige Glasfenster, aus Abbruchhäusern gerettet, hingen von der Decke und brachen das helle Sonnenlicht in Regenbogenfarben auf.

»Sag über die Einrichtung, was du willst«, sagte Claire fröhlich, »jedenfalls ist es hier billig. Zwei Lohntüten reichen heute nicht mehr weiter als früher eine.«

»Wie geht es Peter?«, fragte Colin auf dieses Stichwort hin.

Claire zuckte mit den Schultern und fuhr fort zu lächeln. »Arbeitet ununterbrochen. Er sagt, auf den Straßen wird es immer schlimmer – nicht nur die Ausreißer und die Drogen. Aber Drogen bedeuten Geld, und das heißt organisierte Kriminalität, sagt Peter.«

»Wenn einer etwas davon versteht, dann ist er es wohl«, erwiderte Colin. »Die Hälfte der Studenten auf dem Campus scheint heutzutage von irgendetwas *high* zu sein.«

Und besonders schlimm – schlimm aus Colins zugegebenermaßen speziellem Blickwinkel – war, dass die Drogen, die sie missbrauchten, die gleichen waren, die jahrhundertelang zur Ausrüstung der Hohen Magie gehört hatten. Sie wurden ehedem – mit äußerster Vorsicht und unter strengster Kontrolle – eingesetzt, um der Arbeit des Magiers zusätzliche Kraft zu verleihen und die Schleier zwischen ihm und dem Unendlichen zu heben. Die Jugendlichen, die den Ballast etablierter Werte über Bord werfen wollten, beriefen sich jetzt auf die Untersuchungen jener philosophischen Pioniere und benutzten sie als Rechtfertigung für ihre eigenen Experimente.

Auch jetzt noch fiel es Colin schwer, ihr Handeln rundweg als unrecht zu verurteilen. Aber er war davon überzeugt, dass es gefährlich war.

»Von den Drogen auf dem Campus in die Notaufnahme«, bestätigte Claire. »Es gibt ein paar Kliniken in der Stadt, die sich mittlerweile auf Überdosen Rauschgift spezialisieren – na ja, Rauschgift und Geschlechtskrankheiten«, sagte sie unverblümt. »So schlimm steht es schon. Aber du hast ja schon immer gesagt, jede Generation findet ihre eigenen ›abstoßenden Formen des Exzesses‹; ich glaube, das waren deine Worte.«

»Gütiger Himmel, muss ich an dem Tag eine üble Laune gehabt haben«, erwiderte Colin mit leichtem Lächeln. »Vielleicht werde ich alt, aber die Jugend von heute kommt mir doch verdammt leichtfertig vor.«

»›Leb schnell, stirb früh und hinterlasse eine schöne Leiche‹«, zitierte Claire sarkastisch. »Sofern die Bombe einem den Leichnam lässt, meine ich. Wie sind wir nur an so einem schönen Tag auf ein so deprimierendes Thema gekommen? Lass uns über etwas Netteres sprechen.«

»Okay«, sagte Colin. »Ich habe Alison gestern getroffen. Sie und Simon sind von ihrer Spritztour in den Osten zurück ...«

Eine Weile lang verlief ihr Gespräch in lichteren Bahnen. Doch kaum hatte die Kellnerin – eine strahlende junge Frau in Batikoverall –, ihre Bestellung entgegengenommen und sie wieder verlassen, kehrten sie unweigerlich zu Thorne Blackburn zurück.

»Ich habe ihn nur ein paar Mal gesehen, als ich Debbie besucht habe. Ich glaube, er ist nicht so viel verrückter als die anderen Antikriegsdemonstranten«, begann Claire. »Und Jonathan hängt sein Studium an den Nagel, um bei der *Stimme der Wahrheit* unterzukommen?« Sie klang ungläubig und tadelnd. »Es ist eine Untergrundzeitung, eine Art – na ja, religiöses Forum. Thorne schreibt das Meiste selbst, und es scheint um Astrologie, Tarotkarten und so weiter zu gehen. Ja, um das und um Blackburns Ansichten zu Philosophie und Politik. Debbie versucht immer, mir ein Heft mitzugeben – sie vertreiben es kostenlos, oder man zahlt dafür, so viel man will –, aber ich habe noch keins gelesen, muss ich zugeben.« Sie nahm eine Gabel Salat, der mit Hühnerfleisch und exotischen Blattgemüsen angereichert war, alles zusammen in einem köstlichen Essig-Kräuter-Dressing.

»Ein Semester vor dem Abschluss aufzugeben ist schlimm genug«, erwiderte Colin, der immer noch an Jonathan dachte, »aber es ist nicht nur das. So viel ich verstanden habe, will er auch sein Erbvermögen dem Meister überschreiben. Zugegeben, Jonathan ist erwachsen, und es ist sein Geld. Er hat das Recht, zu tun und zu lassen, was er will ...«

»Aber du meinst, er müsste ein bisschen vorsichtiger damit umgehen – und wenn er tatsächlich die *Stimme der Wahrheit* finanzieren will, dann bin ich ganz deiner Meinung«, stimmte Claire zu. »Ich finde das Ganze, ehrlich gesagt, überhaupt nicht sympathisch. Warum besuchen wir nicht Thorne Blackburn und sehen, was du von ihm hältst? Ich bin sicher, wenn ich Debbie anrufe, kann sie uns eine Audienz beim Meister verschaffen.«

5
SAN FRANCISCO, KALIFORNIEN, JUNI 1965

Als ich in rauer Winternacht und zitternd stand,
Ergriff mein Herz ein ungeahnter, heißer Brand;
Und furchtsam hob ich meinen Blick zum Flammenmeer,
Ein Kind in hellem Feuer winkt' vom Himmel her.

ROBERT SOUTHWELL

Das Theater im Filmore Distrikt war ursprünglich eine Vaudeville-Bühne gewesen, dann ein Filmpalast. Nach seinem Konkurs war es jahrelang ungenutzt geblieben, bis ein neues Publikum, das Live-Musik hören wollte, eine Wiedereröffnung möglich machte. Dass das Gebäude gegen unzählige Baubestimmungen verstieß, kümmerte die jungen Leute, die allabendlich die schäbigen, mottenzerfressenen Sitzreihen füllten, nicht weiter. Manche von ihnen waren ausgerissene Teenager, andere stammten aus der Bay Area und hatten feste Jobs.

Anstelle der verjährten Filmplakate waren die Außenwände des Theaters mit grellen Ankündigungen kommender Konzerte und Darbietungen überklebt. Die Musikgruppen hatten Namen aus Disney-Serien und Rauschträumen. Die psychedelische Bilderwelt, die sie begleitete, war genauso surreal wie eine Illustration von Windsor McCay, eine Art verhinderter postapokalyptischer Jugendstil.

Es war kurz nach neun Uhr. Die Show hatte um halb acht begonnen. Blackburn war für neun Uhr angekündigt, aber offenbar waren mehrere Bands zu spät gekommen oder hatten zu lange gespielt. Als Colin und Claire ankamen, war von Blackburn noch weit und breit keine Spur.

Sie konnten die Musik bereits an der Kasse draußen hören, und als sie das Theater selbst betraten, wurde der Sound zu einer regelrechten festen Masse, die den Raum mit ihrer Form und ihrem Gewicht ausfüllte. Die Klimaanlage hatte nach tapferem Kampf den Geist aufgegeben; die Luft war stickig und drückend, gesättigt von Tabakrauch, Schweißgeruch und Drogen. Die Bühne wurde rhythmisch von Stroboskoplicht und Scheinwerfern mit bunten Folien über den Linsen erleuchtet. Die Lichtstrahlen waren in ständiger Bewegung. Auf Leinwänden hinter den Musikern liefen Szenen, die mit der Musik offenbar nichts zu tun hatten und die die Musiker in ein wechselndes Spiel von Formen und Farben tauchten.

Die Wirkung war so verwirrend wie eine Bombenexplosion, und Colin blieb betäubt, mit wirbelnden Sinnen stehen. Claire klammerte sich an seine Hand; er wusste nicht, ob sie ihn oder sich selbst beruhigen wollte.

Auf der Bühne spielten fünf langhaarige Jungen in Samtjacken, aus den Lautsprechern drang der verzerrte Sound mit körperlicher Gewalt auf die Zuhörer ein. Ihre Gitarren glichen Kinderbildern, flach und leuchtend bunt. Der Lärm des Schlagzeugs hämmerte wie ein Kugelhagel durch den überfüllten Saal.

»Laut!«, schrie Claire ihm ins Ohr, und Colin nickte.

Die Menge in dem alten Theater drängte sich so dicht an dicht wie die Horden in einem Kairoer Basar und verging genauso vor Hitze in der stillstehenden Luft. Trotzdem gab es an der Rückwand des Saals noch einige freie Sitze, und sobald Colin sich orientiert hatte, steuerte er mit Claire im Schlepptau auf sie zu. Als sie saßen, schaute er sich im Saal um.

Der Balkon war eigentlich wegen Einsturzgefahr gesperrt, dennoch war er voller Zuhörer, die zu den Rhythmen schrien, klatschten und tanzten. Die Musik war dermaßen verstärkt, dass durch das Scheppern des Schlagzeugs und der Bässe Staub vom Verputz rieselte.

So ungewohnt die ganze Umgebung auch war, spürte Colin zugleich eine freudige Erwartung in der Luft liegen, eine Art Weihnachtsvorfreude, als ob das Kommende überaus wundervoll und schön zu sein verspräche, als ob es all das wäre, wonach die Welt sich schon viel zu lange gesehnt hatte. Hier war die Antwort auf die düsteren Ahnungen, die ihn neuerdings so oft heimsuchten, die Widerlegung von Verfall und Verzweiflung.

Es lag nicht daran, dass er alt geworden war, erkannte er plötzlich niedergeschlagen. Er war müde geworden.

Wann genau hatte er den Zugang zu dieser Art ausgelassener Freude verloren? Wann war das Leben zu einem Unternehmen geworden, das man mit möglichst wenig Irrtümern hinter sich bringen musste, statt des grandiosen Abenteuers, an dem teilzuhaben eine Lust war? Der Pfad lehrte seine Schüler, dass sie sowohl ihr Leben riskieren wie es retten mussten; wann hatte er nur diese ewige Wahrheit aus dem Blick verloren?

»Es wird noch lauter werden«, warnte Claire und drückte Colins Hand, um sicherzugehen, dass er sie über der Woge anbrandenden Lärms hörte.

»Ich werd's überleben«, versprach Colin. Ihm wurde klar, dass es eigentlich nicht um die Musik ging. Wie in den dionysischen Kulten der Alten brachten sich die Zuhörer mit ihrem Geschrei selbst in Ekstase, durchgerüttelt von Musik, trunken von Erwartung und dem, was sie auf Hunderten vorhergehender Konzerte erlebt hatten. Die Band begann eben mit einer neuen Nummer, und die Menge brüllte begeistert und klatschte, ob zum Rhythmus der verzerrt wimmernden Gitarren oder einfach aus Beifall, wusste Colin nicht zu sagen. Er konnte den jungen Leuten auf ihrer Reise nicht folgen, aber zumindest begriff er langsam, wohin sie unterwegs waren – auf den Pfad zu jener Unbesiegbaren Sonne, der von Suchern in jeder Generation beschritten wurde.

Doch in dieser Generation schien es, als ob die Pioniere dafür sorgten, dass niemand zurückgelassen würde. Alle mussten mitgehen. Die Pforten der Wahrnehmung wurden für alle geöffnet.

Zwei Stunden später hatte sich für Colin an diesem Befund nichts geändert, auch wenn er weniger heiter gestimmt war und sein Kopf vom steten Hämmern des Lärms und der psychedelischen Lichtorgelei dröhnte. Blackburn hatte sich immer noch nicht blicken lassen. Die Geräusche auf der Bühne unterschieden sich kaum von denen, die Straßenarbeiter mit ihren Presslufthämmern erzeugten, zumindest nicht für Colin. Sein Hals und seine Lunge schmerzten von beißendem Rauch, der als blaue Dunstglocke in der drückenden Luft hing. Wenn er sich schon vom bloßen Atmen leicht benommen fühlte, so konnte man sich vorstellen, was in denen vorging, die den Stoff direkt inhalierten.

Die Musiker auf der Bühne verstummten, begleitet von enttäuschten Schreien aus der Menge. Die Gitarristen zogen die Anschlüsse aus ihren Instrumenten und verließen die Bühne. Ein leichter Stoffvorhang senkte sich vor das Schlagzeug auf den vorderen Bühnenraum.

Alle Lichter gingen aus.

Im Dunkeln erklang eine einzelne verstärkte Flöte, und zu ihrem Spiel sang eine Stimme die »Hymne an die Sonne« von Aischylos, in fehlerlos klassischem Griechisch.

Dann fiel hellrotes Scheinwerferlicht auf die Bühne und beleuchtete eine Gestalt in einem phantastischen Kostüm: ein langer schwarzer Frack über einem gebatikten T-Shirt, eine mit Kristallen bestickte Blue Jeans, und auf dem Kopf ein glänzender Zylinder, der eine von glitzernden Kobras umgebene Uraeus-Scheibe darstellte.

»Boys and Girls, Erleuchtete: Der Magister Ludens des Neuen Äons, Thorne Blackburn!«

Thorne Blackburn war jünger, als Colin vermutet hatte – ein junger Mann in den frühen Zwanzigern, vielleicht sogar in Claires Alter. Lange blonde Locken fielen ihm über die Schultern und ließen ihn wie eine Mischung aus General Custer und einer billigen Jesusfigur aussehen. Seine Augen waren so blau, dass sie ihre Farbe selbst noch in dem erbarmungslosen Scheinwerferlicht behielten.

Was Blackburn an diesem Abend bot, war ein heilloses Durcheinander von originär mystischen Lehren, Zaubertricks, Beat-Poesie und Populärgeschichte – dabei stellte er seinen Zuhörern in Aussicht, sie könnten kraft ihrer reinen und guten Gedanken die Rolle des heiligen Georg spielen gegen den militärisch-industriellen Drachen und dessen international gefräßige Gier und Korruption. Die Behauptungen, die er bezüglich seiner Lebensgeschichte und der Lehren des Okkultismus aufstellte, waren so maßlos überzogen, dass niemand bei Verstand sie ernst nehmen konnte. Insgesamt schien das Publikum Blackburns Ausführungen für Unterhaltung zu nehmen. Sein Geplapper hatte die geschmierte Eloquenz eines Varietézauberers. Vielleicht bemerkte Colin als Einziger, dass Blackburn innerhalb von fünf Minuten das Publikum in seinen Bann schlug: Es war still, und alle lauschten aufmerksam, als er die vier wesentlichen Elemente erklärte, die gleichzeitig die vier Säulen der Schöpfung waren.

Doch ungeachtet der Würdelosigkeit seiner bunt zusammengeflickten Liturgie hatte Blackburns Auftritt eine machtvolle Ausstrahlung. Colin konnte sie spüren. Es war reine Torheit – schludriger, undisziplinierter Wahnsinn, als ob man einem kleinen Kind einen Flammenwerfer in die Hand drückte. Doch Blackburn machte es so, dass es funktionierte. Colin spürte die Kraft, die er bündelte – und Claire neben ihm ging es nicht anders, Schauer überliefen sie, und sie umklammerte seine Hand, als ob sie bei ihm Sicherheit suchte.

»... indem ihr, meine Jungs und Mädchen, Teil des Universums werdet, wird das Universum zugleich ein Teil von euch. So lasst uns also das Universum zu unserer Party einladen!«

Während Blackburn sprach, betraten andere Gestalten in Kapuzen und Roben die Bühne. Vier von ihnen trugen Magierwerkzeuge – Schwert und Hostienteller, Zauberstab und Becher –, zwei andere eine brennende Kerze und ein Weihrauchfass, aus dem dicke Rauchschwaden emporstiegen, die sich mit der wechselnden Beleuchtung verfärbten.

Ohne Verzug – der Mann wusste wie jeder Bühnenkünstler, dass das Publikum schnell die Spannung verliert – rief Blackburn die Elemente an: Erde, Wasser, Luft und Feuer. Seine Stimme donnerte von den Lautsprechern verstärkt über die Menge, und in sein Showpalaver ließ er beiläufig die großen Namen einfließen, die geheim zu halten Colin geschworen hatte, warf sie der Masse vor die Füße wie Perlen vor die Säue.

Herr des Lichts, er weiß, was er tut, war Colins erster empörter Gedanke. Dies hatte nichts mit Magie zu tun, wie er sie kannte – es war eine Magie ohne Form, ohne Ritual, eine eigenwillige

Herbeirufung der Urkräfte der Schöpfung, und das allein durch die Kraft von Blackburns Charisma. Es war eine Macht, die ohne Wächter, ohne Schranken, ohne Grenzen beschworen wurde – eine Macht, gerufen mit nichts als der Liebe, um eine Brücke zu bauen, als spräche er von gleich zu gleich.

Wut, Verwirrung und Schock drohten ihn zu überwältigen, doch Colin behielt seine Fassung. Schließlich hatte er gewusst, bevor er herkam, dass Blackburn eine Ausbildung in Magie erhalten hatte, und man wurde nicht ohne Grund aus dem Weißen Orden verbannt. Wie so viele vor ihm hatte Blackburn sich offenbar entschlossen, die Großen Geheimnisse, in denen er unterrichtet worden war, weltlichen Zwecken zu opfern – und wie bei seinen Vorgängern war es die größte Schutzmaßnahme des Ordens, einfach keine Notiz von ihm zu nehmen und die Geheimnisse durch Irreleitung zu hüten.

Ebenso schnell, wie er die Aufmerksamkeit des Publikums gewonnen hatte, entließ er das Publikum, euphorisiert vom flüchtigen Kitzel der Berührung mit dem Unsichtbaren. Er nahm die Kerze von einem seiner Messdiener, dann wurde die Bühne wieder dunkel, und Blackburns Gesicht wurde nur noch von der goldenen Flamme der Kerze angeleuchtet.

»Der Neue Äon bricht an«, verkündete Blackburn. Und blies die Kerze aus.

Die Dunkelheit wurde fast augenblicklich vom Arbeitslicht auf der Bühne abgelöst. Das Publikum, angenehm aufgeputscht, setzte sich für den Schlussakt auf die Plätze. Colin sah Claire an, und sie nickte zur Bühnenseite hin. Dort würde Blackburn herauskommen. Die beiden standen auf und begannen, sich zum Ausgang vorzuarbeiten.

Nun hatte er den Mann also gesehen, sagte sich Colin. Doch es war seltsam, je mehr Informationen er erhielt, umso weniger wusste er, was er davon halten sollte.

Claire führte Colin durch eine Tür hinter die Bühne. Die Hinterbühne war überfüllt mit Leuten und Requisiten, doch Blackburn war sofort zu erkennen – schon allein durch seinen Hut. Er war umgeben von Anhängern und begeisterten Fans, und Colin war erleichtert, dass er Jonathan nicht darunter fand.

Blackburn sah auf und sah Colin. An seinen schmal werdenden Augen und dem argwöhnischen Gesichtsausdruck – der Argwohn, den in jenen Tagen jeder unter Dreißig einem über Dreißigjährigen entgegenzubringen schien – erkannte Colin, wie fehl am Platze er hier unter all den Batik- und Jeansleuten wirken musste.

Zum Glück war Deborah Winwood eine der Helferinnen gewesen, die die Requisiten auf die Bühne gebracht hatten. Als sie Claire sah, kreischte sie laut auf und warf die Arme um ihren Hals. Blackburns Interesse wandelte sich in verwundertes Desinteresse, dann wandte er sich einem anderen unter seinen Jüngern zu.

»Claire! Ich hatte gehofft, dass du kommst«, sagte Debbie. »Du siehst so … *normal* aus«, fügte sie hinzu, als ob sie diese Qualität an Claire zum ersten Mal entdeckte.

»Ich *bin* normal«, sagte Claire lächelnd. »Normal und *spießig*. Debbie, das ist Colin MacLaren; ich habe dir von ihm erzählt.«

Deborah Winwood war eine dieser atemberaubend attraktiven jungen Frauen, für die das Klischee vom »Kalifornischen Traummädchen« geprägt worden war. Ihr langes blondes Haar war in der Mitte gescheitelt und umrahmte ihr Gesicht wie zwei glänzende Flügel. Sie sah Colin unverwandt mit haselnussbraunen Rehaugen an, bis er sich zu fragen begann, was Claire wohl von ihm erzählt hatte, dass das Mädchen ihn so anstarrte.

»Schön, Sie kennen zu lernen«, sagte Debbie lahm und mit leiser Stimme.

Sie wollte noch etwas anfügen, doch die Band auf der Bühne – eine der einheimischen Lieblingsbands, die seit einigen Minuten das Publikum mit ordinären Sprüchen begrüßte – fing plötzlich zu spielen an. Obwohl eine dicke Wand sie vor dem Bühnengeschehen schützte – und sie sich hinter den Verstärkern befanden –, konnte Debbie nur noch entschuldigend mit den Achseln zucken, da ein Gespräch nicht nur schwierig, sondern unmöglich geworden war. Sie winkte ihnen, ihr zu folgen, und Claire und Colin stolperten im Halbdunkel der voll gestopften Hinterbühne auf Blackburn zu.

»Thorne, sieh mal!«, sagte Debbie, als sie in Hörweite war. »Claire ist gekommen – für die ich dich um Eintrittskarten gebeten hatte –, und sie hat ihren Freund, ähm, Colin mitgebracht.«

Sie hatte mit lauter Stimme gerufen, um trotz des Lärms durchzudringen, und Colin glaubte zunächst, Blackburn hätte sie nicht gehört, doch dann wandte er sich von dem jungen Mann, mit dem er sprach, ab. Er hatte sich mittlerweile seines Fracks und Zylinders entledigt und trug jetzt die beinahe universelle Kleidung der Jugendkultur: Jeans (wenn auch mit einem Besatz aus bunten Steinen) und T-Shirt.

»Ich bin Colin MacLaren«, sagte Colin und streckte seine Hand aus.

Gleichzeitig sagte Debbie: »Thorne, das ist Claire …«

Einen Augenblick lang schien Blackburn überrascht. Colin hatte sich nicht getäuscht, er war tatsächlich Anfang zwanzig, wenn überhaupt. Das hieß, er konnte für sein Alter eine eindrucksvolle Menge magischer Referenzen vorweisen. Doch Blackburn rang sich offenbar durch, freundlich zu sein, vielleicht nur Debbie zuliebe.

Er lachte und ergriff Colins Hand. »Stadtbulle oder FBI?«, fragte er gut gelaunt.

Colin war sich unsicher, ob er Blackburn inmitten des Krachs richtig verstanden hatte und brauchte einen Moment, sich dessen klar zu werden. »Nein. Ich bin nicht von der Polizei.« *Jedenfalls nicht in dieser Welt.* »Ich unterrichte an der Universität in Berkeley. Ich glaube, Sie kennen einen meiner Studenten – Jonathan Ashwell.«

Blackburn sah immer noch überrascht aus, auch wenn er den Namen offensichtlich richtig einordnete. »Sie sind wegen Johnnie hier? Was hat er denn erzählt?«

Irgendetwas an Blackburns Aussprache war nicht ganz amerikanisch. Ein gewisser Arbeiterklassenakzent, der ihn als britisch auswies, selbst wenn Colin das nicht bereits gewusst hätte.

»Er meinte, Sie seien die Hoffnung des *New Age*«, entgegnete Colin ohne Umschweife.

Ein anderer Mann hätte wohl versucht, eine so frank und freie Äußerung abzumildern. Doch Blackburn grinste nur noch breiter.

»Ich bin gekommen, euch in eine neue Epoche zu führen, in der die große Trennung vom Anfang der Zeiten aufgehoben werden wird; in der Herz und Hand, Geist und Leib wieder eine Einheit werden«, psalmodierte er übertrieben und verbeugte sich theatralisch.

»Es würde mich interessieren, wie Sie das anstellen wollen«, sagte Colin scharf. »Jonathan sagte ...«

»Johnnie ist ein gutgläubiger Narr, der unbedingt einen Messias sucht«, antwortete Blackburn freundlich. »Ich werde ihm etwas Besseres geben. Ich werde ihm einen Kopf zum Selberdenken geben, bevor ich fertig bin.«

Die Band hörte zu spielen auf.

»Thorne ist fast dreihundert Jahre alt«, schnappte Colin in der plötzlichen Stille von Debbie auf, die zu Claire sprach. »Er war früher ein großer französischer Magier, Graf Cagliostro oder so ähnlich.«

Colin warf einen schnellen Blick zurück auf Blackburn, der den Wortwechsel hörte.

»Das erzählen Sie ihnen?«, fragte Colin, ohne sich eines vorwurfsvollen Tons enthalten zu können.

»Ich erzähle ihnen viel, wenn der Tag lang ist«, sagte Blackburn vieldeutig. »Wenn Sie mehr hören wollen, warum kommen Sie nicht mit zu uns? Wir veranstalten eine Party.«

Er drehte sich um, gab Colin und den anderen ein Zeichen, ihm zu folgen, und ging durch die Tür, die in die Gasse hinausführte. Hinter ihnen setzte die Musik von neuem ein.

Die warme Sommerluft fühlte sich nahezu kalt an nach der stickigen Schwüle im Theater. Der Song – durch die Mauern des alten Filmpalasts auf erträgliche Lautstärke gebracht – war ein passender Hintergrund zu dem knallig bunten Glanz der Gasse. Die Mauern waren mit Postern von Ereignissen und Darbietungen überklebt, in der Mitte der Gasse stand ein VW-Bus mit eingeschaltetem Licht und laufendem Motor. »Kommen Sie einfach mit«, sagte Blackburn über die Schulter, als er auf den Kleintransporter zuschritt.

»Thorne sagt, ihr könnt mitkommen! Ich zeige euch den Weg.« Debbie zog sich die billige Seidenrobe aus, die sie auf der Bühne getragen hatte, und sah sie erwartungsfroh an.

Colin zuckte leicht mit den Schultern und sah Claire an. Er war gekommen, um den so genannten Magister Ludens kennen zu lernen. Die Chance, ihn in seinem eigenen Umfeld zu sehen, wollte er sich nicht entgehen lassen.

Auf dem Weg zum Auto redete Debbie ununterbrochen. Sie schien überzeugt, dass zumindest Claire gekommen war, um an dem Kreuzzug des Meisters teilzunehmen, und erzählte ihr nun alles, was Claire ihrer Ansicht nach wissen musste. Als Colin das Theater wieder erreichte, hatte er bereits erfahren, dass Thorne Blackburn entweder der Graf Cagliostro oder dessen Reinkarnation war, dass er von einer Art Engel gezeugt und vom Zauberer Merlin in den magischen Kreis gerufen worden sei und dass er den Stein der Weisen besitze, der Unsterblichkeit verlieh.

Glücklicherweise hatte Colin den Ford in der Nähe geparkt, aber er war doch überrascht, dass die anderen immer noch vor dem Theater standen und auf ihn warteten. Ihr Auto war nicht zu übersehen – die Seitenwände waren mit dem Logo von Blackburns Untergrundzeitschrift bemalt, umgeben von Blumen, Sternen und einem Regenbogen.

Sobald Colin sich hinter ihnen einfädelte, fuhr der VW-Bus los. Colin war gezwungen, ihm in halsbrecherischem Tempo durch den Filmore-Bezirk zu folgen. Wer immer den VW lenkte, er tat es entweder mit der Selbstsicherheit eines Rennfahrers oder mit äußerster Rücksichtslosigkeit. Colin musste all seine Fahrkünste aufbieten, um nicht abgehängt zu werden.

Debbie ließ sich in ihrem liebenswerten Redefluss nicht hemmen. Mal erklärte sie, wie glücklich sie zu viert in der Kommune zusammenlebten, mal gab sie Colin Richtungshinweise, immer einen Tick zu spät, um ihm noch nützlich zu sein. Wenn er nicht das Ziel des VWs gekannt hätte, hätte er ihn wohl ein Dutzend Mal aus den Augen verloren. Trotzdem glaubte er nicht, dass die anderen ihn mit Absicht abhängen wollten. Dafür waren sie viel zu vertrauensvoll. Vertrauensvoll – eine seltsame Einschätzung für eine Gruppe, der er noch vor wenigen Stunden die niedrigsten Motive unterstellt hatte.

Allerdings blieb die Tatsache, dass Colins eigener Orden Thorne Blackburn ausgeschlossen hatte, was niemandem widerfuhr, der vollkommen unschuldig war. Doch jetzt, nachdem er Blackburn und die anderen kennen gelernt hatte, mochte er sie auch nicht für vollkommen schuldig halten.

Es wäre einfacher gewesen, die Selbstaussagen – und Blackburn selbst – als unsinnig abzutun, wenn Colin nicht bereits den Mann und eines seiner Rituale gesehen hätte. Von dem jungen Magus gingen eine Intelligenz und Kraft aus, die nicht zu den spiritistischen Scharlatanen und Betrügern passen wollte, die er und Claire kannten.

Endlich hielt der Kleinbus an – ebenso jäh, wie er angefahren war – und parkte in der zweiten Reihe auf einer abschüssigen Straße in der Gegend des Golden Gate Parks. Sie war nicht viele Straßenzüge von Greenhaven entfernt, aber sie hätte durchaus in einer anderen Welt liegen können. Die Straße war von schäbigen viktorianischen Häusern gesäumt, die zu Apartments umfunktioniert worden waren. Im Erdgeschoss befanden sich verschiedene kleine Büros, die jetzt am Abend geschlossen waren. Trotz der späten Stunde waren noch Leute auf der Straße, die alle die phantasievoll bunte Kleidung der Hippie-Bewegung trugen.

Die vier Türen des VW-Busses sprangen auf, und die Insassen stiegen aus; offensichtlich wollten sie ihr Auto dort stehen lassen. Colin sah die Straße hinunter. Es gab sonst keine Parkgelegenheit, und in San Francisco war das Parken auf der Straße ohnehin immer ein Abenteuer.

»Ich fürchte, ich bekomme hier einen Strafzettel«, sagte Colin, als er hinter dem VW anhielt. »Aber es ist fast Mitternacht; wenn jemand mit seinem Auto wegfahren will, dann wird er sicher hupen.« Er wollte keinesfalls die Chance verpassen, seine Neugier – wenn dies das richtige Wort war – hinsichtlich Blackburn und seiner Anhänger zu stillen. Er stellte den Motor ab und folgte den beiden Frauen in das Haus, in dem die anderen schon verschwunden waren.

Colin hörte bereits Musik, bevor die Haustür aufging. Die zwölf Leute, die im VW-Bus gesessen hatten, waren nichts im Vergleich zu der Menge, die schon in der Wohnung wartete. Die Luft war wie überall von Marihuananebeln geschwängert.

Der Lärmpegel stieg kräftig an, als Blackburn den Raum betrat. Alle sprachen gleichzeitig, und im Hintergrund spielte die LSD-durchsetzte Musik der *Doors*. Colin und Claire folgten Debbie in den Raum, ohne dass jemand von ihnen Notiz nahm.

Es war eine dieser verschachtelten Wohnungen, die in San Francisco so beliebt waren. Die Raumaufteilung war durch die Umwandlung des Wohnhauses in mehrere Apartments merkwürdig aus dem Gleichgewicht geraten. Ein Erkerfenster sah auf die Straße und den gegenüberliegenden Park. Die Wohnung war mit Trödel eingerichtet. Es gab eine durchgesessene Couch, über den Fenstern waren anstelle von Vorhängen Betttücher befestigt, Poster bedeckten die rissigen, ungestrichenen Wände. Wenn Blackburn tatsächlich hinter Jonathan Ashwells Geld her war, dann hatte er offensichtlich zuvor noch nie etwas Vergleichbares getan. Die Büros und Wohnräume der *Stimme der Wahrheit* sahen aus, als lebten ihre Bewohner von Almosen.

Neben Marihuana hing der Geruch von Weihrauch in der Luft. Überall stapelten sich Bücher und daneben, so glaubte Colin, massenweise unverkaufte Exemplare der Zeitschrift.

»Ich werde mich erst mal ausräuchern müssen, bevor ich nach Hause gehe«, murmelte Claire. »Ich kann mir schon vorstellen, was Peter denkt, wenn ich mit diesem Geruch bei ihm auftauche.«

Als sie das Hauptzimmer betraten, kam ein kleines Kind durch den Flur gerannt und rief Blackburns Namen. Blackburn hob es hoch und umarmte es unbändig, dann nahm er es auf einen Arm und ließ sich von einer dunkelhaarigen Frau, die nicht an der Vorstellung teilgenommen hatte, ein Bier geben. Blackburns Lebensentwurf schien mehr Frauen als Männer anzuziehen, aber das war bei allen Kulten mit einem charismatischen Führer der Fall.

»Das ist mein Sohn Pilgrim«, sagte Blackburn zu Colin gewandt.

Colin hatte das Kind für ein Mädchen gehalten. Pilgrim musste vier oder fünf sein; seine Augen waren von der gleichen verblüffenden Leuchtkraft wie die seines Vaters, nur dass sie grün und nicht blau waren. Sein schwarzes Haar war lang, er trug ein gebatiktes T-Shirt, mehrere Ketten und Jeans, die liebevoll mit Blumen und Weinranken bestickt waren. Auf seiner Stirn war ein blauer Stern aufgemalt und auf seinen Wangen Gänseblümchen.

»Ach«, sagte Colin höflich. »Ich wusste nicht, dass Sie verheiratet sind, Mr. Blackburn.«

»Das bin ich auch nicht«, sagte Blackburn gelassen. »Warum sollte ich Frauen unter einem archaischen, religiösen oder staatlichen Gesetz versklaven? Solange wir die Ehe nicht den Anforderungen des Neuen Äons entsprechend neu definiert haben, lehne ich es ab, sie zu praktizieren.«

Er sah Colin herausfordernd an, als erwarte er eine missbilligende Antwort.

»Ich denke, das müssen Sie und die junge Dame unter sich ausmachen«, sagte Colin ruhig. »Oder die jungen Damen, je nachdem.«

»›Und tut's keinem weh, mach, was du willst‹ – so sagte der Weise von Thelema. Also los, machen Sie mit bei unserer Party.« Blackburn umfing mit einer Geste die ganze Wohnung. »Fragen Sie jeden, so viel Sie wollen. Sie sehen zwar nicht wie einer von denen aus, die normalerweise herkommen, um die Wahrheit zu hören, aber ich verrate sie Ihnen trotzdem gerne.«

»*Eine* Wahrheit jedenfalls«, sagte ein Mann in der Ecke gedehnt. Er war gekleidet wie ein Cowboy aus dem Comicheft, bis hinunter zu den Leggins über seinen Jeans.

Blackburn wandte sich zu ihm um und lächelte breit. »Sie sind *alle* wahr, Tex; jede einzelne. Alle Dinge sind wahr, sogar die falschen.« Er verließ sie. Pilgrim starrte sie über seine Schulter an.

»Eine interessante Ansicht«, sagte Claire und setzte sich vorsichtig auf einen Sessel, dessen Polsterung aus dem Bezug herausquoll.

»Alles, was Thorne sagt, ist interessant«, antwortete der Mann, den Blackburn als Tex angesprochen hatte. Er war älter als die meisten anderen Leute, die Colin hier sah, etwa Mitte dreißig, und hatte einen starken texanischen Akzent. »Das liegt daran, dass er ein Fährmann im Äonischen Strom ist, der die Welt der Götter und Menschen wieder vereinigen wird. Wenn wir nicht vorher von der Bombe umgebracht werden. Kann ich Ihnen was zu trinken holen, Ma'am? Wir haben Eistee – da ist nichts drin, wissen Sie, Thorne mag das überhaupt nicht.«

Claire warf einen Blick über seine Schulter zu der schwarzhaarigen Frau, die Blackburn das Bier gereicht hatte. Sie drehte auf dem Esstisch Joints aus einer Obsttüte voller ›Gras‹. Claire hob viel sagend ihre Augenbrauen.

Tex folgte ihrem Blick und grinste. »Oh, ja, Ma'am, ich nehm mal an, die wissen, was sie rauchen, meinen Sie nicht? Das ist ein Unterschied.«

»Ich glaube, Sie haben Recht«, sagte Claire nicht sehr überzeugt.

»Wir waren heute Abend im Theater. Können Sie uns irgendetwas darüber sagen, was Mr. Blackburn auf der Bühne zu tun versucht hat? Es sah faszinierend aus«, sagte Colin.

»Das war ein bisschen *tey atra säck rey*«, sagte Tex, wobei er mit seinem Akzent das Französisch so dehnte, dass Colin eine Weile brauchte, bis er hinter den Wortsinn kam. *Théatre sacré,* heiliges Theater.

»Die erste Aufgabe eines Magiers besteht darin, heiliges Theater auf die Bühne zu bringen«, sagte Blackburn, der zurück ins Zimmer kam. Offenbar hatte er in Windeseile geduscht und sich umgezogen. Er trug ein schreiend gemustertes Hawaiihemd über verblichenen Jeans mit Schlag. Sein nasses Haar war mit einem Stück Ziegenleder zurückgebunden, und er lief barfuß. Er legte freundschaftlich einen Arm um Tex' Schulter. »Die ganze Welt ist eine Bühne und so weiter.«

»Doch welchem Zweck dient sie?«, fragte Claire. »Ist es ein ernster Zweck oder nicht? Das Publikum hält leicht alles für Spaß.«

»Wer da Augen hat zu sehen, der höre«, zitierte Blackburn falsch und rätselhaft.

Auch wenn er nicht darauf zu brennen schien, seine Philosophie zu erläutern, setzte er sich Claire zu Füßen auf den Boden und fing an, über seine Arbeit in San Francisco zu sprechen. Für Colin klang das Ganze nach komplettem Blödsinn, umso mehr sie eine Reihe höchst eigenwilliger Behauptungen enthielt: unter anderem, dass Blackburn über zweihundert Jahre alt sei, dass er von einem nicht-menschlichen Geschlecht abstamme und als Retter komme, um der Menschheit ein neues Goldenes Zeitalter zu bringen. Claire blieb bei alledem löblicherweise gefasst.

Auf Jonathan und dessen Absicht angesprochen, sein ganzes Geld der *Stimme der Wahrheit* zu stiften, erklärte Blackburn, dass jeder, der sich ihm anschließen wolle, dies nach Lust und Laune tun könne, und dass sie alle ihren Besitz miteinander teilten.

»Das Problem mit dem Kommunismus ist, dass er in großen ökonomischen Einheiten nicht funktioniert. Wir müssen die Nationalstaaten auflösen und die Gesellschaft auf Stammesebene neu organisieren, bevor wir mit Recht sagen können, wir haben die Übel des Kapitalismus überwunden«, dozierte Blackburn tiefsinnig.

Colin schaute sich um und musste zugeben, dass er nirgendwo besondere Anzeichen von Wohlstand entdeckte, auch wenn es nicht völlig ausgeschlossen war, dass Blackburn irgendwo im Verborgenen ein dickes Bankkonto unterhielt. Abgesehen von der Aufmerksamkeit, mit der ihn seine Frauen umgaben, wurde Blackburn nicht mit der übertriebenen Unterwürfigkeit gegenüber dem erwählten Führer behandelt, wie man sie von jenen heimtückischen, faschistoiden Sekten kannte, die überall wie Pilze aus dem Boden schossen.

Vielmehr war Blackburn ein vollkommen ungreifbarer Geselle. Hinter all der wortgewandten Beredtheit steckte die Andeutung von etwas Wirklichem – aber was das war, blieb für Colin nach wie vor ein Geheimnis. Und obwohl der Mann die Grenzen der Höflichkeit nie grob verletzte, hatte Colin das Gefühl, dass Blackburn sich irgendwie über ihn lustig machte.

»Wir haben Ihnen nun genug Zeit gestohlen«, sagte Colin schließlich. Er konnte sehen, dass Claire seit einer halben

Stunde tapfer ihr Gähnen unterdrückte; ohnehin glaubte Colin nicht, dass er an diesem Abend noch irgendetwas Neues würde erfahren können. Es war spät, mittlerweile hatten sich die meisten anderen schon zurückgezogen. Nur zwei dunkelhaarige Frauen, die einander wie Zwillinge glichen, verharrten unbefangen neben Blackburn auf dem Boden.

»Kommen Sie wieder – wir sind immer hier, falls wir nicht woandershin sind. Und machen Sie sich keine Sorgen wegen Johnnie, Colin – ich verspreche, dass ich aus ihm einen Ungläubigen gemacht haben werde, bevor ich den Löffel abgebe«, sagte Blackburn übermütig.

Mit diesem zweideutigen Versprechen musste Colin sich zufrieden geben.

Blackburn stand auf und brachte – begleitet von den Mädchen, deren Namen Colin nicht kannte – die beiden Besucher die Treppen hinunter zur Tür, die zur Straße führte.

»Kommen Sie uns wieder besuchen, Claire«, sagte Blackburn an der Tür. »Und bringen Sie das nächste Mal Ihren Mann mit.«

»Wollen Sie mich damit beeindrucken?«, fragte Claire nicht ohne Schroffheit. »Wollen Sie vielleicht auch noch seinen Namen und sein Gewicht erraten?«

Blackburn lächelte. »Sie tragen einen Ring; man muss kein Hellseher sein. Sein Name ist übrigens Peter, aber vielleicht bringen Sie ihn doch lieber nicht hierher. Bullen haben aus irgendeinem Grund etwas gegen unsere kleine Familie.«

Er schloss die Tür. Einen Moment stand Claire völlig sprachlos da, dann hellte sich ihr Gesicht auf.

»Na klar. Debbie hat ihm von Peter erzählt. Ich muss ihn vor ihr erwähnt haben.«

Colin sah die Straße hinauf nach seinem Auto. Schon von ferne konnte er die weiße Fahne des Strafzettels an der Windschutzscheibe flattern sehen. Der VW-Bus vor seinem Auto war nicht so geschmückt.

»Es ist die erste Regel für einen medialen Schwindler«, stimmte er zögernd zu. »Du musst ein funktionierendes Informantensystem haben. Aber Blackburn kommt mir nicht vor wie einer der üblichen Scharlatane. Was hältst du von ihm, Claire? Ganz ehrlich?«

»Ich weiß nicht recht.« Claires Stimme klang unsicher und nachdenklich. »Er ist charmant, klar. *Und* das weiß er. Und er scheint nicht durch und durch ein Scharlatan zu sein, was immer man sich dafür kaufen kann. Es scheint ihm um *etwas* zu gehen, aber ich weiß wirklich nicht, um was.«

INTERMEZZO #3

JUNI 1965

Was gibt es zu Thorne Blackburn noch zu sagen, jetzt, da schon ein Vierteljahrhundert über ihn geurteilt hat? Als ich ihn traf, war ich noch, was meine Generation eine ›junge Matrone‹ nannte, glücklich verheiratet und zum ersten Mal im Leben mit mir selbst zufrieden. Daher war ich in einem gewissen Maß immun gegen Thornes fraglos vorhandenes Charisma, über das so viel – Faires und weniger Faires – geschrieben worden ist.

Er bezauberte jeden, den er traf – sogar Colin, und ich weiß, wie sehr das gegen Colins inneres Gefühl ging. Ich glaube, es lag daran, dass Thorne alle möglichen Tricks und Streiche liebte, auch wenn er eigentlich nicht boshaft war. Die Freude, die er an seinen Späßen hatte, rührte von ihrer technischen Schwierigkeit her und nicht von dem Ärger, den sie bei dem ein oder anderen auslösten.

Man konnte Thorne nicht lange böse sein, selbst wenn er es arg trieb; er liebte es, die Leute aufzuziehen, und irgendwann merkte man, dass man es satt hatte, ihm weiter zu grollen – und ohnehin war es viel zu mühsam, immer wütend zu sein.

Die Kehrseite seines Charmes war, dass er keinen Rat annahm, so wenig wie er auf irgendetwas anderes hörte. Er war davon überzeugt, dass andere Menschen, wenn sie seine Philosophie erst verstanden hätten, ihr auch zustimmen würden, und nichts, was Colin oder ich sagten, konnte ihn in dieser Ansicht erschüttern.

Ich bin immer ein nüchterner Mensch gewesen – ich glaube, das ist die unvermeidliche Folge, wenn man eine solche Gabe im Blut hat: Wenn so viel, was anderen Menschen fremd und wundersam erscheint, selbstverständlicher Teil von einem selbst ist, dann neigt man wahrscheinlich zu einer sehr realistischen Haltung. Das Einzige, was mich wirklich erstaunte, war, dass Menschen mich ernst genommen, mich nicht für verrückt gehalten haben. Nichts in der Welt hat mich je wieder so überrascht, nachdem ich die Gabe akzeptiert hatte.

Und also war ich auch von Thorne und von dem, was er erreichen wollte, nicht so überrascht, wie ich es vielleicht hätte sein sollen. Erst jetzt im Rückblick, über die Kluft so vieler Jahre hinweg, erkenne ich, wie außerordentlich hoch gesteckt seine Ziele waren, selbst für die damalige Zeit. Damals – in jener turbulenten Zeit – schien das, was er unternahm, nur ein Wunder unter vielen zu sein. Aber Thorne wollte mehr als nur amüsieren, überraschen und beglücken.

Thorne Blackburn wollte die Welt verändern.

6

BERKELEY, OKTOBER 1966

Im Herzen des Feuers leuchtete die blutrote Blüte des Kriegs.

ALFRED LORD TENNYSON

Im Herbst '65 und im darauf folgenden Frühjahr ergriff die Universitätsverwaltung, die von allen Seiten unter Druck stand und mittlerweile einer Festung glich, eine Reihe von drakonischen Maßnahmen, die sich vor allem gegen die eine Gruppe richteten, der gegenüber sie noch den Anschein von Macht hatte: dem Lehrkörper.

Colin erhielt eine eindeutige Botschaft: Hören Sie auf, den Studenten in Berkeley Hokuspokus zu lehren. Zurück in Reih und Glied! Predigen Sie den Status quo! Doch selbst, wenn Colin nur ein gewöhnlicher Dozent gewesen wäre, hätte er das nicht tun können. Seine Studenten hungerten nach einem Sinn, der die konventionelle Engstirnigkeit ihrer Eltern ersetzte. Sie suchten danach in Drogen, in der Politik, in Mystizismen jeder Couleur. Wenn sie Colin nach seiner Meinung fragten, hatte er ihnen wenig mehr als seine Ehrlichkeit anzubieten – etwas, das ihn zunehmend mit den Geldgebern der Universität in Konflikt brachte.

Der Vietnamkrieg entsetzte ihn, gerade da er eine Generation zwang, sich zwischen dem Buchstaben des Gesetzes und dem Geist des Landes zu entscheiden. Insofern die Äußeren Ebenen ein Spiegel der Inneren Ebenen waren, konnte sich Colin aus dem Kampf nicht heraushalten. Er kämpfte, wie er es immer getan hatte, für den Geist.

Der Besuch von General Jonathan Griswold Ashwell II. war keineswegs dazu angetan, die Lage zu verbessern. Jonathan hatte, wie angekündigt, die Universität verlassen und lebte in Thorne Blackburns Kommune in San Francisco. Jonathans Vater tauchte Anfang des Herbstsemesters in Colins Büro auf und verlangte von ihm als Jonathans Lehrer und Berater, dass er seinen Sohn auf der Stelle herbrächte. Da Colins Antwort ihm nicht gefiel, ging er zum Universitätspräsidenten.

Colin rief Thorne an, um ihn zu warnen.

Die beiden Männer hatten sich nach ihrer ersten Begegnung auch weiterhin getroffen. Wenn er sich an jenen ersten Abend erinnerte – so sonderbar er gewesen war –, dann dachte Colin manchmal mit Sehnsucht zurück an eine Zeit des Friedens. Denn sein Leben geriet in immer größere Turbulenzen und entbehrte der Wegweiser.

Natürlich missbilligte er, was Thorne tat: Die *Stimme der Wahrheit* war ein hoffnungsloses Sammelsurium aus New-Age-Jargon, fernöstlicher Philosophie, Metaphysik, mystischen Lehren und Thornes höchst eigenen Erbauungsschriften. Bei jeder Gelegenheit predigte Thorne das Evangelium der Hohen Magie – eine Magie ohne Grenzen, ohne die Schutzvorkehrungen, die, wie Colin gelernt hatte, unerlässlich für deren Ausübung waren. In der Tat ging davon eine leichtfertige Gefährdung aus – wie einer der Vorwürfe des Ordens gelautet hatte.

Doch trotz seiner ablehnenden Haltung empfand Colin tiefe Sympathie für den Menschen selbst und hoffte, dass Reife den jungen Magier eines Tages bändigen würde. Thorne für seinen Teil sah in Colin einen verwandten Geist, dem er seine Ideen nicht erst auseinander setzen musste. Er musste sie vor ihm nur rechtfertigen. Es war eine merkwürdige Freundschaft, die auf unterschiedlichen Haltungen aufbaute und dabei eine erstaunlich starke innere Bindung zuließ.

Das Telefon klingelte spät am Tag und riss Colin MacLarens Aufmerksamkeit fort von dem Papierstoß vor ihm. Mit jedem Jahr nahm die Papierarbeit zu. Nach fünf Jahren in Berkeley gab er keine Einführungsseminare mehr, doch die fortgeschrittenen Studenten schienen ebenso viel, wenn nicht mehr Papiermassen zu verursachen.

»MacLaren«, sagte Colin.

»Colin? Thorne hier«, sagte eine vertraute, fröhliche Stimme.

»Thorne? Was kann ich für dich tun?«, fragte Colin zurückhaltend.

Nach seinem letzten Auftritt auf dem Campus in Berkeley war Thorne Blackburn *persona non grata* in den Mauern der Universität.

»Tja«, sagte Thorne, »ich habe nur diesen einen Anruf. Ich habe gehofft, dass du vielleicht herkommen und die Kaution für mich zahlen kannst.«

»Welches Revier?«, fragte Colin und griff nach Notizblock und Bleistift.

Anderthalb Stunden später erreichte er das Polizeigefängnis. Das war nicht das erste Mal, dass Thorne eingesperrt worden war, selbst in der kurzen Zeit ihrer Bekanntschaft. Doch bisher war er nie wegen einer Gesetzesübertretung verurteilt worden, die eine Haftstrafe nach sich gezogen hätte.

Diesmal war es vielleicht anders. Thorne war festgenommen worden, weil er einen Polizeibeamten bei einer Antikriegsdemonstration tätlich angegriffen hatte. Obwohl auf dem Revier, wie geplant, ein Kautionsmakler wartete, um Demonstranten freizubekommen, war es Thorne nicht gelungen, eine Kaution aufzutreiben.

Das Innere der Polizeistation roch nach Desinfektionsmitteln und Tränengas. Die Mischung von beidem kitzelte in Colins Nase. Nachdem er erklärt hatte, warum er komme, wurden schnell die nötigen Formulare ausgefüllt, und wenige Minuten später wurde Thorne herausgebracht.

Er sah erschreckend aus. Von seiner zerschlagenen Lippe klebte noch getrocknetes Blut an Kinn und Hals, und sein Hemd – bemalt mit den Sternen und Streifen der Nationalflagge und deshalb ein rotes Tuch für die Polizisten – war an der Schulter zerrissen, und die meisten Knöpfe fehlten.

»Ach, du lieber Himmel«, sagte Colin.

Thorne grinste großspurig und zuckte zusammen. »Bin beim Einsteigen ins Auto gestürzt«, sagte er mit einem spöttischen Blick auf den Beamten hinter sich. Das Gesicht des Mannes war zu einer starren Maske des Abscheus verzogen. Colin fragte sich einen Moment lang beunruhigt, was der Polizist wohl getan hätte, wenn er nicht als Zeuge zugegen gewesen wäre.

»Los, lass uns hier verschwinden«, sagte Colin barsch. »Können wir gehen?«

»Klar, Mann. Er gehört dir.«

Sie warteten noch kurz, um Thornes persönliche Habe entgegenzunehmen – darunter die Überbleibsel eines Schildes mit der Abbildung von Lyndon B. Johnson –, dann waren sie wieder an der frischen Luft.

»Meine Kamera. Sie haben meine Kamera zerstört«, stöhnte Thorne. Er hielt den zertrümmerten Rest einer Leica in seinen schützenden Händen, als sie zum Auto gingen. Er humpelte leicht. Es überraschte Colin nicht, dass Thorne eine Kamera zur Demonstration mitgenommen hatte – Thorne war ein begeisterter Amateurfotograf und dokumentierte liebend gern alles und jedes. »Vielleicht kann ich wenigstens den Film retten.«

»Was war denn los?«, wollte Colin wissen. Er war keineswegs unerfahren in der Brutalität staatlicher Institutionen, aber er fand es doch bedenklich, wenn diese Praxis sich in Amerika so ausgebreitet hatte, dass selbst ihre Opfer sie für selbstverständlich nahmen. Wann war aus Amerika ein Polizeistaat geworden?

»Willst du das wirklich wissen?«, fragte Thorne. »Ach, bevor ich's vergesse – hier hast du dein Geld.« Er verstaute die ramponierte Kamera sorgsam in seinem Rucksack und holte dann aus seiner Brieftasche ein Bündel von Zwanzigernoten hervor, die er Colin hinhielt.

Als er Colins erstauntes Gesicht sah, musste er lachen. »Warum ich dich angerufen habe, obwohl ich die Kaution selbst dabei hatte? Es ist so eine Sache, die Kaution zu *bezahlen,* wenn man nicht an sein Geld kommt. Sie machen das immer so. Es ist reine Schikane, aber legal. Sie wollen uns von der Straße haben. Das ist doch bekannt.«

»Vielleicht, wenn du etwas kooperativer gewesen wärest …« Colin nahm das Geld und steckte es in seine Tasche.

»Wie wir es letzten Herbst waren, als die Angels über uns herfielen und die Bullen einfach nur zuschauten? Wach *auf,* Colin – hier ist ein Krieg um die Seele Amerikas im Gang, und der wird auf den Straßen ausgefochten. Auf welcher Seite stehst du?«

Es war eine Frage, die Colin schon vor langer Zeit beantwortet hatte: Er diente dem Licht. Nur war die Welt viel einfacher gewesen, als er das gelobt hatte. Heute war er sich nicht sicher, ob irgendeine der Seiten mit dem Licht in Verbindung stand, wenn solche Dinge hier in Amerika geschehen konnten.

»Ich nehme an, du meinst, dass es Seiten geben muss?«, fragte Colin ausweichend. »Und weißt, welche die richtige ist?« Sie kamen beim Auto an. Colin öffnete die Beifahrertür, und Thorne stieg ein.

»Und ob!«, brach es aus Thorne heraus. »Wenn in Vietnam ein Haufen Kerle, die nicht einmal wählen dürfen, auf Befehl Babys braten, was glaubst du, soll ich da tun – mich zurücklehnen und sagen, Napalm sei ein legitimes Instrument amerikanischer Politik? Sie sind die wahrhaft Bösen – sie wollen die Vereinigten Staaten in einen Polizeistaat verwandeln, um Profit einzufahren. Lockheed und Dow Chemical arbeiten Hand in Hand mit dem Pentagon – du kannst das nicht aussitzen, verdammt! Es sind Ratten, und die Ratten gewinnen. Du musst Stellung beziehen – du gehörst dem Lehrkörper von Berkeley an. Wenn du etwas sagen würdest, dann hätte das Gewicht.«

Tatsächlich hatte Colin schon etwas gesagt, doch es war nicht in erster Linie politischer Aktivismus, worum es Thorne ging – und mit vielem in seiner Theorie stimmte Colin nicht überein.

»Ich will mit dir jetzt nicht streiten, Thorne«, sagte Colin und ließ den Motor an. Während er die politischen Überzeugungen seines Freundes respektierte – und ebenso die amerikanische Tradition des Nonkonformismus schätzte –, vertrug er die anmaßende Art nicht, mit der Thorne seine Abkunft und seine Ausbildung dazu benutzte, sich über die Dinge lustig zu machen, die für Colin den größten Stellenwert hatten.

»Du willst *nie* mit mir streiten«, klagte Thorne. »Nicht mal in den Gräben, wo's drauf ankommt. Du hast mir noch nicht mal gesagt, ob du einer von uns bist, verdammt.«

Colin warf einen kurzen Blick zur Seite und sah, dass Thorne das gleiche halbsalutierende Zeichen machte, das Toller Hasloch vor Jahren gemacht hatte. Er zwang sich, es zu ignorieren. Niemand im Orden durfte einen Eingeweihten, der ausgeschlossen worden war, auf diese Weise begrüßen.

»Ich bin nicht einer von dir, Thorne«, sagte Colin ruhig. »Für was immer du mich hältst. Also, wo soll ich dich hinbringen? Zu mir nach Hause?«

»Zur Bellflower-Klinik drüben in der Uni«, sagte Thorne unerwartet. »Claire ist da, und Kate ist bei ihr. Wir wollten uns jedenfalls dort treffen, wenn ich aus dem Knast raus bin.« Wie jeder erfahrene Aktivist ging Thorne davon aus – und bemühte sich sogar darum –, dass er jedes Mal, wenn er an einer Demonstration teilnahm, festgenommen wurde.

»Katie ist schwanger, deshalb wollte ich nicht, dass sie auf die Straße geht. Nur gut so. Die Schweine waren heute bissig.«

Colin wunderte sich, dass Thorne nicht Claire angerufen hatte, um sich auslösen zu lassen, doch dann vermutete er, dass Thorne sie nicht in die Sache hineinziehen wollte. Es hätte Peter vielleicht in Verlegenheit gebracht, wenn seine Frau – die Frau eines Polizisten – für einen Hippie die Kaution gestellt hätte. Thornes Taktgefühl zeigte sich manchmal in den merkwürdigsten Momenten.

»Herzlichen Glückwunsch. Ihr wollt doch wohl nicht heiraten?«

»Warum sollte ich ausgerechnet Kate heiraten?« Thorne schien wirklich überrascht. »Ich – au!« Er wand sich auf seinem Sitz.

»Bist du sicher, dass du keinen Arzt brauchst?«, fragte Colin.

»Claire ist Krankenschwester«, erinnerte ihn Thorne.

Eine Weile schwiegen sie, während Colin zur freien Klinik der Universität fuhr.

»Du kannst nicht einfach davon ausgehen, dass die Regierung immer die Guten sind«, sagte Thorne nach ein paar Minuten. »Du bist bereits mit dem Beweis des Gegenteils konfrontiert worden. Du hast eine Verantwortung …«

»Du bist der Richtige, mich über Verantwortung zu belehren«, brauste Colin auf. »Du behauptest, im Besitz der letzten Geheimnisse über Leben und Tod zu sein – und du prostituierst magische Künste, um aus dir einen Medienstar zu machen. Niemand nimmt dich ernst, Thorne – ist dir das noch nicht aufgefallen? Trotz all deiner so genannten Ehrfurcht machst du aus dem Okkulten eine billige Show, einen Witz.«

»Leute erinnern sich an Witze, Colin«, antwortete Thorne. »Heutzutage hört keiner zu, außer du hast Clowns und tanzende Mädchen zu bieten. Ich möchte lieber eine lebendige Tradition begründen, als der Mumienwächter einer toten zu sein.«

Ist es das, was du von uns denkst?, fragte sich Colin. War es das, was Jonathan gedacht hatte – weshalb er zu Thorne übergegangen war, statt seinen Fuß auf den Pfad zu setzen?

»Komm schon, Colin«, sagte Thorne werbend, als Colin schwieg. »Komm zu uns. Oder kämpfe gegen uns. Aber *tu* etwas. Willst du wirklich den Rest deines Lebens damit zubringen, im Betrugsdezernat von Berkeley irgendwelche Tischerücker und spiritistischen Schwindler zu entlarven? Aus Spaß oder des Geldes wegen? Du schonst Menschen, die keine Schonung verdienen. Wenn sie gutgläubig sind, dann nimm sie aus.«

Thornes Worte trafen auf unangenehme Weise beinahe ins Schwarze, sie riefen das Gespenst der *Thule*-Gruppe wieder in ihm wach. Toller Hasloch hatte als Erster davon gesprochen, dass ein Krieg um die Seele Amerikas im Gange sei, und Colin glaubte tiefer daran, als Thorne ahnen konnte. Doch wenn er von seinen Befürchtungen spräche, würde Thorne sie dem Alten Äon zurechnen und keiner weiteren Beachtung für wert achten. Manchmal waren die Jungen ebenso blind wie die Alten.

»Der Sozialdarwinismus passt schlecht mit Antikriegsprotesten unter einen Hut«, sagte Colin gereizt. »Es gibt eine Menge Probleme in diesem Land, aber es ist immer noch seine Aufgabe, die Schwachen zu schützen und für Gerechtigkeit zu sorgen. Ich bin nicht bereit, zweihundert Jahre amerikanischer Verfassung und Menschenrechte einfach über Bord zu werfen, nur weil du sagst, die Regierung sei korrupt.«

»Ist sie das etwa nicht?«, fragte Thorne. »Du solltest dich einmal selbst umsehen. Triff dich ein bisschen öfter mit deinen alten Kriegskameraden, mein Freund.«

Colin wollte auf die letzte Bemerkung nicht mehr eingehen, er war zu aufgebracht. Glücklicherweise erreichten sie ihr Ziel, bevor sie noch etwas sagen konnten.

Die Bellflower-Klinik war eine der so genannten freien Kliniken, die die medizinische Grundversorgung für eine ständig zunehmende wurzellose Bevölkerung von Liebeskindern und Durchreisenden bereitstellte. Die Patienten bezahlten, was sie eben konnten – oder bezahlten gar nichts –, und die laufenden Unkosten wurden von städtischen Zuschüssen und Spenden bestritten. Claire arbeitete hier einige Stunden in der Woche unentgeltlich.

Colin war froh, gleich hinter der Klinik einen Parkplatz zu finden. Bevor Thorne die Tür geöffnet hatte, kam Katherine Jourdemayne aus dem Hintereingang der Klinik auf ihn zugerannt.

Thorne hatte erzählt, dass sie ein Kind erwartete, doch ihre Figur war noch so mädchenhaft schlank wie immer. Sie schlang ihre Arme um ihn und drückte ihn heftig, als ob sie gefürchtet hätte, ihn nie wiederzusehen. Thorne stöhnte, aber schob sie nicht weg.

»Kann ich dich jetzt allein lassen?«, fragte Colin, der um das Auto herum auf Thornes Seite ging.

Thorne stützte sich auf Katherine. Claire, die Katherine langsamer nachgefolgt war, erreichte sie nun und untersuchte Thornes Gesicht.

»Hallo, Colin. Hallo, Thorne. Der Sieger kehrt heim aus der Schlacht, wie ich sehe«, sagte sie herb. »Tut es sehr weh?«

Thorne lächelte sie schief an: »Du weißt, was der jetzt erwidert, Claire.«

»Jetzt komm«, sagte Claire. »Wir werden dich verarzten.« Sie sah Colin fragend an.

»Ich glaube, ich fahre zum Campus zurück. Ich habe heute mehr als genug für einen Tag erlebt«, sagte er. Wenn er bliebe, würde er sich nur weiter mit Thorne streiten, und keiner von beiden hätte etwas davon.

Als er zum Campus zurückfuhr, gingen ihm Thornes Worte nicht aus dem Sinn. Tat er wirklich alles, was in seinen Kräften stand – und was nötig war –, um das Licht in der Welt zu vermehren? Obwohl ihm die Lehre Freude machte, lehrte er nicht die Dinge, die er selbst gelernt hatte. Er half denen, die schon auf dem Pfad waren; er lenkte niemanden hin.

Aber was sollte daran falsch sein? Colin wusste besser als jeder andere, dass es Abstufungen und graduelle Unterschiede des Richtigen gab, aber das Gefühl seines eigenen Ungenügens war etwas anderes als Thornes Vorwurf, dass er gar nichts täte.

Es gibt keine einfachen Antworten, dachte Colin, als er sich wieder an seinen Schreibtisch setzte und sich dem Papierkrieg stellte. Das silberne Schwert des Briefbeschwerers blinkte oben auf einem der Aktenstöße. Keine einfachen Antworten – und keine vorschnellen. Ungeduld war einer der sichersten Wege ins Schattenreich.

Er holte seine Pfeife heraus und stopfte sie. Als er sie angezündet hatte, nahm er den obersten Papierstoß und vertiefte sich darin.

Kaum zu glauben, dass er schon seit fünf Jahren hier lebte, dachte Colin. Die Bürokratie war für eine Woche oder länger in Schach gehalten – manchmal schien es ihm, als wäre die Universität genauso zufrieden, wenn er keinen einzigen Studenten unterrichtete, sondern nur seine Papiere in Ordnung hielte. Und jedes Jahr schienen es mehr zu werden.

Fünf Jahre – lang genug, um Wurzeln zu schlagen, um die Hügel von Berkeley ins Herz zu schließen und um die leidenschaftliche Liebe der Bewohner zu San Francisco verstehen zu können. Er baute an einer soliden Universitätskarriere, mit Lebensversicherung, Pensionsplan und allem Drum und Dran. Es war so etwas wie Sicherheit. Aber war es wirklich die Form von Leben, die er sich wünschte?

Colin fuhr sein Auto in die Einfahrt und parkte. Es gibt keine einfachen Antworten, erinnerte sich Colin wieder. Und es gab nichts, was einer dringenden Lösung bedurfte. Er hatte keinerlei Veranlassung, irgendetwas zu überstürzen.

Er ging ins Haus und fischte die Post aus dem Kasten neben der Tür. Darunter befand sich ein cremefarbener Umschlag von der Rhodes-Gruppe. Sie wollten, dass er für sie tätig wurde – ein Freund von Claire arbeitete bereits als Berater für sie. Vor ein paar Jahren hatte Colin auf einem Seminar einen der Direktoren kennen gelernt.

Es war ein verführerisches Angebot, aber er würde nicht annähernd so viele Menschen erreichen, wenn er für die Rhodes-Gruppe Forschung betrieb, wie in Berkeley. Und eine allgemeine Anerkennung der Parapsychologie ließ sich weit eher durch die Aufnahme in den akademischen Fächerkanon bewirken als durch eine kleine, wenn auch angesehene Beratungstätigkeit.

Wenn er sich hier nur nichts vormachte. Welchen Unterschied gab es in der öffentlichen Meinung zwischen Übersinnlichkeit und Aberglauben? Colin schüttelte den Kopf, plötzlich fühlte er sich hundemüde. Er legte den Brief beiseite, um ihn später zu beantworten.

Ansonsten waren die üblichen Rechnungen und Werbungen in der Post, ein persönlicher Brief und einer von der Universität.

Die beiden Umschläge nahm er mit in die Küche und legte sie auf den Tisch. Er suchte nach dem Wasserkessel. Die Putzfrau war an diesem Tag da gewesen, mit dem Ergebnis, dass die Küche blitzsauber und aufgeräumt war und Colin nichts mehr finden konnte. Endlich entdeckte er den Kessel und kehrte zu den Briefen zurück.

Der aus Berkeley stammte vom Dekan der Fakultät. Colin riss den festen Umschlag auf und wunderte sich, dass ihm der Brief nicht mit der Universitätspost ins Büro zugestellt worden war.

Er überflog das schwerfällige Universitätschinesisch mit einem Blick, dann las er es noch einmal langsam durch.

Es war eine offizielle Rüge. Er wurde radikaler (das heißt: gegen den Krieg gerichteter) Aktivitäten beschuldigt. Außerdem lehre er in seinen Kursen Inhalte und vertrete Ansichten, die nicht mit der Ausrichtung der Universität in Einklang stünden – wie immer die in dieser Woche aussehen mochte –, und er untergrabe damit den Charakter der Studenten, denen gegenüber die Universität pädagogische Verantwortung wahrzunehmen habe.

Es schien, als hätten General Ashwells Bemühungen schließlich Früchte getragen. Es sollte eine Anhörung stattfinden, bei der Colin Gelegenheit erhalten sollte, zu den Vorwürfen Stellung zu nehmen. Der Ausgang der Anhörung entschied darüber, ob der Brief, den er in Händen hielt, in seine Personalakte aufgenommen werden würde oder nicht. Der Termin der Anhörung war für den nächsten Mittwoch anberaumt, was ihm wenig Zeit ließ, seine Verteidigung vorzubereiten.

Das hartnäckige Pfeifen des Wasserkessels brachte Colin ins Hier und Jetzt zurück. Wütend zerknüllte er den Brief und warf ihn in den Mülleimer, aber das änderte nichts an den Tatsachen. Er müsste wohl morgen anfangen, sich kundig zu machen, was man in solchen Fällen zu tun hatte. Die letzte Beschwerde, die Eingang in seine Personalakte gefunden hatte, war nicht mit solchem Aufwand verbunden gewesen.

Colin versuchte sich auf das Nächstliegende zu konzentrieren, goss den Tee auf und nahm ihn mit ins Wohnzimmer. Jetzt erst fiel ihm der andere Brief ein, und er ging zurück in die Küche, um ihn zu holen.

Er war von Nathaniel Atheling. Colins Herz sank, als er ihn öffnete. Er ahnte schon, was er zu lesen finden würde. Auf den Kopf des gefalteten Pergamentbriefes war das Goldsiegel der Loge geprägt, darunter standen ein paar kurze Worte von Atheling in schwungvoller Spencer-Handschrift.

Colin wurde nach London gerufen, um an einem Treffen des Inneren Ordens teilzunehmen.

Solche Treffen wurden nur sehr selten einberufen. Das letzte hatte es vor über zwanzig Jahren gegeben. Die Logen arbeiteten unabhängig voneinander und in aller Stille, ohne die interne Politik und Machtentfaltung der mehr in der Öffentlichkeit agierenden Weißen Orden. Wenn das Offizielle Haupt des Ordens eine solche Versammlung einberief, dann mussten schwerwiegende Gründe dafür vorliegen. Es war keine Frage, dass Colin sofort aufbrechen musste.

Er nahm den Telefonhörer und begann zu wählen. Zwei Tage später war er in London, und die Vorladung vor die Universitätskommission war vergessen.

Sie trafen sich in einem ruhigen, altmodischen Hotel, das sich versteckt in einer Seitenstraße in Piccadilly befand. Sie kamen aus ganz Europa und dem Fernen Osten, jene verstreut lebenden Männer und Frauen, die Colin näher standen, als seine eigene Familie es je getan hatte. Nicht viele von ihnen hatte er in den letzten fünfundzwanzig Jahren gesehen, während andere, die er wiederzusehen hoffte, traurigerweise fehlten. Es waren vielleicht zwanzig Menschen in dem Raum, alle von ihnen Meister der Lehre in höheren Rängen – Meister des Inneren Tempels und darüber –, und es erfüllte Colin mit Unbehagen, dass er zu den jüngsten gehörte. Die Mitglieder wurden über die Jahre immer weniger.

Die Nachkriegswelt wandelte sich zu rasch – wenige fühlten sich heutzutage noch zu einem Pfad hingezogen, der Jahre des Studiums erforderte und eine Hingabe, die kaum sichtbaren Lohn verhieß. Diejenigen, die heute noch nach einer solchen Erleuchtung strebten, suchten sie viel eher in Halluzinogenen, die wenigstens die Illusion von Macht vermittelten.

Doch es war eine Macht ohne Disziplin und eine Einsicht ohne Weisheit; ein Pfad zur Erleuchtung, der – für die meisten – nur zu Verwirrung und Ernüchterung führte.

Obwohl sein eigenes Leben der Erleuchtung und der Beendigung des Aberglaubens gewidmet war, fragte sich Colin – nicht zum ersten Mal –, ob er aktiv und öffentlich die Disziplin des Pfades lehren sollte. Gewiss hatte er sich das Recht dazu verdient, doch es gab so viele Fallstricke, wenn man sich für die Lehre entschieden hatte. Die Frage lautete nicht, was er tun konnte, sondern was er tun *sollte*. Das Unterrichten war risikoreich, zumal in diesen schwierigen Zeiten. Und wenn seine parapsychologischen Forschungen die Universität veranlassten, ihn zu maßregeln, dann konnte man sich vorstellen, welche Schritte folgen würden, wenn er Mitglieder für eine Magierloge rekrutierte.

Ein bekanntes Gesicht löste sich aus der Gruppe und kam auf ihn zu.

»Colin. Ich bin froh, dass du herkommen konntest«, sagte Nathaniel Atheling, als hätte ein Zweifel bestanden, dass Colin MacLaren an *dieser* Versammlung teilnähme.

Der Psychiater war mit seinem englischen Tweedanzug so korrekt und unauffällig gekleidet wie immer – das einzig Extravagante war ein alter blauer Fayence-Skarabäus an einer Halskette.

»Ich wünschte, es wäre ein glücklicherer Anlass«, erwiderte Colin und schüttelte die Hand seines alten Freundes. Er sah sich in dem Raum um. »Sind alle gekommen?«

»Soviel ich weiß«, antwortete Atheling ernst.

Die Mitglieder des Ordens wirkten in der alten Tradition der Verschwiegenheit, und jeder arbeitete für sich allein. Das geschah weniger aus Furcht vor Verfolgung in diesen eher liberalen Zeiten als aus dem Wunsch heraus, ohne Ablenkung der stillen Stimme des Lichts zu lauschen. Es war ein überaus seltenes Ereignis für den Orden, mit seinen Mitgliedern zu diskutieren, seltener noch, sie alle zu versammeln.

Dabei waren sie so wenige.

Die Tür zum hinteren Zimmer öffnete sich, und das letzte Mitglied der Versammlung trat ein.

Das gegenwärtige Offizielle Haupt des Ordens war eine grauhaarige Frau mit durchdringend grauen Augen. Colin hatte sie vor sehr langer Zeit einmal gesehen, wie ihm schien. Der Welt war sie bekannt als Dame Ellen Lindsey.

Dame Ellen war etwas über sechzig und bewegte sich mühsam auf zwei schwarzen Stöcken vorwärts. Sie war schwarz gekleidet, ohne den geringsten Schmuck oder ein sonstiges Zeichen ihres Ranges.

»Meine Freunde«, sagte sie und ließ sich unbeholfen auf einen Stuhl nieder. »Ich begrüße Sie alle im Namen der Siegreichen Sonne und bitte um Nachsicht, dass ich Sie aus Ihren weltlichen Geschäften hierher gerufen habe. Aber es gibt ein Problem, mit dem ich Sie alle vertraut machen muss und das den Orden beschäftigen wird. Ich habe lange damit gezögert – vielleicht zu lange.«

Dann sprach Dame Ellen beinahe zwei Stunden lang, nannte Namen und Orte, Daten und Fakten, die sich allmählich zu einem Furcht erregenden Sachverhalt zusammensetzten. Colin hatte zuvor schon einiges davon gewusst – er lebte in Kalifornien, wo somnambule Kulte aus dem Boden schossen, und er war in vorderster Front gegen die Schwarzen Orden tätig gewesen –, doch das Gesamtbild war auch für ihn weitaus beunruhigender, als er es sich hatte vorstellen können.

Die okkulten Kräfte, die Colin und all die anderen vor einem Vierteljahrhundert so verzweifelt bekämpft hatten, waren keineswegs vernichtet. Wie eine grässliche, bösartige Insektenart hatten sich die Schwarzen Orden, unter welchem exoterischen Namen auch immer, in dem Körper ihres unversöhnlichsten Feindes eingenistet und fanden zu alter Stärke zurück.

Seit Anbeginn des »Dritten Reichs« hatte eine hochrangige Gruppe innerhalb der amerikanischen Regierung mit seinen Zielen sympathisiert. Sie hatte einen früheren Eintritt in den Krieg in Europa vereitelt und anschließend, als Amerika endlich in die Kämpfe eintreten musste, die Bombardierung bestimmter Ziele verhindert. Als die Niederlage der Achsenmächte unaufhaltsam wurde, standen dieselben Leute mit Geld und falschen Pässen bereit, um den Nazi-Vollstreckern bei ihrer politischen – und persönlichen – Karriere zu helfen.

»Du kannst nicht einfach davon ausgehen, dass die Regierung immer die Guten sind«, hatte Thorne Blackburn gesagt. Und jetzt, als Colin Dame Ellen lauschte, kamen ihm diese quälenden Worte wieder in den Sinn.

Tausende SS-Angehörige waren von Regierungsmitgliedern der USA aus Deutschland herausgeschmuggelt und mit neuer Identität in allen Teilen der Welt untergebracht worden. Einige der Spitzenkräfte des gestürzten Reiches, wie Reinhard Gehlen oder Wernher von Braun, wechselten einfach nur ihre Herren: Der Topgeheimdienstler Gehlen leitete eine CIA-Operation, um seine neuen Brötchengeber mit geheimen Informationen aus der Sowjetunion zu versorgen – und um an führender Stelle das Gesicht des Kalten Krieges unter dem neuen Geheimdienstchef Allen Dulles mitzuprägen –, während von Braun das Raumfahrtprogramm leitete, das die sowjetische Vorherrschaft im Weltraum beenden sollte.

Gehlens Erfindung eines drohenden Angriffs der Warschauer Pakt-Staaten auf den Westen lenkte die politischen Analytiker erfolgreich davon ab, sich ausreichend mit dem besiegten Deutschland zu beschäftigen. Während die Aufmerksamkeit des Nachkriegsamerikas anderswo gebunden war, waren Organisationen wie *Odessa* – die größte Nazi-Fluchthilfeorganisation – eifrig dabei, ihre Mitglieder zu retten und an sicheren Orten in der ganzen Welt unterzubringen – und verlorene politische und wirtschaftliche Macht zurückzuerobern. Macht, die auszuüben sie sich nun wieder anschickten.

»Nun kennen Sie so gut wie ich die Bedrohung, der wir gegenüberstehen: Es ist die gleiche Bedrohung wie immer, nur ist sie diesmal so geschickt getarnt, dass ich nicht weiß, ob wir auf Hilfe der weltlichen Kräfte hoffen können. Sie von der Wirklichkeit dieser Gefahr zu überzeugen kann ebenso viel Schaden anrichten wie die Dunklen Orden selbst, und wir wissen nicht mehr, wer in den Regierungen unser Freund und wer unser Widersacher ist.

Ich kann Ihnen weder konkrete Handlungsanweisungen geben noch Ihrem wahren Willen Vorschriften machen, aber wir müssen den Schluss ziehen«, sagte Dame Ellen in ihrer trockenen, pragmatischen Art, »dass weder das ›Dritte Reich‹ noch die *Thule*-Gesellschaft mit ihrem Programm des Völkermordes, rassischer Überlegenheit und gelenkter Evolution so umfassend besiegt wurden, wie wir es gedacht hatten. Während sich ihre Mitglieder in alle Winde zerstreut haben, scheinen die Dunklen Orden wieder so stark geworden zu sein wie vor dem Krieg. Wir gehen davon aus, dass sie unter einer ganzen Anzahl verschiedener Tarnungen weltweit eine neue Organisation aufgebaut und Mitglieder rekrutiert haben.

Wir glauben nicht, dass dies in absehbarer Zeit zu einem konventionellen Krieg führen wird: Wir müssen durchaus einräumen, dass unser großer Feind klug genug ist, um aus seinen Fehlern zu lernen. Diejenigen, deren Rat ich einzuholen wagte, sind der Überzeugung, dass der Griff nach der Macht diesmal in Form von Unterwanderung stattfinden wird, dass die Regierungen der Großmächte schleichend umgebildet werden – nach dem ideologischen Bild des Schwarzen Ordens.«

»Aber das ist nicht möglich!«, protestierte jemand, dessen Gesicht Colin nicht sehen konnte. Nach seinem Akzent zu urteilen war er wie Colin Amerikaner.

Dame Ellen ermahnte ihn nicht. Vielmehr schienen Sorge und Erschöpfung noch tiefere Falten in ihr aristokratisches Gesicht zu zeichnen, als ob sie einem unerträglichen Schmerz ins Auge sähe.

»Vielleicht nicht sofort; vielleicht niemals, wenn wir wachsam sind und tun, was in unserer Kraft steht. Doch der Feind ist in der Lage, seinen Krieg an jeder Front zur gleichen Zeit zu entfachen, und unsere Mittel sind beschränkt. Ich möchte die Aufmerksamkeit der Mitglieder auf eine öffentlich agierende Organisation in San Francisco, Kalifornien, lenken, die im April dieses Jahres gegründet wurde. Sie nennt sich die Kirche Satans, und obwohl sie keine offenkundigen Verbindungen mit den Dunklen Orden zu unterhalten scheint, so ist die Tatsache ihrer bloßen Existenz ein beunruhigendes Anzeichen für das, was auf uns zukommt.«

Colin hatte davon gehört – die Presse hatte sich damals ausgiebig damit beschäftigt. Der Gründer, Anton La Vey, war ein Meister der Selbstvermarktung. Colin hatte die ganze Sache nicht weiter ernst genommen. Dass er nun auch hier davon hörte, machte ihn nachdenklich. War seine Wahrnehmungsfähigkeit so abgestumpft, dass er das Böse nicht mehr von einem Scherz unterscheiden konnte?

Jetzt herrschte vollkommene Stille im Raum. Es war das Schweigen von Männern und Frauen, die mit Herz und Seele einer herkulischen Aufgabe verschrieben waren, die beinahe ihre Kräfte überstiegen hatte, um nun feststellen zu müssen, dass sie das Ganze noch einmal vor sich hatten.

»Ich danke Ihnen fürs Zuhören und für Ihre Aufmerksamkeit. Und ich bete darum, dass jeder von Ihnen um der Menschheit willen jene Kämpfe gewinnen möge, die das Licht ihm schickt. So gehen Sie denn mit dem Licht.«

Als sie sich von ihrem Stuhl hochmühte, kam eine Frau, deren Namen Colin nicht kannte – eine auffallend rothaarige Frau mit langen Fohlenbeinen und der schlanken Figur eines Mannequins –, um Dame Ellen auf die Beine zu helfen. Sie half der Älteren durch die Innentür, die hinter ihnen ins Schloss einrastete.

Sie waren wieder in ihr eigenes Leben entlassen.

Aber dies war nun ein Leben, in dem der Sinn für Gefahr eine Richtung bekommen hatte und tausendfach verstärkt worden war. Denn der Tempel, den Colin vor fünf Jahren zerschlagen hatte, war kein einzelnes Übel gewesen, wie Colin gehofft hatte. Hasloch hatte Recht gehabt. Thorne hatte die Wahrheit gesagt.

Was damals passiert war, war nur ein erstes düsteres Anzeichen für das, was noch kommen würde.

Weniger als achtundvierzig Stunden später kehrte Colin in die Vereinigten Staaten zurück. Er fühlte sich erschöpft und desorientiert. Die meiste Zeit hatte er in der Luft verbracht: die endlose Überquerung des Atlantischen Ozeans bis zur Landung auf dem JFK-Flughafen in New York, dann ein kurzer Aufenthalt und fast noch einmal acht Stunden bis San Francisco. Als er schließlich sein Auto bestieg, lagen noch einmal zwei Stunden Heimfahrt vor ihm.

Es war Oktober, und also regnete es. Wegen der dichten Nebelschleier über den Bergen wäre die Pan-Am-Maschine beinahe umgeleitet worden. Als er die Stufen hinunter auf das regennasse Rollfeld und Richtung Terminal ging, legte sich die feuchte Kälte San Franciscos wie ein schwerer Mantel um seine Schultern, und auf dieser kurzen Wegstrecke wurde sein Gesicht kalt und taub.

Es dunkelte schon. Zum Glück sprang sein Auto problemlos an, und bald fuhr Colin über die Oakland Bay Bridge heimwärts.

Im Dunkeln erschienen die anderen Autos auf der Straße wie gesichtslose, bedrohliche Ungeheuer. Colins Gedanken kreisten fruchtlos um immer die gleichen Dinge. Was sollte er tun angesichts dessen, was Dame Ellen erzählt hatte? Er hatte immer noch ein paar Kontakte aus alten Tagen; vielleicht sollte er jemanden anrufen und sehen, was sich bestätigen ließ …

Nein. Die intuitive Erkenntnis war so deutlich und klar, dass es unmöglich war, sie für eine Illusion zu halten. Er hatte seinen Dienst verlassen ohne den geringsten Verdacht, dass es dort Doppelagenten und Verräter geben könnte, die alles, wofür er hart gearbeitet hatte, ungeschehen machten, und insoweit war seine Deckung perfekt gewesen. Wenn irgendjemand dort ihn noch beobachtete, so sollte er ruhig glauben, dass Colin blind und arglos sei. Eine politische Auseinandersetzung war nicht seine Sache.

Aber jetzt kam es mehr denn je auf die Festigkeit seines Glaubens an; keine Kompromisse einzugehen, wie verführerisch das Angebot auch sein mochte. Kompromisse waren ein rutschiges, abschüssiges Gelände, das Schritt für Schritt in Dunkelheit und Verdammnis führte.

Es war schon nach sieben, als Colin den Bungalow erreichte. Er öffnete die Tür und hörte das Telefon klingeln – hoffnungslos, unaufhörlich. Er ließ seinen Koffer auf den Teppich fallen und eilte hinüber, ohne die Haustür zu schließen.

»MacLaren«, sagte er ein wenig atemlos in den Hörer.

»Colin. Ach, Gott sei Dank! Ich war mir nicht sicher, ob du schon zurück bist. Kannst du zur Klinik kommen? Wir haben einen Notfall«, sagte Claire.

Claire bat nicht leichtfertig um Hilfe, und das Wort »Notfall« gehörte nicht zu ihrem üblichen Wortschatz. Müde, wie er war, machte Colin auf dem Absatz kehrt, ging zu seinem Auto zurück und fuhr zur Bellflower-Klinik.

Er konnte die Schreie schon an der Eingangstür hören. Ein kehliger Laut, weder menschlich noch tierisch, sondern in seinem monotonen Heulen geradezu wie von einer Maschine.

»Colin!«, sagte Maria erleichtert, erhob sich und kam um den Rezeptionstisch herum. Maria war eine hübsche, zierliche *Chicana*, die zu den wenigen Vollzeitangestellten der Klinik gehörte.

»Gottlob, dass Claire Sie erreicht hat. Kommen Sie.«

Colin folgte ihr beinahe im Laufschritt, als sie durch die Gänge zu den Untersuchungszimmern eilte. Das mechanische Kreischen wurde lauter.

»Er ist um sechs Uhr heute Abend eingeliefert worden. Wir wissen nicht, was wir mit ihm machen sollen, aber Claire meinte, dir würde etwas einfallen. Hier hinein«, sagte Maria. »Ich habe gesagt, dass ich hier bleibe, bis Sie da sind, und jetzt mache ich mich davon. Ich will so etwas nicht noch einmal erleben!«

Colin öffnete die Tür.

Zwar war dies eines der normalen Untersuchungszimmer in der Klinik gewesen, mit einem Tisch, Wandschränken und Papptafeln an den Wänden, die die verbreitetsten Krankheiten und die bekanntesten Formen der Empfängnisverhütung darstellten. Doch das war, bevor irgendeine zyklopenhafte Macht die gesamte Ausstattung des Raumes genommen und wie in einem riesigen Mixer zerschreddert hatte.

Der Untersuchungstisch war zu Kleinholz gemacht, die Schränke waren in ihre Einzelteile zerlegt. Die Schautafeln waren zerfetzt, winzige Papierschnitzel lagen wie närrisches Konfetti oder Theaterschnee auf dem Boden herum.

Ein junger Mann kauerte in der Ecke, bis auf seine Boxershorts war er nackt. Er hatte seine Arme um sich geschlungen, wippte mit dem Oberkörper vor und zurück und schrie mit ausdruckslosem Gesicht. Die Anstrengung ließ sein Gesicht vor Schweiß glänzen. Es gab kein Anzeichen dafür, dass er wusste, was er tat.

Claire stand in der gegenüberliegenden Ecke des Zimmers. Sie trug ihre weiße Schwesterntracht mit einer blauen Jacke darüber, doch ihre gestärkte weiße Kappe fehlte, und ihr sonst so gepflegtes Haar war zerzaust.

Colin trat ein, und Maria kehrte zu ihrem Schreibtisch zurück. Er schaute auf seine Uhr. Es war halb zehn, schon eine halbe Stunde nach der üblichen Schließungszeit der Klinik.

»Colin«, rief Claire. Ihre blauen Augen hatten dunkle Ränder. »Ich habe mir gedacht, dass du heute zurückkommst.« Sie holte tief Luft, als ob schon das Sprechen sie anstrengte. Sie musste laut sprechen, um über dem Schreien gehört zu werden.

»Er gehört in ein Krankenhaus«, erklärte Colin und nickte in Richtung des Kauernden. »Horrortrip?«

»Scheint so. Irgendeine Art Voodoo-Cocktail mit Gott weiß was darin. Eine zerbrochene Fensterscheibe wäre im Vergleich hierzu ein Geschenk des Himmels. Seine Freunde haben ihn vorhin am Abend vorbeigebracht – ihn einfach vor der

Klinik abgesetzt, dann sind sie weitergefahren. Er hat es irgendwie geschafft hereinzukommen und uns zu sagen, er heiße James Rudbeck und stamme aus Virginia, aber mehr konnten wir nicht aus ihm herausbekommen. Wir haben ihn hierher gebracht und angefangen, ihn zu untersuchen. Ich glaube, wir haben auch herausgefunden, warum seine Freunde ihn abgesetzt haben. Das hier geht auf sein Konto.«

Colin sah sich noch einmal im Zimmer um. Er konnte sich einfach nicht vorstellen, dass die körperliche Kraft eines Einzelnen, wie groß sie auch immer sein mochte, eine solche Zerstörung bewirken konnte.

»Mit seinem Kopf?«, fragte Colin. Beinahe unbewusst hatte er Magie als die Quelle dieser Verheerung ausgeschlossen. Es hätte Schwarze Magie sein müssen, um einen Schaden dieses Ausmaßes anzurichten. Das Böse hatte eine unverkennbare Signatur, und diese konnte er hier nirgends entdecken.

»Ja. Jedes Mal, wenn wir etwas für ihn tun wollen, antwortet er mit einem neuen Ausbruch. Kannst du dir vorstellen, was passiert wäre, wenn das hier die Notaufnahme in einem Krankenhaus gewesen wäre? Wenigstens haben wir hier keine teuren Geräte herumstehen. Aber wir haben es nicht geschafft, ihm irgendein Beruhigungsmittel zu geben, noch nicht einmal eine intravenöse Salzlösung; und die würde ohnehin nicht genügen.«

»Jimmy? Können Sie mich hören?« Claire ging quer durch den Raum und setzte sich vor dem schaukelnden Mann in die Hocke. Sie sprach freundlich auf ihn ein, ohne ihn anzufassen. »Jimmy, ich bin Claire. Können Sie mich hören? Sie sind jetzt sicher. Ihnen wird nichts Böses mehr passieren. Sie haben Drogen genommen – können Sie sich erinnern? Und Sie haben einen Horrortrip, aber der wird bald vorbei sein. Sie brauchen keine Angst zu haben ...«

Fast zehn Minuten lang versuchte sie ihm sanft zuzureden, doch ohne Ergebnis. Was Rudbeck auch in seinem Bewusstsein sehen mochte, was immer die Pforten der Wahrnehmung aufgestoßen hatte, um ihn die inneren Quellen der übersinnlichen Kraft erreichen zu lassen, mit der er sich verteidigte, es hielt ihn immer noch stark gefangen.

Und auch wenn parapsychologische Kräfte nur in zehn Prozent der Bevölkerung manifest waren und selbst wenn nur ein Prozent davon über einen tatsächlich stellaren Grad an Kraft verfügte, so hieß das, dass allein in Kalifornien immer noch Hunderte – Tausende – von Menschen mit dieser enormen Fähigkeit lebten. Eine Ausbildung konnte sie nicht alle erreichen, aber bewusstseinserweiternde Drogen schon – und das taten sie auch.

Claire seufzte und stand wieder auf. Dabei verlor sie kurz das Gleichgewicht und schwankte. Als sie ihre Hand ausstreckte, um sich an der Wand abzustützen, streifte sie mit dem Handgelenk Rudbecks Schulter.

Die Gegenstände im Raum explodierten förmlich.

Colin brauchte nicht zu sehen, um zu wissen, was geschah. All seine Haare sträubten sich unter der plötzlichen Hochspannung, die den Raum erfüllte. Noch bevor er sich vornehmen konnte, etwas zu tun, war er schon bei Claire und zerrte sie auf die Füße. Als die ersten schweren Holzstücke gegen die Wände schlugen, stieß er Claire hinaus und schlug die Tür hinter sich zu.

Das Hämmern gegen die Tür klang wie Maschinengewehrfeuer.

»Und außerdem«, sagte Claire, als ob sie einen Gedanken zu Ende führte, »macht er das immer, wenn ihn jemand berührt.« Sie sah Colin voller Hoffnung an. »Kennst du einen guten Exorzisten?«

»Ich war mal selber ein ganz guter«, erwiderte Colin, »aber das ist es nicht, was der Junge braucht. Wir haben es hier mit nichts Okkultem zu tun, es geht nur um geistige Kraft.«

»Alles Parapsychologie«, sagte Claire müde. »Was immer das Wort bedeutet. Ich glaube, ich weiß auch nicht mehr. Ich weiß nur, dass Jimmy Rudbeck Hilfe braucht ... Und wenn wir ihn nicht berühren dürfen, können wir ihn nicht behandeln.«

»Claire. Glück gehabt?« Dr. David Soule, der älteste der Klinikmitarbeiter, kam um die Ecke. Sein Gesicht verfinsterte sich, als er die Trommelschläge gegen die geschlossene Tür hörte. »Wohl nicht. Sind Sie unser Experte?«, fragte er an Colin gewandt.

»Ich bin Colin MacLaren«, antwortete Colin. »Und ich weiß nicht, inwieweit ich diesem Begriff gerecht werde. Ich würde sagen, dass Sie eher ein Experte sind als ich, wenn auch vielleicht nicht in diesem besonderen Fall.«

Dr. Soule seufzte. »Professor MacLaren, seitdem ich hier arbeite, habe ich Tote gehen und Schweine fliegen sehen und eine Reihe anderer Dinge, die ich noch vor zwei Jahren für Spinnerei gehalten hätte. Nichts in Gottes Schöpfung kann mich mehr verwundern. Aber wie soll ich jemanden behandeln, den ich nicht anfassen darf? Bei Horrortrips wie dem von Rudbeck versuchen wir den Patienten zu stützen – wir geben eine Vitaminspritze und vielleicht ein schwaches Sedativum, führen verlorene Flüssigkeit zu, schaffen eine stille Umgebung für die Rückkehr, wenn möglich. Aber nichts davon können wir hier tun. Ich habe schon Leute an selbstinduzierter Erschöpfung sterben sehen. Ich sage es ungern, aber Sie sind unsere letzte Hoffnung.«

Während Dr. Soule sprach, hörten die Geräusche aus dem Raum auf – aber nicht das roboterhafte Schreien, an das Colin sich schon beinahe gewöhnt hatte.

Claire seufzte und dehnte ihre Schultern. »Mein Stichwort, glaub ich«, sagte sie. Behutsam öffnete sie die Tür. Alles war still. Sie ging hinein.

»Lassen Sie mich einen Moment nachdenken«, bat Colin. »Haben Sie etwas dagegen, wenn ich rauche?«

»Nur zu – auch wenn ich Ihnen als Arzt den Rat geben muss, es besser aufzugeben. Ich persönlich ziehe es vor, an Überarbeitung zu sterben«, erwiderte Dr. Soule mit galligem Humor.

Colin nahm seine Pfeife aus einer Tasche und begann sie zu stopfen. Tabak war wie Alkohol ein Gift – er wusste, dass Zigaretten nicht ohne Grund als »Sargnägel« bezeichnet wurden. Doch sein Kopf war immer noch benommen vom langen Flug, und Rauchen würde ihm beim Denken helfen.

Er zündete die Pfeife an und paffte mehrere Minuten schweigend. Sein Gehirn arbeitete fieberhaft.

»Sagen Sie«, fragte Colin plötzlich, »haben Sie irgendeinen Hinweis auf Rudbecks Religionszugehörigkeit? Vielleicht habe ich da eine Idee.«

Dr. Soule runzelte die Stirn. »In seiner Brieftasche fanden wir die Mitgliedskarte einer christlichen Gemeinschaft, die auf dem Campus eine Niederlassung hat. Und er trug ein Kreuz, als er hereingebracht wurde, wenn Ihnen das weiterhilft.«

»Hm«, machte Colin und überlegte.

James Rudbeck wurde nicht von einer übernatürlichen Wesenheit beherrscht. Er war ein gläubiger, frommer Christ. Was immer er zu sich genommen hatte, es hatte ein tief in seinem Bewusstsein gelegenes psychisches Zentrum geöffnet und es als *channel* für seine verborgensten Ängste benutzt. Dagegen also raste er an, nicht gegen etwas in der materiellen Welt – zugegeben ein schwacher Trost für die, die ihm zu helfen versuchten. Ein Exorzismus würde wenig ausrichten, er konnte die Kraft nicht bannen, die ihn zerstörte – eine Kraft in seinem Bewusstsein, so irdisch wie seine eigenen Muskeln, benutzt von einem Teil seines eigenen Selbst.

Aber vielleicht, wenn der Junge *glaubte …*

Sie brauchten zu dritt etwa eine halbe Stunde, bis sie das Zimmer aufgeräumt hatten. Colin hatte gefürchtet, dass es nicht möglich wäre, aber Rudbeck schien alles gleichgültig zu sein, solange er nur nicht angerührt wurde, und das vermieden alle drei mit aller Umsicht. Als sie fertig waren, lag nicht einmal mehr ein Fetzen Papier auf dem Boden.

»Was jetzt?«, fragte Dr. Soule.

»Jetzt will ich mal sehen, ob ich ihn dazu bewegen kann, mit seiner Selbstzerstörung aufzuhören. Das Zimmer aufzuräumen hat uns dafür eine kleine Galgenfrist beschert«, sagte Colin, »aber täuschen wir uns nicht: Ich glaube, dass Rudbeck nicht weniger gefährlich ist, wenn er nichts zum Werfen hat.«

»Willst du mich dabeihaben, Colin?«, fragte Claire.

»Ich fürchte, ja«, antwortete Colin. »Ich bitte dich sehr ungern …«

»Das ist mein Job«, sagte Claire bestimmt, geradeso, wie er es vor ein paar Jahren zu ihr gesagt hatte. »Wenn ich irgendwie helfen kann, halte ich mich bereit.«

Colin nickte und gab Dr. Soule ein Zeichen zurückzutreten. Und dann öffnete er die Tür und betrat erneut das Zimmer.

Jimmy Rudbeck kauerte immer noch in der Ecke. Sein Gesicht war eingefallen, die Schädelknochen traten unter der Haut hervor. Welche Droge er auch genommen hatte, sie müsste langsam ihre Wirkung verlieren, aber das war keine Garantie dafür, dass Jimmy auf den Boden der Tatsachen zurückkam. Es gab Horrortrips, die kein Ende nahmen. Seine Schreie klangen jetzt weniger schrill, raue Pfeiflaute aus trockener Kehle. Ihm schwanden ganz offensichtlich die Kräfte.

Wenn nur Colin und Claire ihn erreichen, ihm helfen könnten, das Wirkliche vom Unwirklichen zu scheiden, es würde vielleicht genügen.

Sie traten in die Mitte des Zimmers.

»James Rudbeck«, rief Colin streng. »Ich fordere dich im Namen des einen lebendigen Gottes auf, mich anzuhören.«

Keine Antwort.

»Ich befehle den Mächten der Dunkelheit, von Ihnen abzulassen und Sie in Frieden zu lassen. Ich befehle es im Namen des Allerhöchsten, in dessen Gegenwart alle Dunkelheit zuschanden wird.«

Colin kniete sich vor Rudbeck hin und fasste ihn sanft an den Schultern, um sein Schaukeln zu beruhigen.

»Colin«, sagte Claire mit angespannter Stimme.

Er spürte es auch. Die Energie nahm wie vorhin zu, als der Raum explodierte. Doch diesmal gab es nichts zum Werfen; nur die Kraft selbst. Colin konnte ihren Druck auf seiner Haut spüren, wie die tausendfach verstärkte Vorahnung eines Sturms.

»Das Licht wird die Dunkelheit immer besiegen. Sie wissen, dass das wahr ist.«

Er fühlte Claires Anwesenheit hinter sich, doch ihre Gabe befand sich auf einer ganz anderen Ebene als die von James Rudbeck, und sie konnte sich an Stärke nicht mit Rudbeck messen. Colin spürte den schmerzhaften Funken einer Energieentladung, als Claire die Hand auf seine Schulter legte, aber er wagte nicht, sich ablenken zu lassen. Mit all seiner Kraft wollte er Rudbeck zwingen, zu glauben, ihn anzuhören und ihm zu vertrauen.

Auch wenn er seines eigenen Glaubens nicht mehr sicher war.

Selbst wenn er nicht glauben konnte, dass das Licht immer über die Dunkelheit triumphierte.

Die Energie im Raum wurde zu einem schmerzhaften Druck, der sie alle drei fast überwältigt hätte.

»Jimmy, ich bin es, Claire. Sie müssen loslassen. Sie müssen sich von uns helfen lassen. Sie brauchen hier vor nichts Angst zu haben. Ich verspreche es«, sagte sie hinter Colins Rücken.

Das tonlos flüsternde Heulen hörte auf.

»... Ungeheuer ...«, sagte der junge Mann. Seine Augenlider flatterten, als ob er versuchte, den Blick von irgendeinem inneren Bild abzuwenden.

»Das Licht wird die Dunkelheit für immer besiegen«, sagte Colin. »Sie wissen, dass das wahr ist. Erinnern Sie sich an das, was Sie wissen. Sprechen Sie das Gebet, Jimmy. ›Der Herr ist mein Hirte, Mir wird nichts mangeln ...‹«

Jimmys Lider flatterten nochmals auf, dann schlossen sie sich. Er nahm einen tiefen Atemzug.

»›Und ob ich schon wanderte im finsteren Tal ...‹«, fuhr Colin fort, um Jimmy zum Mitsprechen zu animieren. Die Lippen des jungen Mannes bewegten sich zu Colins Worten, und langsam ließ der Sturm, den er heraufbeschworen hatte, nach, schwand dahin wie Nebel unter der Sonne.

»›Und Deine Barmherzigkeit und Gnade werden mich beschützen immerdar ...‹«

Da sackte James Rudbeck bewusstlos nach vorn in Colins Arme.

Eine halbe Stunde später gab es, abgesehen von der Leere des Zimmers, kein Anzeichen mehr dafür, dass irgendetwas vorgefallen war. Ein Krankenwagen sollte Rudbeck zur weiteren Behandlung in ein Krankenhaus bringen. Wahrscheinlich würde er sich an nichts mehr erinnern – jedenfalls an sehr wenig außer vielleicht den Entschluss, es nicht noch einmal mit Drogen zu versuchen.

Als sie dem Krankenwagen nachsahen, drehte sich Claire plötzlich zu Colin, als sei ihr gerade etwas eingefallen.

»Colin? Wie war eigentlich die Anhörung?«

Die Anhörung! Die disziplinarische Anhörung wegen seines so genannten Radikalismus. Die Reise nach England und alles, was damit einherging, hatten die Universitätsprobleme komplett verdrängt, und irgendwie brachte er es jetzt nicht fertig, sie für besonders wichtig zu halten. Colin schüttelte den Kopf.

»Ich fürchte, sie mussten ohne mich verhandeln. Sie werden mich über ihre Entscheidung sicher nicht allzu lange im Unklaren lassen«, antwortete er.

Die Anhörung war offenbar doch von größerer Tragweite, als Colin gedacht hatte, und seine Abwesenheit hatte einen ungünstigen Eindruck hinterlassen, zumal er bei seiner Rückkehr weder eine Erklärung noch Entschuldigung nachgereicht hatte. Ein Notfall, hatte Colin den Kollegen gesagt, die ihn in seinen Klassen vertreten hatten, und es dabei bewenden lassen.

Doch in den nächsten Tagen wurde Colin zu verschiedenen Unterredungen mit dem Dekan der Psychologischen Fakultät, dem Vorsitzenden des Lehrkörpers, dem Vorsitzenden der Studentenschaft und sogar dem Präsidenten der Universität einbestellt. Die Botschaft, die aus all diesen Treffen hervorging, war einfach: Geben Sie die Parapsychologie-Kurse auf, stellen Sie sich in Reih und Glied, passen Sie sich an, unterwerfen Sie sich, stimmen Sie zu …

Colin konnte sich jedoch dazu nicht durchringen.

Genauer gesagt: Er *wollte* nicht tun, was sie von ihm verlangten. Nach dem, was er in London erfahren hatte, schien ihr Anliegen irgendwie bedeutungslos. Narren, die am Abgrund tanzten, ohne die Gefahr zu erkennen – in einer Welt, in der das heilige Gut der menschlichen Freiheit aufs Äußerste bedroht war.

Er war sich keineswegs sicher, was zu tun war. Dass Macht die Menschen korrumpierte, wurde stillschweigend von denen anerkannt, die im öffentlichen Leben standen, aber Kriegsverbrecher zu beschützen und auszunutzen ging weit über Vetternwirtschaft und persönliche Bereicherung hinaus. Es war ein Betrug im Weltmaßstab, die nihilistische Anbetung des großen Götzen Zweckmäßigkeit, der die Sieger auf das moralische Niveau der Besiegten herabwürdigte. Es war, als ob ein Horrorfilm Wirklichkeit würde, in dem sich Freunde und Verbündete in unmenschliche Monstren verwandelten ..., und niemand wusste davon, bis es zu spät war.

Simon hatte Recht gehabt, Thorne ebenso. Sie alle hatten Recht gehabt. Die Regierung der Vereinigten Staaten – oder ein mächtiger Teil von ihr – war so unsagbar korrupt, dass sie sich in einer kannibalistischen Orgie an sich selbst satt fraß und alle Ideale zerstörte, für deren Schutz sie gewählt worden war.

Wenn sie der Dunkelheit dienten, so hatte Colin geschworen, würde er sich ihnen widersetzen. Aber was konnte ein einzelner Mann gegen die Trägheit einer ganzen Regierung tun? Einige der jungen Leute, die er unterrichtete, predigten Revolution, doch er wusste aus bitterer Erfahrung, dass eine Revolution sie nicht retten würde. Sie würde nur das Chaos hervorrufen, das einer Diktatur den Weg bereitete.

Colin dachte kurz an Thorne und die Leute, die Thorne seine heiligen Clowns nannte. Die Straße in einen Zirkus zu verwandeln – war es das, was jetzt Not tat? Oder war das, was vonnöten war, nichts Schwereres – oder nichts Leichteres –, als dass Menschen mit gutem Willen zu ihrem Glauben standen, wie es immer schon der Fall gewesen war?

Er konnte es nicht *wissen*. Die letzte Klarheit besaß nur das Licht, nicht der sterbliche, irrende Mensch. Colin konnte nur *hoffen* und in Übereinstimmung mit seiner Überzeugung handeln.

Er dachte wieder an James Rudbeck, gefangen und verängstigt von den entfesselten Kräften seines eigenen Bewusstseins. An Claire, wie er sie zuerst kennen gelernt hatte, feindselig und gequält von einer Gabe, für die es in der gewöhnlichen Welt keinen Platz gab.

Das waren seine Menschen. Sie waren es, die er finden und erreichen und mit der Lehre vertraut machen musste. Jede Seele, die er vor der Furcht retten konnte, war ein Schlag gegen die Dunkelheit. Das war sein neuer Krieg, und jetzt musste er das Feld finden, auf dem die Schlacht geschlagen wurde. Er war schon zu lange sein eigener Herr gewesen, um weiter sein halbes Leben an eine Sache zu verschwenden, die er nicht achten konnte.

»Ich darf sagen, wie sehr ich mich freue, Sie bei uns zu sehen, Dr. MacLaren«, sagte der Mann hinter dem Schreibtisch.

Die Rhodes-Gruppe besaß geräumige Büros im 15. Stock eines der anonymen, neuen Bürohochhäuser, die im Bankenviertel von San Francisco entstanden. Wer das Foyer mit seiner Teakholz-Täfelung betrat, konnte ohne weiteres glauben, es gehöre zu einer neuen, erstklassigen Denkfabrik oder einer international tätigen Finanzgruppe mit britisch sprechender Empfangsdame und allem Drum und Dran. Tatsächlich war es eine Forschungsorganisation.

Die Rhodes-Gruppe war eine auf Ertragsbasis arbeitende Stiftung, die sich dem Studium und der Erforschung des Paranormalen in all seinen Erscheinungsformen widmete. Sie untersuchte übersinnlich begabte Personen und Spukhäuser, testete selbst ernannte Medien und koordinierte Berichte aus der ganzen Welt, die Fortschritte und neue Erkenntnisse in der Parapsychologie zum Gegenstand hatten. Ihre Forschungsbibliothek hatte internationalen Ruf. Die Stiftung stand bei der Regierung als Berater für paranormale Fragen unter Vertrag, doch den größten Teil der Unterstützung erhielt sie von Personen und Organisationen, denen sie ihre Dienste anbot, jenen Personen nämlich, die in ihrem Leben mit dem Unheimlichen in Berührung gekommen waren und jetzt fachmännischen Rat brauchten.

»Die Freude ist ganz meinerseits, Mr. Davenant«, erwiderte Colin.

»Bitte, nennen Sie mich doch Michael«, sagte Michael Davenant. Er war ein paar Jahre jünger als Colin, mit jenem dunklen Haarglanz, der seine irische Herkunft verriet.

Hinter der Glaswand, die das Büro nach außen abgrenzte, lag Colin die ganze Stadt zu Füßen wie das sprichwörtliche Land der Träume. Es war ein sonniger Spätfrühlingstag, der Beginn der langen regenlosen Zeit, die in Kalifornien drei Viertel des Jahres bestimmt.

»Und ich bin Colin.«

Davenant lächelte. »Also gut, Colin. Wie Sie sich vielleicht schon gedacht haben, habe ich Sie heute hergebeten, weil ich Ihnen eine Stelle anbieten möchte. Es wäre für uns ein außerordentlicher Gewinn, wenn wir einen Forscher mit Ihrer Reputation in unseren Reihen hätten. Und offen gesagt, halte ich es für ein Glück, dass Sie uns in Betracht ziehen. Der Verwaltungsrat war von Ihren bisherigen Leistungen beeindruckt ... und begrüßt Ihre Entscheidung sehr, Berkeley zu verlassen.«

»Danke. Auch wenn ich fairerweise sagen muss, dass es ebenso Berkeleys Entscheidung war wie die meine.«

Sein Abgang von der Universität war allgemein mit Erleichterung aufgenommen worden. Sie wollten keinen Parapsychologen in ihrem Lehrkörper haben, und Colin hatte sich immer mehr darüber geärgert, dass er sich mit Themen beschäftigen musste, die genauso gut von hundert anderen Männern oder Frauen gelehrt werden konnten. Als er sich zur Kündigung entschlossen hatte, spielte er zunächst mit der Idee, einfach nach New York zurückzukehren. Doch hatte er nach sechs Jahren hier Wurzeln geschlagen und Freunde gewonnen, die ihm fehlen würden. Und Kalifornien war das Zentrum der Okkulten Renaissance, angefangen mit der Kirche Satans, von der Dame Ellen gesprochen hatte ... bis hin zu Thorne Blackburn.

»Nun, ich denke, Sie werden in uns einen freizügigeren Arbeitgeber finden als in der Universität. Hier interessiert niemanden, welche politische Richtung einer vertritt, uns interessiert nur das Paranormale, dafür sind wir da«, sagte Davenant.

Colin war bei seinem vorigen Besuch überall herumgeführt worden. Das Institut war fabelhaft ausgestattet, einschließlich der Gesprächsräume und der beiden Laboratorien, in denen sich alles durchführen ließ, von Experimenten zur Fernsicht bis zur Astralen Reise. Er hätte hier die Möglichkeit, sich mehr um seine parapsychologischen Interessen zu kümmern, und die Rhodes-Gruppe unterhielt aus PR-Gründen gute Kontakte zu den Polizeidiensten der Bay Area, so dass sie nichts dagegen hätten, wenn er weiterhin für die Gesetzeshüter erreichbar blieb.

»Jetzt wäre nur noch zu klären, ob Sie den Job noch immer wollen«, sagte Davenant.

»Ja, das will ich. Ich glaube, es wird eine interessante Zusammenarbeit«, antwortete Colin ohne Zögern. Die Arbeit für die Rhodes-Gruppe war natürlich nur eine vorläufige Lösung, damit er im Geschäft blieb, während er sich neu orientierte.

Aber es war eine faszinierende Lösung.

Die übrigen Formalitäten dauerten noch eine Stunde. Danach bestand Davenant darauf, Colin zum Mittagessen ins *Galley in the Alley* an der Maiden Lane einzuladen. Trotz des überaus seltsamen Designs – der vordere Teil des Restaurants hatte die Form eines Galeonenbugs mitsamt Meerjungfrau als Galionsfigur – war das Essen gut, und Davenant bemühte sich, ein unterhaltsamer Gastgeber zu sein.

Später nutzte Colin die freie Zeit und den schönen Tag, um in der Stadt herumzuschlendern. Nach Dame Ellens Eröffnungen und der Abmahnung von der Universität hatte er sich in Arbeit und Forschung vergraben, um diesen Dingen möglichst aus dem Weg zu gehen.

Seit seiner Reise nach London im letzten Oktober hatte Colin kaum noch seine Freunde gesehen. Katherines Niederkunft stand bevor – er hoffte nur, dass Claire sie davon überzeugt hatte, das Kind im Krankenhaus zur Welt zu bringen und nicht zu Hause inmitten eines magischen Rituals, wie das junge Paar zu beabsichtigen schien. Dies herauszufinden, war Grund genug für einen Besuch.

Doch aus solch harmlosen, fast unbewussten Entscheidungen ist der Teppich der Zukunft gewoben.

Für die erste Wegstrecke nahm Colin ein Cable Car – es war wie immer überfüllt. Er stand draußen auf der Plattform und reichte dem Schaffner sein Fahrgeld über die Köpfe der anderen Fahrgäste hinweg. Der Wagenführer betätigte die Klingel im rhythmischen Doppelklang, dem weltberühmten akustischen Symbol für die Stadt an der Bay, und das Cable Car zockelte mit seinen stolzen acht Meilen die Stunde durch die lebhaften Wohnviertel dieser kosmopolitischsten Stadt der Welt.

San Francisco ist eine Stadt, die man im Schritttempo genießen muss, und beim Spazierengehen hatte sich Colin immer gut erholen können. Je mehr er sich Hashbury näherte, desto belebter wurden die Straßen. Immer wieder wurde er nach Kleingeld gefragt, und er gab, was er konnte. Die Bevölkerungsgruppe der jugendlichen Ausreißer nahm dramatisch zu. Mit jedem Monat wuchs ihre Zahl, und viele der Jugendlichen fielen finsteren Schurken in die Hände, die eine bis dahin offene Zukunft schnurstracks in die dunklen Gassen der Prostitution und Drogensucht lenkten.

Wonach suchten sie wohl? Warum kamen sie in solchen Massen? War ihr Leben so leer und unglücklich, dass sie Hunderte von Meilen auf sich nahmen, um einem Traum zu folgen?

Du könntest ebenso gut fragen, wann die Menschen anfingen, sich verzweifelt an das zu klammern, was sie besaßen, anstatt darauf zu vertrauen, dass für sie immer etwas da sein würde, dachte Colin düster. Die Besessenheit, mit der sich diese Nachkriegsgeneration nach politischer Macht und Transzendenz sehnte, ließ sich jetzt leichter verstehen. Das Unbewusste weiß immer, was das Bewusstsein nicht einmal ahnt, und in gewisser Weise erkannten diese Kinder, dass sie die letzten Hüter des Goldenen Zeitalters waren: Wenn sie hier nicht obsiegten, war es eine Niederlage für alle Zeiten.

Thorne würde natürlich behaupten, dieses Denken stamme aus dem Alten Äon, das Goldene Zeitalter der Götter und Menschen könne zu jeder Zeit heraufbeschworen werden, was immer vorher gewesen sei.

Und zum ersten Mal begann Colin zu wünschen, Thorne möge Recht haben und seine eigene Loge irren.

7

SAN FRANCISCO, APRIL 1967

Ich will mein Herz an meinem Ärmel tragen
Als Fraß für Krähn. Ich bin nicht, was ich bin!

WILLIAM SHAKESPEARE, *Othello*

Thorne Blackburns Stern war in den letzten Monaten kometenhaft aufgestiegen; seine öffentlichen Rituale zogen mittlerweile beträchtliche Menschenmengen an. Er hatte die Aufmerksamkeit der überregionalen Presse erregt, und sowohl in der *Time* als auch in der *Newsweek* waren Berichte – großenteils dummes Geschwätz – über ihn erschienen. Die Hohe Magie wurde vermarktet wie Rockmusik, sie wurde in eine Rummelplatz-Show verwandelt, die der Rest der Welt geringschätzig abtun konnte. Und Thorne mit seinen empörenden Ansprüchen – ja Forderungen, an ihn zu glauben – stand in dieser Bewegung an vorderster Front, formte und förderte sie aus Gründen, die Colin nicht verstand.

Die *Stimme der Wahrheit* nahm nun das ganze viktorianische Haus ein. Es war nicht länger weiß, sondern schreiend bunt wie ein Comic. Die Parterre-Wohnung war in einen Laden für – wie die Hippies es nannten – »geistige Dinge« verwandelt worden. Neben der *Stimme der Wahrheit* wurden dort *Underground Comics* (oder »*Comix*«, wie man jetzt schrieb), Schwarzlicht-Glühbirnen und weniger leicht identifizierbare Utensilien verkauft. Die Zeitschrift hatte eine Art Büro in den hinteren Räumen des Ladens, wo auch die Handdruckerei stand, mit der sie gedruckt wurde. Im Laden mischte sich der Geruch der Druckerschwärze mit dem Duft von Räucherstäbchen und »Gras«.

Colin wurde neugierig gemustert, als er eintrat, doch niemand hielt ihn auf oder sprach ihn an, als er sich einen Weg durch den überfüllten Gang bahnte.

Vielleicht ähnelte er weniger einem Polizeibeamten als beim ersten Mal, als er Thorne getroffen hatte. Oder vielleicht zog Thornes Straßenshow mittlerweile alle möglichen Leute an. Thorne widerlegte auf seine Weise die Furcht, dass das zwanzigste Jahrhundert den Kampf gegen die Finsternis verloren hatte. Selbst wenn der Neue Äon, den er predigte, nur die Rückkunft des Chaos verhieß, so war es immerhin ein hoffnungsvolles Chaos.

»Colin!«, begrüßte ihn Katherine Jourdemayne herzlich. Über ihrer Brust trug sie ein Tragetuch aus indischem Stoff, in dem ein kleines Baby lag. »Bist du gekommen, um Truth zu sehen? Ist sie nicht das süßeste Baby der Welt? Pilgrim betet sie an.«

Der Junge – er musste jetzt sieben sein – sah Colin ernst an. Seine Hände waren von der Kreide verschmiert, mit der er die Wand bemalt hatte. Colin hatte nie herausgefunden, wer Pilgrims Mutter war – Katherine hatte ihn nie als ihren Sohn bezeichnet –, und es war ihm zwecklos erschienen, danach zu fragen. Thorne schien alle seine Beziehungen und deren natürliche Folgen mit der gleichen Zärtlichkeit zu pflegen, und Colin hatte nie ein Anzeichen von Eifersucht entdeckt.

Colin bewunderte das Baby einige Minuten lang und achtete darauf, Pilgrim nicht weniger Aufmerksamkeit zu widmen. (Warum war der Junge nicht in der Schule? Er traute sich nicht zu fragen.) Nach den Begrüßungsfloskeln fragte Colin nach Thorne.

»Ach, er ist bald zurück«, sagte Katherine. »Für uns fängt es jetzt richtig an zu laufen. Aber komm mit hinauf – ich mache dir Tee, während wir warten. Komm, Pil, gehn wir rauf zu Tante Irene.«

Die Wohnung war belebt wie immer. Thornes Stern mochte im Steigen begriffen sein, doch die Wohnung war unverändert schäbig. Thorne unterhielt mehr oder weniger eine ständige Hausfete für jeden, der vorbeikam und Lust hatte mitzumachen, und Colin hatte nie erkennen können, wer gerade kam und wer ging. Die heutigen Anwesenden verteilten sich im Wohnzimmer, und Pilgrim rannte zu einer Frau, die auf dem

Boden saß – sie hatte leuchtend rotes Haar, durch das sie in Zigeunermanier ein mit Flitter besetztes Tuch gewunden hatte.

»Wo ist denn der süßeste Junge der Welt?«, sagte die Frau. »Komm zu Irene.« Sie hatte einen englischen Akzent und sprach ihren Namen nach europäischer Art in drei Silben aus. Sie nahm den kleinen Jungen auf den Schoß und gab ihm ein Deck Tarot-Karten.

Colin folgte Katherine in die Küche. Während sie dort mit Teeutensilien hantierte – das Baby schien in seiner seltsamen Wiege vollkommen zufrieden –, erzählte sie Colin von Thornes neuestem Plan, den Vietnamkrieg mit Magie zu beenden.

»... in Washington. Wir wollen zum Pentagon gehen und so lange Liebesgedanken auf sie lenken, bis sie unfähig sind, noch eine einzige Bombe zu werfen. Thorne will dafür alle Magier der Bay Area zusammentrommeln. Er sagt, dass nur dann, wenn alle Erleuchteten sowohl soziale als auch spirituelle Verantwortung übernehmen, das Große Werk zu Ende geführt werden kann. Doch Anstey hat versucht, ihn fertig zu machen ...«

»Anstey?«, fragte Colin überrascht. »*Simon* Anstey?«

»Er will uns lahm legen«, sagte Katherine und rührte langsam ihren Tee um. »Er hat behauptet, Thorne wäre nur hinter Geld her. Das ist so *dumm*, Colin! Anstey hat viel mehr Geld als Thorne ...«

»Geld und Stellung und eine definitive Fehleinschätzung seiner Bedeutung«, erklärte Thorne Blackburn und kam in die Küche. Er setzte seine Kamera auf dem Tisch ab und nahm Katherines Teetasse und trank sie auf einen Zug leer. Dann lehnte er sich über sie, um sie zu küssen und Truth zu hätscheln. Unter dem Arm trug er einen Packen Papier.

»Hallo, Colin. Wenn du irgendwelchen Einfluss auf Anstey oder den Stadtrat hast, dann wäre es toll, wenn du ihn nutzen würdest.« Er setzte sich auf einen Küchenstuhl und ließ den Packen auf den Tisch fallen. Dann holte er das Baby aus dem Tragetuch.

»Was ist denn los?«, fragte Colin.

»Der Stadtrat erlaubt nicht mehr, dass wir uns versammeln. Und Anstey hat eine bösartige Polemik im *Chronicle* verbreitet – die aber noch harmlos ist gegenüber dem, was er sonst so sagt«, seufzte Thorne. Zum ersten Mal, seit Colin ihn kannte, sah er wirklich müde aus.

»Er ist einfach eifersüchtig«, sagte Katherine Jourdemayne loyal.

»Er behauptet, ich hätte eine Sekte, die Gehirnwäsche betreibt. Natürlich ist Anstey dermaßen von vorgestern, dass er am liebsten auch Rock verbieten möchte«, sagte Thorne. Er sah Colin herausfordernd an. Thorne wusste, dass Colin und Simon miteinander bekannt waren. Colin hatte daraus nie einen Hehl gemacht.

»Hast du nicht gesagt, dass jeder seine Meinung frei äußern soll?«, fragte Colin. Er konnte sich nicht vorstellen, was Thorne und Simon gegeneinander aufgebracht hatte. Die beiden Männer lebten buchstäblich in verschiedenen Welten.

»Ja, schon, mein Gott, aber nicht, wenn sie anderer Meinung sind als ich«, sagte Thorne ernsthaft. »Anstey ist bis an seinen teuren Haarschnitt im Okkultismus versunken – und *er* hat die Stirn, *mich* einen Sektenbetrüger zu nennen? Nur weil er der gesalbte Nachfolger von Alison Margrave ist und die Hälfte seines Lebens damit zugebracht hat, Gespenstern in europäischen Spukhäusern nachzujagen, gibt ihm das noch lange nicht das Recht, über mich oder meine Arbeit zu urteilen.«

Das Baby, von Thornes Lautstärke geweckt, begann zu wimmern. Thorne wiegte es in seinen Armen, um es zu beruhigen. »Aber du wirst es ihnen zeigen, oder, mein Schatz? Du wirst nicht nur vom Neuen Äon hören – du wirst darin leben, oder?«

»Ach, gib sie her, Thorne, ich glaube, sie hat Hunger«, sagte Katherine. Sie klang wie alle jungen Mütter seit Anbeginn der Zeiten. Thorne überließ ihr das Baby, und Katherine zog den Ausschnitt ihrer Bauernbluse herunter, um dem Säugling die Brust zu geben.

Thorne stand auf, ging zum Kühlschrank und holte zwei Bier heraus, öffnete die Flaschen und stellte eine davon vor Colin hin.

»Ich bin froh, dass du gekommen bist«, sagte er. »Ich muss dich über etwas befragen. Ed Sull...«

Stimmengeschrei von draußen ließ ihn innehalten. Thorne rannte zum Fenster im Wohnzimmer und sah hinaus. Colin folgte ihm, mehr neugierig als verwirrt – bis er die Stimme erkannte.

»Blackburn!«, schrie Simon Anstey. »Komm raus, du verleumderischer Schuft – ich verklage dich!«

Der Rest von Simons Rede ging im höhnenden Gejohle der Leute unter, die sich auf der Straße einfanden. Colin schaute zum Fenster hinaus. Simons Mercedes stand in der Straße und Simon selbst auf dem Bürgersteig. Er trug einen dunklen Anzug, darunter einen Rollkragenpullover. Der Kontrast zwischen ihm und Thornes zerlumpter Anhängerschar hätte nicht krasser ausfallen können.

»Hallo, Anstey!« Thorne lehnte sich aus dem Fenster heraus, seine Stimme klang fröhlich. »Willst du einen Drink?« Er hielt die Bierflasche hinaus und schüttete das Bier in Ansteys Richtung. Ein wütender Aufschrei antwortete von unten.

»Thorne, um Himmels willen!«, sagte Colin und entwand ihm die Flasche, bevor sie leer war. »Das hilft doch nicht weiter!«

»Wenn er jetzt schon durchdreht, dann warte mal, bis er die neue Nummer der *Stimme der Wahrheit* sieht. Wir bringen eine Titelgeschichte über ihn«, sagte Thorne und lachte ausgelassen. »Simon Anstey: Newage-Trottel oder Oldage-Schwindler?«

Von der Straße hörte man, wie eine Autotür zuschlug und der Mercedes mit einem Aufheulen wegfuhr.

»Das ist unter deiner Würde«, sagte Colin zu Thorne.

Thorne schaute ihn entwaffnend an.

»Welche Vorstellung vom Messias soll ich denn erfüllen, Colin? Seine? Deine? Oder meine?«

»… und ich habe nur die Befürchtung, dass es noch schlimmer kommt, mein Lieber«, sagte Alison Margrave bedrückt.

Die beiden Freunde saßen auf der Terrasse von Greenhaven und genossen den – wenn auch noch kühlen – Maitag und die Aussicht über die Stadt. Es war ein Samstag, und Colin hatte endlich Alisons wiederholte Einladung angenommen und damit ein monatelanges Versäumnis gutgemacht.

Alison hatte Colins Entscheidung, Berkeley zu verlassen und für die Rhodes-Gruppe zu arbeiten, aus vollem Herzen befürwortet. Colin überlegte jetzt, ob er sich nicht auf dieser Seite der Bay eine Wohnung suchen sollte, doch andererseits war er ein Gewohnheitstier und hasste den Gedanken an einen Umzug. Nach einigem Smalltalk und Austausch von Höflichkeiten wandte sich das Gespräch wie immer der Magie und ihren Anhängern zu.

»Verglichen mit dem, was wir in diesen Tagen auf den Straßen erleben, kann ich an dem Streit von zwei Magiern nichts Schlimmes finden. Gott weiß, dass es für uns alle keine neue Erfahrung ist, von der Welt und der Presse als ein Pack von Spinnern abgetan zu werden – vielleicht mit Ausnahme von Simon –, aber wegen der Leute, die er und Blackburn hinter sich scharen, mache ich mir Sorgen. Blackburn nimmt nicht sonderlich viel Rücksicht, und ich fürchte, Simon wird versucht sein, ihm alles mit gleicher Münze heimzuzahlen.«

Der Streit der beiden Männer hatte mit Blackburns Antikriegsritualen begonnen. Als Simon sie als gefährlich und frivol brandmarkte, hatte Blackburn mit dem Hinweis gekontert, dass Simon als Wehruntauglicher nicht Gefahr laufe, eingezogen zu werden, dass aber die meisten jungen Männer viel größerer Gefahr ausgesetzt seien, als Thorne sie mit seiner Magie je hätte darstellen können.

»Thorne wendet doch wohl keine magischen Mittel gegen Simon an?«, fragte Colin.

Doch er wusste – und bei diesem Gedanken sank ihm das Herz –, dass es vollkommen zu Thornes Charakter passen würde, so etwas zu tun. *Ich will wissen, um zu dienen …* Dies war das Bekenntnis, das Thorne abgelehnt hatte.

»Nun, angedroht hat er es. Und irgend*etwas* hat vor ein paar Nächten an unseren Türen und Fenstern gerüttelt. Wenn das Blackburn war, dann gebe ich zu, dass er über eine schöne Auswahl von Knallfröschen verfügt«, antwortete Alison. »Zum Glück haben meine Wächter standgehalten.«

Ein weiterer Beweis – nicht, dass Colin ihn noch gebraucht hätte –, dass Thorne sich gegen die Regeln entschieden hatte, die die Adepten des Pfades zur Rechten Hand banden, jene

Adepten, für die magische Kraft nur ein Nebenprodukt des Pfades der Selbsterkenntnis darstellte. Wenn Thornes Vorgehensweise nicht Schwarze Magie war, dann zumindest Graue.

»Natürlich ist Simon fuchsteufelswild«, fuhr Alison fort. »Ich habe ihm erklärt, dass er es am besten ignoriert. Ich darf sagen, dass ich ihm genug über Selbstbeschirmung und den Schutz seiner Habe beigebracht habe, so dass Simon sich keine Sorgen machen müsste, nicht mehr, als ich es tue. Aber Simon hört nicht mehr auf mich«, endete sie seufzend.

»Und Thorne hat noch nie auf irgendjemanden gehört«, sagte Colin betrübt. »Von mir wird er sich mit Sicherheit nichts sagen lassen. Vielleicht kann Claire ihn zur Vernunft bringen; er hat sie immer schon sehr gemocht.«

Doch auch Claire brachte Thorne nicht dazu, seine Meinung zu ändern. Colin hatte den Eindruck, dass Thorne Simon einfach deswegen aufs Glatteis lockte und sich über ihn lustig machte, weil Simon – zumindest in Thornes Augen – sowohl ein Repräsentant des irdischen wie des magischen Establishments war. Thorne setzte alles daran, Simon dem öffentlichen Gelächter preiszugeben, während Simon dazu entschlossen war, Thorne aus der Bay Area zu vertreiben. Weder Thorne noch Simon würden ihre Fehde von sich aus beenden. Sie wurde immer persönlicher und verbitterter, wenigstens was Simon betraf, und spaltete die okkulten Gemeinschaften der Bay Area.

Diejenigen, die eher traditionellen Magischen Orden angehörten – dem *Ordo Templi Orientis*, der *Goldenen Dämmerung*, den *Erbauern des Adytum*, der *Gemeinschaft der Rosenkreuzer* in Amerika – ergriffen die Gelegenheit, um sich hinter Simons Banner zu scharen. Thorne hatte sich mit seinem windigen, publikumswirksamen Stil und seinen aufgeblasenen Behauptungen zu viele Feinde bei der Alten Garde gemacht, als dass sie jetzt nicht zurückschlagen wollten.

Thornes Verteidiger rekrutierten sich größtenteils aus der wachsenden Zahl seiner Anhänger und aus Mitgliedern der neuen Hexenkulte und der neoheidnischen Gruppen, die überall wie Pilze aus dem Boden schossen. Diese neuen Gruppen hatten wenig Verbindung zum traditionellen Okkultismus, den sie als monotheistisch und patriarchalisch verdammten. Ihr Credo – »tu keinem was zuleide, und sonst tu, was dir Spaß macht« – passte vortrefflich in das Zeitalter des Wassermanns. Sie wollten genauso wie Thorne die Magie aus den Tempeln heraus- und auf die Straße holen.

Der Streit fand sogar Eingang in die ehrwürdigen Seiten des *Examiner*. In einem Artikel wurde Simon als geachteter Parapsychologe beschrieben, der einen abgefeimten Scharlatan entlarvte. Gewiss machte Thorne nicht entfernt einen so vorteilhaften Eindruck auf Vertreter des Establishments wie Simon – vielmehr wirkte er am Ende des Artikels eher wie ein unglaubwürdiger Phantast. Aber Thorne hatte andere Kanäle als die etablierte Presse, um sich Gehör zu verschaffen, und er nutzte sie alle.

Zu jeder anderen Zeit hätte Colin darin nur einen Sturm im Wasserglas gesehen. Doch jetzt erkannte er darin ein Symptom für eine ernstere Spaltung: Die Parteien des Lichts waren in viele kleine Scharmützel untereinander verwickelt, in einer Zeit, da ihr Zusammenwirken dringend geboten war.

Auf welcher Seite stehst du?, hatte Thorne ihn einmal gefragt. Jetzt stellte sich Colin die gleiche Frage in Bezug auf Thorne. Wem diente Thorne: dem Licht oder der Finsternis? Wusste Thorne es selbst?

Juni 1967. Colin hatte eine Wohnung in North Beach gefunden und war vor wenigen Wochen auf die andere Seite der Bay umgezogen. Er arbeitete nun ganztags für die Rhodes-Gruppe. Das Meiste war nur Routine – sofern die Erforschung von Spuk und Besessenheit je Routine genannt werden konnte –, und die Mehrzahl der Fälle, die ihm bisher übergeben worden war, hatte schlicht profane Lösungen. Diejenigen, die sich nicht leicht mit natürlichen Ursachen erklären ließen, waren die seltenen, allerdings wohl kaum übernatürlichen Manifestationen normaler (da kein besseres Wort zur Hand ist) übersinnlicher Kräfte – Telepathie, Präkognition, Telekinese, Hellsicht –, auch wenn sie mit okkultem Beiwerk auftraten.

Die meisten Menschen, die entdeckten, dass sie der winzigen Minderheit der übersinnlich Begabten angehörten, wandten sich dem Okkultismus zu, um ihre offenbar irrationalen Fähigkeiten zu erklären. Sie hatten auch kaum eine andere Wahl, da sowohl die Religion als auch die Wissenschaft sie im Stich ließen – die Religion, indem sie deren Gabe als Teufelswerk verdammte, die Wissenschaft, indem sie deren Existenz schlichtweg abstritt.

Kein Wunder, dass die meisten Menschen mit übersinnlichen Fähigkeiten neurotisch wurden, wenn sie versuchten, ihre Wahrnehmungen mit den Grundüberzeugungen ihrer Kultur in Einklang zu bringen. Obgleich Colin nicht übereinstimmte mit Thornes Programm, alle Großen Geheimnisse aufzudecken, so gab es sicherlich einen Mittelweg der medialen Aufklärung, so dass normale, konservative Menschen nicht gleich zwischen Teufel und Wahnsinn wählen mussten, wenn sie mit dem Unbekannten konfrontiert wurden.

Das Flugblatt im Briefschlitz von Colins Wohnungstür – wie in den meisten anderen Türen des Wohnblocks –, kündigte für den 17. Juni, einen Samstag, im Golden Gate Park ein *Be-In* mit Liebe und Magie gegen den Krieg an. Thorne hatte offenbar die lang ersehnte Versammlungserlaubnis erhalten, trotz Simons Gegenpropaganda. Colin glaubte nicht, dass Simon dort auftauchen würde, aber gewiss würde Thorne die Gelegenheit nutzen, um seinen Sieg in alle Welt hinauszuposaunen. Der Streit der beiden Männer ärgerte Colin über die Maßen, so dass er nicht vorhatte hinzugehen, und er hatte angenommen, Claire würde ebenso fernbleiben. Doch dann hatte Claire ihn gestern Abend von Berkeley aus angerufen und gesagt, sie wolle zum *Be-In* kommen.

»Ich habe so ein Gefühl, Colin – wahrscheinlich nur eine kommende Magenverstimmung. Aber ich habe das Gefühl, dass ich mich da nützlich machen kann. Ich will Peter mitnehmen, zur moralischen Unterstützung.«

Claire hatte meistens die richtigen Ahnungen, und Colin hatte sich angewöhnt, ihnen zu vertrauen.

»Dann treffe ich dich dort. So schlimm kann's ja nicht werden«, sagte er.

Der Himmel war von einem tiefen Fayence-Blau, mit ein paar weißen Wölkchen, durchstrahlt von Sonnenlicht. Es war angenehm warm und die Luft klar.

Das *Be-In* zog die üblichen Leute an, die auf der Straße agierten: Akrobaten, Schminkkünstler, Bauchtänzer, Jongleure, Musikanten, Seifenblasen-Bläser. Die *Stimme der Wahrheit* wurde feilgeboten, und jemand verkaufte mit Helium gefüllte Luftballons. Mehrere Ballons waren schon ausgerissen, hingen in den Bäumen oder trieben mit dem Seewind hoch über der Stadt. Eine Bühne, auf der außer Schlagzeug und Lautsprechern noch nichts zu sehen war, bildete einen losen Anziehungspunkt für die Menge.

Sie trugen Kleider im Stil ihrer Großmütter und Schlaghosen, gehäkelte Tops mit Trägern, indische Wickelröcke, Jeansröcke, bunte Westen und Lederjacken mit Fransen, Friedenssymbole und bonbonfarbene Nickelbrillen, bunte Holzperlen und Buttons mit Sprüchen in allen Regenbogenfarben. Das Haar war bei Männern wie Frauen beinahe unterschiedslos lang, es hing schlicht über den Schultern oder war zu einem Pferdeschwanz gebunden. Sie liefen barfuß oder in Sandalen, trugen Rucksäcke, Schultertaschen und ihre Kinder. Sie kamen wegen der Musik, wegen der Politik oder auch nur wegen Thorne. Diese friedliche Menschenbewegung sollte bald als Woodstock-Nation in die Annalen eingehen, eine Nation, die wie das Königreich von Camelot im Augenblick ihres Erscheinens schon wieder unterging und ihre Kinder heimatlos zurückließ.

Doch an diesem Tag lag ihre Niederlage noch in ferner Zukunft.

»Claire!«, rief Colin erleichtert, als er wenigstens ein bekanntes Gesicht erspähte. »Wo ist Peter? Ich dachte, er würde dich begleiten.«

»Er ist im letzten Moment zu einem neuen Fall gerufen worden«, sagte Claire. »Er hat versprochen, noch vorbeizukommen, wenn er es schafft. Aber ich glaube nicht daran.« Sie lächelte.

Ihr Kostüm hatte nicht das Geringste mit der Subkulturmode zu tun, und sie stach fast genauso von der Menge ab wie

Colin. Claire trug einen kurzärmeligen, schokoladenbraunen Hosenanzug mit leuchtend rosa und gelben Besätzen. Ihre Tasche und ihre Schuhe waren aus weißem Lackleder, und ihre weißen Knopfohrringe passten zu dem großen weißen Gestell der Sonnenbrille, die sie gegen die Sommersonne trug.

»Ich bin froh, dich gefunden zu haben«, sagte Claire. »Es ist hier wirklich wie im Zoo, nicht wahr? Man kann kaum ein privates Wort wechseln.«

»Ich war zuerst bei Thornes Haus, aber Tex hat mir gesagt, die anderen seien schon losgezogen. Ich hatte gehofft, mit Thorne zu sprechen, bevor die ganze Sache losgeht«, sagte Colin.

»Du glaubst, er wird wieder Simon angreifen«, vermutete Claire.

»Man braucht kein Hellseher zu sein, um das vorauszusagen«, erwiderte Colin und schnitt eine Grimasse. »Und, ja, ich hatte gehofft, Thorne überreden zu können, Vernunft anzunehmen. Er wird nie die große Anerkennung bekommen, wenn er bei jeder Gelegenheit das Establishment angreift.«

»Und selbst wenn er die nicht will«, sagte Claire, »glaube ich nicht, dass Alison Simon davon abbringen kann, gegen die *Stimme der Wahrheit* gerichtlich vorzugehen. Bei Thornes Vorstrafenregister kann man kaum erwarten, dass er den Prozess gewinnt.«

Colin seufzte. »Dieser junge Mann schadet sich nur selbst mit seiner Dickköpfigkeit.«

»Welcher?«, fragte Claire mit boshaftem Lächeln.

Thornes weitläufige Familie ließ sich leicht ausmachen. Während Colin und Claire miteinander geredet hatten, waren sie mit dem *Mystery*-Schulbus ganz nah an die Bühne herangefahren und luden nun ihre Requisiten aus.

Der *Mystery*-Schulbus hatte einmal als gewöhnlicher gelber Schulbus begonnen, bevor er Thorne in die Hände gefallen war. Er hatte den Bus ausgeweidet und in eine Kombination aus Wohnwagen und Kirche auf Rädern umfunktioniert. Der Bus war zu einer Sehenswürdigkeit der Bay Area geworden. Das Äußere glich einer Wandmalerei und befand sich in steter Verwandlung. Heute ließ das Sonnenlicht eine wahre Milchstraße von leuchtenden Sternen auf dem dunkelblauen Hintergrund des rechten Kotflügels erstrahlen. Colin sah, wie Pilgrim zwischen den Erwachsenen herumlief und mit einem Zauberstab funkelte. Er war mit bunten Körperfarben bemalt, sonst hatte er so gut wie nichts an. In seinem langen schwarzen Haar steckten Schmuckfedern.

Colin und Claire bewegten sich auf die Gruppe zu. Katherine stand etwas abseits, ihre Tochter auf der Hüfte.

»Wie geht es Truth?«, fragte Claire und hielt an, um das Baby gebührend zu bewundern.

Truth Jourdemayne war jetzt drei Monate alt. Ihr Mützchen und der Frottee-Strampelanzug wirkten erstaunlich konventionell im Vergleich zu dem gebatikten Overall und T-Shirt ihrer Mutter.

»Sie wächst so schnell«, sagte Katherine. »Das letzte Mal, als Caro hier war, wollte sie nicht glauben, wie groß sie schon geworden ist. Ich bin so glücklich mit ihr.«

Caroline war Katherines Zwillingsschwester. Sie war bei Colins und Claires erstem Besuch in den Räumen der *Stimme der Wahrheit* gewesen, gehörte jedoch nicht zu Thornes Kreis. Sie war ausgebildete Bibliothekarin und arbeitete in einer Bibliothek im Osten.

»Weißt du, wo Thorne steckt?«, fragte Colin. Vielleicht würde Thorne auf der Höhe seines Erfolges sich wenigstens bereit finden, nicht länger auf Simon einzuschlagen und den Streit auf sich beruhen zu lassen.

»Er muss hier irgendwo sein«, sagte Katherine und runzelte die Stirn. »Seit dem Gezeitenwechsel der Tagundnachtgleiche arbeitet er an einem neuen Ritual. Er nennt es die Öffnung des Weges. Er will heute ein Stück davon ausprobieren.«

Es war typisch Thorne, in aller Öffentlichkeit zu versuchen, was andere Magier in strikter Zurückgezogenheit probieren würden.

»Er könnte da hinter dem Bus sein«, sagte Katherine.

»Wir sehen mal nach«, meinte Claire.

Dort fanden sie ihn tatsächlich. Thorne stand auf einer Kiste und fotografierte das Festival mit einer seiner ramponierten

Kameras, die ihn überallhin begleiteten. Er trug verblichene Jeans und ausgelatschte Sandalen, mehrere Ketten mit Holzperlen baumelten über seiner nackten Brust. Jonathan Ashwell – in gleicher Kleidung – stand neben ihm.

Die beiden Männer grinsten, als sie näher kamen.

»Claire! Und Colin – wie laufen denn die Gespenstergeschäfte so?«

»Wie immer«, antwortete Colin.

»Ich muss los«, sagte Jonathan und zog den Kopf ein. Er war in Colins Gegenwart gehemmt, als fürchtete er noch immer, dass sein ehemaliger Lehrer ihm seinen Abgang von Berkeley verübelte. »Schön, Sie zu sehen, Professor. Hallo, Claire.«

»Und wie geht es dir?«, fragte Claire, als Jonathan gegangen war. »Ed Sullivan? Ich habe mir die Talkshow an dem Abend angeschaut, den Debbie mir genannt hatte, aber ich habe dich nicht gesehen.«

»Du hättest im Studiopublikum sein sollen, Baby.« Thorne grinste sie an. »Nächste Woche mache ich beim *Dating Game* mit: ›Frage Nummer eins: Bei der Immanetesierung des Eschaton, was benutzen Sie lieber: a) hörige Liebe, b) Vatikanstadt oder c) einen nuklearen Gefechtskopf?‹«

Claire schnaubte verächtlich. »Wahrscheinlich schmeißen sie die Aufzeichnung auch raus.«

»Das würde mich nicht überraschen«, sagte Thorne. »Es macht so einen Spaß, den Leuten zu zeigen, was Freiheit ist, dass ich nicht verstehe, wie man überhaupt etwas anderes machen kann.« Er stieg von der Kiste herunter. »Kommt hier rüber. Ich will ein Bild von euch machen. Ein Erinnerungsfoto.«

Er führte Colin und Claire ein paar Schritte vom Bus weg, so dass sie vor einer kleinen Baumgruppe standen.

»Ende des Monats habe ich einen Auftritt, den niemand zensieren kann«, fuhr Thorne fort und stellte die Kamera ein. »Anstey mag meine Sache hier vermasselt haben, aber ich glaube immer noch, dass die Solidarität uns retten wird. Nichts ist stärker als Magie! Niemand kann der Magie widerstehen!«

Während er sprach, knipste Thorne und transportierte den Film weiter. Er machte mehrere Fotos.

»Also«, sagte er befriedigt, »jetzt habt ihr Unsterblichkeit erlangt.«

»Welche Solidarität meinst du?«, fragte Colin behutsam. Er hoffte, dass man seine Zweifel nicht heraushörte.

»Ich werde ein Gott«, sagte Thorne fröhlich. »Und die Leute werden mich anbeten. Es gibt keinen Grund dafür, dass das Große Werk der Verwandlung auf den geistigen Körper beschränkt bleiben muss – das ist Alter-Äon-Schrott. Die Universelle Mystery-Tour wird mehr Menschen mit dem Großen Werk bekannt machen als je zuvor. Und ich werde diesen Ruhm in Geld und Macht verwandeln und damit die Welt neu gestalten.«

»Thorne ...«, begann Colin, doch Thornes sprunghafte Aufmerksamkeit war schon wieder durch etwas anderes abgelenkt. »Hey! Da ist Irene! Ich muss mal zu ihr hin!« Er hängte sich die Kamera um den Hals und rannte los.

Colin seufzte laut auf.

»Warum setzt er immer alles daran, wie ein übergeschnappter Irrer zu erscheinen?«, fragte Claire unglücklich. »Ich habe letzte Woche mit Johnny Ashwell gesprochen – die Universelle Mystery-Tour ist nichts anderes, als dass ein paar Rockbands auf Tournee gehen, und sie haben Thorne gefragt, ob er mitkommt. Da ist überhaupt keine Rede von ... Göttern.«

»Aber es hat noch niemand dadurch einen Fernsehauftritt bekommen, dass er vernünftig, zurückhaltend und ernst war«, sagte Colin. »Und Thorne scheint wohl oder übel ins Unterhaltungsgeschäft einzusteigen. Mich würde brennend interessieren, was Ed Sullivan von ihm gedacht hat.«

»Na ja, wir wissen, was Thorne aus der *Ed Sullivan Show* gemacht hat«, sagte Claire bündig. »Hackfleisch.«

»Ich gehe ihn suchen«, entschied Colin beinahe wider besseres Wissen. Er wollte immer noch mit Thorne sprechen. Wenn – wie er voraussetzte – Thorne seinen Plan aufgab, die Magischen Logen mit den New-Age-Gruppen der Bay Area zum Zwecke politischer Aktivitäten zu vereinen, dann konnte er ihn vielleicht überreden, sich auch mit Simon auszusöhnen. Und wenn Thorne für einen Moment seine Maske des ›Heiligen Clowns‹ fallen ließ, dann könnte Colin ihm vielleicht sogar auseinander setzen, warum es gerade jetzt so wichtig war, dass die Kräfte des Lichts zusammenhielten.

Doch Thorne besaß ein erstaunliches Geschick, unauffindbar zu sein. Colin konnte ihn nirgends auftreiben, wie sehr er auch suchte. Währenddessen wurde die Bühne, auf der die Vorführungen – darunter Thornes – stattfinden sollten, mit Fahnen, Masken aus Pappmaché und Postern dekoriert. Ein Poster zeigte einen Schädel über gekreuzten Spritzen, darunter war zu lesen: »*Speed* tötet!« Leuchtend bunte Fahnen – rosa, gelb, lila, giftgrün – mit handbemalten Mustern flatterten an den Bühnenecken im kühlen Wind. Das ganze Spektakel erschien so unwirklich wie die Illustration zu einem Märchenbuch.

Doch die Wirklichkeit, in der es stattfand, war böse genug.

Wo steckte Thorne? Er konnte sich nicht in Luft aufgelöst haben. Er musste sich ja noch kostümieren – Colin war nicht bereit, Thornes Verkleidung als liturgisches Gewand zu bezeichnen –, doch wenn Colin wartete, bis Thorne zum Bus zurückkehrte, dann wäre es vielleicht für ein Gespräch zu spät. Und nach einem Ritual würde Thorne viel zu erregt sein, als dass an so etwas auch nur zu denken war.

Während Colins Suche bestieg eine der Bands die Bühne – »Narzain Kui« stand auf dem Schlagzeug. Colin war erneut auf dem Weg zum Bus, doch als »Narzain Kui« zu spielen begann, scharte sich die Menge um die Bühne wie Metallsplitter um einen starken Magneten. Die Menge schloss Colin ein, so dass er nicht weiterkam. Er knirschte ärgerlich mit den Zähnen.

Der rohe Lärm des ersten Songs schlug wie eine harte Woge über ihm zusammen, doch nach kurzer Zeit konnte Colin zu seiner Überraschung den Text des Liedes verstehen.

Sie gaben uns ihr Versprechen in die Hand
Jetzt sind sie mit Waffen in fremdem Land
Nimm dein Gewehr und folge ihnen nach
Und morde für die Mörder …

Der Song war dem Publikum offensichtlich bestens bekannt. Sie reagierten darauf, als wäre es eine Nationalhymne, und Colin spürte ein Prickeln auf seiner Haut, als die Energie um ihn herum in die Höhe schnellte. Der Lead-Gitarrist antwortete mit einem Jaulen, das wie eine Rückkoppelung klang, bevor die Band mit der zweiten Strophe begann.

Morde für die Mörder – es ist nicht dein Krieg
Komm, kämpfe gegen das Sterben des Lichts –

Colin nahm die Kraft einer unerbittlichen, mächtigen Bestie wahr, die, zwar nur halb bewusst, aber vor gerechtem Zorn kochte. »*Watest durchs Blut – weißt du, was recht ist …*« Es war, als ob die jungen Leute um ihn herum glaubten, die Musik könne politische Aktionen ersetzen – und Gott mochte dem Land beistehen, wenn sie je ihren Irrtum einsahen.

Wenn du für Mörder mordest …

Am Ende der zweiten Strophe spielte die Band eine Überleitungsmusik, und Thorne kletterte auf die Bühne. Er bewegte sich vorsichtig, um sein Kostüm zu schonen. Colin war einen Augenblick lang perplex, herausgerissen aus der faszinierenden Gewalt der Musik.

Thorne trug die Robe eines Adepten, zu der ihn seine Mitgliedschaft im Inneren Orden berechtigt hatte. Dies allein wäre schon schlimm genug gewesen, doch er hatte seinem Kostüm noch einige Dinge hinzugefügt. Über seinen Schultern trug er eine Art Pelzumhang – Colin hielt es für Wolfspelz –, und auf seinem Kopf trug er ein Geweih, in dessen Mitte eine Sonnenscheibe befestigt war. Er hatte sich über und über mit Glitzerstaub bestreut, und bei jeder Bewegung war er von einer Glitzerwolke umgeben. Jetzt, da sein ausdrücklicher Wunsch, mit den anderen Magischen Orden in der Bay Area zusammenzuarbeiten, an seiner eigenen Anmaßung gescheitert war, hatte Colin gehofft, dass Thorne sich mäßigen würde.

Doch davon konnte keine Rede sein.

Die Überleitungsmusik endete. Der Lead-Gitarrist zeigte grinsend auf ein zweites Mikrofon, und nun sang Thorne mit.

Das sterbende Licht macht jeden Tag dunkler –

Wenn Thorne vorhatte, etwa die letzten Okkultisten, die mit ihm noch sympathisierten, vor den Kopf zu stoßen, so leistete er Vortreffliches.

Kniet nieder, erinnert Euch des Gebets –

»Großer Gott«, Claire musste sich auf Zehenspitzen stellen und in Colins Ohr rufen. »Was will er denn jetzt darstellen?«

Gehorche dem Befehl, wie es sich gehört –

Colin wunderte sich nicht darüber, dass sie ihn gefunden hatte. Sie hatte diesen siebten Sinn.

»Etwas, zu dem er kein Recht hat und nie wieder haben wird«, erwiderte Colin so laut, dass sie ihn über die Musik hinweg hören konnte.

Und morde für Mörder –

»Narzain Kui« hämmerte das Lied zu Ende. Mittlerweile sang – oder schrie – das ganze Publikum mit.

Morden für Mörder – Das ist noch nicht alles
Morden für Mörder – Der Krieg ist überall
Morden für Mörder – Tu nur, was gerecht ist
Oder morde für Mörder –

Das Publikum johlte, als der Song aufhörte. Thorne umarmte den Gitarristen, und das Gejohle wurde lauter. Die Band blieb auf der Bühne, während Thorne wartete, bis die Menge etwas ruhiger geworden war. Dann nahm er das Mikrofon aus der Halterung und begann das Kabel hin und her zu peitschen.

»Hey-y-y-y, Epopten und Illuminati«, sang er leise. »Wer will die Welt verändern?«

»*Wir!*«, schrie das Publikum zurück. Der Drummer schlug einen Trommelwirbel, und die Menge kreischte zurück.

Thorne stieg auf dem Energielevel der Musik ein und steigerte es noch. Die Menge geriet so außer sich, dass Colin fürchtete, die Gefühle könnten in dumpfen Hass umschlagen. Lag das etwa in seiner Absicht – war das die Quelle, aus der sich seine Rituale speisten?

In dem allgemeinen Gejohle und Geschrei vernahm Colin plötzlich das Heulen der Bestie.

»Schau mal, Colin – ist das nicht Simon Anstey?«, sagte Claire plötzlich besorgt.

Colin wandte seinen Blick von der Bühne ab und erblickte Simon. Er spürte etwas wie Erleichterung – was Simon hier auch suchen mochte, seine Anwesenheit würde die monströse Geburt, die Thorne plante, unmöglich machen.

Simon trug einen schwarzen Straßenanzug und wirkte noch deplatzierter als Colin und Claire. Er bahnte sich entschlossen einen Weg durch die Menge zu Thorne, und er wurde von Bundesvollzugsbeamten begleitet.

Auch Thorne hatte ihn entdeckt. Er ließ seine Arme zögernd sinken und versuchte, Herr der Situation zu bleiben.

»Aha, schau einer an, wer da ist. Es ist Simon Anstey, der berühmte Pianist und selbst ernannte Richter über die Wahrheit. Bist du den ganzen Weg hergekommen, um uns Hippies Musikstunden zu geben, Simon?«

Die aufgestachelte Menge lachte und machte Simon widerwillig Platz, der zur Bühne strebte. Colin und Claire wurden von denen zurückgeschubst, die ihm auswichen. Sie beide spürten die wachsende Aggressivität in den Körpern um sich herum.

»Diesmal wirst du mit deiner Ignoranz nicht durchkommen, Blackburn! Du und deine dürren Hippies, ihr könnt eure Sachen packen und von hier verschwinden, so ist das!«, rief Simon.

»Ich habe eine Erlaubnis«, sagte Thorne mit gedehnter Stimme. Er machte eine Grimasse zur Menge hin, und diese brach in Gelächter aus.

Simon lächelte spöttisch. »Und ich habe eine einstweilige Verfügung. Du bist ein öffentliches Ärgernis, Blackburn, und ich werde es beenden.«

Simon stand vor der Bühne und hielt das Dokument in die Luft. Er schleuderte es Thorne vor die Füße. Thorne sah überrascht aus. Damit schien er nicht gerechnet zu haben.

»Was willst du, Anstey?«, fragte er schließlich.

»Ich bin gekommen, um dich als den zu enttarnen, der du wirklich bist, Blackburn – ein Schwindler! Ein Possenreißer! Eine Beleidigung all der Lehren, die du zu verbreiten vorgibst!«, rief Simon.

»Nun denn – dann tu's doch!«, sagte Thorne ins Mikrofon. Seine Stimme wurde von den Lautsprechern auf der Bühne verstärkt. Er ging einen Schritt zurück und warf das Mikrofon zu Anstey hinunter.

Simon war klug genug – oder hatte die gleiche Ader für Showeffekte wie Thorne –, es nicht zu benützen. Das hätte die ganze Angelegenheit auf das Niveau von zwei Komikern gebracht, die sich gegenseitig auf der Bühne auszustechen versuchten. Er warf das Mikrofon auf die Bühne zurück. Es schlug mit einem Donner und elektronischem Heulen auf. Einer von der Band sprang auf und riss den Mikrofonstecker aus dem Verstärker.

»Gib auf und geh nach Hause, Blackburn – niemand will dich hier haben«, sagte Simon. »Und ich für mein Teil habe deine Eitelkeit satt und dein lächerliches Machtgetue! Gibt es nicht schon genug Betrüger auf der Welt, die sich an den Wehrlosen bereichern? Das Traurige ist nur, dass man dir und deinem verlogenen Spiel glaubt«, sagte Simon.

Thorne wendete sich von Simon ab und ließ seine Blicke über das Publikum schweifen.

»Ein verlogenes Spiel, Anstey, ist doch wohl eher der Pfad, den du – und Colin MacLaren …«, fügte Thorne hinzu und sah direkt zu Colin in der Menge, »… und all die anderen weißen Lichtmönche in ihren schwarzen Kutten jedem aufschwatzen wollt, der nach Antworten sucht. Euer Pfad ist der Betrug, von dem du schwätzt, Simon *Magus*, eine Täuschung, mit der alte Männer in weißen Nachthemden ihre Anhänger davon abbringen wollen, in der wirklichen Welt etwas zu verändern! Und dieser Pfad hat hier sein Ende!«, rief Thorne und breitete seine Arme theatralisch aus.

Es gab ein paar Stimmen des Beifalls, doch die meisten im Publikum schwiegen unbehaglich. Ohne Mikrofon konnten nicht alle verstehen, was auf der Bühne vorging, und die Gegenwart der Bundespolizisten machte sie unsicher. Colin spürte die Gewalt in der Luft wie die Vorboten eines Sturms.

»Nun, das Einzige, was deine Anhänger verändern, ist dein fettes Bankkonto, Blackburn!«, fauchte Simon. »Sie geben dir ihren ganzen Besitz, und was bekommen sie dafür? Nichts!«

»Zumindest gebe ich ihnen die Chance, sich selbst zu entscheiden«, schoss Thorne zurück. »Alles, was du willst, ist, dass sie dir folgen statt mir – reicht dir der Applaus im Konzertsaal nicht mehr?«

»Also gut, Mr. Blackburn. Sie kommen jetzt mit uns«, sagte einer der Polizisten und stieg auf die Bühne.

Colin erkannte an Simons Gesichtsausdruck, dass er nicht vorgehabt hatte, die Dinge so weit zu treiben. »Ich muss da eingreifen, bevor Thorne einen Tumult auslöst«, sagte Colin zu Claire. Er drängte sich zur Bühne vor.

Die Menge, vor wenigen Augenblicken noch von Thorne an den Rand der Hysterie getrieben, wurde über die Unterbrechung immer ungehaltener, erste Buhrufe und Pfiffe erhoben sich gegen Simon.

»Sich selbst entscheiden? Das ist ja toll!«, rief Simon. »Was sollen sie denn entscheiden, wenn du sie mit nichts als Lügen, Tricks und falschen Versprechungen fütterst? Ich behaupte wenigstens nicht, der Sohn eines Gottes zu sein!«

»Du scheinst zu glauben, dass Taten lauter sprechen als Worte«, gurrte Thorne spottend in ein anderes Mikrofon.

Gelächter.

Thorne wich vor dem Polizeibeamten zurück, der auf die Bühne kletterte. Jetzt hatte Colin die Bühne ebenfalls erreicht und arbeitete sich zu den Stufen an der Seite vor.

»Jawohl«, sagte Simon hartnäckig von unten. »Das tue ich. Wenn du über gottgleiche Kräfte verfügst, wie du behauptest, Blackburn, warum zauberst du dann den Aufhebungsbescheid nicht weg? Oder verwandelst mich in einen Frosch? Irgendetwas?«

Der Tag, der noch eben so hell und klar gewesen war, verdunkelte sich. Wolken, die sich über den San Gabriel Mountains zusammengebraut hatten, bedeckten nun den Himmel und ließen das Licht wie hinter einem Gazeschleier erscheinen.

»Ich versuche nie, die Natur zu verbessern«, schnappte Thorne. Der Polizist erreichte ihn, und es kam zu einem kurzen Handgemenge, als Thorne ihn abzuschütteln versuchte. Der Mann zog seine Handschellen hervor. Colin schritt auf die Bühne und eilte zu den beiden Männern. Nicht mehr lange, und die Menge würde die Bühne stürmen, und es würde Verletzte geben.

»Das ist unnötig«, sagte Colin in ruhigem Ton zu dem Beamten. »Wenn dies ein rechtmäßiger Unterlassungsbescheid ist, wird Mr. Blackburn sicher nicht dagegen verstoßen wollen.«

»*Et tu*, Colin?«, sagte Thorne und starrte ihn über die Schulter des Polizisten an. Dieser trat zurück, ohne Thorne die Handschellen anzulegen.

»Versuch bloß nicht, mich zu beeindrucken. Ich habe auch eine humanistische Schulbildung genossen«, erwiderte Colin scharf. Thornes Zurschaustellung seiner Robe, die er nicht länger tragen durfte, und die Leichtigkeit, mit der er sich die Energie des Mobs zunutze machte, hatten Colin mehr geärgert – ja, geängstigt, als er erwartet hatte.

Er drehte sich um und sah zu Simon Anstey hinüber. »Simon, was wolltest du damit erreichen?«, fragte Colin.

»Ich hab's satt, dass dieser Hochstapler alles kaputtmacht, wofür Alison und ich seit Jahren arbeiten!«, gab Simon zurück und kletterte nun auch auf die Bühne. »Wie soll Parapsychologie je als rechtmäßiges Forschungsgebiet akzeptiert werden, wenn dieser Mann das Okkulte zu einer Show auf dem Rummelplatz macht.«

»Es *ist* eine Show«, sagte Thorne gelassen und ging von dem Polizisten weg. »Darum geht es.«

»Nein«, sagte Colin, der den sinnlosen Zwist plötzlich nicht mehr ertragen konnte. »Es ist das, was jeder von uns daraus macht. Du hättest etwas Gutes, Wertvolles daraus machen können – du hättest die Pforte sein können, durch die neue Suchende sich den Alten Mysterien hätten nähern können …«

»Alter Blödsinn!«, rief Thorne und machte einen Satz zum vorderen Teil der Bühne hin. Seine gehörnte Krone hing ihm schief vom Kopf, und er riss sie herunter und schleuderte sie in die Menge. »Gib nach – gib auf – *füge dich* … Vergesst das Ganze! Die Menschheit hat die Kraft der Götter, und es ist Zeit, dass wir sie zu mehr nutzen als Gebetsmühlen zu drehen …«

»Entweder Sie halten jetzt Ihren Mund und machen, dass Sie wegkommen, oder Sie werden in Handschellen abgeführt. Mike! Bring die Leute in Bewegung!«, bellte der Polizist auf der Bühne.

Thorne zuckte mit den Schultern und schien sofort die Waffen zu strecken. Er zog seine Gewandung aus. Thorne sah Colin an.

»Du vergreifst dich an allem, was mir heilig ist«, sagte Colin, die unausgesprochene Frage beantwortend, »und dann willst du von eben den Eigenschaften, die du verachtest, profitieren, sobald du in Schwierigkeiten gerätst. Doch diesmal kann ich dir nicht helfen, Thorne.«

»Dann geh doch«, sagte Thorne. »Geh zurück zu deinem wertvollen, sicheren, zahmen weißen Licht. Nur, du irrst dich, wenn du es für einen Pfad hältst – es ist eine Sackgasse. Kommt, Boys and Girls«, rief Thorne dem Publikum zu und hielt ihnen seine Hände entgegen. »Heute gewinnen die Schweine – morgen gewinnen wir. Lasst uns friedlich gehen; sie haben so schon genug Schiss vor uns.«

Erst später wurde Colin klar, warum Claires Gabe sie zu dem Festival an diesem Tag gesandt hatte. Sie war nicht wegen Thorne Blackburn gekommen.

Sie war wegen ihm, Colin, gekommen.

INTERMEZZO #4

JUNI 1967

Thorne und Colin sahen sich nach diesem Tag nur noch selten. Es schien, als hätte Thorne Colin aufgegeben und als wollte er seine Zeit nicht mehr mit ihm verschwenden. Tatsächlich hatten sich ihre Wege so weit voneinander entfernt, dass Colin nicht länger die Augen verschließen konnte vor den Dingen, die Thorne propagierte.

Wenige Wochen nach dem Streit im Park ging zumindest ein Teil von Simons Wünschen in Erfüllung. Thorne entfernte sich auf der *Universal Mystery Tour* – einer sechswöchigen Ausschweifung aus Friedensdemonstrationen, Rock 'n' Roll und Magie – sowohl vom Illusionismus auf der Bühne als auch von der ernsthafteren Magie. Danach war Thorne nach damaligen Begriffen wirklich eine nationale Berühmtheit. Und Thorne wäre nicht er selbst gewesen, wenn er sich daraufhin nicht vollkommen von der Öffentlichkeit zurückgezogen hätte. Er hatte es irgendwie geschafft, ein kleines Vermögen zusammenzubringen, und erwarb einen Landbesitz namens *Shadow's Gate* im nördlichen Teil des Staates New York.

Nach jenem Junitag im Park sah ich Thorne Blackburn nicht mehr wieder. Doch bevor ich die Nachricht von seinem Tode erhielt, hatte ich einen viel persönlicheren Verlust zu verkraften …

8

BERKELEY, MONTAG, 16. SEPTEMBER 1968

Er ist in Sicherheit und kann nicht mehr beklagen
Ein kaltes Herz, ein Haupt, umsonst ergraut.

PERCY BYSSHE SHELLEY

Das Jahr 1968 war bestimmt von Gewalt und Tod. Bevor es vorüber war, hatten zwei Attentate das Gesicht der Politik in den USA für immer verändert: die auf Martin Luther King jr. und Senator Robert F. Kennedy. Die beiden Morde lagen kaum acht Wochen auseinander, und im Gefolge des zweiten Verbrechens nahm der Aufruhr am Rande des Nationalkonvents der Demokratischen Partei in Chicago surrealistische, apokalyptische Züge an. Die politische Rechte betrachtete ihn als weiteres Beispiel für die Verrohung des politischen Lebens und die Linke als Bestätigung dafür, dass die Vereinigten Staaten zu einem brutalen Polizeistaat geworden war.

Der Prozess gegen die Rädelsführer »Chicago Seven« wurde zum Medienzirkus, zu einer Faschingsveranstaltung, in der sich Wahrheit und Gerechtigkeit nicht als blind, sondern als wahnsinnig erwiesen …

Sie hatten sich den kleinen Bungalow vor vier Jahren gekauft, als Peter befördert worden war. Am Tag ihres Einzugs waren sie so glücklich gewesen – endlich ein wirkliches Zuhause. Manchmal glaubte Claire diese Freude noch immer empfinden zu können, als würde das Haus sie festhalten, um wie ein Echo längst vergangener Musik durch die Räume zu hallen.

Sie war von Anfang an entschlossen, aus ihrem gemeinsamen Haus alles das zu machen, was ihr eigenes Zuhause nie gehabt hatte. Manchmal lachte Peter über ihre geradezu verbissene Entschlossenheit dabei, doch seine Mutter tat das nie. Elisabeth Moffat verstand ihre Schwiegertochter in jener wortlosen Kommunikation, die aus zwei Fremden für gewisse Augenblicke echte Freunde werden lässt. Sie nahm Claire mit einer solch schlichten Güte in ihrem Herzen und ihrer Familie auf, dass Claire sich davon mehr als je zuvor in ihrem Leben beschenkt fühlte. Unter der Anleitung ihrer Schwiegermutter wurde aus dem Haus ein gemütliches Nest für zwei und eines Tages vielleicht auch für drei Menschen.

Claire wusste, dass Peter eine Familie wollte. Sie selbst war zunächst eher zurückhaltend gewesen, denn sie hatte Angst, sie würde einem Kind nur ihre eigene Kindheitshölle wieder bereiten. Es dauerte lange, bis diese Angst nachließ, und Claire wusste, dass sie nie ganz schwinden würde. Doch mit Peters Hilfe und der seiner Mutter wurde sie zuversichtlicher – nicht, dass sie eine großartige Mutter sein würde, aber ihre Fehler würden nicht unverzeihlich sein. In diesem Frühling legte sie es darauf an, schwanger zu werden.

Und damit begannen die Träume.

Zuerst hatte sie geglaubt, es wären einfach nur Angstträume. Nach seinem Bruch mit Thorne war Colin zurück an die Ostküste gegangen. Ein Freund hatte ihm eine Stelle bei *Selkie Press* angeboten, einem Verlag, der sich auf parapsychologische und okkulte Themen spezialisiert hatte. Colin, der sich immer weniger mit der lavierenden Politik der Rhodes-Gruppe arrangieren konnte, hatte eingewilligt.

Claire wusste zwar, dass sie Colin vermissen würde – als Freund und als jemanden, der ihre Fehler viel besser verstehen konnte, als es Peter je vermochte –, aber sie fühlte sich nicht so abhängig von ihm, dass sein Wegzug sie in Panik versetzt hätte. Schließlich war er nur einen Telefonanruf entfernt.

Doch die Träume suchten sie weiter heim.

Sie begannen als einfache Hinweise – ein beunruhigendes Übergreifen in ihre anderen Träume. Später kamen deutlichere Bilder: Sie rannte durch den Nebel und schrie, dass … etwas zurückkehren sollte. Es gab einen Verlust in diesen Träumen, ebenso tief wie schmerzlich.

Sie wusste, was es war.

Jedes Mal, wenn die Erkenntnis sich meldete, verbannte sie sie. Es war nicht wahr. Doch das war krankes, perverses Wunschdenken. Oder ihre Gabe log wenigstens dieses eine Mal, war vergiftet, weil Claire selbst vergiftet war von der unverdienten Schmach ihrer unglücklichen Kindheit.

Im tiefsten Inneren aber wusste sie, dass keine dieser Erklärungen zutraf. Die Träume wiederholten sich, Monat für Monat, bis ein halbes Jahr vergangen war. Sie erzählte niemandem davon, doch ihr Bewusstsein hallte von den ungeführten Gesprächen wider. *Claire, warum hast du mir nichts gesagt?*, fragte Colins Stimme.

Und ihre eigene Stimme antwortete: *Wie konnte ich? Wenn ich keinem was sage, kann ich immer noch hoffen, mich vielleicht zu irren. Wenn ich es dir aber sage, muss ich es ihm auch sagen, oder es wird ein Geheimnis, das ich vor ihm hüte, und das würde ich nicht aushalten. Wem kann ich es sagen, ohne es ihm zu sagen?*

Niemandem.

Als sie noch jünger war, war Claire eine Meisterin der Verstellung gewesen. Sie versteckte unliebsame Wahrheiten tief in sich und bot der Welt ein sorgloses, glattes Gesicht. Jetzt erweckte sie all diese Fähigkeiten, die sie inzwischen für unnötig gehalten hatte, wieder zum Leben, um die Wahrheit zu vergraben und so zu tun, als wäre alles beim Alten. Und es gelang ihr sogar, sich selbst zu täuschen – außer in den Träumen.

Wenn sie daraus erwachte, schlüpfte sie leise aus dem Ehebett, kauerte in der Küche über einer Tasse Tee und überlegte, wie sie Peter in Sicherheit bringen könnte. Sie konnte ihn nicht warnen. Es gab nichts, *wovor* sie ihn hätte warnen können – nur ihr beängstigendes Vorgefühl des Verlustes. Sie hatte gewusst, was sein Job war, bevor sie heirateten. Sie hatte immer gewusst, dass es ein gefährlicher Job war und er ihn zu sehr mochte, um ihn einfach aufzugeben. Ihm zu sagen, dass sie sich fürchtete, würde ihn nicht gegen die Gefahr wappnen. Es wäre nur nutzlose Grausamkeit.

Und so behielt Claire ihre Gedanken für sich. Ihr Bewusstsein war gespalten zwischen der Angst vor einer gestaltlosen Bedrohung und absichtlicher Verdrängung.

Bis sie eines Tages die Augen nicht länger verschließen konnte.

Es war der 16. September, ein Montag. Peter hatte Schicht von 15.00 bis 20.00 Uhr. Claire war zu Hause und machte Abendessen, im Hintergrund liefen die Geräusche von *Rowan and Martin's Laugh-In*.

In den letzten Jahren war sie bei einer Agentur für Zeitarbeit gemeldet – eine ausgebildete Krankenschwester, die bereit war, hier und da einzuspringen, war immer gefragt –, doch seit die Bedeutung ihrer Warnträume unmissverständlich geworden war, hatte sie immer weniger gearbeitet. Sie fürchtete sich schon davor, das Haus zu verlassen, als ob sie sich zu Hause vor irgendetwas schützen könnte, das sich anbahnte.

Die meiste Zeit über war sie beschäftigt, doch neuerdings begann sie gegen 19.00 Uhr, die Uhrzeiger zu verfolgen. Und wenn es acht war, sandte sie ein Stoßgebet gen Himmel, auch wenn Peter erst eine Stunde später heimkehren würde. Um 20.00 Uhr war seine Schicht zu Ende, dann war er für diesen Tag gerettet. Jetzt konnte sie sich wieder um ihre Dinge kümmern, und wenn er schließlich kam, umarmte sie ihn, als ob nichts gewesen wäre.

Es war eines Abends um 20.45 Uhr. Sie war in der Küche und kochte. Sie hatte ihren Tagesrhythmus seinem angeglichen, so dass sie recht spät aßen. Im Backofen hatte sie einen Schinken, Peters Lieblingsessen. Es sollten Jahre vergehen, bevor sie nach diesem Abend den Geruch von Schinken wieder ertragen konnte.

Sie füllte einen Topf mit Wasser und wollte ihn auf den Herd stellen. Da versank ihre Welt plötzlich um sie herum.

Sie lag auf dem Boden, es war dunkel. Über sich erkannte sie die hellen Glühbirnen aus dem Lebensmittelladen, der nur ein paar Häuserblocks entfernt war.

Sie hatte keine Schmerzen. Ihr war nur kalt, und sie war nass. Sie spürte eine riesige Stille um sich her und wusste, dass der Tod gekommen und jetzt alles vorbei war.

»Peter!«

Der Lärm, mit dem der Topf auf den Boden geschlagen war, hatte sie wieder zu Bewusstsein gebracht. Der ganze Boden war mit Wasser überschwemmt, aber sie nahm sich nicht die Zeit, es aufzuwischen. Sie griff ihren Autoschlüssel und rannte zur Tür.

Sie wusste, wo er war. Sie hätte es auch gewusst, wenn ihre Bindung nicht so eng gewesen wäre und sie zu dem kleinen Einkaufszentrum gelenkt hätte, das keine fünfzehn Minuten von ihrem Haus entfernt lag. Sie erinnerte sich nicht an diese Fahrt, erst wieder an den Moment, als sie um die Ecke bog und die beiden Polizeiwagen auf dem Parkplatz sah.

»Hallo, Sie da – oh, mein Gott, Claire – bitte, komm nicht näh ...« Die Worte berührten sie nicht. Sie zerrte so lange an den Händen, bis sie sie losließen.

Sie hatten Peter mit einer Decke aus einem der Autos zugedeckt. Ungeduldig zog sie sie beiseite und kniete sich neben ihn. Der Boden war glitschig und nass, und im Moment verstand sie nicht, warum. Sie hatten sein Gesicht bedeckt – warum?

»Peter?«, flüsterte Claire. Sie tastete nach seiner Hand, ihre Finger schlossen sich in mechanischer Krankenschwesterroutine um seinen Puls. Doch sie kam zu spät. Die Hand lag kalt und leblos in ihrer. Er war schon gegangen.

Das ist nicht fair. Das ist nicht fair – er war nicht einmal mehr im Dienst. Wie konnte ihn jemand erschießen, wenn er nicht einmal im Dienst war ...

Nichts bedeutete mehr etwas. Später erzählten sie ihr den ganzen Tathergang – ein Überfall, eine abgesägte Flinte. Sie versicherten ihr, dass Peters Tod gnädig, schnell und schmerzlos gewesen sei. Sie versicherten ihr, dass ihr Mann als Held gestorben sei. Nichts davon bedeutete ihr jetzt etwas. Das Einzige, was jetzt etwas bedeutete, war, dass sie zu seiner Mutter gehen und ihr die Nachricht überbringen musste.

Einer der uniformierten Beamten fuhr Claire zu Mrs. Moffats Haus. Eigentlich hatte er sie nach Hause bringen wollen, doch Claire bestand darauf. Sie spürte das dringende Bedürfnis, die Nachricht sofort zu überbringen, als würde ein Zögern die Dinge nur noch schlimmer machen. Sie wusste, dass ihre Ruhe eine Illusion war, die von dem lähmenden seelischen

Trauma herrührte. Sie wusste, dass es vielleicht freundlicher gewesen wäre, bis zum Tageslicht zu warten. Doch in einem Winkel von Claires Herzen lebte die unsinnige Überzeugung, dass Peter nicht wirklich tot war, dass Elisabeth Moffat eine geheime Zauberkraft besaß, die die schlechte Nachricht vertreiben würde.

Der Wagen fuhr in die Einfahrt.

»Claire, warum wartest du nicht hier und …«

»Sei nicht dumm, Steve«, sagte Claire. Ihre Worte hatten die Gefühllosigkeit des Schocks. »Es wird für mich nicht leichter, wenn ich die Worte nicht zu hören bekomme. Ich weiß doch, dass Peter tot ist.«

Sie öffnete die Tür und stieg aus.

Peters Mutter wusste, was los war, bevor Claire auch nur den Mund öffnete. Wer aus der Familie eines Polizeibeamten würde anderes denken, wenn mitten in der Nacht ein uniformierter Polizist an der Tür erschien?

Erst später wurde Claire klar, dass sie wie der leibhaftige Todesengel ausgesehen haben musste. Sie hatte sich während der Fahrt das meiste Blut abgewischt, aber ihre Beine waren immer noch verschmiert gewesen.

Steve sagte alles Nötige, doch Claire merkte, wie erleichtert er war, als sein Kollege ein paar Minuten später vorfuhr und er das Haus verlassen konnte. Natürlich war ihm nur zu bewusst, dass er selbst auf dem Parkplatz hätte liegen können, jeder von ihnen.

»Es tut mir so Leid. Oh, Claire, mein liebes Mädchen, ich hatte so gehofft, dass dir das nie widerfahren möge«, sagte Elisabeth Moffat.

Was hast du nur?, dachte Claire leicht verwirrt. *Peter ist tot. Wir können nichts mehr tun. Es gibt nichts, worüber wir uns noch aufregen müssten.* Und tief in ihrem Inneren spürte sie Erleichterung darüber, dass das Warten nun ein Ende hatte, und auch Stolz, dass Peter in diesen ganzen qualvollen Wochen nicht gewusst hatte, worauf sie wartete.

»Es ist vorbei«, sagte sie. Tränen stiegen ihr in die Augen, und einen Moment lang verstand sie nicht, warum sie nicht mehr klar sehen konnte, dann blinzelte sie sie weg. »Ich mache uns jetzt eine Tasse Tee. Und dann müssen wir wohl darüber reden, was zu tun ist.«

Nicht, dass es von Bedeutung gewesen wäre. Nichts war mehr von Bedeutung oder würde es je wieder sein.

Das Begräbnis fand am nächsten Montag statt. Dem Anlass zum Trotz war es ein schöner Tag. Von einem wolkenlosen blauen Himmel schien golden die Sonne und ließ die Grabsteine und die großen Grabfiguren weiß erstrahlen. Die Luft war sommerlich heiß.

Natürlich war die ganze Polizeidienststelle zugegen. Peter war ein beliebter Kollege gewesen. Der Geistliche aus ihrer Gemeinde hielt die Totenmesse. Peter wurde nicht von den Worten eines Fremden, der ihn nie gesehen hatte, zur letzten Ruhe begleitet.

Gott sei Dank war Colin gekommen. Claire glaubte, dass sie es anders nicht durchgestanden hätte. Elisabeth war standhaft, ruhig und gefasst. Doch nunmehr hatte sie ihre beiden Männer zu Grabe getragen, Ehemann und Sohn, und der Schmerz grub tiefe Furchen in ihr Gesicht. Elisabeth Moffat hatte immer wie ein Fels in der Brandung gewirkt, aber jetzt war sie über Nacht um zwanzig Jahre gealtert; Claire machte sich Sorgen um sie. Um sich selbst hatte sie keine Angst. Sie glaubte nicht, dass sie je wieder irgendetwas empfinden würde. Dieser Teil von ihr war mit Peter gestorben, so sicher zu Tode gekommen wie eine erfrorene Sommerrose.

Etwas in ihr wusste, dass sie weiterleben würde, dass die Zeit den quälenden Schmerz dieser Trennung mildern und sie lehren würde, das Leben eines Tages wieder zu lieben. Ja, das würde sie – und selbst im Schock der ersten Trauer wusste sie dies –, doch die unbekümmerte Fröhlichkeit, das Glück, das Peter in ihr geweckt hatte, war für immer fort.

»Claire.«

Die Trauerfeier am Grab war vorüber, und alle waren gegangen, nur Claire konnte sich noch nicht losreißen. So schrecklich der Augenblick war, sie hing daran, denn danach würde ihr Leben ohne Peter beginnen.

»Colin. Das ist mir ein schönes Willkommen«, brachte sie mühsam heraus.

»Ich habe keine Tanzrevue erwartet, um ehrlich zu sein. Ich weiß, es klingt banal und oberflächlich, aber wenn ich irgendetwas für dich tun kann …«

»Nur wenn du ihn wieder zum Leben erwecken kannst«, entfuhr es Claire, doch dann riss sie sich zusammen. »Verzeih, Colin. Das war unwürdig. Es ist nicht deine Schuld. Es ist niemandes Schuld – mit Ausnahme des kleinen Scheißkerls mit seinem Gewehr, und den haben sie eingelocht.« Sie rieb sich müde die Augen. Sie waren trocken, weil sie schon so viel geweint hatte. »So ist schließlich alles in Ordnung, nicht wahr?«

»Ich glaube, so abgebrüht kann niemand sein«, sagte Colin. Er legte einen Arm um ihre Schulter. »Und jeder, der dir weismachen will, dass hier alles zum Besten ist, ist ein Lügner und Sadist.«

Claire rieb sich erneut die Augen. »Ich sollte wohl weinen, aber ich bin einfach zu müde. Alles kommt mir so sinnlos vor. Ich weiß, es ist nur der Schock, aber …« Sie schüttelte den Kopf.

Sie drehten sich um und gingen zum Auto zurück.

»Kein ›Aber‹«, sagte Colin bestimmt. »Du hast einen schweren Verlust erlitten. Du musst dir einfach Zeit zum Trauern lassen, bevor du dein Leben wieder aufnimmst. Peter war ein guter Mann. Wir werden ihn alle vermissen.«

»Aber es hat nichts genutzt, Colin, oder? Gut zu sein … oder irgendwas. Er ist trotzdem gestorben, oder? Was für einen Sinn soll es also haben?«

Colin wusste ihr nichts zu antworten.

9

NEW YORK, MITTWOCH, 30. APRIL 1969

Nun stehe ich, wo einst ich stand,
In jenem dunklen Straßenzug,
An Türen, wo einst schneller schlug
Mein Herz, erwartend eine Hand.

ALFRED LORD TENNYSON

»DIE SONNE! ES KOMME DIE SONNE! BEI EICHE, ASCHE UND DORN, DIE SONNE! ES KOMME DIE SONNE!«

Er befand sich in einer Art Tempel, aber er hatte nie dergleichen gesehen. Nicht dem Licht geweiht, noch durch den Dienst am Großen Drachen befleckt. Nicht schwarz, nicht weiß – sondern grau, grau wie Nebel …

»Die Sonne kommt von Süden herauf!«, rief die Frau im roten Gewand. »Ich rufe dich. Abraxas, Metatron, Uranos …«

Die uralten Namen hallten durch den Tempel. Zwölf große Steine waren im Kreis aufgestellt, und wo der dreizehnte hätte stehen sollen, stand eine gewaltige Eiche, deren Rinde vom Wetter und Alter grau geworden war. Der Stamm brach auf, und hervor trat ein gehörnter Mann.

Eine Frau war in den Farben der Sonne gekleidet. Sie trat aus dem Schatten der rot gewandeten Ruferin, um den Gott der Eiche zu grüßen. »Komm, Eröffner des Weges«, sagte sie.

»Bei Abbadon! Meggido! Typhon! Set!«, rief die Frau im roten Gewand. »Eröffne jetzt, eröffne jetzt den Weg!«

Doch stattdessen reckte die Schlange ihren Kopf und umschlang die drei und riss sie mit sich, zum Läuten der Glocken, in die Große Finsternis.

Und die Glocken läuteten immerfort …

Läuteten …

Seine Hand fand den kalten Plastikhörer und nahm ihn ab.

»Colin? Colin, bist du's? Bitte, Colin, bist du da?«

Die verzweifelten Worte, die aus dem Telefon drangen, mischten sich in dem noch halb schläfrigen Bewusstsein Colin MacLarens zu einem unverständlichen Wirrwarr.

»Ja, ja, ich bin dran. Moment.«

Er setzte sich auf, den Hörer in der Hand, und tastete nach dem Schalter der Bettlampe. Draußen vor dem Fenster seiner Erdgeschosswohnung hörte er das Rauschen des Verkehrs auf den regennassen Straßen. April in New York hieß immer unwirtliches Wetter, und ein mächtiger Frühlingssturm rüttelte an den Fenstern des alten Backsteinhauses. Die Laternen schwankten und verwandelten jeden Tropfen auf den Fensterscheiben in ein winziges Kristallprisma.

Schließlich fand er den Schalter und machte Licht. Sogleich nahm das Zimmer seine alltägliche Gestalt an, und Colin wurde wacher.

»Colin ...«, kam die Stimme durch die Telefonleitung, und da erkannte er sie.

»Caroline? Caro, bist du's?«

Caroline Jourdemayne, Katherines Zwillingsschwester. Sie arbeitete als Bibliothekarin in dem Städtchen Rock Creek am Oberlauf des Hudson in Amsterdam County.

»Ja! Ach, Colin – ich wusste nicht, wen ich sonst anrufen sollte, und – überall ist Polizei, und ich weiß nicht, was ich machen soll. Es hat einen schrecklichen Unfall gegeben, eine Katastrophe ...«

»Beruhige dich, Caroline. Ich komme natürlich. Ich komme, so schnell ich kann. Wo bist du jetzt?«

»Bei Thornes Haus, *Shadow's Gate*. Es ist in Shadowkill – du nimmst die Taconic nördlich nach Dutchess County, dann die Bundesstraße 43 zur 13. Bitte, beeil dich, Colin!« Er hörte ihre tränenerstickte Stimme, das Entsetzen, das sie unter Kontrolle zu halten versuchte.

»Caroline, was ist ...«, wollte er fragen, doch die Leitung war tot.

Lautes Donnergrollen rollte über den Himmel und ließ das Licht flackern. Grund genug für die Unterbrechung der Leitung, so dass er sich nicht den Kopf über unerfreulichere Gründe zu zerbrechen brauchte. Zum Glück funktionierte sein Telefon noch. Colin seufzte und rieb sich den Schlaf aus den Augen. Er zog das Telefon zu sich und wählte eine andere Nummer. Ein Blick auf die Uhr sagte ihm, dass es drei Uhr in der Nacht war. Colin stöhnte leise und lauschte auf das ferne Klingelzeichen im Hörer. Eine grässliche Zeit, um jemanden aus dem Schlaf zu reißen.

Doch seine Befürchtungen waren grundlos; Claire war nicht zu Hause. Als ihre Schwiegermutter – wenige Wochen nach Peters Tod – an einem Schlaganfall gestorben war, wollte Claire einen vollständigen Wechsel in ihrem Leben und nahm Colins Vorschlag an, nach New York zu ziehen. Er hatte sich Sorgen gemacht, dass Claire die doppelte Tragödie womöglich nicht überstehen würde. Ihre Flucht vor allem, mit dem sie vertraut gewesen war, die wütende Ablehnung ihres alten Lebens und all dessen, was damit in Verbindung stand, hätte ebenso gut eine Spirale in den Untergang sein können, doch Claire nahm sich zusammen und baute sich mit aller Umsicht ein neues Leben auf. Nie, auch nicht in den dunkelsten Stunden, hatte sie sich gegen die Eingebungen ihrer medialen Fähigkeit gewehrt, die sie unweigerlich an die Seite jener Menschen stellte, die in Not gerieten.

Colin seufzte erneut, dann stand er auf, um sich anzukleiden. Er hätte sie gern bei sich gehabt, doch sie arbeitete neuerdings als Privat-Krankenschwester und war nachts meistens nicht zu Hause. Er würde sie von unterwegs noch einmal anrufen, wenn sich die Gelegenheit dazu ergab. Andernfalls konnte er es auch von *Shadow's Gate* aus versuchen.

Cornbys Garage, wo Colin sein Auto stehen hatte, lag um die Ecke, und der Weg dorthin machte ihn endgültig wach. Um halb vier befand er sich auf der Straße und fuhr Richtung Norden.

Er war nie zuvor in *Shadow's Gate*, Thornes magischem Elysium, gewesen. Ihre Freundschaft war seit jenem Tag im Park merklich abgekühlt, doch die Art und Weise, wie sie sich entzweit hatten, zählte jetzt nicht. Caroline hatte ihn um Hilfe gebeten, und sie konnte auf jede Hilfe rechnen, die Colin zu geben imstande war.

Er rief noch einmal von unterwegs aus an. Die Verbindung nach *Shadow's Gate* war noch immer unterbrochen, und Claire war nicht zu Hause – und selbst, wenn sie da gewesen wäre, waren es doch über zwei Stunden Fahrt von Manhattan nach Shadowkill. Bei ihrer Ankunft wäre die Krise schon vorbei, so hoffte Colin wenigstens. Er wagte nicht, daran zu denken, was ihn in *Shadow's Gate* erwartete.

Alles, was er von Thornes neuesten Aktivitäten wusste, hatte er der *Johnny Carson Show* entnommen, die er mit Millionen anderer Amerikaner letzten Herbst im Fernsehen gesehen hatte. Thorne hatte ein silbernes Stirnband mit Mondsteinen getragen, Jeans aus Schlangenhaut und eine Sonnenbrille, die er die ganze Zeit über aufbehielt. Er hatte von einem magischen Refugium gesprochen, das er kaufen wollte, um sich dort mit seinen Anhängern einschneidenden Untersuchungen des Wesens der menschlichen Wirklichkeit zu widmen.

Womit sich Thorne in diesen Tagen auch beschäftigen mochte, es schien zu seinem Vorteil zu sein. Er sah elegant und wohlhabend aus, meilenweit entfernt von jenem schmuddeligen und exzentrischen Idealisten, den Colin vor einer Ewigkeit, wie es ihm jetzt erschien, kennen gelernt hatte.

Als er *Shadow's Gate* erreichte, zeigte sich am Himmel die beginnende Morgendämmerung. Das Gewitter hatte sich gelegt, der Himmel war wie leer gefegt; die letzten Sterne verblassten. Das Pförtnerhaus auf Thornes Landsitz war bereits von der Staats- und der städtischen Polizei besetzt, zwei Fahrzeuge mit Blaulicht blockierten die Einfahrt.

»Tut mir Leid, Mister. Niemand darf hier durch.« Der Staatspolizist, gesichtslos unter seinem breitkrempigen Hut, lehnte sich an Colins Auto.

»Mein Name ist Colin MacLaren«, sagte Colin. »Ich bin ein Freund der Familie.« Jetzt erwies es sich als ein Glück, dass er seine Zusammenarbeit mit der Polizei fortgesetzt hatte, als er nach New York zurückgekehrt war. Er holte Martin Beckets Karte hervor und zeigte sie dem Streifenbeamten.

»Sie können sich gern bei Martin nach mir erkundigen. Seine Privatnummer ist auf der Rückseite.« Becket war Detective Lieutenant und leitete die informelle Abteilung für okkulte Verbrechen der New Yorker Polizei. Er hatte mehr als einmal mit Colin zusammengearbeitet.

»Darf ich das einen Moment mitnehmen, Sir?« Das Verhalten des Staatsbeamten wurde etwas respektvoller. Er ging weg und kehrte mit einem unauffälligen Mann in grauem Anzug und Hut zurück, der ebenso gut die Buchstaben FBI auf seiner Brusttasche hätte tragen können. Colins Hoffnung sank. In was für Schwierigkeiten hatte sich Thorne diesmal gebracht? Drogen?

Doch Caroline hatte Thorne noch aus seinen Tagen in San Francisco gekannt, und eine bloße Drogen-Razzia hätte sie nicht zu einem solch verzweifelten Anruf veranlasst.

»Dr. MacLaren«, sagte er. »Ich bin Special Agent Cheshire. Was kann ich für Sie tun?«

»Sie können mich hineinlassen«, sagte Colin, der langsam ärgerlich wurde. Er schnappte Beckets Karte aus Cheshires Fingern. »Eine Freundin hat mich angerufen und mich gebeten herzukommen. Sie sagte, es gebe Schwierigkeiten, und es sieht ja ganz danach aus. Was ist passiert?«

»Und wer sollte das sein?«, fragte Cheshire, indem er Colins Frage überging.

Colin überlegte, ob er es sagen sollte. Der Mann hatte kein Recht, ihn auszufragen – zumindest konnte Colin die Antwort verweigern –, aber gegen den Sonderermittler Cheshire zu mauern würde Colin keinen Einlass zu *Shadow's Gate* verschaffen.

»Caroline Jourdemayne. Sie hat mich vor ungefähr zwei Stunden angerufen, aber unser Gespräch wurde vom Sturm unterbrochen. Geht es ihr gut, Mr. Cheshire? Sie schien ziemlich aufgelöst zu sein.«

Cheshire lächelte schmallippig. »Ein Polizeibeamter wird Sie zum Haus bringen, Dr. MacLaren.«

Colin wollte sich keineswegs auf einen Disput einlassen. Er verließ sein Auto und bestieg den Wagen des Sheriffs von Dutchess County. Sie fuhren gemächlich durch das an Schloss

Neuschwanstein erinnernde Tor des Pförtnerhauses und folgten dem langen Zufahrtsweg. *Shadow's Gate* befand sich zurückgezogen im hinteren Teil eines über einhundert Morgen großen Landbesitzes, und es war gut und gerne eine Meile bis zum Haus.

»Es ist gut, dass Sie hier sind, Mr. MacLaren«, sagte der Hilfssheriff. »Sie erinnern sich vielleicht nicht an mich, aber ich heiße Lockridge. Frank Lockridge. Ich war auf einem Abteilungsseminar, wo Sie vor etwa acht Monaten einen Vortrag über Satanismus und Sektenverbrechen gehalten haben. Es war eine echte Hilfe – besonders, seit *er* hierher gezogen ist. Ich weiß nicht, wer Sie diesmal hergerufen hat, Professor, aber ich bin verdammt froh, dass Sie da sind.«

»Können Sie mir sagen, was hier eigentlich los ist? Natürlich nur, wenn das FBI nichts dagegen hat«, sagte Colin.

Er sah im Rückspiegel, wie Frank Lockridge eine Grimasse schnitt. »Wenn die vom FBI in den Fall einsteigen, können Sie ihn in der Regel zu den Akten legen. Sie glauben, dass dieser Hurensohn Blackburn was mit den *Weathermen* zu tun hatte, und das ist alles, worum's denen geht.«

»›Hatte‹?«

»Ja, es ist vorbei, darauf wette ich. Sie haben bis zum Morgen gewartet, um den Wald nach ihm durchzukämmen, aber sie werden ihn wohl nicht finden. Er hat sich schnell auf die Socken gemacht, und ich kann es ihm nicht verdenken. Das – oder er ist tot.«

Thorne tot? Kein Wunder, dass Caroline am Telefon so verzweifelt geklungen hatte, wenn das zutraf. Colin wusste, dass Caroline Thorne fast ebenso sehr geliebt hatte wie ihre Zwillingsschwester. Sie war nur nie eine so blinde Anhängerin von ihm gewesen. Sein Tod musste sie tief treffen.

Während sie langsam zum Haus fuhren, setzte Colin sich die Geschichte zu einem Mosaik aus dem zusammen, was er wusste, und dem, was Frank Lockridge erzählt hatte.

Der Sheriff von Dutchess County war als Erster am Ort des Geschehens gewesen, kurz nach zwei in der Nacht. Ein Krankenwagen war herbestellt worden, der eine gewisse Katherine Jourdemayne fortgebracht hatte. Vom begleitenden Arzt war sie für tot erklärt worden, die Autopsie stand noch aus. Laut Hilfssheriff Lockridge stank das ganze Haus nach Weihrauch, Marihuana und Schlimmerem, und offenbar war ein satanistisches Ritual im Gange, als das Mädchen starb. Die Behörden hätten allzu gern Katherines Liebhaber, Thorne Blackburn, dazu befragt, aber er war nicht aufzufinden. Inzwischen wurde jedermann im Haus als Zeuge des Verbrechens festgehalten, wenn es denn wirklich ein Verbrechen war.

Colin wollte Lockridge eine Frage stellen, doch da kamen sie über die Anhöhe, und er sah zum ersten Mal *Shadow's Gate*.

Das weitläufige viktorianische Herrenhaus aus rotem Backstein und hellerem Naturstein aus der Gegend erinnerte ebenso an ein Märchenschloss wie zuvor schon das Pförtnerhaus. Drei Türme mit kegelförmigen Dächern ragten von den Ecken des riesigen Gebäudes empor. Vor dem Eingang standen mehrere Krankenwagen. Der Boden war übersät mit Dingen, die der Sturm abgerissen hatte, und Colin sah auf den Wiesen und bis in den Wald hinein die weißen Bruchstellen der abgeknickten Bäume. Das Echo einer größeren Macht als nur ein Gewitter hallte immer noch über den Hügeln nach.

»Und keins von diesen Kids will uns was sagen. Sie jammern bloß alle was von Religions- und Versammlungsfreiheit – verdammt noch mal, das ist schließlich 'ne Morduntersuchung!«

Katherine tot, Thorne verschwunden. Bei seinem Ruf geht die Polizei von Mord aus, und das FBI ist eingeschaltet worden wegen … dem Weather Underground. *Das ist doch lächerlich.*

»Woran ist Miss Jourdemayne gestorben?«, fragte Colin ruhig. Thorne hatte für seine Rituale nie Vorsichtsmaßnahmen getroffen, und das hatte sich jetzt gerächt.

»Drogen, wahrscheinlich. Das hat zumindest der untersuchende Arzt gesagt.« Lockridge zuckte mit den Schultern. »Sie war absolut nackt, und an ihrem Körper war nichts zu sehen. *Hippies*.«

Die Verachtung in seiner Stimme war Anklage genug.

Die Überlebenden von Thornes Sippe – das schien wirklich das passende Wort – hatten sich im Speisezimmer versammelt. Außer dem schwachen Licht der Morgendämmerung sorgten nur Kerzen für Beleuchtung: Der Strom in *Shadow's Gate* war ausgefallen.

Colin sah Jonathan Ashwell, der noch sein rituelles Gewand trug und den Rücken einer weinenden Frau streichelte. Er hatte sich, seit Colin ihn zum letzten Mal gesehen hatte, einen Bart wachsen lassen, dunkel und buschig, der ihm zusammen mit den langen Haaren eine entfernte Ähnlichkeit mit dem irren Mönch Rasputin verlieh. Etwa die Hälfte der im Raum Versammelten trug noch die rituellen Roben, die anderen Pyjamas oder Straßenkleidung. Caroline, in praktischem Hosenanzug und mit Sportbrille, wirkte im Vergleich dazu wie ein Wesen aus einer anderen Welt. Mehrere der Frauen hielten weinende Säuglinge in ihren Armen, und kleine Kinder umklammerten wimmernd die Beine von Erwachsenen. Die meisten der Frauen, aber auch einige Männer weinten, ja sie schluchzten hemmungslos wie ihre Kinder. Wie konnte irgendjemand glauben, Thorne sei auf der Flucht, wenn hier dieser Raum doch der sprechende Beweis für seinen Tod war?

Die Tragödie wurde durch die ungehemmte Trauer der Überlebenden noch unerträglicher. Colin zwang sich zur Konzentration, er wehrte die Emotionen ab, die den Raum erfüllten, das Meer von Trauer, durch das die Beamten schritten, als existierte es nicht.

»Colin!«, sagte Caroline und kam zu ihm. Dunkle Ringe lagen unter ihren Augen. Sie hatte so lange geweint, dass ihre Augen geschwollen und trocken waren. Sie warf ihre Arme um ihn – eine junge Frau, die den größtmöglichen Schmerz erlitten hatte, den Verlust ihrer Zwillingsschwester. Verzweifelt suchte sie nach Trost.

Eine Weile hielt er sie einfach nur fest, während ihr Körper vor ungeweinten Tränen zitterte. Dann löste sie sich von ihm.

»Caroline?«, fragte er. Er musste wissen, was geschehen war. Sie schüttelte den Kopf, als könnte sie ohnehin nicht antworten, was er sie auch fragen würde.

»Caroline, wo ist Thorne?«

Sie sah ihn fest an aus Augen, in denen unergründlicher Schmerz stand. »Ich weiß es nicht. Sie waren alle im Tempel.

Ich habe beiden geholfen, sich für das Ritual fertig zu machen. Und … Katherine ist tot«, endete sie, als ob dies eine neue Erkenntnis wäre.

»Ich weiß«, sagte Colin sanft.

Colin konnte die Aggressivität spüren, die in diesem Raum wogte. Thorne war in Shadowkill nicht gern gesehen und hatte selbst in seinen besten Zeiten mit den Behörden stets auf Kriegsfuß gestanden. Plötzlich erinnerte sich Colin an jenen Tag im Golden Gate Park. Das war zwei Jahre her. Eine Ewigkeit für Thorne Blackburn.

Der Hilfssheriff, der im Eingang stand, starrte Colin an. »Wer zum Teufel hat Sie hier reingelassen?«

»MacLaren ist unser Voodoo-Experte aus der Stadt«, warf Hilfssheriff Lockridge ein, bemüht, die Spannung herauszunehmen. »Ich geh mal nach Detective Hodge suchen und seh, was er vorhat, Mr. MacLaren.« Er verzog sich eilig.

Colin sparte sich den vergeblichen Wunsch, dass Claire hier wäre. Sie hatte die Fähigkeit, aufgeheizte Situationen durch ihre bloße Anwesenheit zu entschärfen. Etwas von dieser Kunst hätte er jetzt gut brauchen können.

»Es hat keinen Sinn mehr«, sagte Caroline leise. Ihre Stimme klang rau vom vielen Weinen. »Sie hassen ihn zu sehr. Er hat sie zum Narren gehalten, und jetzt machen sie alles kaputt, wofür er sein Leben lang gearbeitet hat. Es ist vorbei. Der neue Äon ist tot.«

Eine rothaarige Frau in rotem Gewand, deren dicke Schminke in schwarzen Tränenbahnen das Gesicht entstellte, kam zu Caroline und legte die Arme um sie.

»Scht, Liebes, scht. Kate ist an einen besseren Ort gegangen, das weißt du. Und Thorne … trauere nicht um ihn. Er ist frei. Niemand kann ihm etwas anhaben.« Colin erkannte Irene Avalon aus Thornes Tagen in San Francisco wieder. Sie sah Colin flehentlich an. »Mach, dass sie uns gehen lassen, Colin«, bat sie. »Wir haben nichts getan. Und es sind Kinder hier.« Sie deutete in eine Ecke, wo ein kleines, schwarzhaariges Mädchen auf einer Decke schlief, ihren Teddybär an die Wange gedrückt.

»Hände weg!«

Colin drehte sich zu der bekannten Stimme um und sah, wie ein Beamter in Uniform Jonathan auf einen Stuhl schubste. Colin konnte sich gut vorstellen, wie Jonathan auf den Polizisten wirken musste, mit seinen langen Haaren und seinem rituellen Habitus. *Noch so ein wild gewordener Irrer, was, Jungs?*, dachte Colin voller Spott.

»Ganz ruhig, Sonnyboy«, sagte ein Uniformierter.

»Du Neanderthal-Nazi«, zischte Jonathan. »Ihr habt kein Recht, uns hier festzuhalten. Ihr stellt das Haus auf den Kopf – wo ist euer Durchsuchungsbefehl? ›Miranda‹ wurde vor drei Jahren ratifiziert!«

»Ich will sehen, was ich tun kann«, sagte Colin zu Irene. Er ging hinüber zu Jonathan.

»Verdacht auf eine Straftat im Verzuge, Langhaar«, zischte der Polizist zurück. »Und mit ›Miranda‹ kannst du dir deinen Arsch abwischen, du kleines …«

»Zurück, Schwein, oder ich häng dir schneller einen Prozess an, als du ›Polizeigewerkschaft‹ sagen kannst«, stieß Jonathan hervor. Die Mischung aus Wut und Schmerz, mit der er den Polizisten ansah, ließ ihn um keinen Grad zurechnungsfähiger wirken.

»Jonathan«, sagte Colin ruhig. »Kannst du mir sagen, was hier los ist?«

»Heh!«, rief der uniformierte Polizist. »Der Lieutenant will nicht, dass ihr Typen untereinander redet.«

»Verhafte mich doch, Speckschwarte«, höhnte Jonathan.

Der Beamte ging auf ihn los. Colin stellte sich rasch dazwischen.

»Jonathan, sei still. Officer, ich bin Colin MacLaren. Ich bin beratend für die New Yorker Polizei tätig. Dieser junge Mann ist ein ehemaliger Student von mir, und ich würde mich sehr freuen, wenn ich kurz mit ihm reden dürfte.«

Colin hatte nur wahrheitsgemäß gesprochen, doch zugleich geschickt den Eindruck erweckt, er sei von der Polizei herbestellt worden. Der uniformierte Beamte entspannte sich etwas und trat zurück.

»In Ordnung, geh'n Sie mit ihm in die Küche. Da gibt's Kaffee.«

Colin ergriff Jonathans Arm und ging mit ihm in die Küche des alten Hauses. Sie war offensichtlich zur Basis der polizeilichen Aktivitäten geworden; mehrere Pappschachteln mit Styropor-Kaffeebechern aus einem Imbiss in Shadowkill zierten den Küchentisch. Colin fand zwei gefüllte Becher und reichte einen Jonathan.

»Nun, aber schnell, weil wir vielleicht nur wenig Zeit haben. Sag mir, was hier geschehen ist, Jonathan. Ich muss das wissen, bevor ich helfen kann.«

»Thorne ist weg.«

Zuletzt hatte Colin eine solch blanke Verwirrung in den Augen eines Menschen in den Lagern der *Deplaced Persons* nach dem Zweiten Weltkrieg gesehen. Er schob die Erinnerung beiseite.

»Wohin, Jonathan?«

»Weg.« Jonathan zuckte hilflos mit den Schultern, genauso wie Caroline es getan hatte. »Kate ist tot«, fügte er hinzu.

»Erzähl mir, was los war«, sagte Colin.

Auf Jonathans Antwort war er nicht vorbereitet.

»Nein.«

Colin sah ihn ungläubig an.

»Ich kann nicht. Sie gehören nicht zum Kreis. Ich kann Ihnen nicht sagen, was passiert ist. Sie gehören nicht zu uns.«

»Verdammt noch mal, Jonathan«, platzte Colin heraus, bevor er sich zügeln konnte, »das hier ist ernst!« *Aber ich hätte die gleiche Antwort gegeben, wenn unsere Rollen vertauscht wären.*

»So ist das Werk«, sagte Jonathan erschöpft. Tapfer riss er sich zusammen. »Glauben Sie, ich wüsste nicht, was passiert, wenn wir das der Polizei sagen? Wenn sie uns als Tatzeugen festhalten, dann haben wir keinerlei ›Miranda‹-Rechte – weder auf einen Anwalt, noch auf einen fairen Prozess. Es wird kein Zuckerschlecken, aber wir haben keine Wahl. Ich habe eine Idee. Vielleicht kann Caroline Ihnen etwas sagen – sie gehört nicht zu uns. Zumindest hat sie keinen Eid auf unseren Kreis geleistet, aber sie glaubt an Thornes Sendung. Wir haben ein Ritual ausgeführt, und es war gleichzeitig ein irres Unwetter. Irgendwas … ist schief gelaufen.«

Colin wartete, aber Jonathan hatte offenbar ausgeredet.

»Ist das alles, was du zu sagen hast?«, fragte Colin. Er bemühte sich, nicht ungläubig zu klingen. »Etwas ›ist schief gelaufen‹?«

»Kate ist tot«, wiederholte Jonathan, als ob dieser Gedanke ihn plötzlich erreichte. »Und Thorne …« Es folgte eine fast unerträgliche Pause. »Thorne ist weg.«

»Wohin?« Ausgerissen? Colin konnte es nicht glauben. Das war noch weniger vorstellbar, als dass Thorne Katherine Jourdemayne böswillig umgebracht hätte. Nicht Furcht – selbst vor dem Schlimmsten nicht – konnte ihn vertrieben haben. Thorne war absolut furchtlos und ebenso treu. Er hätte seine Anhänger nie im Stich gelassen. Niemals.

»Weg.« Unfassbar, doch es klang ein Ton der Belustigung in Jonathans Stimme mit. »Einfach … weg, Colin, und niemand wird ihn je finden.« Seine Stimme versagte, und er versuchte sich zu fangen. »Und Kate ist tot. Oh, Gott, wir haben eine neue Mixtur ausprobiert; diese sollte ihr beim Überschreiten der Grenze helfen. Aber sie muss zu viel genommen haben. Immer wieder hat er mit ihr gestritten deswegen …«

Er vergrub sein Gesicht in den Händen, die nächsten Worte kamen gedämpft. »Und jetzt suchen die Bullen nach einem Sündenbock. Und das sind wir. Aber das spielt keine Rolle mehr. Denn er ist weg.«

»Weg.« Das war das Wort, das alle benutzten, Irene und Caroline und Jonathan. *Weg*. Nicht tot, nicht geflohen. Nur … weg.

»Wohin ist er gegangen?«, wollte Colin wissen. »Jonathan, wenn du es weißt, musst du es mir sagen. Thorne braucht einen Anwalt – Schutz …«

Schutz vor der Polizei. Colin konnte sich nicht erinnern, wann dieser letzte Rest Vertrauen gestorben war. Er war zu der Überzeugung gekommen, dass in diesem schönen, neuen Amerika selbst die Unschuldigen bestraft wurden.

Jetzt lachte Jonathan. »Ach, Colin, Sie begreifen es nie, oder? *Thorne hat den Tempel nie verlassen.*« Er ließ sich auf einen der Küchenstühle plumpsen, beugte sich vor und legte seinen Kopf auf seine verschränkten Arme. »Sie werden ihn nie finden.«

Der Satz hatte die Endgültigkeit eines Grabesspruchs. Trotz Colins Drängen wollte Jonathan nicht mehr herausrücken.

Es dauerte noch eine Stunde, bevor Colin schließlich mit Lieutenant Hodge sprechen konnte. Er hatte die Erlaubnis bekommen, dass ein paar der Frauen nach oben gehen konnten – natürlich unter polizeilicher Aufsicht –, um Sachen für die Kinder und Säuglinge zu holen. Caroline und Irene waren ebenfalls in die Küche gekommen, machten Kaffee und ein frisches Frühstück für alle. Caroline Jourdemayne war eine durch und durch respektable Frau – Junggesellin und Bibliothekarin –, und sie setzte diese Respektabilität wie eine Waffe ein, so dass die Polizisten sich ihr nicht entgegenzustellen wagten.

Doch die Situation war immer noch gespannt. Bisher war niemand verhaftet worden, aber das konnte jeden Moment geschehen. Pilgrim und zwei weitere Kinder wurden vermisst. Niemand wusste, wo sie steckten.

»Dr. MacLaren. Ich bin Lieutenant Hodge.«

Lieutenant Hodge war etwas jünger als Colin, befand sich aber auch schon deutlich in den mittleren Jahren. Wie viele Bewohner in diesem Teil des Landes war er blond, sein Haar begann sich zu lichten. Er trug einen zerknitterten Trenchcoat über einem grauen Anzug.

»Lieutenant«, sagte Colin.

»Hilfssheriff Lockridge scheint Sie für einen ziemlich tollen Burschen zu halten«, sagte Hodge. »Ich würde aber gerne selbst erfahren, was Sie hierher führt.«

Colin ging es langsam auf die Nerven, die immer gleiche Frage zu beantworten.

»Ich bin ein Freund von Caroline Jourdemayne«, sagte er. »Sie rief mich an und bat mich herzukommen. Also bin ich hier. Ich habe keineswegs vor, in Ihre Ermittlungen einzugreifen, Lieutenant«, fügte er hinzu, »aber vielleicht kann ich von Nutzen sein. Ich habe gewisse Erfahrungen auf diesem Gebiet, wie Lieutenant Becket und andere Ihnen bestätigen können.«

»Dann legen Sie mal los.« Lieutenant Hodge klang gereizt und müde. Er räusperte sich. »Ich bin gespannt, was Ihre ›Erfahrungen‹ Ihnen sagen.«

Es war eine abgekartete Scheinfrage, da Colin bisher nur das Speisezimmer gesehen hatte. Weder war er in den »Tempel« vorgedrungen, noch hatte er mit Ausnahme von Jonathan irgendein Mitglied von Thornes Schar befragen können.

»Nun, zuerst einmal«, begann Colin, »diese Leute sind keine Satanisten. Soweit ich weiß, beten sie überhaupt keine Gottheit an, am wenigsten den christlichen Teufel. Blackburns ›Tempel‹ – wo, wie ich annehmen muss, Katherine Jourdemayne vermutlich an einer Überdosis Rauschgift starb –, dieser ›Tempel‹ ist ein Ort, wo Blackburn und seine Anhänger magische Rituale praktizierten, bei denen es sich, vereinfacht ausgedrückt, um eine Reihe bewusstseinsverändernder Techniken handelt, die aus der Experimentellen Psychologie stammen. Gesetzt, dass das der Fall ist, dürfte es keine Tier- oder Blutopfer geben – wie sie zum Beispiel für das *voudoun* typisch sind. Und es würde mich sehr überraschen, wenn es überhaupt eine christliche Ikonographie gäbe, ganz zu schweigen von einer Entweihung des Kreuzes oder der Hostie.«

Wenn Hodge nun zwar nicht mit offenem Mund Colin bewundernd ansah, so betrachtete er ihn zumindest mit etwas mehr Respekt.

»Na, Sie sind mir ja ein echter kleiner Experte. Hätten Sie etwas dagegen, mit mir einen kleinen Spaziergang zu machen?« Hodge knipste seine Taschenlampe an und wies auf die Tür. »Frank, ich und der Professor sind mal ein Weilchen unterwegs – halte mir solange Cheshire vom Leib, ja?«

Lieutenant Hodge führte Colin durch die düsteren Flure von *Shadow's Gate* und blieb vor einem grell mit Batterielampen erleuchteten Raum stehen. Die zwei Flügeltüren waren aus den Angeln gerissen, selbst die Angeln waren herausgerissen und verbogen worden.

»Das waren nicht wir«, sagte Hodge, der Colins Blickrichtung bemerkte. »Die Türen haben wir so vorgefunden. Sie sind hier drinnen.« Hodge trat über die Schwelle.

Colin folgte ihm und sah die Türen auf dem Boden liegen, so als ob die Kraft, die sie herausgerissen hatte, sie sogleich hätte fallen lassen.

Der Raum hatte einen runden Grundriss, etwa zehn Meter im Durchmesser, und war vielleicht doppelt so hoch. Der

Himmel mochte wissen, wofür er einmal bestimmt gewesen war. Die Decke war – lange bevor Thorne das Haus in seinen Besitz gebracht hatte – mit den Zeichen des Tierkreises ausgemalt worden, Gold auf blauem Grund. Unter dieser Kuppel befand sich eine Reihe von Buntglasfenstern, manche von ihnen standen offen. An den Wänden unten waren Wasserflecken sichtbar. Am Rand des schwarzweißen Marmorfußbodens standen, abwechselnd mit Fahnen in Rot, Schwarz, Weiß und Grau, riesige ägyptische Götterstatuen aus Pappmaché – zumindest hatten sie sich dort befunden, bevor eine Kraft sie wie Kegel durcheinander gewirbelt und die Fahnen von der Wand gerissen hatte.

Colin schaute sich um und suchte vergeblich nach vertrauten Zeichen der Inneren Tradition. Es gab keinen Tisch des Hermes. Die äußere Linie des Kreises war mit Kerzen markiert gewesen, aber was immer die Türflügel aus der Verankerung gerissen hatte, es hatte auch die Kerzen an die Wand geschleudert. Colin konnte von seinem Standort sechs erkennen und dachte, dass es mehr geben müsste.

Dies hier hatte mit keinem Tempel, den er je gesehen hatte, Ähnlichkeit, weder mit einem des Lichts noch mit einem der Dunkelheit. Die vier Fahnen befanden sich weder an den Kardinalpunkten, noch hatten sie die Kardinalsfarben, noch waren irgendwo die Vier Werkzeuge oder die Vier Elemente vertreten. Diese Fahnen zeigten vielmehr Tiere: die rote ein weißes Pferd, die schwarze einen roten Hirsch und so weiter.

Ebenso fehlte der Doppelwürfel des Altars, auch wenn ein niedriges Sofa direkt unter dem Scheitelpunkt der Kuppel stand. Das Sofa war mit Tierfellen und Kiefernzweigen bedeckt, die durcheinander gewirbelt lagen. Ihr Nadelduft war mit schwerem Weihrauch und einem dritten Geruch vermischt, den Colin nicht recht einzuordnen wusste.

Was hatten diese jungen Leute hier getan? Welche Art Magie hatte Thorne hier betrieben – und was hatte er heraufbeschworen? Colin spürte keinerlei übersinnliche Präsenz in Thornes Tempel, doch ohne Claire konnte er sich nicht sicher sein. Wenn er nur eine Vorstellung davon hätte, was hier vor sich gegangen war …

Das kalte Gefühl von Versagen ergriff ihn. Er hätte natürlich längst versuchen müssen, sich genau damit zu beschäftigen. Was war seine Sendung, wenn nicht diese Unschuldigen zu schützen? Die offensichtlichere Bedrohung durch den wieder geborenen Thule-Kult hatte ihn abgelenkt. Erst jetzt, als es schon zu spät war, erkannte er, dass es einen subtileren, viel glanzloseren Kampf zu fechten galt – einer, für den er sehr wohl gerüstet war. Doch sein Stolz hatte ihn blind gemacht und Thornes Aktivitäten als kindischen Mummenschanz abtun lassen.

Und so war es zu dem hier gekommen.

»Lieber Gott.« Colin seufzte. »Verzeiht mir, ihr alle...« Arroganz war die Schattenseite der Kompetenz; und obwohl die leichte Meisterschaft mit dem Feuer der Jugend verschwunden war, war der Hochmut geblieben.

Nie wieder.

Nie wieder würde er sich von einem Kampf abwenden, weil er zu klein, zu unbedeutend, der Gegner zu harmlos schien. Nie wieder würde er an seinen Eintritt in den Kampf Bedingungen knüpfen. Er hatte gedacht, Thornes eigensinnige Magie zählte hier nicht, und er hatte sich geirrt.

Alles zählte. Jeder Moment der Unachtsamkeit brachte das Dunkel näher. Jedes winzige Nachgeben, wie unwichtig in sich selbst, minderte das Licht.

Colin verschob diese schmerzhaften Gedanken auf später. Er war jetzt hier. Er musste für die Lebenden tun, was in seiner Macht stand.

Zwei Schwerter lagen auf dem Boden, als hätte sie jemand achtlos hingeworfen. Er ging sie näher betrachten.

»Fassen Sie die nicht an«, sagte Hodge scharf. »Wir müssen erst noch Fingerabdrücke abnehmen.«

»Viel Glück«, sagte Colin geistesabwesend. Die einzigen Fingerabdrücke, die Hodge wahrscheinlich finden würde, waren die der Kinder hier im Haus, und die würden ihm wenig weiterhelfen. Keine dieser Klingen war zum Töten benutzt worden.

Beide Schwerter waren handgeschmiedete Ritual-Schwerter mit in die Schneide eingravierten Runen. Das Schwert mit dem schwarzen Griff war mit Silberornamenten und einem runden Knauf aus Mondstein verziert. Das mit dem weißen Griff hatte ein goldenes Heft und einen kannelierten Griff, daran einen Karneol-Würfel als Knauf. Colin richtete sich auf und sah sich weiter um.

»Haben Sie ein Buch gefunden?«, fragte er.

»Ein Buch?«, fragte Hodge misstrauisch zurück. »Was für ein Buch meinen Sie?«

»Ich meine ein ...« Colin schloss die Augen und dachte nach. Er versuchte seine Beschreibung in allgemein verständliche Worte zu kleiden. »Ein handgeschriebenes Buch, es müsste recht groß sein und jedenfalls einen aufwändigen Einband haben.« Die Ausstattung von Thornes Tempel verriet manches über den Stil des Magiers: ebenso überladen wie er selbst. »Es müssten Zahlen oder Diagramme darin stehen. Die Sprache muss nicht unbedingt englisch sein.«

Jeder der Magier, die Colin kannte, hatte ein magisches Arbeitsbuch besessen, und wenn er das von Thorne finden könnte, hätte er wahrscheinlich einen Schlüssel für das, was hier vorgefallen war.

»Sid! Hast du hier ein Buch gesehen?«, rief Hodge.

Einer der Polizeifotografen drehte sich um; er hatte gerade eine der gestürzten Statuen aufgenommen. »Das ganze Haus ist mit Büchern vollgestopft, Leo«, sagte er angewidert. »Sie haben eine ganze Bibliothek.«

»Etwas Handgeschriebenes – eine Art Zauberbuch«, sagte Hodge. Sid zuckte mit den Schultern.

»Wir werden es suchen, Doc«, sagte er zu Colin. »So so. Diese Leute waren keine Satanisten.«

»Nein«, sagte Colin. *Ich weiß nicht, was sie waren, aber das gewiss nicht.* »So viel kann ich Ihnen jetzt schon sagen. Ihre Rituale waren mehr wie ... sind Sie vielleicht zufällig Freimaurer, Lieutenant?«

Hodge sah ihn argwöhnisch an. Er hatte offenbar nicht vor, die Frage zu beantworten.

»Jedenfalls hat an diesen Ritualen niemand gezwungenermaßen teilgenommen. Wenn Sie nach einem Grund für verschwundene Kinder suchen, dann müssen Sie sich, fürchte ich, woanders umsehen.«

»Das einzige verschwundene Kind, an dem ich Interesse habe, ist Blackburn«, knurrte Hodge. »Und diese drei Kinder. Das ganze … Zeug hier hat nichts damit zu tun, wo sie sind, oder, Doc?«

Colin seufzte innerlich. Er gab die Hoffnung auf, den Lieutenant dazu zu bewegen, ihn »Mr.« oder sogar »Colin« zu nennen. Er dachte darüber nach, was Jonathan und die anderen über Thorne gesagt hatten.

Er ist weg.

Er hat den Tempel nie verlassen.

»Tut mir Leid«, sagte Colin. »Ich habe nicht die geringste Ahnung. Ich hoffe nur, Sie werden sie alle finden, Lieutenant.«

»Oh, wir werden sie alle finden, selbstverständlich«, sagte Hodge.

Zwei der Kinder tauchten eine Stunde später auf, als ein Hilfssheriff ihr Weinen hörte – sie hatten sich, als der Tumult begann, in einen Schrank verkrochen und waren nicht mehr herausgekommen. Der neunjährige Pilgrim, Thornes Sohn von einer unbekannten Mutter, wurde nach fünftägiger Abwesenheit im Wald hinter dem Haus gefunden. Die Gegend war an den Tagen zuvor mehrere Male erfolglos durchsucht worden, so dass davon ausgegangen wurde, dass Pilgrim nur mit Hilfe eines Erwachsenen so lange unentdeckt bleiben konnte – Pilgrim war nicht bereit zu sagen, wo er gewesen war. Der Junge wurde der Kinderbetreuung übergeben und traf dort auf die anderen Kinder von *Shadow's Gate*.

Obwohl es auf allen Hauptstraßen in Dutchess County eine Woche lang Straßensperren gab und die ganze Gegend mit Spürhunden und Hubschraubern abgesucht wurde, fand man von Thorne Blackburn keine Spur.

Colin tat sein Bestes, um den Verbliebenen aus Thornes Kreis zu helfen. Dabei trieb ihn ein unbestimmtes Schuldgefühl und auch der Zorn darüber, wie sie behandelt wurden. Der Mord und das Verschwinden verwandelte *Shadow's Gate* schnell in einen Medienzirkus, und wie im römischen Zirkus, der ihm so sehr glich, wurden Schlachtopfer verlangt.

Irene Avalon, Jonathan Ashwell, Deborah Winwood und der Rest der aktiven Mitglieder im Zirkel der Wahrheit – die bereits als unentbehrliche Zeugen unter Arrest standen – wurden am 3. Mai unter einem Sammelsurium von Anklagepunkten, darunter Drogenhandel und Verabredung zur Ausübung einer Straftat, offiziell verhaftet.

Es war schlicht und einfach eine Hexenjagd: das Establishment gegen die Hippies. Ohne den Schutz von Thorne waren seine Anhänger leichte Beute. Diejenigen, die nicht verhaftet worden waren, wurden aus dem Haus und dem ganzen versiegelten Anwesen gewiesen, doch das verhinderte keineswegs, dass massenhaft Plünderer und Gaffer kamen und es nahezu leer räumten, bis die Polizei es für notwendig erachtete, eine Wache rund um die Uhr abzustellen.

»Es ist furchtbar wenig, was ich tun kann, Caroline«, sagte Colin traurig.

Es war Ende Juli, und der langsam rotierende Deckenventilator trug den Geruch vom glühenden Asphalt von draußen ins Zimmer. Sie saßen in einem Restaurant neben dem Bezirksgericht in Poughkeepsie. Caroline war gekommen, um ein weiteres Gesuch in einer, wie es schien, unendlichen Reihe von Petitionen einzureichen. Katherine Jourdemayne war tot, doch ihre Tochter lebte, und Caroline versuchte verzweifelt, das Sorgerecht für sie zu erlangen.

Über ihnen schwebte noch die düstere Erinnerung an Deborah Winwoods Selbstmord, der gerade sechs Wochen her war. Trotz aller Anstrengungen ihrer Anwälte hatte man Deborah das Sorgerecht entzogen und ihr das Baby weggenommen. Die Strafverfolgungsbehörden nahmen ihren Tod als Beweis für die Richtigkeit ihres Urteils, doch Colin empfand tiefen Schmerz, wenn er an die Verzweiflung dachte, die Deborah zu ihrer Tat geführt hatte. Es schien wie ein letzter Hohn, dass nur eine Woche später die Anklagen gegen die zwölf von Shadowkill fallen gelassen wurden.

»Zumindest hat Johnnys Vater für einen guten Anwalt gesorgt«, sagte Caroline seufzend.

General Jonathan Griswold Ashwell II. nahm seinem Kind gegenüber eine ähnliche Haltung ein wie seinem Land gegenüber: Es ist meines, im Guten wie im Bösen. Er hatte genügend Geld und Einfluss, die Anklage gegen seinen Sohn niederschlagen zu lassen, und zugleich so viel bärbeißigen Gerechtigkeitssinn, um zu verlangen, dass Jonathans Mitangeklagte ebenso behandelt werden müssten. Die Anklagen wegen Verabredung zur Ausübung einer Straftat wurden fallen gelassen, und es wurde endlich eine Kaution festgesetzt. Wahrscheinlich wurden nun auch die Anklagen wegen Drogenhandels stillschweigend fallen gelassen, bevor es zum Prozess kam.

»Wie geht's dir?«, fragte Colin.

Caroline nahm einen Schluck von ihrem Kaffee. »Den Umständen entsprechend. Das arme Baby! Sie weint und klammert sich jedes Mal an mich, wenn sie mich zu ihr lassen ...« Ihre Stimme wurde belegt, und sie brach ab. Als sie wieder zu sprechen anfing, klang sie bemüht fröhlich. Ihre Tapferkeit brach Colin fast das Herz.

»Gott sei Dank gibt es Geburtsurkunden. Sie können nicht bestreiten, dass Kate meine Schwester war oder Truth ihre Tochter ist. Ich bin die nächste lebende Verwandte von Truth. Sie müssen mir das Sorgerecht geben, oder? Egal, was der verdammte Psychologe sagt. Ich schwöre dir, wenn er noch einmal von den Vorteilen anfängt, die Truth von einem Zuhause mit einem Vater *und* einer Mutter hätte – wenn ich sie nur zur Adoption freigäbe. Als ob nicht da draußen Tag für Tag allein stehende Mütter ihre Kinder großziehen würden ...« Sie musste sich bremsen und nahm wieder einen Schluck Kaffee.

»Ach, verzeih. Aber du siehst, wie sehr ich aufpassen muss. Ehrbarkeit ist meine einzige Waffe gegen sie. Ich habe geschworen, dass ich nie etwas mit der Kommune ... oder mit ihm zu tun hatte. Und so muss ich es weiterhin halten. Ein *Joint*, und ich wäre erledigt. Ich würde Truth nie wiedersehen. Und sie ist alles, was mir von ihnen beiden geblieben ist.«

»Ich verstehe dich«, sagte Colin ruhig. »Wie ich dir schon gesagt habe, wenn es irgendetwas gibt, was Claire oder ich für euch tun können …«

»Ihr habt schon so viel getan. Ich bin sicher, ich wäre durchgedreht, wenn ich in den letzten Wochen nicht eine Schulter zum Ausweinen gehabt hätte. Genau das macht es für mich noch schwerer zu sagen, was ich sagen muss.«

Colin wartete.

»Halte dich von mir fern.« Caroline starrte auf ihren Teller, das Sandwich hatte sie kaum angerührt. »Und sag den anderen vom Kreis, wenn du sie triffst, sie sollen mir auch fernbleiben. Ich kann mir nicht den leisesten Anschein von Unschicklichkeit leisten, verstehst du. Nicht, wenn ich Truth bekommen will.«

Colin lächelte grimmig in sich hinein. Sippenhaft – die Terrortaktik des faschistischen Staates: Hier im Amerika der sechziger Jahre lebendige Praxis! Er war nicht beleidigt. Caroline hatte Recht – selbst der angesehenste Parapsychologe wäre zu extravagant, um ihr in diesem Fall keinen Schaden zuzufügen.

Er griff über den Tisch und drückte ihr die Hand. »Schon gut, Caroline. Ich verstehe das, und Claire wird es auch verstehen. Thorne ist bereits durch die Öffentlichkeit der Prozess gemacht worden, und man hat ihn schuldig gesprochen. Das Einzige, was du tun kannst, ist so viel Abstand wie möglich zwischen dich und ihn und seine Mitläufer zu bringen.«

»Es ist so ungerecht«, flüsterte Caroline mit heiserer Stimme. »Sie wollen ihn einfach dafür kreuzigen, dass er ihnen gesagt hat, sie könnten frei sein. Und er hatte Recht. Oder?«

Colin wusste keine Antwort darauf.

INTERMEZZO #5

JULI 1969

Wenn ich über die Jahre hinweg zurückblicke, glaube ich, dass 1969 die Frontlinien endgültig gezogen wurden. Thornes Verschwinden war in seltsamer Weise eine Art Vorspiel für die Tate-LaBianca-Morde in jenem August. Danach war das Zeitalter des Wassermanns im öffentlichen Bewusstsein unauflöslich mit Wahnsinn, Folter und Mord verbunden …

Im Oktober ging einer von Thornes Träumen in Erfüllung, als eine Viertel Million Menschen gegen das Töten nach Washington, D. C., marschierten, einen Kreis um das Pentagon bildeten, sangen, sich an den Händen hielten und versuchten, die Kriegsmaschine allein durch Liebe zum Stillstand zu bringen. Wenn Thorne noch am Leben gewesen wäre, um sie anzuführen, wer weiß, vielleicht hätte es dann funktioniert?

In mancher Hinsicht hatte Thornes Tod Colin hart gemacht – ich glaube, er fühlte sich persönlich verantwortlich für das, was in *Shadow's Gate* geschehen war, auch wenn der Allmächtige selbst Thorne nicht von dem hätte abbringen können, was er sich einmal in den Kopf gesetzt hatte. Doch nach jener schrecklichen Nacht konzentrierte sich Colin mehr und mehr darauf, Unschuldige gegen den Kuss des Unsichtbaren abzuschirmen, als ob er damit den Tod der Menschen in *Shadow's Gate* wieder gutmachen könnte.

Überall um uns herum in diesen dunklen Monaten schienen sich die Ereignisse verschworen zu haben, um unseren Träumen und Alpträumen einen Spiegel vorzuhalten und um uns zu zeigen, wie sehr wir uns in zehn kurzen Jahren verändert hatten. Innerhalb von nur vierundzwanzig Stunden war Neil Armstrongs Spaziergang auf dem Mond – etwas, das ein glorreicher Meilenstein in der Menschheitsgeschichte hätte sein sollen – durch das Grauen von Chappaquiddick von den Titelseiten verdrängt worden. Die Tatsache, dass ausgerechnet ein Kennedy dies begangen hatte, schien die Sache noch schlimmer zu machen, so als hätte uns die Familie, an die wir die Hoffnung unserer Nation geheftet hatten, betrogen – als hätte sie die Seele Amerikas in ihrer Obhut gehalten und das in sie gesetzte Vertrauen enttäuscht.

Ich glaube, es war dieses Gefühl des Betrogenseins, das meine Generation in so überwältigender Zahl nach Woodstock aufbrechen ließ: Nachdem der Traum vom wieder eroberten Camelot vorüber war, brauchten wir einen neuen Traum, der uns aufrechthielt. Woodstock wurde schon zu einem Mythos, als es noch in vollem Gange war, und der Mythos nahm an Glanz zu, bis Abbie Hoffman sich im folgenden Jahr als Bürger der Woodstock-Nation ausgab.

In gewisser Weise war Thorne glücklich zu nennen – er brauchte dies nicht mitzuerleben. Ich weiß, dass er darin sofort das gesehen hätte, was ich erst in späteren Jahren dachte – dass die Apotheose einer Generation zugleich ihr Ende ist, der Augenblick, in dem die Besten und Intelligentesten unter uns abtreten, um die Bühne für das, was nachkommt, zu räumen.

Sie hatten ihre Herzen einem Traum geweiht, verstehen Sie, und der Traum war gestorben. Die Woodstock-Nation war ein Traum, und niemand konnte dort leben. Oder wenn sie es konnten, dann war es wie Nimmerland, ein Land der Jungen. Doch Zeit ist etwas, dem sich niemand widersetzen kann. Die Zeit ging für meine Generation vorbei, nicht anders als für unsere Eltern, und vertrieb uns aus jener Nation. Als wir entdeckten, dass unsere eigenen Herzen uns betrogen hatten, waren wir in einer Welt ausgesetzt, in der es keine Träume mehr gab.

Ohne einen Traum, der Licht auf den Weg wirft, ist die Welt ein sehr dunkler Ort.

10

NEW YORK, AUGUST 1972

Lass ab doch, mich der Falschheit anzuklagen,
Weil, fern von dir, die Glut verglommen schien.

WILLIAM SHAKESPEARE

New York scheint mit jedem Jahr dunkler und schmutziger zu werden, dachte Colin MacLaren resigniert. Er wusste nur zu gut, dass diese harte Beobachtung an nichts anderem als am Vergehen der Jahre lag. Er war nun zwei Jahre über die fünfzig hinaus, ein Alter, in dem jeder Mann innehalten und sein Leben einer Prüfung unterziehen muss.

Die meiste Zeit seines frühen Lebens war er überwältigt gewesen von der ungeheuren Größe der Schlacht, in die das Licht verwickelt war, doch im Laufe der Jahre war ihm klar geworden, dass die Strategie dieser Schlacht nicht seine Sache war, dass sie es noch nie wirklich gewesen war. Langsam hatte er begonnen, sich auf jene Kämpfe zu konzentrieren, die in seiner Reichweite lagen. Es war nicht seine Aufgabe, die Kathedrale zu bauen oder sie einzureißen; nur zu reparieren, was andere schon errichtet hatten, so dass die Nachkommenden die Arbeit aufnehmen und weiterbauen konnten.

Und wenn er nicht dazu gerufen wurde, tat er seine andere Arbeit – setzte sich unauffällig, unspektakulär in kleinen Schritten für die Aufklärung der Massen ein.

Selkie Press – ein kleiner, unabhängiger Verlag für okkulte Bücher – schlingerte wie all diese Verlage immer hart am Konkurs vorbei. Sein Programm widmete sich der Sammlung und dem Nachdruck wichtiger Arbeiten in den Bereichen Magie und Übernatürliches. Unter Colins Herausgeberschaft war eine Reihe von Klassikern der parapsychologischen Forschung wieder aufgelegt worden sowie mehrere esoterische Werke, die sich an eine kleine, aber umso hingebungsvollere Leserschaft wandten.

Im letzten Jahr hatte *Selkie Press* »Die Naturgeschichte des Poltergeists« von Margrave und Anstey, »Spuk, Geister und Widergänger« von Taverner und Auszüge aus einem mittelalterlichen spanischen Zauberbuch mit dem Namen »La Tesoraria del Oro« nachgedruckt.

Nach Colins Auffassung war das Zauberbuch ein zutiefst gefährliches Werk, und er sah überhaupt keine Veranlassung, sein Potential der ganzen Welt zugänglich zu machen. Er hatte die Ausgabe für den Verlag rigoros und ohne jedes Bedenken gekürzt. Es gab eine Grauzone zwischen Zensur und vollkommener Verantwortungslosigkeit, und es gab gewisse Kenntnisse, die Colin ebenso ungern verbreitete, wie er einem kleinen Kind ein geladenes Gewehr in die Hand gedrückt hätte. Verantwortungsvolle Lotsenschaft war eines der ersten Gebote seiner Loge, und Colin hielt sich daran.

Im Gegensatz zu Thorne Blackburn.

Unwillkürlich schüttelte Colin den alten Schmerz von sich ab. Thorne war tot, und die Welt hatte sich weitergedreht, geradeso als ob das, was in *Shadow's Gate* geschehen war, den Morgen des Wassermann-Zeitalters mit einem Schlag verdunkelt hätte. Inzwischen erschien es abwegig, dass jemand einmal ernsthaft vorgehabt haben könnte, die reale Welt mit Hilfe von Magie zu verändern.

Das harte, gleißende Licht, das den Herbst in New York kennzeichnet, vergoldete die Backsteinmauern der Häuser auf der anderen Seite des Hinterhofs und verwandelte das kleine Stück Himmel, das er sah, in ein tiefes Türkisblau. Diese Jahreszeit erfüllte Colin immer mit Unruhe, als bräche er zu spät zu einer Reise auf.

Vielleicht war er zu spät.

Seufzend legte Colin das Buch, das er gerade las – die Biographie eines Pioniers der Parapsychologie, die Selkie vielleicht nachdrucken würde –, auf den Schreibtisch. Er befand sich in seinem winzigen Schlaf-Arbeitszimmer im hinteren Teil seiner Wohnung. Ihm fehlte die Aussicht aus dem oberen

Stockwerk, doch die Erdgeschosswohnung war als einzige frei gewesen, als er in den Osten zurückkehrte, und er wollte den Mieter oben nicht wegen einer Laune vertreiben. Außerdem hatte die Wohnung im Erdgeschoss ihre Vorzüge – im Wohnzimmer gab es einen Kamin.

Er schob das Buch beiseite und verbannte es aus seinem Kopf. Er hatte noch ein paar Wochen Zeit, bevor er Alan das Gutachten geben musste, und heute Abend hatte er noch etwas vor.

Der Zauberladen lag in den östlichen Dreißiger Straßen, gleich an der Sixth Avenue (wie alle wahren New Yorker hatte sich Colin nie mit ihrer Neubenennung »Avenue of the Americas« anfreunden können, auch noch nach dreißig Jahren nicht). Der Spaziergang nach Norden von seinem Apartment aus erinnerte ihn daran, wie sehr er die Stadt trotz ihrer vielen Mängel immer noch liebte. Die große Okkultistin Dion Fortune hatte einmal geschrieben, dass man in den großen Ballungszentren den zukünftigen Zustand der Zivilisation um zwanzig Jahre vorweggenommen sehen könnte.

Wenn dem so war, dann war die Zukunft ein Ort, in dem nur die Starken überlebten. New Yorks Bevölkerung hatte sich seit den fünfziger Jahren nahezu verdoppelt. Der Charme und die Schönheit des täglichen Lebens, die sich Städte wie San Francisco noch bewahrt hatten, war unter dem schweren Hammer des Fortschritts aus dem Bagdad am Hudson herausgemeißelt worden. Colin versuchte sich die Straßen, in denen er unterwegs war, zwanzig Jahre später vorzustellen, aber es gelang ihm nicht. *Unsere Vision scheitert immer an den vertrauten Dingen, nicht an den großen.* Das hatte ihm sein erster Lehrer gesagt.

Der Laden stand wie ein strahlender Pfau unter den schäbigen Nachbargeschäften. Er war wirklich ein seltener Vogel unter den Läden, er hatte sich ganz dem Verkauf von Waren des Okkultismus und des New Age verschrieben, das dem Zeitalter des Wassermanns vorausging. Neben den Büchern, die das Geschäft hauptsächlich führte – viele davon von *Selkie Press* –, verkaufte es Kräuter, Kerzen und anderen Krimskrams.

Das Gebäude, in dem sich der Zauberladen befand, war über ein Jahrhundert alt und hatte ursprünglich eine Apotheke und einen Mineralwasserbrunnen beherbergt. Alles, was aus jener Zeit überlebt hatte, war die mit inzwischen schwarz angemalten, geprägten Zinnplatten getäfelte Decke, der Marmorfußboden und der große Spiegel, der eine Wand des Geschäfts ausfüllte. Dieser war korrodiert und schimmerte schon etwas grünlich. Als Hintergrund eines Regals mit getrockneten Kräutern überraschte er regelmäßig die Käufer, die sich plötzlich in dem ramponierten Spiegel hinter den Gefäßen selbst erkannten. Die Ladenfront war in leuchtendem Rot angestrichen und mit schwarzgelben kabbalistischen Symbolen verziert, über der Tür hing von einer Fahnenstange herab ein schwarzes Banner mit dem Namen des Ladens in silbernen Buchstaben.

Als Colin näher kam, sah er, dass das Schaufenster wie immer mit schwarzem Samt ausgeschlagen und mit den unheimlichsten Waren des Ladens dekoriert war: angeleuchteten Kristallkugeln, sternenbesetzten Zauberstäben, getrockneten Fledermäusen, menschlichen Schädeln und anderem gruseligen Hollywood-Zubehör.

Wie der Name schon verriet, kümmerte sich das Geschäft hauptsächlich um die sensationsträchtigeren Aspekte der Magie, und damit war es ein Treffpunkt der meisten esoterischen Gemeinschaften Manhattans, gleichgültig welchem Pfad oder welcher Richtung sie sich zurechneten. Doch neben den Amuletten und dem Voodoo-Puppen-Zubehör wurden seriöse wissenschaftliche Bücher verkauft, die sonst nirgendwo zu finden waren. Und der Laden veranstaltete Vorträge mit anerkannten Fachleuten verschiedener Fachgebiete. Colin selbst hatte hier eine Reihe von Vorträgen gehalten.

Heute kam er aber nicht, um selbst einen Vortrag zu halten, sondern um sich einen anzuhören: von John Cannon, einem berüchtigten Popularisierer des Okkulten in der Tradition von Hans Holtzer. Unglücklicherweise enthielten Cannons Bücher auch immer einen gewissen Anteil ernst zu nehmender Forschungsergebnisse und ausgiebige Zitate aus öffentlichen Quellen, doch trotz aller Fakten waren Cannons Bücher nicht wissenschaftlich, sondern dienten der Unterhaltung und dem Nervenkitzel. Sie erregten im Leser jenes angenehme Angstgefühl, das ein Kind empfindet, wenn es an einem Haus vorübergeht, in dem es »spukt«.

Heute Abend ging es um Schwarze Hexerei. John Cannon behauptete, er habe Insider-Kenntnisse von einem aktuellen schwarzen Hexensabbat.

Colin wusste, dass eine Menge Hexen von eigenen Gnaden – oder *Druden*, wie sie sich heute gerne titulierten –, eine Art harmloser Naturbeschwörung praktizierten, wie sie von dem Engländer Gerald B. Gardner erfunden worden war. Auch wenn ihre Praktiken mehr mit Hashbury als mit der Hölle zu tun hatten, führten ihre Versuche, alte Begriffe wie »Hexe« und »Sabbat« für sich in Anspruch zu nehmen, in der Öffentlichkeit zu einer Verwechslung mit dem Satanismus in der Nachfolge LaVeys (der die gleichen Begriffe benutzte).

Zum Glück waren die meisten modernen »weißen« Hexen, die Colin kennen gelernt hatte, ruhig, zurückhaltend und entschieden publikumsscheu, so dass es selten zu öffentlichen Streitigkeiten kam. Dennoch war es wichtig, eine deutliche Trennungslinie zwischen Weißer und Schwarzer Hexerei im öffentlichen Bewusstsein zu ziehen, wenn nicht Unschuldige zu Schaden kommen sollten.

Als Colin eintrat, wurde seine Nase von dem üblichen Dunst beleidigt, einer Mischung aus Weihrauch, Staub und Hasch, die den besonderen Geruch dieses Ortes ausmachte. Er kaufte an der Kasse eine Eintrittskarte. Neben der Kasse hing eine große Pinnwand, und Colin blieb davor stehen, um sich die Anschläge anzuschauen. Es war das typische Sammelsurium aus Kleinanzeigen von Astrologen, selbst ernannten Abkömmlingen kürzlich gegründeter uralter Priesterschaften, doch ein oder zwei Zettel waren von Interesse.

Neben dem großen Farbplakat, das den heutigen Redner ankündigte – einem bunten Hochglanzposter von etwa dreißig mal fünfundvierzig Zentimeter mit einem Porträtfoto des Redners, der darauf eher wie ein Versicherungsvertreter als der unerschrockene Forscher in der düsteren Höhle der Magie aussah –, gab es zwei Anschläge, die seinen Blick anzogen. Einer war ein Siebdruck in Grün und Violett, mit Sternen und Einhörnern und einer mond-bekrönten Göttin, die vermutlich dem Jugendstil entlehnt war. Die Darstellung hatte eine spürbare Verwandtschaft mit der grellen Kunst, die er aus der Bay Area kannte, und verkündete die Gründung des Erdriten-Tempels der Heidnischen Hexerei, unterstützt durch Coven Tree. Colin lächelte über das Wortspiel. Er kannte einige Mitglieder von Coven Tree, harmlose Dilettanten, die sich für Feminismus und spirituelle Selbsterfahrung interessierten, aber das musste nicht für alle gelten, die davon angezogen wurden. Er nahm sich jedenfalls vor, ein Auge auf sie zu werfen, und wandte sich dann dem zweiten Anschlag zu.

Er war vergleichsweise primitiv: die Schwarzweißkopie einer gedruckten Vorlage. Darauf stand zu lesen, dass Anmeldungen für eine Studiengruppe angenommen wurden, die sich mit Blackburns Werk befasste. Nur ernsthafte Interessenten erbeten; eine Kenntnis des Werks war Voraussetzung. Die Kontaktadresse war ein Postschließfach in Queens.

Colin betrachtete den Zettel stirnrunzelnd und war mit seinen Gedanken Tausende Meilen entfernt, als er die Eintrittskarte in seine Westentasche steckte.

Nach der bösen Geschichte in *Shadow's Gate* war kurz das Interesse an Thorne Blackburn aufgeflackert; *Time* hatte eine Titelgeschichte über sein Verschwinden und Katherine Jourdemaynes Tod gebracht. Auch wenn nach drei Jahren immer noch keine Spur von Thornes Leiche gefunden worden war, hatte Colin nicht den mindesten Zweifel, dass er tot war. Offenbar hatte sein Tod ihn jener seltsamen amerikanischen Unsterblichkeit zugeführt, die normalerweise nur toten Rockstars vorbehalten war, zumindest nach diesem Werbeblatt zu urteilen.

Colin zuckte die Schultern, wandte sich ab und ging zu dem Vortragsraum im hinteren Teil des Ladens. Die Veranstaltungen im Zauberladen waren notorisch wegen ihrer Verspätungen, und tatsächlich war Colin der Erste, der den Raum betrat.

Er ließ seinen Blick schweifen. Der Raum wurde auch von einer Magischen Loge benutzt, die in New York aktiv war. Die Gegenstände ihres letzten Rituals waren sorgfältig in einer

Ecke verstaut und sahen genauso phantastisch aus wie alte, verstaubte Theaterrequisiten.

Ging es bei Magie nur darum? Man konnte leicht verführt sein zu glauben, was alle sagten, nämlich dass Magie nichts weiter sei als Autosuggestion in Phantasiekostümen.

Doch Colins ganzes Leben war dem Glauben gewidmet, dass die Summe der Menschheit sehr viel mehr war als nur die empirische Erfassung von Quantität und Dauer.

Das Reich des Geistes zu bestreiten hieß die Hälfte der Schöpfung zu bestreiten: Selbst wenn man die Magie auf einen leidenschaftlichen *Glauben* reduzierte, war diese Leidenschaft doch eine Kraft, die Kathedralen aus dem Nichts bauen und Weltreiche aus der Wildnis stampfen konnte. Doch Cannons Bücher waren für manche das Einzige, was sie von einer Welt außerhalb ihrer eigenen erhaschen konnten, und der Standpunkt, den er einnahm, machte es leicht, Magie als eine Art faustischer Übung mit viel Rauch und Hokuspokus abzutun: aufgeblasen, töricht – und letztendlich harmlos.

Das neunzehnte Jahrhundert war ein langes Schachspiel zwischen Geist und Materie gewesen, das im Gefolge der Französischen Revolution und des Scheiterns der Napoleonischen Machtpolitik ausgetragen wurde. Und die von den irregeleiteten rationalistischen Reformen zurückgebliebenen Narben entstellten immer noch das Gesicht der modernen Welt. Wenn das Zeitalter der Aufklärung, das Ende des achtzehnten Jahrhunderts den Westen erfasste, eines großen Verbrechens schuldig war, dann war es das: Mit der Überwindung von Aberglaube und Fanatismus hatten die Rationalisten zugleich Gottes gesamte Schöpfung auf das Messbare und Quantifizierbare reduziert.

Auf der einen Seite erklärten Darwin und Freud den Menschen zu einem Computer aus Fleisch und Blut, von einem blinden Uhrmacher nach dem Zufallsprinzip zusammenmontiert.

Auf der anderen standen Mathers, Caise, Waite, Fortune, Crowley und die bewundernswerte Irrationalität von Helen Blavatsky. Sie stritten gegen die kalten Gleichungen der Rationalisten, kämpften verzweifelt in einer Welt, die in ihnen lächerliche Exzentriker oder sogar kriminelle Irre sah, dafür, dass die prächtige mittelalterliche Kunst der Hohen Zauberei, das Werkzeug jener Alchemie, die aus Tieren Engeln machte, nicht verloren ging.

Es war ein Kampf ohne Bosheit, ohne Feinde, so wenig wahrgenommen wie der Kampf des Samenkorns, das seine Wurzel grub, um Blume zu werden; ein Kampf, der noch immer nicht beendet war.

Der hier, jetzt, an diesem Abend weitergeführt wurde.

Der Raum begann sich zu füllen, während Colin noch seinen Gedanken nachhing. Wie er schon vermutet hatte, war das Publikum ungefähr das gleiche wie das bei seinen eigenen Vorträgen: junge, gesellschaftlich aufsteigende Zigeuner des Geistes, durchsetzt mit ein paar Dilettanten und reiferen Suchern.

Die Veranstaltung war gut besucht. John Cannon war offensichtlich ein populärer Redner. Colin nahm auf einem unbequemen Eisenrohrstuhl in der ersten Reihe Platz und betrachtete das Podium. Es war mit dem gleichen Plakat wie am Eingang geschmückt, und hier wurde John Cannon als der Autor von »Der Teufel in Amerika«, »Die wahre Geschichte der Hexerei« und »Voodoo in der modernen Welt« sowie anderer ebenso sensationsheischender Titel vorgestellt.

Als der Raum schon ziemlich gefüllt war, trat ein Mann in dunkler Hose, Sportjacke und schwarzem Rollkragenpulli ein – hagerer, als Colin vom Foto her erwartet hatte. John Cannon hatte die gebeugte Haltung eines Archivars. Ohne seine enorme Größe wäre er in einer Menschenmenge nicht weiter aufgefallen – gute Eigenschaften für einen Rechercheur. Er stieg zum Podium hinauf, einen Stapel Papiere in der Hand, den er zunächst ordnete, während er dem Publikum Zeit ließ, sich zu setzen.

»Guten Abend, Leute. Ich heiße John Cannon – meine Freunde nennen mich John. In den letzten Jahren habe ich meine Nase in ziemlich dunkle Winkel dieser Welt gesteckt und habe ein paar Sachen gesehen, die euch die Haare zu Berge stehen lassen würden.« Er fuhr sich durchs sandbraune Haar und lächelte entschuldigend. Cannon verfügte über eine selbstbewusste, klangvolle Stimme – er war zweifellos ein geübter öffentlicher Redner.

»Ich habe Geister in England gejagt, Teufel auf Haiti und Dämonen in New Orleans. Ich dachte, ich hätte so ziemlich alles gesehen, doch da lag ich falsch. Heute bin ich hier, um über Schwarze Magie zu sprechen – nicht als etwas, das sicher in irgendwelchen Geschichtsbüchern verschlossen ist, sondern Schwarze Magie hier und jetzt. In New York City, heute, in dieser Minute, begehen Leute Hexensabbate und beten zum Teufel. Das ist kein Witz. Diesen Leuten ist es todernst – und ich meine, was ich sage.«

Eine Stunde lang umsponn John Cannon in gekonnter Erzählermanier seine Zuhörer mit Geschichten, die davon handelten, wie er in eine dunkle okkulte Unterwelt vorgedrungen sei, die gleich vor ihren Nasen existierte – eine Welt voll von orgiastischem Sex, gefährlichen Drogen und mutwilliger Blasphemie.

»Diese Leute sind ohne jegliche Skrupel. Ihnen ist jedes Mittel recht, um ihre sinnlichen Exzesse zu leben, egal ob es sich bei den Mitteln um altertümliche nackte Gewalt handelt oder um … Schwarze Magie.«

Er sprach von den okkulten Kräften, mit denen die Hexenzirkel Menschen das Bewusstsein raubten, ihren Willen gefügig machten, sie verletzten oder sogar töteten. Es war der reinste *Rosemary's Baby*-Stoff, doch soviel Colin sah, ließ Cannon sich nie zu rein erfundenen Gräuelmärchen herab. Selbst in seinen unglaublichsten Schriften gab es immer einen Funken Wahrheit, also steckte wahrscheinlich auch hier mehr dahinter.

Doch der Standpunkt hing von der jeweiligen Perspektive ab. In Cannons weiterer Definition der Schwarzen Magie waren auch Colin MacLarens eigene Loge und deren alter geheiligter Glaube Teil der obskuren Verschwörung, die – nach Cannons Beschreibung – kurz davor stand, Manhattan ihrer okkulten Herrschaft zu unterwerfen. Nach seiner Auffassung hätte noch die Tätigkeit des weißesten Hexenkults einen unheiligen Anstrich erhalten.

Als er seinen Vortrag beendet hatte, gab es freundlichen Applaus, und ein paar Leute gingen vor zum Podium, um sich ein Autogramm zu holen oder Fragen zu stellen. Colin wartete, bis das Gedränge an der Tür nachließ, und stand erst dann auf, um zu gehen. Er hatte keine besondere Neigung, mit Cannon persönlich zusammenzukommen.

»Colin MacLaren!« Jemand hinter ihm rief seinen Namen, und Colin drehte sich um.

Cannon eilte ihm hinterher. »Das heißt – Sie *sind* doch Colin MacLaren, oder? Der Gespensterjäger?«

Der letzte Rest von Sympathie, den Colin vielleicht gehegt hatte, erlosch angesichts dieses hingeworfenen, abgestandenen und herabsetzenden Ausdrucks. Doch er antwortete einigermaßen verbindlich:

»Ich bin Colin MacLaren. Sie haben da vorhin manches Interessante gesagt.«

»Jahrelange Übung«, sagte Cannon freimütig. »Aber ich glaube, diesmal bin ich wirklich auf eine Goldader gestoßen. Die Sache ist wahr – diese Leute sind wirklich da draußen und nehmen ihr Voodoo verdammt ernst, so wie Leute wie Sie und ich die Major League.«

»Ich interessiere mich nicht für Sport, Mr. Cannon«, sagte Colin und hoffte, nicht zu abschätzig zu klingen. »Aber was kann ich für Sie tun?«

»Na ja, Sie wissen ja, ein Schriftsteller schaut immer aufs nächste Buch«, sagte Cannon. »Ich glaube, ich habe eine echt irre Geschichte an der Hand. Da wollte ich Sie fragen, ob ich ein Interview mit Ihnen machen kann. Darf ich Ihnen meine Karte geben …«

»Mir?« Colin war entsetzt und dachte absurderweise daran, wie Claire über sein Gesicht lachen würde. »Ich bin sicher, dass ich für Sie von geringem Interesse wäre.« Mechanisch nahm er die angebotene Karte an und steckte sie ungelesen in seine Jacketttasche.

Cannon nahm schließlich Colins kühles Verhalten zur Kenntnis.

»Nun, das heißt … Natürlich kenne ich Ihr Werk ganz gut, Dr. MacLaren, und ich denke selbstverständlich nicht im

Traum daran, Ihre Arbeit irgendwie in einen Zusammenhang mit Sensationen zu bringen …«

»Als Gespensterjäger?«, fragte Colin. Cannon hatte immerhin noch so viel Anstand, um kurz zusammenzuzucken.

»Entschuldigen Sie, wenn ich Ihnen zu nahe getreten bin. Ich fürchte, ich bin meinen Berufsgewohnheiten erlegen, Prof …«

Colin wehrte mit der Hand ab. »Bitte, Mr. Cannon. Mein Doktor in Psychologie ist lange her, und ich unterrichte nicht mehr. ›Mister‹ reicht völlig.«

»Gut, Mr. MacLaren also. Aber ich meinte es ernst, dass ich Sie bewundere. Dieser Artikel, den Sie vor etwa zehn Jahren im *Police Journal* über die verbreitetsten magischen Betrügereien geschrieben haben, ich muss zugeben, dass er mich stark beeinflusst hat. Er war sozusagen für mich der Anlass, auch in das Thema einzusteigen.«

Colin erinnerte sich, dass Cannons erstes Buch ein Überblick über »magische« Schwindeleien und deren Entlarvung war. Colin kannte mehrere selbst ernannte Magier, die Cannon untersucht, aber nicht aufgenommen hatte, weil er sie nicht enttarnen konnte.

»Dann war mein Leben also doch nicht vergeudet«, sagte Colin trocken. »Aber Sie werden meine Ratlosigkeit verstehen, Mr. Cannon. Warum wollen Sie mich interviewen?«

»Thorne Blackburn«, sagte Cannon schnell. »Sie haben ihn gekannt, nicht wahr? Ich habe mit einigen Leuten gesprochen, und Ihr Name wurde ein paar Mal erwähnt. Wenn ich mit dem jetzigen Buch fertig bin, will ich eins über ihn schreiben, und …«

»Thorne Blackburn?«, fragte Colin erstaunt. »Verzeihen Sie, Mr. Cannon, aber solange Sie nicht vorhaben, sein rätselhaftes Verschwinden aufzuklären – und offen gesagt, für mich besteht kein Zweifel, dass der Mann tot ist –, sehe ich nicht recht, welchen Sinn Ihr Buch haben soll. Mit Ausnahme einiger Spezialisten erinnert sich kaum noch jemand an ihn.«

»Jetzt irren Sie aber«, sagte Cannon, sich an seinem Thema erwärmend. »Alle interessieren sich für Blackburn – sehen Sie mal hier drüben.«

Er führte Colin zu Regalen im Mittelteil des Ladens. Eng beschriftete Schildchen bezeichneten einzelne Rubriken wie »Goldene Dämmerung«, »Crowley«, »Kabbalah«, »Blackburn«. Bei letzterem standen vier oder fünf Titel und jeweils mehrere Exemplare davon, sie reichten von groben Pamphleten bis zu einem prächtigen Bändchen aus einer Kleinpresse, gebunden in schwarzem Leder und bedruckt mit Buchstaben in Rot und Gold. Auf dem Rücken stand als Titel *Die Eröffnung des Weges*.

Colin wollte es herausziehen, zögerte dann aber und ließ seine Hand wieder sinken. Er hatte sich gleich nach dem Unfall einige Schriften von Thorne angesehen und darin ein Amalgam aus Blasphemie und Wunschdenken gefunden, das besser einem Schundroman angestanden hätte.

»Selbst wenn es das Interesse geben sollte, von dem Sie sprechen, Mr. Cannon, bin ich mir keineswegs sicher, ob ein Buch über Thorne Blackburn für ein breites Publikum eine so gute Idee ist. Was er auch zu tun versucht hat, es hat zwei Menschen das Leben gekostet. Ein solches Material der Allgemeinheit zur Verfügung zu stellen könnte unverantwortlich sein.«

»Pah«, sagte Cannon, Colins Einwand übergehend. »Sie glauben doch nicht an den ganzen Mummenschanz, oder?« Er lächelte kurz über seinen Scherz. »Wir sprechen hier nicht über Poltergeister. Das ist doch eine Gruppe von Leuten, die glauben, wenn sie dreimal ihre Hacken zusammenschlagen und sagen ›Zu Hause ist es am schönsten‹, wird irgendetwas passieren. Abgesehen davon sind Blackburns Schriften bereits in Druck, wie Sie sehen. Ich will es nur ein bisschen vermenschlichen, das ist alles. Es leichter zugänglich machen. Den Leuten einen Begriff von dem Mann geben, der hinter dem Mythos steckt.«

»Mr. Cannon«, sagte Colin. »Eben noch haben Sie es Mummenschanz genannt, und nach Ihrem Vortrag zu urteilen, sind Sie ganz versessen darauf, sich mit einer Menge von unangenehmen Leuten einzulassen. Ich habe nicht die Absicht, mit Ihnen über die Legitimität des Ganzen zu diskutieren, aber ohne den Bereich des Übernatürlichen zu bemühen, möchte ich Sie daran erinnern, wie heftig Menschen ihren Glauben verteidigen, wenn sie ihn bedroht fühlen – gleichgültig, für wie hirnrissig Sie diesen Glauben halten.«

»Ich kann auf mich aufpassen«, sagte Cannon und klopfte auf eine Jackentasche, als hätte er dort eine Waffe versteckt.

Colin schüttelte den Kopf. »Ich bin ganz sicher, dass Sie das glauben, Mr. Cannon. Ebenso sicher bin ich aber, dass die Mächte, mit denen Sie spielen – wenn Sie das Pech haben, an die Falschen zu geraten –, gefährlicher sind, als Sie es sich in Ihren kühnsten Träumen ausmalen können. Und ohne den geringsten Humor, wenn Sie denen mit investigativem Journalismus kommen.«

»Das sind alles wichtige Informationen für mich, Professor«, sagte Cannon. »Wollen Sie mir denn nicht ein paar Hintergründe nennen, Namen, Orte, Daten? Etwas, dem ich nachgehen kann?«

Colin seufzte, plötzlich fühlte er sich müde. »Nein, Mr. Cannon, das will ich nicht.« Er tastete in seinem Jackett nach seiner Brieftasche und zog eine Visitenkarte heraus, die er dem jüngeren Mann hinhielt. »Aber ich empfehle Ihnen dringend, von Ihrem Projekt abzulassen, und vergessen Sie Blackburn. Sie haben nicht die richtige Einstellung. Aber ich kann Sie natürlich nicht zwingen, also – bitte. Hier haben Sie meine Karte. Wenn Sie je das Gefühl haben, dass Ihnen das Wasser bis zum Hals steht, dann rufen Sie mich an, zu jeder Tages- und Nachtzeit. Ich werde dann mein Bestes tun, um Ihnen zu helfen.«

Cannon nahm die Karte und betrachtete sie genau. Es standen nur Colins Name, Adresse und Telefonnummer darauf. Er zuckte bedauernd die Schultern und steckte die Karte ein.

»Klar, Mr. MacLaren, danke«, sagte er in einem Ton, der Colin überzeugt sein ließ, dass er sie bei nächster Gelegenheit wegwerfen würde. »Danke für den Tipp. Vielleicht rufe ich Sie in ein paar Monaten mal an, und wir können an der Blackburn-Sache zusammenarbeiten. Nennen wir's den *König der Hexen* oder so.«

Ohne eine Antwort abzuwarten, ging er beschwingt von dannen.

Es war schwer zu entscheiden, wen ein solcher Titel mehr beleidigte, Thorne oder die Hexen, grübelte Colin, als er dem enteilenden Schriftsteller nachsah. Er würde in der Nacht ein Gebet für John Cannon sprechen. Der Mann spielte mit dem Feuer.

Höllenfeuer.

Der Vortrag hatte um sechs Uhr angefangen, so dass es schon dunkel war, als Colin den Laden verließ. Das fahle Straßenlicht an den Enden jedes Häuserblocks reichte nicht bis in die Mitte, doch das beunruhigte Colin nicht. Die Abendluft war mild, und es war noch früh. Wahrscheinlich konnte er zu Hause noch ein paar Stunden die Korrekturfahnen lesen, bevor er ins Bett ging.

Als er um die Ecke bog, eilte ein Mann in blauem Regenmantel an ihm vorbei. Er trug keinen Hut, und als er unter der Laterne hindurchlief, blitzte sein Haarschopf flachsfarben auf.

Colin blieb stehen und starrte dem Mann nach, bevor er seinen Weg fortsetzte. Auf einmal fühlte er sich beunruhigt. Einen Häuserblock von seiner Wohnung entfernt, erkannte er den Grund für sein Unbehagen. Der Mann, der da zufällig an ihm vorbeigelaufen war, hatte ihn an Toller Hasloch erinnert.

Er hatte seit mehreren Jahren nicht an den jungen Mann gedacht, und so nahm Colin diesen Wink seines Unterbewusstseins ernst. Statt sich in seiner Wohnung wieder an seine Druckfahnen zu setzen, ging er in sein Schlafzimmer und öffnete den Schrank. Darin hing eine lange Tunika aus cremefarbenem Leinen und eine weite Hose aus dem gleichen Material. Er wechselte die Kleidung, dann holte er aus einer Truhe ein großes flaches Kissen, einen niedrigen Schemel und eine kleine Öllampe.

Er legte das Kissen auf den Boden und stellte die Lampe nebst einer Schachtel Streichhölzer auf den Schemel. Er prüfte nach, ob die Lampe – ein schlichtes Tongefäß, das er auf einer seiner Reisen durch den Nahen Osten erstanden hatte – gefüllt war, dann ließ er sich in den Lotussitz nieder, mit einer Leichtigkeit, die seiner Jahre spottete.

Er zündete die Lampe an und konzentrierte seine Augen auf das Licht. Seine Loge rief nicht die Elemente um Hilfe an, wie es die von Alison Margrave tat. Vielmehr war Colin unterwiesen worden, sich direkt an das Licht zu wenden, das Licht, das alle Elemente und die Schöpfung selbst enthielt. Colin schaute in die Flamme und erlaubte dem Licht, in ihn zu schauen, während er langsam in der Yoga-Übung des »Nicht-Bewusstseins« ein- und ausatmete.

Er ließ seine Gedanken nicht schweifen, sondern entleerte sein Bewusstsein so vollkommen, dass es zu einem klaren Spiegel des Einen Geistes werden konnte, auf dem die Welt gründete. Es war eine der ersten Übungen, die dem Adepten beigebracht wurden, die eine, auf der alle anderen aufbauten, und sie war sowohl ein Mittel als auch ein Zweck in sich selbst. Er ließ sein ganzes Ich und alle seine Wünsche los und wartete wie ein leeres Blatt Papier auf den, der es beschreiben würde.

Stunden später verlosch das Licht. Colin schloss die Augen und streckte sich nach der langen Unbeweglichkeit. Er packte das Zubehör weg und schaute nach der Uhrzeit – fast Mitternacht.

Es war möglich, dass er auf der Straße Toller Hasloch gesehen hatte, aber ob er es wirklich gewesen war oder nicht, spielte jetzt keine Rolle mehr. Es war eine Warnung gewesen.

Leute wie John Cannon waren dazu da, um beschützt zu werden. Unabhängig davon, wie eilfertig sie sich selbst in Gefahr brachten, war es Colins Aufgabe – und derer, die so waren wie er –, sie davor zu behüten. Die Worte, die er zu Claire gesagt hatte, damals, als er sich ihr zum ersten Mal erklärte, kamen ihm jetzt wieder in den Sinn: *»Die große Masse der Menschheit weiß nichts von Magie und interessiert sich nicht dafür, und die Menschen haben das Recht, sich so zu verhalten. Sich nicht beunruhigen zu lassen von Mächten, die sich außerhalb des Horizonts ihres täglichen Lebens befinden, oder sich nicht manipulieren zu lassen von Mächten, denen sie in keiner Weise gewachsen sind. Wenn ich auf jemanden stoße, der mit Schwarzer Magie in das Leben anderer Menschen eingreift, ist es meine Pflicht, ihn aufzuhal-*

ten, wenn ich kann – zu seinem eigenen Besten wie zum Besten der Menschen, denen er sonst vielleicht Schaden zufügen würde.«

John Cannon war auf der Suche nach einem Hexenkreis. Ohne Zweifel war er dabei bereits auf die eine oder andere Gruppe gestoßen. Es gab eine Menge Möchtegernsatanisten da draußen, die vor Ehrgeiz brannten, es der Welt einmal richtig zu zeigen. Die meisten waren eher harmlos, kamen über Erpressung und ein bisschen Nötigungssex mit ihren weiblichen Anhängern nicht hinaus – ihre Mitglieder waren am Ende um eine traurige Erkenntnis reicher. Wenn es das war, wonach Cannon jagte, dann hatte der Mann Recht: Er konnte auf sich selbst aufpassen.

Doch Colin glaubte nicht, dass es ihm darum ging. War es eine Vorahnung, war es der sechste Sinn oder sogar eine tatsächliche Mitteilung der Inneren Ebenen. Er war sich sicher, dass größeres Wild den Wald der Nacht durchstreifte, etwas Dunkleres und sehr viel Geübteres als jene Hobby-Esoteriker, die das Publikum des Zauberladens ausmachten. Zu ihrem eigenen Schutz wie zum Schutz jener, denen Schaden zugefügt werden konnte, musste Colin sie aufhalten.

Er musste sie finden – bevor John Cannon den äußersten Preis bezahlte.

Zwei Wochen später war Colin nicht mehr so optimistisch. Wie er aus eigener Erfahrung wusste, wurde eine Zelle – und als solche musste er die Sache schließlich betrachten – nur verwundbar in dem Moment, wenn sie mit Gruppen außerhalb in Austausch trat. Wenn dieser schwarze Hexenzirkel nicht Mitglieder rekrutierte oder eine andere Art von Kontakt mit Außenstehenden pflegte, konnte es Jahre dauern, bis Colin ihn ausfindig machte. Es mochte einfach sein, eine Schwarze Loge auf der Astralen Ebene zu finden – auch wenn die Jagd unverhältnismäßig gefährlich war –, doch wenn man ihren Astralen Tempel lokalisierte, hatte man noch keinerlei Hinweis auf ihren irdischen Sitz. Um den Ort in der wirklichen Welt zu finden, musste man sich allein weltlicher Mittel bedienen.

Leider konnte Colin sie nicht selbst jagen. Seine Begegnung mit Cannon hatte ihm gezeigt, dass er zu bekannt war, als dass man ihm die Rolle eines hungrigen Sinnsuchenden abgenommen hätte. Und bei seiner geistigen Einstellung war es ihm unmöglich, sich gegenüber seiner Beute als erfahrenen Praktikanten der Schwarzen Kunst auszugeben.

Für diese Jagd brauchte er Hilfe.

»Nichts.« Claires knappe Antwort, als sie in die Tischnische ihm gegenüber schlüpfte, ließ Colin aufatmen.

Sie hatten sich in einem Nachtcafé beim Columbus Circle verabredet, weit genug von ihren Wohngegenden entfernt, so dass sie, falls sie beobachtet würden, ausreichend Gelegenheit hatten, ihre Beschatter abzuschütteln.

Seine Verhaltensweisen aus dem Krieg waren ihm wieder beängstigend schnell geläufig, so als hätte er sie nicht vor dreißig Jahren, sondern erst gestern abgelegt. Er hatte sie Claire gewissenhaft eingebläut: Wie man verfolgte und wie man herausfand, ob man verfolgt wurde. Wie man einen Verfolger loswurde. Wie man feststellte, ob das eigene Büro oder die eigene Wohnung durchsucht worden war. Wie man eine Nachricht an einen Komplizen übermittelte. Wie man floh und was man tat, wenn man nicht fliehen konnte.

Ohne den Schatten einer tatsächlichen Bedrohung erschien das Ganze etwas verrückt – irgendwie theatralisch. Doch Colin wusste, dass sie nicht immer so viel Glück haben würden wie vor zehn Jahren in Berkeley, als Toller Hasloch, der Nazijunge, ihnen so großtuerisch alle Informationen an die Hand gegeben hatte. Oft zeigte sich der Schatten untrüglich erst im Moment der unmittelbaren Gefahr, nicht vorher.

»Bist du dir sicher?«, fragte Colin. Claire verzog ihr Gesicht.

»Ich bin sicher«, sagte sie.

Die Kellnerin kam, um ihre Bestellung entgegenzunehmen. Nachdem sie gegangen war, fuhr Claire in ihrem Bericht fort. Colin nahm seine Pfeife und begann sie zu stopfen.

»Ich habe nichts Übersinnliches festgestellt. Die so genannte Innere Grotte des Hofs von Typhon ist nichts so Besonderes. Ein bisschen Drogen, nehme ich an, und wahrscheinlich eine Menge Gruppensex. Unschön genug, aber nicht, was wir suchen. Sie führen eine Liste mit Feinden, das schon, und die Mitglieder sind aufgefordert, weitere Namen einzutragen, aber soviel ich sagen kann, haben sie nicht genug Kraft, um eine Kerze auszublasen. Immerhin haben sie eine sehr phantasievolle Ausstattung – offenbar ist eines ihrer Mitglieder Bühnenbildner. Mr. Cannon wird riesigen Spaß haben, wenn er auf diese Leute trifft.«

»Und sie waren unsere meistversprechende Spur.« Colin seufzte erneut und zündete mit einem Streichholz seine Pfeife an, was er mit großer Hingabe tat.

Die Kellnerin brachte das Essen – ein Omelette für Colin, einen Hamburger mit Pommes frites für Claire. Claire aß mit Appetit.

Colin freute sich, dass sie so gut aussah – er hätte sie nie in dieses gefährliche Spiel hineingezogen, wenn er sie nicht für seelisch gesund gehalten hätte. Peters Tod war jetzt etwas mehr als vier Jahre her. Vielleicht war genug Zeit vergangen, um Claire Abstand gewinnen und neue emotionale Chancen wahrnehmen zu lassen. In letzter Zeit hatte sie Kurse in Betriebsführung für Kleinunternehmen belegt. Sie dachte darüber nach, ihren Beruf zu wechseln. Bei dem bedenklichen Zustand vieler Stadtkrankenhäuser konnte Colin diesen Schritt nur von Herzen begrüßen.

»Was jetzt, Colin?« Claire ließ ihre Gabel mit Pommes frites auf halbem Wege zu ihrem Mund stehen. »Ich bin ziemlich gut als großäugige Naive, und ich verlange nicht, dass wir aufhören, aber ...«

»Um ehrlich zu sein, ich frage mich, ob wir nicht vollkommen verkehrt an die Sache herangehen. Wir sind hinter einem Hexenzirkel her und dabei in einer Sackgasse gelandet. Vielleicht kommen wir besser voran, wenn wir am anderen Ende anfangen und die Sache von hinten aufrollen.«

»Du meinst, bei den Opfern anfangen ... oder jedenfalls den so genannten Opfern? Wie diese Frau aus Minnesota, die sich in ihrem Buch plötzlich daran erinnerte, eine Satanische Hohepriesterin gewesen zu sein?« Claire schürzte verächtlich die Lippen.

»Nicht ganz«, korrigierte Colin sie mit einem Lächeln. »Wir wissen aus Cannons Vortrag, dass die Gruppe, die wir suchen, irgendwo im Raum New York agiert, und wahrscheinlich greift sie zu den üblichen Einschüchterungstaktiken, um ihre Macht zu festigen. Wir müssen nur herausfinden, auf wen sie diese Taktiken anwenden.«

»Keine leichte Aufgabe«, sagte Claire. »Eingeschüchterte Leute reden nicht – sie haben zu große Angst.«

»Ja«, stimmte Colin zu. »Doch sie suchen nach Schutz. Und wenn die konventionellen Schutzmaßnahmen versagen, dann werden sie wahrscheinlich auf ihre Überlebensinstinkte, wenn nicht sogar auf Aberglauben zurückgreifen.«

»Du meinst, organisierte Religion«, ergänzte Claire neckend. Colin lächelte ertappt.

»Nun ja. Und da in diesen Tagen selbst die katholische Kirche keinen Exorzismus ohne harte Beweise zulässt, wenden sich diese armen Seelen, die Opfer von Dunklen Kräften wurden, oft vergeblich an ihren Gemeindepfarrer oder den zuständigen Rabbi.«

»Was sie direkt in die Hände okkulter Scharlatane treibt. Laien-Exorzisten, betrügerische Medien und all diese gewissenlosen zweibeinigen Haie, die Geld verlangen. Aber du weißt genauso gut wie ich, Colin, wie viel davon da draußen herumstreunen. Haben wir einem das Handwerk gelegt, schießt schon der nächste aus dem Boden. Wie willst du denn jeden einzelnen von ihnen finden und dann erst deren Kunden?«

»Will ich nicht«, korrigierte Colin und gab der Bedienung ein Zeichen für die Rechnung. »Ich werde mich um die Haie kümmern, die von einem größeren Hai in Angst und Schrecken versetzt werden.«

11

NEW YORK, DIENSTAG, 20. DEZEMBER 1972

Sagt, woher stammt Liebeslust?
Aus den Sinnen, aus der Brust?
Ist euch ihr Lebenslauf bewusst?

WILLIAM SHAKESPEARE

Es war am Vorabend der Wintersonnenwende. Das Zimmer war jetzt selbst am helllichten Tag dunkel. Es war das Wohnzimmer eines Apartments in der 8. Straße West, gleich am Broadway, in einer Gegend, die noch vor wenigen Jahren arm gewesen war, doch mit der es inzwischen stetig bergauf ging.

Das Zimmer wirkte fast wie eine Parodie auf die allgemeine Vorstellung vom Allerheiligsten eines Okkultisten. Auf den Boden war das Salomonische Siegel gemalt, kopiert aus dem *Grimorium Verum,* der Wirkung halber von geheimnisvollen Symbolen umgeben. Die Wände waren mit lilafarbenem Samt bezogen, darüber hingen Plaketten mit den Tierkreiszeichen, eine phrenologische Karte des menschlichen Schädels, ein Plakat, das den Weg der Kundalini-Energie darstellte, eine Zeichnung des Lebensbaumes sowie Vergrößerungen verschiedener Tarotkarten. Die Decke war mit engmaschigen bunten Fischernetzen drapiert, in die allerlei Gegenstände gesteckt waren, die offenbar die Phantasie des Bewohners beschäftigt hatten: eine Babypuppe, ausgestopfte Tiere, ein Handspiegel, Karnevalsmasken und verschiedene kleine Schwimmer, wie man sie zum Angeln benutzt. Die Fenster wurden umrahmt von schwarzen Samtvorhängen, und die Scheiben waren mit Buntglasfolie überklebt, was in erster Linie die Dunkelheit in diesem Raum verursachte.

Colin saß auf der Kante eines schwarzen Plüschsofas und hielt eine Tasse Kaffee in der Hand, von der er noch keinen Schluck getrunken hatte. Ihm gegenüber, auf einem hohen, kunstvoll geschnitzten Stuhl, saß Lucille Thibodeaux.

Colin verfolgte Lucille schon seit einigen Wochen, auch wenn er es erst seit drei Tagen wusste. Sie war der Hai, nach dem er gesucht hatte: die Frau, die John Cannon auf die Spur des Hexenkreises gebracht hatte und Colin jetzt vielleicht einen Hinweis geben konnte, wo dieser sich derzeit befand.

Madame Lucille bestritt ihren Unterhalt als angebliche Voodoo-Priesterin. Sie bediente mit ihren Exerzitien größtenteils weiße, gutgläubige Kunden, die etwas ihrer Erfahrung so Fremdes automatisch für bedeutender hielten als alles, was sie kannten. Gegen ein angemessenes Entgelt verwandelte Madame Lucille Pech- in Glückssträhnen, stellte der Liebe geweihte Talismane her, hob Flüche auf und übermittelte Nachrichten von Toten – wobei der Erfolg einzig und allein auf Zufall und Taschenspielertricks beruhte.

Colin hatte Lucille schon vor mehreren Jahren kennen gelernt, als er einen alten Freund, der frisch verwitwet war, aus den habgierigen Klauen des Pseudomediums befreit hatte. Damals wusste er nicht, für wie alt er sie halten sollte. Sie war eine schöne, exotische junge Frau gewesen, gekleidet in theatralischer Zigeuneraufmachung und behängt mit jeder Menge unechten Schmucks.

Heute sah man ihr jedes Lebensjahr und noch einige mehr an. Ihre gealterte elfenbeinfarbene Haut hatte eine fahlgraue Untertönung, und sie hatte sich für Colin nicht die Mühe gemacht, Make-up aufzulegen. Sie empfing ihn in einem rosafarbenen Chenille-Bademantel und führte ihn mit bemühter Freundlichkeit, die wie eine Parodie ihres ehemaligen Charmes wirkte, ins Wohnzimmer. Noch im gedämpften Tageslicht wirkte ihr ausgezehrtes, gerötetes Gesicht wie das einer Krebskranken. Sogar der Turban, den sie sich um den Kopf geschlungen hatte, machte einen schäbigen Eindruck.

»Was Sie wollen von Lucille, hm? Isch Ihnen sagen gleisch, M'sieur, isch nisch mehr Flüsche vertreiben.« Lucille sprach – wenn sie sich daran erinnerte – mit reizendem französischem

Akzent. Doch wenn sie wütend war oder sich fürchtete, gewann das fast unverständliche akadische *Patois* ihrer Herkunft die Oberhand.

Im Moment hatte sie vor allem große Angst.

»Lucille sein nisch besonders, *cher*. Viel schlimmer Leut da sein. Isch geben die Leut, was sie wollen von Lucille. Sie sein eine sehr böse Mann, M'sieur, wenn Sie misch so quällen.«

»Nein, Lucille, ich bin diesmal nicht böse, verstehen Sie. Ich möchte Ihnen helfen. Helfen Sie mir, und ich *kann* Ihnen helfen.« Sie alle, dachte Colin resigniert, beteuerten ihre Unschuld, noch bevor sie angeklagt waren, als ob sie sich nicht anders zu helfen wüssten. Und da Lucille dieses Treffen selbst herbeigeführt hatte, waren ihre Beteuerungen doppelt lächerlich.

Die Kreolin trank von ihrem Kaffee. Ihre Hände zitterten, die Tasse klapperte auf der Untertasse, und trotz des Winterwetters draußen standen ihr Schweißperlen auf der Stirn.

»Isch nie 'ätte reden sollen mit diese Mann«, sagte sie heftig. Sie schüttelte den Kopf, so dass ihre Ohrringe gegen den Turban schlugen. »Er war Gift, diese Mann – Gift für Lucille.«

»Sie haben mit John Cannon gesprochen, das haben Sie mir am Telefon gesagt«, soufflierte Colin. Er kannte bereits einen Teil von Lucilles Geschichte, sowohl von anderen, mit denen er in den letzten Tagen gesprochen hatte, wie auch von Lucille selbst aus dem Gespräch, in dem sie diese Verabredung vereinbart hatten.

»Er 'at mir Geld gegebben«, sagte sie einfach. »Er sagt, er will über meine Leben ein Buch schreiben, un' isch werden berühmt un' in Fernse'en kommen un' so. Er wollten wissen über die dunkle Mäschte, die isch kämpfe mit, un' die sie anbeten. Un' da 'ab isch ihm auch das erzählt.«

»Aber sie haben herausgefunden, dass Sie geredet haben – dass Sie Cannon von ihnen erzählt haben«, half er nach. Er durfte sich keinen Fehler erlauben und keine Frage offen lassen. Er ging davon aus, dass Lucille zu viel Angst hatte, um sich noch einmal mit ihm zu treffen. Und wenn ihre Andeutungen der Wahrheit entsprachen, dann befand sich Cannon in größerer Gefahr, als Colin gedacht hatte.

»Das Mädschen, sie 'at ihne gesagt, glaub' isch. Sie nisch normall sein in ihre Kopf. Sie sagen, sie wollen weg von ihne, un' dann sie rennen zurück zu ihne, isch wetten!«

Langsam holte Colin die ganze Geschichte aus ihr heraus, wobei er jede Äußerung auf ihren Wahrheitsgehalt hin prüfte. Es hatte Monate vor Cannons Vortrag im Zauberladen begonnen, als eine Frau namens Sandra Jacquet zu Lucille gekommen war und sie um Schutz gebeten hatte.

»Sie nisch sagen, wovor, nisch gleisch, dann isch ihr geben diese Talisman zum Tragen, un' sie mir geben fünfzisch Dollar, un' Woche später sie kommen wieder zu mir und sagen, es nisch gut Wirkung 'aben, un' da sein diese Ding in ihre Wohnung, un' ich soll kommen un' die Teufel austreiben aus Wohnung. Dann isch das mache – gut mache; kost misch vierzisch Dollar, all die Sache, un' isch drei Stunde arbeit, un' sie sagen, dass es gut sein, sie misch gefunden, bevor ganz Schlimmes passiert is. Aber dann fangen an... diese böse Traum.«

»Ist dies das Mädchen?«, fragte Colin und zog ein kleines Foto aus der Tasche.

Lucille nahm das Bild in ihre zitternden Hände und betrachtete es eingehend im trüben Licht. »Das sie sein, glaub isch. Wo sie jetzt sein?«

Colin steckte das Foto wieder in die Tasche, ohne zu antworten. Er glaubte nicht, dass es ihrer Beruhigung dienen würde, wenn sie wüsste, dass ihre Kundin zur Zeit unabgeholt im städtischen Leichenschauhaus lag. Die Teile ihres zerstückelten und verstümmelten Körpers – die meisten jedenfalls – waren in Müllsäcken verstaut und über das Stadtviertel verteilt aufgefunden worden.

Zum Glück – wenn dies das angemessene Wort war –, hatten die okkulten Symbole, die vor und nach ihrem Tod in ihren Leib gebrannt und geschnitten worden waren, Lieutenant Martin Becker von der Abteilung Okkulte Verbrechen veranlasst, Colin zu dem Fall hinzuzuziehen. Und zum Glück war es der Polizei gelungen, ein relativ neues Foto von Sandra zu besorgen, denn von den Resten der Leiche hatte man kaum ein Erkennungsfoto machen können.

»Erzählen Sie mir von Sandra, Lucille. Warum ist sie zu Ihnen gekommen? Was wollte Sie ... genau?«

»Isch nisch wissen, wie sie misch finden, M'sieu, aber sie wollen, was alle wollen. Sie wollen, dass Lucille den Voodoo vertreiben. Un' am Anfang alles gut un' schön sein.«

Was so viel hieß, verstand Colin, dass Sandra Jacquet über genügend Geld verfügt hatte, um sehr viel für ihren Schutz zu bezahlen, ohne die Ehrlichkeit ihrer Helferin einer allzu genauen Prüfung zu unterziehen. Zumindest anfangs. Doch nach ein paar »Reinigungs«-Sitzungen begann Sandra unzufrieden zu werden, denn die Ergebnisse, für die sie bezahlte, blieben aus. Und als Madame Lucille merkte, dass die üblichen Tricks bei ihrer wohlhabenden und freigebigen Kundin nicht funktionierten, beging sie ihren ersten Fehler. Sie forschte einen Nachmittag lang in der New York Public Library und entschied dann, dass Sandra Jacquets Bannfluch sich mit einer Séance auflösen ließe.

Lucille brauchte annähernd zwei Wochen, um Sandra dazu zu überreden, doch das Mädchen hatte Angst – und, so konnte Colin folgern, die nebulösen Probleme, die sie verfolgten, wurden immer schlimmer –, so dass Sandra schließlich einwilligte und der falschen Okkultistin dreihundert Dollar gab, mit der diese, wie sie behauptete, die nötigen Dinge für das Ritual einkaufen wollte.

In Wahrheit hatte Lucille das Geld wie üblich auf die Seite gelegt und nur für wenig Geld ein paar farbige Kerzen gekauft, Oregano und eine Alphabettafel für spiritistische Sitzungen von FAO Schwarz. Doch während der Séance geschah etwas, womit sie nicht gerechnet hatte – etwas so Schreckliches, dass Lucille sich von ihrer plumpen, halb ausgenommenen Gans zurückzog. Madame Lucille ließ sich nicht dazu bewegen, über das, was in jener Aprilnacht geschehen war, zu sprechen. Ihre Hände zitterten, und ihre Stimme versagte, als sie an den Augenblick zurückdachte, in dem die Alphabettafel ein eigenes, kaltes Leben unter ihren Fingerspitzen angenommen hatte.

Hier brach sie ihre Erzählung ab, nahm eine Zigarette aus dem Onyxkästchen und zündete sie mit zittrigen Händen an.

»Un' was es dann sagen, niemand wissen über Lucille, nur sie selbst! Isch denken …« Es folgte eine lange Pause. Lucille sog den Rauch tief ein und blies ihn kräftig wieder aus.

»Isch denken, vielleischt dies Mädschen zu viel Probleme machen un' besser nisch damit zu tun 'aben.« Lucille zuckte mit den Schultern.

Nach der Sache mit der Séance hatte Lucille sich geweigert, Sandras Anrufe zu beantworten oder mit ihr zu sprechen, wenn sie an ihrer Wohnungstür klingelte. Und eines Tages hörten die Anrufe zu Lucilles großer Erleichterung auf. Colin fragte sich, ob sie aufgehört hatten, weil Sandra tot war, oder ob sie einen anderen, ebenso hilflosen Helfer gefunden hatte.

»Nur die Träume nisch auf'ören, M'sieu. Isch träumen von Mam'selle Jacquet, sie tot, aber auch lebendisch, sie leben un' in große Qual. Un' dann isch 'ören von diese Mann, un' isch denken, er mir vielleischt helfen, denn er sisch auskennen mit Voodoo un Sache.«

Colin wusste, dass dies nicht der Grund war, warum sie bereit gewesen war, mit Cannon zu reden – dieser Teil war eine hübsche Geschichte, die sie frei für Colin erfunden hatte. Zweifellos hatte Madame Lucille aus reiner Habgier mit John Cannon Kontakt aufgenommen. Cannon bezahlte für seine Interviews, so viel stand mittlerweile fest. Und schließlich lag zu der Zeit, als sie mit ihm gesprochen hatte, die Séance schon etliche Wochen zurück, und nichts war seither geschehen, was wahrhaft unerklärlich gewesen wäre. Die meisten Leute dachten sich in einer solchen Situation, das wusste Colin aus trauriger Erfahrung, irgendeine beruhigende Erklärung aus, um die unheimlichen Geschehnisse zu verdrängen, oder sie vergaßen sie einfach mit der Zeit, statt offenen Auges mit dem Unheimlichen weiterzuleben.

Jedenfalls hatte Cannon mit Lucille das Interview gemacht, in dem sie vielleicht mehr erzählte, als im Fall Sandra Jacquet tatsächlich passiert war, und ihm auch ziemlich exakt alle Namen und Informationen weitergab – vielleicht mochten es nur wenige sein –, die Sandra ihr mitgeteilt hatte. Und danach hatte sich ihr Leben zum Unguten gewendet.

Ebenso für Cannon, denn er hatte sich wie jeder gute Journalist auf den Weg gemacht, um die Informationen zur Quelle zurückzuverfolgen – zu Sandra Jacquets Mördern.

»Was haben Sie ihm gesagt?«, drängte Colin.

Lucille zündete sich an dem Stummel der ersten eine zweite Zigarette an. Das vorwiegend rötliche Licht, das durch die nachgemachten Buntglasfenster schien, gab ihr den Anschein von Gesundheit, doch Colin wusste es besser. Lucille Thibodeaux war dem Tode geweiht, so sicher, als ob sie vergiftet wäre.

»Nein. Den Fehler machen isch nisch zweimal. Nie wieder kommen die Namen über meine Lippen.«

»Sie haben mit Cannon darüber gesprochen. Sie wussten, dass er Journalist war, als sie mit ihm sprachen. Sie wussten, dass er darüber schreiben wollte.« *Und Vorträge darüber halten. Vielleicht ist es schon zu spät, um ihm zu helfen.* »Was Sie ihm gesagt haben, wird kein Geheimnis bleiben.«

»Doch, das wird's«, sagte Lucille schlicht. »Die bringen misch um, *cher*. Die bringen M'sieu Cannon um, isch wetten.«

»Wenn ich sie auffinden kann, dann werde ich dafür sorgen, dass sie Ihnen nichts mehr antun können, Lucille, Ihnen beiden nicht. Das schwöre ich. Aber Sie müssen mir sagen, was Sandra Jacquet Ihnen gesagt hat.«

»Sie ist tot, hm?«, riet sie.

»Sie müssen nicht sterben«, sagte Colin ausweichend. »Ich kann Ihnen helfen – wenn Sie mir jetzt helfen. Sagen Sie mir, wer diese Leute sind.«

Lucille zögerte, dann schüttelte sie den Kopf. »Lucille genug Sünden auf ihre Seele laden, sie ge'en, wenn sterben, gleisch an dunklen Ort. Der Giftmann Cannon, er ge'en auf meine Schuldkonto. Un' isch wollen Sie da nisch auch noch, M'sieu.«

Gleichgültig, was er sagte, Colin konnte sie nicht erreichen, und schließlich gab er auf.

»Na schön. Ich kann wenig für Sie tun, wenn Sie mir nicht verraten wollen, wer Sie angreift. Ich kann Ihnen den Namen eines Priesters geben. Er ist ein guter Mann. Er wird nicht über Sie lachen, Lucille, und diese Leute können Sie auf geweihtem Boden nicht erreichen.«

Zu Colins Entsetzen begann die Kreolin zu lachen; ein raues, rauchiges Bellen.

»Die Kirsche sollen Lucille retten? Was sollen der Priester zu mir sagen – dass Lucille sollen knien un' zu Jesus ge'en, hm? Isch das nisch glauben, M'sieu. Zu spät sein dafür – Gott sein tot, un' nur der Teufel leben. Un' der Teufel bekommen Lucille am End.«

Sie starrte eine Weile gedankenverloren die abgedunkelten Fenster an, dann stand sie auf. »Isch danken für Ihren Besuch, M'sieu, aber isch 'abe falsch getan, Sie 'ier zu lassen. Niemand können Lucille Thibodeaux in diese Leben mehr 'elfen, un' besser, Sie ge'en jetzt, bevor Sie werden gese'en un' Ihnen was zustößt.« Ihre Stimme duldete keinen Widerspruch.

Zögernd erhob sich Colin. »Ich werde für Sie beten«, sagte er, wohl wissend, dass eine solche Handlung zu wenig war und zu spät kam. Er griff nach seiner Brieftasche. »Zumindest sollten Sie die Stadt verlassen. Wenn Sie aus der Gegend verschwinden, dann können sie Sie vielleicht nicht ausfindig machen. Brauchen Sie Geld? Ich kann ...«

Lucille winkte ab. »Sie können für misch nischts mehr tun, M'sieu MacLaren. Am besten, Sie jetzt ge'en, hm?«

Wenige Augenblicke später stand Colin im dunklen Licht des Dezembernachmittags auf der Straße. Er schaute hinauf zum Fenster im ersten Stock. Hinter dem verhüllten Fenster wartete Lucille Thibodeaux mit dem hoffnungslosen Fatalismus eines gefangenen Tieres auf ihren Tod.

Er würde für sie beten, wie er versprochen hatte, auch wenn es wohl nichts mehr zu ihrer Rettung beitragen konnte. Aber es gab andere, denen sein Eingreifen vielleicht noch half.

Colin war eine Sammlernatur und hob jedes Fetzchen Papier auf, das ihm in die Hände kam. Er brauchte mehrere Stunden, bis er Johns Visitenkarte gefunden hatte. Sie lag in einer Schublade, in der sich solche Zettel und Kärtchen häuften. Am Telefon meldete sich eine Frauenstimme, die bestätigte, dass er mit Cannons Wohnung verbunden sei. Sie fragte nach seinem Namen, leisen Argwohn in der Stimme. Einen Augenblick später kam John Cannon an den Apparat.

»Mr. Cannon? Hier spricht Colin MacLaren; wir haben uns vor ein paar Monaten kennen gelernt; im Zauberladen.«

»Ich erinnere mich an Sie, Mr. MacLaren.« Cannons Stimme klang müde.

»Verzeihen Sie, dass ich Sie bis nach Hause verfolge. Doch das letzte Mal, als wir uns sprachen, wollten Sie an einem Buch über Schwarze Zauberei schreiben.«

»Bleiben Sie dran.« Cannons Stimme klang plötzlich scharf. »Ich möchte das Gespräch mit ins Arbeitszimmer nehmen.«

Eine kurze Weile hörte man Schritte, bis Cannon den Hörer im Arbeitszimmer abnahm und Bess – der Frau, mit der Colin zuerst gesprochen hatte – sagte, sie solle auflegen. Dann war er wieder in der Leitung.

»Vielleicht sagen Sie mir den Grund für Ihren Anruf, Mr. MacLaren?«, sagte Cannon kühl.

»Ich habe gerade mit einer Frau namens Lucille Thibodeaux gesprochen«, antwortete Colin offen. »Was sie mir erzählte, hat mich stark beunruhigt.«

»Ah ...« Cannon entfuhr ein tiefer Seufzer. »Geht es ihr gut?«, fragte er zögernd.

»Sie stirbt«, sagte Colin schonungslos. »Ihre Kundin – ich nehme an, sie hat Ihnen beim Interview von ihr erzählt, ist bereits tot. Ermordet.«

Am anderen Ende herrschte Schweigen. »Wie ist sie gestorben?«, fragte Cannon zögernd.

»Schrecklich«, sagte Colin. Er wollte lieber nicht in die Einzelheiten gehen. »Diese Leute meinen es ernst. Lucille glaubt, dass sie die Nächste ist – und wenn Sie vorhaben, eine Enthüllung über sie zu veröffentlichen, dann wird es Ihnen nicht anders ergehen.«

»Ich bin schon groß, Mr. MacLaren. Es ist eine Weile her, dass man mich auf dem Schulhof einschüchtern konnte«, erwiderte Cannon.

Colin seufzte innerlich. Er hörte aus den Worten eine Art Pfeifen im Walde heraus. Cannon musste bereits bedroht werden.

»Wissen diese Leute, wo Sie leben, Mr. Cannon? Haben Sie irgendwelche ... besonderen Probleme gehabt?«, fragte Colin sanft.

»Woher soll ich wissen, dass Sie nicht zu denen gehören? Und herausfinden wollen, was ich weiß?«, sagte Cannon, seine Stimme verriet plötzlich nacktes Misstrauen.

»Kommen Sie, Mr. Cannon«, sagte Colin. »Natürlich will ich wissen, was Sie wissen, aber ich bin der, der Sie von Anfang an gewarnt hat, sich darauf einzulassen, erinnern Sie sich? Ich will Ihnen nur helfen. Es wäre vielleicht das Beste, wenn Sie Ihr Projekt aufgeben und …«

»Zu spät.« Cannons Stimme klang hässlich triumphierend. »Ich habe die Endfassung von *Zauberei – Ihre Macht in der Welt von heute* letzte Woche abgeschickt – sie liegt jetzt beim Verleger.«

Kurz herrschte Stille.

»Die wissen das natürlich schon«, sagte Cannon. »Sie verfügen über ein glänzendes Informationssystem. Ich habe tatsächlich an einem ihrer widerlichen Rituale teilgenommen. Ein Pater Mansell wollte mich rekrutieren und dazu bewegen, das Buch zurückzuziehen. Seine Show war ganz gut, aber es ist alles nur Hokuspokus. Mehr nicht. Zufall, Einschüchterung …« Seine Stimme versagte, und es folgte ein langes Schweigen. »Helfen Sie mir«, flüsterte Cannon.

Colin sah auf seine Uhr. »Sie wohnen beim Gramercy Park, nicht wahr? Ich kann in etwas weniger als einer Stunde bei Ihnen sein. Ich würde gerne eine …«

»Nein – kommen Sie nicht her«, sagte Cannon schnell. »Ich will nicht, dass sich Bess noch mehr aufregen muss als ohnehin schon, und ich will nicht – dass sie Sie hier sehen«, endete er stockend.

Es folgte eine weitere Pause, während der Cannon seine Gedanken sortierte. »Ich gehe morgen zu Blackcock – meinem Verleger – und rede mit Jamie über mein Buch. Danach kann ich bei Ihnen vorbeikommen. Ich muss mit Ihnen reden. Vielleicht, wenn ich es zurückziehe, so wie sie es wollen …«

»Das wäre wahrscheinlich eine sehr gute Idee«, sagte Colin. »Zumindest lassen Sie mich das Manuskript sehen. Ich glaube, dass Sie darin Namen nennen – nun, diese Art von Leuten haben normalerweise große Furcht davor, bekannt gemacht zu werden, und das mit gutem Grund. Ich habe ein paar Freunde bei der Polizei, die denen das Leben ganz schön zur Hölle machen können – und Sie aus der Schusslinie herausholen.«

»Das ... das glaube ich«, sagte Cannon, offenbar wieder nervöser geworden. »Ich muss darüber nachdenken. Es ist nicht, dass ich sie ernst nähme, natürlich – es geht nur um Gewalt und Drohung ...«

»Das ist kein ›nur‹, Mr. Cannon«, sagte Colin mit Nachdruck. »Begehen Sie bitte nicht den Fehler, anzunehmen, diese Leute würden ihre Drohungen nicht wahr machen. Wenn es zutrifft, was ich glaube, dann haben sie schon einen Mord auf dem Gewissen.«

»Ich werde den Schwanz nicht einziehen«, sagte Cannon und schlug unvermittelt wieder eine andere Tonart an. »Aber wir können morgen darüber sprechen. Dennoch ...«

Colin wartete, aber Cannon sprach nicht weiter.

»Mr. Cannon?«, sagte er schließlich.

»Oh.« Cannon schien aus tiefer Abwesenheit hervorzukommen. »Ja, vielen Dank für Ihren Anruf, Mr. MacLaren«, sagte er mit unechter Munterkeit in der Stimme. »Danke für Ihr Interesse.«

»Kommen Sie und besuchen Sie mich«, sagte Colin eindringlich. »Oder kann ich Sie bei Blackcock sehen? Um wie viel Uhr treffen sie ihn?«

Am anderen Ende des Telefons erscholl ein bitteres Gelächter. »Glauben Sie, das würde ich Ihnen sagen? Ich bin kein solcher blutiger Anfänger. Ich sage Ihnen was, MacLaren: Ich rufe Sie morgen an. Vielleicht können wir zusammen zu Mittag essen.«

»Mr. Cannon ...«, begann Colin beschwörend.

»Danke für Ihren Anruf, Professor«, unterbrach Cannon. Dann folgte das Klicken des aufgelegten Hörers und der Summton in der toten Leitung.

Colin starrte das Telefon fassungslos und voller Wut an. Er hoffte nur, Cannon würde ihn wirklich am nächsten Tag anrufen – und noch mehr hoffte er, dass Cannon sein Manuskript über die schwarzen Hexenzirkel zurückziehen würde. Eine solche Geste des »guten Willens« konnte vielleicht sein Leben retten. Vielleicht.

Der Anruf, auf den er gewartet hatte, blieb aus. Er hatte den ganzen Tag über gewartet, während er überlegte, ob es klug wäre, Cannons Frau oder Verleger anzurufen, und beides nach einigem Zögern verworfen. Bei den Eiden, die ihn banden, durfte er niemandem seine Hilfe aufzwingen. Er betete dafür, dass der Anruf noch kommen möge. Als das Telefon um vier Uhr läutete, griff Colin besorgt zum Hörer.

»Ja?«

»Colin?« Die Stimme klang entfernt vertraut. »Hier spricht Michael Davenant.«

»Michael«, sagte Colin herzlich und verbarg die Enttäuschung, dass es nicht der erhoffte Anruf war. »Wie ist es Ihnen ergangen?«

»Ach, ich kann nicht klagen. Haben Sie davon gehört, dass unsere Geldquellen versiegt sind?«

»Nein.« Trotz seiner Sorge um Cannon war Colin schockiert. Die Rhodes-Gruppe war aus privaten Vermögenstiteln finanziert und verdankte einen großen Teil ihrer wirtschaftlichen Basis staatlichen Aufträgen.

»Dachte ich mir. Die Sharon-Tate-Sache hat uns hier sehr hart getroffen – dies und die Blackburn-Morde waren eine Art von Zwei-Fliegen-mit-einer-Klappe, aber gegen uns. Um offen zu sein, als die staatlichen Aufträge eingestellt wurden, hat es die Gruppe nicht geschafft, im Privatsektor Fuß zu fassen.«

»Das tut mir sehr Leid«, sagte Colin aufrichtig. »Wie geht es Ihnen jetzt?«

»Ach, eigentlich nicht so schlecht. Es gibt immer Bedarf für gute Verwaltungsleute. Aber ich bin gestern auf etwas gestoßen, das Sie vielleicht interessieren könnte. Ich dachte, ich lade Sie auf ein Glas ein und erzähle Ihnen davon.«

»Bei aller Neugier«, sagte Colin, »ich bin ziemlich beschäftigt hier in New York.«

Davenant lachte. »Ach, wie dumm von mir; ich habe ganz vergessen zu sagen: Ich bin in New York, wohne im Warwick. Kommen Sie doch vorbei – ich garantiere Ihnen, es lohnt sich.«

Colin warf einen Blick auf seine Uhr. Er versuchte sich einzureden, Cannon könne noch anrufen, aber es gelang ihm nicht.

»Es ist jetzt vier Uhr«, sagte Colin. Er misstraute dem Eifer, mit dem er sich Cannons Problem zu eigen machte – er musste Distanz dazu gewinnen, wenn er konnte. Ein Treffen mit Michael wäre ein Geschenk des Himmels, um sich abzulenken. »Wie wäre es, wenn wir uns um halb sieben träfen? Wir hätten dann Zeit für einen Drink oder zwei vor dem Essen. Ich kenne ein gutes kleines italienisches Restaurant nur ein paar Straßen von Ihrem Hotel entfernt.«

»Ausgezeichnet«, erwiderte Davenant. »Bis dann.«

Die Bar des Warwick war wie aus einer längst versunkenen Welt, dunkel und intim, mit einer leicht heruntergekommenen Behaglichkeit. Sie schien mehr den fünfziger als den siebziger Jahren anzugehören. Colin entdeckte Davenant an einem Ecktisch. Ein Teil seiner Gedanken war noch bei Cannon, aber er hatte Claire gebeten, sich ans Telefon zu setzen, solange er weg war. Sie wusste, wo sie Colin erreichen konnte, und Colin vertraute mehr auf ihre als auf seine eigene Fähigkeit, einem verängstigten, aufgeregten Anrufer entscheidende Informationen zu entlocken. Die Jahre, die sie bei verschiedenen Telefonnotdiensten verbracht hatte, hatten ihre angeborene Gabe, mit Menschen umzugehen, bis zu einem solchen Grad vervollkommnet, dass niemand sich lange vor Claire Moffat verstecken konnte.

»Sie sehen gut aus«, sagte Davenant, als Colin sich zu ihm setzte. »Das publizistische Leben bekommt Ihnen gut, auch wenn es verdammt schade ist, dass Sie nicht mehr an der Front mitmachen.«

»Ich mische mich hier und da noch etwas ein«, gestand Colin.

Davenant lächelte. »Das habe ich gehofft. So viele Leute brennen aus, wissen Sie – werden religiös oder verlieren die Lust am Vieldeutigen. Es freut mich, dass Sie noch im Ring stehen.«

»Sozusagen«, sagte Colin.

Sie bestellten Getränke und plauderten über das Tagesgeschehen – Watergate, Nixons Wiederwahl, den Krieg –, bis die Drinks gebracht wurden. Nach einem ersten Probeschluck

– im Warwick gab es eine exzellente Auswahl an Single Malts – kam Davenant auf den Grund ihres Treffens zu sprechen.

»Ich habe Ihnen schon erzählt, dass die Rhodes-Gruppe aufgelöst wird. Aber natürlich muss noch über den verbliebenen Besitz verfügt werden. Die Forschungsbibliothek – ganz zu schweigen von der Dokumentation unserer Fälle – ist ein bedeutendes Kapital. Und es wäre ein Jammer, wenn diese ganzen Unterlagen verloren gingen.«

»Gewiss«, stimmte Colin zu. »Ich nehme an, Sie werden sie einer Bibliothek oder Universität stiften?«

»Stiften!«, lachte Davenant. »Sie sind schon zu lange aus dem Geschäft, Colin. Ich habe auf ausdrückliche Weisung des Verwaltungsvorstands die letzten acht Monate damit zugebracht, einen *Käufer* zu finden.«

»Aha«, sagte Colin zurückhaltend. Es bedrückte ihn immer, wenn Geschäftliches sich mit der reinen Forschung vermengte. »Jemanden gefunden?«

»Zum Glück, ja. Die Bibliothek wurde aufgeteilt – der größte Teil ging natürlich an die Duke-Universität – aber ich bin froh, dass ich für unsere umfangreiche Fallsammlung einen perfekten Ort gefunden habe.«

»Sind da nicht einige Ordner streng vertraulich?«, fragte Colin. »Einige Fälle enthalten einigen Zündstoff.«

»O ja, natürlich. Selbstverständlich sind alle Regierungsordner der *Central Intelligence Agency* übergeben worden – ein so genanntes *Project Star Gate* dort hat unsere Arbeit ins Haus genommen, aber das haben Sie nicht von mir gehört. Was den Rest anbelangt, sind die Namen von natürlichen Personen gelöscht, und die meisten unserer Klienten haben ohnehin von Anfang an Verzichtserklärungen abgegeben. Das einzige wirkliche Problem war, einen guten Abnehmer zu finden, und glücklicherweise kann ich Vollzug melden. Wir haben das Material mit allem Drum und Dran an das Bidney Institut, gleich hier in Ihrem Hinterhof, verkauft.«

»Hinterhof nicht ganz, Michael – Glastonbury ist noch eine schöne Strecke den Fluss hinauf. Aber es ist vermutlich nah genug«, sagte Colin.

»Das bringt mich auf das, was ich Ihnen sagen wollte. Während ich dort oben war, um das Geschäft abzuschließen, habe ich zufällig gehört, dass sie nach einem neuen Direktor suchen, weil Newland im nächsten Jahr pensioniert wird. Ich nehme an, Sie sind mit den Umständen von deren Erbschaftsstiftung vertraut?«

Zufall oder nicht, das Buch, das Colin gerade für *Selkie Press* begutachtete, war eine Biographie über Margaret Beresford Bidney. »Um die Wahrheit zu sagen, ja. Das Institut ist dem College assoziiert, aber es verwaltet sein eigenes Geld, inklusive diesem Eine-Million-Dollar-Preis.«

»Jedenfalls so lange, wie der gute Doktor das Geld vor den klebrigen Fingern der Vermögensverwalter vom College fernhalten kann. Nun, da er sich entschieden hat abzutreten, erhöht das College natürlich den Druck auf das Institut, sich ganz mit dem Taghkanic College zu vereinen.«

»Was dann wohl Taghkanic den Zugriff auf das Bidney-Erbe erlauben würde?«, fragte Colin in Kenntnis der üblichen innerpolitischen Querelen und akademischen Fehden an Hochschulen.

»Exakt. Das Institut hat kaum eine Chance, seine Unabhängigkeit zu wahren, wenn es keinen qualifizierten Direktor findet. Das College hat keinen Einfluss darauf, wen das Institut ernennt, aber wenn das Institut einen wirklichen Missgriff tut, kann das College jederzeit dem Institut seine Unterstützung und die Akkreditierung aufkündigen.«

»Wer ernennt den neuen Direktor?«

»Der scheidende Direktor und der Verwaltungsrat des Instituts. Offen gesagt, glaube ich, dass Newland, so wie er die Stellenausschreibung betreibt, auf Seiten von Taghkanic steht. Oder vielleicht will er auch am Ende nicht zwischen allen Stühlen sitzen.«

»Ich kann seine Befürchtung verstehen.« Colin dachte über die Sache nach. »Nun, ich kann schlecht hingehen und mich selbst für den Job vorschlagen. Ich bin auch ganz zufrieden bei *Selkie Press* und mit meiner Beratertätigkeit. Aber wenn das Institut wirklich abgewickelt wird, dann würde ich es mir doch einmal gerne ansehen, bevor es so weit ist.«

»Das ist der richtige Geist«, sagte Davenant begeistert. »Apropos Geist …«

Das Gespräch wendete sich parapsychologischen Themen zu und schweifte dann zu gemeinsamen Freunden und Bekannten ab. Bald verlegten sie den Schauplatz in Colins »kleines Restaurant um die Ecke«, wo die beiden Männer den Freuden der Tafel frönten. Erst am Ende des Essens, als sie bei Brandy und Zigaretten saßen, kam Davenant noch einmal auf die Bibliothek der Rhodes-Gruppe zurück.

»Es bot sich geradezu an, und selbst wenn das Institut im nächsten Jahr untergehen sollte, wenn Newland sich zurückzieht, bin ich doch sehr zufrieden, dass sie unsere Aufzeichnungen bekommen haben. Sie werden dann einfach in die Bibliothek von Taghkanic übernommen, und Sie wissen, dass ein College so etwas nicht leicht abgibt, wenn es mal die Hand drauf hat. Wie dem auch sei. Es war ganz schön mühsam, den Verwaltungsrat zu überzeugen, denn Hasloch, Morehouse & Rand hatten mehr Geld geboten, doch …«

»Hasloch?« Das war kein Allerweltsname, und Colin spürte einen kalten Stich im Herzen, so als hätte er unbedacht seine Lungen tief mit eisiger Luft gefüllt. Es gab keine Zufälle – seine gesamte Erfahrung und Schulung hatten ihn das gelehrt. Den Grund, warum Michael heute angerufen und Colin seine Einladung angenommen hatte, erkannte er jetzt. Plötzlich, ohne eines besonderen Beweises zu bedürfen, wusste Colin, welcher Feind ihm gegenüberstand.

»Toller Hasloch«, sagte Davenant. »Großes Kaliber unter den Anwaltskanzleien. Hieß früher Hasloch, Hasloch & Morehouse, bevor Haslochs Vater vergangenes Jahr starb und einer der leitenden Gesellschafter befördert wurde. Offenbar haben sie im Auftrag eines Mandanten geboten, der nicht in Erscheinung treten wollte – ich kann mir nicht vorstellen, was eine New Yorker Anwaltskanzlei mit Parapsychologie anfangen will.«

Einen Augenblick lang war das gemütliche Restaurant verschwunden, und Colin stand im Keller in Berkeley und betrachtete die blasphemisch entstellte Figur, die am Kreuz hing.

»Ich auch nicht«, sagte Colin ruhig.

Das Gespräch ging weiter, aber eine dunkle Wolke hatte sich auf den Abend gelegt. Als Davenant sich wegen eines frühen Flugs am nächsten Morgen entschuldigte, war Colin geradezu erleichtert, sich von ihm zu trennen.

Er ging zunächst zu Fuß in der Hoffnung, unterwegs ein freies Taxi zu finden. Dann wich er ein paar Häuserblocks von seinem Heimweg ab, um den großen Weihnachtsbaum vor dem Rockefeller Center zu bewundern. Strahlend ragte er von dem Platz auf, seine bunten Lichter warfen eine Art magischen Glanzes über die Umgebung zum Zeichen des größeren Lichts, das in diesen Tagen gefeiert wurde. Die Luft roch nach Schnee, doch auch vier Tage vor dem Fest sah es nicht so aus, als ob Schneefälle eine weiße Weihnacht bescheren würden.

Colin spürte, wie sich seine Stimmung etwas hob, und er kaufte sogar an einem Kiosk am Rand des Platzes eine *Times*. Claire warf ihm immer vor, er würde sich zu sehr in seine Arbeit vergraben und kümmere sich zu wenig um das Tagesgeschehen.

Vielleicht hatte sie Recht, aber er konnte sich beim besten Willen nicht vorstellen, wie auch das gewissenhafteste Studium der Weltereignisse ihn davor hätte warnen können, dass Toller Hasloch wieder in sein Leben treten sollte. Er war noch so jung gewesen… Colin hatte die Hoffnung gehegt, der Schreck, den er ihm eingejagt hatte, hätte genügt, um ihn von der Schattenwelt abzubringen, aber in seinem Herzen hatte er immer gewusst, dass er sich irrte.

Beinahe geistesabwesend tastete er in seiner Jackentasche nach einem Revolver, der nicht da war.

Es war 23.30 Uhr, als Colin seine Wohnung betrat. Claire war eingeschlafen, sie hatte es sich mit einer Steppdecke in Colins großem Ledersessel bequem gemacht. Das Telefon ruhte wie eine schlummernde Katze auf ihrem Schoß.

Als Colin die Tür schloss, wachte sie auf.

»Oh, Colin.« Sie sah auf ihre Uhr. »Du kommst früh.«

»Ich brauche wohl nicht zu fragen, ob irgendjemand angerufen hat?«, fragte Colin. Er warf seinen alten Mantel über einen Stuhl und legte die Zeitung darauf.

»Nicht, wenn du eine Meinungsumfrage dazuzählst und jemanden, der dir die *New York Times* andrehen wollte«, sagte Claire, stellte das Telefon auf den Tisch und wickelte sich aus der Decke heraus. »Ach, und einmal falsch verbunden – aber ich glaube, das müssen sie selbst gemerkt haben, denn sie haben mitten im Satz aufgelegt.« Sie stand auf und räkelte sich. »Wie war das Essen?« Sie hielt inne und sah ihn genauer an. »Colin, du siehst nicht gut aus.«

»Ich habe heute Abend eine beunruhigende Nachricht bekommen. Erinnerst du dich an Toller Hasloch?«

»Uuh.« Claire verzog das Gesicht. »Wie sollte ich den je vergessen? So ein *unwiderstehlicher* junger Mann – und *so* eine Wirkung auf Frauen. Erzähl mir bloß nicht, dass er dir heute Abend über den Weg gelaufen ist, Colin. Ich hatte gehofft, er wäre tot.«

»Nicht ganz. Offensichtlich arbeitet er jetzt als Rechtsanwalt in New York – und seine Kanzlei gehört zu den Mitbietern um die Bibliothek der Rhodes-Gruppe.«

»Brrr.« Claires Frösteln war nicht nur gespielt. »Du willst mir hoffentlich nicht sagen, dass er sie bekommen hat. Tee? Ich glaube, ich könnte eine Tasse vertragen, bevor ich mir die grässlichen Details anhöre.« Claire ging in die Küche, und einen Moment später hörte Colin sie zwischen Herd und Kühlschrank hantieren.

Er wanderte im Zimmer umher, schaltete mehr Lichter an und nahm dann die Zeitung zur Hand. Er überflog die Schlagzeilen – *Apollo 17* näherte sich ohne Zwischenfall der Erde; die Watergate-Verschwörer rückten einem Gerichtsverfahren immer näher – und legte sie dann beiseite. Der Inhalt schien keinerlei Bezug zu seinem Leben zu haben.

Claire kehrte mit einem großen Tablett zurück. Colin hob einen Stapel Papier von einem großen Polsterhocker, damit sie das Tablett darauf abstellen konnte. Auf dem Tablett stand ein Teller mit Weihnachtsgebäck, und Colin zog eine Augenbraue hoch.

»Ach, du weißt, wie es ist«, sagte Claire. »In dieser Jahreszeit kannst du dem Weihnachtsgebäck nicht entgehen. Letzte Woche habe ich *zwei* Früchtebrote bekommen, also habe ich hier eines für Notfälle verstaut.«

»Oder zumindest für diejenigen Notfälle, denen sich mit Früchtebroten begegnen lässt«, sagte Colin und nahm sich ein Stück.

»Du wirst es nicht glauben«, erwiderte Claire friedlich, »aber die meisten Lebenskrisen können mit einem guten Essen, einem guten Schluck und einem heißen Bad behoben werden. Toller Hasloch fällt leider nicht in diese Kategorie. Er ist also Anwalt in New York? Das hätte ich wissen sollen, bevor ich hergezogen bin. Aber was will er mit so vielen Büchern? Er ist mir eigentlich nie wie ein emsiger Leser vorgekommen.«

»Nicht die Handbibliothek, sondern die Fallgeschichten«, sagte Colin. »Jedenfalls hat er sie nicht bekommen.«

»Es muss mehr dahinter stecken, wenn du ein solches Gesicht machst. Was noch?«

»Ich glaube«, sagte Colin langsam, »dass er nicht nur als Rechtsanwalt tätig ist. Wenn das stimmt, tut er das sehr im Verborgenen. In den letzten Wochen haben wir in Manhattan und Umgebung wohl jeden Burschen, der dem Pfad zur Linken folgt, abgeklappert. Ganz abgesehen von den ausgesuchten Adressen in Westchester und Long Island. Aber wir haben nichts gehört, was auch nur im Entferntesten an dieses üble Pack in Berkeley erinnert hätte.«

»*Thule*-Gesellschaft.« Claire sprach das Wort aus, als ob es sich dabei um eine Ekel erregende Krankheit handelte. »Man sollte meinen, wir hätten irgendeine Spur entdecken müssen, wenn er wieder mit seinen alten Tricks arbeitet.«

»Sollte man eigentlich«, pflichtete Colin ihr nachdenklich bei. »Ich glaube schon, dass das darauf hindeuten könnte, dass er es nicht tut, aber meine Hand lege ich dafür nicht ins Feuer. Sowie ich diese Sache mit Cannon geregelt habe, werde ich mich persönlich um Hasloch kümmern. Mein Eid mag mir verbieten, in das Leben und Schicksal normaler Menschen einzugreifen, aber bei Hasloch lässt sich vielleicht eine Ausnahme machen.«

»Warum fragst du nicht Can ...« Claires Stimme wurde immer leiser, die Tasse blieb auf halbem Wege vor ihrem Mund stehen. Ihre Augen blickten in die Ferne. »Kalt. So kalt. Oh, Colin, warum hast du mir nichts gesagt?«

»Claire?«, sagte Colin sehr leise.

»Sie haben Lucille erwischt«, sagte Claire. Obwohl es noch ihre Stimme war, änderte sich die *Art* ihres Sprechens, bis Colin fast John Cannon vor sich sitzen sehen konnte. »Colin, du musst ...« Sie hielt kurz inne. »Rette ...«

Claire brach ab, blinzelte und konzentrierte ihre Augen. »Was retten?«, fragte sie mit ihrer normalen Stimme. »Bin ich gerade eingenickt?«

»Nicht ganz«, sagte Colin. »Ich glaube, jemand wollte über dich eine Nachricht übermitteln.« *Jemand, der an den Wächtern, die ich hier aufgestellt habe, so mühelos vorbeigekommen ist, als wären sie gar nicht da.*

Claire sah sich geistesabwesend im Zimmer um, als ob sie den Überbringer der Nachricht in einer der Zimmerecken suchte. »Es ist jetzt niemand hier«, sagte sie bestimmt. Sie trank ihre Tasse Tee und sah wieder auf ihre Uhr. »Meinst du, es bleibt, oder soll ich versuchen, es zurückzurufen?«

Colin zögerte. »Lass mich erst einen Anruf machen.«

Cannon ging nicht an den Apparat, und nachdem Colin es dreißigmal hatte läuten lassen, wusste er, dass auch sonst niemand abheben würde. *»Sie haben Lucille erwischt ...«*, hatte die Stimme gesagt. Er versuchte die beiden Nummern von Madame Lucille, aber auch dort antwortete niemand. Er hoffte, dass sie seinen Rat befolgt und New York verlassen hatte, aber insgeheim wusste er, dass sie es nicht getan hatte.

»Ich glaube, du versuchst es besser und siehst, was du erreichen kannst«, sagte er grimmig. Er kannte nur eine Kraft, die die Wächter eines Adepten umgehen konnte: den reinen Geist im Land des Todes.

»Nichts.« Vierzig Minuten später schüttelte Claire ratlos den Kopf. Sie packte den Schaustein sorgfältig ein und legte ihn beiseite. »Tut mir Leid.«

»Du hast dein Bestes versucht«, sagte Colin. »Es tut mir Leid, dass ich dich so lange festgehalten habe. Ich ruf dir ein Taxi – ich will nicht, dass du um diese Uhrzeit noch mit der U-Bahn fährst.«

»Und was ist mit dir?«, fragte Claire misstrauisch. Die Antwort stand in seinem Gesicht zu lesen. »Nicht ohne mich, *Freundchen.*«

Um zwei Uhr morgens waren alle Fenster in den Gebäuden, die auf den Gramercy Park blickten, dunkel.

Colin wusste nicht recht, warum er hergekommen war. Es gab nichts zu tun für ihn, und gewiss konnte er nicht mitten in der Nacht an Cannons Tür klopfen und sich erkundigen, ob es ihm gut ginge. Cannon hatte ihn nicht darum gebeten, sich einzumischen. Colin waren in gewisser Weise die Hände gebunden.

»Irgendwas?«, fragte er hoffnungsvoll.

Claire schüttelte den Kopf. »Nur der übliche seelische Restschmutz vom Tag, den du auf jeder Straße in der Stadt findest. Was willst du jetzt tun, Colin?«

Colin seufzte und schüttelte müde seinen Kopf. »Das Einzige, was ich tun kann – auf einen neuen Tag warten und noch mal anfangen. Morgen früh – nun, heute etwas später – will ich sehen, was sein Verleger zu sagen weiß. Ich frage mich, ob John seine letzte Verabredung mit ihm eingehalten hat.«

Er hatte nur kurz geschlafen, als das Telefon klingelte.

»MacLaren.«

»Colin? Schalt dein Radio auf den Nachrichtensender«, drängte Claire. »Schnell.«

Colin setzte sich auf und schaltete den Radiowecker neben seinem Bett an. Er hatte das Wecksignal auf den Sender 1010 WINS eingestellt; in wenigen Sekunden füllten die schroffen Klänge des 24-Stunden-Nachrichtensenders den Schlafraum.

»… wurde heute der bekannte Journalist John Cannon im Alter von neunundvierzig Jahren tot aufgefunden. Cannon, Autor mehrerer Bücher über das Okkulte wie *Der Teufel in Amerika …*«

Colin hob den Hörer wieder an sein Ohr. »Ich hab's gehört«, sagte er kurz. *Ruhe in Frieden, John Cannon. Du wirst gerächt werden.*

»Als ich heute Morgen nach Hause kam, konnte ich nicht einschlafen. Es stand auch etwas in der Zeitung, ein kleiner Nachruf bei den Todesanzeigen. Sie sagen, es war ein Herzanfall. Ich hoffe, das stimmt auch. Aber ich werde das Gefühl nicht los – so eine Art dunkle Ahnung, nichts Konkretes, um etwas zu unternehmen –, dass es irgendwo etwas gibt, wo ich sein sollte. Also denke ich, wird meine Aufgabe heute die sein, herumzuwandern und zu sehen, ob ich darüber stolpere.«

»Viel Glück«, sagte Colin. »Ich rufe dich heute Abend an, und wir können unsere Ergebnisse austauschen. Ich werde überprüfen, ob John Cannon seine letzte Verabredung eingehalten hat.«

Als er sich anzog, um zu Blackcock zu gehen, erreichte ihn ein weiterer Anruf. Diesmal war Alan Daggonet, der Inhaber von *Selkie Press*, am Apparat und erinnerte ihn an das Mitarbeitertreffen an diesem Morgen.

Widerstrebend ging Colin Richtung Norden zu Alan Daggonets *Brownstone*-Haus. Sein Besuch bei Blackcock musste ein paar Stunden warten.

Nach dem Treffen nahm Daggonet ihn beiseite.

»Ich fürchte, ich habe keine guten Nachrichten für Sie, Colin, aber ich tue Ihnen keinen Gefallen, wenn ich sie Ihnen vorenthalte. Sie wissen, dass wir seit einigen Jahren in finanziellen Schwierigkeiten stecken ...«

»Ist das ein blauer Brief, Alan?«, fragte Colin ruhig.

Alan Daggonet war der Spross einer alteingesessenen New Yorker Familie, und *Selkie Press* war sein Hätschelkind seit fast fünfundzwanzig Jahren. Doch Rezession und Inflation wirkten so zusammen, dass die Buchverlegerei selbst für einen wohlhabenden Mann unerschwinglich wurde. Colin hatte diese Nachricht schon seit Monaten erwartet.

»Um Himmels willen, nein!«, sagte Alan erschrocken. »An Weihnachten? So ein Halsabschneider bin ich denn doch nicht. Nein, wir können noch ein paar Monate die Gehälter zahlen, aber im Januar will ich den Verlag zum Verkauf anbieten. Nicht dass ich glaube, einen Käufer zu finden, aber wenn wir das Inventar veräußern, können wir vielleicht einen Teil unserer Schulden abdecken. Und die meisten unserer Autoren sind tot, so ist die Backlist ein echter Aktivposten. Aber ich fürchte, wir sind erledigt. Wenn nicht ein Wunder geschieht, natürlich.«

Colin seufzte und versuchte, für das Problem Interesse aufzubringen, obwohl er mit seinen Gedanken woanders war.

»Was ist mit den Büchern, an denen ich gerade arbeite?«, fragte er.

Daggonet hob die Schultern. »Alles, was in der Produktion ist, okay, aber nichts Neues mehr. Wir müssen uns im Januar zusammensetzen, wenn ich mit den Anwälten gesprochen habe, aber ich wollte Sie zumindest vorwarnen.«

»Ich danke Ihnen dafür«, sagte Colin. Er schüttelte Daggonet die Hand. »Beste Grüße an Barry.«

»Sie müssen mal auf einen Drink vorbeikommen«, sagte Daggonet. Sein Stimme klang hohl. Alan Daggonet war ein Gentleman und hasste es, schlechte Nachrichten zu überbringen.

»Klar«, sagte Colin. »Und versuchen Sie, sich Weihnachten nicht vermiesen zu lassen, Alan.«

Nun ja. Vielleicht sollte ich mir doch mal den Taghkanic-Posten ansehen, den Michael erwähnt hat, dachte Colin, als er die Straße erreichte. Er hatte immer gewusst, dass *Selkie Press* nichts für die Ewigkeit war, aber so plötzlich seinen Laufpass zu bekommen war doch wie ein Schock für ihn. Dennoch hätte er gewettet, dass er sich nicht halb so schlecht fühlte wie Daggonet.

Und Colin hatte im Moment einen viel dickeren Fisch an der Angel.

Mittlerweile war es fast Mittag, und ein Magenstechen erinnerte ihn daran, dass er noch nicht gefrühstückt hatte. Er befand sich auf der York Avenue in den oberen achtziger Straßen, kaum eine Gegend, wo man einen Pizzaimbiss finden konnte. Aber einen *Coffee shop* musste es hier doch irgendwo geben, wo man eine Kleinigkeit essen konnte.

Gerade wollte er die Park Avenue überqueren, als er plötzlich einen Ruck verspürte, so heftig, als ob jemand an seinem Mantel zerrte. Er blickte sich um und versuchte herauszufinden, was ihn so in Bann geschlagen hatte.

Auf der anderen Seite der Straße stand, eingerahmt von zwei würdevoll ergrauten Wohnhäusern, ein Bürogebäude. Es stach für sein geschultes Auge auffällig hervor, als würde es von einem anderen Licht angestrahlt.

Als die Ampel umschaltete, ging er über die Straße und nahm den Eingang des Gebäudes in Augenschein. Die Namen auf den Messingtafeln – Clinton, Wynitch, Barnes – sagten ihm nichts Besonderes, auch wenn Wynitch ihn unbestimmt an etwas erinnerte. Ach ja. Ein hässlicher kleiner Skandal, ein paar Jahre her, als ein Junge, den Wynitch behandelte, Selbstmord beging.

Jemand da drinnen braucht Hilfe. Dessen war sich Colin ganz sicher.

Aber nicht jetzt. Nicht in diesem Augenblick. Erst musste er noch eine andere Sache erledigen.

Blackcock Books befand sich auf der sonnigen Seite der südlichen Park Avenue um die dreißiger Straßen. Obwohl klein im Vergleich zu alten Verlagshäusern, nahmen die Büros doch immerhin ein ganzes Stockwerk ein, einschließlich einer eleganten Empfangshalle mit dem Verlagslogo aus blank poliertem Aluminium an der stoffbespannten Wand hinter dem Tisch der Empfangsdame. In der Ecke stand, der Jahreszeit gemäß, ein mit Lametta geschmückter Weihnachtsbaum.

Blackcock publizierte nur Original-Taschenbuchausgaben; er gehörte zu den Verlagen, die in den letzten dreißig Jahren wie Pilze aus dem Boden geschossen waren und mit jenem damals neuen, preiswerten Buchformat Erfolg hatten. Niemand hätte vorausgesagt, dass dieses Format sich auf dem Markt halten würde. Doch heute waren die Hälfte aller Neuerscheinungen keine Hardcover mehr. Nur eines von John Cannons vielen Büchern – *Die Okkulte Geschichte der Neuen Welt* – war gebunden erschienen, und zwar nicht bei Blackcock.

Mehrere seiner anderen Bücher waren in einer Auslage hinter dem Stuhl zu besichtigen, auf dem Colin saß.

Er hatte der Empfangsdame seinen Namen genannt und darum gebeten, mit James Melford zu sprechen. Wie er vermutet hatte, war die nächste Person, die auf ihn zukam, nicht Melford selbst, sondern eine hübsche junge Frau mit sehr kurzem Rock, die sich ihm als Peggy Kane, James Melfords Sekretärin, vorstellte. Auch sie wollte wissen, was ihn herführe, doch als Colin ihr sagte, es handle sich um etwas Privates, hatte sie dies mit Takt zur Kenntnis genommen und war wieder verschwunden.

Er wartete schon über eine Stunde und fragte sich, ob sie einfach hofften, dass er sich verziehen würde, als Ms. Kane zurückkehrte. Er folgte ihr durch die Tür zu den Verlagsbüros.

So kurz vor den Feiertagen waren die meisten Mitarbeiter im Urlaub. Die kahlen Schreibtische in den kleinen Zimmern entlang des Flurs gaben davon Zeugnis. Doch abgesehen von dieser Kahlheit herrschte eine Unordnung, die weit über das normale Chaos in Redaktionsräumen hinausging. Topfpflanzen waren hastig wieder hingestellt worden, doch die Erde, die sich vom Sturz über den Boden ausgebreitet hatte, war nur unvollkommen beseitigt worden.

Colin wusste, dass es ein kalkuliertes Risiko war, bei Cannons Verleger mit einem so abwegigen Vorhaben aufzutauchen. Doch Cannons letztes Manuskript würde wie eine Art literarischer Typhuserreger fortfahren, Tod und Unheil zu verbreiten, indem der Schwarze Hexenkreis versuchen würde, es aus der Welt zu schaffen.

Ms. Kane blieb vor einer Tür stehen und klopfte kurz, bevor sie sie öffnete und Colin hineinführte.

James Melford war ein Mann in den frühen Vierzigern. Seine hellbraunen Locken – etwas lang, als hätte er seinen Friseurtermin nicht eingehalten – fielen über den Kragen seines gestreiften Oxfordhemdes. Sein Jackett hing über der Rückenlehne seines Stuhls, und das Zimmer war voll gestopft mit Manuskriptschachteln und anderen Verlagsutensilien, darunter zwei eingerahmten Urkunden und etwas, das wie ein in Bronze gegossenes Comic-Strip-Raumschiff aussah. Dessen Standfuß war zerbrochen – erst vor kurzem, darauf hätte Colin gewettet. Der Eindruck des Durcheinanders war hier womöglich noch größer als draußen im Flur. Melford stand auf, als Colin eintrat.

»Mr. MacLaren, hallo. Sie sind ein Freund von John, nicht wahr? Ich erinnere mich, dass er Sie vor ein paar Monaten erwähnt hat. Ich weiß nicht recht, wie ich es sagen soll, aber …«

»Ich weiß, dass Cannon tot ist«, sagte Colin. »Und wie er umkam. In gewisser Weise bin ich deswegen hier. Mr. Melford, ich komme, weil ich mit Ihnen über John Cannons letztes Buch …«

»*Verschwinden Sie!*«, brüllte James Melford und kam auf Colin zu.

Es kostete Colin mehrere angespannte Minuten, um Cannons Verlagslektor auszureden, er wäre ein Abgesandter des Schwarzen Hexenkreises, der Cannon umgebracht hatte – und erst letzte Nacht auf der Suche nach dem Manuskript in Blackcocks Büroräume eingebrochen war.

Leider war dies aber das Einzige, wovon er Jamie Melford überzeugen konnte. Als er nach etwa einer halben Stunde aufbrach, war er sich nicht sicher, ob Melford nicht doch glaubte, dass Colin, wenn er mit der Gruppe, die Cannon ermordet hatte, tatsächlich nicht unter einer Decke steckte, so doch zumindest ihr unwissendes Werkzeug war. Und leider hatte er Melford auch nicht davon überzeugen können, das Manuskript aus dem Verkehr zu ziehen oder ihn einen Blick hineinwerfen zu lassen.

Dennoch, vielleicht würde seine heutige Saat noch aufgehen und in der Zukunft Früchte tragen. Und zumindest wusste er jetzt, wie entschlossen der Schwarze Zirkel war. Mord durch Magie war eine Sache – ein regelrechter Einbruch mit physischer Gewalt war eine andere Sache und in gewisser Hinsicht noch bedrohlicher.

Einen Augenblick überlegte Colin, welches Geheimnis sie wohl haben mochten, das sie vor einem Fremden – Cannon – enthüllten, um es dann mit solch einem Einsatz zu verteidigen. Seltsamerweise hatte Colin selbst mehr Grund als sie, sich zu wünschen, dass ein Buch wie *Zauberei – Ihre Macht in der Welt von heute* nicht auf dem Markt erschiene. Nach dem, was er noch von Cannons Vortrag wusste, gab das Manuskript ohne Zweifel ein detailliertes okkultes Arbeitsbuch für seelisch Gefährdete ab.

»Würden Sie einem Baby ein geladenes Gewehr in die Hand drücken?«, hatte Colin Jamie Melford in ihrem Gespräch gefragt, doch er wusste, dass Melford die Analogie nicht begriffen hatte. Melford war Lektor, ein Mann, der mit Büchern Geschäfte machte. Er glaubte, dass es nichts Mächtigeres als das geschriebene Wort gebe, und zugleich, dass das geschriebene Wort keinen Schaden anrichtete. Colin betete, dass Melford nie eines anderen belehrt werden würde. Er wollte jedenfalls in dieser Sache keinen zweiten Fall Cannon erleben, dem er nicht mehr hatte helfen können. Doch auch ohne Zugang zu dem Manuskript gab es immer noch einen Anhaltspunkt.

Der so genannte Schwarze Zirkel, dem Colin auf der Spur war, bestand aus Satanisten und nicht aus Hexen. Er konnte nur hoffen, dass diese Satansverehrer in ihren Praktiken traditionell verfuhren – wenn dem so war, dann brauchten sie für die Ausübung ihrer Schwarzen Kunst besondere Voraussetzungen. Zum Beispiel mussten ihre Zusammenkünfte von einem katholischen Priester geleitet werden. Und Cannon hatte einen Pater Mansell genannt.

Mit einem kurzen Anruf in der Diözesanverwaltung bekam er heraus, dass es einen Pater Walter Mansell gegeben habe. Er sei jedoch vor über zehn Jahren in den Laienstand versetzt, also aus dem Priesteramt entlassen worden, und folglich habe die Diözese keine Verbindung mehr zu ihm.

Colin zögerte eine Weile, dann wählte er eine zweite Nummer.

»Kann ich Ihnen helfen?« Die bekannte Stimme klang forsch.

»Ich möchte mit Pater Godwin sprechen, bitte«, sagte Colin der Haushälterin.

»Wer spricht denn da?« Nun war der Ton bedeutend kühler und verriet einen leichten Akzent. Englisch war nicht Mrs. Kepplers Muttersprache, und ihre Ergebenheit für Godwin grenzte an Aufopferung. Nur wenige Anrufer drangen durch den Schutzwall, den sie um seine Privatsphäre aufgerichtet hatte.

»Hier ist Colin MacLaren«, sagte Colin. Er sprach nun in fließendem Deutsch mit ihr. »Wie geht es Ihnen, Inge?«

»Sehr gut, danke, Herr Doktor.« Ihre Stimme wurde merklich freundlicher, in die Förmlichkeit mischte sich ein leicht scherzender Tonfall. »Sie spielen ein sehr gefährliches Spiel neuerdings, nicht wahr?«

Colin grübelte nicht lange darüber nach, woher sie über seine letzten Aktivitäten Bescheid wusste. Mrs. Kepplers »Informationsdienst« schien immer noch einer der besten, die er je gesehen hatte.

»Ich fürchte, ja. Ist es wohl möglich, dass ich mit dem verehrten Pater sprechen kann?«

»Ihm geht es zur Zeit nicht so gut. Aber wenn Sie ihn unbedingt sehen müssen, dann seien Sie so lieb und kommen gegen vier Uhr. Ich denke, dann kann er sich Ihnen schon ein paar Minuten widmen.«

12

NEW YORK,
FREITAG, 23. DEZEMBER 1972

Wie auf der Szene oft ein Dilettant,
Durch Schüchternheit gehemmt in seinem Spiel;
Wie der, der rast, vom Wüten übermannt,
durch Übermaß geschwächt wird vor dem Ziel.

WILLIAM SHAKESPEARE

Pater Adalhard Godwin lebte in einem imposanten Haus aus braunem Sandstein in den East Fifties. Das Haus war das Geschenk eines dankbaren Klienten, und Pater Godwin, der sein Gelöbnis der Armut, Enthaltsamkeit und des Gehorsams absolut ernst nahm, hatte den Besitz der Kirche vermacht. Diese wiederum hatte ihm dafür ein lebenslanges Wohnrecht eingeräumt. Seit seiner Pensionierung vor fünfzehn Jahren, im Alter von achtzig Jahren, lebte er hier und trug Aufzeichnungen für ein Buch zusammen, das er nie schreiben würde.

Colin stieg um genau 16.00 Uhr die Stufen zum Haus hinauf. Mrs. Keppler betrachtete ihn fast eine Minute lang durch das Guckloch, bis sie schließlich nachgab und ihn hereinließ. Sie hütete ihren Schützling grimmig wie eine Löwin und war der Meinung, dass Colin keinen guten Einfluss auf Pater Godwin hatte.

Colin trat in die Diele und wartete, bis Mrs. Keppler die Tür verriegelt hatte. Sie fiel mit der Schwere einer Tresortür zurück ins Schloss – auf beiden Seiten war sie mit dicken Stahlplatten beschichtet, um die Feinde fernzuhalten, die Godwin sich im Laufe eines langen und turbulenten Lebens erworben hatte.

Der junge Mann im dunklen Anzug mit Priesterkragen – ebenso zum lebenden Inventar das Hauses gehörend wie

Mrs. Keppler selbst – musterte Colin mit festem, helläugigem Blick, bis er zufrieden gestellt war. Dann zog er sich zurück, eine weitere Tür schließend. Colin hatte das Haus viele Male in seinem Leben besucht. Der junge Mann im Foyer wechselte häufig, aber Colin hatte mit keinem von ihnen je ein Wort gewechselt. Er hatte noch nie einen von ihnen sprechen gehört.

Mrs. Keppler geleitete Colin zu dem reich verzierten Aufzug am hinteren Ende der Eingangshalle und schob die bronzene Falttür zu. Der kleine Käfig fuhr langsam aufwärts, vier Stockwerke näher zu den Engeln, und hielt im obersten Stock. Mrs. Keppler schob die Tür auf und trat hinaus.

»Sie werden ihn nicht übermäßig anstrengen?«

»Ich wäre nicht gekommen, Inge, wenn die Sache nicht dringend wäre. Sie wissen das.«

Sie seufzte und gab auf. »Er ist im Gewächshaus.«

Was früher einmal ein offener Dachgarten gewesen war, war nun mit dicken, dreifachen Glasscheiben überdacht. Selbst an diesem bitterkalten Dezembertag war der Raum fast tropisch warm, und das bleiche Winterlicht schien golden durch die Pflanzen, die auf Regalen und Tischen standen. Colin konnte an diesem Ort beinahe das Pulsieren des pflanzlichen Lebens spüren.

»Es ist eine solche Freude, die Pflanzen wachsen zu sehen. Es ist so beruhigend, sie vom Ableger bis zur Blüte zu pflegen, jede unwandelbar sie selbst, ganz ihrer Natur entsprechend; und aus jeder Blüte entstehen neue Pflanzen derselben Art ...«

»Hallo, Adalhard«, grüßte Colin.

Der alte Mann stand langsam auf – Colin hütete sich, ihm dabei zu helfen –, drehte sich um und wischte seine mit Erde beschmutzten Hände am Kittel ab. Seine Haut hatte die porzellanene Transparenz des hohen Alters, und sein dichtes weißes Haar war immer noch militärisch kurz geschnitten.

»Aah. Das heißt schlechte Nachrichten, wenn du kommst, meine Sturmkrähe. Um welchen meiner gefallenen Engel geht es diesmal?«

»Ich bin mir nicht ganz sicher ...«, begann Colin.

»Pah.« Pater Godwin hob warnend einen Finger. »Lass uns keine Ausflüchte machen voreinander. Wir wissen beide, weswegen du gekommen bist. Aber ich will dir erst noch Zeit geben, deine Kraft zu sammeln. Leute in deinem Alter haben keine Ausdauer«, fügte er mit einem Augenzwinkern hinzu.

Pater Godwin ging hinüber zur Sprechanlage und drückte auf den Knopf. »Sherry und Biscuits ins Gewächshaus, wenn Sie so lieb sein wollen, Mrs. Keppler«, bat er und wandte sich wieder seinem Gast zu.

»Es wird langsam peinlich. Ich weiß kaum, wie ich meine liebe Haushälterin in diesen Tagen noch nennen soll. Ist sie eine ›Mrs.‹? Oder muss ich mich erniedrigen, sie ›Miz‹ zu nennen, wie es die Frauenbefreierinnen wollen? Es ist natürlich ein größeres Problem als nur dieses, und es wird in meiner Lebenszeit nicht mehr gelöst, aber erneut steht die Heilige Mutter Kirche vor der Frage, warum Frauen nicht die Sakramente erteilen dürfen.« Er ließ sich mit einem Seufzer in einen Sessel nieder. »Und natürlich haben wir keine guten Antworten darauf, da wir uns auf die Ebene der reinen Rationalität beschränken müssen.« Pater Godwin schnaubte verächtlich. »Wenn wir alle rationale Wesen in einer bloß materialistischen Welt wären, welchen Bedarf hätten die Menschen dann nach der Kirche oder die Kirche nach ihnen?«, fragte er. »Oder der Liebe Gott nach irgendeinem von uns?«

Achtzehn Jahre lang war der Pater Exorzist gewesen, einer von weniger als zwei Dutzend Männern in der ganzen Welt, die vom Papst ermächtigt waren, das Ritual des Exorzismus für die katholische Kirche auszuführen. Aus aller Herren Länder waren Hilferufe an ihn ergangen. Wenn ein Fall den strengen Anforderungen genügte, die der Vatikan für einen Eingriff stellte, warf sich der Pater ohne Zögern zwischen eine umkämpfte Seele und die dunkelsten Mächte der Hölle.

Ein Exorzismus konnte bis zum Abschluss Monate dauern – sogar Jahre –, und diese Arbeit verbrauchte ihre Instrumente schnell, raubte ihnen die Gesundheit, ihre Kraft und geistige Unversehrtheit. Schließlich hatten Pater Godwins Vorgesetzte ihm die Arbeit verboten, doch in seinem Ruhestand hatte er neue Wege gefunden, wie er den Kampf fortführen konnte.

»Die Menschen brauchen immer das Licht«, sagte Colin.

Der Pater nickte. »Vor allem dann, wenn sie es am wenigsten vermuten. Ah, Mrs. Keppler. Sie kommen recht, um unsere Gaumen zu erfreuen.«

»Der Doktor hat gesagt, Sie sollen nicht trinken«, warf sie ein, breitete mit einer Hand ein weißes Leinentuch über einen Tisch und stellte dann vom Tablett eine Karaffe mit einer rubinroten Flüssigkeit, Gläser und einen Teller mit Biscuits darauf ab. Die weichen Brötchen dufteten wie frisch aus dem Ofen.

»Wenn der Doktor mein fortgeschrittenes Alter erreicht hat«, erwiderte Pater Godwin in bester Laune, »werde ich seine Ratschläge mit äußerstem Vergnügen befolgen. Bis dahin müssen wir davon ausgehen, dass das, was ich in den vergangenen fünfundneunzig Jahren zu mir genommen habe, mich nicht in meinem sechsundneunzigsten umbringen wird.«

Mrs. Keppler schnaubte.

»Gehen Sie nur«, sagte Pater Godwin, nahm eine Leinenserviette vom Tisch und schwenkte sie vor ihr, als ob er sie damit verscheuchen wollte. »Und sagen Sie Donald, dass er vielleicht etwas mehr lächeln würde, wenn er sich hin und wieder ein Glas Wein genehmigen würde.«

Mrs. Keppler verließ den Raum.

»Ich sollte sie nicht ärgern – oder diesen schrecklich ernsthaften jungen Mann, der gekommen ist, um alles von mir zu lernen, bevor er auf jenen dunklen Wegen alleine vorwärts gehen muss. Ich werde mich bei Gott entschuldigen müssen, wenn ich mit IHM heute Abend spreche.«

»Ich bin sicher, es tut Ihnen gut«, meinte Colin und schenkte zwei Gläser Sherry ein, von denen er eines dem Pater reichte.

»Ach ja … Sicherheit. Einer der sichersten Pfade zur Verdammnis«, sagte Godwin leise. »Kein Mensch kann mit Sicherheit wissen, was für einen anderen das Beste ist, und dennoch hat uns Gott berufen, die Hirten seines Volkes zu sein und ihren Pfad zu wählen …«

Er verstummte, und für einige Minuten saß er schweigend da, ohne von seinem Glas zu trinken. Colin wollte gerade versuchen, seine Aufmerksamkeit wieder zu gewinnen, als Pater Godwin aufwachte und das Glas hob.

»Der Fluch des langen Lebens, Colin. So viele Erinnerungen – und so viele Erfahrungen, dass jede Entscheidung zum Dilemma wird. Aber du bist nicht hergekommen, um dir einen Vortrag über die Schrecken des Alters anzuhören. Du kommst wegen einem verstoßenen Priester, ist es nicht so?«

Der Pater benutzte noch die alte Bezeichnung für einen in den Laienstand versetzten Priester. Viele, die das Priesteramt verließen, verließen auch die Kirche, doch Pater Godwin gab nie die Hoffnung auf, dass sie in den Schoß der Kirche zurückkehrten. Er hatte diese Männer zur Aufgabe seines Ruhestands erkoren und wachte ebenso zärtlich über sie wie eine Henne über ihre Küken – auch wenn sich manche derer, auf die er ein Auge hatte, dagegen verwahrt hätten.

»Ja. Es geht um Pater Walter Mansell«, bestätigte Colin. »Ich hatte gehofft, dass du mir etwas über ihn berichten kannst. Ich bin auf seinen Namen gestoßen … unter merkwürdigen Umständen.«

Godwin lachte in sich hinein. »Du solltest aufhören, meine Gefühle zu schonen. Walter ist Satansanbeter. Er wurde dafür sowohl seines Amtes enthoben als auch exkommuniziert. Selbst nach dem Zweiten Vatikanischen Konzil hat die Kirche ein paar Grundausrichtungen beibehalten, auch wenn sie viele törichte Kompromisse macht. Ich bete jede Nacht für ihn, diese arme gepeinigte Seele.« Es war nicht die mindeste Ironie in Pater Godwins Worten.

»Möge er zum Licht finden«, stimmte Colin ernst zu.

Pater Godwin sammelte sich mit einem Seufzer. »Aber du bist nicht gekommen, um mich an mein Versagen zu erinnern. Ich war sein Berater, bevor er aus dem Priesteramt schied, hast du das gewusst? Das war ein paar Jahre nach meiner Pensionierung, aber der Bischof erlaubte mir freundlicherweise, meine Hand im Spiel zu behalten. Ich glaube, Seine Exzellenz und ich, wir beide ahnten die Richtung, in die Walters Neugier ihn führen würde. Und so wurde es dann notwendig, zu tun … was getan werden musste.«

»Die Kirche hat Walter Mansell wegen Ketzerei exkommuniziert?«

»Wegen katharischer Ketzerei, um genau zu sein; eine alte und besonders bösartige Form, aber es ist noch Leben in dem alten Mädchen, wie die Schauspielerin zum Bischof sagte. Du wirst sie natürlich kennen. Sie geht davon aus, dass Satan mit Gott ebenbürtig ist und das Materielle Reich beherrscht.« Godwin seufzte plötzlich müde. »Nun, sage mir, warum du dich für ihn interessierst.«

»Ein Freund von mir ist gestorben«, fuhr Colin fort. »Er erwähnte Mansells Namen, als könnte er etwas mit dem Schwarzen Orden zu tun haben, über den mein Freund Nachforschungen angestellt hat. Ich weiß nicht, ob das der Fall ist – oder ob es überhaupt dieselbe Gruppe ist, die, wie ich annehmen muss, für den Tod von drei Menschen im letzten Jahr verantwortlich ist –, aber ich weiß, dass ich mit ihm reden muss.«

Pater Godwin schüttelte traurig den Kopf. »Oh, Walter, ich habe dich gewarnt. Und statt dir zu helfen, habe ich dich direkt in ihre Arme getrieben.«

»Du hast keinen Grund, dir irgendwelche Vorwürfe zu machen«, meinte Colin. Pater Godwin starrte ihn an, seine sonst sanften braunen Augen blitzten plötzlich.

»Und ob ich das habe, junger Mann! Besser wäre Walter tot, als dass er ein solches Werkzeug des Feindes geworden wäre. Nachts, wenn ich nicht schlafen kann, frage ich mich, ob ich mich zu sehr ins Gesetz flüchte. Ich wusste, was aus ihm werden würde, wenn er uns verließ, und hätte ihn vielleicht besser umbringen sollen.«

Colin war kein Katholik, aber in vielerlei Hinsicht hatten das Licht, dem er diente, und die katholische Kirche die gleichen Vorstellungen. »Er kann noch bereuen«, erwiderte er. »Solange er lebt, gibt es Hoffnung.«

»Ah ja. Ein großartiger Tadel, mein Lehrer. Stolz und Verzweiflung verbunden zu einer einzigen verlockenden Sünde. Aber es gibt Zeiten, in denen es sehr schwer ist, dabeizustehen und das Böse geschehen zu lassen. Es ist nur ein kalter Trost zu wissen, dass man größeres Übel vermeidet, indem man nichts tut.«

»Das ist das schwerste«, stimmte Colin zu. Einen Moment saßen die beiden Männer schweigend da.

»Aber du wirst mit Walter sprechen wollen«, sagte Pater Godwin. »Er wohnt jetzt in Brooklyn, glaube ich. Kannst du nach Mrs. Keppler klingeln? Sie wird wissen, welches von meinen *Libri Negri* ich brauche.«

Mrs. Keppler brachte den Band sofort – und strafte Colin mit einem viel sagenden Blick. Colin hob beschwichtigend die Hand zum Zeichen, dass er seinen Besuch so kurz wie möglich halten wollte. Pater Godwin mochte es an Vitalität mit einem zwanzig Jahre jüngeren Mann aufnehmen, er war dennoch ein sehr alter Mann.

Das *Liber Negri* enthielt die Aufzeichnungen zu Pater Godwins gefallenen Engeln, wie er sie nannte. Die Eintragungen waren lateinisch in gestochen scharfer Schrift, die Farbe der Tinte verriet, dass die Eintragungen über einen Zeitraum von vielen Jahren gemacht worden waren. Er blätterte schnell durch die Seiten, offenbar wusste er genau, wonach er suchte.

»Hier haben wir's. Walter Mansell. Er wohnt in Flatbush. Wenn du einen Stift zur Hand hast, Colin, dann gebe ich dir die Adresse.«

Colin kehrte heim, wo er eine halbe Stunde über Stadtplänen zubrachte, um Mansells genauen Wohnort herauszufinden und sich auch ein Bild von den Straßen zu machen, die das Gebäude umgaben. Er plante, den Tiger am Schwanz zu packen, und mochte nichts dem Zufall überlassen. Als er sich seines Zieles sicher war, ging er hinüber zu Cornbys Garage, um sein Auto zu holen.

Die Schwarze Bestie hatte zwei Jahre zuvor ihren Geist aufgegeben, nach einem langen und treu dienenden Leben. Colin hatte sich lange überlegt, welches Auto er kaufen sollte. Die neuen Modelle lagen für seinen Geschmack viel zu tief auf der Straße und sahen zu schick aus. Andererseits konnte er sich nicht vorstellen, wie er mit seinen langen Gliedmaßen auf dem Fahrersitz eines dieser kleinen Importwagen Platz finden sollte.

Er entschied sich schließlich – viel zu bescheiden, fand Claire – für einen unauffälligen Ford-Kleinbus, den er gebraucht kaufte. Er war olivgrün angestrichen und etwas verbeult, aber es war genug Platz für Colins lange Beine. Ein Kleinbus hatte eine Reihe anderer Vorteile, wovon der Laderaum gewiss nicht der geringste war.

Um sechs Uhr war er auf dem Roosevelt Drive und fuhr nach Süden Richtung Brooklyn Bridge.

Der Ocean Parkway zog sich auf seinem Weg nach Coney Island direkt durch Brooklyn hin. Zu beiden Seiten der Schnellstraße standen Brownstone-Häuser und die für Brooklyn typischen C-förmigen Backsteinwohnblocks. Generationen von Einwanderern aus allen Teilen Europas waren nach Brooklyn gekommen und hatten ihre Spuren in Namen wie Little Sicily oder Little Odessa hinterlassen. Früher hatte Brooklyn aus Hunderten von unterscheidbaren Wohngegenden bestanden, von Park Slope bis zu Borough Park und darüber hinaus.

In Flatbush mit seinen komfortablen Eigenheimen und Apartments war einmal der Mittelstand zu Hause. Ehemals nur von jüdischen Bewohnern geprägt, wandelte sich die Zusammensetzung der Nachbarschaft mit dem Zustrom neuer Mieter. Heutzutage ließ sich nicht mehr auf die Religionszugehörigkeit von jemandem schließen, wenn man wusste, wo er wohnte.

Nicht anders war es auch hier.

Colin parkte sein Auto gleich am Anfang von Mansells Straße. Am einen Ende stand eine Synagoge, am anderen eine Jeschiwa-Schule, doch beide waren um diese Abendzeit dunkel. Der Verkehr am Mittwochabend war nicht sonderlich dicht. Colin parkte das grüne Wohnmobil in den letzten freien Stellplatz an der Straße ein – jemand musste gerade erst hinausgefahren sein, denn er sah weiter oben auf der Straße in der zweiten Reihe die dunkle Masse einer großen schwarzen Limousine.

Colin glaubte nicht, sich vor Mansell verstellen zu müssen – die ungeschönte Wahrheit mochte schockierend genug sein, um den Mann zur Mitarbeit zu bewegen oder zumindest um ihm die Informationen zu entlocken, die er brauchte.

Er stieg aus dem Wagen und schloss die Tür, den Schlüssel in seiner behandschuhten Hand, sorgfältig ab. Es war ein strahlend klarer Abend, und die Luft war schon überraschend kühl. Sein Atem bildete dichte Wolken in der Abendluft. Colin sah sich wachsam um, doch die Straße war leer. Er ging auf dem Gehsteig zu Mansells Wohnung und überlegte noch einmal, was er dem Mann sagen würde.

Wenn Mansell tatsächlich Mitglied desselben schwarzen Zirkels war, der Sandra Jacquet ermordet hatte, konnte der mit dem Fall befasste leitende Detective ihn jederzeit zum Verhör einbestellen. Und wenn Colins Erfahrung nicht trog, würde das den ganzen Zirkel ans Licht bringen und Colin erlauben, ihn zu neutralisieren, bevor er weiteres Unheil anrichten konnte.

Es würde freilich das Problem mit Toller Hasloch nicht lösen …

Colin blieb stehen, als die Tür zum Apartmenthaus aufging. Die Limousine in der zweiten Reihe – ein Mercedes – stand vor diesem Haus. Colin musste automatisch an einen Arzt denken, der einen Patienten besucht, auch wenn die meisten Ärzte schon vor Jahren Hausbesuche eingestellt hatten.

Die meisten Apartmenthäuser in New York hatten als Teil des Eingangsbereichs eine Luftschleuse: zwei Türen, eine innere und eine äußere, die sowohl für Sicherheit wie auch für Wärmeschutz sorgten. Das Platzproblem, das mittlerweile jede Facette städtischen Lebens beeinflusste, hatte neuerdings diesen Zwischenraum auf so lächerliche Maße reduziert, dass ein Besucher gezwungen war, rückwärts zur äußeren Tür hinauszugehen.

Der Mann auf den Stufen stand genau vor ebendiesem Problem. Zuerst konnte Colin deswegen auch nur das Straßenlicht auf seinem schwarzen Kaschmirmantel und einen glatt gekämmten flachsblonden Haarschopf sehen. Dann drehte er sich um, nahm die drei Stufen hinunter zu dem Mercedes, der auf der Straße wartete.

Der Schreck des Wiedererkennens war wie ein Schrei in der Stille. Doch andrerseits war es nicht so überraschend, wie man hätte erwarten können. Colin fühlte sich wie ein Schauspieler, der einem Drehbuch folgt, das er vor langer Zeit gelesen hatte, und in gewisser Weise wusste er schon, was auf ihn zukam und wen er hier treffen würde.

In der Tat, in einem gewissen Sinn war er geboren worden, war er hierher gekommen, um nur diesen Mann zu treffen.

Der blonde Mann hielt in seiner Bewegung inne und drehte sich zu Colin um. Colin konnte seine Augen nicht sehen, aber er wusste, welche Farbe sie hatten: ein so blasses Grau, dass sie annähernd farblos erschienen, kalt und hungrig wie die Wintersee.

»Na, so was, der liebe alte Professor MacLaren«, sagte Toller Hasloch munter. »Welch unerwartete Freude, Sie wiederzusehen.«

Die Jahre zwischen dem dreiundzwanzigsten und vierunddreißigsten Lebensjahr waren gut mit Hasloch umgegangen. Sein Haar, auch wenn er es der Mode der Zeit entsprechend schulterlang trug, war keine ungepflegte Hippie-Mähne, sondern auf das Teuerste von Sassoon geschnitten. Unter dem schwarzen, offenen Polomantel trug er einen zweireihigen Nadelstreifenanzug mit extravaganten Revers; das seidene Taschentuch und die modisch breite Krawatte trugen Peter-Max-Drucke, und die weiten Umschläge der Hose flossen über glänzende Schuhe mit Plateausohlen.

»An Ihrer Stelle würde ich nicht von Freude sprechen«, sagte Colin. »Aber ich gebe zu, die Geschmäcker sind verschieden. Es ist Ihnen gut ergangen, nicht wahr? Ich sehe, Sie haben sich ans Establishment verkauft.«

Hasloch lächelte, ein Ausdruck ebenso kalt und falsch wie der Mann selbst.

»Professor MacLaren, ich hatte noch nie vor, das Establishment herauszufordern. Ich wollte es immer bestechen, um es dann dem Ewigen Reich dienstbar zu machen. Es ist verblüffend einfach, wenn man erst mal damit begonnen hat, finde ich.«

»Klingt nach einem Fulltimejob«, gab Colin gelassen zurück. »Ich glaube, ich lasse Sie jetzt besser dahin zurückkehren.«

»Wir sehen uns wieder«, versprach Hasloch. Er wandte sich zum Gehen, doch dann blieb er stehen. »Ich nehme an, ich müsste mich jetzt hinterhältig wie ein Filmbösewicht erkundigen, ob Sie in letzter Zeit irgendwelche guten Bücher gelesen haben, aber Sie haben so wenig mit der Figur von James Bond gemein, dass ich mich nicht dazu überwinden kann. Ich sollte vielleicht noch erwähnen, dass Walter nicht zu Hause ist, falls Sie nach ihm suchen. Aber versuchen Sie es gerne an einem anderen Tag.«

Er weiß von dem Manuskript. Er will mich ködern. Reagiere nicht darauf, dachte Colin.

»Ja«, entgegnete Hasloch, als hätte Colin gesprochen. »Ich stecke bis zum Hals in dieser John-Cannon-Sache. Walter gehört mir. Jeder einzelne dieser jämmerlichen antikirchlichen Reaktionäre gehört mir – und Sie mit Ihrem lächerlichen Weißen Licht und Ihren Skrupeln können daran nichts ändern.

Es ist wirklich recht amüsant. Diese Leute glauben, dass sie rebellieren, aber immer noch feiern sie die große Lüge der jüdisch inspirierten Römischen Kirche, selbst in ihren trivialen Blasphemien.«

»Ich frage mich, warum Sie sich damit abgeben«, erwiderte Colin mitleidig.

Hasloch warf den Kopf zurück und lachte herausfordernd: »Weil es dort *Macht* gibt, mein lieber Mönch. Überall, wo Angst oder Hass ist, gibt es Macht, die den Äonischen Strom nährt. Glauben Sie nicht, dass ich etwas so Unwichtiges wie ein Satanist wäre – das ist nur eine andere Maske für mich, eine Verkleidung, bis die Zeit der Masken vorbei ist. Aber machen Sie nur weiter mit Ihrem armseligen und nutzlosen Kreuzzug. Sie haben sich so viele Hindernisse in den Weg gelegt, dass Sie sich nie durchsetzen werden.«

In einem Punkt, dachte Colin grimmig, hatte Hasloch sich nicht geändert. Er redete immer noch zu viel, auch wenn er in einem Belang Recht hatte – die Maßnahmen, die Colin für das Licht ergreifen konnte, ohne vom Licht ausgestoßen zu werden, waren sehr viel eingeschränkter als diejenigen, die dem Schatten zur Verfügung standen. Darüber die Geduld zu verlieren und auf die Methoden der Schlange zurückzugreifen wäre gleichbedeutend damit, dem Schatten anheim zu fallen und – wissentlich oder unwissentlich – sein Werkzeug zu werden.

»Und frohe Weihnachten, Professor.« Hasloch wandte sich ab und stieg in sein Auto. Einen Augenblick später fuhr er langsam die Straße hinauf, weiße Auspuffdämpfe hinter sich herziehend.

Colin schaute ihm nach, bis das Auto außer Sicht war, dann stieg er die Stufen hinauf und klingelte bei Mansell. Niemand antwortete; er hatte es auch nicht anders erwartet. Das Treffen, das ihn hierher nach Brooklyn gelockt hatte, war das mit Hasloch, nicht mit Mansell. Eine Herausforderung war ausgesprochen – und angenommen worden.

Die Schwierigkeiten schienen unüberwindlich, der Wettkampf aussichtslos, aber Colin hatte sein ganzes Leben mit solcherart Kriegsführung zugebracht. Der erste Sieg musste über das eigene Selbst errungen werden, um das Werkzeug für alle nachfolgenden zu erwerben. Es war eine Schlacht, die immer wieder von neuem geschlagen werden musste, doch jedes Mal, wenn er gegen seine eigene Ungeduld und Verzweiflung ankämpfte, errang etwas viel größeres als er den Sieg, und er wurde stärker.

So wie es gewesen war, so musste es auch jetzt sein.

Langsam kehrte Colin zu seinem Auto zurück. Seine erste Kriegslist war vereitelt; es hatte keinen Sinn, sich noch an Mansell zu wenden. Er würde es anders versuchen.

So mit seinen Gedanken beschäftigt – jeder Tag, der Begegnungen mit Alan Daggonet, Pater Godwin und Toller Hasloch einschloss, war wohl außerordentlich gehaltvoll zu nennen –, vergaß Colin fast, dass er noch eine andere Aufgabe zu erledigen hatte.

»Claire? Ich bin's, Colin. Tut mir Leid, es ist spät, aber ich bin gerade erst heimgekommen. Haben deine Vorahnungen irgendetwas ergeben? Nicht? Nun, auf der Park Avenue in den Achtzigern hat ein Arzt seine Praxis. Das ist vielleicht das, wonach du suchst. Vielleicht solltest du mal hingehen und dich erkundigen, ob sie eine Zeitkraft brauchen …«

Freitag, der 23. Dezember, war kalt und klar. Colins Ziel war One Police Plaza, wo das kleine Büro von Lieutenant Martin Becket und der Einheit für okkulte Verbrechen im weit verzweigten Labyrinth des New Yorker Polizeihauptquartiers versteckt lag.

Das Gebäude lag nahe der Stadtverwaltung, genau da, wo vor einem Jahrhundert das Herz Manhattans geschlagen hatte. Seither hatte sich die Stadt ausgedehnt und ihr Zentrum mit den Wolkenkratzern, die an der Madison, Fifth und Sixth Avenue standen, sowie den großen öffentlichen Räumen wie dem Rockefeller Center, das etwa fünfzig Blocks weiter nördlich entstanden war, nach Norden verschoben. Downtown – auch bei sonnigstem Wetter im Schatten der Betonschluchten – war den Hexenmeistern der Wall Street und zahlreichen kommunalen Behörden überlassen. Wie zum Beispiel jenes Gebäude, das von seinen Benutzern mit unterschiedlichen Graden der Zuneigung Puzzle Palace genannt wurde.

Eine Polizistin führte Colin zu Beckets Tür und klopfte an das Glas. Becket blickte auf, winkte Colin herein, und die Frau zog sich zurück.

Colin öffnete die Tür und trat ein.

Detective Lieutenant Martin Becket war wie die meisten seiner Berufskollegen ein gemütlicher Mann mittleren Alters, mit zurückweichendem Haaransatz und der Gewohnheit des Kettenrauchens – die er in regelmäßigen Abständen aufzugeben versuchte. Er hatte eine Frau, drei Kinder und ein Haus in Queens. Nur der .38er Revolver, den er in einem schwarzen Schulterholster trug – sichtbar, weil seine blau karierte Sportjacke am Garderobenständer in der Ecke hing – und das goldene Abzeichen an seinem Gürtel unterschieden ihn von Tausenden anderer Büroangestellter in Tausenden anonymen Bürogebäuden in ganz Manhattan.

»Frohes Fest, Colin! Nett, dass du vorbeischaust«, sagte er und bot Colin einen Stuhl an. »Du kommst doch nicht etwa hierher, um meinen großen Fall zu knacken?«

»Tut mir Leid«, antwortete Colin, nahm einen Stapel Berichte vom Stuhl und setzte sich.

Becket zündete sich eine weitere Camel an und hielt Colin die Schachtel hin. Colin winkte ab. Er hatte sich bis auf eine gelegentliche Pfeife das Rauchen abgewöhnt, und neuerdings dachte er daran, auch die aufzugeben.

»Tja. Du kommst also nicht, um dir hier einen schönen Tag zu machen«, meinte Becket. »Ich habe ein Zeitlimit für diesen Jacquet-Fall. Die Feiertage kommen mir zwar gelegen, aber wenn je Einzelheiten an die Presse dringen, sollte ich besser den Kopf des Täters auf dem Tablett haben, oder der Bürgermeister wird meinen wollen.«

Die Abteilung für okkulte Verbrechen machte nur einen kleinen Teil von Beckets Arbeitsbereich aus. Sie war hauptsächlich für Informationstransfer und -beschaffung zuständig, hielt sich jedoch im Hintergrund, um nicht ins Gerede zu kommen. Der Mord an Sandra Jacquet konnte sie jedoch ein für alle Mal an die Öffentlichkeit zerren, und Becket machte sich zu Recht Sorgen über die möglichen Folgen.

»Ich habe eine gute und eine schlechte Nachricht für dich, Marty«, fuhr Colin fort. »Zuerst die gute: Ich bin mir ziemlich sicher, wer sie ermordet hat – es ist eine Gruppe –, und ich habe den Namen und die Adresse von einem ihrer Mitglieder. Die schlechte Nachricht ist die, dass ich nicht ein Fitzelchen von einem Beweis habe. Jemand, der einen Kontakt hätte herstellen können, ist vor zwei Tagen eines scheinbar natürlichen Todes gestorben, und ich glaube nicht, dass Lucille Thibodeaux aussagen wird.«

»Glaube ich auch nicht«, sagte Becket trocken. »Sie haben sie heute Morgen aus dem Fluss gefischt – Selbstmord, meint der Gerichtsmediziner. Ich hatte ihre Akten herbestellt, deshalb haben sie mich benachrichtigt.«

»Arme Seele«, sagte Colin leise.

»Du sagst, du hast einen Namen für mich?«, fragte Becket.

»Walter Mansell, wohnt derzeit in Flatbush. Er steht im Telefonbuch, aber ich gebe dir seine Adresse. Er war früher katholischer Priester. Ich habe mit einem Freund aus der Diözese gesprochen: Er wurde wegen Ketzerei exkommuniziert.«

»Klingt nach vorbildlichem Bürger. Es gelingt nicht vielen Leuten, sich heutzutage eine Exkommunikation zuzuziehen«, bemerkte Becket. »Wie bringst du ihn mit Jacquet in Verbindung?«

»John Cannon hat den Namen erwähnt, am Abend, bevor er starb«, sagte Colin. »Lucille war, nach eigenem Eingeständnis, ziemlich mitteilsam, als Cannon sie interviewte, und gab Namen weiter, die sie von Sandra hatte. Cannon sagte, Mansell habe versucht, ihn für die Gruppe zu gewinnen, als er mit ihnen in Kontakt trat.«

»Also hat Thibodeaux – die tot ist – den Hinweis auf Mansell an Cannon weitergegeben – der ebenfalls tot ist. Hübsch. Allerdings ist das nichts«, seufzte Becket, »womit wir beim Staatsanwalt Eindruck machen können. Aber es ist immer gut, neue Freunde kennen zu lernen. Ich werde ein Auge auf unseren Freund Walter haben.«

»Wenn du schon neue Akten anlegst, versuch's mal damit: Bevor er starb, hat Cannon sein fertiges Buch über Satanismus in New York seinem Lektor, Jamie Melford von Blackcock Books, gegeben. Als ich mit Cannon sprach, hat er durchblicken lassen, er sei bedroht und unter Druck gesetzt worden, das Buch zurückzuziehen. Nach Cannons Tod wurde in Melfords Büro eingebrochen. Es wurde auf den Kopf gestellt und seine Kopie des Manuskripts wurde gestohlen. Es sieht so aus, als sollte Melford jetzt einer ähnlichen Behandlung wie vor ihm Cannon unterzogen werden.«

»Hat er Strafanzeige erstattet?«, fragte Becket, plötzlich wachsam.

»Er sagte, die Polizei sei wegen des Einbruchs da gewesen. Ich bezweifle, dass er irgendetwas über Mansell weiß, außer Cannon hat den Namen in dem Buch benutzt.« Doch das schien unwahrscheinlich, denn Cannon wusste, dass er sich eine Verleumdungsklage zuziehen würde, und dafür war der alte Profi zu beschlagen.

Es sei denn, natürlich, er hätte als eine Art *Versicherung* Namen genannt, die er vielleicht später noch tilgen wollte.

»Ich hoffe, du erzählst mir jetzt, dass du die Finger von Mansell gelassen hast«, warf Becket ein und zündete sich eine neue Zigarette am Stummel der alten an.

»Ich habe nicht mit ihm gesprochen«, sagte Colin wahrheitsgemäß. Er dachte an Toller Hasloch, sagte aber nichts. Er hatte keinen Beweis außer Haslochs privates Geständnis, er habe mit den Satanisten zu tun … und er war nicht so töricht,

Haslochs Gerede zu trauen, selbst wenn dieser nur behaupten würde, dass die Sonne morgen wieder aufgehe.

»Na ja, immerhin ein Anhaltspunkt. Ich werde Mansells Namen in den Akten nachgehen und mal sehen, was dabei rauskommt. Wenn er irgendwelche Vorstrafen hat – sei es auch nur wegen Schwarzfahrens –, können wir ihn vorladen und ins Kreuzverhör nehmen. Es wäre schön, wenn wir die Sachen aus Jacquets Wohnung zur Verfügung hätten, aber jemand hat sie in der Nacht verbrannt, als sie verschwand. Brandstiftung.«

Colin stand seufzend auf. »Tut mir Leid, dass ich nicht mehr helfen konnte.«

»Na«, sagte Becket, »wenigstens wissen wir jetzt, dass all diese Leute unter einer Decke stecken. Wenn da draußen ein Haufen von Spinnern rumläuft, die sich für Hexen halten, macht es die Sache leichter, wenn sie sich alle untereinander kennen.«

13

NEW YORK, 24. DEZEMBER 1972

Ich dankte ihnen
In schweren Stunden süßes Wolfgefühl,
Das tief im Blut und lang im Herzen klang,
Und selbst mein rein'rer Geist
Ward still erquickt.

WILLIAM WORDSWORTH

Claire Moffat saß an der Rezeption von Dr. Marian Clintons Praxis, so frisch aus dem Ei gepellt wie am Tage ihrer Abschlussprüfung an der Schwesternschule – was länger her war, als eine Frau sich heutzutage gern eingestand. Müßig fächelte sie sich mit einem leeren Schnellhefter Luft zu; Dr. Clinton hatte ihre Praxis unangenehm überheizt. Wahrscheinlich waren all die Frauen, die sich den Tag über im Besprechungszimmer entkleiden mussten, ganz dankbar für die Wärme.

Nur zu schade, dass niemand da war, der sie genießen konnte – Dr. Clinton hatte alle Behandlungstermine für den Morgen absagen müssen, weil eine ihrer Patientinnen verfrühte Wehen bekommen hatte, und Claire war allein in der Praxis. Einen Moment dachte sie voller Mitgefühl an den Neuankömmling, der mit einem Geburtstag an Weihnachten gestraft war. Nun ja. Es gab Schlimmeres, als glücklich und gesund zur Welt zu kommen und ein erwünschtes Baby zu sein.

Sie versuchte nicht darüber nachzudenken, was sie hier eigentlich tat. Auf den ersten Blick war die Antwort recht einfach: Die Zeitarbeitsagentur, bei der sie geführt wurde, hatte sie hier untergebracht, nachdem sie sie gestern angerufen und gesagt hatte, sie sei heute frei. Auf einer anderen Ebene war Claire hier, weil Colin sie gestern Abend angerufen und sie gebeten hatte, sich einen Weg zu überlegen, wie sie heute hier sein könnte. Es gab Zeiten, da erwies es sich als ausgesprochen praktisch, dass sie eine registrierte Krankenschwester war – ein Abschluss in der Pflege war so gut wie ein Pass, um kurzfristig an seltsame Orte zu gelangen.

Doch auf der tiefsten Ebene war sie hier, weil sie sich seit Jahren zum Werkzeug einer Kraft gemacht hatte, die in der Welt wirkte und deren Befehle sie befolgte, ohne zu fragen warum. Sie wusste nicht, was mit denen geschah, deren Leben sie berührte, oder warum sie zu ihnen hingezogen wurde und nicht zu anderen, die tagtäglich in der Welt zu leiden hatten. Sie konnte nicht glauben, dass manche mehr Beistand verdienten als andere. Nach Claires Ansicht waren alle, die litten, gleichermaßen der Hilfe bedürftig – und die Frage, warum manche sie erhielten und andere nicht, beunruhigte sie, seit sie ihr Herz diesem Pfad geweiht hatte.

Warum hatte Peter sterben müssen und sein Mörder lebte im Gefängnis weiter? Warum hatte ihre seherische Gabe den Mann, den sie so tief geliebt hatte, nicht retten können? Welche Absicht leitete ihre Gabe und zu welchem Ziel?

Es gab keine Antwort darauf, sie erwartete auch keine. Doch Claire war zu sehr ein Kind ihrer Generation, um nicht daran zu zweifeln, dass blinde Unterwerfung und fraglose Hinnahme je Tugenden sein könnten. Sie mochte nie eine Antwort auf ihre Fragen erhalten, aber sie machte sich auch keine Vorwürfe, weil sie sie stellte.

Trotz der Tatsache, dass Colin sie hierher gelenkt hatte, hatte Claire das sonderbare Gefühl, dass sie ohnehin hergekommen wäre, gezwungen von der rätselhaften Macht, die ihre Wirklichkeit so sehr beeinflusste.

Es war früher Nachmittag. Dr. Clinton war vom Krankenhaus zurück, und Claire hatte gerade den Ein-Uhr-Termin ins Sprechzimmer geführt, als sie plötzlich ein herzzerreißendes Weinen auf dem Flur vor der Praxis hörte. Sie war schon auf dem Sprung zur Tür – die einen Spalt offen stand, um die Hitze etwas zu mildern –, als sie begriff, dass das Geräusch nur für sie und für sonst niemanden hörbar war.

Sie öffnete die Tür und sah eine schlanke Frau, nur wenig kleiner als sie selbst, die ratlos im Hausflur zwischen der Tür zur Praxis und der von Alexander Wynitch gegenüber stand. Das dunkle Haar der Frau war kurz geschnitten und von einer Schottenmütze bedeckt, auf der noch Schnee lag. Sie trug einen erbsengrünen Navy-Mantel, der ein wenig kürzer als ihr Rock war, dazu ein Paar brauner Lederstiefel, und da Claire sie betrachtete, ging sie zögernd einen Schritt auf Wynitchs Tür zu.

Claire rümpfte die Nase: Wynitch war einer von jenen Pseudo-Therapeuten, die den Berufsstand der Psychologen heimsuchten, und Claire wäre jede Wette eingegangen, dass die Zulassungen, die der Mann besaß, erschlichen waren.

»Wollten Sie zu Dr. Clintons Praxis?«, fragte Claire hoffnungsvoll.

Die Frau drehte sich auf dem Absatz um, starrte Claire verzweifelt an, und Claire spürte ein Aufwallen instinktiver Sympathie. Sie wusste nicht, ob sie hergesandt war, um dieser Frau zu helfen, aber zweifellos brauchte diese Frau dringend Hilfe.

Indem sie besänftigend auf sie einsprach, brachte Claire die Fremde dazu, mit ins Wartezimmer zu kommen, wo sie ihr einen Becher Wasser aus dem Kühlbehälter reichte. Sie raffte ihre ganze professionelle Routine zusammen, um ruhig zu erscheinen, als die Frau sich vorstellte: Barbara Melford.

Colin hat mir doch gesagt, dass Cannons Lektor Jamie Melford heißt! Das kann *kein Zufall sein.*

Denn es gab keine Zufälle – Colin hatte ihr das oft genug gesagt. Das waren Worte, die seinem Leben zugrunde lagen – keine Zufälle, nur ein Muster, das zu ausgedehnt war, um erkannt zu werden, dessen Webfaden man sich zu eigen machen oder zerstören konnte.

Nach weiterem freundlichen Zureden erzählte Barbara Melford eine verworrene Geschichte über einen Streit mit ihrer Schwiegermutter, von Handlungen, für die sie nichts konnte, von einem Gefühl, als würde sie den Verstand verlieren. Claire fühlte mit ihr, denn sie wusste, wie es ihr erging. Barbaras Schwiegermutter wollte unbedingt, dass sie zu Mr. Wynitch ginge; Claire wollte dies unter allen Umständen verhindern.

Sie wollte nichts sagen, was sie irgendwie überspannt erscheinen ließ – denn so wie Barbara Melford aussah, hatte sie mit genug seltsamen Dingen zu tun, die sie nicht bewältigen konnte. Claire wusste nicht genau, was sie sagte, aber sie bewegte Barbara, Dr. Clinton zu sehen, bevor sie etwas anderes tat.

Schließlich entlockte Claire mit all ihrer List Barbara das Versprechen, gemeinsam Colin aufzusuchen, sobald Dr. Clinton für heute ihre Praxis schloss.

Sie war froh, dass ihr das gelungen war. Denn als Barbara wenige Minuten später aus dem Sprechzimmer kam, hatte sie so steife Beine und glasige Augen, als hätte sie ihr Todesurteil empfangen. Claire rief ihr etwas zu, als sie vorüberging, doch Barbara schien sie nicht zu hören.

Dränge nicht. Eine innere Stimme hielt sie auf dem Stuhl, als Barbara mechanisch Mantel und Hut nahm und aus der Praxis schlafwandelte. Nachdem sie sich so sehr bemüht hatte, diesen Job zu bekommen, konnte sie nicht alles stehen und liegen lassen und einfach hinausrennen.

Sie war einverstanden, dass wir uns um drei vor Lord & Taylor's treffen – hoffentlich denkt sie daran, überlegte sie besorgt. Doch darauf hatte sie keinen Einfluss.

Barbara erinnerte sich – oder zumindest führte sie ein guter Engel zur rechten Zeit an den verabredeten Ort. Der Gehweg war überfüllt von Schaulustigen, die die berühmten Weihnachtsschaufenster von Lord & Taylor's sehen wollten, doch Barbara starrte nur auf die Straße und stand da wie ein verirrtes Kind.

Mit der ruhigen Entschlossenheit, die sie sich in vielen Berufsjahren angeeignet hatte, nahm Claire die Sache in die Hand und winkte ein Taxi heran. Während der kurzen Fahrt nach Süden schwieg Barbara, als würde sie ihre ganze Kraft für eine Anstrengung aufsparen, die man ihr bald abverlangen würde.

In Colins Apartment stellte Claire fest, dass die Dinge tatsächlich wie vermutet lagen. Barbara war die Frau von Cannons Verleger und wurde verfolgt, um ihren Mann unter Druck zu setzen. Während Claire den Tee aufgoss und Scheiben von dem Früchtekuchen abschnitt, den sie erst vor ein paar Tagen herübergebracht hatte – Colin hatte eine ausgeprägte Schwäche für Süßes, und sie war froh, dass noch etwas übrig war –, erklärte Barbara, wie alles damit begonnen hatte, dass Cannon das Manuskript zu Jamie brachte, bis zu Dr. Clintons Befund, dass sie eine Mutterkornvergiftung habe – wahrscheinlich durch jemanden, der ihr sehr nahe stand.

Claire spürte, wie sich ihr ganzes Inneres sträubte. Seit sie auf Toller Haslochs Party Opfer von jenem vergifteten Punsch geworden war, löste die Vorstellung, jemand werde ohne sein Wissen oder gegen seinen Willen unter Drogen gesetzt, blankes Entsetzen bei ihr aus.

Colin, der seinen altmodischen Charme entfaltete, blieb nicht ohne Wirkung auf Barbara, obwohl alle Anzeichen dafür sprachen, dass sie seit Monaten – wenn nicht Jahren – ein Opfer des Schwarzen Hexenzirkels war.

Aber das heißt, dass sie nicht hinter Barbara her sein können, weil sie Jamie Melfords Frau ist – oder doch? Können sie sich Barbara aus einem anderen Grund ausgesucht haben, der nichts mit dem Manuskript zu tun hat? Woher konnten sie wissen, dass Melford der Lektor des Buches werden würde – oder auch nur, dass Cannon es zu schreiben plante? Wie auch immer, es ist schrecklich – schrecklich! Die arme Frau …

»Jamie«, stieß Barbara mit aufgerissenen Augen hervor, »können sie ihm irgendetwas antun?«

Claire starrte sie einfach an. Nach dem zu urteilen, was Colin ihr einen Abend zuvor gesagt hatte, war Jamie Melford so unzweideutig ein Ziel des Schwarzen Zirkels, dass Barbaras Schrei sich wie eine rhetorische Frage ausnahm.

Colin winkte sie zum Telefon. Barbara klammerte sich daran, als wäre es eine Rettungsleine, und wählte mit zitternder Hand. Claire setzte ihre Teetasse ab und stand auf, um Barbara im Notfall beistehen zu können. Es war niemandem mit einem hysterischen Anfall gedient, aber verängstigte, gefährdete Menschen dachten selten in so klaren Bahnen.

Doch Barbara Melford war nicht hysterisch. Was immer sie vom anderen Ende der Leitung hörte, sie ließ den schweren Hörer aus ihren kraftlosen Fingern fallen und stand einfach nur noch da, benommen und bleich vor Schock.

Keine zwanzig Minuten später erreichten die drei die Wohnung der Melfords – ausgerüstet für den schlimmsten Fall, dachte Claire. Jamie Melford war nicht da – und schlimmer noch, es war sofort klar, dass er sich in den Händen des Schwarzen Sabbats befand, wo auch immer.

Das Feindselige – nein, *Böse* –, das von den Wänden ausstrahlte, überwältigte sie fast. Es war, als würde etwas Widerliches gewaltsam ihre Kehle hinuntergezwungen. Ihr Magen wollte sich umdrehen, sie fühlte sich benommen und fröstelte.

Doch die leeren Räume erbrachten nichts – das heißt, außer den Beweis, dass Melfords Mutter Mitglied des Schwarzen Zirkels war, und zwar seit vielen Jahren.

Welch eine grässliche Konstellation. Kein Wunder, dass sie uns immer um einen Schritt voraus waren, mit einer Spionin im Hause von John Cannons engstem Freund.

Jetzt handelten sie offen gegen Jamie Melford – und weder Colin noch Claire hatten die leiseste Ahnung, wo sich ihr Tempel befand.

Es war beinahe acht Uhr, als die drei das Apartment an der Upper West Side verließen. Die einzige Chance, die sie noch hatten, um Jamie Melfords Leben – und Seele – zu retten, lag in Claires erratischen wahrsagerischen Fähigkeiten.

Claire hatte das Glück gehabt, dass Alison Margrave ihr die Kunst des Wahrsagens beigebracht hatte. Alison hatte monatelang geduldig unter Colins Aufsicht mit Claire gearbeitet und sie in die Techniken eingewiesen, mit denen sich ihre Gabe erschließen ließ. Jedes Medium war anders, sie gebrauchten so gegensätzliche Dinge wie Feuer und Wasser, ein Deck Tarotkarten oder eine astrologische Karte, um ihre übersinnlichen Kräfte zu entbinden, aber Wahrsagerei war eine der grundlegenden Disziplinien, in die schließlich jedes Medium irgendwann hineinstolperte. Claire war in einer der ältesten Methoden unterrichtet worden: der des *Schausteins*. Der Kristall machte sich als schweres Gewicht in ihrer Manteltasche bemerkbar, als Colin den East River Drive hinunterfuhr.

Es war Heiligabend und starker Verkehr. Jedes Mal, wenn das Auto anhalten musste, zuckte Claire zusammen, da die

Spannung im Inneren sprunghaft anstieg. Sie konnte fast hören, wie Colin vor Frustration mit den Zähnen knirschte.

Jamie Melford war nicht tot. Claire klammerte sich an diese schwankende Gewissheit. Sie konnte ihn nicht wahrnehmen und hatte nur das höchst unbestimmte Empfinden eines *Ortes*, doch nichtsdestoweniger hielt sie genauso verzweifelt wie seine Frau an der Überzeugung fest, dass er noch am Leben war. Sie konnte den Gedanken nicht ertragen, dass er in jene ewige Nacht gefallen sein sollte, doch die Hinweise, die Claire empfing, waren so verwirrend und so vereinzelt: Explosionen, Alarmsirenen …

Dank Martin Becket konnten sie ihre Suche auf jene Gegenden eingrenzen, wo in dieser Nacht Sprengungen stattfanden – ein Notzustand ohne Zweifel, dass Männer am Heiligabend arbeiten mussten, doch die Bank, deren Werbespruch »Die Stadt, die niemals schläft« hieß, hatte sicherlich Recht: New York war eine 24-Stunden-Stadt.

Den ersten Versuch unternahmen sie in der Second Avenue, auf der Ostseite. Vierzig Minuten suchten sie vergeblich eine Gegend von mehreren Häuserblocks ab, bevor sie wieder in Richtung Downtown fuhren.

»Beeilen Sie sich, bitte … beeilen Sie sich«, flüsterte Barbara Melford.

Colin bog vom East River Drive zur Houston Street ab, und binnen Augenblicken tauchten sie ins labyrinthische Straßennetz von Greenwich Village ein. Als sie den dumpfen Knall von Explosionen hörte, spürte Claire eine derartig große Erleichterung im Herzen, dass ihr schwindelig wurde.

»Das ist die Explosion«, sagte sie. »Jetzt müssen wir nur noch die Feuerwehr finden.« *Oder wer sonst die Sirenen, die ich gehört habe, betätigt hat …*

»Da lang!«, sagte Babara plötzlich und zeigte nach links. Colin sah sie kurz verwundert an, dann folgte er wortlos ihrer Weisung.

Dies war eines der ältesten Viertel New Yorks, und viele Straßen hatten noch das alte Kopfsteinpflaster. Claire kurbelte das Fenster auf der Beifahrerseite hinunter, als das Auto langsam durch die Straßen fuhr. Sie strengte all ihre Sinne an, um dem Versteck des Schwarzen Sabbats auf die Spur zu kommen. Die Abendluft war schneidend, minzeartiger Geruch frischen Schnees lag in der Luft. Sie atmete tief ein, um die Schwäche zu überwinden, die sie seit ihrem Aufenthalt in der Melford-Wohnung begleitete. Sie hasste das Gefühl, als stiege eine Flut fauligen Abwassers an ihr hoch, und Wellen der Übelkeit schienen ihr den Sauerstoff aus der Lunge zu saugen.

Wie aus großer Entfernung hörte sie Colins Bitte, sie solle das Steuerrad übernehmen. Kaum bei Sinnen rutschte Claire hinüber auf den anderen Sitz, aber dieser Wechsel schien alles nur zu verschlimmern. Es war grauenhaft – wie Ertrinken, wie Sterben –, sie sah, wie das schwache weiße Licht des Lebens und die Luft weit oben über ihr verloschen.

Plötzlich packte Colin sie an der Schulter und sprach laut zu ihr. Sie versuchte, sich zu fangen, aber spürte nur, wie sie das Bewusstsein verlor …

»Barbara, können Sie fahren?«

Seit vielen, vielen Jahren hatte er nichts Vergleichbares erlebt wie das Fluidum, das um sie herwirbelte – und er vermochte gut zu verstehen, warum ein Medium vom bloßen Kontakt damit ohnmächtig werden konnte. Es gab eine eigentümliche Unmittelbarkeit des Bösen, die durch den menschlichen Eingriff noch verstärkt wurde; etwas noch Bedrohlicheres als die bloße Unmenschlichkeit des Schattens. Alle Menschen waren mit einem Funken Licht geboren, und die bewusste Zerstörung dieses Teils ihrer selbst war es, was ihren Handlungen jenen besonderen Makel des Grauens verlieh.

Er segnete die Voraussicht, mit der Claire in seiner Wohnung lebenswichtige Dinge in die Notfalltasche gepackt hatte, und er segnete seine eigene Umsicht, die ihn sein Ritualgewand hier im hinteren Teil des Wagens hatte verstauen lassen – heute Nacht würden sie schwerstes Kaliber brauchen. Er öffnete die Tür und stieg aus, ging um das Auto herum und stieg hinten wieder ein.

Barbara kletterte über Claire hinüber und parkte den Wagen am Straßenrand. Die ganze Houston Street entlang zeigten gesichtslose Lagerhäuser unbewegte Fassaden. Hinter jeder von ihnen konnte das gesuchte Versteck sein, während die Zeit verrann.

Vorsichtig zündete Colin mit einem Streichholz – aus einer Schachtel, die noch nie für einen anderen Zweck benutzt worden war – zwei hohe Kerzen an, die von einem befreundeten Priester geweiht worden waren. Als die Flammen ruhig brannten, ließ das erdrückende Gewicht des Bösen um sie herum langsam nach. Es wich vor der Gegenwart des heiligen Lichts zurück. Eine der Kerzen gab er Barbara in die Hand, die andere behielt er selbst.

Als das geweihte Licht auf sie fiel, kehrte Leben in Claire zurück. Colin legte sich seinen schweren, mit Edelsteinen besetzten Brustpanzer an und band sich die komplizierte Kopfbedeckung um. Und Claire setzte sich aufrecht, beugte sich vor und holte tief Luft.

»Tapferes Mädchen«, sagte Colin aufmunternd. Er warf die Kapuze seiner äußeren Robe über und ließ darunter den größten Teil der reich verzierten rituellen Tracht verschwinden, dann ergriff er das lange, eingewickelte Bündel, seine wirkungsvollste Waffe in dem Kampf heute Nacht. »Gehen wir.«

Colin ging den Straßenzug hinauf und hielt dabei seine geweihte Flamme hoch über sich, als wäre es eine Fackel. Überall um ihn herum erzitterte die Luft von stummem Gebrüll, und der eisige Wind vom Hudson River zerrte an seinen Kleidern und machte das lange Bündel noch unhandlicher und beschwerlicher. Er war sich darüber im Klaren, dass die beiden winzigen Kerzenflammen das Einzige waren, was zwischen ihnen dreien und dem erstickenden Meer der Finsternis um sie herum stand. Während die Energie, die hier heute Nacht von dem schwarzen Sabbat entfesselt wurde, nicht reichen mochte, um einen von ihnen zu töten, kannte Colin die Welt gut genug, um zu wissen, dass es viele Dinge gab, die schlimmer als der Tod waren.

Claire wankte neben ihm her, als wäre sie betrunken. Sie ächzte mit jedem schmerzhaften Atemzug. Barbara folgte ihnen nach, die bloßliegenden Nerven ließen sie ununterbrochen plappern. Sie hielt die Kerze nah an ihren Körper und schützte sie mit der freien Hand vor dem Wind.

»Still!«, knurrte Colin schließlich. »Lass sie sich konzentrieren!«

Barbara verstummte sofort, und einen Augenblick lang tat sie Colin Leid, aber mehr an Mitgefühl konnte er jetzt nicht aufbringen, belagert, wie sie waren.

»Das hier«, flüsterte Claire und blieb mit einem Ruck vor einer Tür stehen, die sich in nichts von den anderen Türen an der mitternächtlichen Straße unterschied. »Nein ... ich bin mir nicht. Ich weiß nicht ...«

»Doch, hier ist es«, sagte Barbara entschieden. Sie klang etwas verblüfft, dass keiner von ihnen merkte, was für sie zutage trat. Mit der Furchtlosigkeit der Unwissenden ging sie zu einer Tür, die sich ein paar Meter weiter befand, fasste an den Griff, nur um ihn mit einem Schrei sogleich wieder loszulassen. Sie zog rasch ihren Handschuh aus und starrte ihre Hand an, als erwartete sie etwas Entsetzliches zu sehen.

»Ich muss einfach ... einen Schlag bekommen haben. Aber die Klinke fühlte sich an, als ob ... sie heiß wäre«, sagte sie ungläubig.

Aha, Barbara Melford ist also auch sensitiv, dachte Colin bei sich.

Das erklärte manches, unter anderem, warum Barbara so viele Jahre so hartnäckig um Jamie gekämpft hatte, selbst gegen die versammelten Kräfte der Hölle, die gegen sie aufgeboten waren. Viele Menschen kämpften und starben für das Licht, ohne auch nur gemerkt zu haben, dass sie sich in einem Krieg befanden. Hätte dies hier nicht stattgefunden, wäre Barbara Melford eine von diesen Personen gewesen. Wenn sie diesen Abend überlebten, schwor sich Colin, dann würde er Barbara nicht länger in Unkenntnis lassen.

»Zurück, Barbara«, sagte Colin in sanftem Ton. Er reichte Claire das Bündel, das er trug. »Lassen Sie mich das machen. Geben Sie Acht auf sie.« Er schob die schwankende Claire zu Barbara und wandte sich der Tür zu.

Er spürte nichts, als er den Griff anfasste – endlich einmal ein Grund, sich glücklich zu preisen, keine übersinnliche

Gabe zu besitzen –, doch andererseits gab die Tür auch nicht nach. Sie war abgeschlossen.

Eine offene Tür wäre wohl wirklich des Guten zu viel gewesen, doch immerhin hatte Colin für diesen Fall seine Nachschlüssel dabei. Glücklicherwiese war es ein altes Schloss. Er fand den passenden Rohling genau in dem Moment, als seine bloßen Hände vom schneidenden Flusswind taub zu werden schienen.

Er schob die aufgeschlossene Tür mit dem Fuß auf und holte sich seine Kerze von Claire zurück.

»Unter normalen Umständen würde ich ›*Ladies first*‹ sagen, aber ich glaube, dies hier ist eine Ausnahme.« Er trat in das verschmutzte Haus und hörte, wie die beiden Frauen ihm rasch folgten.

Im dritten Stock drang der Geruch von Weihrauch und Teufelsdreck aus den Türritzen. Mehr an Beweis brauchte er nicht. Ein leicht süßliches Aroma in dem Rauch machte ihn schwindelig – dem Weihrauch war Haschisch beigemischt, die schnelle und gefahrvolle Methode des Schwarzen Magiers, um die höheren Chakren zu öffnen.

»Gib mir das«, sagte er zu Claire und nahm das eingewickelte Paket aus ihren Händen. Er schüttelte das Schwert aus seiner Umhüllung; das Siegel Salomons, das in die *Spitze* eingesetzt war, schien in der Finsternis des heruntergekommenen Obergeschosses wie eine Sonne zu flammen.

Dann ging er einen Schritt zurück und trat die Tür ein.

Die Dunkelheit quoll aus der Öffnung wie schwarze Tinte, die sich in Wasser verteilt. Colin hörte, wie Claire vor Ekel aufschrie, im nächsten Augenblick stürmte er vorwärts in den düsteren Nebel. Irgendwo hier steckte Jamie Melford, gefangen. Gebe Gott, dass er noch lebte – und an Leib und Seele unversehrt war.

Als Colin die Schwelle überschritt, konnte er erkennen, dass die Hexenrunde im nächsten Raum versammelt war. Sie beugten sich über ihren Altar, auf dem die nackte, gefesselte Gestalt von Jamie Melford lag. Der Raum war von einem kalten, muffigen Nebel erfüllt, der nach den Kräutern stank, die sie auf einer Kohlenpfanne verbrannten. Doch – sonderbar –

der Rauch hörte an der Grenze des Kreises auf, der in der Mitte des Raums mit Kohle auf den Boden gezeichnet war.

Die Satanisten bewegten sich nicht. Die Linien der Macht waren in diesem Raum so sichtbar, als ob sie mit Kreide auf Wände und Boden gemalt wären, und die konzentrierte Energie des Schwarzen Sabbats hatte ein schweres Gewicht und greifbare Wirklichkeit.

Colin schwitzte und fröstelte wie ein Mann, der einen Malaria-Anfall erleidet, doch sein Wille war unerschütterlich, als er sich zum Rand des Kreises vorwärts kämpfte. Er spürte, wie die Dunkelheit und die Mächte der Hölle sich hier zusammenballten, angezogen von Schmerz, Verzweiflung und Angst, und es schien, als ob dunkle, schattenhafte Gestalten langsam über dem Rand des Kreises wallten, begierig darauf, dass der Ritus seinen Höhepunkt erreichte. Das Schwert in beiden Händen bebte wie ein lebendiges Wesen; es bedurfte größter Entschlossenheit, es nicht loszulassen.

»Im Namen Gottes! Im Namen der Götter des Karma und der Kräfte der Natur! Im Namen der Vaterschaft Gottes, der Mutterschaft der Natur und der Bruderschaft des Menschen, ich zerstreue Eure Mächte!« Mit zusammengebissenen Zähnen führte er die Schneide des Schwerts über die Linie des Kreises und rief jene Kräfte an, mit deren Befugnis er handelte.

Als sein Schwert niederging, gab es einen großen, stummen Schrei, und plötzlich wandten sich ihm die affengleich schwärmenden Schatten vom Kreisrand zu und scharten sich um ihn. Die Mitglieder des Sabbats, noch benommen von ihrer Trance, schrien und tobten wie Opfer eines starken Stromschlags. Auf einmal war der stille Raum erfüllt von schnatternden Stimmen.

Das Wichtigste ist, schnell fortzufahren, wenn du einmal angefangen hast. Colin hörte die ruhige Stimme seines ersten Lehrers in seinem Innern. *Wenn du wartest und dir erst einmal die Wirkung ansiehst, die du auf die Dunkelheit hast, dann kann es das Letzte sein, was du überhaupt siehst.*

Colin schritt über die schreienden, nach Luft ringenden Körper hin, die zappelnd auf dem Boden lagen, und stieß den aus zwei Kuben bestehenden Altar um. Die schwarzen Kerzen, die darauf standen – weich und missgestaltet, weil sie nicht aus echtem Wachs waren – rollten blakend über den Boden. Voller Ekel stampfte Colin sie aus.

»Ich speie auf die Unreinheit dieses Lochs. Ich speie auf jene, die beschmutzen, was Gott zum Gebrauch der Menschen bestimmt hat!«, rief Colin.

Er trat gegen das Weihrauchfass und zertrat die Funken stiebende Glut. Er hörte ein Kreischen hinter sich, als Barbara vorlief, um nach Jamie zu sehen. Einen Moment hielt er inne, unbesonnen, und sah zu, wie sie sich über ihn beugte.

»Colin! Er hat ein Messer!«, schrie Claire.

Colin drehte sich um. Ein großer Mann schwankte auf ihn zu, sein langes glattes Haar hing ihm über die Augen. Auf seiner Brust war ein umgekehrtes Kreuz eingebrannt – eine alte Narbe –, und in seiner Hand hielt er das zweischneidige Messer vom Altar.

Die Jahre zwischen Colins Kampfausbildung und diesem Augenblick hier schmolzen schlagartig dahin. Ohne eine Sekunde zu verlieren, ließ Colin sein Schwert fallen und raffte die Röcke seiner Robe hoch, wie eine würdevolle Dame, die Walzer tanzen wollte.

Die Franzosen nannten das *la savate*, in Thailand hieß es Kickboxen. Die Amerikaner, großzügig auf Unterscheidungen verzichtend, nannten es Kung-Fu wie jede verwandte Kampfform. Als der Mann angriff, drehte sich Colin auf dem anderen Fuß und trat zu.

Sein Bein beschrieb einen kurzen Bogen und traf das Kinn des Schwarzen Priesters. Der Tritt fuhr wie ein Schock in den Kieferknochen. Colin spürte das Brechen und plötzliche Erschlaffen, als der Mann wie ein lebloser Körper zu Boden sackte. Auf einmal gingen die Lichter an; Colin hörte das Anknipsen der Schalter im anderen Raum.

»Barbara«, sagte Colin, tief aufatmend. Der Klang seiner Stimme erinnerte ihn daran, wie müde er war. Seine Hände zitterten vor restlichem Adrenalin. »Laufen Sie um die Ecke zum Feuerwehrhaus und rufen Sie die Polizei – fragen Sie, ob Lieutenant Martin Becket erreichbar ist; er arbeitet im Bezirk Manhattan Süd, und dies ist sein Fall ebenso wie unserer. Wir brauchen Polizei hier – und einen Krankenwagen.«

Colin hoffte, dass das, was er getan hatte, unter Notwehr fiele. Der Sabbatpriester – es war wahrscheinlich Walter Mansell – und Gott weiß wie viele andere lagen hier tot am Boden, während die Überlebenden unter schwerem Schock standen.

Barbara stand auf und lief hinaus. Colin hörte das Echo ihrer Schritte auf der Treppe, als er neben dem Mann niederkniete, der ihn angegriffen hatte. Er schloss ihm sanft die Augen und murmelte Worte der Absolution. Einer von Pater Godwins gefallenen Engeln war heimgekehrt.

In der Ferne konnte er Sirenengeheul hören.

Es war kurz nach fünf Uhr. Am Himmel begann langsam der Weihnachtsmorgen zu dämmern, als Colin den Kleinbus vor Melfords Apartment anhielt und nach hinten ging, um die Tür zu öffnen. Jamie und Barbara stiegen aus, sie sahen zerzaust und erschöpft aus, wie übermüdete Kinder, die sich im Wald verlaufen hatten.

»Ich weiß nicht, wie wir Ihnen je danken können«, sagte Jamie Melford verlegen. »Nicht nur dafür, dass Sie mein Leben gerettet haben, sondern für alles.«

»Ich glaube, Sie wissen, wie Sie mich belohnen können«, sagte Colin.

»Das Cannon-Manuskript«, sagte Jamie beschämt. »Ich werde es Ihnen sofort zukommen lassen... äh, im nächsten Jahr. Ich denke, Bess ist einverstanden, dass Sie ändern können, was Sie wollen.«

»Das ist das eine«, sagte Colin. »Aber noch wichtiger ist mir, dass Sie mit mir in Kontakt bleiben. Barbara ist ein Medium, wissen Sie, und wir brauchen Menschen wie Sie beide. Wir haben heute eine Schlacht gewonnen, aber der Krieg geht weiter.«

Der Krieg geht weiter. Die Worte hallten in Colins Kopf nach, als er weiter in Richtung Süden fuhr. Claire schlief auf dem Sitz neben ihm, und er musste sie eine Weile lang wachrütteln, bevor sie auf die Füße kam und zur Tür ihres Apartments ging.

Er wartete draußen, bis er das Licht im Fenster sah. Dann fuhr er nach Hause.

Was in dieser Nacht geschehen war, hätte ihn glücklich machen sollen. Die Gottlosen waren ausgetrieben worden. Der Seele des armen John Cannon war Ruhe gegeben worden. Die Macht des Schwarzen Sabbats war entscheidend gebrochen; er würde niemandem mehr schaden.

Doch Toller Hasloch war nicht da gewesen, und Colin war sich sicher, dass Martin Beckets Nachforschungen keine Verbindung zwischen Hasloch und Mansell und seiner Clique ergeben würden. Hasloch würde sich einfach mit anderen Schurken zusammentun, um Unschuldige zu verführen.

Colin versuchte sich einzureden, dass es einem höheren Zweck diente, wenn Hasloch heute verschont geblieben war. Die Eide, die er vor langer Zeit einmal so freudig geschworen hatte, hatten nicht mehr aus ihm gemacht als ein gehorsames Werkzeug in den Händen der Götter des Karma. Jene Bande waren vor vielen Jahren für einen kurzen Zeitraum gelockert worden, doch was er jetzt vorhatte, erschien ihm wie etwas, das weder Billigung fand noch rechtmäßig war. *Dein Wille, nicht meiner,* betete er, und zum ersten Mal klangen die Worte hohl.

Er hatte die emotionsfreie Haltung verloren, die es jenen, die den großen Gesetzen dienen, erlaubte, unter den Menschen zu wandeln und sie zu leiten, nicht zu zwingen. Vielleicht hatte er sie in dieser Nacht verloren, als er Mansell tötete. Vielleicht hatte er sie schon vor Jahren verloren, ohne es zu merken, bis er mit Haslochs spezifischer Verkörperung des Bösen erneut konfrontiert worden war.

Und was nutzte ihm eine solche Resignation, wenn er Männer wie Hasloch ungeschoren davonkommen ließ, so dass sie ungehindert weiter ihr Unwesen treiben konnten? Er versuchte sich einzureden, dass das Böse, das Hasloch tat, ihn bald selbst einholen würde; dass es nicht an Colin war, zu urteilen oder zu strafen, sondern ein achtsames Werkzeug des Lichts zu sein. Er konnte sich jedoch des Gedankens nicht erwehren, dass dies bewusste Blindheit, nicht Resignation war – und ebenso sehr eine Übertretung seiner Gelübde wie eine vorsätzliche Verletzung.

Wie konnte er weiterleben und mit sich im Reinen sein, wenn er den nächsten Beweis für Haslochs heimtückischen Geist entdeckte und beim Anblick von Schmerz und Verheerung wusste, dass er das alles hätte verhindern können? Heute Nacht waren Menschen zu Tode gekommen – Menschen, deren Leben Hasloch berührt und verbogen hatte, um sie zu seiner Belustigung in ein verdorbenes Kunstwerk zu verwandeln. Hasloch hatte sich damit sogar gebrüstet …

Vergeblich erinnerte sich Colin daran, dass der Drang, für ein höheres Gut einzugreifen, die größte Versuchung war, die das Dunkel für Menschen bereithielt. Wer die Methoden der Schlange benutzte, wurde zu ihrem Werkzeug. Das Ziel des Kampfes, den er focht, war nicht der Sieg, sondern das Ertragen und Durchhalten. Doch zu wissen, welchen Schaden Hasloch in der Welt noch anrichten würde, war unerträglich. Und Colin hatte die Macht, dem ein Ende zu setzen …

So soll es denn sein. Ein schweres Gewicht schien sich auf Colins Schultern zu legen; eine Bürde, die fast zu groß für einen Menschen war. Er hatte keine Wahl. Das Wissen zersetzte die Unschuld, und er hatte keine andere Chance gehabt, als dieser Zersetzung zuzustimmen. Er musste die Verantwortung für seinen Ungehorsam auf seine eigene Seele laden und in einem zukünftigen Leben das Unrecht wieder gutmachen, das er heute aus freien Stücken beging … damit Toller Hasloch kein weiteres begehen konnte.

»Guten Morgen, Toller«, sagte Colin MacLaren.

Eingehüllt in jene Unsichtbarkeit, die einem Krieger des Lichts in Zeiten größter Not zu Gebote stand, war Colin unbemerkt in das Gebäude eingetreten, gerade als die Sonne am Weihnachtsmorgen über dem Park aufging. Die Türschlösser von Haslochs Wohnungstür am südlichen Central Park waren gut, aber Colin MacLaren hatte Jahrzehnte Zeit gehabt, sich im Knacken von Schlössern zu vervollkommnen.

Hasloch kam, als er hörte, wie die Eingangstür geöffnet wurde. Er stand ungekämmt und nur mit seiner Pyjamahose bekleidet in der Mitte des Wohnzimmers und machte einen verschlafenen Eindruck. Sein Gesicht nahm aber schärfere

Züge an, als er Colin sah, und einen Moment schien es so, als wollte er sich ins Schlafzimmer zurückziehen.

»Keine Bewegung«, sagte Colin und richtete die Pistole auf Hasloch.

Hasloch starrte sie ungläubig an. »Sie wollen auf mich schießen?«, fragte er verblüfft.

»Ich werde noch ganz anderes tun«, versicherte Colin ihm ehrlich, »aber ich werde schießen, wenn Sie mich dazu zwingen. Jetzt seien Sie ein guter Junge und kommen hier herüber.«

Auf einer irrationalen Ebene seines Bewusstseins ging Hasloch immer noch davon aus, dass Colin ihm nichts Böses tun könnte. Vielleicht hatte er aber auch das Gefühl, dass das, was Colin eben tat, ein größerer Triumph des Schattens sei, als ihn Hasloch je für sich würde beanspruchen können. Jedenfalls war er gefügig, und schnell hatte Colin ihn mit Klebeband, das er bei sich trug, an einen großen Stuhl gefesselt.

»Jetzt erschießen Sie mich, und ich werde ein weiteres Opfer des Stadtlebens, ist es das? Ich hatte mehr von Ihnen erwartet, Professor«, sagte Hasloch. Selbst in dieser extremen Grenzsituation verlor er nicht seinen leicht spöttischen Tonfall.

»Tatsächlich?«, fragte Colin. *Ich selbst habe Besseres von mir erwartet.* »Sie hätten mich nicht so öffentlich an der Nase herumführen sollen, mein Junge. Ich hatte immer schon ein leicht erregbares Temperament.«

»Ja. Aber als ich Sie an jenem Abend auf der Straße traf, da konnte ich nicht widerstehen. Ich wollte unbedingt wissen, was passieren würde: Sie waren so böse mit mir beim letzten Mal, als wir uns sahen. Gestern Abend rief mich Pater Mansell an, wissen Sie. Er sagte, er würde wieder anrufen, wenn das laufende Projekt abgeschlossen sei, aber wissen Sie, ich glaube, ich werde nichts mehr von ihm hören. Sie haben mein Spielzeug zerstört, nicht wahr, Professor?«

Colin antwortete nicht. Es war die größte Anstrengung seines Lebens, einfach nur dazustehen, anstatt das Leben aus Toller Hasloch herauszupusten, hilflos und gefesselt, wie er da saß.

»Na ja, ich war sowieso schon beinahe mit ihnen fertig«, fuhr Hasloch munter fort. »Ich habe alles gelernt, was sie mir beibringen konnten, und ich beabsichtige, das Gelernte nutzbringend anzuwenden.«

»Nein«, sagte Colin, »das werden Sie nicht.« Er schnitt ein kurzes Stück Klebeband ab und knebelte Hasloch damit; er wollte nicht, dass Hasloch schrie und die Nachbarn aufmerksam machte, wenn er merkte, was auf ihn zukam.

Er starrte in das Gesicht des Gefesselten unter sich und nahm genau den Moment wahr, als Angst in Haslochs Augen trat. Der Moment, in dem der Junge – noch mit dreißig hielt Colin ihn für einen Jungen – erkannte, dass sein Angreifer wahnsinnig war oder es ernst meinte oder beides. Dass ihm tatsächlich hier in seinem Apartment Gewalt geschehen könnte, an diesem Tag, an dem man die Geburt des Friedensfürsten feierte.

Hasloch begann sich aufzubäumen, doch Colin hatte einen schweren Stuhl gewählt und fast das ganze Klebeband verbraucht, um seinen Gefangenen zu fesseln. Hasloch konnte nur noch seinen Kopf hin und her werfen. Dabei gab er wild grunzende Laute durch den Knebel von sich. Er begann zu schwitzen, sein Haar wurde dunkel vor Feuchtigkeit, und Schweißtröpfchen sprühten bei seinen wilden Bewegungen durch die Luft.

Colin trat hinter ihn und hielt seinen Kopf mit den Händen fest. Haslochs Haut verbrannte schier seine Handflächen, und auf einmal spürte Colin Haslochs Angst und Wut schärfer und direkter, als die Vorstellung sie sich hätte ausmalen können. Er konnte den metallischen Geschmack des Entsetzens in seinem eigenen Mund nachempfinden, und sein Herz schlug panisch schnell vor Schreck über den Alptraum, der plötzlich Wirklichkeit wurde. Doch auch Mitleid würde ihn nicht abhalten, hier und heute das zu tun, was er sich vorgenommen hatte.

Wenn ein Adept in der Überwelt etwas erledigen wollte, so übertrug er sein Bewusstsein auf den Astralkörper und sandte ihn dorthin. Hasloch hatte genug Erfahrung damit – Colin wusste das, denn er konnte ihn mühelos von seinem körperlichen Selbst ablösen und Haslochs Astralen Doppelgänger mit sich in die Überwelt nehmen.

Den physischen Körper von seinem Doppelgänger zu trennen war für einen geübten Adepten vergleichsweise einfach, doch nur ein weit fortgeschrittener Adept vermochte die Seele und ihren Doppelgänger in der gleichen Weise zu scheiden, wie seine weniger erfahrenen Brüder die Astrale und Körperliche Form voneinander trennen konnten. Und Colin wettete, dass Haslochs Fähigkeit nicht so weit ging.

So nah der Ersten Ebene erschien ihre Umgebung als bloßer Schatten der wirklichen Welt, seltsam strahlend und farblos. An diesem Ort waren Zeitdauer und Ursache außer Kraft gesetzt; hierher stiegen die gewöhnlichen Menschen unwissentlich in ihren Träumen auf. Dies war der Ort, aus dem die Hellsichtigen ihre wahrsagerischen Bilder von fern gelegenen Plätzen und Zeiten bezogen.

Hasloch taumelte vor Colins Griff zurück. Sein Körper war in der Welt unten an den Stuhl gefesselt, doch Colin hatte bisher noch nicht seinen Doppelgänger gefesselt.

Da er Magier war – gleichgültig, wie beschmutzt –, trug Hasloch an diesem Ort die Gewänder, die eine äußere Manifestation seines magischen Selbst waren. Seine Roben waren noch fast genauso, wie sie Colin vor Jahren an ihm gesehen hatte, nur hier war die Rune in einen Silberkreis über seinem Herzen eingraviert, und sie verschob und verzerrte sich sonderbar. Auf seiner Stirn trug er, in eine Goldmedaille geprägt, ein Hakenkreuz, und von seinen Schläfen ragten Geweihspitzen aus Elfenbein und Gold. Statt eines Dolches im Gürtel trug Hasloch das Opferschwert mit rotem Griff, dessen Schneide gleichzeitig Metall und Dunkelheit und der sich windende Drache zu sein schienen, der als untilgbarer Makel im Herzen der Schöpfung lebte.

Colin trug die Robe und den Brustpanzer seines Ordens. Über seine Stirn war der alte Gebetsriemen gebunden, der ihn dem Ewigen Gesetz unterstellte, und am Finger steckte der Ring, der das Wissen symbolisierte. Hier auf der Astralen Ebene begegneten Hasloch und er sich von gleich zu gleich, auch wenn Colin vielleicht einen leichten Vorteil dadurch hatte, dass er über mehr Übung und Erfahrung verfügte.

Hasloch brauchte einen Moment, bis er begriff, dass er frei und bewaffnet war. Im gleichen Augenblick wollte Colin mit dem Schwert, das er in der eigenen Hand wähnte, angreifen, doch er fand sich ohne Waffe. Er fing sich schnell wieder und griff mit bloßen Händen nach dem Runenschwert, doch jetzt war Hasloch darauf gefasst, entwand dem Angreifer das Schwert wieder und taumelte zurück. Das Opferschwert sauste fauchend durch die Schattengegenstände der Niederen Astralen Ebene, als schnitte es durch Seidenpapier.

Er würde diesen Kampf hier nicht gewinnen. Colin zog sich tiefer in die Astrale Ebene zurück, an jenen Ort, den die Okkultisten das Reich der Intention nannten – wo Gedanken und Vorstellungen leibhaftige Gestalt annahmen und der Wille eine physische Waffe wurde. Dort konnten auch dauerhafte Gebilde entstehen: Die gedanklichen Formen, in denen die meisten Logen ihre Astralen Tempel erbauten, waren feste Bauten an diesem Ort, für jeden geschulten Reisenden in diesen Sphären objektiv wahrnehmbar.

Ebenso gab es die Ruinen solcher Tempel, die zu nichts zergingen, wenn ihre Anhänger sie nicht länger durch Meditation und Magie stützten. Wie lange solche Stätten überdauerten, wenn sie nicht länger gehegt wurden, hing von der Energiemenge ab, die in ihre ursprüngliche Konstruktion geflossen war – und manche wurden natürlich von neuen Adepten wieder belebt, die auf die eine oder andere Tradition stießen und sie bis zur Urquelle zurückverfolgten.

Entfernungen waren hier unbeständig. Colins Ankunft versetzte ihn in die Nähe der äußeren Bezirke des Sonnentempels. Darum herum breitete sich das geisterhafte Ebenbild der Tempelstadt aus. Obwohl sie schon seit Tausenden von Jahren nicht mehr bestand, hatten einige Adepten des Tempels ihren Untergang überlebt. Aus Sehnsucht nach ihrem Heimatland hatten diese exilierten Adepten ein Abbild der Tempelstadt geschaffen, das bis auf diesen Tag im Reich der Intention fortbestand.

An dieser strengen und schönen Stätte konnte Colin die undeutlichen Schemen seiner Brüder erkennen, wie sie arbeiteten und in Unruhe gerieten, als sie seine unangekündigte und ungeweihte Gegenwart spürten.

Dann folgte Hasloch ihm nach, der die Bindung an seine eigenen unheiligen Stätten mit sich führte. Colin erhaschte einen kurzen, irritierenden Blick auf eine schwarze Kathedrale, deren Säulen aus reiner Dunkelheit bestanden, und als ob er irgendeine unschuldige flüchtige Wesenheit wäre, wurde seine Seele für einen Augenblick von einer Woge glühenden, nackten Entsetzens erfasst.

Es war das Entsetzen, das der Mann der Vernunft angesichts des Wahnsinns empfindet; die grenzenlose Angst des Opfers, wenn es die Entschlossenheit des Bösen erkennt, das sich ihn zur Beute erkoren hat. Hoffnungslosigkeit und Verzweiflung, blinde Panik, all die dunklen Gefühle, die sich in einem brennenden Peitschenschlag der Agonie entluden, als lägen seine Nerven plötzlich nackt und bloß da.

Dann stoben die beiden Orte, Licht und Schatten, durch die emblematischen Gesetze der Astralen Ebene auseinander, und Colin und Hasloch standen in gleich weiter Entfernung von beiden, für den Kampf gerüstet.

Colin handelte ohne die Billigung seines Ordens, und die Waffen des Ordens waren ihm verwehrt – dennoch gab es Waffen, die er aus eigener Kraft führte. Aus dem Speicher der Erinnerung holte er eine glänzende goldene Kette hervor, schleuderte sie hoch und hielt sie zwischen seinen beiden Händen ausgespannt, um Haslochs ersten Schlag abzufangen.

Hasloch sagte kein Wort – sei es, dass er es in dieser Manifestation nicht konnte, sei es, dass er die Zerstreuung, die damit einherging, fürchtete. Er griff unermüdlich an, führte das Opferschwert mit tödlichem Geschick. Wenn er mit dieser Klinge Colin träfe …

Er würde Colin antun, was Colin ihm antun wollte, nur dass Colin eines Tages ein anderes Leben, eine andere Inkarnation erwartete …

Doch Colin wollte keineswegs zulassen, dass Hasloch je noch einmal ins Leben zurückkehrte.

Endlich vollführte die schwere Kette in seinen Händen, was er mit ihr beabsichtigt hatte – sie schlang sich um den Griff des Runenschwerts und riss es aus Haslochs Händen. Colin schleuderte sie beide fort – Schwert und Kette zusammen, Willen und Zucht, und sie verschwanden im nebligen Überlicht.

Hasloch war jetzt geschwächt – durch die Entwendung des

Schwerts hatte Colin ihn eines Großteils seines Willens beraubt. Nun schlug Colin Hasloch auf den Kopf, bis die Knie des Schwarzen Adepten nachgaben. Colin warf ihn zu Boden und setzte den Fuß auf Haslochs Nacken, damit er nicht mehr hochkäme. Aus seinem Willen rief er Fesseln herbei, um Hasloch zu binden. Zwar würden die Ketten, die er gerufen hatte, nur so lange halten, wie er selbst im Überlicht blieb, doch das war lange genug.

Sieg. Doch nur ein vorübergehender Sieg, über einen einzelnen Mann. Colins Wille allein hielt ihre Astralen Körper noch auf der Astralen Ebene fest; doch wenn sie auf die Ebene der Manifestation zurückkehrten, wäre Hasloch – mit all seiner zeitlich begrenzten Macht und böse erfinderischen Energie – unversehrt bis zu jenem unbekannten Tag, an dem die Götter des Karma zur Tat schritten.

Der Kampf hatte ihn angestrengt; er konnte nicht mehr lange im Überlicht verweilen. Colin stieß ein verzweifeltes Gebet aus, man möge ihm erlassen, was er jetzt tun müsse. Er konnte immer noch fortgehen und Haslochs schädliche Energie ungeschoren lassen, auch wenn er sich in einem solchen Fall nicht mehr würde ins Gesicht sehen können. Doch nirgendwo auf dieser weiten Ebene der Intention gab es Mitleid.

Also sollte es sein. *In Deine Hände …,* flehte er noch einmal, bevor er den nächsten Schritt in seinem Frevel unternahm.

Hasloch war stark mitgenommen, oder er hatte einfach seinen Widerstand aufgegeben und verließ sich auf die fundamentale Barmherzigkeit des Lichts, das ihn vor der Vernichtung bewahren würde. In seinem benommenen Zustand wurde der Silberstrang sichtbar, der seinen umherwandernden Doppelgänger an den irdischen Wirtsträger band. Der Strang führte fort von seinem Körper und verlor sich in der lichten Höhe des Nebels.

Schlage ihn durch, und Hasloch würde die beiden Teile seiner Selbst nicht mehr zusammenfügen können: Körper und Doppelgänger. Jeder von ihnen würde, abgetrennt vom anderen, zugrunde gehen – und wenn Colin außerdem Haslochs Geist hier im Oberlicht bannte, würde er nie wieder auf die Welt kommen.

Er nahm den Strang von Haslochs Lebensschnur in seine Hände.

Damit hielt Colin alles, was Toller Hasloch war und gewesen war, Leben auf Leben, zurück bis an den Anbeginn der Zeit, als das Rad ihres Schicksals zum ersten Mal in Bewegung gesetzt worden war. In diesem Augenblick hätte Colin die vergangenen Leben Haslochs wie Perlen auf einer Kette aufgereiht sehen müssen … doch da war nichts.

Da war keine Garbe gelebter Leben, die Seite an Seite lagen wie die Blätter eines Buches, das darauf wartete, von jemand Verständigem gelesen zu werden. Da war nur …

Finsterer Schatten und Heulen. Er wurde von einem dunklen Wind durch Zeit und Raum getragen, angelockt von dem Ritus, der in dieser Nacht vollzogen wurde – ein Ritus, der den gestaltlosen Geist in leibliches Fleisch zwang und der immateriellen Welt des Traums einen greifbaren Körper gab.

Wie ein ruheloser Geist wurde Colin durch die Astrale Ebene nach unten gezogen, an den Rand der Materialen Ebene, doch der Anblick, der sich ihm in der Welt der Formen bot, war viele Jahre lang nicht wirklich gewesen. In diesem krisenhaften Moment der Unachtsamkeit war er durch die Zeit an einen seltsam vertrauten Ort, in einen seltsamen Moment zurückversetzt worden: in den Moment, als die Hexenmeister der Thule-*Gesellschaft daran arbeiteten, den Geist des Reichs selbst zu verkörpern; den Führer zu formen, der nach Hitler kommen und den Sieg der Nazis festigen sollte …*

Oder die Niederlage rächen.

Ingolstadt in Bayern.

Colin sah hilflos und voller Grauen zu, wie der winzige Funke des Willens geschaffen wurde: der Geist eines Zeitalters, eine Seele so jung wie das Jahrhundert, die sich keiner älteren Kultur und keinen älteren Gesetzen verpflichtet fühlte. Grausam würde es sein, dieses Kind, und ruchlos: die blonde Bestie, der Übermensch, den Nietzsche und seine Anhänger prophezeit hatten, den Hitler erfleht und erträumt hatte.

Irgendwo auf der Erde wurde ein Kind zu diesem Zweck empfangen und geboren, um jenen Geist der Unmenschlichkeit in sich zu tragen. Colin MacLaren erinnerte sich an das genaue Datum: Es war der 9. November 1938. Der Ritus sollte zeitlich mit dem Pogrom der SS zusammenfallen.

»Kristallnacht.«

Der Magus hob die Hände. Der Geist entflog an sein Ziel, und Toller Hasloch wurde in einem Land jenseits des Meeres geboren, in einem Land, das sich noch weitere drei Jahre Zeit ließ, bis es in den Krieg mit Deutschland eintrat.

Bei dem ersten lärmenden Stakkato des Maschinengewehrfeuers erinnerte sich Colin an den Rest dessen, was hier in jener Nacht geschehen war. Doppelt aufmerksam beobachtete er sein jüngeres Selbst und war es gleichzeitig – achtzehn in diesem Jahr, neunzehn im nächsten Frühjahr, wenn er bis dahin noch lebte –, wie er in den Tempel rannte, sein Gesicht unter einer Kapuze verborgen.

Er und seine Kameraden zerstörten den Tempel, kehrten das oberste zuunterst, schleuderten Teile der geweihten Hostie mit dem anderen magischen Zubehör zu Boden, um das Ritual unwirksam zu machen. Sie hatten nicht einmal gewusst, was hier vor sich gegangen war, nur dass es wichtig für den kleinen Ahnenerben *war – und glücklicherweise war das Unternehmen so geheim, dass sie nur ein halbes Dutzend SA-Wächter vorfanden.*

Colin sah, wie sein jüngeres Selbst die Vorhänge im Tempel anzündete und dann kopflos auf und davon rannte. Zwölf Mann gehörten zu ihrem Stoßtrupp, nach diesem Angriff waren nur noch drei von ihnen am Leben.

Als er zur Loge zurückgekehrt war, hatte Colin darum gebeten, den Eid ablegen zu dürfen, der ihn zum Schwert des Ordens machen würde. Er hatte seine ersten Eide bereits gesprochen, doch noch nicht die, die ihn am stärksten banden; die Eide, die er nach dieser Nacht ablegte, waren nahezu so schrecklich wie das Böse, dessen Bekämpfung sie galten.

Und siehe, wohin dich dieser Eid gebracht hat, *dachte Colin düster. Die Vergangenheit verschwand so unvermittelt, wie sie gekommen war. Colin stand mit leeren Händen da. Der Strang von Haslochs Leben, den er gehalten hatte, war zerrissen.*

Lass es denn so sein. *Mit einem sekundenschnellen Gedanken rief er das Zeichen herbei, das dafür sorgte, dass die Ketten, mit denen Hasloch gefesselt war, im Überlicht verbleiben würden bis ans Ende aller Tage. Toller Haslochs Geist war damit für immer hier gefangen, ausgeschlossen vom Rad und dem ewigen Zyklus der Wiedergeburt.*

Toller Hasloch war zerstört, jetzt und für immer, so sicher und vollständig, als ob er nie geboren worden wäre.

Das Apartment war eisig kalt, als Colin seine Augen öffnete. Automatisch blickte er auf seine Uhr. Keine zehn Minuten waren vergangen, seit er die Wohnungstür geöffnet hatte. Hasloch atmete noch, doch Colin wusste, dass dies nur noch ein mechanischer Reflex war.

Was er erfahren hatte, erschütterte ihn bis ins Mark. Hasloch war keine sterbliche Seele, kein vom Licht gezeugter Funke, sondern ein *Zeitgeist*, der menschliche Gestalt angenommen hatte. Colin war sich nicht sicher, welche Wirkung seine Fesseln auf eine künstliche Seele haben würden. Konnten die Ketten, die er geschmiedet hatte, eine solche Kreatur halten?

Waren sie überhaupt notwendig gewesen?

Es ist getan und kann nicht mehr rückgängig gemacht werden, gestand sich Colin schonungslos ein. *Jetzt bleibt nur noch dafür zu sorgen, dass keine Unschuldigen von meiner Aktion in Mitleidenschaft gezogen werden.*

Rasch band Colin Hasloch vom Stuhl los und schleppte ihn zurück ins Schlafzimmer. Das Klebeband verstaute er in seiner Tasche und stellte den Stuhl zurück an seine ursprüngliche Stelle.

Es war nicht genug, um einen erfahrenen Polizeibeamten zu täuschen, wenn der Verdacht auf ein Verbrechen bestand, aber jedenfalls würde das Apartment nicht überlaut »Mord! Mord!« schreien, wenn man die Leiche entdeckte.

Die Leiche.

Colin spürte plötzlich jedes seiner zweiundfünfzig Jahre und mehr. Wichtiger als alles, was die Welt gewähren konnte, war ihm – so wurde Colin klar – die Achtung vor sich selbst gewesen. Heute hatte er sie für immer verloren. Er hatte die Lehren, die man ihm anvertraut hatte, verraten. Er hatte sie benutzt, um zu töten.

Er fragte sich nicht, warum er es für nötig befand, seine Spuren zu verwischen – ungeschoren mit einem Mord davonzukommen, während die Lehre seines Ordens darauf aufbaute, dass ein Individuum die volle Verantwortung für die Folgen seines Handelns übernehmen musste.

Doch nach einer halben Stunde Arbeit sah das Apartment wieder genauso aus, wie er es vorgefunden hatte, und kurz nach sechs Uhr am Morgen verließ Colin MacLaren das Gebäude am südlichen Central Park ebenso leise und unbemerkt, wie er es betreten hatte.

Er erwischte ein Taxi am Columbus Circle – den Kleinbus hatte er schon vor Stunden in der Garage abgestellt – und ließ sich durch die erwachende Stadt Richtung Süden fahren. Er fühlte sich immer noch wie benommen von dem, was er getan hatte. Vor seinem inneren Auge sah er das Bild von Toller Hasloch, halbnackt in seinem kalten, einsamen Bett, wie sein Herz langsamer schlug … langsamer … stehen blieb.

Und das alles nur, weil Colin MacLaren sein eigenes Urteil über das Gesetz gestellt hatte, dem er diente, seinem eigenen Willen gefolgt war statt dem Drängen der Götter des Karma. Er fühlte sich beschmutzt, unrein und krank. Er wünschte sich nur noch einen Drink und die Wohltat seines Bettes, doch gleichgültig, was er tat, er konnte seiner Verdammung durch sich selbst nicht entrinnen.

Er war so in düsteren Gedanken versunken, dass er nicht einmal das Licht in seiner Wohnung wahrnahm, bis Claire die Tür öffnete.

»Colin! Wo warst du?« Sie warf sich in seine Arme und drückte ihn fest.

Er hatte keine Ahnung, was sie hier machte, nachdem er sie vor zwei Stunden bei sich zu Hause abgesetzt hatte.

»Ich war so voller Unruhe – ich dachte, dir wäre auch was zugestoßen!«, sagte sie.

Es dauerte einen Moment, bis ihre Worte durch seine Bewusstseinsschleier drangen, und zunächst verstand er sie nicht. Es *war* ihm doch etwas zugestoßen. Etwas Entsetzliches.

»Hat Jamie …?«, begann er.

»Nein!«, sagte Claire wild. »Es geht um Simon – er hatte einen Unfall –, er wurde verletzt. Er liegt im Sterben«, fügte Claire stockend hinzu.

14
SAN FRANCISCO, JANUAR 1973

Wahrheiten kann er manche sagen:
Die Ernte eines stillen Blicks,
Der auf sanftem Herzen ruht und träumt.

WILLIAM WORDSWORTH

Der heisere Atem des narkotisierten Mannes im Bett war das einzige Geräusch im Zimmer. Colin saß auf dem unbequemen Stuhl daneben und betrachtete Simon im Schlaf.

Sein Gesicht war von Bandagen umwickelt, beide Augen bedeckt. Unmittelbar nach dem Unfall waren die Ärzte davon ausgegangen, dass er das Augenlicht verlieren würde. Jetzt glaubten sie, wenigstens das rechte Auge retten zu können, doch Simon Anstey würde nie mehr wie ein Dressman aussehen.

Entstellt zu sein war schlimm, und Blindheit wäre noch schlimmer gewesen, doch dies waren nicht die schrecklichsten Verletzungen, die Simon bei dem Unfall erlitten hatte.

Unwillkürlich ging Colins Blick zu Simons linker Hand. Sie war ebenfalls bandagiert und geschient, um jede Bewegung zu verhindern. Die Ärzte hatten sie amputieren wollen, doch Simon hatte seine Zustimmung verweigert. Er war hysterisch geworden – Colin konnte sich die Szene ausmalen –, er wollte keine Schmerzmittel, wollte nicht, dass die Ärzte ihn berührten, bis sie ihm versprachen, seine Hand zu verschonen. Wenn er nicht seit so vielen Jahren eine gewisse Größe in der Bay Area gewesen wäre, hätten sie vielleicht nicht auf ihn gehört, doch jeder in der Notaufnahme kannte Simon Anstey, der als Solist mit dem San Francisco Symphony Orchestra auftrat und am Konservatorium lehrte.

Er hatte sie von sich ferngehalten, bis Alison eintraf, und erst als sie ihm versichert hatte, ihm beizustehen, erlaubte er den Ärzten, mit der Arbeit zu beginnen. Und Alison hatte ihr Versprechen gehalten, hatte sich gegen die Ärzte gestellt, bis sie es aufgaben und eine Amputation nicht mehr in Betracht zogen.

Sie hatten Wunder gewirkt. Doch obwohl die Hand als ganze erhalten war, glaubte niemand, dass er sie je wieder benutzen könnte. Die Knochen zweier Finger waren zersplittert, die feinen Nerven zerstört. Vielleicht würde er eines Tages wieder mit seiner Linken eine Tasse zum Mund führen können, doch es war undenkbar, dass er noch einmal die Fingerfertigkeit erlangte, die ein Konzertpianist brauchte. Seine Karriere – sein *Leben* – war vorbei.

Er war neunundzwanzig.

Das ist meine Schuld. Obwohl es anmaßend klang, konnte Colin diese Überzeugung nicht abschütteln. Irgendwie dachte er, wenn er nur stärker gewesen wäre und der Versuchung widerstanden hätte, ohne Billigung zu handeln …

Wenn es so ist, dann gehört es zu deiner Strafe, sagte sich Colin unbarmherzig.

Die Tür zum Krankenzimmer ging auf.

»Wie geht es ihm?«, flüsterte Alison.

»Er schläft noch«, antwortete Colin leise. Alison kam auf Zehenspitzen herein und setzte sich auf einen Stuhl auf der anderen Seite des Bettes. Sie sah abgehärmt und erschöpft aus, selbst das milde Januarlicht konnte ihre vierundsiebzig Jahre nicht verbergen.

»Wenn ich nur bei ihm gewesen wäre«, sagte sie.

»Dann wärest du genauso tot wie das Mädchen, das neben ihm saß«, stellte Colin fest.

»Zur Hölle mit allen betrunkenen Autofahrern«, sagte Alison in stillem Hass. Der Fahrer, der Simons Beifahrerin und sein Künstlerleben auf dem Gewissen hatte, war ohne Kratzer bei dem Zusammenstoß davongekommen – wie die meisten betrunkenen Autofahrer. Zumindest bestand kein Zweifel an seiner Schuld – Simon hatte vor einer roten Ampel gehalten –, aber kein Gerichtsurteil konnte wieder gutmachen, was er zerstört hatte.

Simon begann sich unruhig zu bewegen, rang sich langsam durch das Morphium nach oben. Mechanisch machte Colin zwischen ihnen beiden ein Segenszeichen in die Luft und hoffte, Simon möge noch etwas länger in Ruhe liegen können.

»Alison?« Simon sprach undeutlich. Er zog mit seiner freien Hand an der Bettdecke.

»Ich bin da, Simon.« Sie nahm sanft seine rechte Hand und drückte sie an ihre Wange.

»Meine Hand. Sie dürfen sie nicht...«

»Ist gut, Simon. Ich werde nicht zulassen, dass sie sie operieren«, sagte sie beruhigend.

Er begann sich hin und her zu werfen, offensichtlich vor Schmerzen, doch er erinnerte sich nicht, woher sie stammten. Für jemanden, dessen psychische Wahrnehmungszentren durch Schulung geöffnet waren, war der Verlust der Selbstkontrolle durch Narkotika, wie wenn er abends zu Bett ginge und alle Türen und Fenster des Hauses sperrangelweit offen stehen ließe. Alles Mögliche mochte hereinkommen – eine ungeahnte Verwüstung anrichten, während der eigentliche Bewohner des Hauses hilflos dalag und nichts verhindern konnte.

»Ich werde wieder spielen!«, stieß er aus. »Egal was... ich werde... ich werde...«

»Du klingelst besser nach der Schwester«, sagte Alsion zu Colin. »Simon. Pscht, mein Liebling. Schon gut.«

Colin fand schließlich den Klingelknopf an der rechten Seite des Kissens, bei Simons gesunder Hand, als die Schwester mit bereiter Spritze eintrat. Ohne weitere Umstände entleerte sie das Beruhigungsmittel in die intravenöse Nadel, die in Simons Arm fixiert war, und beinahe sofort glitt er in unruhigen Schlaf zurück.

»Dr. Margrave«, sagte sie, nachdem ihr Patient ruhig geworden war. »Wie geht es Ihnen heute?«

Alison lächelte sie müde an. »Den Umständen entsprechend, sagt man wohl, Rhonda. Gibt es etwas Neues?«

»Dr. Kiley wird den Gesichtsverband morgen erneuern. Wenn alles gut aussieht, wird er das linke Auge unbedeckt lassen, und das wird Simon helfen, wach zu bleiben.« Sie lächelte berufsmäßig aufmunternd. »Ich habe ihm jetzt ein bisschen Valium gegeben. Er hat darauf bestanden, dass er überhaupt nichts bekommen will. So haben sich er und Dr. Kiley auf ein leichtes Beruhigungsmittel geeinigt.«

Kein geschulter Adept, wie Colin wusste, würde sich freiwillig auf Medikamente einlassen, die seine seelischen Fähigkeiten minderten, sondern auf Disziplin und Willen vertrauen, um den Schmerz zu überwinden. Und ein Krankenhauszimmer war per definitionem ein öffentlicher Raum, der sich kaum ernsthaft weihen und versiegeln ließ, auch wenn er und Alison so viele Wächter aufgestellt hatten wie möglich.

»Ich weiß, dass alle hier für ihn alles tun, was in ihrer Macht liegt«, sagte Alison stockend.

»Er hat einen sehr starken Genesungswillen«, sagte Rhonda ermutigend. »Das ist das Allerwichtigste.«

Aber wenn die körperlichen Verletzungen so groß waren; wenn der Schmerz so lange anhielt …

Claire kam eine halbe Stunde später, um sie abzulösen. Colin lud Alison in ein nahes Restaurant ein, sorgte dafür, dass sie aß, versuchte sie aufzuheitern. Trotz Colins Bemühungen war es eine melancholische Mahlzeit, bei der beide immer wieder ihren unausgesprochenen Gedanken nachhingen. Die frühe Winterdämmerung senkte sich über die Stadt, als Colin Alison zurück nach Greenhaven fuhr.

»Ihr beide seht ganz schön mitgenommen aus.« Claire war schon da und begrüßte sie. Sie hatte das Krankenhaus am Ende der Besuchszeit verlassen. Sie hatte bereits den Plan gefasst, länger zu bleiben, um Alison Gesellschaft zu leisten und Simon, so gut sie konnte, beizustehen.

Alison lächelte angespannt und trat ein. »Es bringt mich um, ihn so daliegen zu sehen. Solch eine – Verschwendung.« Tränen schimmerten in ihren grauen Augen.

»Besteht denn gar keine Hoffnung mehr?«, versuchte Claire zu beschwichtigen.

Sie geleitete sie zurück ins Wohnzimmer, wo ein munteres Feuer im Kamin flackerte. Die Vorhänge waren für die Nacht zugezogen und machten das Zimmer behaglich. Alison hatte es neu eingerichtet, seit er das letzte Mal hiergewesen war; es war nun ganz modern in Dunkelorange und Pflaumenblau gehalten, das steife dänische Sofa war durch zwei geschmeidige Ledersofas ersetzt worden.

»Sie wollen immer noch amputieren«, sagte Alison, als ob dies eine Erklärung für alles sei. »Ich habe vor ein paar Tagen mit dem Neurologen gesprochen. Er sagte, die Nerven in den Fingern seien tot; selbst wenn sie nach dem Zusammenstoß noch intakt gewesen wären, hätte die Schwellung des umliegenden Gewebes sie wahrscheinlich zerstört. Und wenn es zu einer Blutvergiftung kommt, verliert Simon mehr als die beiden Finger.«

»Er sagt immer, dass er seine Hand wieder gebrauchen wird«, betonte Claire.

»Das glaube ich nicht«, widersprach Alison schlicht.

»Was für ein schrecklicher Verlust«, sagte Claire. »Der arme Simon.«

»Lass ihn das nicht hören«, warnte Colin sanft. »Er steht sonst von seinem Krankenbett auf und erschlägt dich wie Samson die Philister.«

»Mit dem Kieferknochen eines Esels?«, lächelte Claire matt und ging ihnen Getränke einschenken.

Obgleich Claire zwei Jahre älter war als Simon, hatte Colin früher ein wenig die Hoffnung gehegt, dass sie ein Paar werden würden, und er hatte diese Hoffnung noch nicht ganz aufgegeben. Jedenfalls würden sie sich gegenseitig in einer Weise verstehen, wie es Menschen, die keine übersinnlichen Gaben besaßen, nie konnten.

Alison starrte mit gequältem Gesicht ins Feuer. »Ich glaube – in gewisser Hinsicht –, dass sich dieser Unfall noch als Segen für Simon erweisen wird«, sagte sie.

Die beiden anderen sahen sie entsetzt an. Das war wirklich das Letzte, was sie von einer Frau zu hören erwarteten, die Simon beinahe großgezogen hatte.

Alison seufzte laut. Sie wandte sich vom Kamin ab und griff nach einem Malachitkästchen auf dem Couchtisch. Sie nahm eine Zigarette heraus, und Colin gab ihr Feuer. Claire reichte Alison ein Glas.

»Seit einigen Jahren ...«, begann Alison, dann hielt sie inne und schüttelte den Kopf. »Nun, eigentlich ist es schon länger. Simon war immer schon ... abenteuerlustig.«

»Abenteuerlustig?«, fragte Claire verdutzt.

Der Ausdruck war unpassend für einen Tadel, aber Colin verstand genau, was Alison sagen wollte. ›Abenteuerlustig‹ hieß, dass Simon sich von den Handlungsmaximen und Übungen, die seine Lehrerin ihm auftrug, abgewandt und die Pfade der Macht für sich selbst erkundet hatte.

»Er ... ach, verflixt, Claire, du weißt, was Schwarze Magie ist. Simon hat als Junge damit ein bisschen herumgespielt, bis ich ihn dabei erwischt und ihm ganz schön die Hölle heiß gemacht habe. Ich dachte, ich hätte ihm den Kopf gewaschen; das Zeug ist so schlimm wie harte Drogen und genauso verführerisch. Doch irgendwann ...« Alison brach ab und nahm einen Schluck, verzog dabei ihr Gesicht, als nähme sie eine bittere Medizin ein. Von ihrer Zigarette stiegen blaue Spiralen träge zur Decke.

»Ihr wisst, wie leicht Simon immer alles gefallen ist. Nicht, dass er für seine Musik nicht arbeiten musste, aber seine Arbeit hat sich immer ausgezahlt. Es gab nichts, was er sich wünschte und was er nicht – schließlich – auch bekam.« Sie fuhr sich mit der Hand durchs Haar. »Man könnte sagen, er hat nie in einem irrationalen Universum gelebt.

So kam er eines Tages, als ich überhaupt nicht darauf vorbereitet war, mit dieser Theorie, dass die Praxis des Pfades zur Linken Hand zwar gefährlich sei, aber von einem geschulten Adepten sicher gehandhabt werden könne, sofern man die nötigen Vorsichtsmaßnahmen beachtet.«

Colin sah sie entgeistert an. »Du weißt, dass das nicht wahr ist.«

»Oh, ja. Aber es klingt plausibel, oder? Und sieh dir mal die Vorteile an: absolute Macht über die Materiale Ebene, Auflösung aller Hindernisse, Aufhebung des Alterns – die Fähigkeit, Kranke zu heilen, Tote zu erwecken ...« Alison lächelte bitter. »Nur, dass wir für diese Macht nicht geschaffen sind. Wir sind keine Götter – wir haben keinen Zugang zu dem formlos Ungeschaffenen, von dem alle Manifestation ausgeht.

Die Macht, all diese hübschen Tricks auszuüben, muss ja irgendwoher kommen, und für die Söhne Adams und die Töchter Evas kommt sie nun einmal vom Blut her – dadurch, dass die Lebensenergie anderer geraubt wird.«

»Vom Mord«, sagte Claire ausdruckslos.

»Tieropfer, normalerweise, aber ja, du hast Recht. Und von der Folter vor der Opferung, um die Macht zum höchsten Ausdruck zu bringen.«

»Und Simon hat das getan?«, fragte Colin ungläubig. »Wirklich getan?«

»Einmal hat er es getan«, sagte Alison. »Vor vielen Jahren. Eine meiner Katzen. Als ich ihn erwischte, habe ich ihm gesagt, wenn er das noch einmal täte, würde ich ...« Sie brach ab und lachte bitter. »Dann würde ich ihm die linke Hand abschneiden.«

Claire schrak zurück, als wollte sie sich vor der Vorstellung schützen. »Aber das ist lange her, Alison«, sagte sie unverzagt. »Und du hast es nicht ernst gemeint.«

»Ich habe es ernst gemeint, Claire, und er wusste es. Also hat er damit aufgehört, dachte ich mir. Und dann vor ein paar Jahren kam er wieder damit an, diesmal nur hypothetisch, Gott sei Dank. Aber ich sah, was los war, wo er mit all dem enden würde, und ich konnte es ihm nicht ausreden. Er sagte, dass die Praktiken des Pfades zur Linken Hand nur aus abergläubischer Ignoranz verteufelt worden seien, dass diese Zeit vorbei sei. Ich hoffe nur, dass diese Tragödie ihn jetzt zur Vernunft bringt und er in sich geht. Aber wisst ihr, ich habe mich in der letzten Zeit manchmal gefragt, ob er nicht vielleicht doch Recht hat. Die Welt ist so ein düsterer Ort geworden heute ...« Sie seufzte.

»Sich der Dunkelheit zuzuwenden ist nie richtig«, sagte Colin entschieden. Er fühlte sich wie ein Heuchler bei diesen Worten, obwohl er wusste, dass er nur die Wahrheit sagte. Als ihn diese Regel zum ersten Mal gelehrt worden war, hatte er einfach nicht gewusst, wie schwer es war, danach zu leben, und wie überwältigend die Versuchungen, nachzugeben.

Er fragte sich, was Simons Versuchungen gewesen waren und welche seiner Freunde und Lehrer am meisten versagt hatten. *Wir alle sind einer des anderen Hüter,* dachte Colin. Er glaubte nicht, dass er bisher ein sonderlich guter Hüter gewesen war.

Auf sein bisheriges Leben zurückblickend, konnte Colin nur halbherzige Versuche des Behütens und Leitens erkennen, als hätte er nur nebenbei damit gespielt, um sogleich zu seiner eigentlichen Arbeit zurückzukehren. Aber das Behüten und Leiten *war* seine eigentliche Arbeit. Der heitere Glanz, der sein frühes Leben verklärt hatte, war gewichen und ließ ihn so zurück, wie er davor gewesen war. Doch als er der Macht entsagte, hatte er nicht zugleich auch die Erinnerungen verloren. Um weiter zu tun, was er sich vorgenommen hatte, musste er auch der Erinnerung entsagen und jenen Teil von sich in Schlaf versetzen, den Menschen zuliebe, deren Leben er kreuzte.

»Alison, du weißt, es gibt Dinge, die zu tun uns verboten sind. Es ist die Regel, nach der wir leben, und niemand hat je gesagt, dass das einfach sei. Alle Argumente Simons klingen vernünftig, aber darum geht es hier nicht. Wir wissen bereits, dass es nur zur Katastrophe führt, wenn man die Methoden des Schattens anwendet – du und ich, wir haben den absoluten Beweis dafür. Die Mittel definieren den Zweck – um ein makelloses Ziel zu erreichen, dürfen wir nur makelloses Werkzeug verwenden.«

»Und so hüpfen wir mit Erbsenpistolen herum, während der Feind die schwere Artillerie hat«, sagte Alison bitter. »Und wir verlieren jeden Tag Leute wie Simon.« Sie drückte ihre Zigarette im Aschenbecher aus. »Das ist einfach nicht fair.«

»Nein«, stimmte Colin zu. »Aber so ist es nun einmal.«

Toller Hasloch – ein Geheimnis, das Colin für sich behalten musste – schwebte über dem Gespräch. Colin hatte das Ausmaß der Zerstörung gesehen, das solche Gespenster der Vergangenheit anrichten konnten, doch in diesem Moment ging es nicht um seine eigenen Wunden, sondern darum, seine ganze Kraft einzusetzen, damit andere nicht den gleichen Schmerz der Trennung vom Licht erlitten, den er über sich selbst gebracht hatte.

Zwei Wochen später wurde Simon in eine Rehabilitationsklinik überwiesen. Er machte – von anderen unterstützt – Gehversuche, und der langwierige Prozess der Wiederherstellung seiner linken Gesichtshälfte begann. Das linke Auge war zwar unversehrt, doch die Sicht war stark beeinträchtigt, und er litt unter schrecklichen Kopfschmerzen, wenn das verletzte Auge nicht abgedeckt war. Seine Entschlossenheit, wieder so wie vor dem Unfall zu werden, war dennoch unerschütterlich und in ihrer Intensität beinahe beängstigend.

»Ich werde wieder spielen«, erklärte er allen seinen Besuchern.

Die linke Gesichtshälfte war nun entblößt, und dunkelrote Narben warteten auf die Hand des plastischen Chirurgen. Über seinem linken Auge trug er eine Augenklappe. Die schwarzen Bartstoppeln auf der einen, mit Narben übersäten Gesichtshälfte und sein halb rasierter Schädel gaben ihm ein besonders wildes Aussehen, was immerhin teilweise durch den Umstand gemildert wurde, dass er nun eigene Kleidung trug.

Sein Zimmer in der Reha-Klinik glich mehr einem luxuriösen Hotelzimmer als einem Krankenzimmer. Es hatte einen Panoramablick über die Stadt und sogar einen Kamin. Doch das Bett war mit Seitengeländern und einem Notruf versehen, und alle Wege im Zimmer waren breit genug für einen Rollstuhl.

»Simon, es gibt auch andere ...«, begann Alison.

»›Andere Dinge im Leben als Klavierspielen!‹«, äffte er sie wütend nach. »Klar, ich könnte *unterrichten* – oder dirigieren – oder komponieren. Colin war so freundlich, mir dies vor Augen zu führen, der geistlose Heuchler! Er ist ein Eunuch, der einen ganzen Mann die Freuden der Enthaltsamkeit lehrt ...«

»Simon!«, sagte Claire entsetzt.

Alison hatte vorausgesagt, dass Simon schwierig sein würde, aber bis jetzt hatte Claire nicht recht gewusst, was »schwierig« hieß.

»Ja, *Simon*«, höhnte Simon. »Aber ich sage euch – euch beiden –, was ich ihm gesagt habe: Ich habe nicht vor, hier zu liegen und Trost zu suchen, indem ich zu Kreuze krieche und mich dem unerfindlichen Willen Gottes unterwerfe. Das war nie meine Art, und ich habe nicht vor, es jetzt zu tun. Warum ist uns Macht gegeben, wenn wir sie nicht nutzen?«

»Du kennst die Antwort darauf«, sagte Claire ruhig.

»Ich kenne die Antwort, die euer lieber Gott mir gern aufdrängen möchte«, knurrte Simon, »aber …«

Er brach ab, und seine Glieder versteiften sich. Sein Kopf ruckte zur Seite, und er wand sich krampfartig unter Zuckungen auf seinem Stuhl, als bekäme er elektrische Schläge. Seine Lippen zogen sich fletschend und so gewaltsam von den Zähnen zurück, dass aus den halb verheilten Narben Blutperlen traten.

»Hol die Schwester!«, rief Claire, sprang auf und eilte zu ihm. »Simon – Simon, kannst du mich hören?« Die Muskeln unter ihren Händen waren starr, Simon gab keine Antwort.

Wenige Sekunden später – die wie eine Ewigkeit schienen – war der Anfall vorüber. Simon sackte gegen Claire und keuchte.

»Mr. Anstey!«, sagte die Dienst habende Schwester, die gleich vor Alison ins Zimmer trat.

»Schon … gut. Mir geht's wieder gut«, sagte Simon, seine Stimme kaum ein Wispern.

»Er hatte wieder einen dieser Anfälle«, sagte Claire. Simons Gesicht glänzte vor Schweiß und Blut. Sie nahm das seidene Taschentuch aus der Brusttasche seines Morgenmantels und tupfte damit seine Stirn ab. Das Lid seines gesunden Auges hing schlaff vor Erschöpfung herunter.

»Ich glaube, Sie sollten wieder ins Bett gehen«, meinte die Schwester zu Simon. »Der Doktor hat Ihnen eine Medizin verschrieben, die …«

»Keine Medizin«, stieß Simon atemlos hervor.

»Wenn sie dir im Heilungsprozess hilft, solltest du sie nehmen«, sagte Alison. Ihr Gesicht war verzerrt vor mitfühlendem Schmerz. »Je schneller alles heilt, umso weniger wirst du sie brauchen.«

»Lassen Sie mich helfen, ihn ins Bett zu bringen«, sagte Claire zu der Schwester. Es war hilfreich, dass die Leute hier wussten, dass sie Krankenschwester war. Auf diese Weise genoss sie ein gewisses Vertrauen.

Die beiden Frauen hievten Simon schnell ins Bett und zogen ihm den Morgenmantel aus. Er konnte ihnen dabei wenig helfen – der Nervenanfall hatte ihn überanstrengt –, aber die beiden schafften es auch so mühelos.

»Mr. Anstey, Sie sollten wirklich ...«

»Gehen Sie«, sagte Simon geschwächt.

Claire verstand, warum er nur so ungern die Schmerztabletten nehmen wollte, die das Personal ihm am liebsten verabreicht hätte. Sie selbst nahm selten etwas Stärkeres als Aspirin und trank auch nie mehr als gelegentlich ein Glas Wein. Alison und Colin hatten angeboten, Wächter zu errichten, denn Simon war noch zu schwach dafür – aber er hatte es wütend abgelehnt; Tropfen auf den heißen Stein, hatte er es genannt –, und sie konnten nicht ohne seine Einwilligung handeln.

Doch es war eine schwere Aufgabe, wenn man allein auf seine eigene Kraft angewiesen war, und Claires Herz war voller Mitleid für ihn. Sie nahm seine unversehrte Hand in ihre beiden Hände. »Schlaf jetzt, Simon«, sagte sie sanft. »Ich bleibe bei dir.«

»Du bist eine liebe Frau, Claire«, sagte Simon. Seine Finger schlossen sich kurz um die ihren, dann sank er in ungeschützten Schlaf.

Als Claire sicher war, dass er tief genug schlief, um nicht durch nachklingende Schmerzen aufgeweckt zu werden, legte sie seine Hand unter die Decke, stand auf und zeichnete mit leichter Berührung das Siegel des Menschen auf seine Stirn. Sie schüttelte kummervoll den Kopf und sah Alison an.

»Ich bin froh, dass ich nicht für seine Behandlung zuständig bin«, sagte sie mit gedämpfter Stimme. »Das sind die schlimmsten Patienten: intelligent, dickköpfig und rechthaberisch.«

Ihre Beschreibung brachte Alison, wie sie gehofft hatte, zum Lächeln.

»Natürlich musste Colin wieder an die Ostküste zurück, aber du bleibst doch noch eine Weile bei uns, nicht wahr, Claire?«, sagte Alison fast bittend. »Ich glaube, dass Simon vielleicht auf dich hören würde. Wir haben uns im letzten Jahr so viel gestritten, dass er mittlerweile meint, ich sei gegen alles, was er vorhat, und das stimmt nicht.« Die Stimme der alten Frau zitterte.

»Nun, wenn er glaubt, dass ich mit diesen hirnverbrannten Ideen, sich durch Magie selbst zu heilen, einverstanden sei, wird es ein bitteres Erwachen für ihn«, sagte Claire bestimmt. »Es ist töricht und falsch.«

»Du hast Recht, meine Liebe«, sagte Alison, die wieder mehr wie ihr altes Selbst klang, »aber du weißt nicht, wie dickköpfig Simon sein kann.«

»Ich habe einige dickköpfige Männer in meinem Leben gekannt«, sagte Claire mit leichtem Lächeln. »Und wie schlimm Simon auch ist, er kann nicht halb so dickköpfig sein wie Colin.«

15

GLASTONBURY, NEW YORK, FEBRUAR 1973

Er suchte, denn sein hingegebnes Herz
War zärtlich, Dinge würdig seiner Liebe,
Jedoch er fand sie nicht. Ach, da war nichts
Auf dieser Welt, was ihm zu achten bliebe.

PERCY BYSSHE SHELLEY

Es war vielleicht keine gute Idee, gestand Colin sich ein, als er den Taconic Parkway in nördlicher Richtung fuhr. Doch in San Francisco zu bleiben und einen hilflosen Invaliden – Simon Anstey war diesem Zustand sehr nahe, ungeachtet seiner scharfen Zunge – unter Druck zu setzen war auch keine sonderlich sinnvolle Beschäftigung, und Colin hatte in den letzten beiden Wochen kaum ein vernünftiges Gespräch mit Simon zuwege gebracht.

John Cannons letztes Buch – *Zauberei – Ihre Macht in der Welt von heute* – hatte er redigiert und an Jamie Melford inklusive Leseliste mit grundlegenden Werken zurückgeschickt, so dass er und Barbara die fremdartige Welt verstehen konnten, in die sie geraten waren.

Colin war mehr als beunruhigt über das Material in diesem Manuskript. Heutzutage wurden Rituale und Techniken, die jahrhundertelang als strenges Geheimnis gehütet worden – und noch zu Thorne Blackburns Zeiten schwer zu finden gewesen waren –, durch Popularisierer vom Schlage eines Cannon jedem zugänglich gemacht, der einen Geldschein in der Tasche hatte. Je leichter man an sie herankam, umso hemmungsloser wurden sie benutzt, und Unheil war die unvermeidliche Folge.

Der Pfad war nicht etwas, was sich so leicht aus der Langeweile eines trostlosen Regentags heraus betreten ließ; auch passten seine Wege zur Macht nicht zu jedem individuellen Bewusstseinszustand, selbst in einer Demokratie nicht, in der – theoretisch – alle Menschen gleich geschaffen waren. Viel zu viele Menschen wurden nicht durch angeborene Sehnsucht nach Wahrheit in die magische Unterwelt getrieben, sondern weil die konventionelle Wissenschaft ihnen keine Antwort hatte geben können, nachdem das Unsichtbare in ihr Leben getreten war. Diesen Menschen ließ sich wirklich nur helfen, wenn man den verschlossenen Geist der Naturwissenschaften öffnete, und dafür musste man ihnen Beweise auf ihrem eigenen Niveau liefern.

Das war der eigentliche Grund, warum Colin nun in den Norden zum Taghkanic College und zu dem Margaret Beresford Bidney Memorial Psychic Science Research Laboratory fuhr.

Die nächsten Nachbarn des Colleges waren die Bewohner des Städtchens Glastonbury und eine kleine Künstlerkolonie. Colin stattete beiden einen unfreiwilligen Besuch ab, bevor er schließlich den Campus fand. Frischer Schneefall – hier oben, nördlich von New York, war der Winter härter – machte die Straßen tückisch, und manche der kleineren Straßen waren noch nicht einmal geräumt. Nachdem er zum zweiten Mal im Zentrum von Glastonbury gelandet war, fuhr Colin zurück auf die Hauptstraße und fand endlich die Abzweigung zur Leyden Road. Diesmal überquerte er die Eisenbahnschienen – der Punkt, an dem er zunächst umgekehrt war – und fuhr geradewegs zum College. Ein merkwürdiges Gefühl des Triumphs beschlich ihn, als er zwischen den Pfosten aus Feldstein und unter dem schmiedeeisernen Bogen hindurchfuhr, auf dem in großen Lettern »Taghkanic College« stand.

Selbst im tiefsten Winter war das College von eindrucksvoller neugotischer Schönheit. Auf den backsteingepflasterten Wegen war der Schnee weggeschaufelt, die überschneiten Rasenflächen waren von schwarzen Winterbäumen gesäumt. Wenn die Bäume blühten, musste der Campus überwältigend schön sein. Es war, als ob Colin um zweihundert Jahre zurückversetzt worden wäre. Das College stand da wie in arktischem

Eis konserviert, das Echo einer anderen Zeit. Er fuhr langsam an den roten Backsteingebäuden und den anonymen Studentengruppen vorbei, die sich dazwischen bewegten. Dr. Newland hatte ihm gesagt, man könne das Laboratorium gar nicht verfehlen …

… und er hatte Recht damit gehabt, befand Colin, als er wenige Augenblicke später neben seinem Kleinbus stand und mit einer gewissen Ehrfurcht das schneebestäubte Gebäude betrachtete.

Es wirkte etwa so, als ob jemand einen griechischen Tempel zwischen eine Ansammlung von Holzhütten hätte fallen lassen. Die kurz vortretende Vorhalle wurde von sieben dorischen Säulen getragen. Darüber stand in bronzenen Lettern, von denen der Grünspan in den weißen porösen Marmor hinunterlief: MARGARET BERESFORD BIDNEY MEMORIAL PSYCHIC SCIENCE RESEARCH INSTITUTE. Das Relief darüber stellte klassische Mythengestalten dar: Helios, Pandora, Prometheus – allesamt Beispiele für eine Menschheit, die nach der Macht der Götter strebte.

Es war jammerschade, dachte Colin, dass all diese Sagen tragisch endeten. Aber die alten Griechen hatten es nun einmal nicht so mit dem *Happyend*. Colin stieg die niedrigen Stufen zur Vorhalle hinauf. In den Stein über dem bronzenen Portal war ein Vers aus Joel 2,28 eingraviert: »Eure Ältesten sollen Träume haben, und eure Jünglinge sollen Gesichte sehen.« Colin zog die Tür auf und ging hinein.

Er betrat eine kleine Rotunde, die zu einem wirklichen Tempel zu gehören schien. Der Marmorboden war in einem komplizierten Knotenmuster intarsiert, und Licht empfing der Raum von einer Glaskuppel, die das Dach krönte. Die kunstvoll gearbeitete Bronzeuhr, die sich an der Stirnwand gegenüber dem Eingang befand, zeigte ihm, dass er nur wenige Minuten zu spät war.

Die Empfangsdame war offensichtlich eine Studentin am College. Neben ihrem Ellbogen stapelten sich Lehrbücher, doch sie sah wachsam auf, als Colin eintrat. Die übergroße Nickelbrille gab ihr das Aussehen einer hilfsbereiten Libelle.

»Hallo, ich bin Leonie Nesbit«, sagte sie in fragendem Tonfall, als wäre sie sich nicht ganz sicher. »Kann ich Ihnen helfen?«

»Mein Name ist Colin MacLaren. Ich habe um zwei eine Verabredung mit Dr. Newland. Ich fürchte, ich bin ein bisschen spät ...«

»Oh, Dr. MacLaren! Ja, Dr. Newland erwartet Sie. Gehen Sie einfach durch den Bogengang und dann geradeaus den Flur entlang. Die Tür am Ende ist es.« Sie zeigte über ihre Schulter.

Colin ging den beschriebenen Weg, vorbei an weißen Türen mit Namensschildern, die wohl in kleine Büros führten. Am Ende des Gangs kreuzte ein weiterer Flur, und gleich davor lag ein offener Bereich mit Aktenschränken, zwei unbesetzten Schreibtischen, einer gläsernen Kaffeekanne und einem Kühlschrank.

Der Ort machte einen seltsam verlassenen Eindruck; selbst die Kanne war leer. Ein paar Schritte weiter war die Tür, von der Leonie gesprochen hatte. In schweren Bronzelettern stand *Dr. Reynard Newland, Direktor* darauf. Colin klopfte und öffnete dann die Tür.

Dr. Newland saß hinter einem massiven Rosenholz-Schreibtisch. Das Büro war eine fast klischeehafte Nachbildung des Arbeitszimmers eines Oxford-Professors. Aus den Fenstern zur Linken sah man durch eine Reihe schneebedeckter Kiefern auf weitere College-Gebäude. In die mit Eichenholz verkleideten Wände waren Regale integriert, die eine wertvolle, sorgsam gehegte Bibliothek beherbergten. An der anderen Wand stellte ein großer Vitrinenschrank Kuriositäten zur Schau. In einer Ecke stand ein Kaffeetisch mit zwei Klubsesseln, in denen man entspannt beieinander sitzen konnte, und auf dem Boden lag ein alter Perserteppich, der in warmen Farben leuchtete.

Newland war etwa Mitte siebzig, schätzte Colin, und der schlechte Gesundheitszustand, dessentwegen er in den Ruhestand ging, verlieh seiner Haut eine wächserne Blässe. Doch wirkte er recht munter, als er sich von seinem Stuhl hinter dem Schreibtisch erhob und Colin einen Stuhl anbot.

»Nehmen Sie doch Platz, Dr. MacLaren. Sie sehen leicht erschöpft aus – hoffentlich war das College nicht zu schwer zu finden?«

»Nicht, nachdem ich alle anderen Möglichkeiten ausprobiert hatte«, stimmte Colin lächelnd zu. »Es tut mir Leid, dass ich mich verspätet habe.«

»Ach, das macht überhaupt nichts. Ich war gerade dabei, meine übliche Pflichtlektüre aufzunehmen. Dieses Haus funktioniert quasi von selbst.« Newland wies auf einen Stapel vertraut ausschauender Zeitschriften, der auf seinem Schreibtisch lag. »Aber ich vernachlässige die Gebote der Gastfreundschaft. Möchten Sie einen Kaffee? Oder Tee?«

»Tee, aber machen Sie bitte keine Umstände«, wandte Colin ein. Newland hatte bereits nach Leonie geklingelt. Eine kurze Pause entstand, als er ihr Anweisungen gab und sie wieder entließ.

Wie Michael Davenant vorausgesagt hatte, war Newland begierig, jemanden von Colins Kaliber für die frei werdende Stelle zu bekommen. Unglücklicherweise, wie Davenant ebenfalls bemerkt hatte, nahm Newland eher den Standpunkt des Colleges und nicht den des Instituts ein.

»Es ist wirklich traurig – das ganze Stiftungsgeld von Bidney liegt hier fest, blockiert vom Institut, während das College um Geldmittel betteln muss. Die Vermögensverwalter nehmen keine öffentlichen Zuschüsse an; das College arbeitet immer noch auf der Grundlage des Gründungsstatuts von 1714 und finanziert sich allein durch private Fördermittel. Doch heutzutage ...«

Colin wusste, dass geisteswissenschaftlich ausgerichtete Colleges im ganzen Land geschlossen wurden, weil die Studiengebühren zu hoch waren, um genug Studenten anzulocken.

»Aber sicher wäre es keine Lösung, Miss Bidneys Hinterlassenschaft dem College zu übergeben«, sagte Colin zurückhaltend. »Ich glaube, dass dieses Institut einer der größten Aktivposten für das College ist. Nur an sehr wenigen Orten kann man heute einen akademischen Abschluss in Parapsychologie erwerben, nicht wahr.«

»Sehr richtig«, sagte Newland mit leisem Zweifel. »Aber es scheint alles irgendwie zwecklos zu sein. Was fangen sie mit ihrem Abschluss an, nachdem wir ihnen das Zertifikat ausgehändigt haben? Übersinnliche Phänomene lassen sich nun mal nicht quantifizieren; sie lösen sich schlicht in Schall und Rauch auf. Die wissenschaftliche Methodik hat keinerlei Berührungspunkte mit den Manifestationen der Unsichtbaren Welt.«

»Ich glaube nicht, dass das uneingeschränkt zutrifft«, erwiderte Colin zögernd, da er seinem Gastgeber ungern widersprechen wollte. »Gewiss unterliegen übersinnliche Phänomene unter Laborbedingungen nicht unbedingt einer stets klar und stringent beweisbaren Kausalität, aber das kann mit unserer eigenen Unkenntnis der Anzahl der beteiligten Variablen zusammenhängen. Menschliche Subjekte produzieren menschliche Fehler – wie wäre es zum Beispiel, wenn Sie die Existenz des absoluten Gehörs beweisen wollten und 99,999 Prozent ihrer Testgruppe wären unmusikalisch? Sie brauchten eine sehr viel größere statistische Basis, nur um das Phänomen herauszupräparieren, das sie untersuchen möchten.«

Als Colin eine Pause machte, klopfte es, und Leonie trat mit einem überdimensionierten Silbertablett ein. Sie schwankte leicht unter dessen Gewicht, stellte es auf dem Tisch in der Ecke ab, lächelte die beiden Männer fröhlich an und huschte wieder hinaus.

»Du meine Güte«, rief Colin aus, als sein Blick auf das Tablett fiel. Neben dem Teezubehör hielt es Makronen und einen aufgeschnittenen Kuchen bereit. »So viel Aufwand.«

»Ich habe immer schon den englischen Tee für eine zivilisatorische Errungenschaft ersten Ranges gehalten«, sagte Newland, »und gebe gern zu, dass es mir Vergnügen bereitet, den Tee mit jemandem zu teilen, der ihn ebenfalls zu schätzen weiß. Schenken Sie bitte ein?«

Gewiss war es seltsam, dass über seine Eignung für diesen Job nicht seine Qualifikation entschied, sondern ob er lieber Tee oder Kaffee trank. Aber Colin hatte schon Merkwürdigeres erlebt. Und er glaubte nicht an Zufall, wenn Dinge sich so glücklich fügten. Auch wenn er keine seherische Gabe besaß, begann Colin daran zu glauben, dass er für Newlands Nachfolge vorherbestimmt sei.

Während sie bei Tee und Kuchen plauderten, merkte Colin, dass Reynard Newland ein Parapsychologe der alten Schule war. Sein Interesse galt fast ausschließlich Geistern – den subjektivsten unter den parapsychischen Phänomenen –, während ihn die messbaren Begabungen wie Hellseherei und Psychokinese kaum interessierten. Unnötig zu erwähnen, dass in Newlands Weltsicht auch die bloße Möglichkeit nicht menschlicher, nicht körperlicher Wesenheiten keinen Platz hatte, und Colin war klug genug, die Frage gar nicht erst aufzuwerfen. Doch es war bedrückend einfach zu erkennen, wie das Bidney Institut in den letzten Jahrzehnten auf das Maß von Newlands Neigungen zusammengeschrumpft war und warum das College es als nutzlosen, überfinanzierten Ballast ansah.

»Aber sicherlich wäre es für das College sehr schwierig, das Bidney-Erbe für sich zu reklamieren?«, fragte Colin eine Weile später.

»Aber nein. Taghkanic war seit je der nachgeordnete Vermächtnisnehmer. Sollte der Bidney-Preis tatsächlich einmal vergeben werden, müsste das hinterlassene Vermögen liquidiert werden, um ihn auszahlen zu können. Und wenn sich das Institut danach nicht selbst tragen könnte, käme das restliche Vermögen dem College zugute.«

Das gesamte Vermögen von Margaret Bidney war für parapsychologische Forschungsarbeit vorgesehen – dafür war das Bidney Institut gegründet worden –, doch ihr Testament enthielt ebenso eine Klausel, dass demjenigen, der den endgültigen und zweifelsfrei verifizierbaren Nachweis paranormaler Fähigkeiten erbrachte, ein Preis von einer Million Dollar zu verleihen sei. Obwohl mehrere Wettstreiter seit einem halben Jahrhundert den Preis zu erlangen versuchten, war bisher nicht ein einziges Mal Anspruch auf ihn erhoben worden.

»Sie halten es demnach für nicht sonderlich wahrscheinlich, dass irgendjemand den Preis gewinnen könnte«, sagte Colin behutsam.

»Ach, Gott, nein«, antwortete Newland überlegen lächelnd. »Als ich damals in den dreißiger Jahren hierher kam, das gebe ich gerne zu, da war ich ganz und gar von dem Gedanken besessen, jeden Moment könnte jemand kommen und den Preis einheimsen und die Welt der Wissenschaft, wie wir sie kannten, revolutionieren – und es verging wohl keine Woche, in der es nicht jemand versucht hätte. Aber die Kriterien für die Verleihung sind so streng – dies ist auch einer der Gründe, warum das Institut einen Zauberkünstler verpflichtet hat –, dass noch niemand sich mit Erfolg um den Preis beworben hat.«

»Ein Magier ist eine sehr weise Idee«, stimmte Colin zu.

»Oh, Miss Bidney war keineswegs naiv – ich hatte als junger Mann die Ehre, sie selber kennen zu lernen –, auch wenn die meisten Leute den Glauben an die Geisterwelt mit Einfältigkeit gleichsetzen. Jeder, der sich mit Erfolg um den Preis bewirbt, wird ihn in der Tat verdient haben.«

Als Colin wenige Wochen später den Vertrag unterzeichnete, der ihn zum Direktor des Bidney Instituts machte, hatte er das Gefühl, so hart dafür gearbeitet zu haben wie all die hoffnungsvollen Bewerber, die hinter dem Preis her waren.

Obwohl er in gewissem Sinn das Gefühl hatte, dass die Direktorenstelle für ihn vorherbestimmt gewesen sei, so hatte er doch nicht wenige Menschen von sich überzeugen müssen. Den Verwaltungsrat des Instituts einerseits und den Präsidenten des Taghkanic Colleges andererseits. Weder das eine noch das andere war einfach, und zwar aus gegensätzlichen Gründen.

Dann war der ganze Kleinkram mit dem Umzug zu organisieren. Genau im rechten Moment hatte er seine Verbindung mit *Selkie Press* gelöst, und Alan hatte sogar einen Käufer für seine Backlist gefunden – *Blackcock Books*, angespornt durch den Erfolg von John Cannons postumem Bestseller, legte im Programm jetzt das Hauptgewicht auf *New-Age*-Titel.

Colin hatte das Glück, ein altes Bauernhaus aus der Kolonialzeit zu mieten. Es lag außerhalb an der Greyangels Road, aber nur eine halbe Fahrstunde vom Institut entfernt – zumindest bei gutem Wetter. Das Haus war einsam und friedlich gelegen und erinnerte ihn an seine Kindheit. Aus den Schlafzimmerfenstern hatte er einen hinreißenden Ausblick auf den

Obstgarten mit den Apfelbäumen und den Fluss dahinter. Er zog frühzeitig in das Haus ein, so dass er die ganze Pracht des Sommers im Hudsontal genießen konnte. Die Nähe des Flusses milderte die Hitze etwas und machte das Klima den nordkalifornischen Sommern ähnlicher, von denen Colin verwöhnt war.

Er würde seinen Direktorenposten im September antreten. Zur Zeit folgte das Institut dem akademischen Jahr von Taghkanic College – eines der Dinge, die Colin ändern wollte. Es gab keinen Grund dafür, ebenso wenig wie dafür, dass die Mitarbeiter des Instituts alle zum Lehrkörper von Taghkanic gehören mussten. Je mehr Colin sich mit den Verhältnissen am Institut vertraut machte, desto mehr wollte er ändern. Zum Glück hatte der Direktor – trotz des Verwaltungsrates des Instituts und der Kuratoren des Colleges – die Befugnis, die Arbeitsschwerpunkte des Instituts selbst zu bestimmen, und Colin hatte die Absicht, dies in vollem Umfang zu tun.

Auch während er sich in seine neue Stelle einlebte, hielt er sich über die Entwicklung in San Francisco auf dem Laufenden, aber er hörte wenig Gutes.

Simon war schließlich nach Hause entlassen worden, obwohl noch eine ganze Reihe von Operationen an seiner Hand und seinem Auge vorgesehen waren. Er konnte ohne besondere Schwierigkeiten gehen und Auto fahren und hatte sogar ein Angebot als Gastdirigent des Sinfonieorchesters für die Saison 1974/75 angenommen.

Doch Alison berichtete, dass er entschlossen war, wieder Klavier zu spielen, und kein Mittel scheute – und bei Simon hieß das Magie –, um sein altes Können als Musiker wieder zu erlangen. Sie hatte ihre Beziehung zu ihm vollständig abgebrochen und dafür gesorgt, dass die örtliche okkulte Gemeinschaft von ihrer Missbilligung erfuhr. Früher wäre Simon davon zutiefst aufgewühlt worden, doch jetzt – so Claire, die Colins treueste Informantin blieb – lachte er nur und schrieb Alisons Verhalten der Überängstlichkeit ihres Alters zu. Claire wohnte immer noch bei Alison, hatte jedoch mittlerweile alle Hoffnung aufgegeben, auf Simon irgendeinen Einfluss auszuüben, und plante, an die Ostküste zurückzukehren.

Colin hatte überlegt, ob er sich einschalten sollte, um Simon die spirituelle Gefahr vor Augen zu führen, in der er sich befand. Doch Simon und er waren seit Beginn ihrer Bekanntschaft immer wieder aneinander geraten. Colins Einmischung konnte nur allzu leicht missverstanden werden und Simon noch weiter auf den verhängnisvollen Pfad treiben, den er eingeschlagen hatte.

Am Ende schrieb Colin einen sorgfältig formulierten Brief und legte die Argumente gegen Simons gegenwärtige Handlungsweise dar, wobei er darauf achtete, dass nicht ein Hauch von Eigennützigkeit durchschimmerte. Zugleich schmerzte seine eigene Seele immer noch von den Nachwehen seiner eigenen katastrophalen Aktion.

Er bekam keine Antwort, doch Colin versprach sich feierlich, Simon nicht fallen zu lassen, auch wenn es vielleicht Jahre dauern mochte, bis Simon bereit war, auf ihn zu hören. In der Zwischenzeit stürzte er sich mit ganzer Kraft auf die Arbeit am Institut.

Ich werde mich nie an diese verfluchten Smokings gewöhnen, dachte Colin resigniert und zupfte sich vor dem fleckigen Badezimmerspiegel umständlich die Frackschleife zurecht. Doch die Einladung schrieb förmliche Kleidung vor, und da die nahe Künstlerkolonie sich zu gewissen Anlässen förmlich kleidete, wollte das College nicht nachstehen.

Die heutige Party fand im Haus von Präsident Quiller statt, und ihr Anlass war die förmliche Ernennung Colins zum Institutsdirektor und seine Einführung in die College-Gesellschaft.

Er war nicht sehr begierig darauf. Doch in allen menschlichen Unternehmungen spielte Politik nun einmal eine Rolle, und er wusste nur zu gut, dass seine Anstellung nicht nur auf Gegenliebe stieß, vor allem nicht in jenen Kreisen der Verwaltung, die gehofft hatten, dass das Institut nach Dr. Newlands Pensionierung aufgelöst würde.

Bei allem Verständnis für die missliche wirtschaftliche Lage des Colleges fand Colin, die Verwaltung sollte sich eher darauf konzentrieren, was das Institut an Gutem für das College bewirken konnte. Der parapsychologische Studiengang, wenn er richtig betreut wurde, konnte ganz gewiss eine erkleckliche Summe Geldes allein durch die Studiengebühren der Studenten einbringen. Und sein Wert in Bezug auf Forschung und Prestige ließ sich kaum überschätzen.

Alles, was er tun musste, dachte Colin sarkastisch, war, sie auf dieses Gleis zu setzen.

Das Haus von Präsident Quiller lag auf dem Campus. Vor knapp hundert Jahren am Felsufer des Hudson erbaut, war es ein reich verziertes Beispiel der »Riverboat-Gotik«. Aus den Fenstern fiel Licht nach draußen und funkelte tiefrot und grün. Zu dem Haus führte eine Kiesauffahrt, auf der schon mehrere Autos parkten. Colin stellte seinen neuen Volvo dahinter. Er hatte den alten, zuverlässigen Kleinbus abgegeben, weil er hier sehr viel mehr fahren musste, und zwar unter schwierigeren Bedingungen. Und weil er – so sehr er es auch beklagte – den Erwartungen gerecht werden musste, die nun einmal an das Verhalten des Direktors vom Bidney Institut gesetzt wurden.

Zwar ging die Sonne hier im Hudsontal früh unter, doch es war immer noch so hell, dass Colin die atemberaubende Aussicht über den Fluss genießen konnte. Das andere Ufer war nur eine schwarze Silhouette gegen den leuchtenden Himmel. Nachdem er sich satt gesehen hatte, ging er zum Haus.

Leonie Nesbit öffnete die Tür, als er die Eingangsstufen hinaufging. Sie trug einen Hosenanzug aus dunklem bedrucktem Samt und dazu eine extravagante Rüschenbluse.

»Doktor MacLaren!«, zwitscherte sie aufgeregt. »Treten Sie ein!«

»Die Hälfte der Gäste ist schon da«, erklärte sie und führte Colin in den Salon. »Dr. Quiller hat das College zum Cocktail eingeladen und dann nur die Dekane und die Institutsmitglieder zum Abendessen. So können Sie alle kennen lernen.«

Und dann will das College das Institut zum Frühstück verspeisen, vollendete Colin im Geiste boshaft. Nun, er würde sein Bestes versuchen, um die Wogen zu glätten, wusste aber auch, dass dies eine Arbeit von Monaten, wenn nicht Jahren sein würde. Keine leichte Aufgabe, aber eine, der er sich gewachsen fühlte.

»Colin!«, begrüßte Newland ihn warmherzig. »Kommen Sie herein, lieber Junge, und lernen Sie alle kennen. Harold – Präsident Quiller – ist hier auch irgendwo … zumindest habe ich ihn vor ein paar Minuten noch gesehen …«

Mit dreiundfünfzig Jahren, dachte Colin, gab es nicht mehr viele Leute, die sich erlauben durften, ihn »lieber Junge« zu nennen, aber wenn überhaupt jemand, so gehörte Newland zu ihnen. Leonie überließ Colin taktvoll Newlands Obhut bei dessen Suche nach dem Gastgeber. Doch Präsident Quiller schien sich nirgendwo im vorderen Teil des Hauses aufzuhalten, und nach einer kurzen Weile vergeblicher Suche führte Newland ihn zu einer kleinen Gruppe.

»Ich glaube, ich sollte Sie wenigstens ein paar Leuten vorstellen, lieber Junge: Lee Chapman – John Dexter – Miriam Gerdner – Morgan Ives«, führte er Collin bei zwei Männern und zwei Frauen ein. »Alle meine verehrten Kollegen. Ich überlasse Sie jetzt einander und schaue, ob ich Harold irgendwo auftreibe. Ich weiß, dass er Sie unbedingt begrüßen will.«

Falls die Löwen noch etwas übrig lassen, dachte Colin und betrachtete die Gruppe eingehend. Diese vier gehörten zum derzeitigen Mitarbeiterstab des Instituts, und es war das erste Mal, dass Colin Gelegenheit hatte, sie kennen zu lernen.

Nur Morgan Ives und John Dexter schienen sich in der förmlichen Kleidung wohlzufühlen. Morgan trug mit der lässigen Exzentrik einer Diva einen langen Seidenrock und eine Bluse aus Goldlamé, und ihre Handgelenke waren mit so vielen Armbändern und -reifen behängt, dass sie wie eine Frau in Ketten aussah.

»Colin MacLaren«, sagte sie zur Begrüßung und streckte ihre Hand aus. Ihr Geschmeide klimperte. Ihre Nägel waren lang, rundgefeilt und blutrot lackiert. »Wie nett, Sie kennen zu lernen. Ich bin sicher, dass wir prächtig miteinander auskommen werden.«

»Lass das, Morgan. MacLaren verspeist solche Tischerücker wie dich zum Frühstück«, sagte Dexter gutmütig. Er hatte seine Hände tief in den Taschen seines Smokings vergraben, den er so nachlässig wie einen Straßenanzug trug. Irgendwie kam er Colin bekannt vor.

»Ich habe in meinem ganzen Leben noch nie Tische gerückt, Dexy«, schnappte Morgan. Sie zog ihre Hand zurück und starrte ihn an.

»Vielleicht nicht – aber du fällst auf jeden einzelnen von ihnen herein, der es tut«, sagte Dexter, bevor er sich wieder Colin zuwandte. »John Dexter. Ich habe Ihre Polizeiarbeit mit großem Interesse verfolgt.«

Plötzlich fiel Colin ein, woher Dexter ihm so bekannt vorkam. »Habe ich die Ehre, mit Theophrastus dem Großen zu sprechen?«, fragte er.

»Ach. Sie haben von mir gehört?«, fragte Dexter erfreut.

»Ich habe einmal eine Ihrer Vorführungen im *Magic Castle* besucht. Ich habe noch keine kunstvollere Zauberei so aus der Nähe gesehen«, sagte Colin aufrichtig.

»Die klassische Bühnenzauberei ist reiner Jux«, sagte Dexter, »aber im Grunde weiß das Publikum, dass es getäuscht wird, und es ist ihm egal, wie. Aber von nahem kann es ihm gar nicht egal sein.« Er produzierte aus dem Nichts ein Geldstück, ließ es über den Rücken seiner Finger wandern und lächelte gewinnend.

»Ich sehe, Sie kennen Newlands Lieblingsmagier schon aus einem früheren Leben«, sagte Lee Chapman ohne die Andeutung einer Freundlichkeit. »Obwohl berufsmäßiger Tyrann die Sache besser treffen würde. Wenn unser Mr. Dexter mal fertig ist mit dem, was er ›Prüfen, dass sie einem nichts vormachen‹ nennt, sind meine Medien so demoralisiert, dass sie ihre übersinnlichen Kräfte gar nicht mehr vorführen können.«

»Vielleicht, weil sie gar keine besitzen«, antwortete Dexter mit einer Gereiztheit, die darauf schließen ließ, dass dieser Streit schon seit langem schwelte. Er schnippte das Geldstück in die Luft, und schon war es verschwunden. »In all den Jahren meiner Praxis habe ich nie gesehen …«

»Gentlemen«, sagte Miriam Gardner so bestimmt, dass beide schwiegen. »Es hat keinen Sinn, ihn kopfscheu zu machen. Ob es uns gefällt oder nicht – er ist unser neuer Chef.

Also lasst uns höflich zu ihm sein.« Sie lächelte Colin etwas nervös an.

Miriam Gardner war deutlich über vierzig und hatte körperlich eine gewisse Ähnlichkeit mit einem Rebhuhn. Sie trug ein gewagtes bronzefarbenes Kleid, das so aussah, als hätte sie es aus alten Brokatvorhängen zusammengenäht. Ihr kurz geschnittenes Haar hatte einen ziemlich unnatürlichen Hennaton. Sie erinnerte Colin stark an ein Tier, das ohne jegliche Deckung mit verwirrten Augen in die Autoscheinwerfer starrt.

»Na schön, er wird unseren Unsinn früh genug zu hören bekommen«, sagte Chapman humorig – und mit mehr Großherzigkeit, als Colin ihm zugetraut hätte. »Ich bin bereit, das Kriegsbeil für heute Abend zu begraben.«

»Ich freue mich darauf, mit jedem von Ihnen unter vier Augen über die Zukunft des Instituts zu sprechen«, sagte Colin. »Auch wenn ich bezweifle, dass das, was Sie zu sagen haben, Unsinn ist, Mr. Chapman.«

Chapmans Forschungsgebiet war die Telepathie, während Ives sich mit dem Phänomen parapsychologischer Medien beschäftigte, insoweit es mit dem Überleben und Übertragen der Persönlichkeit zusammenhing – kurz gesagt, mit Gespenstern. Gardner schien in erster Linie Volkskundlerin zu sein, soviel Colin aus den Unterlagen im Institut entnommen hatte.

»*Alles* ist Unsinn«, versicherte Dexter mit der munteren Unbekümmertheit des tief Ungläubigen. »Reden wir von etwas anderem. Ach, hier ist Lion; Lion, komm her und lerne unser neuestes Opfer kennen ...«

Colin und Professor Lionel Welling begannen gerade, Höflichkeiten auszutauschen, als Colin eine plötzliche Unruhe um sich herum wahrnahm, so wie ein Fischschwarm auf die Ankunft eines Hais reagierte.

»Ach, Dr. MacLaren«, sagte Harold Quiller. »Da sind Sie ja. Ich freue mich außerodentlich, Sie bei mir begrüßen zu dürfen.«

Präsident Quiller kam auf ihn zu wie ein Ozeanriese, der einem Schlepper den Weg abschneidet. Aus dem Augenwinkel konnte Colin sehen, dass die Mitarbeiter des Instituts sich mit lang geübter Geschmeidigkeit zurückgezogen hatten.

Colin hatte Quiller schon während des Vorstellungsgesprächs kennen gelernt. Der Mann war ein geborener Politiker und hinter dem Bidney-Geld mit der zielstrebigen Raubgier eines Korsaren aus dem 17. Jahrhundert her, der das reich beladene Schiff eines Moguls entern will. Dass Colin den Posten bekommen hatte und nicht Quillers Kandidat – ein Mann, der sich für eine Reihe von »Durchbuchungen« vom Institutsbudget auf das des Colleges stark gemacht hatte –, war für den Präsidenten von Taghkanic ein Rückschlag, nicht mehr.

Ihr Gespräch an diesem Abend hatte eher etwas mit einem Fechtkampf gemein als mit dem Austausch von Informationen. Quiller wollte von Colin hören, dass er sich der Verwaltung unterordnen würde, doch Colin hatte nicht vor, ihm eine solche Versicherung zu geben. Nach mehreren Minuten gab Quiller auf und wünschte Colin eine glückliche Zukunft am Institut. Als er fortging, hatte Colin das Gefühl der Erleichterung, einen Tiger geärgert zu haben und damit durchgekommen zu sein.

»Erster Punkt für den Neuen«, sagte Dexter gedämpft, als er wieder auftauchte. »Sie sehen aus wie ein Mann, der einen Drink brauchen kann.« Er hielt ihm einen Plastikbecher mit bernsteinfarbener Flüssigkeit hin, ohne Eis.

Colin lächelte ein wenig grimmig. Er mochte das Scharmützel gewonnen haben, aber es sah nach einem langen Stellungskrieg aus. Er nahm den Drink dankbar an. Scotch. Entweder war es ein Zufallstreffer, oder Dexter hatte seine Hausaufgaben gemacht.

Nachdem der unvermeidbare Zusammenprall mit Quiller überstanden war, machte Colin es sich zur Aufgabe, die meisten Mitglieder des Lehrkörpers von Taghkanic so bald wie möglich kennen zu lernen. Die meisten, die er traf, so die Professoren Auben Rhys und Lionel Welling von der Schauspielschule, waren überaus liebenswürdig, doch andere waren nicht minder unterkühlt und abweisend als der Präsident.

Auf seinem Weg verfestigte sich in ihm die Überzeugung, dass Akademiker auf der Welt mehr Gemeinsamkeiten als Unterschiede aufwiesen. Wenn er die Augen schloss, konnte er sich ebenso gut vorstellen, er befände sich auf dem Campus von Berkeley, um zwölf Jahre zurückversetzt – und da Taghkanic ein geisteswissenschaftliches College war, wichen auch die politischen Ansichten nicht sonderlich von denen in Berkeley während der sechziger Jahre ab.

»Es ist mir egal, was du meinst, Lion«, sagte Selena Purcifer verärgert. »Der Etat der Bibliothek ist erneut gekürzt worden, damit ein paar von diesen Spinnern UFOs suchen dürfen. Ich finde das nicht so erhebend.«

»Aber Purcy«, erwiderte Lionel Welling beschwichtigend, »das eine hat doch nichts mit dem anderen zu tun. Alle Etats wurden gekürzt. Das ist das Wesen der Bestie.«

Colin wandte sich ab, bevor er als Lauscher entdeckt wurde. Selena Purcifer war die Leiterin der Bibliothek und einer der Menschen, die er besonders nachdrücklich für seine Sache gewinnen wollte. Wenn das Bidney Institut jetzt die Aktensammlung zu den Fällen der Rhodes-Gruppe besaß, dann war es eine gewaltige Aufgabe, das Material zu katalogisieren und für die Öffentlichkeit zugänglich zu machen, so dass er eng mit den Mitarbeitern der Bibliothek würde zusammenarbeiten müssen. Vielleicht gab es einen Weg, der Bibliothek Geld aus dem Bidney-Erbe zukommen zu lassen, ohne damit die Schleusentore für eine vollkommene Ausplünderung des Instituts zu öffnen. Aber auch das war ein Problem, mit dem man sich in Zukunft auseinander zu setzen hatte.

Er war froh, in ein anderes Gespräch gezogen zu werden, und doppelt erleichtert, dass es weder mit dem College noch mit dem Institut zu tun hatte. Schließlich war der Empfang vorüber, und die ausgesuchten Gäste von Präsident Quiller fanden sich im Speisezimmer ein.

Ein Teil der Unterhaltung bei Tisch drehte sich um das College und Veranstaltungen im kommenden Semester, doch hauptsächlich wurde über aktuelle Ereignisse gesprochen, insbesondere den Watergate-Prozess, der sich immer noch dahinschleppte. Die Anhörungen wurden seit Mai im Fernsehen übertragen und besaßen für Colin eine geradezu perverse Faszination. Er sah sie sich an, wenn irgend möglich.

Wie nicht anders zu erwarten, verurteilten die Mitarbeiter eines humanistisch orientierten Colleges Nixon und seine Machenschaften einhellig, doch zu Colins Überraschung bohrte niemand tiefer nach oder fragte, wie diese Dinge überhaupt je hatten geschehen können. Korruption und moralische Indifferenz in einem solchen Maßstab waren kein vereinzeltes Vorkommnis, noch gediehen sie in einem Vakuum, doch keiner der Gäste bei Tisch stellte die entscheidenden Fragen: Wer und Wie und Wie lange schon?

Es war, als könnte sich niemand von ihnen vorstellen, dass der Watergate-Skandal mehr als die Bosheit eines einzelnen Mannes sei, die sich mit einem Amtsenthebungsverfahren leicht aus der Welt schaffen ließ. Die Diskussion machte Colin unsagbar niedergeschlagen; das selbstbezogene Geplapper kleiner Kinder konnte nur wenig anders sein. Doch das hier waren die Personen, die das Bewusstsein der nächsten Generation mitformten.

Thorne hatte Recht; Simon hatte Recht; sogar – Gott, steh mir bei – auch Toller Hasloch; Friede seiner Seele in ihrem Gefängnis. Auf dem einzigen Gebiet, das wirklich zählt, haben wir den Krieg verloren. Wir haben für den American Way of Life *gekämpft – für die vier Freiheiten –, und sie sind in diesem Land schlicht nicht mehr vorhanden.*

Von Jahr zu Jahr wird es schwieriger, die Augen vor dieser Tatsache zu verschließen …

INTERMEZZO #6

GLASTONBURY, SEPTEMBER 1979

In den nächsten Jahren sahen Colin und ich uns nur selten. Es war, als hätte er sich vor der Welt verschlossen, obwohl er dem Anschein nach sich mehr denn je auf die Weltläufe eingelassen hatte, auf das turbulente Bidney Institut im Norden des Staates New York. Vielleicht hatte in gewissem Sinn Simons Unfall auch Colin verletzt und einen düsteren, verzweifelten Mann aus ihm gemacht, obwohl ich glaube, dass ihm schon davor etwas widerfahren sein musste.

Was es auch sein mochte, Colin sprach nie darüber. So gab es viele Dinge, die zwischen uns ungesagt blieben. Aber seit jenem schrecklichen Weihnachten, an dem Simon zum Krüppel wurde, war Colin sehr verändert. Es schien, als wäre sein Kampf für das Überleben des Instituts ebenso ein Kampf um sein eigenes Leben.

Langsam führte seine Arbeit zum Erfolg. Er veränderte den Mitarbeiterstab, wobei er sowohl auf Dr. Newlands Aktivposten wie auf seine alten Kontakte aus der Rhodes-Gruppe zurückgriff. Innerhalb weniger Jahre gewann das Institut einen Ruf für wohlwollende, jedoch strenge Forschungsarbeit auf Gebieten, die die Unsichtbare Welt berührten. Colin kannte keine Gnade für Wissenschaftler, die ihre Ergebnisse frisierten, oder für Medien, die ihn zum Narren halten wollten.

Nur wenn er mit übersinnlichen Tricks und Täuschungen zu tun hatte, habe ich Colin wirklich in Wut geraten sehen – nicht die kalte, zielgerichtete Wut, die ich an ihm schon kannte, sondern eine völlig unkontrollierte, schottische Rage, die wie die Trompeten des Jüngsten Gerichts schmetterte. Es gab nur wenige Menschen, die ihm in solchen Momenten standhalten konnten, jedenfalls niemand von der Sorte, die John Dexter so treffend »Tischerücker« genannt hatte, womit er nicht nur betrügerische Medien und Spiritualisten gemeint hatte, sondern jede Art von Pseudo-Sensitiven. Ich glaube, dass John manchmal mit Absicht solche Leute aussuchte und ermunterte, sich an das Institut zu wenden, einfach um sich daran zu erfreuen, wie Colin sie wieder hinauswarf.

Armer John. Wo immer er jetzt auch sein mag, ich wünsche ihm, dass er aufmerksame Zuschauer hat und Inspiration, die nie nachlässt. Er war ein tapferer, furchtloser Mann, der viel zu früh von uns ging.

Aber das ist ein alter Schmerz. In den ersten drei Jahren von Colins Regime – ich verwende das Wort mit Bedacht – war er jedenfalls ein scharfzüngiger Hofnarr am Hofe des regierenden Löwen.

Von Anfang an hatte Colin eine genaue Vorstellung davon, was das Institut sein sollte und wie er diese Vorstellung umsetzen könnte. Er bestand auf der Einhaltung strengster Maßstäbe, was das Verhalten und den Ethos der Mitarbeiter anbelangte, und hielt sogar selbst ein Seminar über okkulte Ethik, das für alle Neulinge Pflichtveranstaltung war, die sich im parapsychologischen Studiengang einschreiben wollten. Man konnte in Taghkanic nicht Parapsychologie studieren, ohne genau zu wissen, was Colin MacLaren für richtig und für falsch hielt.

Welche Sünde er damit ungeschehen machen wollte, habe ich nie erfahren. Es wäre aufdringlich von mir gewesen, danach zu fragen, und unnötig überdies – Colin war sich selbst gegenüber immer kompromissloser, als es ein Außenstehender je hätte sein können.

Die Jahre vergingen, und was wir vom Leben erwarteten, verwandelte sich – Monat für Monat – auf unmerkliche Weise, so dass wir uns schon nach wenigen Jahren plötzlich auf Wegen wieder fanden, die weder er noch ich uns ausgesucht hatten. Colin hatte gewiss nie die Absicht gehabt, zu versuchen, einer Generation moralische Maßstäbe vorzuschreiben. Und doch war es genau das, was er am Bidney Institut tat.

Und was mich betrifft …

1976 war ich fünfunddreißig Jahre alt. In den Dreißigern entkommt eine Frau den Schatten der Kindheit und den Erwartungen, die die Familie in sie setzt; sie findet endlich ihr eigenes erwachsenes Leben und wird ein Mensch, der sich selbst bestimmt.

Obwohl ich die Bindungen zu meiner Familie seit langem abgebrochen hatte und meine Adoptivfamilie verstorben war, trug ich so viel emotionales Gepäck wie jede andere in meinem Alter mit mir herum. Das Bestimmende war, glaube ich, dass ich mich nie zu eigenem Glück berechtigt gefühlt hatte, doch 1976 war das Jahr, in dem ich endlich erwachsen wurde und erkannte, dass niemand mir im Weg stand außer ich mir selbst.

Seit vielen Jahren war es mein Traum gewesen, eine eigene Buchhandlung zu besitzen, und in diesem Jahr machte ich »Inquire Within« in Glastonbury, New York, auf.

Ich hatte schon vor einiger Zeit entschieden, dass ich die Art von Buchhandlung führen wollte, die in jenen Tagen »okkulte Buchhandlung« genannt wurde. Aber ich wusste auch, dass ich keinesfalls so etwas wie den Zauberladen mit seinen Einmachgläsern voll toter Fledermäuse und mumifizierter Frösche haben wollte. Ich wollte einen Buchladen, der eine Zuflucht für Suchende sein konnte, so verwirrt ich auch selbst einmal gewesen war.

Es war der schlechteste Zeitpunkt seit zwanzig Jahren, um einen Laden aufzumachen – die Inflationsrate war irrsinnig hoch und das Geld knapp. Aber ich hatte meine Ersparnisse und Peters Lebensversicherung und war entschlossen, meinen Traum in die Tat umzusetzen.

Man könnte sagen, dass ich mich für Glastonbury entschied, um in Colins Nähe zu sein. Das ist vielleicht zutreffend, denn Colin brauchte damals dringend Freunde. Aber wie sehr das auch hineingespielt haben mag, in erster Linie war meine Entscheidung pragmatisch und geschäftlich begründet. Ich konnte mir schlicht und einfach keinen so genannten Buchladen für Okkultismus in Manhattan leisten – ich wäre in New York innerhalb kürzester Zeit pleite gewesen, wie man so sagt. Ich suchte einen Ort, wo die Miete niedrig war und zugleich eine potentielle Kundschaft lebte. Glastonbury war in dieser Hinsicht für mich wie maßgeschneidert.

Welcher Ort konnte besser sein als eine Stadt bei einem College, wo Parapsychologie gelehrt wurde? Ich machte ein leer stehendes Ladenlokal ausfindig; Colin heuerte ein paar seiner Studenten an, und binnen kurzem war »Inquire Within« eröffnet.

Und ich hatte Glück. Das Geschäft blühte, und bald erstickte ich nahezu in Großhandelskatalogen, die Produkte anboten, von deren Existenz ich bisher nicht einmal etwas geahnt hatte. Meine Lieblingsartikel waren die Aerosol-Sprühdosen *Hexe weg!* und der Zubehörkasten *Alles für die Hexe,* der garantiert alles enthielt, was man brauchte, um selbst Hexe zu werden und einen Bann auszusprechen.

Überflüssig zu sagen, dass diese Dinge keinen Eingang in mein Geschäft fanden, auch wenn ich eine kleine Auswahl von harmlosen Ölen, Tees und Räucherstäbchen anbot. Vor allem aber führte ich Bücher, denn was ich in »Inquire Within« zugänglich machen wollte, war Wissen. Niemals zuvor – oder seither, denke ich – hat es einen solchen Bedarf daran gegeben.

In den siebziger Jahren war der Spiritualismus Teil der Frauenbewegung geworden, fast vollständig von seinen magischen Wurzeln abgelöst. Hexerei, die anfangs von den meisten Menschen als eine kleine Schwester des Satanismus angesehen wurde, hatte sich zu einer Erdreligion gemausert, die keinerlei Anleihen beim Christentum machte und den Weg für andere neuheidnische Sekten ebnete.

Die meisten meiner Kunden interessierten sich für Göttinnenverehrung und nicht für Magie. Auch wenn sie Zauberei nicht ablehnten, war ihre Magie von schlichtestem Zuschnitt. Wenn man ihnen gesagt hätte, sie sollten planetarische Stunden berechnen oder ein Horoskop erstellen, um den Leitengel für ihre Rituale ausfindig zu machen, hätten sie einfach nur gelacht. Die amerikanische Effektivität hielt auch in die Magie Einzug, zugegebenermaßen mit merkwürdigen Ergebnissen.

Obgleich ich nie versucht war, meinen eigenen Glauben aufzugeben, sah ich doch in den feministischen Hexenzirkeln und in den Heilgruppen, in denen Göttinnen verehrt wurden, etwas Gutes, ein notwendiges Gegengewicht gegen die zutiefst materialistischen Strömungen, die sich im alltäglichen Leben breit machten. Yuppies setzten sich an die Stelle der Hippies, und diejenigen, die früher auf den Barrikaden gestanden hatten, motteten ihren Idealismus ein und wandten sich dem brutalen Geschäft des Geldverdienens zu.

Zumindest die meisten von ihnen.

Aber es gab da natürlich noch Hunter Greyson …

16

GLASTONBURY, BUNDESSTAAT NEW YORK, SEPTEMBER 1979

Wie kann dein Herz voll Frühling sein?
Ach, tausend Sommer sind vorbei und tot.
Was fandst im Frühling du, was dich bezwang?
Was fandst im Herzen du so rein?

ALGERNON CHARLES SWINBURNE

Colin war sicher, mit seiner Einschätzung Recht zu haben – mit jedem Jahr war die grundlegende Verdorbenheit der amerikanischen Seele unübersehbarer. Aber gleichzeitig hatte es den Anschein, als sei die Nation gewillt wegzusehen.

Am Ende der siebziger Jahre waren die Einwohner der Woodstock-Nation in ihrer Mehrheit klammheimlich zu Makler- und Rechtsanwaltskanzleien abgewandert, tauschten die Haschpfeifen gegen Kokainlöffel und rüsteten sich für eine viele Jahre währende Konsumorgie, die nur durch den *Schwarzen Dienstag* und die Verbreitung von AIDS etwas von ihrem Schwung einbüßte.

Das letzte bisschen Idealismus der Achtundsechziger starb einen hässlichen Tod in den Gerichtssälen von Watergate, und das groteske, nur dem Eigeninteresse dienende Ende des Vietnamkriegs setzte den Stein auf das Grab. Zwei misslingende Attentate auf Präsident Nixons Nachfolger, Gerald Ford, die keine drei Wochen auseinander lagen, riefen Gelächter und Witze hervor, wo sie ein knappes Jahrzehnt zuvor Entsetzen erregt hätten. Es war, als wäre der Nation – wie einer zu oft betrogenen Liebenden – einfach alles egal.

Das nationale Pathos zur Zweihundertjahrfeier 1976 klang merkwürdig hohl, mehr nach wehmütiger Klage über das Verlorene als nach wirklichem Stolz auf die zu feiernde Nation. Im

Herbst wählte diese Nation aus Verzweiflung einen unqualifizierten zweiundfünfzigjährigen Farmer aus Georgia, der über keinerlei außenpolitische Erfahrung verfügte, als jüngsten Präsidentschaftskandidaten seit Kennedy in das höchste Amt des Landes. Gerald Ford, einst Mitglied der Warren-Kommission, der für immer im Gedächtnis bleiben würde als der Mann, der Nixon begnadigt hatte, verschwand spurlos von der politischen Bühne. Eine Legislaturperiode später sollte ihm Jimmy Carter in die politische Bedeutungslosigkeit folgen. Doch zuvor begnadigte er noch alle, die sich dem Kriegsdienst entzogen hatten, gab den Panamakanal auf, empfing den Papst auf amerikanischem Boden und beschenkte die Nation mit einer dreiundzwanzigprozentigen Inflationsrate.
Die Menschen wollten an etwas glauben, hungerten nach Wahrheit, doch von überall her zeigten sich ihnen die Gefahren des Glaubens. Reverend Jim Jones führte seine Tempel-Anhänger in Guyana in den Massenselbstmord. Im Iran mündete die Machtübernahme durch den Ayatollah Khomeini in ein totalitäres theokratisches Regime, und die dortige US-Botschaft geriet unter Belagerungszustand. Dreiundsechzig Amerikaner wurden von »Studenten« als Geiseln genommen, und die ganze militärisch-industrielle Macht der Vereinigten Staaten reichte nicht aus, um sie nach Hause zu holen.

Und was das Schlimmste war, alles schien eine Art misslungener Scherz zu sein.

Ich frage mich, ob ich nicht zu alt für diese Dinge werde?, dachte Colin. Eine rhetorische Frage. Er hatte sich noch nie vitaler und stärker als Herr seines Schicksals gefühlt. Nach sechs Jahren stand das Institut auf festen Beinen, die ersten Teilnehmer am Doktorandenprogramm standen vor dem Abschluss, und sogar das Taghkanic College mäßigte sich ein bisschen in seinen ständigen Versuchen, an die Mittel des Instituts heranzukommen. Mit der Pensionierung von Präsident Quiller im Jahr zuvor schien sich eine neue Phase harmonischer Zusammenarbeit für das Bidney Institut anzukündigen.

Er sah sich in seinem Büro um. Kurz verweilte sein Blick auf lieb gewordenen Erinnerungsstücken: ein Foto von

Claires Buchhandlung; ein Foto von Barbara und Jamie Melford mit ihren beiden Kindern John Colin und Margaret Claire; ein altes Foto von Colin vor seinem College in Oxford; ein weiteres mit Claire und ihm im Golden Gate Park. Augenblicke, herausgerissen aus dem dahinschießenden Strom der Zeit, für immer unverletzlich. Eine hinreichende Zahl solcher Momente, und die Gestalt eines Lebens würde für alle sichtbar.

Das institutsinterne Telefon klingelte. Colin angelte geschickt den Hörer aus Zeitungsstapeln heraus.

»Colin, Sie wollten, dass ich Sie um Viertel vor zwei anrufe«, sagte seine Sekretärin. »Um zwei haben Sie ›*Welcome to the Twilight Zone*‹.«

»Danke, Christie. Ich werde da sein«, antwortete er leicht belustigt.

Das Lookerman-Auditorium war fast zu einem Viertel gefüllt, als Colin eintraf. Es war ein imposantes Rokokogebäude, benannt nach dem Gründer des College, Jürgen Lookerman, und sah aus wie ein Wiener Opernhaus *en miniature*; ein Umstand, der für die Aufführungen der Schauspielabteilung ideal war.

Heute war ein Podium mit Mikrofon in der Mitte der halbrunden Bühne aufgebaut. Ein guter Teil der Studentenschaft von Taghkanic wartete auf ihn – in diesem Jahr, o Wunder, vorne in den ersten Reihen, statt sich wie sonst hinten im Dunkeln zu verstecken. Als Colin die Bühne betrat, erkannte er Dylan und Cassie und verschiedene andere, die er in seinen Gesprächen im Sommer kennen gelernt hatte.

Um den Studiengang Parapsychologie – in dem ausschließlich Lehrkräfte des Bidney Instituts tätig waren – mit Abschluss am Taghkanic College belegen zu können, musste ein Student während seines ersten Studienjahres das Einführungsseminar in Okkulter Ethik besucht und vor Beginn des zweiten Jahres ein Gespräch mit Colin persönlich geführt haben. Glücklicherweise waren die Gespräche in diesem Sommer erfolgreich gewesen: Es hatten sich zwei besonders viel versprechende Kandidaten vorgestellt.

Dylan Palmer machte keinen Hehl aus seinem Interesse für Gespenster – und auch nicht aus seinem Wunsch, dieses unerzogene und verrufene Stiefkind der Parapsychologie in einen festen wissenschaftlichen Rahmen einzupassen. Sein eigentliches Ziel war, später einmal selbst zu lehren, und Colin hielt ihn in dieser Hinsicht für begabt. Obwohl er kaum zwanzig Jahre alt war, machte ihn sein vorurteilsloser Wissensdrang zu einem Erfolg versprechenden Kandidaten für ein Fachgebiet, in dem anerkannte Theorien mit der Schnelligkeit eines Wimpernschlags widerlegt wurden und Forscher sich häufig mit lebenslangen Zweifeln abfinden mussten.

Demgegenüber war Cassilda Chandler ausgesprochen mystisch veranlagt – eine »alte Seele«, wie einige seiner Kollegen sie genannt hätten. Sie wollte alle Methoden kennen lernen, die die Wissenschaft zu bieten hatte, doch ihr Interesse galt der Ergründung der Unsichtbaren Welt, egal mit welchen Mitteln. Cassie entsprach genau dem Typ Studentin, den Colin für das Studienprogramm des Instituts gewinnen wollte: junge aufgeschlossene Köpfe, die er vor den vielen Fallstricken bewahren konnte, die das Studium der Unsichtbaren Welt bereithielt.

Wenn das Institut im einundzwanzigsten Jahrhundert überleben sollte, musste er selbst die nächste Generation von parapsychologischen Forschern finden und ausbilden, das war ihm klar, und so warb er gewissermaßen aktiv um Studenten für den Studiengang. Um nicht alle Fragen immer von neuem einzeln beantworten zu müssen, hatte er diese Vorlesung zusätzlich zu den Veranstaltungen der Orientierungswoche ins Programm aufgenommen. Obwohl jeder eingeladen war, kamen in der Regel nur Studienanfänger und ein paar Neugierige aus dem zweiten Studienjahr.

»Guten Tag. Mein Name ist Colin MacLaren, ich bin der Direktor des Margaret Beresford Bidney Memorial Institute for Psychic Research.«

Der umständliche Name erregte verhaltenes Gelächter.

»Ich weiß, dass viele von Ihnen wissen möchten, was wir hier eigentlich treiben, und im Lauf Ihres Studiums hier in Taghkanic werden viele von Ihnen an der Forschungsarbeit des Instituts als Freiwillige teilnehmen, andere werden Parapsychologie als Hauptfach belegen. Vielleicht haben sich manche von Ihnen aus ebendiesem Grund für Taghkanic entschieden.

Ich möchte Ihnen zunächst einmal sagen, was das Institut *nicht* ist – weder ist es eine Agentur zur Verbreitung einer bestimmten Doktrin oder Glaubenshaltung, noch wird hier irgendeine Form von Religion praktiziert. Parapsychologie ist eine junge Wissenschaft…«

Während er in seiner Einführungsvorlesung fortfuhr – die nur ein knapper Abriss sein konnte –, ließ Colin seinen Blick über das Publikum schweifen. Die Studenten waren ausnahmslos langhaarig und in Jeans gekleidet, manche hörten gespannt zu, manche überlegten sich bereits Fragen, mit denen sie ihn später in Verlegenheit bringen wollten.

Als er gerade erklärte, Parapsychologie befasse sich nicht mit Übernatürlichem, sondern mit einem normalen – wenn auch seltenen – Teil der natürlichen Welt, bemerkte er jemanden, der in den Saal gekommen war. Er – Colin war sich nicht ganz sicher über die Geschlechtszugehörigkeit des Neuankömmlings – trug eine weiße Wildlederjacke, die nachgerade unwirklich im hinteren Dunkel des Saals schimmerte. Während Colin die Gestalt betrachtete, tat er plötzlich einen Blick in die *Akasha-Chronik*; es glich einem Gefühl des Wiedererkennens. Da war jemand, den er einst gekannt hatte und den er erneut kennen lernen würde.

Er konzentrierte sich wieder auf seinen Vortrag. Wenn sie beide miteinander zu tun haben sollten, würde sich das sowieso nicht vermeiden lassen – es war nicht an Colin, der Unsichtbaren Hand nachzuhelfen oder anderen die Wahrheiten zu offenbaren, die sie in diesem Leben umgehen wollten. Er sprach noch etwa fünfzehn Minuten und stellte sich dann den Fragen.

»Sie haben gesagt, dass Parapsychologie nichts Okkultes ist«, sagte eine junge Frau in der ersten Reihe. »Aber studieren Sie nicht das Okkulte?«

»Zum Teil«, sagte Colin. »Was man heute ›das Okkulte‹ nennt, geht der Entwicklung der Parapsychologie um mehrere Jahrtausende voraus, genauso wie der Exorzismus der

Kirche der Erkenntnis mentaler Krankheiten vorausging. Der Begriff des ›Okkulten‹ bezeichnet eigentlich nur das ›Verborgene‹. Ärzte sprechen immer noch von der Untersuchung ›okkulten Blutes‹ und meinen damit nichts Magisches, wie Sie mir glauben können. Vieles von dem, was wir heutzutage als Volksaberglauben und Magie abtun, hat seine Wurzeln darin, dass die Menschen die Kausalitätsbeziehungen falsch anwandten oder schlicht das, was sie in der natürlichen Welt erlebten, falsch interpretierten. Eine der vordringlichen Aufgaben des Bidney Instituts ist es, die Spreu vom Weizen zu trennen und festzustellen, welcher Teil dieses kulturellen Erbes auch in der heutigen Welt Bestand hat.«

»Professor MacLaren?« Ein Junge, der geradezu peinlich korrekt mit Kordjackett, gebügelten Jeans und Hush Puppies bekleidet war, fragte: »Wollen Sie damit sagen, dass es Magie wirklich gibt?«

»Ich fürchte, ich muss diese Frage ausweichend beantworten, denn zuerst wäre einmal zu definieren, was wir unter ›Magie‹ verstehen. Wenn Sie damit den Hasen aus dem Zylinder und ähnliche Bühnenkünste meinen, dann ist sie zweifellos lebendig und munter, aber das ist es nicht, was wir in Taghkanic lehren oder am Institut studieren. Wenn Sie den Hokuspokus aus Comicbüchern meinen, so muss ich Ihnen gestehen, dass ich so etwas noch nie gesehen habe.«

»Was ist mit der Kunst, die Wirklichkeit willentlich zu verändern?«, fragte eine neue Stimme. »Glauben Sie an Magik mit K, Dr. MacLaren?«

Es war der junge Mann hinten im Saal. Er bezog sich auf die klassische Definition wahrer Magik, wie sie Aleister Crowley, einer der bedeutenden Magier des zwanzigsten Jahrhunderts, gegeben hatte.

»Wenn Sie Magie so definieren«, antwortete Colin aufrichtig, »dann ja, an die Existenz dieser Magie glaube ich. Kommen Sie doch bitte mehr nach vorn; ich möchte nicht so laut sprechen. Wie heißen Sie?«

»Hunter Greyson«, sagte der junge Mann und kam vor. Sein helles Haar reichte ihm gerade über die Schultern. »Ich bin vom SUNY New Paltz rübergewechselt.«

»Kommen Sie das nächste Mal nicht zu spät«, verwarnte ihn Colin und ging zur nächsten Frage über.

Die nächsten Fragen enthielten keine Überraschungen mehr, und die Veranstaltung endete pünktlich. Wie immer blieben ein paar Studenten, um letzte Fragen zu stellen; wie unschwer vorauszusehen, war Hunter Greyson unter ihnen. Er wartete jedoch, bis alle anderen sich verzogen hatten.

»Ich hoffe, Sie können mir weiterhelfen«, sagte Greyson. »Ich wollte eine der Fortgeschrittenen-Veranstaltungen belegen, aber man hat mir im Immatrikulationsbüro gesagt, dass ich dazu Ihre Unterschrift brauche.«

Greyson lächelte gewinnend. Er hatte einen bezaubernden Charme und jenes Selbstbewusstsein der Jugend, das auf der Erfahrung beruht, sich überall hinein- oder herausreden zu können.

Die Geister der Erinnerung, die Colin unter der Oberfläche seines Bewusstseins lieber nicht wecken wollte – welcher von seinen geliebten Toten stand hier in neuem Fleische vor ihm?

»Stimmt«, antwortete Colin.

Er nahm die Liste mit den Lehrveranstaltungen aus der Hand des jungen Mannes und ging sie durch. »Sie benötigen meine Unterschrift. Sie brauchen darüber hinaus ein persönliches Vorstellungsgespräch mit mir, und Sie müssen die ›Einführung in Okkulte Ethik‹ mit Erfolg besucht haben.«

Er beobachtete Hunter Greyson während der Pause, die nun folgte. Greyson verarbeitete die Information wie Colins Verhalten ihm gegenüber und wurde etwas vorsichtiger.

»Na ja, ich bin Studienplatzwechsler, also habe ich den Kurs noch nicht besucht. Ich habe aber ziemlich viel auf dem Gebiet gelesen, und ich dachte, ich kann ihn vielleicht neben den anderen Veranstaltungen besuchen …?«

Der nächste Schub von Studenten füllte bereits den Saal. In der Orientierungswoche war das Lookerman-Auditorium stark beansprucht.

»Ich habe um drei Uhr einen Termin, Mr. Greyson, und hier stören wir nur. Kommen Sie doch mit mir in mein Büro, und wir können dort die Dinge besprechen.«

»SUNY New Paltz ist eine staatliche Universität. Ich entnehme daraus, dass Taghkanic nicht Ihre erste Wahl ist?«, fragte Colin.

Anfang September war immer noch Sommer im Hudsontal, die schwülen Tage des Spätsommers standen erst bevor. Doch die Luft hatte eine angenehme Frische, und die Apfelbäume auf dem Campus waren schwer von reifenden Früchten.

»Doch. Aber Taghkanic ist teuer und zieht Studenten aus dem Staat New York vor, und meine Noten sind nicht gerade …« Der Junge zuckte mit den Schultern.

»Mr. Greyson«, begann Colin. Er konnte ebenso gut jetzt wie ein anderes Mal Greyson den Wind aus den Segeln nehmen und ihm die Parapsychologie ausreden. Er war ein sympathischer junger Mann, und Colin misstraute seinem jugendlichen Charme, obwohl er sich davon angezogen fühlte. Nicht selten waren solche einnehmenden jungen Männer gnadenlose Manipulatoren, und zusätzliche Macht war nicht gut für sie oder für ihre Umgebung.

»Nennen Sie mich doch Grey.« Wieder das Aufflackern dieses unwiderstehlichen Lächelns.

»Schön, Grey. Ich sage Ihnen ganz offen: Ich glaube nicht, dass Sie sich für den parapsychologischen Studiengang eignen. Und die Art und Weise, wie Sie versuchen, die normalen Bedingungen zu umgehen, so als ob sie für alle, nur nicht für Sie gelten würden, macht auf mich keinen guten Eindruck.«

Grey starrte ihn ungläubig an. Aber so einfach war es denn doch nicht, immer wieder den alten Platz in jedem Leben einzunehmen: Colin hatte nicht vor, den Jungen aus einer Freundschaft Nutzen ziehen zu lassen, die sie vor seiner Geburt geteilt hatten.

»Aber … Ist das alles? Wenn ich ein ganzes Jahr warten muss, bevor ich am Bidney Institut studieren darf, bin ich ein Jahr zurück! Sie sind nicht fair! Sie haben sich noch nicht einmal meine Arbeiten angesehen …«, rief Grey.

»Sie hätten sich früher mit dem Taghkanic College in Verbindung setzen sollen, um die Studienbedingungen zu erfahren«, entgegnete Colin unnachgiebig. »Eine davon ist die ›Einführung in Okkulte Ethik‹. Ich werde mich freuen, wenn ich Sie dort wiedersehe. Guten Tag.«

»Wollen Sie sich den Fall Hunter Greyson nicht vielleicht noch einmal durch den Kopf gehen lassen?«, fragte Dr. Eden Romney ein paar Tage später.

Die neue Präsidentin von Taghkanic legte Wert darauf, einmal in der Woche mit Colin zusammen im Speisesaal der Fakultät zu Mittag zu essen – um ihnen beiden, wie sie mit einem Lächeln sagte, wenigstens einmal in der Woche eine Mahlzeit in zivilisiertem Umgangston zu sichern. Das Bidney Institut war der sprichwörtliche 800-Pfund-Gorilla. Es hatte das Zeug, dem College jede Art von öffentlichkeitswirksamem Ungemach einzuhandeln, und Romney bestand demzufolge darauf, über die Entwicklungen dort auf dem Laufenden zu bleiben.

»Ich wusste nicht einmal, dass es einen solchen Fall gibt«, sagte Colin unbewegt.

Um die Wahrheit zu sagen, hatte Hunter Greyson ihm keine Ruhe gelassen, seit er ihn Anfang der Woche vor die Tür gesetzt hatte. Ein etwas nachlässiger Umgang mit Regeln und Anforderungen hieß nicht notwendig, dass Greyson den Pfad nicht wieder beschreiten konnte oder kein guter Student wäre.

Romney schüttelte den Kopf. »Nun, es sind Gott sei Dank keine Eltern daran beteiligt – es gibt wohl eine Tante irgendwo draußen im Westen, aber genau genommen steht Hunter seit seinem sechzehnten Lebensjahr auf eigenen Beinen. Sie wissen, dass wir hier nur sehr wenige Stipendien vergeben …«

»Ach du lieber Gott«, warf Colin überrascht ein. »Erzählen Sie mir jetzt bloß nicht, dass Greyson hier ein Stipendium hat.« Er erinnerte sich, dass der Junge davon gesprochen hatte, wie teuer die Schule sei, aber er hatte nicht weiter darüber nachgedacht, denn jeder klagte darüber.

»Er hat hier ein Stipendium und eine Hiwi-Stelle, und ansonsten hat er ein paar Kredite laufen. Unsere Finanzverwaltung hatte alle Mühe, die Sache hinzukriegen. Aber wir sind froh, dass wir ihn bekommen haben – Sie sollten sich einmal seine Scheine und die Liste seiner Publikationen anschauen.«

»Aha«, sagte Colin. Da eine Studentin, die hier als Kellnerin jobbte, gerade das Essen vom Speisenaufzug herüberbrachte, wurde ihm eine nähere Ausführung erspart. Der Speisesaal für die Professoren diente gleichzeitig als Aufenthaltsraum und befand sich im ersten Stock des Cafeteriagebäudes von Taghkanic.

»Vielleicht klären Sie mich auf«, sagte er, als die Teller serviert waren. Heute bestand der erste Gang aus heißem Roastbeef. Colin atmete den Essensduft genießerisch ein. »Greyson hat erwähnt, seine Noten seien nicht sonderlich gut, also bin ich – zugegebenermaßen – über das Stipendium verblüfft«, sagte er, nachdem er eine Gabel voll zu sich genommen hatte.

Romney nippte an ihrem Wein – ein Privileg des Lehrkörpers – und wog die Worte für ihre Antwort ab.

»Nun, seine Eignungsprüfungen für die Universität sind nicht außergewöhnlich, aber er hat die Highschool mit sechzehn als Frühbegabter abgeschlossen und seither eine erstaunliche Menge von Scheinen gemacht. Er hat eine Reihe von Aufsätzen in Fachzeitschriften veröffentlicht und ein Comicbuch – über Carl Gustav Jung, ausgerechnet –, Kabarett in San Francisco gespielt, Werbegrafik gemacht – wirklich eine ganze Menge sehr verschiedener Dinge. Ich habe noch nicht die Hälfte davon aufgezählt. Anscheinend möchte er jetzt all diese Interessen bündeln und irgendein Diplom als Kunsttherapeut machen – basierend auf seinen eigenen Theorien. Er arbeitet an einem Buch darüber. Ich habe die ersten Kapitel gelesen, und wenn der Rest des Buches dieses Niveau hält, könnte es ziemlich brillant werden.«

»Und er will die Bidney-Veranstaltungen besuchen«, sagte Colin.

»Das ist einer der Gründe, warum er sich für uns entschieden hat«, unterstrich Romney.

»Und nachdem ich ihm gesagt hatte, dass er die Regeln genauso befolgen muss wie jeder andere, ist er zu Ihnen gegangen.«

Romney sah ihn erschrocken an. Colin war selbst erstaunt über so viel Groll in seiner Stimme. Er verstieß gegen alles, was er je gelernt hatte, wenn das Wissen, das er in einem anderen Leben über eine Seele gewonnen hatte, ihn in diesem

Leben gegen sie einnahm. Und wenn überhaupt, so hatte er ein Vorurteil, das für Greyson sprach – und nicht gegen ihn. Warum beurteilte er den Jungen mit solcher Härte?

»Es tut mir Leid, Eden. Das war vollkommen unangebracht. Verzeihen Sie«, sagte Colin.

»Na, ich müsste lügen, wenn ich nicht zugeben würde, dass einem die Studenten manchmal ganz schön auf die Nerven gehen können. Aber um das richtig zu stellen, es war sein Studienberater, Professor Rhys, der mit mir darüber gesprochen hat. Und ich dachte, ich will doch mal wissen, warum Sie ihn abgelehnt haben.«

Angst.

Colin war aufrichtig genug, um sich dies eingestehen zu können. Wenn er Hunter Greyson betrachtete, sah er nicht dessen Fähigkeit zur Größe, sondern das Potenzial an schierem Unheil. Er sah Simon Anstey. Er sah Thorne Blackburn. Er sah alle anderen großartigen Abenteurer, die zu nahe an der Sonne geflogen waren.

Er sah Greys Tod vor langer Zeit jenseits des Meeres, er selbst unfähig, ihn zu retten. *Oh, Michael …*

»Ich rufe Auben an und versuche, einen Gesprächstermin mit Greyson zu vereinbaren«, sagte Colin, obwohl er immer noch zögerte, den Jungen in sein Leben treten zu lassen. »Ich mache keinerlei Versprechungen, bis ich mir seine Unterlagen angesehen und mit ihm gesprochen habe, aber für jetzt möchte ich nichts ausschließen.«

»Danke, Colin. Es freut mich, dass Sie sich für diese Sache noch einmal Zeit nehmen wollen.«

Was zum Teufel ist denn los mit mir?, fragte sich Colin und sah sich ratlos in seinem Büro um. Er spielte mit seiner kalten Pfeife herum, klopfte mit ihrem verkohlten Kopf auf einen dicken Papierstapel vor sich.

Wie Eden gesagt hatte, waren Greysons Leistungen – insbesondere für jemanden, der erst ein Jahr am College studiert hatte – eindrucksvoll. Eindrucksvoll genug jedenfalls, um zumindest in Augenschein genommen statt summarisch abgelehnt zu werden. Er hatte sich seit Jahren nicht mehr so sehr von seinen Empfindungen übermannen lassen – und dann auch noch, ohne es zu merken.

Seine erste Intuition war richtig gewesen: Es war Angst, die ihn so handeln ließ. Doch Angst wovor? Wenn Grey sich noch einmal für den Pfad entscheiden sollte und seinen vielen Gefahren zum Opfer fiele, wäre das zwar sicherlich eine Tragödie, aber doch nichts, was sich nicht durch eine weitere Drehung des Rades wieder heilen ließe. Dennoch hatte Colin Angst – und zwar um sich selbst, nicht um Greyson. Wenn Colin die Verantwortung auf sich nahm, ihn zu unterrichten – und wenn Grey dann Schiffbruch erlitte …

Was sagte das über Colin aus? Das Äußere war die Spiegelung des Inneren: Wenn er nichts tun konnte, was nicht ins Verderben führte …

Dann ist es gut, darüber Bescheid zu wissen, sagte sich Colin schonungslos. *Und besser, sich der Sache anzunehmen, solange noch Zeit ist.*

Es klopfte an der Tür. Greyson hatte wenigstens gelernt, pünktlich zu sein.

»Herein«, sagte Colin.

Hunter Greyson schlüpfte durch die Tür. Er war auf das Sorgfältigste mit Krawatte und Blazer gekleidet, als ob er zu einem Einstellungsgespräch erschiene.

Oder seinem Bewährungshelfer Rechenschaft ablegt, dachte Colin boshaft. Die Tonlage seiner Gedanken verursachte ihm ein schlechtes Gewissen. Er hatte weniger Grund als zuvor, Schlechtes von Greyson zu denken.

»Sie wollten mich sprechen, Sir?«, fragte Grey.

»Setzen Sie sich doch«, sagte Colin, der nicht recht wusste, wie er das Gespräch beginnen sollte. Nach dem Austausch mit Dr. Romney hatte er mit Professor Rhys von der Schauspielabteilung gesprochen und Greys ursprünglichen Antrag auf Studienplatzwechsel eingesehen. Doch der Hunter Greyson, den er wirklich kennen lernen musste, war dort nirgendwo zu finden.

»Eine Reihe von Fakultätsangehörigen hat sich zu Ihren Gunsten geäußert«, fing Colin an.

Grey stand auf, plötzlich erregt. »Und jetzt wollen Sie mich sehen, weil man Sie erpresst hat. Lassen wir's doch sein.«

»Setzen Sie sich *hin.*« Colin wurde selten laut, aber er hatte eine bezwingende Autorität, wenn er wollte. Grey nahm Platz, seinen Blick auf den Briefbeschwerer mit dem silbern glänzenden Brieföffnergriff geheftet, der etwas wacklig oben auf einem Papierstapel stand.

»Niemand erpresst mich. Weder die College-Verwaltung noch Sie, Mr. Greyson, also regen Sie sich nicht auf.« Colin folgte der Richtung seines Blicks, nahm den Briefbeschwerer und stellte ihn an einen sichereren Ort. »Das Bidney Institut ist in seinem Fach weltberühmt, das heißt, es ist ein Magnet für Spinner, Verrückte, Fanatiker und Freaks aller Art. Ich habe nicht das geringste Interesse, Studenten zu unserem Lehrplan zuzulassen, die UFOs sehen oder die ein halbes Semester später erklären, sie seien vom Teufel besessen. Nun sieht Ihre Anmeldung zum College sehr viel versprechend aus, warum fangen wir also nicht von vorne an, und Sie erzählen mir, warum Sie ans Bidney Institut wollen und was Sie hier vorhaben?«

Wenn Grey sich auch nicht wirklich auf seinem Stuhl wand, so konnte Colin doch bemerken, wie sehr er sich mühte, seine Nervosität zu verbergen.

»Ich glaube, ich habe vielleicht einen falschen Eindruck bei Ihnen hinterlassen«, begann Grey äußerst bedachtsam. »Ich bin nicht speziell an Parapsychologie interessiert, außer um damit eine Grundlage für meine anderen Studien zu legen. Sie können sie bis zum Sankt-Nimmerleins-Tag der Welt beweisen wollen, es kommt immer irgendein Westentaschenmagier vorbei und setzt Ihre Ergebnisse in Zweifel, indem er sie auf der Bühne mit Zaubertricks nachspielt – als ob es nicht mehrere Wege nach Rom gäbe. Bei allem Respekt – und glauben Sie mir, ich weiß, warum das, was das Bidney Institut macht, notwendig ist –, ich habe keine Lust, immer und immer wieder bei Adam und Eva anzufangen, bis ans Ende der Zeit. Wir wissen, dass es diese Fähigkeiten gibt. Wir wissen, wie man sie entwickeln kann. Es wird Zeit, dass wir einen Schritt darüber hinaus tun.«

Colin empfand Greys Offenheit sympathisch, und diesmal verbarg er sein Gefühl nicht.

»Gut, das unterstellen wir mal als gegeben, Grey. Was können wir für Sie tun? Wenn Sie nicht an parapsychologischen Untersuchungen und Forschungen interessiert sind, was suchen Sie dann bei uns?«

Grey zögerte. Offensichtlich dachte er darüber nach, ob er Colin die Wahrheit sagen sollte. Endlich sprach er es aus.

»Ich möchte Magik studieren.«

Es musste ihn eine beträchtliche Menge Mutes gekostet haben, das auszusprechen, insbesondere gegenüber jemandem, den er kaum für einen gewogenen Zuhörer halten konnte.

»Sie wissen, dass wir hier keine Kurse in Magik anbieten«, sagte Colin freundlich.

»Ja«, erwiderte Grey schnell, »aber ich kann hier sowohl Schauspiel als auch Psychologie studieren, und das ist der Anfang von dem, was ich draußen in der Welt machen möchte. Und die Bidney-Bibliothek ist eine der besten Sammlungen über das Okkulte, die öffentlich zugänglich sind. Im Übrigen weiß ich, dass ich allein arbeiten muss – ich habe mal ein *OTO*-Lager in Kalifornien besucht, aber sie haben mich rausgeschmissen, als sie merkten, dass ich noch keine achtzehn war.« Grey zuckte die Schultern. »Ich dachte, dass Sie mir vielleicht helfen könnten.«

Greyson sprach nicht von einer Empfehlung oder Patenschaft für eine der privaten Magier-Logen – es hätte Colin erstaunt, wenn der junge Mann, bei all seiner weltläufigen Bildung, deren Existenz für möglich gehalten hätte … zumindest in diesem Leben.

»Warum ich?«, fragte Colin.

»Wollen Sie die Wahrheit hören?«, entgegnete Grey zurückhaltend.

»Wenn möglich.«

»Na ja … Sie waren erreichbar. Und Sie sind nicht so ein Spinner wie LaVey oder ein Bluffer wie – na ja, Sie wissen schon. Und ich wollte gern vermeiden, gleich am Anfang eine Menge Schwüre und Versprechen ablegen zu müssen, bevor ich weiß, was überhaupt los ist. Ich meine, viele dieser heutigen so genannten Geheimgesellschaften sind doch nur ein Vorwand für irgendwelche Versager, sich wie Gott vorkommen zu können, und das wäre einfach nur Zeitvergeudung für mich.«

»Sie wollen also nur den Regeln eines Magischen Ordens folgen, wenn er Ihren eigenen Ansprüchen genügt?«, fragte Colin.

»Na ja… würden Sie Regeln folgen, die das nicht tun?«, fragte Grey zurück. Colin konnte sich ein Lächeln nicht verkneifen.

»Und was ist nun Ihr Ziel?«, wollte Colin wissen. »Warum wollen Sie überhaupt Magik studieren? Ich weiß, dass Sie die grundlegende Lektüre hinter sich und ein wenig Erfahrung gesammelt haben, wenn Sie ein Mitglied des *Ordo Templi Orientis* waren. Es läuft alles auf die Frage ›Warum‹ hinaus.«

»Weil es Antworten gibt«, sagte Grey ernst und beugte sich vor. »Warum sollten die Menschen so komplexe, entwickelte, selbstbewusste Geschöpfe sein, wenn sie nur siebzig Jahre leben und dann sterben? Worin liegt der Sinn? Unser Sinn? Ich glaube nicht, dass wir solche Fragen verdrängen sollten. Ich will die Wahrheit wissen – doch die Naturwissenschaften behaupten, es sei unmöglich, so etwas zu erforschen. Die Philosophie bezieht sich nur auf sich selbst und ist moralisch bankrott – und die Religion will nur, dass wir den Status quo akzeptieren, uns mit dem zufrieden geben, was ist. Was bleibt also übrig? Wir müssen unsere eigenen Informationen sammeln und unsere eigenen Entscheidungen treffen – aber wir müssen zugleich akzeptieren, dass ethisches Verhalten in der objektiven Realität begründet liegt. Das führt schlicht und einfach zur Magik.«

Es war unmöglich, nicht von Greys Leidenschaft angetan zu sein.

»Also gut.« Colin zog die Schublade seines Schreibtisches auf und suchte dort in den Papieren. »Hier ist eine Bücherliste – lassen Sie mich wissen, welche Sie schon gelesen haben, und fertigen Sie für mich schriftliche Zusammenfassungen von allen Titeln an. Die Länge überlasse ich Ihnen, aber fünfzehnhundert Wörter Minimum. Ich werde Ihre Aufnahme für den

Fortgeschrittenen-Studiengang unterzeichnen – die ›Einführung in Okkulte Ethik‹ bleibt dennoch eine Voraussetzung, und wenn ich Sie da nicht in jeder Stunde antreffe, bekommen Sie ein ›Ungenügend‹ für all Ihre parapsychologischen Kurse. Sind Sie damit einverstanden?«

»Ja, Sir«, sagte Grey demütig. Doch seine Augen leuchteten.

Colins Blick schweifte über die Köpfe seiner neuesten Klasse von Studienanfängern – war er je so jung gewesen? Sie schienen immer jünger zu werden – und die Welt immer dunkler. Und während im Heraufdämmern der sechziger Jahre die Studenten von Weltverbesserung gesprochen hatten, sprachen sie am Ende der siebziger Jahre davon, einen Platz in dieser Welt zu finden, als wäre keine Veränderung mehr möglich.

»Professor MacLaren?« Hinten meldete sich eine Hand – Jeremy, ein guter, aber zurückhaltender Student. »Können Sie uns sagen, wozu das Ganze – nach Ihrer Ansicht – gut ist? Ich meine, angenommen, Sie könnten beweisen, dass es übersinnliche Kräfte gibt, dann hat sie ja noch längst nicht jeder. Welchen Nutzen können sie dann haben?«

Eine häufig gestellte Frage, für die Colin eine erprobte Antwort parat hatte. Kurz schweiften seine Gedanken ab – zu seinen Altersgenossen und zu jenen anderen Studenten, mit denen er im Laufe der Jahre zu tun gehabt hatte. Zu Grey, der auch im 4. Studienjahr jede Autorität herausforderte. Er dachte an die Opfer, die zwei Generationen gebracht hatten, die Verluste, die beide bei dem Versuch erlitten hatten, ihre Träume zu verwirklichen. War das alles nur geschehen, damit die Welt nicht mit einem Knall oder einem Winseln unterging, sondern in einem unaufhaltbaren, nicht wahrnehmbaren Prozess langsamen Schwindens?

Der 2. Februar fiel in diesem Jahr auf einen Montag. Das neue Jahr war mit einem bitteren Kälteeinbruch eingezogen, der nicht Schnee mit sich brachte, sondern jeden Stamm und jeden Zweig mit einer silbrigen Glasur dichten Eises überzog. Colin stand nun seit acht Jahren dem Institut als Direktor vor, und er sah dem Tag entgegen, an dem er die Leitung in die

Hände eines anderen legen konnte. Doch so weit war es noch nicht. Es blieb ihm hier noch Einiges zu tun.

Colin fuhr vorsichtig über die eisglatten Straßen. Schließlich konnte er nicht das Auto in den Graben fahren und zu seiner eigenen Überraschungsparty zu spät kommen.

Er durfte natürlich nichts davon wissen, auch wenn ein halbes Dutzend hellsichtigerer Köpfe ihn heimlich gewarnt hatte – darunter Christie, die den Charakter ihres Chefs hinreichend kannte, um zu wissen, dass solche Überraschungspartys besser funktionierten, wenn das Opfer mitspielte. Da er wusste, was vor sich ging, war es nicht schwierig, sich auf all die Täuschungsmanöver einzulassen, die einzig und allein dem Zweck dienten, nicht zu früh nach Hause zu kommen.

Einundsechzig dieses Jahr. Ich hoffe, sie stecken nicht für jedes Jahr eine Kerze an – sie brennen sonst noch das ganze Haus ab, dachte Colin mit Galgenhumor. Er hatte sein Bestes getan, jede Aufmerksamkeit von seinem Geburtstag fernzuhalten – ein Datum, das schließlich nur ihn etwas anging –, aber da es sich nun einmal nicht vermeiden ließ, freute er sich sogar darauf. *Du wirst langsam ein schrulliger alter Mann, Colin MacLaren.*

Er bog in die Greyangels Road ein und sah schon sein Bauernhaus an deren Ende. Die Fenster waren alle dunkel, doch unübersehbar war die Fülle von Wagenspuren auf der leeren Einfahrt.

Wo sie wohl alle parken?, dachte Colin. Er entschied sich für den alten Obstgarten. Die Apfelbäume hinter dem Haus trugen längst nicht mehr, obwohl sie im Frühjahr blühten und im Herbst vereinzelte Äpfel an ihnen reiften. Der Boden war selbst für Edens Jeep mit Allradantrieb hart genug gefroren. Er hoffte, Grey würde so viel Vernunft besitzen, sich von jemandem mitnehmen zu lassen – ein Motorrad war auf diesen Winterstraßen nicht sicher, auch wenn Grey das ganze Jahr hindurch bei fast jedem Wetter fuhr, ohne auf seine persönliche Sicherheit allzu viel Rücksicht zu nehmen.

Colin fuhr die Anfahrt hoch und hielt an. Den Motor ließ er laufen, als er ausstieg, um das Tor der Holzscheune, die er als

Garage benutzte, zu öffnen. Dann fuhr er hinein. Die breiten Bodenplanken ließen noch erkennen, dass die Scheune einst als Stall und Wagenremise genutzt worden war.

Mehrere Klafter Brennholz – der Wintervorrat – waren an der Seitenwand aufgeschichtet. Vor der Rückwand stand eine Schubkarre mitsamt den Gartengerätschaften, die von den Freuden des Landlebens zeugten. Zum Glück besorgte der Besitzer von Greyangel, Ted Zacharias, die nötigen Arbeiten. Colin war kein Gärtner und hatte auch keinerlei Ambitionen in dieser Richtung. Manchmal kam Claire, die in Glastonbury wohnte, herüber und kümmerte sich um die Blumen. Sie hatte ihm ein Kätzchen aus Poltergeists letztem Wurf schenken wollen, aber er hatte abgelehnt. Katzen waren, anders als in der Stadt, auf dem Land eine leichte Beute für Füchse und Wiesel; und es war sowieso nicht empfehlenswert, Haustiere herumstreunen zu lassen.

Der Buchhandel machte Claire Freude. Colin musste zugeben, sie seit Peters Tod nicht mehr so glücklich gesehen zu haben. Er wünschte nur, von sich das Gleiche sagen zu können.

In dieser zweiten Hälfte des Lebens schien sich eine düstere Wolke über ihm festgesetzt zu haben, als wäre er durch irgendein Geschick oder eine unkluge Entscheidung im Exil gelandet. Seit Simons Unfall – und dem Mord an Hasloch – hatte Colin das Gefühl, die Verbindung zu etwas Schönem und Wesentlichem verloren zu haben. Zugleich traute er sich nicht, danach zu suchen, da er fürchtete, unwissentlich großen Schaden damit anzurichten. Langsam war sein Leben von dieser Furcht in Besitz genommen worden, von einem düsteren Beobachter, dessen Anwesenheit jede seiner Handlungen überschattete.

Erstens, füge niemandem Schaden zu. Dieses Gebot, die Grundlage des hippokratischen Eides, galt auch für jeden, der sich in anderer Leute Angelegenheiten einmischte, sagte sich Colin zum Trost, und es war nichts, dessen man sich zu schämen brauchte.

Aber jetzt ging er lieber ins Haus, bevor seine Gäste den Eindruck bekamen, er hätte sich auf dem Weg zum Haus verlaufen.

»Hoch soll er leben, hoch soll er leben, dreimal hoch!« Der etwas unrein singende, freundliche Chor – angeführt von Grey und seiner Freundin mit ihren Gitarren – erscholl von den Wänden des alten Bauernhauses. Auf dem Herd flackerte ein schönes Feuer und Marshmallows und Esskastanien lagen zum Rösten bereit.

Alle Freunde waren da – sogar John Dexter, den eine überraschende und rätselhafte Krankheit im Jahr zuvor gezwungen hatte, aus dem Bidney-Lehrkörper auszuscheiden.

»Alles Gute zum Geburtstag, Colin, und dass du noch sehr, sehr viele solche Tage erlebst«, sagte Dexter, der zu Colin herüberkam.

Seine Haut war blass und erinnerte geradezu an die eines Reptils, so hing sie von seinem ausgezehrten Körper, und war mit zahlreichen blauen Flecken übersät, die nicht von Schlägen, sondern von kleinen spontanen Blutergüssen in seinem ganzen Körper herrührten. Seine Ärzte gaben ihm nur noch wenige Monate. Ein beständiges Zittern in seinen Händen machte es ihm unmöglich, seine geliebten Taschenspielertricks vorzuführen, aber dennoch beteiligte er sich mit ungeminderter Fröhlichkeit an dem lärmenden Fest.

»Und dir ebenso«, sagte Colin spontan.

»Sei nicht naiv und sentimental«, sagte Dexter. »Oder ich mach mir ernsthaft Sorgen, was aus dem Institut in deinen Händen werden soll. Ich bin froh, wenn ich den vierten Juli erlebe, an meinen nächsten Geburtstag mag ich gar nicht denken.«

»Ich wünschte, ich könnte irgendetwas für dich tun«, sagte Colin.

»Halte einfach die Wunderheiler von mir fern«, sagte Dexter. »Ich werde gehen, so wie ich gekommen bin, und ich bin zu alt, um jetzt noch plötzlich an Voodoo zu glauben. Hokuspokus gehört auf den Lokus, war immer mein Motto.«

»Und du willst ein Magier sein«, spottete Colin sanft. Es tat ihm weh, seinen Freund in dieser Verfassung zu sehen, doch da Dexter es beharrlich ablehnte, sich von der mittlerweile so genannten alternativen Medizin helfen zu lassen, blieb seinen Freunden keine andere Wahl, als seinen Wunsch zu respektieren.

»Wie geht's meinem Nachfolger?«, fragte Dexter.

»Ganz gut«, versicherte Colin. Maskelyne Devant – eigentlich hieß er mit Familiennamen Houdin, und seine Eltern hatten ihn gedankenloserweise auf den Namen Henry Harrison taufen lassen – war Dexters eigener Kandidat als Nachfolger gewesen, doch die beiden Männer waren so verschieden wie Tag und Nacht.

Devant bevorzugte bei seinen Vorführungen Rauch und Spiegel – die grellen Illusionen heutiger Zauberkünstler, wie sie vor allem in Las Vegas zu Hause waren –, und er umgab sich auch fernab der Bühne mit der Aura des »geheimnisvollen Zauberers«, was Colin manchmal auf die Nerven ging. Doch Devant war genauso streng und erbarmungslos, wie Dexter es gewesen war, und hatte bereits eine Reihe selbst ernannter »Medien« überführt, die mit ihren Tricks Colins Forscher getäuscht hatten.

Ohne die Geheimnisse seiner Bruderschaft zu verraten, gab Devant jedes Jahr in Taghkanic mehrere Seminare über die Grundlagen der Täuschung, auf denen die meisten übersinnlichen Betrügereien ebenso wie der Bühnen-Illusionismus beruhten.

»Er ist ein guter Mann«, sagte Dexter. »Aber jetzt musst du mich entschuldigen. Ich muss mir ein Stück von dem Kuchen holen, bevor Claire alles verteilt hat.« Sich schwer auf seinen Stock stützend, humpelte Dexter langsam zu dem gedeckten Tisch am anderen Ende des Raums.

»Herzlichen Glückwunsch, Colin«, sagte Eden und reichte ihm eine schmale, golden verpackte Schachtel.

»Du lieber Himmel. Schon jetzt eine goldene Armbanduhr?«, scherzte Colin.

»Nicht ganz. Und es ist von mir, nicht vom College – ich hatte keine Lust, noch einmal die Geschichte mit dem ›offiziellen Geschenk von der Verwaltung‹ zu erleben.«

»Sehr weise von dir.« Sie beide verabscheuten Cliquenwirtschaft, doch Eden konnte sich nicht so leicht heraushalten wie Colin. Colin packte einen silbernen Füllfederhalter aus, auf dem eingraviert stand: *Erfolg und Glück – 2. 2. 81.*

»Ich werde ihn wie einen Schatz hüten«, sagte Colin. Eden lächelte.

»Und jetzt muss ich mich beeilen«, sagte sie. »Bobby wird sich freuen, wenn ich mich mal wieder zu Hause blicken lasse, und ich habe noch jede Menge Papierkram zu erledigen.« Sie streckte Colin förmlich ihre Hand entgegen. »Herzlichen Glückwunsch, Colin.«

»Danke.« Er sah Eden nach, wie sie durch die Menge der anderen zur Küchentür ging – es war der direkteste Weg zum Obstgarten.

»Um Himmels willen, Mann, steh doch nicht einfach so rum – amüsiere dich!« Morgan Ives, so raumfüllend wie immer und mit beträchtlicher Schlagseite – Colin roch den scharfen Bourbongeruch in ihrem Atem – lehnte sich zutraulich an ihn und nahm seinen Arm. »Komm, lass uns was trinken.«

Colin ließ sich zum Tisch führen. Darauf lagen allerhand Geschenke – er hatte vergeblich gebeten, ihn damit zu verschonen –, daneben stand Claires große gläserne Punschschale mit ihrem alkoholfreien Inhalt (ein Hochzeitsgeschenk, wie sich Colin erinnerte, für das sie jahrelang nach einer Verwendung gesucht hatte), ein kupferner Waschkessel, gefüllt mit Eis und Sektflaschen, sowie ein riesiger Blechkuchen mit weißem Zuckerguss und einem Bild des Instituts in Hellblau.

Er hatte die einzige Kerze ausgeblasen, und vom Kuchen waren nur noch wenige Stücke vorhanden. Die Gästeschar teilte sich zu gleichen Teilen in Lehrkräfte, Institutsmitglieder und Studenten. Dylan und Cassie waren da, zusammen mit Grey und einem halben Dutzend anderer junger Leute, darunter Greys neueste Freundin Winter.

»Für dich auch eines, Colin«, sagte Claire und reichte ihm ein mächtiges Kuchenstück auf einem Pappteller. »Ich habe dir ein Geschenk mitgebracht, aber du musst dir keine Sorgen machen. Es sind nur Plätzchen«, sagte sie und wies mit dem Kopf auf eine große Schachtel neben dem Kuchen, ebenfalls in Goldpapier eingeschlagen.

»Du verwöhnst mich«, sagte Colin, nahm den Teller und eine Gabel. Mit gespieltem Entsetzen betrachtete er die restlichen Päckchen. »Hast du eine Ahnung, was da sonst noch ist?«

»Na ja, Jamie hat Bücher geschickt, wie immer. Es ist ein großes Paket – ich hab's in die Küche gestellt. Und es gibt eine

Menge Glückwunschkarten, aber…«, sie senkte konspirativ ihre Stimme, »ich glaube, eine deiner Studentinnen hat dir einen Schal gestrickt.«

Colin verdrehte stumm die Augen. »Na, wenigstens ist es kein Schottenpullover.« Er nahm einen Bissen.

»Hey, Ramsey – kommst du nachher mit zum See?«

Eine plötzliche Pause in den Gesprächen ringsum machte Janelles Worte klar vernehmbar, doch wenn Colin nicht zu Grey und seinen Freunden geblickt hätte, wäre ihm das Weitere entgangen.

»Wie läuft das Frühlingsstück?«, fragte Winter zu schnell und zu laut, als dass ihre Worte nicht als ein Ablenkungsmanöver zu durchschauen gewesen wären. Die anderen um Grey herum sprachen rasch durcheinander, doch Colin hatte die schuldbewussten Mienen der fünf gesehen, viel sagender als noch so laute Stimmen.

Er wandte sich ab. Er wollte ihnen nicht das Gefühl geben, sie belauscht zu haben, und sagte etwas aus dem Stegreif zu Claire. Als er kurz darauf noch einmal zu ihnen hinübersah, erwischte er Grey dabei, wie er ihn ausdruckslos beobachtete.

Um dem Pfad zu folgen, bedurfte es der Freundlichkeit des Arztes, der Klarheit des Generals und der Bereitschaft, beiseite zu stehen, während Unschuldige das Leid erduldeten, das sie sich erkoren hatten, bevor sie in jenes Leben eintraten.

Erneut mit der Notwendigkeit des Eingreifens konfrontiert, war sich Colin unsicher, ob seine Kraft noch ausreichte. Die Schuld, einmal einem unwiderstehlichen Impuls nachgegeben zu haben, gegen das Gesetz zu handeln, beschämte ihn noch immer. Er hoffte inbrünstig, nie wieder einen solchen Moment des Hochmuts und der falschen Gnade wie damals erleben zu müssen – es war jene Art von Versagen, die nicht nur Leben, sondern Seelen zerstören konnte.

Doch hatte er die Bürde freiwillig auf sich genommen, auch wenn die Schuld blieb – und es schien mit den Jahren, dass der Schmerz selbst so etwas wie eine Versuchung wurde, alle Verantwortung von sich zu weisen; die Möglichkeit, Gutes zu tun, zurückzuweisen – aus Furcht davor, Schaden anzurichten. Es war eine Versuchung, der er nachzugeben fürchtete.

»Claire, hast du schon mal etwas von dem Atomsee gehört?«

Janelle hatte nur »den See« erwähnt, doch für jeden Bewohner von Amsterdam County war klar, dass es nur einen See gab: den Atomsee.

Auf den Landkarten war er als Haelvemaen – Halbmondsee – eingezeichnet. Er lag auf einem kleinen privaten Landbesitz in einer Ecke des Huyghe State Parks. Eine private Forschungsgruppe hatte dort ihre Studien betrieben, und seit ihrem Weggang gingen die üblichen unwahrscheinlichen Geschichten über den See um. Der Landbesitz war seit etwa zehn Jahren herrenlos. Immer mal wieder versuchte das College, ihn zu erwerben, doch bisher ohne Erfolg.

»Nicht viel«, sagte Claire zögernd. Während sie nachsann, kraulte sie Monsignor unter dem Kinn. Der schöne schwarzweiße Kater streckte sich sofort auf dem Rücken aus und schnurrte, während sich Poltergeist, eine Königin in Weiß, mehr abseits hielt.

Der Buchladen roch anheimelnd nach Zimt und Sandelholz und strahlte eine heitere Atmosphäre der Ruhe und des Friedens aus. »Inquire Within« war eine so gute Idee, dass Colin sich gar nicht mehr vorstellen konnte, wie er je ohne Claires Buchhandlung ausgekommen war. Es war ein vollkommen aggressionsloser Ort, an dem sich Leute begegnen konnten, die sich für das Unsichtbare interessierten. Er bot Antworten für Fragende, bildete einen Treffpunkt für Suchende und einen Zufluchtsort, wo sie hingehen konnten, bevor ihre Probleme zu groß wurden. Und Claire war in ihrem Element, bot Tee an und ernsthaften Rat für jeden, der ihn suchte.

Mindestens zweimal im Monat bekochte Claire ihn abends in ihrer kleinen Wohnung über dem Laden, offenbar in der Annahme, dass er ohne sie verhungern würde. Das stimmte nicht ganz, doch ohne Claires Kochen wäre er der Fertiggerichte und Schnellrestaurantbesuche überdrüssig geworden. Colin war kein Koch und hatte das auch nie behauptet.

»Es ist ein beliebtes Ziel für Liebespaare, vor allem, weil die Park-Ranger dort nicht patrouillieren und auch die Hilfssheriffs dort oben nicht auftauchen, so viel ich gehört habe. Warum fragst du?«

Weil sie alle so schuldbewusst aussahen ...

»Ich möchte gern wissen, ob du irgendetwas ›Seltsames‹ darüber gehört hast. Seltsam in unserem Sinne natürlich«, sagte Colin.

Neben der Registrierkasse lagen Decks von Tarotkarten – in der Hoffnung, Kunden zum Mitnehmen zu verführen. Colin nahm sich ein Spiel und drehte es in den Händen. Stolz war immer seine größte Sünde gewesen, und er war stolz auf die Gemeinschaft, die er mit seinen Studenten aufgebaut hatte. Die Erkenntnis dieses Stolzes brachte ihn beinahe ebenso auf wie die Sorge über das, was diese Studenten vorhatten.

»Eigentlich nicht speziell über den Atomsee, nein«, antwortete Claire nachdenklich. »Ich glaube, dass da oben der hiesige Hexenzirkel tagt. Unten am Fluss ist es für sie zu gefährlich und wahrscheinlich zu öffentlich, und der See gilt immerhin als ein Ort der Energie.« Claire nahm Monsignor auf den Schoß. Sie wies mit einer Hand auf die Bücherregale.

»Ich bin keine Expertin, aber meine Bücher geben Auskunft. Es gibt nicht so sonderlich viele Volkssagen über Amsterdam County, außer den Grauen Engeln – und die gibt es auch oben in Columbia und unten in Dutchess –, und ich glaube, über den Atomsee habe ich noch überhaupt nichts gesehen.«

Colin runzelte die Stirn. Studenten spielten nun mal Streiche und überschritten die Regeln – das war zu Colins Studentenzeit nicht anders gewesen. Drogen, immer noch strikt verboten, waren ein Teil des College-Lebens – genauso wie freier Sex, Raubkopien von Musikaufnahmen und von fremder Hand geschriebene Hausarbeiten. Doch Colin glaubte nicht, dass diese jungen Leute so schuldbewusst dreingeblickt hätten, wenn es sich um Derartiges gehandelt hätte – insbesondere Grey nicht.

Und das ausgerechnet vor mir!, dachte Colin, amüsiert darüber, wie sehr ihm diese Feststellung schmeichelte.

»Du bist mit deinen Gedanken schon wieder woanders«, beschuldigte ihn Claire. Sie verschwand hinter dem Vorhang, um ihre Wohnungsschlüssel zu holen. Wie durch Zauberhand erschien Poltergeist, die mit Maunzen dem Geräusch des Schlüsselgeklimpers folgte. Sie wusste, dass dieses Geräusch zur Öffnung der Katzenfutterdosen führte, wenn Claire die Katzen abends mit nach oben nahm.

Der Raum, den Claire für ihren Buchladen gemietet hatte, war annähernd quadratisch, doch eine Backsteinmauer in der Mitte teilte ihn in zwei Hälften. Der Vermieter war bereit gewesen, sie herauszureißen, doch Claire wollte sie behalten. Sie hatte eine weitere Trockenmauer einziehen lassen, so dass die linke Hälfte des Ladens in zwei Lagerräume unterteilt wurde, wovon der eine nebenher für Diskussionsgruppen genutzt wurde. Claire verkaufte auch Kräuter und konnte den Gedanken nicht ertragen, dass ihre Vorräte in irgendeiner Weise begrapscht oder verschmutzt würden, und hielt sie hinter Schloss und Riegel.

»Kommst du?«, fragte Claire.

»Aber sag mal«, wollte sie später wissen, »was meinst du, was Grey treibt? Gruppensex? Orgien? Satanische Rituale?«

Colin starrte in die Tasse Kaffee, die er nach dem Essen trank, als wäre er ein Medium und könnte dort Antwort finden.

»Ich wünschte, ich wüsste es. Die fünf treiben *etwas* – aber ich kann mir bei aller Phantasie nicht vorstellen, was.«

»Mangel an Phantasie hat dir noch nie jemand vorgeworfen«, bemerkte Claire, als sie die Kuchenplatte auf dem Tisch abstellte. »Vielleicht geht diesmal einfach die Phantasie mit dir durch. Warum fragst du ihn nicht selbst?«

»Was sollte ich ihn fragen?«, seufzte Colin. »Ich weiß nicht mal, wie ich die Frage stellen soll. Wenn Grey wollte, dass ich es wüsste – oder wenn es ihm gleichgültig wäre, dann hätte er es mir gesagt. Gott weiß, dass er mir genug andere Dinge gebeichtet hat: das Umhängen des Lookerman-Porträts aus der Bibliothek, die Verbreitung des Lösungsblatts für das Physik-Examen, den Brandy in der Kaffeemaschine …«

»Nicht zu vergessen, dass er die Christian Prayer Fellowship mit Teufelsdreck aus der Mensa hinausgestänkert hat und um Erlaubnis gebeten hat, ›Studenten für Satan‹ zu gründen«, sagte Claire. »Was allerdings völlig legal war, wenn auch ausgesprochen töricht. Colin, ich glaube, du machst dir zu viel Sorgen. Aber wenn du willst, gehe ich hinauf zum Atomsee und nehme die Gegend mal in Augenschein.«

Colin seufzte wieder. Er wusste, was Claires Angebot bedeutete und was sie beide dachten – dass Greys unstillbare Neugier ihn auf den gleichen dunklen Pfad führte, auf dem Simon Anstey zu wandeln schien. Falls Grey sich mit Schwarzer Magie eingelassen hatte, dann würde Claires Gabe es sehr schnell herausfinden.

»Es hat zu sehr etwas von Hinterherspionieren«, meinte Colin. »Doch der eigentliche Grund, warum ich es nicht möchte, ist der: Wenn das, was sie da oben treiben, nicht absolute Blasphemie ist – oder etwas so Weltliches wie Drogenhandel …«

»Grey doch nicht!«, widersprach sie.

»Oh, ich glaube nicht, dass er der hiesige *Pusher* ist, aber Haschisch ist ebenfalls verboten, auch wenn die meisten Studenten es rauchen. Irgendwoher müssen sie es haben, und wenn er da seine Finger drin hat, ist das jenseits deiner Wahrnehmungsgabe. Und ich glaube, es handelt sich wahrscheinlich um so was. Immerhin sind Drogen einer der Pfade zur übersinnlichen Energie.«

»Aber du bist doch der Letzte, Colin, der jemanden zu so etwas ermutigen würde. Es ist gefährlich. Und Grey sieht zu dir auf. Er tut, was du ihm sagst.«

»Ach, ich glaube schon, dass er normalerweise davon ausgeht, dass ich weiß, wovon ich rede – und das ist mehr, als er anderen Professoren zubilligt. Doch blinder Gehorsam …«

»Nein«, kam es von beiden wie aus einem Mund.

»Ich werde einfach selber hingehen und mir den See mal anschauen«, sagte Colin. »Wenn ich nichts finde, dann ist da wahrscheinlich auch nichts, und ich kann die ganze Sache auf sich beruhen lassen.«

Er hoffte inständig, die ganze Sache vergessen zu können.

Auch wenn die Dichter es anders sehen, nicht April, sondern Februar war der grausamste Monat in Amsterdam County. Der Tag des kleinen Gottes der Liebe – später ein katholischer Heiliger – war bitterkalt, und ein plötzlicher Schneefall ein paar Tage zuvor machte aus jeder Autofahrt eine schwierige Unternehmung. Die zwanzig Zentimeter Schnee, die die Erde bedeckten, waren wegen der klirrenden Kälte pulverig und wie Wanderdünen. Doch wo die Schneepflüge den Schnee geräumt hatten, war er geschmolzen und dann wieder zu eisharten Buckeln und Hindernissen gefroren, die man nicht passieren konnte. Und auf den ungepflügten Straßen lag unter der weichen Schneedecke eine ein bis zwei Zoll dicke Eisschicht verborgen.

Die Wetterverhältnisse waren wohl auch der Grund, warum Colin seinen Ausflug zum Atomsee heute unternehmen wollte – sie und der Umstand, dass das Wochenende ihm einen freien Tag bescherte. Es war unwahrscheinlich, gestört zu werden. Nur ein Narr konnte die unberührten Straßen in einem Auto befahren, aber Colin hatte so viel Voraussicht besessen, sich den Range Rover eines Freundes auszuleihen, und der Vierradantrieb war für solche Straßenverhältnisse genau das Richtige.

Schon bald kam der See in Sicht – seine Ufer nur durch das weiße Ufergebüsch erahnbar. Jenseits lag das Haus. Colin fuhr eine Anhöhe hinauf und stieg an einer Stelle aus, die er für den ehemaligen Parkplatz hielt.

Der schwere Schnee erstickte sogar noch die Geräusche, die es eigentlich hier draußen auf dem Lande gab, abgesehen vom leisen Klimpern der vereisten Äste und Zweige und dem gelegentlichen dumpfen Zischen, wenn eine Schneelawine zu Boden fiel. Der Wind vom Fluss trieb Schneeschleier vor sich her, die sich nach wenigen Schritten wieder senkten. Der Himmel war blassblau, und durch den Schnee schienen alle Farben um ihn herum wie ausgewaschen. Er befand sich in einer ätherischen Welt, die einem Traum anzugehören schien.

Die Tür des Gebäudes bot Colins Dietrich keinerlei Widerstand. Eine rasche Durchsuchung der Räume brachte nichts Ruchloseres zutage als ein paar leere Weinflaschen und eine

Matratze, die jemand zu eindeutigen Zwecken in die Ecke eines der ehemaligen Büros gezerrt hatte.

Doch Colin wusste, dass dieses Haus mehr enthielt, und als er die Kellertreppe fand, war er nicht überrascht.

Von den Fenstern, die in der Südmauer lagen, kam genug dämmriges Licht, um die Gegenstände in dem Raum unten sichtbar zu machen. Trotzdem war er froh, an eine Taschenlampe gedacht zu haben. Der Keller bestand aus einem einzigen riesigen Raum, vielleicht zehn mal zwanzig Meter. Die Abflüsse an den Fensterwänden und die komplizierten Rohransätze, die in die Balken darüber gebohrt waren, legten den Schluss nahe, dass dies hier früher eine Art Labor gewesen war. Doch die Originalausstattung war seit langem fortgeschafft. Die gegenwärtigen Benutzer hatten Bücherregale aus Backsteinen und Brettern in der Ecke aufgestellt und zwei Blechkisten, einen Tisch und Klappstühle heruntergebracht.

Im Gegensatz zu den oberen Räumen war der Keller absolut sauber. Der Zementboden war geschrubbt worden, bis er glänzte, und dann mit einem farbigen Muster übermalt worden, das etwa sechs bis sieben Quadratmeter bedeckte. Drei große Kerzen in Behältnissen waren in einem Dreieck innerhalb der äußeren Umfassungslinie aufgestellt, auf der in regelmäßigen Abständen insgesamt neun Kerzen verteilt standen. Eine 13. Kerze zwischen dem inneren und äußeren Rand befand sich unmittelbar vor der Treppe: Norden.

Colin starrte sie an, seine Nackenhaare begannen sich zu sträuben. Irgendwie war er nicht überrascht, was er hier fand. Auf einer bestimmten Ebene seines Bewusstseins hatte er es erwartet.

Der Kreis im Kreis war den meisten Magieformen gemeinsam, doch die komplexe asymmetrische Figur darin hatte er noch nirgendwo gesehen. Automatisch blickte er über seine Schulter zurück, denn er wusste, was er dort gewärtigen würde. Auf die Wand hinter ihm war ein weiteres Symbol gemalt. Die schwarze Farbe war ein wenig zerlaufen, und die Tropfen verliehen der Glyphe etwas Lebendiges.

Im Norden ... das Tor des Nordens. Das Tor, durch das die Mitglieder des Zirkels ihren Geist zum Überlicht senden.

Colin hatte gehofft, dass die Aquarianische Begeisterung für Thorne Blackburn und sein Werk mit seinem Verschwinden nachlassen würde, aber dem war nie so gewesen. In den dreizehn Jahren seit Thornes Tod 1969 nahm die Zahl derer, die sich zu dem unreinen, auf fremden religiösen Ideen beruhenden Blackburn-Werk hingezogen fühlten, langsam und stetig zu. Mehr Bücher waren nach seinem Tod über ihn geschrieben worden, als Thorne je vermutet hätte – die Autoren waren fasziniert von der schwarzen Romantik eines magischen Systems, das den Ausübenden erlaubte, andere Menschen eigenen Zwecken fügsam zu machen ... wie Vieh oder Futter.

Doch der Zweck heiligte nicht die Mittel. Das konnte er nie. Das war der Grund, warum das Licht den Eingriff in das Leben und das Schicksal der Unerweckten verurteilte. Colin fragte sich, wie viele von Thornes postumen Anhängern den gleichen Preis wie er und sein Kreis der Wahrheit gezahlt hatten für ihre ruchlose Missachtung der alten Gesetze – Gesetze, die sich ebenso leicht missachten ließen wie die der physischen Welt und die genauso unerbittlich waren.

Colin wandte seinen Rücken dem Tor des Nordens zu und tat einen Schritt vor, bis sein Fuß fast den äußeren Kreis berührte. Er studierte das Bild zu seinen Füßen – ein unbeholfener Versuch, in Farben wiederzugeben, was in den Büchern als die sieben Tore beschrieben stand, der Reihe nach übereinander gelegt, immer ein Bild über dem nächstfolgenden. Das letzte Mal, als er diese Formen gesehen hatte, waren sie silbern und nicht farbig gemalt gewesen. *Und zwei Menschen starben dabei, und der Rest erlitt Wunden, die nie verheilen. Das werde ich dir nie vergeben, Thorne – niemals.*

»Ich wusste, dass Sie herkommen würden«, sagte Hunter Greyson hinter ihm.

»Warum haben Sie mir nicht gesagt, was Sie hier machen?«, fragte Colin, ohne sich umzudrehen.

»Sie hätten es nicht gutgeheißen.«

Grey kam um ihn herum, wobei er umstandslos über das Siegel trat und darauf herumging. Er zündete die Propangaslampe auf dem Tisch an, und der Raum wurde von einem leise zischenden, blauweißen Licht erfüllt.

»Stimmt, das hätte ich nicht. Und Sie wissen auch, warum, sonst hätten Sie sich nicht so viel Mühe gemacht, es vor mir geheim zu halten.« Das stärkste Gefühl, das Colin in diesem Augenblick empfand, war die Wut verletzten Stolzes; dass der Student, dem er so viel Zeit gewidmet hatte, seine Warnungen gedankenlos in den Wind geschlagen hatte. Paradoxerweise war es das Selbstsüchtige dieses Gefühls, das es ihm ermöglichte, darüber hinauszugehen.

Er hatte sich schon früher von dieser Empörung mitreißen lassen, doch Colin war sich jetzt bewusst, dass sie nur unangebrachter Stolz war. Er würde sich von diesem Stolz kein zweites Mal blenden lassen.

»Ich war sicher, dass Sie es herausfinden werden. Fünf Leute können kein Geheimnis bewahren, und ich habe mir gedacht, Sie würden unseren Kreis schließlich auf der Astralen Ebene sehen, wenn uns sonst nichts verrät.«

Obwohl Grey sich alle Mühe gab, so zu tun, als mache ihm das alles nichts aus, wusste Colin, dass er sehr erregt war und um seine äußere Gelassenheit rang. Die Schultern seiner Lederjacke waren dunkel von geschmolzenem Schnee, und seine Jeans waren an den Beinen nass. Er musste von Taghkanic hergewandert sein.

»Dann sind Sie also so weit gekommen?«, fragte Colin und versuchte, nicht ungläubig zu klingen. Der Astrale Tempel – die Arbeit einer Gruppe von Eingeweihten, die sich zusammen auf ein einzelnes Bild konzentrierten – war eine recht fortgeschrittene rituelle Handlung für eine Gruppe von Anfängern.

»Wir arbeiten schon seit ungefähr einem Jahr zusammen. Ich dachte wirklich, Sie würden früher dahinterkommen.« Greys Stimme verriet keinen Triumph, auch wenn er mit seinen Haaren und seiner nachlässigen Kleidung gut und gern als hochmütiger Abgesandter aus dem Elfenland durchgehen konnte.

Ein Jahr! Dann handelte es sich nicht um oberflächliches Herumprobieren. Colin drängte mit der Disziplin eines Arztes seine Gefühle zurück. Er bemühte sich, einen klaren Kopf für die Fragen zu behalten, die er jetzt – um ihrer beider willen – stellen musste.

»Ich habe nichts dergleichen im Zusammenhang mit Ihnen erwartet, Grey. Ich dachte, dass ich Ihnen eine solidere Grundlage gegeben hätte als diesen ...« *gefährlichen Schwachsinn*, vollendete Colin in Gedanken, behielt die Worte aber für sich.

»Sie haben mir den Hintergrund gegeben, doch die Magie entwickelt sich von selbst. Im zwanzigsten Jahrhundert, erstmals seit Jahrtausenden, ist es möglich, zu erforschen und zu hinterfragen, was wir tun und warum wir es tun; neue Methoden zu entwickeln, unser Wissen von den Alten wieder zu beleben. Alles wieder heraufzuholen, was mit dem Untergang von Atlantis verloren ging ...«

»Manches bleibt besser verloren«, sagte Colin unmissverständlich. »Im Namen des Lichts, Grey, wer hat Sie so etwas gelehrt?«

Grey zuckte die Schultern. Sein stummer pubertärer Widerstand erinnerte Colin daran, wie jung er noch war.

»Ich habe mir ein paar Bücher gekauft. Ich hatte nicht das hier vor, als ich anfing, aber mir gefiel, was Blackburn schrieb, und es leuchtete mir ein.« Er hob seinen Blick zu Colin, und der ältere Mann konnte auf Greys Gesicht den Ausdruck schlichter Hoffnung erkennen. »Wenn Sie nur sehen könnten, was ich gesehen habe ... das Blackburn-Werk handelt von Versöhnung – niemand ist vollkommen, wie es so schön heißt. Aber irgendwo auf der Welt gibt es immer das, was uns fehlt, und wir können es uns von dort holen. Und wenn wir das Gleichgewicht nur oft genug erreichen, gewinnen wir die Kraft, bewusst zu handeln und nicht nur blind zu reagieren, weil etwas weiß oder schwarz ist. Und durch *dieses* Handeln erlangen wir die Macht, das Tor zwischen den Welten zu öffnen und die Welten der Menschen und Götter miteinander zu versöhnen, um unseren letzten Mangel zu überwinden.«

Der ehrliche Idealismus und die Aufrichtigkeit in Greys Stimme nahmen Colin für ihn ein, beinahe wollte er ihm Recht geben. Doch die hehren Versprechungen, die das Werk Blackburns machte, waren nur eine goldene Maske über der verderbtesten Wirklichkeit.

»Sie reden von der Beschleunigung der Entropie«, beschied Colin ihm kurz.

Das letzte Ziel der Entropie – sofern eine geistlose Kraft ein Ziel haben konnte – war die Rückführung aller Energie auf ein unterschiedsloses Niveau, die Aufhebung der Trennung aller Dinge und ihres Gegenteils, die mit dem Zeitenanfang entstanden war.

»Ich spreche über die Abhilfe unseres Mangels und über die Vervollkommnung unseres Selbst«, sagte Grey. »Das ist das Ziel des Großen Werkes, oder?«

»Sie wissen, dass es das ist. Und Sie wissen ebenso, dass dies hier *nicht* das Große Werk ist, sondern eine trügerische Abkürzung, die in eine Sackgasse führt. Blackburns Rituale sind Schwarze Magie der schlimmsten Sorte – jener, die sich mit guten Absichten tarnt. Er glaubte, die Werkzeuge des Schattens könnten in den Dienst des Lichts genommen werden, und er irrte sich. Es gibt keine Macht, die nicht am Ende korrumpiert.«

»Sie sagen damit, dass das Licht keine Macht hat«, erklärte Grey. Er schaute zu Boden und spielte auf eine Weise mit dem Saum seiner Jacke, die mehr von seiner Nervosität verriet, als ihm lieb gewesen wäre.

»Das ist doch Jesuitenlogik, und Sie wissen das«, antwortete Colin. Er konnte den Ärger in seiner Stimme nicht unterdrücken. »Ich sage vielmehr, dass das Licht inhärente Wächter gegen den Machtmissbrauch hat, der Schatten hingegen – und das Werk Blackburns – haben sie nicht. Thorne war der anmaßendste Mann, den ich je gekannt habe …« – *Anwesende ausgenommen* – »… und wollte nicht glauben, dass die Gesetze des Pfades auch für ihn gelten.«

»Sie kannten Thorne Blackburn?«, fragte Grey und sah auf. Sein Gesichtsausdruck und der Ton seiner Stimme verrieten Ungläubigkeit.

»Ja«, sagte Colin nur. Er hatte keineswegs vor, Greys offenbare Heldenverehrung mit irgendwelchen Geschichten über den »großen Mann« zu nähren. Was Grey bereits ohne äußere Hilfe zustande gebracht hatte, war beunruhigend genug. »Und vielleicht nehmen Sie mir ab, wenn ich Ihnen sage, dass das so genannte Werk Blackburns voller Fehler und Gefahren steckt und letztendlich nutzlos ist.«

»Das können Sie doch nicht wissen«, bestand Grey hartnäckig.

»Sie müssen einen von uns beiden für ganz schön blöd halten«, sagte Colin bissig. »Wie viele Möglichkeiten habe ich, um es zu sagen? *Diese Rituale sind gefährlich.*«

»Wir sind sehr vorsichtig«, beharrte Grey.

»Sie – ja, das kann sein. Wenn etwas falsch läuft, dann merken Sie es vielleicht, bevor es zu spät ist, und ziehen sich aus der Gefahrenzone zurück. Aber was ist mit Ihren Freunden? Oder wollen Sie sie für Ihre Ziele opfern?« Seine taktische Änderung brachte den jungen Mann in Verlegenheit – Grey sah jetzt sichtlich bestürzt aus.

»So ist es nicht! Warum müssen Sie alle Dinge in Schwarz und Weiß malen?«, begehrte Grey leidenschaftlich auf.

»Weil sie so sind«, hörte Colin sich unerbittlich sagen. Die nächsten Worte lagen ihm auf der Zunge: Grey ein Ultimatum zu stellen – ihm mit der Relegation vom Institut zu drohen – sofortige Unterwerfung zu fordern.

Aber das würde nicht funktionieren. Wenn Grey dem Schatten nicht freiwillig und in voller Verantwortung entsagte, würde er ihm überhaupt nicht entsagen, gleichgültig, was Colin tat.

»Aber wir können woanders darüber reden«, sagte Colin etwas freundlicher. »Erzählen Sie mir bloß nicht, dass Sie heute mit Ihrem Motorrad hergekommen sind.«

»Ich bin gelaufen«, sagte Grey. Man spürte seiner Stimme die Erleichterung über den Themenwechsel förmlich an. »Na ja, ich bin bis zur Abzweigung mit Ramsey gefahren; er fuhr sowieso nach Rhinebeck.«

Und wie wollte er zurückkommen?, dachte Colin mit der unromantischen Vernunft des Alters. Aber die Jugend machte sich nie Gedanken darüber, wie man zurückkam oder sich zurückzog. Jugend kannte keinen Tod.

»Nun, dann können Sie mit mir zum College zurückfahren. Aber machen Sie sich nichts vor, Grey – wir werden über diese Sache noch einmal sprechen. Ich missbillige Ihre Aktionen zutiefst, aber das war Ihnen bekannt, als Sie sich für diesen Weg entschieden haben. Es hat keinen Sinn, dass wir beide hier stehen und uns anschreien wie Filmhelden und einer von uns danach durch den Schnee nach Hause laufen muss.«

Das war nach der heftigen Auseinandersetzung ein Ende ohne Höhepunkt. In Greys Gesicht zeigte sich eine gewisse Enttäuschung.

»Sie stellen mir kein Ultimatum?«, fragte er. »Schwingen kein flammendes Schwert? Verbannen mich nicht?«

»Wozu sollte das gut sein?«, entgegnete Colin.

So gerne Colin Greyson am Kragen gepackt und allen Unverstand aus ihm herausgeschüttelt hätte, er hielt sich in den folgenden Wochen zurück. Grey konnte – oder wollte – Colin nicht erklären, was ihn zum Werke von Blackburn hinzog. Er hinterließ in Colin vor allem den Eindruck, dass sich die Anhänger Blackburns als selbst ernannte Okkulte Polizei aufwarfen und in anderer Leben eingriffen, um ihre höchst subjektiven Wahrnehmungen von einem gestörten Gleichgewicht zu befriedigen.

Die anderen Mitglieder des Kreises – Janelle Baker, Ramsey Miller, Greys Freundin Winter und, sehr zu Colins Missfallen, Cassilda Chandler, in die er so hohe Erwartungen gesetzt hatte – waren wahrscheinlich nur durch die Freundschaft mit Greyson zum Blackburn-Werk gekommen. Mit Ausnahme von Cassie nahm niemand von ihnen Kurse in Parapsychologie, allerdings hatte Winter ein paar Vorlesungen von Colin besucht, seit sie mit Grey zusammen war.

Weil es um einen so hohen Einsatz ging, sah Colin sich das Material an, nach dem Grey vorgegangen war, doch das Bild, das er sich vom Werk Blackburns machen konnte, wurde nach jenem Tag am Atomsee nicht klarer.

Vor Colin hatte Thorne immer die Erkenntnis durch Rituale und die Aufklärung durch direkte Kommunikation mit Wesenheiten der Äußeren Ebene propagiert – für Anfänger etwa so harmlos, wie wenn man einen nassen Finger in eine Steckdose steckte, und ähnlich belehrend. Doch Thorne hatte sich nie um Sicherheit geschert und die Apotheose durch Irreführung angestrebt. Diese Mischung machte die blackburnschen Rituale so überaus gefährlich, wenn sie überhaupt funktionierten – was sie oft nicht taten. Ein großer Teil von Thornes Schriften, darunter die Abschlussrituale, die vom Öffnen des Weges handelten, waren im Chaos nach seinem Tod verloren gegangen. Wahrscheinlich war damit auch der Schlüssel zu seiner Philosophie ein für alle Mal verloren.

Wenn er Greys Konzentration auf das Werk unterband, so würden die anderen den Kreis nicht fortsetzen, so glaubte Colin. Er hegte die Hoffnung, dieses Schwärmen für Blackburn würde sich ebenso von selbst erledigen wie jede Affenliebe. Er musste Grey nur wieder für das Licht gewinnen – und im selben Moment wäre die Sache gestorben.

Dessen war sich Colin sicher.

Als der Winter mit der Schneeschmelze in den Frühling überging, wurde Grey etwas gelassener und wieder offener. Er würde in diesem Frühjahr seinen Abschluss machen, doch strebte er dann seinen Magisterabschluss und die Lehrbefugnis an. Das Stipendium endete mit dem Baccalaureus, aber es gab eine Reihe von Hiwi-Jobs, mit denen er sein finanzielles Loch auffüllen konnte. Colin ging davon aus, ihn in seiner Sommervorlesung zu sehen.

Ich kann ihn für das Licht zurückgewinnen. Dieser Gedanke überkam Colin immer öfter, als die Tage länger wurden. Er war sich seines Sieges sicher, auch wenn er Zeit dafür brauchen würde.

Die Frühjahrspause dauerte vom 12. bis 18. April. Am 19. fehlte Grey in der Vorlesung.

Cassilda war da. Colin hielt sie an, als sie gerade den Raum verlassen wollte.

»Haben Sie Grey heute gesehen?«, fragte er ohne Umstände.

Cassie zuckte mit den Schultern und wich seinem Blick aus. Die weiße Strähne, die vorn in ihre kurzen dunklen Haare gefärbt war, gab ihr eine gewisse Ähnlichkeit mit einem Pekinesen.

»Wahrscheinlich hatte er was zu erledigen?«, murmelte sie ohne Überzeugung. Sie warf Colin einen kurzen, undurchdringlichen Blick zu. »Sie fragen ihn am besten selbst.«

Bevor Colin weitersprechen konnte, schlüpfte sie hinaus auf den Flur und verschwand eilig.

Was sollte das jetzt nun wieder bedeuten?, fragte sich Colin verblüfft. Er überlegte, ob es klug sei, nach seinem Studenten zu suchen – würde das ihr Verhältnis nicht noch mehr belasten? Würde Grey es nicht für eine Einmischung in seine Angelegenheiten halten? Doch er schob diese Einwände beiseite. Auch wenn sie sich neuerdings nur noch mit Zurückhaltung begegneten, würde Grey außer im Notfall doch keine Vorlesung von Colin versäumen; nicht knapp sechs Wochen vor seiner Abschlussprüfung.

Mehrere Stunden später fand er Grey in einem Studentencafé außerhalb des Universitätsgeländes. Dort trank er Kaffee an einem der zurückgesetzten Tische.

»Darf ich mich dazusetzen?«, fragte Colin.

Grey sah ihn verschwommen an. Sein Gesicht war von Übernächtigung und intensiven Gefühlen entstellt.

»Colin«, sagte er. Er klang so überrascht, als hätten sie sich nicht erst letzte Woche gesehen. »Ja, klar.«

Colin nahm Platz und bestellte auch einen Kaffee.

»Sie sehen mitgenommen aus. Wann haben Sie denn zum letzten Mal was gegessen?«, wollte er wissen. *Warum sagen die Alten immer die gleichen nutzlosen Dinge zu den Jungen, obwohl sie nur das Beste wollen?*

»Sie ist nicht zurückgekommen«, sagte Grey schlicht.

Es hatte in den ganzen letzten Monaten nur eine »Sie« in Greys Leben gegeben. Dem Anschein nach waren sie ein perfektes Paar gewesen; das Traumpaar von Taghkanic, der Troubadour und Witzbold und seine hochherzige edle Dame. Die beiden waren enger zusammen als viele alte Ehepaare, die Colin kannte, und es hatte ihn erstaunt, als er in einem zufälligen Gespräch mit Professor Rhys erfuhr, Winter sei in den freien Tagen nach Hause gefahren, statt mit Grey in Glastonbury zu bleiben.

»Und?«, bohrte Colin vorsichtig nach.

»Sie ist nicht zurückgekommen!«, wiederholte Grey ungeduldig. Er nahm seine Tasse Kaffee und starrte sie an, als hätte er sie noch nie gesehen.

»Aber das kann doch nicht alles sein«, hakte Colin nach. Er verkniff sich die nahe liegende Frage, ob sie verletzt oder krank sei. Ob zu Recht oder nicht, Grey hatte diese Möglichkeiten offenbar schon ausgeschlossen.

Und Colin merkte, dass er es – unbewusst – auch getan hatte. Cassies früheres Benehmen – als hütete sie ein düsteres Geheimnis – war teilweise der Grund dafür. Dies und die Art, wie Grey sich verhielt. Ob Colin wollte oder nicht: Winter, Cassie und Grey hatten zusammen Magie getrieben, und die Bande, die sie geknüpft hatten, waren stärker als die üblichen von Liebe oder Gesellschaft.

»Wir wollten demnächst heiraten«, sagte Grey leise. Er stellte seine Kaffeetasse ab und fuhr sich durchs Haar, so dass sein Pferdeschwanz sich auflöste. Die losen Haarsträhnen fielen vor sein Gesicht. »Ich habe sie gefragt, ob sie mich heiraten will. Ich dachte, dass sie zurückkommen würde.«

Das Telefon klingelte. Colin erwachte aus unruhigem Schlaf. Er griff in der Dunkelheit nach dem Hörer, noch benommen von einem Traum.

»Hallo?«

»Colin?«

Der Traum ließ ihn nicht los. Er war davon überzeugt, dass Thorne Blackburn am anderen Ende der Leitung war und ihn wieder aus dem Gefängnis anrief. Dann wurde er klar im Kopf, und die letzten Schleier des Schlafs lichteten sich.

»Grey?« Greyson war die ganze Woche nicht in den Lehrveranstaltungen gewesen, und Colin war besorgter, als er zugeben wollte. »Wo stecken Sie?«

»Ich bin im Gefängnis.« Greys Stimme war ausdruckslos und äußerst kontrolliert.

Die seltsame Verschmelzung von Traum und Wirklichkeit vertrieb die letzte Benommenheit des Schlafes aus Colins Bewusstsein.

»Im Gefängnis? Warum?«

»Das weiß ich nicht. Ich bin hier irgendwo am North Shore. Long Island. Morgen wollen sie die Kaution festsetzen, aber ich habe kein Geld.« Eine lange Pause. »Ich wusste nicht, wen ich sonst anrufen sollte.«

Colin ermaß die Überwindung, die ihn dieses Geständnis gekostet hatte – Grey war so stolz wie Luzifer, und Colin fürchtete, dass dieser Stolz ihn in eine ähnliche Katastrophe treiben würde.

»Machen Sie sich keine Sorgen«, sagte Colin. »Ich komme hin. Lassen Sie mich mit dem Sergeant sprechen.« Er warf einen Blick auf die Uhr neben dem Bett. Es war zwei Uhr früh, und irgendwie schien sich diese Nacht in all die anderen Notrufnächte in Colins Leben einzufügen, Notrufe von Männern und Frauen, die heute tot waren, während er als Einziger überlebt hatte.

Der Dienst habende Sergeant klärte Colin über die Einzelheiten auf: Grey war wegen Hausfriedensbruchs und Ruhestörung auf privatem Gelände inhaftiert worden, der Eigentümer hatte Anzeige erstattet.

Sein Name war Kenneth Musgrave.

Als Colin ihn hörte, sank ihm das Herz. Was war mit Winter geschehen?

Auf diese Frage erhielt er in Ramapahoag keine Antwort.

Grey erschien vor dem Untersuchungsrichter, wo er nach kurzer Verhandlung des Hausfriedensbruchs für schuldig befunden wurde – ein minderes Delikt. Das Bußgeld wurde festgesetzt, und Grey ging zur Gerichtskasse. Colin traf ihn dort.

»Danke fürs Kommen«, sagte Grey. Seine Stimme war heiser, und sein Gesicht zeigte Spuren einer großen emotionalen Krise.

»Schon gut«, erwiderte Colin freundschaftlich. Das Problem schien etwas Größeres zu sein als der Streit mit einer Freundin – was, in Gottes Namen, hatte Grey getan, dass Winters Familie ihn wegen Hausfriedensbruchs belangen ließ?

Aber er fragte nicht danach; er bezahlte einfach nur die Strafe, und dann brachte er Grey hinaus.

Sie mussten noch anhalten und Greys Motorrad holen, das beschlagnahmt worden war. Eine weitere Strafgebühr wurde fällig. Grey war ungewöhnlich fügsam – wahrscheinlich stand er noch unter Schock, vermutete Colin. Es gab in der Tat taktvollere Arten, eine Verlobung aufzulösen, als den Heiratskandidaten ins Gefängnis zu bringen.

»Sie fahren mit mir zurück«, sagte Colin bestimmt, als Grey die Lenkstange seines Motorrads packte. »Wir können es hinten ins Auto laden. Sie sind damit auf den Straßen nicht sicher.« Colins altehrwürdiger Kombi bot bei umgelegten Rücksitzen gerade genug Platz für das seitlich liegende Motorrad.

»Ich glaube, ich bin Ihnen eine Erklärung schuldig«, sagte Grey, als das Auto anfuhr. »Aber ich fürchte, Sie müssen dies dem guten alten Karma zur Last legen. Etwas in der Art wie ›Mensch, es gibt ein paar Dinge, in die du dich besser nicht einmischen solltest‹.«

»Sie glauben, dass das hier der Fall ist?«, fragte Colin möglichst neutral. Die meisten Menschen begannen zu reden, wenn man sie ermutigte, ohne sie zu drängen, und er bezweifelte, dass Grey sich darin unterschied.

»Sie wollte mich nicht sehen«, sagte Grey starr, als könnte er es nicht glauben. »Sie kam noch nicht mal raus. Ihr Vater hat die Polizei gerufen.« Sein Mund verzog sich zu einem Hohnlächeln. »Sie hat immer gesagt, sie würden mich nicht mögen. Sie hatte Recht.«

Mehr war aus Grey nicht herauszuholen – und zwar aus dem einfachen Grund, wie Colin bei einem späten Frühstück in Tarrytown erfuhr, weil es mehr Informationen nicht gab. Winter Musgrave war für die freien Tage nach Hause gefahren und nicht mehr nach Taghkanic zurückgekehrt. Als Grey sie besuchen wollte, um mit ihr zu sprechen, hatte ihr Vater die Polizei gerufen.

»Wir haben uns geliebt«, antwortete Grey auf imaginäre Fragen. »Sie hätte das nicht getan.«

Doch Colin fiel auf, dass er von Winter in der Vergangenheit sprach, als ob ein Teil von ihm bereits wüsste, dass ihre gemeinsame Zeit vorüber war.

Kann das, was du am Atomsee angestellt hast, ihr so viel Angst eingeflößt haben?, fragte sich Colin. Aber es wäre zu grausam, diese Frage jetzt zu stellen, und Grey würde sie sich bald genug selber stellen – bald und ein Leben lang. Ob Winter nun am Ende zurückkam oder nicht.

Am späteren Nachmittag kamen sie bei dem Haus in Glastonbury an, das Grey mit mehreren anderen Studenten von Taghkanic bewohnte. »Sie sollten jetzt besser nicht allein sein«, sagte Colin.

»Was glauben Sie denn, was ich jetzt mache? Mir die Pulsadern aufschneiden?«, fragte Grey verächtlich. »Ich will mich nur hinlegen und schlafen.«

Er schubste die Tür auf und wartete dann hinter dem Auto, bis Colin den Kofferraum öffnete. Als sie das Motorrad zusammen herausgehoben hatten, stellte Grey es hin, um es von der Straße zu schieben.

»Ich werde ein paar Tage brauchen, bis ich Ihnen Ihr Geld zurückgeben kann«, sagte Grey finster entschlossen.

»Machen Sie sich keine Sorgen deswegen«, sagte Colin. *Ich mache mir Sorgen um dich, Grey.*

Grey hob die Schultern, so sprachlos wie Colin ihn noch nie gesehen hatte. Auffallend, theatralisch, selbstsicher ... in diesem Moment war Hunter Greyson nichts von alledem.

»Danke – für alles«, sagte Grey verlegen, drehte sich um und schob das Motorrad hinter das Haus.

Die Sache war nicht ausgestanden. Es überraschte Colin daher nicht, als ein paar Stunden später Claire bei ihm vorbeikam – Mitternacht war zwar schon vorbei, doch Colin war noch vollständig angekleidet.

»Atomsee?«, fragte er.

Claire nickte.

»Ich frage dich nicht, wieso du Bescheid wusstest – denn ich brauchte auch keine mediale Fähigkeit, um es mitzukriegen. Cassie war zusammen mit Janelle in meinem Buchladen, und sie haben sich den größten Teil des Nachmittags bei mir die Augen ausgeweint«, sagte Claire.

»Ich wünschte, ich wüsste, was passiert ist«, sagte Colin. »Alles, und nicht nur das, was Grey mir sagen wollte – oder was er wusste.«

»*Das* würde sicher manches klären«, stimmte Claire düster zu. »Aber, bitte, Colin, beeile dich.«

»Ich muss nur noch ... ah, hier ist die Abzweigung.«

Die Straße, die für den Range Rover im Februar ohne Schwierigkeiten zu befahren war, stellte sich im Aprilmatsch für ein normales Auto als sehr viel heiklere Strecke heraus. Ein paar Mal hatte Colin Angst, der Volvo würde einfach stecken bleiben. Doch schließlich erreichten sie vergleichsweise festen Boden am Seeufer, und die Scheinwerfer des Autos strahlten die Vorderseite des ehemaligen Laboratoriums an – und Greys Motorrad, das davor stand.

Colin seufzte, auch wenn er nichts anderes erwartet hatte. Er hielt an, Claire sprang hinaus und rannte zur Hinterseite des Gebäudes – sie war aufgeregter, als sie gezeigt hatte. Colin fluchte leise und folgte ihr. Er ließ den Motor bei angezogener Handbremse laufen, so dass die Scheinwerfer wenigstens den Weg beleuchteten.

Die Tür am Hintereingang wurde von einem Backstein aufgehalten. Als Colin sie erreichte, merkte er, was Claire so aufgeregt hatte. Es roch bereits nach Rauch.

»Claire!«, rief er und zog seine Taschenlampe heraus.

Colin erreichte die ersten Stufen der Kellertreppe und konnte Flammen sehen. Die Luft war von dichtem Rauch erfüllt.

»Grey – nicht!« Claires Stimme.

Als Colin unten eintraf, roch er, wie der Gestank von Aceton sich mit dem Brandgeruch vermischte. Die Acetylenlaterne mit ihrem Druckbehälter zischte hell in der Ecke, und Colin schrak zurück; Aceton war leicht entzündlich. Er blickte sich um. Claire stand in der Ecke, unversehrt. Doch der ganze Keller konnte jeden Moment wie eine Fackel in Flammen aufgehen, und Grey – und sie beide – gleich mit.

»Ich zerbreche meinen Stab – vergrabe ihn in der Erde – tiefer, als je ein Lot gesenkt wurde – ich versenke – *verbrenne* – mein Buch!«, rief Grey. Er hatte einen Kanister mit Aceton in der Hand und schüttete es auf das magische Zeichen, das auf den Boden des Tempels gemalt war. Die giftige Flüssigkeit bildete Lachen auf dem Zementboden, und die Umrisse der leuchtenden Figur wurden immer blasser und undeutlicher.

Colin war sich unsicher, ob Grey bemerkt hatte, dass er Zuhörer hatte. Er schleuderte den Kanister beiseite und ging zurück zu dem schwelenden Bücherhaufen. Das Bücherregal war umgestürzt worden, und die zerrissenen Bücher waren mit den Brettern in einer der Blechkisten zu einem Scheiterhaufen aufgeschichtet. Auf dem Boden lagen die Scherben der zerbrochenen Kerzengläser verstreut. Der Kartentisch war ebenso wie die Stühle umgeworfen, die zweite der Kisten stand offen.

»Grey!«, rief Colin.

Grey drehte sich um. »Hallo, Colin«, sagte er so beiläufig, als hätten sie sich auf einer Straße in der Stadt getroffen. Doch seine Augen waren rot und seine Stimme vom Schreien heiser. »Ich habe sie gar nicht reinkommen sehen.«

»Grey, ich weiß, dass Sie wütend sind«, begann Claire.

»Und ob ich wütend bin«, antwortete Grey mit kaum verhohlener Ungeduld. »Alles, woran ich geglaubt habe, ist zur Hölle.« Er griff in seine Tasche und holte ein Feuerzeug heraus. Als er es anzündete, schoss eine lange Flamme daraus hervor.

»Tun Sie's nicht«, sagte Colin.

»Also habe ich mir gedacht, ich schmeiße alles hin«, sagte Grey, als hätte er Colin nicht gehört.

Er warf das Feuerzeug über die Schulter, es traf auf den Deckel und rutschte in die Kiste. Was er da auch hineingegossen hatte, es entzündete sich im Nu, und mit bläulicher Flamme verbrannten Greys Bücher, seine Magie-Journale und sonstigen rituellen Utensilien.

»Das war's also. Ich bin fertig«, erklärte Grey und kam zu ihnen.

»Kommen Sie«, sagte Claire, fasste ihn unter und zog ihn schnell zur Treppe.

Jeden Augenblick konnte sich das Aceton entzünden, wenn sie nicht großes Glück hatten. Weder Colin noch Claire hatten einen Feuerlöscher geholt, und Colin war sich nicht sicher, ob er ihn benutzt hätte – es waren schon genug flüchtige chemische Substanzen hier unten.

Sie hatten Glück. Claire brachte Grey ohne Zwischenfall nach oben an die frische Luft, Colin folgte. Er ließ die hintere Eingangstür offen, in der schwachen Hoffnung, dass die Lösungsdämpfe sich verflüchtigen würden, statt sich zu entzünden.

Als sie hinter dem Haus standen, sahen sie den Feuerschein durch die Kellerfenster: die orangefarbenen Flammen der brennenden Bücher und das gleich bleibend weiße Licht der Acetylenlampe. Der Raum füllte sich mit schwarzem Rauch. Colin sah, wie er sich über den Flammen verdichtete.

»Was haben Sie nur getan?«, schimpfte Claire. Sie stand kurz davor, ihn zu schütteln.

»Es ist alles vorbei«, sagte Grey. »Alles aus.«

»Komm«, bat Colin und legte eine Hand auf Claires Schulter. »Es kann immer noch eine Explosion geben.«

»Mein Motorrad«, rief Grey, als Claire ihn zum Auto führte.

»Holen Sie sich's später«, sagte Colin kurz. Er war jetzt nicht in der Stimmung, Greys Motorrad mühsam im Laderaum des Volvo zu verstauen.

»Ich fahre damit zurück.«

»Nein, das tun Sie nicht«, bestimmte Claire grimmig. »Sie hätten heute Abend dort umkommen können, Grey – ganz zu schweigen davon, dass Brandstiftung ein Vergehen ist. Was, wenn das Zeug explodiert? Was, wenn sich das Feuer ausbreitet?«, schimpfte sie.

»Offen gesagt, Scarlett …«, wollte Grey anfangen.

»Los, ins Auto mit dir!«, sagte Claire, wobei sie die Tür aufriss und ihn hineinschubste.

Colin wusste, ihre Grobheit entsprang nur der Erleichterung, dass nichts Schlimmeres geschehen war. Immerhin hatte es den angenehmen Effekt, dass Grey tat, was sie befahl.

Als sie Greyangels erreichten, begannen Greys Zähne aufeinander zu schlagen, und er zitterte in seiner Lederjacke vor Schüttelfrost.

»Mach ein Feuer«, sagte Colin zu Claire, als er den Wagen abstellte. »Ich werde ihm etwas Heißes verabreichen.«

Jeder erledigte seine Aufgabe mit großer Routine. Claire führte Grey ins Haus, wickelte ihn in die Couchdecke und setzte ihn in den Sessel vor dem Kamin.

Während sie mit Streichhölzern und Anzündern hantierte – Colin hatte für Gelegenheiten wie jetzt immer Feuerholz im Kamin geschichtet –, ging er in die Küche und stellte den Herd an. Er füllte Apfelwein von der lokalen Kelterei in einen kleinen Topf und gab einen großzügigen Löffel kalt geschleuderten Honigs dazu. Während die Mischung heiß wurde, durchsuchte er die Speisekammer, bis er eine Flasche Brandy fand. Er mochte ihn nicht, aber jemand hatte ihm die Flasche geschenkt, und – Sammler, der er war – hatte er sie für einen möglichen späteren Gebrauch weggestellt. Jetzt füllte er mehrere Esslöffel in einen Becher und goss den dampfenden Apfelwein hinzu. Was auch immer heute Abend draußen am Atomsee vorgefallen war, es war eine schwere Prüfung für Grey gewesen, und ein probates Hausmittel musste verabreicht werden.

Als er ins Wohnzimmer trat, brannte das Feuer bereits. Claire saß auf einem Kissen, hielt Greys Hand und sprach mit ihm.

»Hier, trinken Sie das«, sagte Colin und reichte ihm den Becher.

Grey nahm ihn wortlos entgegen.

»Ich fahre lieber noch mal zurück und sehe nach, ob das Feuer sich nicht ausgebreitet hat«, verkündete Colin. »Ihr beide kommt hier klar?«

»Ich glaube schon«, erwiderte Claire. Grey schüttelte leicht seinen Kopf, was alles Mögliche bedeuten konnte, und zog die Decke enger um sich.

Colin nahm den Feuerlöscher, der neben der Haustür stand, und fuhr zurück zum Atomsee.

Er roch den strengen Brandgeruch, als er aus dem Auto stieg. Doch nichts wies auf einen größeren Brand hin. Als er den Hintereingang des Hauses erreichte, waren die Kellerfenster dunkel und fühlten sich kalt an.

Seltsam … und interessant. Die eine Kiste war gleich hier drunter, und ich war nur eine halbe Stunde weg. Das Zeug müsste noch brennen.

Als er mit der Taschenlampe hineinleuchtete, waren die Fenster klar und nicht verrußt. Von einem Feuer war nichts zu sehen.

›*Kuriöser und kuriöser, sagte Alice*‹, dachte Colin. Er ging zur Hintertür zurück – die noch offen stand –, zögerte und ging hinein.

Der Keller war voller beißendem Rauch – aber längst nicht so viel, wie er erwartet hatte. Colin stieg vorsichtig die Treppe hinunter – auf alles gefasst.

Der Kellerboden war mit sandiger Asche bedeckt, die vorhin nicht da gewesen war, doch das magische Zeichen war immer noch sichtbar, nur etwas blass durch das Aceton. Offenbar hatte es sich nicht entzündet. Die Laterne in der Ecke war geplatzt und hatte eine Brandspur an der Wand hinterlassen, die schwarz verrußten Glassplitter waren fächerförmig verstreut. Colin ließ das Licht seiner Taschenlampe hin und her wandern. Bei Tage könnte er den Raum gewiss besser untersuchen, aber nun war er einmal hier.

Die Kerzen waren geschmolzen, das Wachs war aus den Gläsern gelaufen. Colin bückte sich und berührte die formlose weiße Wachsmasse. Es war immer noch etwas weich, als ob es erst vor kurzem abgekühlt wäre. Sonderbar genug, doch was Colin erblickte, als er zur Blechkiste kam, überzeugte ihn davon, dass das Unsichtbare an diesem Ort gewütet hatte.

Die Kiste war fast nicht wieder zu erkennen, die Metallwände waren von irrsinniger Hitze verbogen und verdreht. Ihr Inhalt war zu einer schmierigen Asche und ein paar kleinen Metallblasen geschrumpft – einschließlich der Kiefernbretter, die eigentlich Stunden brauchten, um zu verbrennen.

Die andere Kiste trug ebenfalls überall Brandspuren, nur grau-schwarze Asche darin. Die Innenseiten hingegen waren nicht einmal angesengt.

Colin ließ den Deckel zufallen. Er machte ein hohles Geräusch, und sehr feiner Aschestaub puffte aus dem Schloss heraus.

Colin ging zurück in die Mitte des ehemaligen »Tempels«. Das halb verschwundene Bild fühlte sich etwas schmierig unter seinen Füßen an.

Wie Colin aus seiner widerwillig betriebenen Beschäftigung mit dem Werk Blackburns wusste, gab es für den Eingeweihten sieben Tore und vier Anrufungen, um die ersten Stufen zu meistern. Die Anrufungen waren vier der sechs Rituale, die zur Grundlegung des Tempelbodens gehörten, und sie bezogen die Elementarkräfte ein: Erde, Wind, Meer und Feuer. Ein Blackburn-Zirkel konnte nun – wenigstens theoretisch – jeden der Elementaren Könige zur Manifestation bringen, auch wenn dies bestenfalls eine bedrohliche Vorstellung war.

Es hatte den Anschein – zumindest vom Schaden her zu schließen, der hier angerichtet worden war –, als hätte Grey in der Tat einen von ihnen herbeigerufen: Salamander, den Prinzen des Feuers. Er hatte gesagt, dass er seine Bücher verbrennen wolle, und hatte es wahr gemacht. Colin schauderte es bei dem Gedanken an die Macht, die hier so fahrlässig entfesselt worden war.

Nein, nicht fahrlässig. *Vorsätzlich!* Die Macht des Willens, unterstützt durch leidenschaftliche Gefühle des Adepten – Trauer und Wut –, bezog ihre Kraft aus dem tierischen Wesen des Menschen, wie das Werk Blackburns lehrte. In seiner Raserei und seinem Schmerz war sich Grey genau seiner Tat bewusst: Er hatte das Feuer heraufgerufen ohne den geringsten Versuch, es auszubalancieren – und dies hier war das Ergebnis. Kein Wunder, dass der Junge so mitgenommen war, wenn es tatsächlich das war, was er getan hatte.

Doch das Feuer war jetzt erstickt, und für die Wälder bestand keine Gefahr mehr. Er wollte lieber zurückfahren, bevor Claire sich Sorgen machte.

Colin fuhr sehr nachdenklich zum Bauernhaus zurück. Grey machte offensichtlich das Werk Blackburns dafür verantwortlich, dass Winter mit ihm gebrochen hatte; oder machte es dafür verantwortlich, dass sie nicht zurückkehrte, was am Ende auf das Gleiche hinauslief. Wenn das, was Colin hier gesehen hatte, irgendein Anzeichen für etwas war, so dafür, dass Grey mit Blackburns Werk gebrochen hatte.

Das ist vielleicht eine Basis, auf der wir aufbauen können. Colin verdrängte diesen Gedanken – er war zu pragmatisch, um seiner Selbstwahrnehmung wirklich zu entsprechen –, aber er konnte sich seinem Reiz nicht ganz verschließen. Er hatte gewollt, dass Grey dem Werk Blackburns abschwor, und nun hatte er es in jeder Hinsicht getan.

Erst später wurde Colin klar, wie viel mehr noch Grey in dieser Nacht aufgegeben hatte.

Er hatte alles aufgegeben.

17

SAN FRANCISCO, MITTWOCH, 16. MÄRZ 1983

Selbst hier noch hat die Tapferkeit ihren Lohn, es gibt vergoss'ne Tränen, und die Sterblichkeit rührt an das Herz.

VERGIL, *AENEIS*

An einem windigen Märztag versammelten sich in der Stadt an der Bucht die Freunde von Alison Margrave in einer Kapelle auf einem Hügel, um ihr die letzte Ehre zu erweisen und sie zur letzten Ruhe zu geleiten.

Während Alison mit einem langen und reichen Leben beschenkt worden war – sie war im Januar vierundachtzig geworden – und ebenso mit einem schnellen und friedlichen Tod, musste Colin erneut daran denken, dass es keinen guten Tag zum Sterben gab. Alisons Tod war wie der Verlust eines unsichtbaren Schutzes, der ihn vor seiner eigenen Sterblichkeit bewahrt hatte, und nötigte ihn, sich dem Gedanken zu stellen, den er längst verstanden glaubte: dass er eines Tages, und zwar in weniger Jahren, als er bereits gelebt hatte, dieses Leben würde hinter sich lassen müssen.

Claire saß in der Kapelle neben ihm und weinte in stillem, untröstlichem Schmerz. Alison war wie eine Mutter für sie gewesen, und dieser frische Verlust öffnete alte Wunden.

Die Verstorbene hatte verfügt, dass ihre Asche auf dem Mount Tamalpais verstreut werden solle; und diejenigen, die sie in ihrem langen Leben gekannt hatte, hatten sich in dieser überkonfessionellen, sehr außergewöhnlichen Kirche getroffen, um an der Erfüllung ihres letzten Willens teilzuhaben.

Wenigstens zwei Mitglieder aus Alisons eigener Loge waren zugegen, um Abschied zu nehmen. Colin blickte wieder auf das Podest, wo Kathleen Carmody stand. Sie und ihr

Mann gehörten Alisons Loge an, seit sie vor vielen Jahren in den Pfad eingeführt worden waren. Heute trug Kathleen Weiß – eine lange, offene Robe über weltlicherem Rollkragenpullover und Hosen –, doch das große goldene Henkelkreuz auf ihrer Brust wies unübersehbar auf ihren Status hin.

Sie sprach über die Jahre ihrer Freundschaft mit Alison, von den vielen Menschen, die das Licht gesucht hatten und denen Alison in ihrem langen Leben geholfen hatte – ein Leben, in dem die Kenntnis der mystischen Künste sich von einem Geheimwissen, das einst nur einer Elite vorbehalten war, zu einem Gemeinplatz der Blumenkinder – bis hin zur Trivialisierung in Comics – entwickelt hatte.

Da das Jahrhundert – und Jahrtausend – sich langsam dem Ende zuneigte, kam es Colin vor, als wende sich die Menschheit vom Spirituellen ab, ähnlich einem gebrannten Kind, welches das Feuer scheut. Der heutigen Welt ging es nicht so sehr darum, dass nichts außerhalb der materiellen Welt der fünf Sinne existierte. Vielmehr bestand sie einfach nur darauf, dass nichts wichtiger sei als diese Welt und ihr potenzieller Reichtum.

Unterdessen wurden die Verbrechen, als wären sie eine untergründige Folge davon, immer schrecklicher. Erst letzten September waren sieben Menschen in der Nähe Chicagos gestorben, weil sie wahllos vergiftetes Tylenol eingenommen hatten. Und die internationalen Beziehungen schienen immer komplizierter und unerfreulicher zu werden. Vietnam war ein einfacher kleiner Krieg mit einem einfachen Ziel gewesen verglichen mit der derzeitigen amerikanischen Verstrickung in Libyen und Nicaragua. Und als Reaktion auf dieses weltliche Chaos kehrten die Vereinigten Staaten mit fliegenden Fahnen zu ihrem politischen Schlaf der fünfziger Jahre zurück.

Nur war die Welt dafür zu klein geworden, stellte Colin fest. Und dieser Schlaf konnte leicht im tödlichen Koma enden, da die seelische Fäulnis an der Wurzel der Nation fortschritt. Etwas war entsetzlich falsch in der Welt; jeder konnte dies sehen. Doch schwieriger war zu sehen, was getan werden konnte – getan werden musste –, um die Dinge zum Besseren zu wenden …

Colin bemerkte, dass er seinen Gedanken freien Lauf ließ,

und wandte sich wieder Kathleen zu. Als er sich auf sie konzentrierte, hörte sie plötzlich zu sprechen auf und starrte mit überraschtem Gesichtsausdruck zum Eingang der Kapelle. Es war unmöglich, nicht auch dorthin zu schauen.

Simon Anstey stand in der Tür.

Die Narben seiner schrecklichen Verletzung waren mit den Jahren weniger sichtbar geworden, doch Simon trug immer noch die schwarze Augenklappe über dem linken Auge und Handschuhe an beiden Händen. Sein schwarzer Anzug mit Krawatte wirkte überaus förmlich – als trüge er statt eines schlichten Anzuges eine mächtige Rüstung.

Colin brauchte keine übersinnliche Gabe, um die sorgenvolle Unruhe zu spüren, die bei Simons Ankunft durch die Gemeinde ging. Colin vermutete, dass die Trauer stärker als alle Feindschaft war, doch Alison hatte seit ihrem ersten Schlaganfall 1972 um ihre gefährdete Gesundheit gewusst. Wenn sie Simons Anwesenheit bei ihrem Gedenkgottesdienst gewünscht hätte, so hätte sie dafür unmissverständliche Anweisungen hinterlassen.

»Wie kann er es wagen, hierher zu kommen?«, flüsterte Claire aufgebracht.

»Er hat sie auch geliebt«, sagte Colin. Aber stimmte das wirklich, wenn man bedachte, wie sehr sich Simon gegen Alisons Wünsche und Bitten gestellt hatte?

Claire erhob sich halb von ihrem Sitz, doch Colin hielt sie mit einer Hand zurück.

»Nicht«, sagte Colin ruhig. »Er spekuliert wahrscheinlich darauf, dass ihm jemand die Chance für eine Szene gibt.«

In dem Augenblick, als sich das aufgeregte Getuschel in Worten Bahn brechen wollte, bewegte sich Simon. Er schritt durch den Mittelgang nach vorn. Immer noch beherrschte er einen Raum mit jener Leichtigkeit, die sich aus seinen Pianistentagen erhalten hatte. In allem, außer seinem Auge und seinen Händen, schien Simon von dem traumatischen Unfall vor Jahren genesen.

Zumindest körperlich …

Der Pfad war keine pastellfarbene, mit Zuckerguss überzogene Torte aus Regenbogen und Mondstrahlen, deren weiß gewandete Anhänger wie Fernsehhelden durch das Leben schwebten und Moraltraktate verteilten. Ein Agent der Höheren Mächte zu sein hieß, die Ketten der Manifestation weit über das vorgeschriebene Maß eines Lebens hinaus zu tragen. Es hieß, möglicherweise so sehr zu versagen, dass nicht nur das Leben, sondern auch die Seele zerstört werden konnte. Es war genau dieses Dilemma, das viele Adepten vor der gefahrvollen Bürde des Handelns zurückschrecken ließ – doch immerzu dem Handeln zu entsagen konnte ebenfalls eine Sünde sein.

Also war die erste Maßnahme, die der Adept treffen musste, die Feuer des Karma in sein eigenes Leben zu rufen, damit sie die bloß menschlichen Unvollkommenheiten, die dort vorhanden waren, verbrennen konnten. Dies war die Prüfung, an der Simon gescheitert war. Er hatte die Feuer der Reinigung angerufen, doch als der Unfall ihm sein virtuoses Können geraubt hatte, lehnte er es ab, dies als Geschehen des Karma anzusehen. Er betrachtete es vielmehr als Irrtum in den Plänen der Götter des Lichts.

Aber es gibt keine Unfälle in diesem Leben. Das wurde Simon beigebracht wie jedem von uns, die wir auf dem Pfad wandeln. Er konnte nur die Erinnerung daran nicht ertragen – die Verantwortung für seine Verstümmelung nicht selbst übernehmen.

Simon ignorierte die Bestürzung um sich herum – auch wenn er sie sicherlich wahrnahm und erwartet haben musste – und schritt vor zum Podest. Kathleen trat – oder wich – zurück und überließ ihm den Platz.

»Ich bin gekommen, um von Alison Margrave Abschied zu nehmen. Von der Frau, die mir das Leben gab, mehr als je eine Mutter«, begann Simon. Seine reiche, volle Stimme füllte den Raum und machte sie alle unwiderstehlich zu Zuhörern.

»Als ich Alison Margrave zum ersten Mal begegnete, war ich noch ein Kind … ein Wunderkind, dessen Begabung ein Fluch war, da sie mich meiner nächsten Umgebung entfremdete. Alison nahm mich in ihrem Haus und Herzen auf. Sie half mir, mich zu verstehen … *alles* zu verstehen, was ich war. Denn neben der Heilerin und der Musikerin war Alison noch mehr – sie war eine Priesterin.

Für viele von Ihnen beschwört ein solches modisches Wort sicher düstere *New-Age*-Phantasien herauf, von jungen Frauen, die Hexen spielen. Doch Alison war Priesterin in einem älteren – ich darf sagen, im ältesten – Sinne. Sie war eine Führerin und eine Zuflucht für die Beladenen, sie brachte ihnen das Höhere Lernen nahe und setzte ihre Füße auf den Pfad. Sie hat viel Gutes in der Welt getan. Und daran erinnere ich mich – erinnern wir uns heute hier vor allem, da wir Abschied nehmen: nicht an das rigide Festhalten einer archaischen Praxis, das ihre letzten Jahre verdunkelte …«

Er kann's einfach nicht lassen, selbst hier nicht, dachte Colin. Diesen ungeschickten Ausfall gegen Alisons Ablehnung seiner Person durchschauten alle Anwesenden. Unzweifelhaft nagte ihr Urteil immer noch an ihm. Simons Ego war luziferisch in seinem Hochmut.

»Lebe wohl und gute Reise, Alison Margrave. Wir werden uns wiedersehen«, schloss Simon.

Mit der sicheren Intuition eines Schauspielers verließ er die Bühne genau in dem Moment, da die Bestürzung in der Versammlung sich Gehör verschaffen wollte. So schnell, wie er gekommen war, verschwand er durch die Tür der Kapelle.

Sein Erscheinen hatte einen bösen, gefährlichen Schatten auf die ganze Gedenkfeier geworfen, auch wenn noch andere nach ihm sprachen. Selbst als diejenigen, die Alison am nächsten gestanden hatten, sich anschickten, ihre Asche in den ungestümen Frühlingswind zu streuen, waren ihre Gedanken von Unruhe erfüllt. Und noch auf dem folgenden Beisammensein lastete Simons Anwesenheit.

San Francisco hatte eine lange Tradition der Trauerfeiern – die von Janis Joplin war hier in ihrer Lieblingsstadt abgehalten worden –, und die von Alison fügte sich in diese große Tradition ein. Sie wurde in Greenhaven abgehalten. Das alte Haus stand für alle offen, die Alison gekannt hatten und ihr ein letztes Lebewohl sagen wollten. In der nächsten Woche würde das Haus verkauft werden. Der Erlös sollte entfernten Erben zukommen. Colin fragte sich, wer wohl als Nächster dieses Haus sein Heim nennen würde.

Colin war nahezu fünfzehn Jahre nicht mehr in der *Bay Area* gewesen. Und selbst, als er in den sechziger Jahren hier gelebt hatte, hatte er nie zu dem gehört, was sich seither zur *New-Age*-Gemeinde entwickelt hatte. Viele Jahre hatte seine Aufgabe nur darin bestanden, Menschen zu helfen, die keine Erfahrung mit dem Unsichtbaren hatten, und es waren deren Bedürfnisse, auf die sich ein großer Teil seiner Arbeit am Bidney Institut konzentrierte.

Vielleicht war es an der Zeit, dies zu ändern.

Ohne es zu wollen, irrten seine Gedanken zurück zu Hunter Greyson. Es war fast ein Jahr her, seit Grey verschwunden war.

Nach jener Nacht im April am Atomsee hatte sich Grey zurückgezogen, doch Colin führte das auf den Verlust von Winter zurück – etwas, wovon sich Grey mit der Zeit sicher erholen würde. Im Herzen hatte Colin gehofft, Grey würde in diesem Leben der Schüler werden, den er suchte; der eine, der all das, was Colin gelernt hatte, aufnehmen und weitertragen, der einen Teil der Bürde auf sich nehmen würde, die Colin jetzt noch nicht ablegen konnte – die Bürde des Großen Werks. Er hatte dies angedeutet, und Grey schien sich der Herausforderung stellen zu wollen.

Ein paar Wochen später, am Ende des akademischen Jahres, hatte Grey Taghkanic College verlassen. Als er zu den Vorlesungen im Sommer nicht erschienen war, hatte sich Colin zwar gewundert, aber noch keine Sorgen gemacht. Denn er sah es als ein Zeichen, dass Grey noch allein sein musste, um seine Wunde zu verschmerzen.

Doch Grey hatte sich im Sommer weder gemeldet, noch hatte er geschrieben, und im Herbst war er auch nicht auf den Campus zurückgekehrt. Er blieb verschwunden. Sogar seine Unterlagen waren fort. Irgendwie schien Colin Grey gegenüber versagt zu haben.

Scheitern war etwas, das ein Eingeweihter des Lichts mit Anstand ertragen lernen musste – auch wenn ein wirkliches Scheitern selten vorkam. Was die Welt für Scheitern hielt, war für den Eingeweihten ein Aufschub – manchmal auf ein anderes Leben, schon wahr, aber was sein sollte, würde sein. Und dennoch wünschte Colin, er hätte Grey geben können, was dieser brauchte, um des guten Freundes willen, der Grey für ihn vor diesem Leben gewesen war, und für die Opfer, die dieser Freund erbracht hatte.

Aber er hatte bei Greyson nicht eingegriffen, und so hatte er ihn – zum Guten oder Bösen – verloren. Nun stand Simon Anstey als Problem vor ihm – Simon, den er beinahe als Kind gekannt hatte –, und Colin wäre froh gewesen zu wissen, was er tun sollte und wann er es tun sollte.

Von diesen ernsten Gedanken umgetrieben, wanderte Colin durch das Haus. Aufnahmen von Alisons Klavier- und Cembalospiel erklangen aus den Lautsprechern der Stereoanlage, und die Zimmer waren voller Menschen, die Abschied nehmen wollten. Jede Gesellschaftsschicht San Franciscos war vertreten, von blendenden Karrierefrauen in strengen, maßgeschneiderten Kostümen bis zu den Nachzüglern der Blumenkinder in ihren gebatikten Hemden und Jeans. Zum Glück ließ sich Simon hier nicht blicken. Er war dennoch so gut wie anwesend, so sehr beschäftigte er die Gedanken der hier Versammelten.

Colins Aufmerksamkeit wurde von einem langhaarigen jungen Mann beansprucht, der erstaunlich dunkelgrüne Augen hatte und viel zu jung aussah, um Alison gekannt zu haben. Colin fragte sich, welche Verbindung sie gehabt haben mochten, als er die Frau neben dem Jungen erkannte.

»Cassie!« Er durchquerte den Raum, um sie zu begrüßen.

»Professor MacLaren!«, sagte sie aufrichtig erfreut. »Frodo, das ist Colin MacLaren – er war einer meiner Lehrer an der Ostküste. Professor, das ist Frodo Frederick.«

Ein kleiner goldener Anhänger leuchtete an ihrem Hals. Colin erkannte darin resigniert das Siegel des Nordtores, das viele Anhänger Blackburns trugen. Greys Abkehr hatte an Cassies Engagement für das Werk also nicht das Geringste geändert. Colin sagte nichts.

Frodo trug den weiter verbreiteten silbernen Drudenfuß des Heiden- und Hexenglaubens. »Es ist eine Ehre, Sie kennen zu lernen, Sir. Nur schade, dass es bei einem so traurigen Anlass sein muss.« Er streckte seine Hand aus.

Colin schüttelte sie. Der Junge hatte ein wunderbares Benehmen, dachte er – und tadelte sich für einen solchen Gedanken. Diese Denkungsart war das Zeichen grillenhaften Alters, und Colin lag es fern, sich schon dazuzuzählen.

»Ganz meinerseits. Haben Sie Alison lange gekannt?«

»Mein ganzes Leben.« Der Junge grinste. »Na ja, seit ich zwölf war. Sie hat mich erwischt, als ich über ihre Gartenmauer geklettert bin, und ich dachte, sie würde einen großen Krach veranstalten. Stattdessen gab sie mir ein paar Kekse und sagte, ich sollte nur immer an der Haustür klingeln, wenn ich ihren Garten sehen wollte. Und als ich ging, fragte sie mich, ob ich gerne läse. Und dann schlug sie ein paar Autoren vor, die ich vielleicht mögen würde.

Madeline L'Engle war darunter, erinnere ich mich. Und als ich älter wurde, hatte sie noch andere Autoren für mich. Ich werde sie vermissen«, sagte Frodo traurig.

»Wir werden sie alle vermissen«, stimmte Colin ein. In mancher Hinsicht war Alison der Ruhepol gewesen, um den sich die *New-Age*-Gemeinde der *Bay Area* gedreht hatte. Die Westküste war immer schon eine Brutstätte für alle möglichen Spinner und abgedrehten Kultisten gewesen: Wer würde wohl jetzt den Ton für die Arbeiter des Lichts angeben?

»Und, wie ergeht es dir draußen in der Welt?«, fragte Colin Cassie, bemüht, das Gespräch freundlicheren Themen zuzuwenden.

Sie verzog das Gesicht. »Sie kennen den alten Satz: Und dafür habe ich vier Jahre auf dem College zugebracht? Aber ich bin froh, dass ich Sie hier treffe, Professor. Ich wollte Ihnen schon schreiben und Sie fragen – haben Sie irgendetwas von Grey gehört? Ich habe ihm an seine Adresse in Glastonbury geschrieben, aber meine Briefe kamen zurück mit dem Vermerk ›Unbekannt verzogen‹.«

»Da muss ich leider passen«, sagte Colin. Nur mit Mühe konnte sie ihre Enttäuschung verbergen.

Als Grey im Herbst nicht nach Taghkanic zurückgekehrt war, hatte Colin ihn – innerhalb der Grenzen des Gesetzes, dem er diente – in der Überwelt gesucht. Er hatte herausgefunden, dass Grey lebte und körperlich gesund war, aber mehr nicht. Er hatte die Sache nicht mit Claire besprochen, aus Furcht, sie würde nicht verstehen ... oder nur zu gut verstehen. Ob er es wollte oder nicht, er war aus Hunter Greysons Leben ausgesperrt.

»Ich hatte gedacht, er hätte vielleicht den Kontakt zu seinen alten Freunden aufrechterhalten«, sagte er ohne viel Hoffnung.

»Nein.« Cassies Antwort kam schnell und erschöpfend. Wenn sie immer noch das Werk Blackburns studierte, dann, so konnte sich Colin ausmalen, hatte sie Grey dringlicher gesucht als er. Tränen stiegen in ihre Augen. »Tja.«

Frodo legte einen Arm um sie, und diese Geste drückte mehr Trost als Besitzanspruch aus.

»Sie haben Simon Anstey gekannt, nicht wahr?«, fragte Frodo, erneut das Thema wechselnd.

»Lange Jahre«, antwortete Colin vorsichtig.

»Glauben Sie, dass Sie Einfluss auf ihn haben?«, wollte Frodo wissen. Die Art der Fragestellung verriet zu gleichen Teilen Entschlossenheit und Verlegenheit.

»Frodo, nicht!«, bat Cassie.

»Irgendjemand muss es tun«, sagte Frodo hartnäckig. »Anstey, er … er macht wirklich schlimme Dinge.«

Die Schlichtheit von Frodos Worten überzeugte Colin vom Ernst des Jungen. Leute, die von erfundenen Schrecken sprachen, wählten sorgfältig ihre Worte, um das Geschehen möglichst lebendig, dramatisch und überzeugend erscheinen zu lassen. Diejenigen, die wirklich in das Antlitz des Bösen geblickt hatten, beschränkten sich meist auf scheinbar nichts sagende Allgemeinheiten.

»Erzählen Sie mir davon«, sagte Colin ruhig.

»Er … es wird gesagt, er … opfert Tiere. Nimmt ihnen die Lebenskraft, um sie sich selbst einzuverleiben, so dass die Nerventransplantationen, die die Ärzte an seinen Fingern vorgenommen haben, auch funktionieren und er seine Hand wieder benutzen kann«, antwortete Frodo erregt.

»Haben Sie ihn dabei beobachtet?«, fragte Colin. Das schwerste Verbrechen, das ein Adept gegen das Licht begehen konnte, war zu *nehmen* – das Leben und die Seele eines anderen zu nehmen, um die eigene Kraft zu stärken. Colin durfte Frodos Worte nicht auf die leichte Schulter nehmen.

Frodo fuhr sich mit einer Hand übers Gesicht, als wollte er seine Worte wegwischen. »Nein. Auch sonst niemand, den ich kenne. Aber man hört einiges. San Francisco ist wirklich eine kleine Stadt, vor allem, wenn es um Leute aus der Szene geht, in der Alison tätig war. Und es fällt Simon nicht schwer, uns andere Feiglinge und Idioten zu nennen und sich selbst für den Einzigen zu halten, der die wahren Geheimnisse der Magie durchschaut.« Frodo klang keineswegs wütend – nur überdrüssig und ein bisschen verängstigt.

»Ja, das klingt nach Simon … leider«, stimmte Colin zu.

Es gab bestimmte Praktiken, die das Licht streng untersagte – dies war der Beweggrund für Colins Bruch mit Thorne vor langer Zeit gewesen und seines Streits mit Grey. Die gegenständliche Welt zu eigenen Gunsten mit den Mitteln der Kunst zu beeinflussen war eine davon. Die Kunst zu benutzen, um den Geist der Unerweckten zu eigenen Zwecken zu beherrschen, war eine andere. Das waren die Gegebenheiten, die das Werk Blackburns mit dem Pfad zur Linken Hand gemein hatte. Doch augenscheinlich war Simon Anstey noch weiter in das Königreich des Schattens vorgedrungen und bediente sich mittlerweile Praktiken, die selbst der toleranteste Verteidiger nicht mehr gutheißen konnte.

»Das Blut ist das Leben« war nicht einfach nur eine Phrase aus einem klassischen Gruselschmöker. Für einen Adepten war es die schlichte, wortwörtliche Wahrheit. Das war die geheime Bedeutung des Blutopfers, und deshalb wurde es von allen zivilisierten Kulturen so verabscheut. Die Macht, die ein Schwarzer Adept auf seinem Weg sammelte, konnte dazu benutzt werden, um den Körper zu heilen, den Verfall des Alters aufzuhalten, sogar um Tote wieder zu erwecken – doch jeder Gebrauch, jedes Opfer schieden den Schwarzen Adepten noch unwiderruflicher von der Vereinigung mit dem Licht.

Colin war bekannt, dass Simon als Kind mit Blutopfern gespielt hatte – wenn er jetzt aus Verzweiflung zu diesen alten Gewohnheiten zurückgekehrt war, um die Macht zu gewinnen, die er zu brauchen glaubte …

Plötzlich verspürte Colin – mehr, als dass er es hörte – ein tiefes Glockengeläut in seiner Brust. Es war die Schwingung der großen Glocke, die im Tempel seines Ordens hing, auch wenn ihre physische Manifestation schon vor Jahrhunderten geendet hatte. Diese Glocke erklang nur in Augenblicken höchster Not oder um vor äußerster Gefahr zu warnen. Colin hatte sie viele Jahre nicht mehr vernommen.

Schlug sie für Simon? Dessen Seele war in großer Gefahr, und möglicherweise war jetzt der Augenblick gekommen, da Colin eingreifen musste. Er hatte gezögert, sich in Greys Leben einzumischen, bis es zu spät war – vielleicht war hier das Zeichen, dass er den gleichen Fehler kein zweites Mal begehen solle.

Er blickte sich im Zimmer um und sah Mitglieder von einem Dutzend verschiedener Magischer Logen, die vorbehaltlos mit Hexen und Heiden und Blackburn-Anhängern verkehrten. Es hatte Alisons Tod bedurft, um die Barrieren zu überwinden, die sie voneinander trennten... und plötzlich, geboren durch den Schwung der Astralen Glocke, wurde Colin klar, dass ihnen nicht gestattet werden durfte, in ihre getrennten Welten zurückzufallen. Der Kampf gegen den Schatten erschöpfte sich nicht darin, im Dunkel gegen Windmühlenflügel anzugehen: Es musste vielmehr Positive Energie geschaffen werden, welche die Negative verdrängte. Sie mussten sich auf ihre Gemeinsamkeiten konzentrieren, nicht auf ihre Unterschiede.

Vielleicht, wenn Colin sich auf die Gemeinsamkeit konzentriert hätte, die das Werk Blackburns mit dem Licht teilte... doch nein. Das war der Pfad der Zweideutigkeit, dem Simon gefolgt war, hinab in die Düsternis des Pfades zur Linken Hand, und jetzt hatte er die schwärzesten Schatten erreicht.

Simon konnte nicht geholfen werden, indem man ihm folgte.

Schlagartig erkannte Colin, was die Glocke angezeigt hatte. Seine Arbeit am Bidney Institut war vollbracht, und ein neues Kapitel seines Lebens sollte beginnen – hier begann es.

Denn ein Mann, der sich mit seinem ganzen Herzen auf die Sache wirft, richtet mehr gegen das Böse aus als alle halbherzigen Versuche von einer Million Männern zusammen. So sei es denn.

18

SAN FRANCISCO, MONTAG, 9. JANUAR 1984

Doch dem ruhelosen Herzen
Der Dichtung Versmaß Trost verleiht,
Die hehre Regelmäßigkeit
Betäubt wie Opium die Schmerzen.

ALFRED LORD TENNYSON

Claire Moffat saß hinter der Kasse der Buchhandlung und las in ihrem Lehrbuch, eine frisch aufgegossene Tasse Tee neben ihrem Ellbogen. Monsignor beobachtete sie mit glühenden Bernsteinaugen. Poltergeist schlief auf einem Bücherbrett irgendwo im hinteren Teil des Ladens.

Claire liebte den frühen Morgen, bevor die Haight erwachte. Zu dieser Zeit des Tages schien die Stadt ihr allein zu gehören, und trotz der offenen Ladentür bei eisiger Januarkälte war das Innere des »Ancient Mysteries Bookshop« behaglich und einladend.

Sich erneut am anderen Ende des Landes niederzulassen war nicht so schwierig gewesen, wie sie anfangs gedacht hatte – und Colin hatte so wenig in diesem Leben von ihr verlangt, im Vergleich zu dem, was er für sie getan hatte, dass sie froh war, ihm diesen kleinen Gefallen zu tun. Sie hatte ohne langes Suchen einen guten Geschäftsführer für »Inquire Within« gefunden, und in einer College-Stadt hatte sie überdies keine Mühe, ihre Wohnung über dem Geschäft weiterzuvermieten.

Was Colin nun betraf …

Es war schier unglaublich, dass er seine Angelegenheiten so schnell geregelt hatte. Er hatte nicht nur jemanden finden müssen, der seine Lehrveranstaltungen am Taghkanic College fortführte, sondern ebenso jemanden, der die Leitung des Bidney

Instituts übernahm. Claire war froh, dass alles so reibungslos vonstatten ging. Colin hatte dem Institut gut getan. Doch in seinem Herzen war er kein Verwaltungsmensch, und Claire musste zugeben, dass Miles Godwin ein perfekter Nachfolger war. Miles war ein junger Mann – kaum dreißig. Nachdem Colin das Institut nach seinen eigenen Vorstellungen restrukturiert hatte, konnte Miles – der forsche, effiziente, unerschütterliche Miles – es in das nächste Jahrhundert führen.

Offiziell nahm Colin jetzt sein Forschungsjahr am Taghkanic. In Wahrheit jedoch lehrte er in diesem Winter an der San Francisco State University, wobei er einen Teil seiner Zeit in der Buchhandlung verbrachte.

Der »Ancient Mysteries Bookshop« war 1979 gegründet worden, aber er rang mit den üblichen wirtschaftlichen Problemen, als Claire ihn im letzten Sommer auf einer Erkundungsreise entdeckte. Colin investierte Geld und wurde Teilhaber. Und vor wenigen Monaten hatte er die Geschäftsleitung übernommen. Er wollte aus dem Laden eine Art Gemeinschaftszentrum machen, und bisher ließ sich die Sache sehr gut an. Mehr denn je fand ein intensiver und freier Austausch von Ideen zwischen den Arbeitern des Lichts in der *Bay Area* statt.

Zu Claires gelinder Überraschung hatte Colin sogar Cassie Chandler ohne Murren akzeptiert, obwohl sie mit einer Gruppe zusammenarbeitete, die sich Zirkel des Feuers nannte, einer blackburnschen Arbeitsgruppe an der Ostseite der Bay. *Wie Thorne lachen würde, wenn er das wüsste! Er hasste Dogmen, und sie haben aus seinem Werk ein Gerüst aus starren Regeln gemacht, die genau befolgt werden müssen. Wenn irgendetwas ihn von den Toten erwecken kann, dann dies …*

Es war eine Ironie des Schicksals, dass dort, wo Blackburn einst gescheitert war, Colin nun mit seinem »Ancient Mysteries Bookshop« Erfolg hatte. Colin bat Claire, den Laden zu betreuen, und zusätzlich stellte er ein paar Mitglieder der okkulten Gemeinschaft als Mitarbeiter ein, da er selbst nicht regelmäßig im Laden anwesend sein wollte. Claire arbeitete montags und freitags im Laden, wie es ihr Studium eben erlaubte.

Sie hatte befürchtet, die Rückkehr an Orte, die sie mit Peter verbanden, würde in ihr den Schmerz wieder erwecken. Sie stellte jedoch erstaunt und etwas enttäuscht fest, dass der Schmerz sich in Grenzen hielt. Peter war nun bei den Engeln, und Claire konnte ohne die Bürde ständiger Trauer weiterleben. Dennoch wollte sie sich nicht mit allzuviel freier Zeit der vertrauten Umgebung aussetzen und hatte sich deshalb entschieden, an der San Francisco State University ein Psychologiestudium aufzunehmen. Die meisten Scheine, die sie als Krankenschwester gemacht hatte, ließen sich selbst nach so langer Zeit noch für das Studium anrechnen. Sie hatte im letzten Herbst begonnen und war nun auf dem besten Wege, ihren Abschluss in Psychologie zu machen.

Claire hatte es nicht für möglich gehalten, dass ihr die Lehrveranstaltungen so viel Spaß bereiten würden. Die Welt hatte sich in den letzten fünfundzwanzig Jahren seit der Schwesternschule doch ein ganzes Stück verändert. Die meisten Frauen wollten heute berufstätig sein, selbst wenn sie verheiratet waren, und niemand hielt sie deshalb für emotionale Krüppel und Männerhasserinnen. Die Veränderung hatte sich derart unmerklich vollzogen, dass man sie nur im Rückblick erkennen konnte.

Ich glaube, alle Veränderung ist so, langsam fortschreitend. Wer hätte damals gedacht, als Colin und ich Thorne in genau diesem Straßenzug besuchten, dass wir zurückkehren und einen okkulten Buchladen betreiben würden, der mit der alten Stimme der Wahrheit *einiges gemein hat.*

Sie schüttelte liebevoll versonnen den Kopf. Das Leben war, mit dem Wort des Philosophen, nicht nur seltsamer, als man es sich vorstellte; es war auch seltsamer, als man sich es vorstellen *konnte.*

In diesem Moment spürte Claire die bekannte innere Stimme, die sie zur Achtsamkeit mahnte. Eine schlanke, dunkelhaarige Frau war an einem Tisch mit Secondhand-Büchern vor dem Laden stehen geblieben. Sie wirkte wie jemand, der nach etwas Unbekanntem sucht. Ein Weilchen zögerte sie, dann traf sie ihre Wahl und betrat den Laden. Sie hielt das Buch weit von sich, als ob es radioaktiv wäre.

Sie war offensichtlich berufstätig und wirkte in dieser unbürgerlichen Gegend etwas deplatziert. Ihr dunkles Haar war kurz geschnitten, und ihr hellgrauer Anzug mit der »guten alten« Goldbrosche am Revers roch förmlich nach Erfolg. Man hätte nie erwartet, dass so jemand eines der 25-Cent-Paperbacks mitnehmen würde. Allerdings hatte die Frau den etwas gehetzten, großäugigen Blick eines Menschen, dessen Leben kürzlich durch eine Begegnung mit dem Unsichtbaren aus dem Gleichgewicht geraten war. Irgendetwas an der Frau kam Claire bekannt vor, aber es war zu undeutlich, um ihm nachzuspüren.

Claire warf einen Blick auf den Titel des Buchs, als es auf der Ladentheke lag: *Diese Unglaublichen Poltergeister.* Ein Buch von Jack Cannon, seine Seele ruhe in Frieden.

»Ein recht gutes Buch«, sagte Claire freundlich.

»Ich verstehe nicht viel davon«, sagte die Fremde barsch. »Kann man – ehm – dem Buch trauen?«

Volltreffer, dachte Claire. Die Kundin war wohl Ende zwanzig, alt genug, um möglicherweise die Mutter eines Poltergeistkindes zu sein, doch Claire hatte nicht den Eindruck, dass das ihr Problem war.

»Die Monographie von Margrave und Anstey ist gerade ausverkauft, aber dies hier…«, sie nahm ein Exemplar von Dion Fortunes *Psychischer Selbstverteidigung* und reichte es der Fremden, »… ist sehr verständlich geschrieben.«

Die Frau zuckte etwas zurück, als sie den Umschlag sah, der, das musste selbst Claire zugeben, nahezu so sensationsheischend aufgemacht war wie das gebrauchte Taschenbuch. Sie legte das Buch wieder auf die Theke. Offenbar war ihre Kundin noch nicht so weit, nach jedem Strohhalm zu greifen, der sich ihr bot.

»Ich habe auch *Auf den Spuren des Poltergeistes* von Nandor Fodor – wenn Sie sich durch einen Berg von psychoanalytischem Gewäsch durcharbeiten wollen.«

Das Gesicht der Kundin hellte sich auf, als sie den Namen des Autors hörte.

»Das nehme ich«, sagte sie. Vor Erleichterung entspannte sich ihre Stimme zu einem rauchigen Alt.

Claires Vermutung war zutreffend gewesen: Diese Frau war entweder Psychologin oder Psychiaterin. Sie ging in den hinteren Raum, um ein Exemplar zu holen – Colin hatte das letzte tags zuvor verkauft, und sie konnten das vergriffene Buch nur am Lager halten, indem sie gebrauchte Exemplare ankauften.

Als Claire zurückkam, blätterte die Frau in einem Buch über Reinkarnation. Ihr Gesicht zeigte äußersten Widerwillen, geradeso als sähe sie einen der Kirchenvorstände ihrer Gemeinde nackt auf der Straße tanzen. Als Claire ihr den Fodor reichte, warf die Frau ihr das Geld für die beiden Bücher beinahe hin, dann eilte sie ohne ein weiteres Wort hinaus.

Claire nahm das Buch in die Hand, das die andere durchgeblättert hatte. *Zwanzig Fälle von Reinkarnation* lautete der Titel, ebenfalls von einem ausgewiesenen Psychologen. Claire sah der Frau mit besorgtem Gesicht hinterher. Sie wusste, dass sie sich wiedersehen würden. Sie hoffte nur, dass es dann für keine von ihnen zu spät wäre.

»He, Claire – hast du gehört? Greenhaven ist verkauft worden!«

April war ein Monat mit leichten Schauern, Sonnenschein und stürmischem Wind. Auch die Markise über der Straße konnte die Bücher auf dem Tisch nicht vor Schaden schützen. Frodo sortierte diejenigen aus, die zu mitgenommen waren, um noch verkauft werden zu können.

Das also war die Frau. Sie hatte keinen Beweis, doch in ihrem Inneren hatte Claire keinen Zweifel, dass die junge Frau, die in den Laden gekommen war, um etwas über Poltergeister zu erfahren, dieselbe war, die Greenhaven gekauft hatte. Sie, so hoffte Claire, würde in dem Haus bleiben.

Greenhaven war dreimal seit Alisons Tod im März vor einem Jahr verkauft worden, doch das Haus schien mit seinen neuen Besitzern kein Glück zu haben. Die Bewohner blieben nie länger als ein paar Monate – oder wie im Fall von Kathleen Carmodys Schwester, nur ein paar Wochen –, danach stand es wieder zum Verkauf.

Ob Alison keine Ruhe findet?

Alison Margrave war gestorben, ohne einen Nachfolger zu benennen. Nach Simons Unfall und seinem langsamen Rückzug vom Pfad hatte Alison ihn förmlich verstoßen und das magische Band zwischen Meister und *chela,* das sie verband, durchtrennt. Es war zu spät für sie gewesen, um noch jemanden zu finden, der ihre Arbeit fortsetzte. Sie war unglücklich, ohne Erfüllung gestorben.

»He, Claire?«, sagte Frodo.

»Hm? Ich habe mich nur gefragt, ob die neue Besitzerin dem Haus treu bleibt. Kennst du sie?« *Hast du deine Nachfolgerin gefunden, Alison? Ist sie es?*

»Ehm … mein Vater hat es vom Makler gehört, aber nichts Genaueres. Eine Ärztin, glaube ich. Sie zieht wohl im Mai dort ein.«

»Na, dann hat sie unser bestes Wetter«, sagte Claire zuversichtlich. *Vielleicht bleibt sie.*

Während sie redeten, füllte sich die Buchhandlung mit den üblichen Montagsbesuchern. Colin und Claire hatten nichts gegen Besucher, die sich nur Bücher ansahen, ohne etwas zu kaufen – vielmehr freuten sie sich über sie, denn damit stärkten sie die blühende okkulte Gemeinschaft hier in San Francisco.

Und gerade zur rechten Zeit, dachte Claire, *wenn Simon in die Stadt zurückkehrt und Greenhaven eine neue Bewohnerin hat.*

Und wie um die Wahrheit ihrer Gedanken zu illustrieren, schien sich der Tag zu verdunkeln, als eine Gestalt in der Tür auftauchte. Claire sah auf, und das Wiedererkennen fiel wie ein schwerer Stein auf ihr Herz.

Kaum spricht man vom Teufel, schon kommt er …

Claire hatte Simon seit Alisons Beerdigung nicht mehr gesehen – und auch damals nicht aus der Nähe. Die Narben waren jetzt weiß und zurückgetreten, dafür trug er immer noch die Augenklappe. Sein Haar war vorzeitig ergraut, so dass er viel älter als einundvierzig aussah, und tiefe Falten zogen sich um seinen Mund.

Er blieb auf der Schwelle stehen, als wüsste er nicht, ob er hineingehen oder draußen bleiben sollte. Dann merkte er jedoch, dass Claire ihn gesehen hatte. Unwillkürlich straffte er seine Schultern und schritt in den Buchladen wie ein Schauspieler, der die Bühne betritt.

»Claire, ich habe gehört, dass du und Colin zurückgekehrt seid«, sagte Simon in seiner tief sonoren Stimme.

»Stimmt«, sagte Claire und zwang sich zur Gelassenheit. »Wie ich sehe, bist du auch wieder hier.«

Sie hätte gewünscht, sich nicht so sehr wie eine Maus vor einer großen hungrigen Katze zu fühlen. Dieser Gedanke erinnerte sie an die fortwährenden Gerüchte, die sich um Simon seit seinem Unfall rankten – düstere, abstoßende Gerüchte über Folter und Blutmagie. Claire konnte dies nur sehr schwer mit der Erinnerung an den verwegenen Jungen unter einen Hut bringen, den sie einst gekannt hatte.

»Arme Claire«, sagte Simon spöttisch. »Bist du auf Zehenspitzen nach Hause gekommen und hast gedacht, Gott sei Dank, dass er weg ist? San Francisco ist auch mein Zuhause – und keiner kann mich von hier vertreiben.«

»Niemand will dich vertreiben, Simon«, sagte Claire beschwichtigend. »Und die Gründe für meine Rückkehr hatten, ehrlich gesagt, nichts mit dir zu tun.«

Simon lachte. »Ich kann's kaum glauben, nachdem du so viel Mühen auf dich genommen hast, mir dein Evangelium der Unterwerfung zu predigen, als ich hilflos darniederlag. Ich hätte wissen sollen, dass du nicht so leicht aufgibst.«

»Wie willst du es denn nun haben, Simon?«, fragte Claire gereizt zurück. »Bin ich hergekommen in der Hoffnung, dass du weg bist, oder bin ich in der Hoffnung gekommen, dich hier wiederzusehen? Du musst dich schon entscheiden.«

Alle in der Buchhandlung beobachteten sie. Claire knirschte mit den Zähnen.

»Muss ich?«, schnurrte Simon. »Aber ich habe dir doch gesagt, dass für den geübten Willen nichts unmöglich ist. Ich warne dich, Claire. Wenn du dort weitermachen willst, wo du 1973 aufgehört hast, wirst du diesmal einen würdigeren Gegner finden. Ich werde deine fortwährende Einmischung in mein Schicksal nicht zulassen – und auch die von Colin nicht. Ich nehme an, jetzt, da er zurück ist, hat er wieder vor, die Windmühlenflügel der Tugend zu drehen. Hat er immer noch seine engstirnige, rassistische Schwarzweißansicht von der Magik?«

»Bist du hergekommen, um uns zu warnen, oder willst du dich nur wichtig machen?«, fragte Claire und erhob sich. »Wenn Colin MacLaren sich in *mein* Leben einmischen würde, so würde ich Gott auf den Knien für mein Glück danken! Wie jeder Maulheld kannst du es nicht ertragen, im Irrtum zu sein – ob schwarz, grün oder rot, das, was du treibst, ist vom *Bösen*.«

Ihre offenen Worte schienen ihn kalt zu lassen. Vielmehr sah er eher vergnügt über ihre Reaktion aus.

»Ich habe früher mal große Hoffnungen in dich gesetzt, meine Liebe. Aber ich sehe, dass du dich ganz und gar diesem frömmlerischen, alten Schwindler verschrieben hast. Ich glaube, das rechte Wort dafür ist: ›Vom Licht geblendet‹. Es gibt keinen Unterschied zwischen Schwarzer und Weißer Magik – nur den Willen des erfahrenen Adepten, der mit der Materialen Welt umgeht. Alles andere ist altertümlicher Aberglaube. Ich hätte gedacht, dass wenigstens du es überwunden hättest, wenn ich es schon von einem müden, alten Mann nicht erwarten konnte.«

Die Unverschämtheit von Simons Äußerung machte Claire buchstäblich sprachlos. Er hatte sich in den zehn Jahren seit seiner Verletzung geändert – selbst bei dem Trauergottesdienst hatte sie nicht erkannt, wie sehr. Der ständige Schmerz, unter dem er litt, hatte seinen Geist mit einer Düsterkeit und Härte erfüllt, die ihr mehr Angst machte, als sie sich einzugestehen bereit war.

Sie merkte, dies hier konnte nicht so weitergehen. Sie zitterte vor Wut, und jeden Augenblick hätte sie etwas sagen können, was sie später bereute. »Simon«, sagte sie ruhig, »du bist ein verdammter Narr, mit der Betonung auf *verdammter*.« Und damit ging sie – auf wackligen Beinen – in den Lagerraum.

»… noch einen Moment länger, und ich hätte ihm mein Psychologielehrbuch an den Kopf geknallt«, sagte Claire beschämt. »Das hätte erst einen Klatsch und Tratsch gegeben!«

Die beiden Freunde saßen beim Tee in Colins Wohnzimmer zusammen. Seine enge und voll gestopfte Wohnung war eine von vieren in einem älteren, umgebauten Haus nur wenige Häuserblocks vom Laden entfernt. Sie hatte eine gewisse Familienähnlichkeit mit allen Wohnungen, in denen er bisher gelebt hatte: ein Dohlennest voller Bücher und Papiere, die in einer undurchschaubaren Ordnung überall herumlagen. Obwohl er schon seit Ende Oktober hier wohnte, stapelten sich in jedem Zimmer noch immer halb ausgepackte Kisten mit Büchern.

»Ich fürchte, egal, wo Simon ist, gibt es Klatsch und Tratsch«, erwiderte Colin. »Aber niemand hätte sich besser verhalten können als du.«

»Na, ich wünschte mir jedenfalls, dass er weggeht!«, sagte Claire. »Du nicht?« Der Briefbeschwerer – Alisons Geschenk an Colin – stand auf einem Fensterbrett, das Schwert funkelte in der Sonne. Claires Blick wurde davon angezogen. Wenn sie ihn gestern zur Hand gehabt hätte, so hätte sie ihn Simon wahrscheinlich an den Kopf geworfen. In ihren Fingern spürte sie das Gewicht. Wie gern hätte sie etwas nach Simon geworfen …

»Nein«, sagte Colin unerwartet. »Ich hoffe, er bleibt da.«

»Aber Colin«, protestierte Claire verdutzt. »Du kannst doch nicht glauben, dass er auf dich hört. Du hättest ihn gestern erleben sollen – er hasst dich.«

»Ich glaube, dass er Angst vor mir hat«, verbesserte Colin sie sanft. »Doch gleichgültig, wie gestört Simon mittlerweile ist – und in gewisser Hinsicht ist jeder, der sich auf den Schatten einlässt, wahnsinnig –, er weiß, dass ich ihm nie etwas antun würde. Also hat er vor etwas anderem Angst.«

»Davor, dass du ihm helfen könntest?«, riet Claire sogleich. Sie hatte von dieser Ausgangslage in ihren Psychologiekursen gehört: Da das menschliche Bewusstsein Veränderung und Unsicherheit vor allen anderen Dingen scheute, lehnten die Menschen häufig Hilfe – und Hoffnung – ab und zogen das Leiden einer Änderung vor.

»*Kannst* du ihm helfen, Colin?«

»Ich hoffe es«, antwortete Colin, der seine Gedanken in Claires Gesicht gespiegelt fand. »Aber ich muss mich mit der Tatsache abfinden, in dieser Situation nur ein Instrument des Lichts zu sein, das nach dessen Belieben zu funktionieren hat.« Und bisher wusste er nicht, ob es ihm erlaubt sei, überhaupt in Simons selbst gewählte Zerstörungswelt einzugreifen.

War das also Simons Prüfung – oder seine eigene?

So schwerwiegend Simons Probleme auch waren, sie waren in diesem Frühjahr keineswegs ihre einzige Sorge.

Jetzt war beim *New Age* die Wahrheit in. Wahrheit und Aufrichtigkeit waren die einzigen Mittel, mit denen die Arbeiter des Lichts eine gemeinsame Sprache mit der weltlichen Sphäre außerhalb ihrer Bruderschaft bilden konnten. In den materialistischen achtziger Jahren wurde die Suche nach spirituellen Wahrheiten mit deftigen Preisschildern versehen, und die Betrüger und Plünderer sammelten sich wie Haie, die Beute wittern. Colin kämpfte gegen diese Missstände mit äußerster Energie an. Jede Macht, die die Wahrheit entwertete und die den Jüngern des *New Age* den Anschein gab, sie würden ihre weltlichen Brüder betrügen, war ein Angriff auf die Prinzipien der Solidarität, für die Colin eintrat.

Das war einer der Gründe, warum Colin einer lokalen Gruppe von Spiritisten erlaubte, sich einmal im Monat in der Buchhandlung zu treffen. Persönlich fand er ihre Anschauungen pubertär und im Innersten nicht überzeugend. Außerdem stand sie abseits der Hauptströmungen des okkulten Denkens im letzten Viertel des zwanzigsten Jahrhunderts. Aber es hatte keinen Sinn, darüber zu klagen, dass die Leute schmutziges Wasser tranken, wenn es keine Möglichkeit gab, es zu reinigen. Lieber eine Spiritistische Kirche, die den Menschen freien Zugang zu den angeblichen Geistern ihrer Verstorbenen gewährte, als ein Rummelplatz-»Medium«, das ihnen für seine mentalen Vaudeville-Tricks Hunderte von Dollars aus der Tasche zog.

Er hatte die Spiritisten allerdings gewarnt, dass er jede Art von Lug und Trug unter den Medien, die ihre Kunst in der Buchhandlung praktizierten, aufdecken würde. *Doch der Himmel beschütze mich vor den »wohlmeinenden«, selbstgerechten Medien, deren Selbsttäuschung so viel Leid über die bringt, die ihrem Rat in medizinischen und finanziellen Angelegenheiten folgen. Manchmal frage ich mich, was schlimmer ist: die ehrliche Habgier des Unglaubens oder die hochfahrende Selbsttäuschung …*

Colin hatte die Stühle um den Tisch gestellt und überlegte, ob er den Ventilator anschalten solle. Für Anfang Mai war es ziemlich warm, und wenn erst der Vorhang vorgezogen war, der den Hinterraum vom Geschäft abtrennte, dann gab es dort keine Belüftung mehr. Es würde wohl recht stickig werden.

Egal. Die Séance – es nahmen gewöhnlich zwei oder drei Medien teil – dauerte wahrscheinlich nur ein paar Stunden. Es war schließlich ein gewöhnlicher Wochentag, und die Sitzungen fingen normalerweise nicht vor sieben Uhr an.

Die Ladenglocke ertönte. »Colin?« Es war Claires Stimme. Einen Moment später steckte sie ihren Kopf durch den Vorhang.

»Das sieht hübsch aus.« In einer Hand trug sie eine braune Tüte, an der anderen baumelte eine Konditoreischachtel. »Der Kaffee war ausgegangen, also war ich im Supermarkt an der Ecke, um welchen zu holen, und dann bin ich bei der Konditorei vorbeigegangen. Ich weiß, Kathleen bringt immer etwas mit, aber die Plätzchen sahen so gut aus …«

»Kann ich dir helfen?«, fragte Colin und wollte ihr die unhandliche Schachtel abnehmen.

»Finger weg! Du kriegst erst später welche«, wies Claire ihn liebevoll zurecht. »Hilf mir lieber, Kaffee aufzusetzen.«

Um die Medien in ihrer Konzentration nicht zu stören, befand sich der Tisch mit dem Kaffeespender und den Keksen im Lagerraum. Anders als Claires Buchhandlung in Glastonbury verkaufte der »Ancient Mysteries Bookshop« nur okkulte Bücher, neue und gebrauchte. Es gab keine Kräuter und Öle – nur einen Haufen halb offener Kartons und Bücherstapel von Suchdiensten und Antiquariaten, die – mehr oder minder – geordnet auf wackligen Regalen standen.

Claire trug ihre Tüte mit Lebensmitteln in den Hinterraum. Früher war es eine Privatwohnung und dieser Teil die Küche gewesen, daher gab es eine Spüle. Die Kaffeemaschine – eine große für dreißig Tassen – stand neben der Spüle und harrte kommender Aufgaben. Claire stellte die Milch in den kleinen Kühlschrank unter dem Wandtisch und suchte dann nach einem Öffner für die Kaffeedose.

»Rainbow erzählt, letzte Woche seien die neuen Besitzer in Alisons Haus eingezogen – ich glaube, wir müssen irgendwann aufhören, es so zu nennen, auch wenn es schwer fällt. Keine Familie, sondern eine Frau und ihre Schwester. Die Frau ist eine Art Psychotherapeutin – ich glaube, sie war vor ein paar Monaten kurz im Laden, aber ich bin nicht ganz sicher –, sie betreibt eine Praxis im Haus. Die Schwester studiert Musik am Konservatorium. Rainbow sagt, sie wolle die jüngere Schwester heute Abend mitbringen, dann werden wir sie kennen lernen.«

»Interessiert sich das Mädchen für Spiritismus?«, fragte Colin. Es war kein Pfad, der allzu viele junge Leute anzog, zumindest in urbanen Gebieten wie der *Bay Area*.

»Nein«, gab Claire zu. »Aber sie ist jung und neugierig und will neue Freunde finden. Offenbar hat sie Frodo schon für sich eingenommen.«

»Nun, das spricht gewiss für sie«, sagte Colin. Er nahm die schwere, mit Wasser gefüllte Kaffeemaschine und trug sie hinüber zum Tisch. Sie würden sie später anstellen, kurz bevor die erste Sitzung begann. »Ich bin gespannt …«

Die Türklingel ertönte.

»Jemand muss hier bleiben. Ich mache auf«, sagte Claire und trocknete sich die Hände an einem Handtuch ab.

»Colin, das ist Emily Barnes. Ihre Schwester Leslie hat Greenhaven gekauft«, sagte Claire.

Emily Barnes war ein groß gewachsener, schlanker Teenager mit der Anmut eines schwarzen Schwans. Ihre Körperhaltung verriet ein langjähriges Balletttraining, doch Claire zufolge studierte sie Musik. Rainbow und Frodo begleiteten sie, zusammen mit einer Hand voll ortsansässiger Hexen.

»Ich freue mich, Sie kennen zu lernen, Emily. Ich heiße Colin MacLaren.« Er reichte ihr die Hand, und Emily ergriff sie behutsam wie jemand, dessen Kunst in seinen Händen lebt. Er schüttelte die Hand sanft und sah, wie sie sich entspannte.

»Hallo«, sagte Emily schüchtern. Das Licht einer alten Seele strahlte aus ihren dunklen Augen, doch Colin spürte keinerlei Neigung, sie zu erwecken.

Emilys Blick wanderte von Colin zu Claire und weitete sich etwas, als sie den Laden sah. »Du meine Güte! Sie haben ja noch mehr Bücher als meine Schwester.«

»Wir verkaufen sie«, sagte Colin lächelnd. »Aber es werden trotzdem immer mehr.« Eine weitere Ansammlung von Leuten fand sich vor der Tür ein, und Colin ging, um ihnen zu öffnen.

Kathleen Carmody trat mit einer anderen Frau ein – wahrscheinlich das zweite Medium der heutigen Séance.

Colin kannte Kathleen und Edward seit langem. Er war mit ihnen in Kontakt gekommen, als die Erbschaft eines entfernten Verwandten mehr Probleme mit sich brachte, als irgendjemand erwarten konnte. Bei dieser Gelegenheit hatte Kathleen ihre medialen Fähigkeiten entdeckt, und sie und Edward hatten dann in den letzten Jahren von Alisons Leben eng mit ihr zusammengearbeitet.

»Hallo, Colin. Ich bin Rhonda Quentin.«

Miss Quentin trug einen weiten, mit ägyptischen Motiven bedruckten Kaftan und eine Menge Schmuck, darunter einen zwanzig Zentimeter langen Anhänger aus Bergkristall, der kunstvoll zu einer Spitze geschliffen war. Ihre Augenlider waren bis zu den Brauen tief violett geschminkt. Sie war einige Jahre älter als Kathleen – Ende fünfzig, mutmaßte Colin.

»Ach, Sie sind der Freund, von dem mir Kathleen so viel erzählt hat«, verkündete Miss Quentin mit rauer Stimme. »Ich sehe sofort, dass Sie eine alte Seele sind, die mehr Pfade hinter sich hat als nur den dieses Lebens. Aber Ihre Aura ist etwas trüb …« In theatralischer Gebärde legte sie ihre Hand an die Stirn.

Colin hielt sie für eine harmlose Verrückte – die vielleicht sogar wirklich übersinnlicher Wahrnehmungen fähig war. Diese besondere Befähigung, wie die Gabe des Singens oder Voraussehens, war keineswegs auch die Gewähr für das Vorhandensein seelischer Stabilität oder auch nur gesunden Menschenverstandes.

»Es freut mich, Sie kennen zu lernen, Miss Quentin. Alle berechtigten Wanderer des Pfades sind hier willkommen«, entgegnete Colin höflich. Er wandte sich ab, um einen anderen Besucher zu begrüßen, und aus dem Augenwinkel sah er, wie Kathleen sich Rhonda Quentin zuwandte und mit ihr zu tuscheln begann.

Kathleen war die Erste, sie glitt schnell und ohne viel Aufhebens in Trance und nahm Kontakt mit Wesen auf der »anderen Seite« auf, deren Nachricht sie übermitteln sollte. Zu Colins

Überraschung gab es eine Nachricht für Emily Barnes von ihrer Großmutter, aber es war etwas so Harmloses, dass das Mädchen davon nicht weiter beunruhigt schien.

Kathleen arbeitete in einem sehr modernen Stil. Zwar bat sie die Séance-Teilnehmer um Ruhe und darum, ihre Hände auf den Tisch zu legen, aber sie verzichtete auf das Abdunkeln des Raums und auf jedwede Form von Gebeten und sonstigen Anrufungen. Ebenso verzichtete sie auf die verstörend unglaubwürdigen Geisterführer, die die beiden vorigen Generationen von Medien wie auch die so genannten »Channeler«, ein Phänomen des *New Age*, charakterisierten.

Auch wenn es zutraf, dass die »Geisterführer« nur Masken des Selbst waren – der rituelle Magier nahm häufig die Aufteilung seiner Persönlichkeit in verschiedene magische Identitäten vor, um die Aufgaben, die er ihnen stellte, ohne die zusätzliche Last des neuzeitlichen Rationalismus ausführen zu können –, so hatte das doch im Laufe der Jahre zu viel Spott und Missverständnissen geführt.

Als Miss Quentin an der Reihe war, stellte sich heraus, dass sie in der großen alten Tradition der Medien arbeitete. Sie war mit einer riesigen Reisetasche erschienen, aus der sie nun eine große Kerze und einen schweren Messingaschenbecher hervorholte, den sie mit verschiedenen Weihrauchstückchen füllte.

»Das klärt die *Vibrations*, meine Lieben. So viel Unglück in dieser Welt kommt nur aus blockierten oder gehemmten Aurata«, verkündete sie großspurig.

Etwa die Hälfte der Gäste an diesem Abend waren ältere Frauen, mit kurzem, dauergewelltem Haar und bunten Perlenketten. Sie nickten zustimmend, während die jüngeren – und Kathleen Carmody mit ihren annähernd fünfzig Jahren gehörte zu ihnen – eher gequält oder jedenfalls höflich distanziert dreinblickten.

Colin warf Claire einen Blick zu. Ihr Gesicht sah aus, als hätte sie in eine sehr saure Zitrone gebissen und gäbe sich alle Mühe, es nicht zu zeigen.

Sie hat also den gleichen Verdacht wie ich, dachte Colin. *Na, dann wollen wir mal sehen, ob Miss Quentin irgendetwas Neues in ihrer Trickkiste hat.*

Mehrere Minuten war das ältliche Medium mit dem Tisch beschäftigt, gruppierte ihre Zuhörer um, damit der »Energiefluss« nicht gestört wurde. Colin war nicht erstaunt, dass sie ihn so weit weg von sich wie nur möglich platzierte. Claire bekam einen Platz ein paar Stühle neben ihm zugewiesen. Kathleen musste die Frau davor gewarnt haben, dass Colin hier keinerlei Schwindel duldete. Er hoffte nur, sie würde dieser Warnung Beachtung schenken.

Das Medium zündete die Kerze und den Weihrauch an, löschte das elektrische Licht und bat alle, sich an den Händen zu fassen. Dann leitete sie die Gruppe zu recht christlichen Gebeten an.

Das stieß bei den anwesenden Hexen und Hexern auf wenig Sympathie. Rainbow wirkte unangenehm berührt, Frodo höflich zurückhaltend, während Emily Barnes einen so angewiderten Eindruck machte, als hätte man sie plötzlich aufgefordert, mit lebendigen Schlangen umzugehen. In den achtziger Jahren schien die »Religionsfreiheit« für viele Menschen »Freiheit von der Religion« zu bedeuten. Das Mädchen war vielleicht in ihrem ganzen Leben noch nie in einer Synagoge, Moschee, Kirche oder in einem Tempel gewesen.

Miss Quentin erreichte ihre Trance nach ausgiebigem Stöhnen und Kopfrollen und brachte dann einen Geisterführer mit dem Namen Gelber Bär hervor.

Langsam und vorsichtig näherte Colin die Hände seiner Nachbarn einander an. Als Miss Quentin alle bat, sich an den Händen zu fassen, zog er seine Hände an seinen Körper zurück, und ohne Zögern ergriffen seine beiden Nachbarn ihre Hände. Ihre ganze Aufmerksamkeit galt jetzt dem Zwiegespräch zwischen Miss Quentin und Gelbem Bär, das am Ende des Tisches stattfand. So lautlos wie irgend möglich schlich sich Colin gebückt an die hintere Wand des Raumes – und wartete ab.

Wie er erwartet hatte, begann Miss Quentin schwach leuchtende Ströme von Ektoplasma abzusondern, jene Substanz, die jedes gute Medium willentlich aus seinem Körper austreten lassen kann, um damit den lieben Verstorbenen Gestalt zu geben. Miss Quentin bot ein ziemliches Spektakel, und Colin spürte, wie die Spannung im Raum sich erwartungsvoll steigerte.

Er schaltete das Licht ein.

Miss Quentin schrie auf.

Im grellen Licht der Deckenlampe wurde ein längliches Stück Stoff sichtbar, das mit Leuchtfarbe bemalt war. Es wurde durch eine geschickte Konstruktion aus Bambusstäben in der Luft gehalten, die zwischen Miss Quentins Zehen steckten.

»Sie ist eine Schwindlerin!«, brach es aus Emily Barnes hervor. Dann begann sie in nervöser Erleichterung zu kichern; andere stimmten ein.

Das Bambusgeflecht fiel klappernd zu Boden. In der offenen Reisetasche neben Miss Quentins Stuhl sah Colin den Rest des Zubehörs für die spiritistische Vorstellung: verschiedene Glöckchen, ein Schnappschloss, ein Stück Seil sowie eine kleine verkorkte Flasche mit feinem Granulat.

Miss Quentin brach in Tränen aus. »Nein! Ihr irrt euch! Es ist wirklich! Alles ist wirklich!«

»Oh, Ronnie«, sagte Kathleen Carmody vorwurfsvoll. »Ich habe dir *vertraut!*«

»Warum trinken wir nicht alle einen Schluck?«, schlug Frodo in geschäftsmäßigem Ton vor. Er fasste Emily am Ellbogen und steuerte den Nebenraum an. Die meisten der anderen, ebenso peinlich berührt von der Entlarvung der Betrügerin, folgten ihnen.

Claire ging an das Kopfende des Tisches, wo Miss Quentin weinend kauerte, die Hände vor das Gesicht geschlagen.

»Na, na, meine Liebe«, sagte Claire mütterlich. »Sie müssen doch damit gerechnet haben, dass sie früher oder später mal erwischt werden. Hier ist mein Taschentuch. Jetzt ziehen Sie Ihre Schuhe wieder an und trinken eine gute Tasse Kaffee mit uns. Und ich glaube, Sie sollten sich bei den anderen entschuldigen.«

»Ich habe nichts Falsches getan«, erwiderte Miss Quentin dickköpfig, obwohl sie noch weinte. Ihre Wimperntusche hinterließ mittlerweile schmutzige Streifen auf ihren schlaffen, runzligen Wangen, und Claires weiches Taschentuch machte alles nur noch schlimmer. »Die Astrale Ebene ist wirklich – es gibt sie –, doch die Menschen sind damit nicht zufrieden. Sie wollen Zeichen und Wunder.«

»Aber Sie können sie ihnen nicht geben, verstehen Sie«, sagte Claire immer noch besänftigend. »Nicht mit Trickserei. Das ist falsch. Nicht jeder ist ein materialisierendes Medium, und Sie dürfen nicht so tun, als ob Sie Nachrichten aus dem Jenseits hätten, die Sie gar nicht empfangen haben. Wer weiß, welches Unheil Sie damit anrichten? Jetzt fassen Sie sich. Warum waschen Sie nicht Ihr Gesicht und legen neuen Lippenstift auf? Es wird Ihnen danach viel besser gehen.«

Miss Quentin nickte, und Claire legte einen Arm um sie, um ihr beim Aufstehen behilflich zu sein. Doch als Miss Quentin sich aufrichten wollte, gaben ihre Knie nach, und Claire sackte unter ihrem Gewicht beinahe zusammen.

Colin sprang herbei.

»Sie ist ohnmächtig – und das ist nicht gespielt«, entschied Claire, als Colin ihr half, sie auf den Boden zu legen. »Am besten, sie kommt von selbst wieder zu sich – ich hole eine Decke.«

Colin zog sein Jackett aus und legte es, zu einem Kissen zusammengefaltet, unter ihren Kopf. Die Augen des Mediums rasten unter den geschlossenen Lidern hin und her, als läge sie in tiefem REM-Schlaf. Er nahm besorgt ihre Hand.

»Lass mich …« Die Stimme, die aus Miss Quentin sprach, war rau und männlich, irgendwie vertraut. »Lass mich …«

Colin beugte sich vor. Träumte sie? Spielte sie? Oder war das eine wirkliche Trance?

»Lass mich nicht …« Die Stimme erstarb, und es folgte ein Durcheinander von Stimmen, als ob mehrere gleichzeitig sprächen.

»Wer bist du?«, fragte Colin. »Was willst du?«

Miss Quentins Augenlider zuckten. Sie wachte auf, als hätte sie richtig geschlafen.

»Was?«, stammelte sie. »Was ist los?«

Obgleich sie vorhin gewiss hatte täuschen wollen, war das, was in ihrer Ohnmacht geschehen war – woran sie sich nicht erinnerte –, ohne Zweifel authentisch. Miss Quentin gehörte zu jenen Medien, die zwar über übersinnliche Kräfte verfügten, doch zu betrügerischen Mitteln griffen, wenn ihre Gabe sich nicht einstellen wollte – und das kam häufig vor. Colin war nicht so töricht, ihre Botschaft zu ignorieren, so geheimnisvoll diese auch war.

Es war ein Hilferuf – doch von wem?

Wenige Wochen später räumte Claire Bücher in einem der hohen Regale um. Die meisten Leute, die in dem Laden suchten, hatten die Angewohnheit, die Bücher an irgendeinen Ort zurückzustellen und nicht dorthin, wo sie hingehörten, und nach einer gewissen Zeit wurde es immer schwieriger, irgendetwas zu finden. Das Wetter bestand nur noch aus einer Abfolge schöner, warmer Tage, wie sie für kalifornische Sommer typisch sind, und die Luft oben unter der Decke war etwas stickig. Claire war froh, als Colin vorn im Laden nach ihr rief.

»Claire? Ich glaube, das ist die Dame, von der du mir erzählt hast.«

Claire stieg rasch die Leiter hinunter und ging zum Kassentisch. Eine dunkelhaarige Frau stand davor und unterhielt sich mit Colin. Sie hatte eine gewisse Ähnlichkeit mit Emily Barnes, doch während Emily die ätherische Unerfahrenheit der Jugend ausstrahlte, war diese Frau eindeutig eine erwachsene Person. Claire erkannte sie von ihrem ersten Besuch wieder.

»Dr. Barnes, nicht wahr?«, fragte Colin. »Ich habe gehört, dass Sie in das Haus gezogen sind, das früher unserer lieben Freundin Alison Margrave gehört hat.«

Claire sah, wie Leslie Barnes bei der Erwähnung von Alisons Name zurückschreckte wie vor einer unguten Erinnerung.

»Das Buch, das Sie mir über Poltergeister gegeben haben, war das erste vernünftige, was ich zu dem Thema gelesen habe. Ich bin wiedergekommen, um zu sehen, ob Sie noch etwas zu dem Thema haben«, sagte Leslie zu Claire.

»Für den Anfang empfehle ich Ihnen die Monographie von Margrave und Anstey«, antwortete Claire. Im Januar, als Dr. Barnes das letzte Mal danach fragte, war das Buch gerade ausgegangen.

Sie ging das Buch holen, da sie es gerade erst in der Hand gehabt hatte, und als sie zurückkam, sprachen sie ein paar Minuten über die Séance in der vergangenen Woche und über die Scharlatanin, die Colin entlarvt hatte. Doch das war nicht der Grund von Barnes' Besuch in der Buchhandlung, und Claire wusste das.

»Es geht mich nichts an«, begann Claire zögernd, doch ich hoffe, dass Ihr Interesse an Poltergeistern nichts damit zu tun hat, dass …« Sie warf Colin einen Blick zu. »Wie soll ich sagen?«

Colin, der Gute, fand die richtigen Worte. »Was Claire sagen will, ist, dass wir das Haus, in dem Sie jetzt wohnen, früher recht gut gekannt haben. Und es ist kein Geheimnis, dass seit Alisons Tod dort von Vorfällen berichtet wird. Ich hatte gehofft, mit Ihrem und Ihrer Schwester Einzug – dem Einzug einer Psychologin und einer Musikerin – würden die Vorfälle ein Ende nehmen. Ich wusste, dass Alison unglücklich wäre, wenn jemand dort wohnte, der nicht ihre Interessen teilt …«

»Aber das ist unmöglich!«, stieß Barnes hervor. »Das können Sie nicht glauben! Die Toten – wenn sie überleben –, warum sollten sie sich für das interessieren, was sie zurückgelassen haben?«

Weil sie hier noch etwas zu erledigen haben, dachte Claire, doch sie sagte es nicht.

»Ich weiß nicht recht, was ich Ihnen sagen soll. Ich weiß ja nicht einmal, wie viel Sie über diese Dinge wissen …«, begann Claire.

»Nichts«, sagte Dr. Barnes schlicht.

Und plötzlich fiel Claire ein, warum Leslie Barnes sie an etwas erinnerte, schon damals, als sie sie zum ersten Mal gesehen hatte. »Das ist schwer zu glauben«, sagte sie so freundlich wie möglich. »Nicht wenn Sie aufgeschlossen genug sind, einem Poltergeist nachzuforschen – und verzeihen Sie mir, Dr. Barnes, ich halte nicht viel vom *Enquirer*, aber es muss irgendetwas an der Geschichte dran sein, die Sie im letzten Jahr veröffentlicht haben. Lassen Sie mich …«

»Claire.« Colins Stimme war ruhig, aber voller Entschiedenheit. »Sie ist wegen Büchern hier, und nicht um unerbetene Ratschläge zu bekommen.«

Claire sah ihn erstaunt an. Es war nicht seine Art, Hilfe zu verweigern, doch aus irgendeinem Grund wollte er nicht, dass sie diese Hilfe anbot. Sie dachte an den Zeitungsbericht. Wenn es denn stimmte, dann hatte Leslie Barnes, eine ehemalige Schulpsychologin aus Sacramento, eine Vision gehabt, welche die Polizei auf die Spur des berüchtigten »Zopfmörders« gebracht hatte. Kein Wunder, dass sie so weit weg davon wie möglich ziehen wollte. Wie schrecklich das sein musste, sich im Kopf eines Serienmörders wieder zu finden ...

»Ach, bitte«, brach es aus Leslie Barnes hervor. »Wenn Sie irgendetwas über diese Dinge wissen, denn ich bin vollkommen ratlos! Ich brauche jede Hilfe, die Sie mir geben können.« Sie sah flehentlich von einem zum anderen.

Claire warf Colin einen kurzen Blick zu. Er würde nichts tun – aber er würde sie auch nicht daran hindern, etwas zu tun.

»Hat es irgendwelche Poltergeist-Aktivitäten im Haus selbst gegeben?«, fragte Claire.

Barnes holte tief Atem, und dann purzelte es nur so aus ihr heraus – die seltsamen Telefonanrufe, die angefangen hatten, als sie und Emily noch in Berkeley wohnten, die Türklingel, die klingelte, ohne dass jemand da war, und weiterklingelte, nachdem sie sie aus der Wand gerissen hatte – die grässlichen Alpträume von einem blutgetränkten, heulenden Mann, die sie und Emily heimsuchten ...

In solcher Gesellschaft waren die Poltergeistphänomene nachgerade harmlos, aber offensichtlich erfüllte es Barnes mit Furcht, dass die übersinnlichen Anwandlungen, die so plötzlich begonnen hatten, nicht aufgehört hatten, sondern neue und beängstigendere Formen annahmen.

»Nehmen Sie die mit nach Hause und lesen Sie sie«, sagte Claire und hielt ihr zwei Bücher hin, die Monographie und das Buch, das Alison selbst geschrieben hatte. »Und wenn Sie wollen, kann ich heute Abend zu Ihnen rüberkommen und herauszufinden versuchen, was in Ihrem Haus los ist.«

»Sind Sie auch ein Medium?«, fragte Barnes. Der plötzliche Verdacht ließ ihre Stimme offen argwöhnisch klingen. Claire zuckte nicht mit der Wimper. Sie wusste, was jetzt im Kopf der jüngeren Frau vorging. Wie viele ihrer eigenen Patienten wusste Barnes, dass sie Hilfe brauchte, war aber noch weit davon entfernt, sie anzunehmen.

Claire schüttelte den Kopf und suchte nach Worten, wie sie der Jüngeren die Angst nehmen konnte. »Ich habe nur etwas Erfahrung, das ist alles. Ich weiß nicht, ob ich irgendetwas herausfinde, aber ich kenne das Haus, und ich kann es versuchen.«

»Ach, Colin, wir müssen ihr doch helfen?«, sagte Claire, sobald Barnes gegangen war. »Du hast doch gesehen – die arme Frau war am Ende ihrer Kräfte! Was, wenn Alison sie ausgewählt hat, wenn sie diejenige wäre, die …«

»Sie ist stark genug, selbst damit fertig zu werden«, sagte Colin mit jener ruhigen Überzeugung, die manchmal zu seinen verwirrendsten Eigenschaften gehörte.

»Und du glaubst sicher auch, dass sie auserwählt ist, um von einem Poltergeist um den Verstand gebracht zu werden, nehme ich an«, sagte Claire scharf.

»Natürlich nicht«, erwiderte Colin. »Aber ich weiß, dass sie auserwählt ist, sich mit Simon Anstey zu treffen.«

Konnte das wahr sein?, fragte sich Claire, als sie später am Tag den Hügel zum Haus hinaufging. Obwohl Colin so etwas nie gesagt hätte, wenn es nicht zuträfe, war es doch nur schwer zu glauben.

Claire kannte Simon nun seit etwas mehr als zwanzig Jahren, und stets hatte sie ihn in Begleitung einer hinreißend schönen Frau von der Art gesehen, wie reiche und berühmte Männer sie als internationale Trophäen zu zeigen belieben. Auch wenn Leslie Barnes gewiss eine attraktive Frau war, so gehörte sie doch nicht zu dieser Klasse, noch – das wusste Claire intuitiv – strebte sie danach.

Vielleicht will er, entstellt wie er ist, nicht mehr mit einem unversehrten Mann um die Gunst einer schöneren Frau kämpfen. Claire verwarf diesen Gedanken schnell. Eine solche Handlungsweise hätte ein gewisses Maß an Bescheidenheit bei Simon vorausgesetzt, doch soweit sie wusste, zeichnete sich sein Charakter immer noch durch eine extreme Arroganz aus.

Claire schüttelte den Kopf über die unbewussten Annahmen, die ihren Gedanken zugrunde lagen – als wäre etwas dermaßen Willkürliches wie Schönheit das Einzige, was eine Frau anziehend machte. Vielleicht hatte Simon einfach das Interesse an dem verloren, was ihm so leicht in den Schoß fiel, und suchte jetzt, da er älter wurde, nach einer Frau, die ihm geistig gewachsen war. Dass Simon um Leslie Barnes warb, lag jedenfalls nicht an Gefühlen seiner Unzulänglichkeit. Doch was waren seine Gründe?

Claire stieg die Stufen zum Haus hinauf.

Es ist dreiundzwanzig Jahre her, dass ich dieses Haus zum ersten Mal betrat.

Für einen Augenblick schien sich die Zeit in sich selbst zurückzukrümmen, auch wenn es kein schwüler Maiabend war, sondern eine windige Novembernacht. Claire stand im Eingang, sah das Licht und die Wärme und fürchtete sich in der Tiefe ihres Herzens vor beiden.

»Sünden, habe ich auch welche begangen?«

Diese lang vergangenen Worte hallten in ihr nach. Welch weiten Weg war sie in einem Leben gegangen!

Und andere hatten noch die gleiche Strecke vor sich …

Leslie kam zur Tür. Sie war elegant und zugleich salopp in weißen Leinenhosen und einem ärmellosen hellblauen Rollkragenpulli gekleidet. Die Kombination passte perfekt zu ihrer dunklen Schönheit. Sie bat Claire einzutreten, und als beide Frauen später bei einer Tasse Tee in der Küche beisammensaßen und sich bereits mit Vornamen anredeten, erzählte Claire ein bisschen von dem, was sie glaubte, und ermunterte Leslie, von ihren Erfahrungen zu berichten.

Leslie beschrieb das Entsetzen, das sie beim Anblick der toten Juanita Garcia in einem Wassergraben empfunden hatte – zunächst in einer Vision und dann, als sie die Polizei zum Tatort führte. Sie zog nach Berkeley, um vor dem Rummel zu fliehen, der seit diesem Fall um sie stattfand. Außerdem war sie eine desaströse Beziehung zum Bruder des ermittelnden Detective eingegangen. Joel Beckworth war einer jener dogmatischen Rationalisten, die sich vor dem Unsichtbaren schützten, indem sie es ins Lächerliche zogen, und Leslie war schließlich froh, als ihre Beziehung sich auflöste – vor allem weil sie Greenhaven gekauft hatte.

Offenbar waren an diesem Bruch auch einige Poltergeistphänomene beteiligt. Seltsamerweise behandelte Leslie zur selben Zeit einen klassischen Poltergeist – ein halbwüchsiges Mädchen –, als sie selbst mit dem Problem konfrontiert war. Doch fliegende Weingläser und Kleenexschachteln beunruhigten sie weniger als das endlose Läuten der Türklingel und des Telefons.

»Und nie ist jemand da – und das Telefon klingelt, egal ob es angeschlossen ist oder nicht, und die Türklingel abzustellen ist einfach … unbequem«, sagte sie verstört.

Ebenso nahmen ihre Anfälle von Hellsichtigkeit zu – Nick Beckworth, der pragmatischer als sein Bruder war, hatte sie mehrfach um Rat in Fällen gefragt, darunter erst kürzlich bei einer Kindesentführung.

»Und die arme Frau kam fast um vor Angst, aber diesmal war das Kind in Sicherheit und wohlauf – bei seinem Vater. Nur was, wenn es nicht so gewesen wäre und ich es hätte mit ansehen müssen?«, fragte Leslie.

»Das muss fürchterlich gewesen sein«, sagte Claire sanft. *Bist du es, Leslie? Wirst du die Arbeit fortführen, die Alison nicht vollenden konnte?*

Leslie lächelte plötzlich verschmitzt. »Bravo. Perfekte nondirektive Beratungstechnik.«

Claire musste lachen und zugeben, dass sie Psychologieseminare an der San Francisco State University besuchte und ebenso in der Beratung tätig war. Das Gespräch wandte sich Alison Margrave zu. Leslie konnte zwar die Evidenz ihrer eigenen Sinneseindrücke nicht ableugnen, doch die eigene übersinnliche Gabe anzunehmen hieß noch lange nicht, die Unsichtbare Welt als Ganzes zu akzeptieren. Die Möglichkeit eines Überlebens nach dem Tod verblüffte sie – es schien zu verrückt, zu unwirklich.

Claire erzählte Leslie ein wenig von Alison – dabei wollte sie nicht zu viel sagen, um Leslie nicht voreingenommen zu machen gegenüber den Vorfällen im Haus, und sie wollte sie auch nicht mit Dingen konfrontieren, für die sie offensichtlich noch nicht aufnahmefähig war. Leslie Barnes war zwar mit Sicherheit ein Medium, aber ein höchst widerspenstiges.

Aber so ist es doch immer, oder? Nur im Kino oder in schlechten Büchern freuen sich die Menschen darüber, dass sie plötzlich einen sechsten Sinn haben. In Wirklichkeit macht es einem Angst. Doch Leslie muss angetrieben werden – so schnell es nur geht. Was hier geschieht, wirkt so gezielt. Was, wenn es nicht Alison ist, die hinter diesen Vorfällen – dem fliegenden Geschirr, dem Telefon, der Türklingel – steckt?

Und wenn sie es nicht war: Welche andere Kraft war so stark und entschlossen, um die Barrieren dieses Hauses, das seit über einem halben Jahrhundert dem Licht geweiht war, durchdringen und überwinden zu können? Claire hoffte nur, dass Leslie nichts von ihrem Unbehagen spürte.

»In der Garage stimmt auch etwas nicht«, sagte Leslie, »aber das Haus war immer eine – Zuflucht. Bis heute Morgen. Ein Wedgwood-Teller – ein Familienerbstück; er gehörte meiner Großmutter – flog von der Wand wie ein – wie eine fliegende Untertasse!«, kicherte Leslie nervös.

»Darf ich das Büro sehen?«, fragte Claire. *Alison – wenn du es bist – was, um Himmels willen, treibst du hier?*

Claire blieb vor der Tür von Alisons Arbeitszimmer stehen. Sie spürte nichts als die Ruhe und den Frieden, den sie immer schon mit Alisons Haus verbunden hatte, auch wenn es seltsam war, neue Möbel – einen alten Holzschreibtisch, einen Stuhl, einen Tisch sowie eine anrührend kitschige Kuckucksuhr – in Alisons stillem Büro zu sehen.

Es ist jetzt Leslies Büro. Wir alle müssen Alison gehen lassen, ermahnte Claire sich selbst.

Nachdem sie um Erlaubnis gebeten hatte, hob sie den Zierteller auf, der immer noch da lag, wo er am Morgen hingefallen war. Sie wappnete sich gegen eventuelle böse Energie, spürte aber nichts.

»Ich kann nichts Falsches daran entdecken«, sagte sie, »und ich würde bestimmt merken, wenn noch irgendeine Energie wirksam wäre ...«

Sie tat ihr Bestes, Leslie so viel wie möglich zu erklären, aber als sie Leslies wachsende Anspannung spürte, ließ sie das Thema schließlich fallen. Colin würde es ihr nicht danken, wenn sie Leslie für immer abschreckte – und es wäre auch der Frau selbst gegenüber ein schlechter Dienst, wo sie doch von ihnen Hilfe erwartete.

»Sie haben gesagt, es habe in anderen Teilen des Hauses Unregelmäßigkeiten gegeben – kann ich das Fenster sehen, das immer wieder aufgeht?«, fragte Claire.

Als sie erneut den Hausflur betraten, begann Leslies jüngere Schwester zu üben, und laute Akkorde hallten von den Wänden wider, ganz ähnlich wie damals, als Alison noch musizierte.

Leslie führte sie die Treppe hinauf und zeigte ihr (zu Claires heimlicher Belustigung behandelte Leslie die ganze Sache todernst) die Pentagramme, die unter jedem Fenster und über jeder Tür geschrieben standen.

»Ich habe die Wächter über das Haus selbst eingesetzt«, sagte Claire, »als Alison nach ihrem ersten Schlaganfall im Krankenhaus lag.«

Das war ein Jahr nach Simons Unfall gewesen. Sie erinnerte sich daran, wie sie bei Alison im Krankenhaus gesessen hatte, geradeso wie zuvor bei Simon, und an Alisons Entschluss, Simon solle Greenhaven nicht übernehmen. Erst da hatte Claire erkannt, wie tief Simon sich im Schatten verstiegen haben musste, um Alison so unnachsichtig gegen sich aufzubringen.

Es war keine sonderliche Überraschung, dass das Fenster, über das Leslie klagte, sich in Simons altem Zimmer befand. Jetzt war es Emilys Zimmer – Claire hätte gespürt, dass es bewohnt war, auch wenn Leslie ihr nichts davon gesagt hätte –, doch ohne das übliche Durcheinander eines Teenagerzimmers. Emily Barnes, so schien es, war so zwanghaft ordentlich, wie andere Mädchen ihres Alters schlampig waren. Claire legte ihre Hand auf das Fensterbrett, um herauszuspüren, was diese Schwelle überschritten hatte, aber wieder ohne Erfolg.

»Das Fenster ist mit Sicherheit ungeschützt«, erklärte sie. »Aber ich bekomme kein Zeichen, dass irgendetwas nicht stimmt. Es ist neutral, mehr nicht. Sie sagten etwas von einer Katze?«

»Eine weiße Katze. Frodo sagt, es sei Alisons Katze«, antwortete Leslie etwas abwehrend.

»*Verstehst du: Es ist nicht meine Katze! Sie hat nichts mit mir zu tun*«, dachte Claire. Sie lächelte leicht. Wie musste es Leslie ärgern, selbst ein solches Lehrbuchbeispiel für eine klassische Abwehr zu bieten. *Aber wenn man seine instinktiven Reaktionen kontrollieren könnte, wären sie nicht mehr instinktiv, denke ich. Obgleich …*

»Alison hatte immer weiße Katzen«, sagte Claire. »Einmal ist eine entwischt, bevor sie sie sterilisieren lassen konnte, und später gab sie mir dann eins der Kätzchen. Mehitabel war das erste Haustier, das ich je hatte, und seither hatte ich immer Katzen. Ich weiß, dass Alison einmal ein halbes Dutzend Katzen besaß, aber als sie merkte, wie ihre Kraft nachließ, hat sie für die meisten ein neues Zuhause gesucht …« Doch zweifelte Claire daran, dass die weiße Katze, die Leslie belästigte, Alison gehört hatte und nun verwildert war. Sie konnte dies zur Sicherheit bei Kathleen Carmody nachprüfen, aber es sah Kathleen nicht ähnlich, dass sie ihrer Freundin den letzten Willen schuldig geblieben sein sollte.

»Ich kann die Wächter wieder einsetzen. Natürlich sollte das Haus im Idealfall gereinigt und versiegelt sein, und Sie sollten es selbst machen. Dann hätte es eine viel größere Wirkung.«

»Und das würde die Katze fern halten?«, fragte Leslie zweifelnd.

Claire hielt das für wahrscheinlich – vorausgesetzt, das Tier war nicht einfach nur eine herumstreunende Katze –, doch erklärte sie auch, es sei schon ein wenig so, als wollte man mit Kanonen auf Spatzen schießen. Sie spürte einen unbestimmten Zusammenhang mit der Katze, den Leslie bisher verschwiegen hatte – etwas, dem sie jedes Mal näher kam, wenn sie mit ihr über die Vorfälle im Haus sprach.

»Ich glaube, dass diese Katze ein schreckliches Ende gehabt hat«, sagte Leslie widerwillig.

Volltreffer! Arme Leslie – was geht hier bloß vor?

Leslie führte Claire die Stufen hinunter – Emily übte noch, diesmal ein Stück, das Claire wieder erkannte, etwas von Mussorgsky – und in den Garten hinaus.

Rainbow und Emily hatten fast jedes Wochenende darin gearbeitet, und jetzt begann er wieder zu gedeihen und verlor das ungepflegte Aussehen, das er nach Alisons Tod angenommen hatte. Leslie ging quer über den Rasen zu der kleinen Garage, die Alison in einen Meditationsraum umgewandelt hatte, nachdem sie wieder begonnen hatte, mit einer Gruppe zu arbeiten. Kathleens Schwester Betty hatte davon gesprochen, etwas Grässliches sei da draußen, aber sie hatte weder Claire noch Colin je um Hilfe gebeten.

Claire traf es vollkommen unvorbereitet, als sie über die Schwelle trat.

Kälte … Finsternis … Hunger und Verzweiflung. Ein Schmerz so groß, so vernichtend, dass die üble Fäulnis, vor der die gesunde Seele mit Entsetzen zurückgewichen wäre, unspürbar wurde; sie wurde zu einem Werkzeug, ja, zu einem profanen Medium, in dem irgendein wahnsinniger Künstler arbeitete …

»Hier ist mit Sicherheit einiges im Argen«, sagte Claire schwach und versuchte, das sprachlose Heulen der Verzweiflung auszublenden, das ihre Sinne erfüllte. »Ich weiß nicht, was es ist, aber es ist schrecklich – schrecklich!«

Leslie sagte etwas. Ihre muntere, unbeteiligte Stimme zerrte an Claires bloßliegenden Nerven – spürte sie denn nicht das Grauen dieses Ortes? Das geschehene Grauen – und das noch kommende. Die Wände bebten mit der Panik eines angsterfüllten Kindes. Überall schwelte der Geruch von Blut, als badete Claire darin …

Sie drehte sich um und stürzte blind an Leslie vorbei. Als sie den Garten erreichte, war es, als ob sie endlich wieder atmen könnte: Tief sog sie die würzige Luft ein und hoffte, nicht in Ohnmacht zu fallen. Sie fühlte sich so benommen, als hätte sie in Abwässern gebadet, ja, davon getrunken.

Wie war das möglich? Wie konnte Alisons liebevoll geweihtes Heiligtum so geschändet worden sein? Gewiss hatte nicht Betty das getan, noch die beiden anderen Familien, die zwischenzeitlich hier gewohnt hatten. Claire dachte an den Mann, der hier gestorben war, an die junge Mutter, die hier Selbstmord begangen hatte. Dies war es, was sie in ihren letzten Momenten gefühlt hatten, dessen war sie sich sicher. Sie konnte nicht glauben, dass diese Aura und die Vorfälle in Greenhaven irgendetwas mit Alison zu tun hatten – gleichgültig wie zornig Alison war, sie konnte Unschuldigen so etwas nicht antun.

Doch Simon konnte es. Er hatte vor Jahren eine von Alisons Katzen getötet, er, der heute das Evangelium der Schwarzen Magie predigte, Blutopfer und die Reinigung der Gesellschaft von denen, die ihrer nicht wert waren.

Claire sagte etwas – sie wusste nicht, was – zu Leslie, und die andere Frau fasste sie am Arm und führte sie zurück in die Küche.

Wusste Leslie, wer Simon geworden war? Claire forschte in ihrem Gesicht nach, doch sie fand kein Anzeichen für ein solches entsetzliches Wissen.

Bei einer weiteren Tasse Tee gab sich Claire alle Mühe, Leslie die Sache mit Simon zu erklären, doch zu ihrer Bestürzung stellte sie fest, dass jedes Wort, das sie sagte, im Voraus von Simon abgeblockt worden war. Leslie wollte kein einziges Wort gegen ihn hören, noch wollte sie auch nur glauben, dass es so etwas wie Schwarze Magie gäbe – als könnte ein Kult, der so unbezweifelbare Wirkungen auslöste, seine Mittel nicht auch für böse Zwecke einsetzen.

Die ganze Geschichte von Claires Generation war eine einzige Ablehnung solcher Gedanken – wenn es weiterer Ablehnung bedurfte –, und sie fühlte sich zunehmend entmutigt, Leslie Barnes von etwas zu überzeugen, was für Claire so unbestreitbar war wie das Sonnenlicht und die Stadt, in der sie sich befanden. Simon war ein schwarzer Magier geworden, und wenn Simon sich Leslie erfolgreich annäherte, würde er sie früher oder später in seine Pläne einbeziehen …

»Tut mir Leid, Claire«, sagte Leslie schließlich. »Ich weiß, dass Sie es nur gut meinen …«

Der verdammenswerteste Satz überhaupt, dachte Claire sarkastisch.

»Aber ich kann diese ganzen Dinge einfach nicht glauben, die Sie mir hier erzählen. Reinkarnation – Blutopfer –

Schwarze Magie – ich habe genug damit zu tun, an Katzengespenster zu glauben …«

Zu viel, zu schnell – aber, ach, Leslie, siehst du nicht, dass wir keine Zeit verlieren dürfen? Claire erkannte, jetzt versuchen zu müssen, so viel wie möglich von ihrer Beziehung zu Barnes zu retten. Doch da ihre Nerven immer noch von jenem Eintauchen in den Sündenpfuhl bebten, konnte sie nicht abschätzen, wie hilfreich ihre Ratschläge waren. Sie sprach beruhigende, besänftigende Dinge und ermunterte Leslie, auch mit Colin über die Probleme zu reden, die das Haus heimsuchten. Es gab niemanden, dem Claire mehr vertraute, und sie war sicher, dass Leslie Colins Warnungen nicht in den Wind schlagen würde.

Wenn es nicht schon zu spät war.

»Du siehst unglücklich aus«, bemerkte Colin, als Claire in die Buchhandlung zurückkehrte. Es war beinahe acht; er hatte den Laden offen gelassen und auf sie gewartet, aber es waren zu dieser Stunde am Freitagabend keine Kunden mehr da.

»Ich habe alles falsch gemacht – ich kann von Glück sagen, dass Leslie mich nicht rausgeschmissen hat. Ach, das Haus ist sauber genug – jemand hat den Wächter aus Simons Zimmer entfernt, aber ich möchte wetten, dass da nichts Böses eingedrungen ist, also habe ich mich nicht weiter darum gekümmert. Aber der Meditationsraum im Garten …«

Sie setzte sich auf die Bücherleiter und bemerkte, wie sie bei dem Gedanken immer noch zitterte. »Colin, es ist grauenhaft! Kein Wunder, dass Betty ausgezogen ist und die anderen sich umgebracht haben – ich glaube, kein gesunder Mensch kann es ertragen, sich in diesem Raum aufzuhalten. Verzweiflung – und Schmerz – und Angst …« Plötzlich brach sie in Tränen aus.

»Ist schon gut, Kleines«, sagte Colin, kam um die Zahltheke herum und legte seinen Arm um sie. Er gab ihr ein Taschentuch. »Wir bringen das in Ordnung, mach dir keine Sorgen.«

Er wartete, bis sie sich etwas beruhigt hatte. »Glaubst du, dass es eine Bedrohung für die Barnes ist?«

»N-nein«, sagte Claire langsam und trocknete ihre Augen mit Colins Taschentuch. Es roch nach Tabak und dem Weihrauch, den Colin bei seinen Meditationen benutzte, Gerüche, die Claire seit langem mit ihm verband. Sie dachte angestrengt nach. Widerwillig versetzte sie sich in den scheußlichen Moment zurück, als sie Alisons entweihtes Heiligtum betrat und mit jenen Ausflüssen konfrontiert wurde, die nur von einem Adepten stammen konnten. Einem Adepten des Lichts, der dem Schatten verfallen war – einem Adepten, dessen dunkle Kraft aus der Perversion und Zerstörung dessen entsprang, was seine Seele immer noch für gut befand.

Simon.

»Ich glaube nicht, dass es ihnen direkten Schaden zufügt, solange sie nicht zu viel Zeit in dem Raum verbringen – und sie finden, es *rieche* dort nicht gut«, fügte Claire leicht entrüstet hinzu.

Colin lachte. »Unsere Ahnen sprachen nicht ohne Grund von dem Gestank des Bösen und dem Duft der Heiligkeit. Für die meisten Menschen wird das Unsichtbare durch einen der fünf Sinne erlebbar – und ich fürchte, dass das, was wir Moral nennen, mehr mit dem Geruchssinn zu tun hat, als wir uns gemeinhin klarmachen.«

»Lach du nur, wenn es dir Freude macht«, grollte Claire, die langsam ihr seelisches Gleichgewicht wiedergewann. »Du musstest ja nicht durch diesen Dreck waten!«

»Nein«, stimmte Colin plötzlich ernst zu. »Noch nicht.«

»Es *war* Simon«, beharrte Claire. »Und auf meinem Weg zum Haus habe ich mich gefragt – du wirst mich für sehr konservativ halten, Colin –, aber ich habe mich gefragt, was ein Mann wie Simon wohl an einer Frau wie Leslie findet. Sie entspricht überhaupt nicht seinem Typ. Und was ist – du weißt, Frodo sprach davon, dass sie die Schlösser ausgewechselt hat –, wenn Simons vorgebliches Interesse für sie damit zu tun hat, sich weiterhin den Zugang zum Meditationsraum zu sichern? Ich bin keine gute Hellseherin, aber ich möchte wetten, dass zumindest ein Teil des Grauens, das ich dort wahrgenommen habe, noch nicht geschehen ist. Es gab da ein Mädchen …«

»Emily?«, fragte Colin schnell.

»Nein. Jünger. Aber es war etwas Seltsames mit ihr, als ob … ach, ich weiß nicht. Als ob sie nur so tun würde, als wäre sie ein kleines Mädchen. Ich weiß, es klingt lächerlich …«

»Übersinnliche Wahrnehmungen wirken oft so, wenn wir sie nicht verstehen«, erinnerte Colin sie. »Aber ich glaube, wir haben genug Zeit, dieses Rätsel aufzulösen. Aber jetzt ist es spät, und du siehst ziemlich angestrengt aus; lass uns abschließen und nach Hause gehen.«

»Und vielleicht, wenn ich drüber schlafe, fällt mir etwas zu Simon ein – ich meine, außer ihn zu erwürgen«, sagte Claire. »Leslie ist vollkommen vernarrt in ihn. So viel kann ich schon sagen, auch wenn sie es noch nicht weiß!« *Genauso wie Alison es auf ihre Art war. Unfähig, das Finstere in ihrem Schützling zu sehen, bis es zu spät war …*

»Das Beste, was du tun kannst, ist eure Freundschaft aufrechtzuerhalten«, sagte Colin ernst. »Und wir werden dem Licht vertrauen, uns den Weg zu weisen, wie und wann wir in Simons Leben eingreifen, bevor er mehr Unheil anrichten kann.«

Das Geschäft war schnell abgeschlossen, und ein paar Minuten später standen sie draußen davor und genossen den Augenblick, da die Graue Dame unter den Städten – San Francisco – vom letzten Zwielicht Abschied nahm und sich in den Mantel der Nacht hüllte.

»Bevor ich's vergesse«, sagte Colin und tastete nach der Brusttasche seines Jacketts, das er immer trug. »Ich wollte dich fragen, ob du nächsten Freitag mit mir zum Sinfoniekonzert gehst.« Er holte zwei Eintrittskarten hervor und wedelte sie wie ein Fähnchen durch die Luft. »Ich habe sie gestern Morgen besorgt. Es wird sicher interessant«, fügte er mit einem Augenzwinkern hinzu. »Simon dirigiert.«

19

SAN FRANCISCO, FREITAG, 1. JUNI 1984

Und die Sündenstädte des Menschen zeigen nur
Die Pracht seines babylonischen Herzens.

FRANCIS THOMPSON

Zum Eröffnungskonzert des Sommerprogramms der San Francisco Symphony drängten Konzertbesucher in langen glitzernden Kleidern, mit Diamanten und Pelzen – ob es nun zur Jahreszeit passte oder nicht. Jeder Musikliebhaber in der Stadt und auf der Halbinsel war anscheinend gekommen, um Simon Anstey zum ersten Mal nach zwölf Jahren das Podium betreten zu sehen.

Colin hatte nichts auszusetzen an der Aufführung. Simon war als Dirigent ebenso brillant, wie er es als Pianist gewesen war, und hier stand seine verstümmelte Hand der musikalischen Interpretation nicht im Wege. Das Publikum war vom ersten Auftakt an gebannt und auf Simons Seite, und nach dem ersten Teil des Konzerts jubelten die Zuhörer nicht weniger ekstatisch als Rockfans.

»Ja, er *wirkt* ziemlich gesund«, sagte Claire, als sie sich zur Pause erhoben.

»Wie ablehnend du klingst!«, scherzte Colin, der sie aus ihrer grüblerischen Laune herausholen wollte. Seit sie Leslies Haus besucht und die böse Energie in dem Meditationsraum gespürt hatte, dachte Claire ständig über Simon nach. War es das Gefühl, eine Gelegenheit verpasst zu haben, das sie so bedrückte – er und Alison hatten immer gehofft, dass sich zwischen ihnen eine Beziehung entwickeln würde –, oder fühlte sie sich durch Simons Versuchung und Sturz bedroht? Der

Himmel wusste, dass es Fallgruben für alle gab, die sich dem Pfad öffneten; vielleicht fürchtete sich Claire davor, selbst in Versuchung zu geraten, welche Gestalt auch immer diese annehmen mochte.

»Komm, drehen wir draußen eine Runde. Es wäre eine Schande, wenn wir uns nicht die Garderobe der Leute ansehen würden«, sagte er aufmunternd.

Was immer der Grund für Claires düstere Stimmung sein mochte, Colin sah in ihr die gleichen Zweifel wirken, deren Opfer er selbst geworden war – das überwältigende Bedürfnis, die Distanz aufzugeben, die jene auf dem Pfad beherrschte, und die Dinge selbst in die Hand zu nehmen.

»Ach, schau!«, hörte er eine bekannte Stimme sagen. »Das sind Colin und Claire!«

Es war Emily mit ihrer älteren Schwester Leslie. Colin merkte, dass Leslie sich lieber von ihnen fern gehalten hätte, doch Emily schien solche emotionalen Bedenken nicht zu beachten und wollte einfach nur ihre neuen Freunde der Schwester vorstellen.

Sie unterhielten sich zu viert, und dabei erfuhr Colin, dass Simon Emilys Lehrer war – ein gutes Zeichen, denn es konnte bedeuten, dass Simon seinen Traum von einem Comeback als Pianist aufgegeben hatte. Doch als er dem Ausdruck gab, verteidigte Emily sofort die virtuose Spielkunst ihres Lehrers, und Colin sah ein, dass Simon nichts von seinem gefährlichen Ehrgeiz verloren hatte.

Das Gespräch hätte in ein unerfreuliches Geplänkel über Simon abgleiten können – auch wenn Colin in seinem Alter nicht die Absicht hatte, sich von einem Teenager in ein Wortgefecht ziehen zu lassen –, doch dann tauchte unerwartet Simon selbst auf.

Es war höchst ungewöhnlich, dass ein Dirigent während eines Konzertabends durch die Foyers wanderte, aber offenbar waren die Damen in Simons Begleitung hergekommen. Er sah überrascht aus – und für einen Augenblick *froh* –, Colin und Claire anzutreffen, doch fast im gleichen Moment verhärteten sich seine Züge, und er versuchte Colin etwas zu entlocken, das Leslie und Emily gegen ihn aufbringen würde.

»Colin. Ich hatte ganz vergessen, dass Sie Musikliebhaber sind. Oder sind Sie gekommen, um den Grad meiner Behinderung festzustellen?«

Colin gab eine ausweichende Antwort, doch Simon wollte das Thema keineswegs fallen lassen. Er fuhr fort, bis Claire – wie Colin schon gefürchtet hatte – sich seine Bemerkungen zu Herzen nahm.

»Warum glaubst du eigentlich, ich würde nicht immer nur das Beste für dich wünschen?«, entgegnete sie verletzt. »Es war nur um deinetwillen, dich vor gewissen Methoden gewarnt zu haben …«

»Warte, bis du da bist, wo ich jetzt bin, bevor du meine Methoden beurteilst, Claire!«, knurrte Simon wütend. Kurz darauf fand er eine Entschuldigung, um sich mit den Barnes-Schwestern zu entfernen.

Claire sah Colin mit sorgenvollem Blick an, und er tätschelte tröstend ihren Arm. *Wenn ich nur Trost spenden könnte. Simon führt offensichtlich etwas im Schilde mit den beiden Frauen – aber was, frage ich mich? Emily interessiert sich nur für ihre Musik, und Leslie hat eine panische Angst vor dem Unheimlichen.* »Komm. Lass uns was trinken, bevor es klingelt«, sagte Colin.

Ende Juni feierten die Heiden der *Bay Area* das Fest der Sommersonnenwende mit einem großen Picknick auf dem Mount Tamalpais. Anscheinend geriet Frodo an diesem Tag mit seiner Angebeteten in einen schrecklichen Streit.

Am folgenden Montag war er im Buchladen so gut wie nicht zu gebrauchen. Er ordnete die Bücher falsch ein und vergaß, kaum dass er unterwegs war, was er im Lager holen sollte. Sein sonst so sonniges Gemüt war stumm und in sich gekehrt, wie bei jemandem, der eine tödliche Wunde erlitten hat. Cassie Chandler kam am Abend im Laden vorbei und nahm ihn in einem Akt barmherziger Nächstenliebe mit zu sich. Colin hatte Frodo vorgeschlagen, sich ein paar Tage freizunehmen, doch am nächsten Morgen war er wieder im Geschäft.

»Es hilft, wenn ich etwas zu tun habe«, meinte er zu Colin. »Aber wenn ich Emmie sehe, wie sie bei diesem verdammten Aasgeier liebedienert, könnte ich …«, seufzte Frodo.

»Ist es wirklich so schlimm, Frodo?«, fragte Colin.

»Schlimmer«, antwortete Frodo. »›Ja, Simon‹, ›Nein, Simon‹, ›Oh-ja-ich-tue-genau-was-du-sagst-Simon‹. Mir wird übel, wenn ich sehe, wie er sie ausbeutet und ihre künstlerische Entwicklung erstickt. Der Mann hat ein Ego von der Größe der Trans-Am-Pyramide und der Schachtel, in der sie geliefert wurde.«

Colin lächelte schwach. »Die Schachtel, in der sie geliefert wurde« war die einheimische Umschreibung für das Gebäude der Bank of America, ein hässlicher schwarzer Glaswolkenkratzer, der eher nach New York oder Houston gehörte als ins Bagdad-an-der-Bay.

Frodo zuckte in wortlosem Abscheu die Schultern. »Aber es dringt keiner zu ihr durch. Anstey hat sie einer Gehirnwäsche unterzogen. Jetzt glaubt sie, sie müsse ununterbrochen üben und sich von uns, dem Pöbel, fern halten.«

»Sie wird das irgendwann überwinden«, sagte Colin tröstend.

»Wie denn? In einem Augenblick kann er die Folgen seines Unfalls verachten – im nächsten benutzt er sie dazu, alles zu bekommen, was er will. Er lebt jetzt praktisch in Greenhaven«, sagte Frodo.

»Ich glaube nicht, dass du Simon gegenüber ganz fair bist«, sagte Colin. Frodo schnaubte wütend und ging nach hinten, um Bücher auszupacken. Die Katzen, von seinem Kommen aufgestört, gingen nach vorne in den Laden, um ruhigere Gesellschaft zu finden.

Die Luft des Hochsommers war wie Milch, und das weiße mediterrane Licht machte die Häuser entlang der Straße zu einem Mosaik aus weißen Wänden und tiefschwarzen Schatten.

Es war beinahe Mittag, als Leslie Barnes die Buchhandlung betrat. Sie bewegte sich zögernd, offenbar auf der Suche nach Claire. Doch ob sie hoffen oder fürchten sollte, sie zu finden, schien sie selbst nicht zu wissen. Schließlich fasste sie einen Entschluss und kam an den Kassentisch, hinter dem Colin saß.

Doch was immer sie in die Buchhandlung geführt hatte, sie brachte es nicht über sich, darüber zu sprechen. Stattdessen plauderten sie eine Weile über Poltergeist und Monsignor. Die große schwarze Katze war wie immer schamlos zärtlich, und als Leslie schließlich doch auf den Grund ihres Besuchs zu sprechen kam, dachte Colin zunächst, sie würde immer noch mit dem großen sterilisierten Kater reden.

»Wir scheinen die Katze zu haben«, sagte sie. »Oder vielleicht auch nicht. Emily meint, sie hat sich verletzt – in der Garage – aber es ist nirgendwo Blut zu sehen … Ich habe sie auch einmal gesehen. Jeder redet von Alisons weißen Katzen – aber irgendetwas dabei wird mir verschwiegen.« Sie kniff ihren Mund zu, als ob sie sich davon abhalten wollte, noch mehr zu sagen.

Sie kommt zu dir, weil sie Hilfe braucht. Lass sie nicht im Stich, ermahnte sich Colin.

»Ich sage nur ungern etwas, bevor ich nichts gesehen habe«, begann er behutsam, »aber einer der Gründe, warum Alison Simon enterbt hat – verzeihen Sie, Leslie, wenn ich Ihnen jetzt etwas mitteile, was Sie nicht hören wollen –, war der, dass er eine ihrer Katzen rituell getötet hat. Claire hat Ihnen schon gesagt, dass sich Simon mit Schwarzer Magie beschäftigt, oder?«

»Ja, aber …«, Leslie sah leicht grünlich aus. »Ich wusste nicht, dass sie damit … das meinte. Warum hat er so etwas getan?«

»Das kann ich Ihnen nicht sagen«, gestand Colin wahrheitsgemäß. »Es war kein Akt reiner Grausamkeit – ich weiß aber nicht, ob das die Sache besser macht –, sondern die vorsätzliche Zerstörung eines anderen Lebens für einen magischen Zweck.«

Es schien Colin so, als hätte Simon bereits ihre Aura versiegelt. Er sah den Augenblick, als Leslies Gedanken sich von dem Entsetzlichen abwandten, um das, was Simon getan hatte, mit jener leichtfertigen und tödlichen Rationalisierung des zwanzigsten Jahrhunderts zu bemänteln und zu rechtfertigen: als Suche nach Erkenntnis um der Erkenntnis willen.

»Ich kann mir keinen besseren Grund vorstellen, um parapsychologische Dinge zu erforschen, als pure Neugier«, sagte

Leslie eigensinnig und unternahm die für einen Neuling typische Vermengung von Parapsychologie und Magie.

Simon nahm offenbar mit Techniken des Pfades zur Linken Einfluss auf ihr Leben. Wenn die Dinge sich so weit entwickelt hatten, wie Colin befürchtete, war es zu gefährlich, Leslie in ihrem unerweckten Zustand zu belassen. Er betete, der Himmel möge ihm nachsehen, was er jetzt tun musste, und sprach:

»Es gibt nur ein vertretbares Motiv für Forschungen, ob wissenschaftlicher oder sonstiger Art, und das ist das einzige Motiv, das auf dem Pfad Geltung hat: *Ich will wissen, um dienen zu können.*«

Leslie blinzelte, als wäre sie aus einem Tiefschlaf geweckt worden. Sie war sich ihres inneren Wissens nicht bewusst, doch jetzt, da Colin ihr Höheres Selbst zur Wachsamkeit aufgerufen hatte, führte ihr Instinkt sie schnell auf den Pfad zurück. Und zu ihrem Schicksal.

Als sie das Geschäft verließ, sah Colin ihr besorgt nach. Er hatte ein Empfinden, das er seit vielen Jahren nicht mehr gekannt hatte – das Gefühl, eine junge Kriegerin gegen einen fast unüberwindlichen Feind in die Schlacht zu schicken.

Die Julihitze wurde zur Augusthitze, und das Überlicht spiegelte unruhig Simons düstere Arbeit. Colin konnte auf der irdischen Ebene nur wenig Einsicht in Simons Pläne gewinnen oder Kenntnis darüber, ob sein Aufruf zur Bewusstheit auf Simons Geliebte und Alisons erkorene Nachfolgerin irgendeine Wirkung gehabt hatte – und wenn ja, welche. Nach Beendigung seiner Konzertreise gab Simon einen Meisterkurs am Konservatorium – Emily Barnes nahm daran teil –, und Anfang August verschwand er dann auf eine ausgedehnte Geschäftsreise.

Cassie Chandler – die in einer Gruppe für alte Musik spielte und Zugang zum Tratsch der Musikwelt hatte – erzählte, dass Simon nach Chicago geflogen sei, um dort mit Lewis Heysermann, dem weltberühmten Dirigenten, über sein Comeback als Pianist zu sprechen.

Sie überbrachte diese Nachricht mit bemüht neutraler Stimme, doch Colin war entsetzt. Er selbst war zwar kein Musiker, aber im Laufe der Jahre hatte er viele kennen gelernt. Wenn Simon vorhatte, innerhalb des nächsten Jahres wieder aufzutreten, hatte er entweder den Verstand verloren oder Grund zu der Annahme, binnen kurzem seine alte Kraft wiedergewinnen zu können.

Dabei gab es für ihn keinen natürlichen Weg, das zu erreichen…

In der zweiten Augustwoche wurde Colin von krachendem Donner geweckt. Ein wütender Sturm rüttelte an den Fenstern und Türen des alten Hauses. Er löste sich mühsam aus den Fängen des Schlafs, nur um festzustellen, dass es gar kein Gewitter gab.

Sein Körper schmerzte, als ob er in Ketten geschlafen hätte. Das lag am heißen Sommerwetter, das vielleicht Vergessen zuließ, aber keine erholsame Ruhe.

Er schaltete das Licht an. Es war ein paar Stunden nach Mitternacht. Er war auf dem Sofa im Wohnzimmer eingeschlafen. Der Ventilator im Fenster lief immer noch und lüpfte die Ecken verschiedener Papiere. Draußen vor dem Fenster wölbte sich der Sternenhimmel über einer Stadt, die von dieser unzeitgemäßen Hitze völlig ausgedörrt war – doch in Colins Kopf klang immer noch das Unwetter nach.

Was hatte ihn aufgeweckt? Er blickte um sich, schnürte seinen Bademantel enger und stand auf. Er fuhr sich mit der Hand durch sein ergrautes Haar und verzog unwillig das Gesicht. Was immer es war, es war nicht in sein Bewusstsein gedrungen – und dies war nicht die Stunde, um Claire aufzuwecken und zu fragen, ob sie auch irgendetwas wahrgenommen hatte.

Als er sich eine Tasse Tee zubereitete – Colins Universalmittel für alles, das nicht geheilt, sondern ertragen werden musste –, klingelte das Telefon. Colin hob gleich ab.

»Hier MacLaren.«

»Hat Sie schon jemand angerufen?« Joe Schiafardi klang etwas misstrauisch.

»Ich konnte nicht schlafen«, sagte Colin. »Wegen der Hitze. Was gibt's?«

Joe Schiafardi war einer von Colins Kontaktleuten im San Francisco Police Department. Er war mit Alison befreundet gewesen. Colin hatte keine Ahnung, wie weit diese Freundschaft gegangen war, und wollte es auch nicht wissen. Doch damals, als alles begann, hatte Colin Schiafardi gebeten, ein Auge auf Leslie und das Haus zu werfen und – soweit es sich mit seinem Berufsethos vereinbaren ließ – ihn zu informieren, wenn etwas geschehen sollte.

»Ich rufe nur an, um zu sagen, dass vor etwa einer Stunde bei Dr. Barnes eingebrochen wurde. Irgendein Verrückter hat mit einem Abbruchhammer das Cembalo der Schwester zu Kleinholz verarbeitet. Wir haben ihn aber vertrieben, bevor er noch mehr anstellen konnte. Die beiden Frauen sind wohlauf, auch wenn sie unter Schock stehen.«

»Gott sei Dank«, sagte Colin leise. War es leichtfertig von ihm gewesen, sich so weit herauszuhalten und darauf zu vertrauen, dass Leslie ihn anrufen würde, wenn sie ihn dringend brauchte?

»Das können Sie laut sagen. Das Komische ist nur, wir wissen nicht, wie der Irre hereingekommen ist. Das ganze Haus war abgeschlossen und verriegelt wie ein Safe, als wir ankamen.«

»Das ist … interessant«, sagte Colin langsam. Natürlich war es nicht interessant, sondern entsetzlich – es wies auf den anderweltlichen Charakter des Angriffs hin. Dafür konnte es nur eine Quelle geben. Doch warum sollte Simon einen solchen Schlag gegen Leslie und Emily führen?

»Freut mich, dass ich Sie gut unterhalte.« Schiafardi klang verärgert.

»Nein.« Colin sammelte sich. »Natürlich nicht. Es ist nur ein solcher Schock.«

»Das ist noch gar nichts im Vergleich zu dem, was der Bursche erlebt, wenn ich ihn in die Finger kriege.« Schiafardis Stimme enthielt ein grimmiges Versprechen. »Mein Gott, Colin, Sie hätten sehen sollen, wie es da aussah. Als ob jemand das Ding in einen Mixer getan und danach wieder ausgeschüttet hätte.«

Colin seufzte. »Ich hoffe nur, Sie kriegen ihn.« *Ich wünschte, das hätte jemand getan, den Sie fangen können.*

»Keine Sorge. Für den machen wir Überstunden. Dr. Barnes hat uns ein paar Mal geholfen, und ich meine, wir sind ihr das schuldig.«

Nach einem kurzen Austausch von Höflichkeiten legte Schiafardi auf – er hatte noch Formalitäten wegen des Einbruchs zu erledigen.

Colin ging in die Küche zurück und nahm den Teebeutel aus seinem Tee. Der Tee war stärker, als er ihn mochte, aber er trank ihn dennoch. Er hoffte, sein Kopf würde dadurch klar werden, und er sehnte sich nach seiner Pfeife, obwohl er schon seit Jahren nicht mehr rauchte. Noch immer vermisste er sie, wenn er sich über ein Problem den Kopf zerbrach.

An Schlaf war nicht mehr zu denken. Er zog sich an und entschied, hinüber in den Buchladen zu gehen. Der kleine Spaziergang würde ihm helfen, seine Gedanken zu sortieren, und auf der Straße war es kühler als in seiner Wohnung.

Obgleich Colin durch und durch ein Stadtmensch war, liebte etwas in ihm die Stille solcher Nachtstunden. Wahrscheinlich hatte er sich das im Krieg angewöhnt. Seltsam, dass jene Ereignisse, die nun mehr als vierzig Jahre zurücklagen, in seiner Erinnerung immer noch so präsent waren. Er wurde in diesem Jahr vierundsechzig, und bald – nicht in diesem Jahr, auch nicht im nächsten, aber bald – wäre es Zeit, dieses Leben hinter sich zu lassen und zur nächsten Drehung des Großen Rades fortzuschreiten.

Die merkwürdige, angenehme Melancholie begleitete ihn noch, als er die Buchhandlung aufschloss. Es ging auf sechs Uhr zu, doch nur im Speiselokal am Ende des Häuserblocks war Licht. Er ging in den Hinterraum und stellte den Wasserkocher an. Claire würde bald kommen, und normalerweise war das ihre Aufgabe, doch wenn sie die Nacht ähnlich wie er verbracht hatte, dann würde sie einen schnellen Muntermacher brauchen.

Er behielt Recht. Claire kam um halb acht, zerknittert und mit verquollenen Augen. Ihr Madrasrock hingegen und die Kreppbluse saßen tadellos, wie gewöhnlich.

»Ich dachte, ich wäre die Erste. Ist das da Tee?«, fragte sie hoffnungsvoll.

Colin reichte ihr die Tasse, und Claire trank sie in wenigen Zügen aus.

»Das ist gut. Ach, Lieber, ich fühle mich, als hätte ich in einer Kesselpauke geschlafen, während das ganze Orchester spielte. Es war letzte Nacht ein entsetzliches Tohuwabohu auf der Inneren Ebene; ich habe mir die ganze Nacht Augen und Ohren zugehalten, bildlich gesprochen. Ich glaube, es war die gleiche Energie, die Alisons Meditationsraum vor einer Weile heimgesucht hat – ich hätte dich angerufen, aber ich dachte, wenigstens einer von uns soll genug Schlaf bekommen«, sagte Claire ein wenig neidvoll.

»Sie hat mich auch aufgeweckt«, gestand Colin. »Und wenn nicht sie, dann hätte es Joe Schiafardi getan. Er hat mich angerufen, um mir mitzuteilen, dass es letzte Nacht oben im Barnes-Haus einen Einbruch gab.«

»Einbruch?«, fragte Claire ungläubig.

»Das Cembalo von Alison, das Simon Emily geliehen hat, ist zu Kleinholz gemacht worden«, sagte Colin schonungslos. »Und da sämtliche Fenster und Türen zu oder sogar abgeschlossen waren, darfst du dreimal raten, was die Ursache war.«

Die tiefen Sorgenfurchen auf ihrem Gesicht ließen Colin ahnen, wie sie einmal als alte Frau aussehen würde. »Simon. Aber was *macht* er bloß?«, fragte Claire mit müdem Zorn. »Er ist noch nicht mal in der Stadt! Ich gehe besser hin und sehe nach dem Rechten …«

Colin hob eine Hand. »Warte. Es wäre besser, wenn sie dich darum bitten würde. Leslie ist verständlicherweise empfindlich wegen der gegenwärtigen Situation, und wenn sie jetzt noch fürchten müsste, unter unserer Beobachtung zu stehen …«

Er sah, wie Claire mit ihrem Wunsch, zu helfen, kämpfte und schließlich seufzend aufgab. »Ich glaube, du hast Recht«, stimmte sie zu. »Gott! War ich immer schon so nervös?«

»So und noch viel mehr«, versicherte Colin ihr lächelnd. »Das heißt nicht, ich hätte etwas dagegen, dass du hingehst – du solltest nur einen guten unverdächtigen Grund haben, warum du gehst – aber wenn du gehst, möchte ich, dass du das ganze Haus auf den Kopf stellst und exakt herausfindest, womit wir es hier zu tun haben. Vielleicht ist Simon am Ende unschuldig.«

Claire grinste ihn an. »Schäm dich, Colin, eine hilflose Frau auf diese Weise zu verspotten. Ich dachte schon, du hättest dich jetzt für eine Nichteinmischungspolitik entschieden! Ich hole mir noch eine Tasse Tee – du hast wahrscheinlich nichts Frühstückähnliches zu dir genommen?«

Colin musste zerknirscht bejahen.

»Na, das Lokal ist gleich die Straße rauf. Warum gehen wir nicht hin und frühstücken dort? Und dann können wir wieder herkommen und sehen, was der Tag für uns bereithält.«

Um neun Uhr rief Frodo an und ließ Colin wissen, ein »Notfall« sei eingetreten und er könne heute nicht ins Geschäft kommen. Glücklicherweise hatten er und Emily ihren Streit Anfang der Woche beigelegt. Man konnte leicht erahnen, was es mit Frodos »Notfall« auf sich hatte.

Die Hitze war drückend, nur sehr wenige Leute schienen in Bücherlaune. Selbst die Stammkunden blieben bei der ungewohnt drückenden Schwüle aus. Claire war nervös, sie suchte nach einem Vorwand, um Leslie zu besuchen.

Schließlich, kurz vor fünf, rief Frodo nochmals an – er nahm Emily zum Essen mit zu sich nach Hause, und er war etwas besorgt wegen Leslie, die so kurz nach dem Anschlag allein im Haus blieb. Ob Claire hinaufgehen und nachsehen wolle, ob alles in Ordnung sei, fragte er.

»Natürlich«, sagte Claire, so ruhig und unbeteiligt, dass Colin lächeln musste. »Ich hole nur noch meine Tasche und sage Colin, er soll abschließen. Ich brauche nicht mehr als zwanzig Minuten.«

Die Schatten lagen bereits blau und schräg, als Claire Greenhaven erreichte. Auf dem Spaziergang – Claire benutzte in der Stadt kein Auto, und Greenhaven lag nur den Hügel hinauf – hatte sie genug Zeit, um zu bedauern, sich nicht vorher telefonisch angekündigt zu haben. Sie war keineswegs sicher, willkommen zu sein – so wie sie beim letzten Mal auseinander gegangen waren. Doch als Leslie die Tür öffnete, schien sie kaum überrascht und lud Claire in die Küche ein.

Die Atmosphäre im Haus, Claire nahm es sofort wahr, hatte sich verwandelt. Sie war gereinigt worden, seit Claire das letzte Mal hier gewesen war – Simon hatte Leslie wohl gezeigt, wie man das machte. Doch die neue Atmosphäre atmete nicht den ruhigen Frieden, den Claire immer mit Alisons Haus verbunden hatte. Hinter einer oberflächlichen Stille lauerten Gereiztheit und Spannung. Wenn Simon Leslie bei der Reinigung geholfen hatte, so hatte er mit Sicherheit keine Barrieren gegen sich selbst errichtet. Leslie musste ermutigt werden, ihr Haus noch einmal alleine zu versiegeln, sonst würde der Vorfall der vorigen Nacht sich wiederholen und sich von Mal zu Mal verschlimmern, bis die Gewalt so weit eskalieren würde, dass sie außer Kontrolle geriete.

Leslie hatte sich in dem Monat, in dem Claire sie nicht gesehen hatte, ebenfalls stark verändert. Claire konnte die Kraft spüren, die sie jetzt umhüllte, aber die Kraft war seltsam passiv – als ob sie unbemerkt in ihr schlummerte und darauf wartete, geweckt zu werden.

Doch sie schien das Einzige zu sein, was schlief. Leslie selbst sah aus, als hätte sie seit Wochen kein Auge zugetan oder würde an einer auszehrenden Krankheit leiden. Hier war einiges mehr vorgefallen als ein Riesenschrecken und eine schlaflose Nacht.

Alison, wie konntest du das zulassen?

Doch Claire sagte nichts, und bald saßen die beiden Frauen in Leslies geräumiger Küche und tranken große Gläser kalten Kräutertee. Das Haus war angenehm kühl – oben auf dem Hügel gelegen, nahmen seine offenen Fenster jede Brise auf; es war in einer Zeit gebaut, als die Architekten noch nicht auf technische Kniffe hoffen konnten, um ihre Fehler zu kaschieren. Während sie über ihren Getränken saßen, drückte Claire vorsichtig ihr Mitgefühl für Leslies Lage aus. Wie sie gehofft hatte, genügte das, um Leslies wirkliches Problem zutage zu fördern.

»Manchmal habe ich das Gefühl, als ob das Haus nicht mir gehört. Es gehört immer noch Alison – und sie versucht, mein Leben zu bestimmen!«

Trotz ihrer vorangegangenen Gespräche schien Leslie offenbar zu erwarten, Claire würde ihre Feststellung geringschätzig abtun, doch Claire nahm sie sich zu Herzen. Alison hatte den Perfektionsdrang und das ehrgeizige Temperament einer professionellen Musikerin. Vermutlich war sie mit den letzten Bewohnern ziemlich grob umgesprungen – falls sie es gewesen war, von der der Einfluss ausging, und nicht jene entsetzliche Kraft, die in ihrem früheren Meditationsraum hauste. Aber Claire konnte sich in ihren wildesten Träumen nicht vorstellen, dass Alison so grausam und rachsüchtig sein könnte wie die Macht, die Leslie quälte.

»Das wäre das Letzte, was Alison wollte«, sagte Claire. »Ich nehme an, dass sie und Simon das Haus gemeinsam zur Sonnenwende gereinigt haben, doch Simon … hat vielleicht nicht gewusst, dass der Meditations … dass die Garage mehr als eine normale Reinigungsroutine braucht.« Sie sprach zutraulich und versuchte, Leslie darauf vorzubereiten, dass Alison sie erkoren hatte, ihr unfertiges Werk zu vollenden. Gleichzeitig versuchte sie, möglichst nichts gegen Simon zu sagen.

»Jetzt machen Sie mir auch noch Vorwürfe, nicht fähig zu sein, mein Haus gegen – gegen Gewalt zu schützen!«, brach es in einem Gemisch aus Angst und Zorn aus Leslie hervor.

Claire bot ihren ganzen Takt auf, um sie wieder zu besänftigen und zugleich zu verhindern, dass Leslie einfach zu der Illusion zurückkehrte, im Grunde sei doch alles in Ordnung. Schließlich schlug sie vor, sich das Musikzimmer anzusehen; ein Zimmer voller Zahnstocher, die früher ein Cembalo gewesen waren, war gewiss heilsam für eine Frau, die sich die Wirklichkeit nicht eingestehen mochte.

Die Wirkung schien Claire Recht zu geben. Leslie stand schweigend und nachdenklich in der Mitte des Zimmers.

Claire stellte sich neben sie und machte sich gefasst auf das, was kommen musste. Vorsichtig öffnete sie sich der Atmosphäre des Raumes, drang forschend, suchend vor …

Schmerz. Grauen. Und HASS – eine Wut des Betrogenseins, die so weit über jedes menschliche Maß hinausschoss wie die fauchende Kraft eines Schneidbrenners über die einer Kerze …

Claire öffnete ihre Augen und schnappte nach Luft. Es war nur noch das Echo der Kraft, die hier am Werk gewesen war, nicht diese Kraft selbst – das seelische Pendant zu Fußspuren in einem morastigen Blumenbeet. Der Abdruck würde mit der Zeit undeutlicher werden, auch wenn ein Sensitiver ihn immer aufspüren konnte, solange der Raum nicht gereinigt war.

Aber es ging nicht von Simon aus, wie Claire erwartet hatte. Die Kraft, die hier gewütet hatte, war nicht menschlich – nicht in dem Sinne, wie eine Katze nicht menschlich ist, sondern eher wie ein Stein; etwas aus einer völlig anderen Dimension des Daseins.

Es hatte nichts mit Simon zu tun.

In ihrer Erleichterung und Sorge versuchte Claire zu erklären, was sie hier wahrnahm, aber es gelang ihr nur, Leslie noch mehr zu verwirren.

»Sprechen Sie von Schwarzer Magie?«, fragte Leslie. »Satan? Dem Teufel?«

»Ich glaube nicht an Satan«, sagte Claire. *Zumindest nicht an Miltons gefallenen Engel; den dämonischen Zwilling von Christus. Colin behauptet, er sei mit Dämonen konfrontiert gewesen – aber ich nicht, und damit muss man die arme Frau nicht auch noch belasten.* »Aber die Kraft in diesem Zimmer war so durch und durch unmenschlich, dass ich sie nicht leicht beschreiben kann. Wenn sie von einem menschlichen Bewusstsein erzeugt wurde, muss sie direkt aus dem Es stammen; aus der Schicht, die tief unter der Vernunftebene begraben liegt und nur aus dem Instinkt heraus wirkt. Und das ist schrecklicher als jeder Satan aus einem mittelalterlichen Zauberbuch!«

Sie spürte, wie Leslies Panik nachließ, als sie ihr das Nötige erklärte. Vielleicht konnte sie Leslie doch dazu bringen, das zu tun, was hier getan werden musste, solange es vernünftig erschien, als Teil der mechanistischen Welt, in der es Ursache und Wirkung gab. Obwohl Simon sie irgendwie an den Pfad herangeführt haben musste – denn Leslies Akzeptanz des Paranormalen war viel größer als noch vor drei Monaten –, kämpfte sie noch gegen die neue Welt, die Simon und ihre eigene Gabe vor ihr enthüllten.

Weniges war für einen Durchschnittsmenschen erschreckender als die Entdeckung, den Mächten der Magie schutzlos ausgeliefert zu sein: Schwarze, Weiße oder Graue Magik. Magik war eine Macht, die von starken Wänden nicht aufgehalten, von bloßer Willenskraft nicht ausgehebelt werden konnte. Sie konnte die Torwächter des menschlichen Ichs bestechen und ungehinderten Zugang zum Unterbewusstsein erlangen. Sie wurde weder durch Zeit noch Entfernung aufgehalten und funktionierte außerhalb der Logik von Ursache und Wirkung.

Ohne die Kenntnis der grundlegenden Gesetze, welche in der Welt des Unsichtbaren herrschen, war für die meisten Menschen die erste Begegnung mit Magik so, als wären sie plötzlich in ein böses Spiegelkabinett versetzt; wo die Wirkung der Ursache vorausging und die Zeit nicht nur rückwärts lief, sondern einfach aus den Fugen geriet; wo es keine unbedingten Wahrheiten mehr gab und die Vernunft sich einer Logik unterwerfen musste, die keinerlei Grundlage im gesunden Menschenverstand hatte. Kein Wunder, dass sie darauf gewöhnlich mit Ablehnung und Schrecken reagierten – es war, als würde die Wirklichkeit selbst herausgefordert und damit ihre gesamte Lebenserfahrung.

Doch eben, als Claire sich zu entspannen begann, spürte sie, wie eine Macht sich in dem Raum sammelte, die gegen die Grenze zwischen der materialen und der unsichtbaren Welt anrannte und nach der schwächsten Stelle suchte, um durchzubrechen.

»Claire!«

Nein – nicht jetzt, flehte Claire, doch die Macht schenkte dem keine Beachtung. Sie wogte herein mit der ganzen frustrierten Hast von etwas, das sich seit langem Gehör verschaffen wollte und keine Gelegenheit auslassen kann.

»Claire! Oh, Claire – mein liebes Mädchen …«

»Alison?«, flüsterte Claire. Wie konnte Alison immer noch hier gefangen sein, da sie doch wusste, dass es ihre Pflicht war, zum Licht zu gehen.

»Wie konnte er das tun. Mein Haus war immer ein Tempel des Heilens …«

»Sie ist unglücklich«, sagte Claire laut, Leslie zuliebe. *Alison, wie kann ich dir helfen? Sag mir, was dich hier hält.*

»Ich bin geblieben, weil ich keinen Erben hatte ... bis jetzt. Jetzt ist sie so weit, meinen Kampf fortzuführen. Ich will ihr helfen, so viel ich kann. Doch wenn die Gezeiten wechseln, ist es Zeit für mich zu gehen. Es gibt eine Aufgabe, die ich dir überlasse und nicht ihr: Sage Simon, dass ich ihm alles vergebe – was er von mir genommen hat, das habe ich ihm gern gegeben. Sag es ihm, Claire! Das musst du!«

»Ja, das tue ich. Ich werde es ihm sagen. Wenn ich kann.« Es folgte ein Gefühl der Desorientierung, fast der Benommenheit, als die geladene Atmosphäre verebbte. Alison war fort, und mit ihr war auch das Gift der unmenschlichen Gewalt gegangen.

Claire wandte sich Leslie zu. »Mehr ist hier nicht zu tun«, sagte sie unvermittelt. »Kommen Sie, schauen wir uns das übrige Haus an.«

Claire brach nach elf Uhr auf. Sie hatte das Haus einer Untersuchung unterzogen, wie sie Colin nicht gründlicher hätte wünschen können –, und zugleich, so glaubte sie, hatte sie ihre Beziehung zu Leslie neu begründet.

Sie und Leslie hatten den Ort, der am meisten Probleme verursachte – Alisons ehemaligen Meditationsraum –, zusammen geweiht. Leslie hatte sich die Werkzeuge des Pfades mühelos angeeignet, auch wenn sie davor zurückscheute, die Handlung selbst vorzunehmen. Trotzdem hatte Claire Leslies Energie als hellen Strahl im Überlicht wahrgenommen.

Doch zum ersten Mal, seit Claire sich erinnern konnte, fühlte sie sich nach dem Einsatz ihrer Gabe erschöpft, wie ausgehöhlt – als wäre ihre Gabe der natürlichen Quelle beraubt, von der sie lebte, und hätte ihre Lebenskraft aufgezehrt. Sie war noch nicht einen halben Block weit gegangen, da wünschte sie sich, sie wäre mit dem Auto gekommen, statt vom Buchladen hochzulaufen. Sie konnte sich nicht erinnern, je so müde gewesen zu sein.

Sie stolperte und hielt sich gerade noch rechtzeitig an einem Laternenpfahl fest. Sie merkte, dass sie in ihrer Erschöpfung wie eine Betrunkene über den Gehweg getorkelt war.

Das reicht jetzt, ermahnte sich Claire streng. *Ich ruhe mich einfach eine Minute aus.* Natürlich könnte sie zum Haus zurückkehren und ein Taxi bestellen, aber es würde mindestens eine halbe Stunde dauern, bis es da wäre, und es widerstrebte Claire, Leslie noch einmal zu stören. Sie lehnte gegen den Laternenpfahl, und erst, als sie die Scheinwerfer eines Autos sah, das den Berg hinaufkam, wurde ihr klar, dass sie in der Klischeepose einer Straßendirne dastand. Halb erschrak sie, halb musste sie lachen, als das Auto langsamer wurde und anhielt.

»Claire? Alles in Ordnung?«

»Colin!« Erleichterung wischte alle verrückten Gedanken weg.

»Ich wollte sehen, ob du noch hier oben bist. Ich dachte, ich könnte dich vielleicht nach Hause fahren.«

Claire sah im Innenlicht des Volvo, wie besorgt Colin war.

»Ich wollte gerade los«, erklärte sie, »aber ich bin sehr froh, dass du kommst. Ich glaube, ich hätte keinen Schritt mehr geschafft.«

Colin beugte sich herüber und öffnete die Beifahrertür. Claire ließ sich dankbar in den Ledersitz fallen und schloss die Augen. Colin fuhr los, und das Innere des Wagens schien sich um sie zu drehen.

»Ich muss dir erzählen, was heute Abend passiert ist«, murmelte sie fast unverständlich.

»Erzähl es mir morgen – oder ist es dann zu spät?«

»Wir haben etwas Zeit«, murmelte Claire schon im Halbschlaf. »Bis zum Gezeitenwechsel.«

Der Gezeitenwechsel, von dem Alison gesprochen hatte, war der Wechsel der Jahreszeit. Magier glaubten, dass die vier Wendepunkte des Jahres die Sonnenwenden und die Tag- und Nachtgleichen waren, die Ruhepole, an denen der Große Zyklus Schwerpunkt und Richtung änderte.

Die Tagundnachtgleiche im Frühling war eine steigende Tide, die zur Sommersonnenwende hinflutete, die Tagundnachtgleiche im Herbst hingegen war eine sinkende Tide, die zurück in die Winterdunkelheit ebbte. Jeder geübte Magier, der eine rituelle Handlung plante, die mit dem Pfad zur Linken zu tun hatte, suchte sich dieses Datum für seine Arbeit aus. Als Alison davon gesprochen hatte, mit dem Gezeitenwechsel zu gehen, meinte sie die Tagundnachtgleiche im Herbst. Das Datum, an dem die Sonne in die Waage eintrat. Bis zum 21. September dauerte es noch etwas über sechs Wochen, und Colin und Claire hofften, an jenem Tag für alles gerüstet zu sein.

Frodo sah Emily jetzt wieder regelmäßig, unbehelligt von Simons Einflussnahme. Er informierte Colin darüber, dass Simon gleich nach seiner Rückkehr aus Chicago die Garage angemietet – und abgeschlossen hatte.

Welch ein Luxus, so viel Zeit zur Vorbereitung zu haben, dachte Colin in einem müßigen Augenblick. Obwohl die Angelegenheit so ernst war wie nur irgendeine, mit der Colin je befasst gewesen war, würde die Schlacht diesmal nicht in letzter Minute stattfinden. Diesmal hatte Colin eine klare Vorstellung von Datum und Ort. Alisons Meditationsraum. Am 21. September.

Durch seine Nachforschungen im Überlicht hatte Colin erfahren, dass Simon bisher noch nicht den letzten Schritt auf seinem Weg in die Verdammnis getan hatte. Tieropfer waren eine Sache. Die Vernichtung eines menschlichen Lebens – gleichgültig, wie böse es sein mochte – war eine ungleich schwerere Tat. Hätte Colin einen Hinweis darauf gehabt, dass Simon bereits etwas Derartiges plante, würde er umgehend seinen Orden angerufen haben, um einzugreifen; Nekromantie verbreitete ihr Gift schnell wie eine Seuche, wenn man sie nicht auslöschte.

Simon hatte jedoch bisher diese letzte Obszönität noch nicht begangen, und Colin war fest entschlossen, ihn wenn möglich davon abzuhalten. Er hatte dazu nur eine Chance: Im Augenblick des Zeitenwechsels selbst wäre Simons höheres Selbst frei vom Schatten, den er herbeigerufen hatte, und er könnte Colin hören. Colin könnte diesen Moment nutzen, ihn zurück zum Licht zu rufen, wenn es in seiner sterblichen Macht lag, aber der Zeitpunkt musste genau stimmen. Es gäbe keine zweite Chance, für keinen von ihnen beiden.

Während das Jahr sich dem Herbstäquinoktium zuneigte, traf Colin seine Vorbereitungen, wie Simon die seinen traf, und sammelte alle Autorität des Lichts in sich.

Und er versuchte sich nicht vor der Aufgabe zu fürchten, die das Licht für ihn bereithielt.

Der entscheidende Tag dämmerte klar und warm. Colin stand mit der Sonne auf, um sie zu grüßen. Seit dem Sonnenuntergang des vorherigen Abends hatte er gefastet, und die vierzehn Tage davor hatte er nur sehr leicht und wenig gegessen, vor allem kein tierisches Eiweiß zu sich genommen. Den Morgen verbrachte er meditierend und versuchte sich von allem Verlangen frei zu machen und ein reines Werkzeug des Lichts zu werden.

Obwohl er nicht Claires Gabe besaß, war es ihm, als könnte er Simons Umtriebe wie eine unheilvolle Gewitterwolke hinter dem Horizont spüren. Er hatte in einer Ephemeride nachgeschaut: Simon würde den Höhepunkt seines Rituals auf 17.14 Uhr an diesem Nachmittag verlegen, den Moment, wenn die Sonne in das Tierkreiszeichen der Waage eintrat. Er musste sich nur für den Ruf zum Kampf bereithalten.

Es war Nachmittag, als der erwartete Ruf kam. Ohne Überraschung erhob er sich aus dem Lotussitz vor seinem Altar und ging ans Telefon.

»MacLaren hier.«

»Colin!« Es war Leslie Barnes. »Etwas Fürchterliches ist geschehen …« Hysterie verzerrte ihre Stimme fast bis zur Unkenntlichkeit.

»Ich glaube, Sie kommen besser herüber, Leslie«, riet Colin, um sie zu beruhigen. Er erklärte ihr den Weg und hoffte, ihr Kopf sei klar genug, um ihn sich zu merken. Offensichtlich konnte sie nicht länger die Augen davor verschließen, was aus Simon geworden war, und es zerriss ihr das Herz.

Während er auf sie wartete, machte Colin einen Tee. Es war noch Zeit vor dem Ritual, und Barnes war seine wichtigste Verbündete in diesem Kampf. Simon liebte sowohl sie wie ihre Schwester, gleichwohl gewann er nach den unversöhnlichen Gesetzen des Pfads zur Linken Hand am meisten Macht, wenn er ihnen Schaden zufügte. Umgekehrt hatten auch die beiden Schwestern Macht über Simon, doch nur Leslie besaß den Willen und die Disziplin, aus Liebe gegen ihn zurückzuschlagen.

Aber es musste ihr Wille, ihre Entscheidung sein. Wenn sie das Notwendige nicht zu tun vermochte, musste Colin Simon allein entgegentreten.

Wenige Minuten später kam Leslie an. Angst hatte sie binnen Stunden um zwanzig Jahre altern lassen. Ihr blasser Lippenstift wirkte wie ein schreiend roter Strich inmitten eines vor Entsetzen clownweißen Gesichts.

Sie stammelte fast, als sie nun versuchte, die hässlichen Befürchtungen, mit denen sie seit Wochen gelebt hatte, in Worte zu fassen: dass in dem leidenschaftlichen Künstler, der sie liebte, ein grotesker und ruchloser Schlächter wohnte, der ohne weiteres töten würde. Sie berichtete Colin, Simon habe die entwicklungsgestörte Tochter von einem ihrer Patienten gekidnappt und wolle das Kind umbringen.

Leslie zweifelte nicht mehr daran, dass Simon vorhatte, die kleine Chrissy Hamilton zu opfern; Colin führte sie vorsichtig zur tieferen Wahrheit dieser Abscheulichkeit – dass das Opfer, das Simon plante, nicht das Mädchen war, auch wenn er es in seinem Ritual benutzen wollte, sondern stattdessen jemand, der ihm lieb und teuer war: Leslies Schwester Emily.

Kunst für Kunst, Können für Können, Leben für Leben; wenn er Emily, eine technisch brillante Musikerin, zerstörte, würde Simon die eigene Fertigkeit zurückerlangen, zu einem unaussprechlichen Preis, den seine und ihre Seele entrichten mussten. Jenen Seelen, die ausgesogen wurden, um die Macht eines Schwarzen Adepten zu nähren, blieb danach keine Kraft mehr, noch einmal zu genesen. Jedes Leben, das von einem Schwarzen Adepten berührt wurde, war, wie die Dinge lagen, im gleichen Moment vom Tod umfangen: verblichen, tot geboren.

»Was können wir tun?«, fragte Leslie mit tränenerstickter Stimme. »Wie können wir ihn aufhalten?« Sie sah zu Colin auf, Hoffnung und Entschlossenheit in ihren dunklen Augen.

»Kommen Sie mit mir«, sagte Colin.

Kurz vor fünf erreichten sie Greenhaven. Colin parkte vorsichtshalber auf der Straße; alles innerhalb des Einzugsbereichs des Hauses wurde von Simons Wirken ergriffen. Die Gesetze der Magik waren so logisch wie ein Computerprogramm, und willkürliche Linien auf einer Karte, die zwanzig Meilen entfernt aufbewahrt lag, waren für die Kräfte, mit denen Simon arbeitete, so zwingend wie eine Betonmauer für eine körperliche Kraft. Menschen, die diese unberührbaren Grenzen problemlos überschreiten konnten, taten dies auf eigene Gefahr.

Als Colin seinen Fuß auf das Grundstück setzte, wurde er gewahr, dass er zu Recht vorsichtig gewesen war. Die dunklen Energien, die hier arbeiteten, ähnelten einer langsam steigenden Flut. Nicht der magische Pfuhl, den Claire beschrieben hatte, sondern ein eiskalter, unerbittlicher Ruf, leicht wahrzunehmen für einen anderen Magier – auch ohne mediale Begabung.

Colin schnappte nach Luft, jeder Schritt bedeutete Überwindung. Sein Herz schlug heiß und schmerzhaft in seiner Brust, doch er schob jeden Gedanken an seine eigene Sicherheit beiseite. *Ich werde die Rüstung des Lichts anlegen …*

Doch die Dunkelheit, die Simon verbreitete, war zu mächtig – eine Mischung aus Hass und Gift, welche die Sinne mit ihrer Fäulnis benebelte. Colin spürte, wie er sich der Ohnmacht näherte, als sein Herz unter der Last dieses Hasses nur noch unregelmäßig schlug. Die Wirklichkeit des Kräutergartens, die ihn und Leslie umgab, wurde vor ihm verhüllt – gefangen im Mahlstrom taumelte er vorwärts, geführt allein von seinem Instinkt.

»Fort, fort, SCHER DICH WEG!« Leslies Stimme hallte klar und gebieterisch in seinem Kopf – sie bewegte die Hände, Lichttropfen regneten von ihren Fingerspitzen und trafen die Dunkelheit, trieben sie zurück in das Reich, aus dem sie heraufbeschworen worden war. Colin spürte wieder das grüne Leben, das sie umgab.

Der ernste große Stolz eines Vaters erfüllte ihn angesichts von Leslies Handlung. Sie war zwar noch jung auf dem Pfad, doch sie würde eine starke, aufrechte und wahre Kämpferin in den Heerscharen des Lichts werden.

Wenn sie diesen Tag überlebte.

Sie erreichten die Tür des Meditationsraums. Leslie berührte den Türknopf und zog die Hand zurück, ohne ihn gedreht zu haben. Sie glaubte die Tür noch verschlossen, wie den ganzen letzten Monat über. Doch Colin wusste, dass Simon für den Fortgang seines Rituals ganz bestimmte Bedingungen schaffen musste, und zu diesen gehörte alles andere als eine abgeschlossene Tür. Als Colin seine Hand um den Knopf legte, ließ er sich leicht drehen, und die Tür ging auf.

Er malte ein Zeichen in die Luft, um die Wächter zu durchbrechen. Es wurde mit dem Knistern einer astralen Flamme beantwortet. Hinter ihm begann Leslie zu wimmern.

Der Raum war erfüllt von Weihrauchschwaden. Simon stand im Diagramm des sechsstrahligen Sterns, der mit einer einzigen Linie gezeichnet war.

Chrissy Hamilton lag auf dem Altar aus zwei Kuben. Sie trug noch ihre normale Kleidung, doch Simon und Emily waren in rituelle Roben gehüllt – Simon, nackt unter dem roten Gewand des Schwarzen Adepten, und Emily, als seine Heilige Hure, in weißem Gewand, das ihre Brüste frei ließ. Sie reagierten nicht darauf, dass in ihren Tempel eingedrungen wurde. Emily, die auf einem Hocker saß, war in Trance, und Colin glaubte nicht, dass Simons Geist noch in dieser Welt sei.

Simon griff nach dem Messer, das auf dem Altar lag.

»Im Namen des Allmächtigen Gottes und des Lichts, in dessen Nähe ich dich zuerst führte, Simon, Pilger, Magister, Diener Gottes – ich sage *Nein!*«, rief Colin mit seiner ganzen Kraft. In seinem Zustand erhöhter Wahrnehmungsfähigkeit spürte er die Kräfte des Himmels, die sich unaufhaltsam wie riesige Mühlsteine vorwärts mahlten.

Endlich reagierte Simon auf ihre Anwesenheit. Sein Gesicht verzog sich in wilder Wut, alles Menschliche war längst daraus gewichen, und er umklammerte das Rote Messer wie ein Schwert.

Götter des Lichts, wenn es Euer Wille ist, mich auf diese Weise zu Euch zu holen, dann sei es. Was ich heute aufgebe, ich schenke es freiwillig hin; es soll dem Licht dienen …

Erneut machte Colin das Zeichen. Allein seine Gegenwart in diesem Raum genügte schon, um Simon körperlichen Schmerz zu bereiten, verdorben, wie er jetzt war. Das Zeichen lähmte ihn, und Colin konnte auf ihn zugehen und in den Kreidekreis am Boden eintreten.

Die Sekunden, in denen er handeln musste, verrannen. Mit einer einzigen ausgreifenden Bewegung trat er gegen den Altar, und das Geräusch seines Stiefels auf dem Holz ähnelte einem lauten Paukenschlag. Der brennende Weihrauch hüpfte vom Tisch und schwelte als klebriger Fleck auf dem Zementboden weiter. Colin zertrat die Lampe unter seinem Fuß und löschte die Flamme.

Simon sprang auf und kam mit blitzendem Messer auf Colin zu. Colin bewegte sich nicht, er rief in diesem schrecklichen Moment mit aller Kraft, die ihm zu Gebote stand, Simons Wahres Selbst an.

Simon Anstey, erinnere dich, wer du bist!

Er spürte, wie die Macht sich auf ihn niederließ: Noch einmal, in diesem hellen Augenblick, wurde Colin MacLaren zum Schwert seines Ordens. Simon stach mit dem Messer zu, aber es glitt an Colins Brust ab, ohne einzudringen. Colin machte zum dritten Mal das Zeichen – und fühlte, wie sich eine große Stille um ihn ausbreitete, als die Tagundnachtgleiche ihren Ruhepunkt erreichte.

Jetzt gab es zwei Simon Ansteys im Raum: das geifernde, blutrünstige Geschöpf voller Hass, Schmerz und Gier, und den schlichten Mann, der ein Mensch war und über seine Kraft hinaus in Versuchung geführt worden war – doch der nicht getötet hatte.

»Ich war wahnsinnig. Sicher war ich wahnsinnig«, sagte Simon benommen. »Was habe ich getan – was tue ich jetzt?« Er schaute Colin mit verzweifeltem Blick an, und in den geheimen Kammern seines Herzens weinte Colin um den Jungen, den er einst gekannt hatte.

»Simon! Oh, mein Geliebter …«, rief Leslie und wollte zu ihm.

Doch Colin hielt sie zurück. Simon hatte noch keine Wahl getroffen. Diejenigen, die im Schatten wandelten, mochten wahrhaften Schmerz über ihre Handlungen empfinden – und sich dennoch entschließen, sie zu begehen.

»Simon, du stehst am Kreuzweg. Wenn du darauf hoffst, noch einmal im Licht zu wandeln, dann bleibt ein Opfer zu bringen«, erklärte Colin. »Was willst du opfern, und was wirst du mit der Macht anfangen, die von diesem Ort verbannt werden muss?« Colin bewegte seine Hand, und das gespenstische astrale Leuchten folgte seiner Gebärde. Einen kurzen Augenblick öffneten sich ihm die Pforten der Erinnerung.

So hatte er einst in einem Tempel gestanden, der inzwischen seit zehntausend Jahren in Asche lag, und gelauscht, als diese Worte zu ihm gesagt wurden. Ihm war Vergebung angeboten worden, und er hatte sie verächtlich in den Staub gestoßen. Seither war er auf das Rad geflochten, um für seinen Hochmut zu büßen.

Ebenso wie es Simon ergehen würde, wenn Colin ihn jetzt nicht würde retten können.

Er fühlte einen wachsenden Schmerz in seiner Brust. Die Energie im Raum wuchs, und die Räder der Zeit rollten vorwärts. Binnen kurzem würde alles verloren sein – sie würden weiter durch die Zeit wandeln, und Simon würde einen anderen Weg finden, um sein Verbrechen auszuführen.

»Rasch, Simon!«, drängte Colin. »Die Zeit läuft ab! Wähle die Dunkelheit oder das Licht – und sei für immer an deine Wahl gebunden!« *Erinnere dich, dass du aus Licht bestehst, dass du dieses Schicksal für dich selbst gewählt hast. Erinnere dich daran – und sei stolz.*

Simon atmete tief, und Colin spürte die Pein in seiner eigenen Brust.

»Ich will nicht ...«, sagte Simon heiser. »Ich schwöre für immer der Dunkelheit ab – meiner Macht – und dem, was ich hätte sein können. Ich schwöre dem für immer ab, und diese Macht übergebe ich Emily ...«

Er erhob sich aus seiner kauernden Stellung und küsste Emily sanft auf die Lippen, dann wandte er sich dem Altar zu, vor dem noch immer das Kind lag.

Colin spürte, wie die Zeit sich seinem Zugriff entzog, sich in die abnehmende Tide verwandelte, und mit ihr schwand die ganze Rüstung des Lichts. Sie alle in diesen vier Wänden waren wieder einfache Menschen, keine Engel oder Archetypen.

Das Kind setzte sich auf und begann nach seiner Mutter zu weinen, endlich von menschlichen Gefühlen erfüllt.

»Und nie soll ich wieder versucht werden …« Simon hob seine verkrüppelte Hand und schlug sie auf die Kante des umgestürzten Altars. Colin hörte und fühlte das peinigende Geräusch, als die Knochen brachen, und Simon weinte fassungslos, während der unerträgliche Schmerz seinen Körper erschütterte. Seine Fingerfertigkeit war für immer verloren. Es würde kein zweites Wunder für Simon Anstey geben.

»Emily …«, schluchzte er und sank vor ihr auf die Knie. »Du … wirst meine Hände sein …«

Leslie eilte zu ihm hin, und diesmal hielt Colin sie nicht auf. Simon hatte seine Wahl getroffen. Das Licht hatte gesiegt.

Er hörte nicht mehr ihren Schrei, als plötzlich seine Knie nachgaben.

20

SAN FRANCISCO, 1985

Sei bei mir, wenn mein Licht ausgeht,
Wenn das Blut stockt und die Nerven,
Der Atem krank und hitzig weht,
Das Rad des Seins sich langsam dreht.

ALFRED LORD TENNYSON

Simon und Leslie heirateten gleich nach Simons Entlassung aus dem Krankenhaus. Danach begaben sie sich mehrere Monate auf Reisen. In ihrer Abwesenheit vertiefte sich Emilys Neigung zu Frodo, und es wurde immer offensichtlicher, dass auch sie schließlich heiraten würden. Der Gedanke, dass Simon und Frodo nun verschwägert seien, amüsierte Claire im Stillen – eine Belustigung, die sie in den nächsten Wochen bitter nötig haben würde.

Colins Kampf mit dem Schatten hatte ihn wie ein schweres Fieber erschöpft, und während der dunklen Wintermonate war er nahezu gebrechlich; er bewegte sich mit der steifen Vorsicht eines Greises. Das Wissen um seine Sterblichkeit war wie ein guter alter Freund sein steter Begleiter. Er fand langsamer zu seiner gewohnten Energie zurück, als ihm lieb war, während Claire ihn wie eine aufgeregte Glucke bemutterte.

Er hatte erklärt, jedes Opfer zu bringen, um die Rettung von Simons Seele zu erreichen, doch wie jeder Mensch hatte er nicht geglaubt, dass die Oberen Mächte ihn beim Wort nehmen würden. Allmählich, in den Wochen seiner Erholung, wurde ihm klar, dass der Kampf für ihn wahrscheinlich der letzte Kampf seines Lebens war. Er war nun Ende sechzig, und wenn auch der geübte Wille des Adepten mit Alter und Erfahrung nur größer wurde, konnte die körperliche Ausdauer – die Energie, die *Virilität* –, die für manche magische

Aktionen erforderlich war, über Nacht dahinschwinden, ausbleichen wie durch tödlichen Frost, und der Adept war dann ebenso ohnmächtig wie gewöhnliche Menschen.

Doch wenn die Götter des Karma schließlich seine Macht von ihm genommen hatten, dann sollte es so sein. Er wollte ihrem Willen gehorsam bleiben und danach streben, dass sein Verhalten stets dem Licht genügte. Wenn er in seinen letzten Jahren nur Betrachter der Großen Schlacht sein sollte, so würde er versuchen, so viel wie möglich von der Beobachtung zu lernen, wie die Herren des Karma auf dieser Ebene agierten.

Auch wenn diese Lehren manchmal bitter waren.

Die Welt drehte sich weiter, bewegte sich schneller und schneller, als sehnte sie sich nach der Jahrtausendwende. Während Colin langsam genas, endete das Jahr in einem bizarren Gewaltakt. Ein Mann namens Bernhard Goetz eröffnete in der New Yorker U-Bahn das Feuer auf seine jugendlichen Angreifer – und die Welt war begeistert.

Gewalt lag in der Luft. Überall schien der Krieg nicht nur möglich, sondern unvermeidlich. Eines Morgens erwachte Colin mit der plötzlichen Einsicht, dass nicht nur die Menschen sterblich seien … Träume waren es auch. Träume konnten sterben.

Vor dreißig Jahren hatten sie alle in einem wundervollen Traum gelebt – in der Vorstellung, Regierungen führten Kriege, die Menschen aber, wenn man sie nur allein entscheiden ließe, würden den Frieden wählen. Doch in den letzten drei Jahrzehnten, da die Welt sich langsam verfinsterte und die Gewalt der großen Kriege der Vergangenheit sich in viele kleine kriegerische Auseinandersetzungen verwandelt hatte, mussten die Träumer erkennen, dass sie in all den Jahren einer Täuschung erlegen waren. Krieg würde es immer geben, denn er ging von den Menschen aus. Nicht von der Regierung oder vom Militär oder von der Industrie. Krieg begann mit dem Knüppel, dem Wurf einer Flasche, einem Molotowcocktail. Krieg begann mit dem Aufruhr auf der Straße … auf *deiner* Straße. Und der Krieg würde nicht eher aufhören, bis der letzte Mensch vom Erdboden verschwunden war.

Doch gerade, als der Krieg wie ein unentrinnbares Schicksal erschien, gab es flüchtige Hoffnungsstrahlen. Im Frühjahr 1985 begann die Sowjetunion, ihre ewige Feindschaft gegenüber dem Westen zu lockern. Mit der Ernennung von Michail Gorbatschow zum Generalsekretär der KPdSU schien sich der zähe Winter des Kalten Krieges endlich einem neuen Frühling zu öffnen. Im Herbst desselben Jahres traf sich der mächtigste Mann der Sowjetunion mit dem amerikanischen Präsidenten, und die Welt hielt gebannt den Atem an.

Doch dann, als ob eine dunkle Macht über die Hoffnungen spotten wollte, begann die zweite Hälfte der achtziger Jahre mit dem Tod eines anderen Traums: Das Spaceshuttle *Challenger* explodierte, alle sieben Astronauten an Bord kamen ums Leben.

Es waren Menschen schwarzer wie weißer Hautfarbe und asiatischer Herkunft ... Männer, Frauen – und eine besondere Frau namens Christa McAuliffe. Die Explosion traf die Seele eines Amerika, das nicht länger sein Herz an seine politischen Führer hängen wollte; ein Amerika, das gelernt hatte, Versprechungen zu misstrauen, und nur noch an Taten glaubte. Es war ein Amerika, das Versprechungen für eine andere Form von Lügen hielt.

Colin dachte daran, als Ronald Reagan seine wohlgesetzten Worte des Mitgefühls einer trauernden Nation im Fernsehen überbrachte – die schauspielerische Großtat eines heuchlerischen Präsidenten, der nur sechs Monate zuvor tote Nazis öffentlich geehrt hatte. Colin erfüllte das alles mit dumpfer, stummer Wut: Fast vier Jahrzehnte waren seit Kriegsende vergangen, und dies sollte also die Welt sein, in der alle Menschen frei waren.

Doch der Sieg, auf den Colin gewartet hatte – dieser klare, strahlende Augenblick –, war nie wirklich eingetreten. Er war immer gerade noch einen Kampf weit entfernt, irgendwo in der glitzernden Zukunft.

Erschöpft pflegte die Nation ihre Wunden und machte weiter. Als in jenem Herbst der Skandal ruchbar wurde, den die Zeitungen mit feinem Geschichtssinn abwechselnd »Irangate« und »Contragate« titulierten, machte sich Colin nicht einmal mehr die Mühe, die Nachrichten von CNN zu verfolgen.

Was brachte das schon? Es ließ sich daraus nichts Neues lernen. Die Führung der Vereinigten Staaten war korrupt – das Land wusste das seit Watergate, seit Chicago, seit den Toten der Kent State University. Zwei Jahre vergingen, bis Oberst Oliver North und seine Mitverschwörer angeklagt wurden, und in seinem tiefsten Inneren war Colin überzeugt, dass das Urteil keine Bedeutung hatte.

Im späten Frühjahr – sechs Monate nach seinem Zusammenbruch – hatte Colin die meisten seiner Tätigkeiten wieder aufgenommen, auch wenn er nicht mit ganzem Herzen bei der Sache war. Emily und Frodo heirateten im Mount Tamalpais Park in einer Hexenzeremonie, die von Cassilda Chandler geleitet wurde. Während seiner Genesungszeit hatte Colin seinen Anteil an dem »Ancient Mysteries Bookshop« an Cassie verkauft. Sie und Claire führten das Geschäft jetzt gemeinsam weiter. Er hatte den Preis aus freien Stücken niedrig angesetzt. Seine Investitionen in Immobilien sicherten ihm ausreichende Einkünfte, und Colin war nicht habgierig.

Cassie erfüllte die früh in sie gesetzten Erwartungen als Okkultistin und Lehrerin. Obgleich der Pfad, dem sie durch das Licht folgte, weit von Colins eigenem entfernt war, fand er an ihrem Weg Freude.

Langsam hatte es den Anschein, als würde jeder weltliche Verlust durch einen Gewinn ausgeglichen, wie im ausgewogenen Fortgang eines großen Schachspiels. Die Russen zogen sich aus Afghanistan zurück und brachten ein gewisses Maß an Frieden in dieses viel umkämpfte Land. Doch zur gleichen Zeit bereiteten die Amerikaner einen Angriff auf den Iran vor. Die chinesische Führung ließ demonstrierende Studenten auf dem Platz des Himmlischen Friedens massakrieren, doch in Polen entwickelte sich die als *Solidarnosc* bekannte Gewerkschaft zur ersten großen Herausforderung des sowjetischen Kommunismus seit Ende des Zweiten Weltkriegs. Zweieinhalb Jahre nach der *Challenger*-Katastrophe startete die *Discovery* erfolgreich, während die Zahl der in einem Jahr an AIDS Gestorbenen die Fünfzigtausend überstieg, so viele Menschen, wie in einem Jahr in den USA durch betrunkene Autofahrer umkamen.

Aus Wochen wurden Monate, aus Monaten Jahre. Und am 9. November 1989 fiel die Berliner Mauer.

Colin verfolgte das historische Ereignis in seiner Wohnung allein am Bildschirm. Die Männer und Frauen, die wussten, was ihm dieser Moment bedeutete, waren alle tot oder so weit verstreut, dass sie keinen Kontakt mehr hatten. Keiner aus seinem gegenwärtigen Freundeskreis, so lieb und teuer ihm die Menschen waren, hätte das verstanden. Nicht einmal Claire.

Wir haben gewonnen. Das bedeutet, dass wir gewonnen haben.

Als junger Mann hatte sich Colin für einen Realisten gehalten – jetzt, da er an der Schwelle zu seinem siebzigsten Lebensjahr stand, begann er zu verstehen, was dieses Wort tatsächlich hieß. Um Realist zu sein, musste man eine bestimmte Perspektive einnehmen.

Es war Nacht in Berlin, die Bilder wurden live von weit entfernten Kameras übertragen. Vorbei waren die Tage, als Filme aus dem Kriegsgebiet herausgeflogen werden und vor den Sechs-Uhr-Nachrichten entwickelt werden mussten – »und jetzt die Nachrichten« –, vorbei die Tage, als die Nachrichten noch eine Stimme waren, die durch Transatlantikkabel zum Radio transportiert wurden – »Hier spricht London«. Heute brachten Videokameras und Satelliten die Ereignisse im Moment des Geschehens weltweit in die Wohnungen – die Sprecher klangen wie betrunken von der Großartigkeit dessen, was sie sahen: Die Berliner in gewöhnlicher Kleidung hatten sich mit Abbruchhämmern und Spraydosen bewaffnet, um die Mauer, die zwei Nachkriegsgenerationen in Angst und Schrecken versetzt hatte, niederzureißen und unkenntlich zu machen.

Das zeigt, dass wir gewonnen haben. Eine Schlacht zumindest, wenn nicht den Krieg. Und wenn auch der Krieg weitergeht, so gibt es doch Hoffnung.

Es war ein Straßenfest unvorstellbaren Ausmaßes. Eine ganze Stadt war auf den Beinen und feierte die Freiheit im Schatten des Brandenburger Tores, des Symbols der Unterdrückung im Kalten Krieg. Bald würde der Checkpoint Charlie nicht mehr als eine Legende sein und danach schon ein Mythos. Zukünftige Generationen würden nie verstehen, dass die Tyrannei einst ein Gesicht hatte.

Vielleicht ist es besser so, dachte Colin. Er betrachtete die fernen nächtlichen Bilder in seinem sonnenbeschienenen Zimmer. Es schien, als hätte er sich und seine Beweggründe im Laufe der Jahre besser verstehen gelernt als früher. Mit größerer emotionaler Distanz betrachtete er die leidenschaftlichen Torheiten seiner animalischen Natur – sie betrübten ihn noch, aber sie überraschten ihn nicht mehr. *Vielleicht ist es am besten, wenn man die Siege vergisst.* Er hob sein Weinglas und prostete wortlos dem Bildschirm zu.

Eine neue Empfindung breitete sich in ihm aus, etwas, das ihm seit vielen Jahren unbekannt war. Grenzenlose, reine Hoffnung, unbeschwerte Freude. Er hatte zu lange in die Dunkelheit gestarrt, ihre Siege aufgelistet, als ob es die eigenen wären. Doch das Licht errang auch Siege, und sie waren genauso wirklich.

Er schaute noch eine Weile der Sendung zu, die abwechselnd das aktuelle Geschehen in Berlin und eine Gesprächsrunde im Studio zeigte. Schließlich kamen andere Berichte, und Colin schaltete ab. Er saß fast eine Stunde still auf seinem Sofa, badete in diesem wieder gefundenen Gefühl der Gnade, dann nahm er den Telefonhörer ab und wählte eine vertraute Nummer.

»Nathaniel? Hier ist Colin. Hast du Arbeit für mich?«

INTERMEZZO #7

SAN FRANCISCO, 1990

Erst im Rückblick auf die achtziger Jahre wird mir klar, wie selbstzufrieden ich damals wurde. Einige schreckliche Monate nach Simons Rettung glaubte ich, ich hätte Colin verloren – wenn nicht für immer, dann zumindest für den Rest dieses Lebens. Doch als er wieder kräftiger wurde, ließen meine Befürchtungen nach. Ich merkte, dass der düstere Schatten, der während seiner Jahre am Taghkanic College auf ihm gelastet hatte, sich zu lichten begann. Denn zum ersten Mal, seit ich ihn kannte – und wie lange war das nun schon! –, war Colin glücklich, im Augenblick zu leben, jeden Tag so zu nehmen, wie er kam.

Sicher, er hatte seinen Anteil an der Buchhandlung Cassie verkauft und brachte immer mehr Zeit außerhalb des Geschäfts zu, aber ich nahm das gar nicht recht wahr. Als ob ich glaubte, all jene Dinge, die ein so wichtiger Teil von Colins Leben gewesen waren, hätten schlicht aufgehört zu existieren.

Jetzt weiß ich, es lag daran, dass ich es mir so wünschte. Mit Glück hatte ich ein erfülltes Leben gefunden und nicht die geringste Lust, es aufs Spiel zu setzen. Cassie Chandler mit ihrer Tüchtigkeit und Energie nahm mir viel im Laden ab – eine große Hilfe schon deswegen, weil ich endlich meinen Abschluss in Psychologie gemacht hatte und in einer städtischen Familienberatungsstelle arbeitete.

Es verschaffte mir eine große Befriedigung, denen zu helfen, die ich in der Buchhandlung und an meiner Arbeitsstelle beraten durfte, und ich war – so dachte ich – rundum mit allem zufrieden. Kurz nachdem Frodo Emily geheiratet hatte – mit Simon als Trauzeugen, etwas, das meine kühnsten Erwartungen übertraf –, gründeten Frodo und Cassie einen Hexenzirkel.

Mit Emilys Hochzeit begann das Ende meines emotionalen Winterschlafs, auch wenn die Wirkung sich erst Monate später zeigen sollte. Die Hochzeit war ein großes, keineswegs förmliches Fest, und natürlich nahm auch ihre Mutter daran teil.

Mit jener hundertprozentigen nachträglichen Einsicht, die unser Interesse für die Probleme anderer Menschen kennzeichnet, war es leicht zu sehen, dass das Verhältnis zwischen Leslie und ihrer Mutter gespannt war. Die Begeisterung der älteren Mrs. Barnes über Leslies Entscheidung, einen wohlhabenden, bedeutenden Mann zu heiraten – und Leslies kaum verhohlene Wut darüber –, hätte komisch sein können, hätte sie Leslie nicht tief getroffen. Wenn ich die Barnes zusammenstehen sah – so wütend und so höflich –, musste ich unweigerlich an meine eigene Familie denken. Ich hatte mit ihr seit über einem Vierteljahrhundert keinen Kontakt mehr gehabt.

Wenn Peters Mutter noch gelebt hätte, dann hätte ich möglicherweise eine Aussöhnung angestrebt, um ihr eine Freude zu machen, denn die Entfremdung gegenüber meiner Familie hatte Elizabeth immer bedrückt. Doch unter den gegebenen Umständen hielt ich mich von ihnen fern, denn ich wollte mit keinem Teil meines Lebens zu tun haben, der vor Peters Tod lag. Aber die unterbrochene Beziehung war wie eine alte Wunde, die nie ganz verheilte. Ich hatte keine Ahnung, wie es meiner Mutter und meinen Schwestern in all den Jahren ergangen war. Ich redete mir ein, dass es mich auch nicht interessierte, obwohl Colin mir oft sagte, es sei die erste Pflicht derer, die im Licht wandeln, Klarheit in sich selbst zu suchen.

Denn wenn wir das nicht tun, wird die Klarheit uns aufsuchen, mit oft schmerzhaften Folgen.

Bis zum heutigen Tag frage ich mich, wie Gail mich gefunden hat. Doch meine älteste Schwester hatte immer schon eine unglaubliche Hartnäckigkeit, das durchzusetzen, was sie wollte, insbesondere wenn sie damit jemandem wehtun konnte. Und ich glaube, es dürfte wohl nicht so schwierig sein, eine ehrliche, gesetzestreue Bürgerin ausfindig zu machen. So ging ich eines Tages im Jahr 1987 vollkommen ahnungslos in der Buchhandlung ans Telefon.

»Ancient Mysteries Bookshop«, sagte ich.

»Ist da Claire London?«, sagte eine unbekannte Stimme.

Wenn in meinem Hinterkopf nicht die Ereignisse von Emilys Hochzeit herumgegeistert wären, hätte ich wahrscheinlich einfach aufgelegt. Stattdessen antwortete ich offen.

»Ich trage diesen Namen nicht mehr«, sagte ich vorsichtig. »Ich heiße jetzt Claire Moffat.«

»Es ist mir egal, wie du dich nennst«, sagte sie, und im selben Augenblick erkannte ich mit einem Schauer des Entsetzens Gails Stimme. »Mutter ist tot. Ich dachte, vielleicht interessiert dich das.«

Warum?, war mein erster Gedanke. Einen seltsam wirren Moment lang dachte ich sogar, sie teile mir dies mit, damit ich mir keine Sorgen mehr zu machen brauchte, ob meine Mutter in meinem Leben noch einmal auftauchen würde, aber das war nicht Gails Art.

»Wann ist das Begräbnis?«, fragte ich. Ach, wohin Höflichkeit uns doch führt!

Sie nannte mir Datum und genaue Zeit und wollte mir eine Wegbeschreibung schicken. Dann legte sie auf, bevor ich sie fragen konnte, wie Mutter gestorben war. Als die Wegbeschreibung ankam – in der Buchhandlung, versteht sich, denn ich besaß genug Selbsterhaltungsinstinkt, Gail meine Privatadresse vorzuenthalten –, war ich mir sicher, nicht hinzufahren. Doch Cassie überzeugte mich, dass ich gehen müsse.

»Fahr lieber hin und überzeuge dich, dass sie tot ist«, sagte sie mit galligem Humor. Ich denke, ich war nicht der einzige Mensch in den Vereinigten Staaten, der mit seiner Familie gebrochen hatte. Doch die eigenen Probleme kommen einem immer einzigartig vor.

Doch oft passieren gute Dinge zu den unerwartetsten Gelegenheiten. Denn auf der Beerdigung meiner Mutter traf ich meine Cousine Rowan Moorcock.

Am Tag des Begräbnisses starb ich vor Nervosität. Gott sei Dank hatte Colin seinen Führerschein behalten – er musste mich nach Petaluma fahren, und als wir ankamen, bat ich ihn, nicht mit mir zu kommen. Es war mir so wichtig, dass sich die beiden Ströme meines Lebens nicht überkreuzten. Ich muss wohl ziemlich wirr ausgesehen haben, aber er war sehr geduldig mit mir. Bis heute weiß ich nicht, woher ich die Kraft und den Mut nahm, die Treppen zur Leichenhalle hinaufzusteigen und hineinzugehen.

Als ich den für die London-Familie reservierten Raum betrat, stürzte sich Gail sofort auf mich und zog mich vor den Sarg, um »ihr die letzte Ehre« zu erweisen. Es war schwierig, das *Etwas*, das darin lag – zerstört von Alter und Alkohol und, wie sich Gail zu erklären beeilte, als sie meine Reaktion sah, von Krebs –, mit dem Monstrum in Verbindung zu bringen, das meine Kindheit und Jugend verfolgt hatte.

Ich wandte mich vom Sarg ab und wäre wahrscheinlich aus dem Raum gerannt, wäre nicht in diesem Moment jemand auf mich zugekommen.

»Claire?«

Die Sprecherin war eine pummelige Frau in den Fünfzigern mit hellblond gefärbtem Haar. Nicht ohne einen gewissen Unglauben erkannte ich hinter der Maske der Erwachsenen meine mittlere Schwester Janet.

»Hallo, Janet.« Ich wollte um alles in der Welt weg von diesem schrecklichen Ort – ich, die ich Dämonen und Satanisten und Geschöpfen jenseits aller menschlichen Vorstellungskraft ins Auge gesehen hatte.

Sie umarmte mich. Es war, als wären wir uns noch nie begegnet – zwei Fremde, die die Rolle zärtlicher Geschwister spielten, ohne sich um die Vergangenheit zu bekümmern. Sie zog mich fort von Gail und brachte mich zu einer anderen Gruppe der Trauergäste.

»Und das ist Onkel Clarence – nach ihm bist du benannt worden«, erklärte Janet.

Ich war völlig perplex. Es war mir nie klar gewesen – nie! –, dass Mutter Verwandte hatte oder Kontakt mit ihnen hätte haben wollen. Sie hatte sich und ihre Kinder immer von der Welt abgeschottet, eine kleine, in sich geschlossene Welt aus Qual und Marter.

Onkel Clarence stellte mich seinem Enkel – meinem Cousin – Justin Moorcock und dessen Tochter Rowan vor.

Sie muss vierzehn oder fünfzehn gewesen sein und strahlte jene leuchtende Gesundheit eines Mädchens vom Lande aus, die oft bezwingender als Schönheit ist. Sie trug ihr langes, wundervoll rotgoldenes Haar geflochten und hochgesteckt, was ihr das Aussehen einer angelsächsischen Prinzessin verlieh. Sie sah sich mit einem befangenen, schüchternen Blick um, den ich nur zu gut aus eigener Erfahrung kannte; der Blick von jemandem, der versuchte, seine Konzentration und Unversehrtheit inmitten wilden Tumults zu behalten.

»Hallo, Rowan«, sagte ich und streckte meine Hand ihr entgegen.

Ihre Finger waren eiskalt, und ich fühlte, wie ich versuchte, Kraft aus mir selbst in sie einfließen zu lassen. Ich war sehr erleichtert, als ich sah, wie sich ihr Gesicht entspannte.

In diesem Moment wurden wir gebeten, zur Trauerfeier Platz zu nehmen. Ich erinnere mich an nichts weiter, nur daran, dass Rowan sich an mich klammerte, als könnte ich sie vor dem Ertrinken retten.

Danach eilten die Trauergäste zu den Limousinen und geleiteten den Sarg zum Friedhof. Natürlich war nirgendwo Platz für mich – dafür hatte Gail gesorgt, rachsüchtig bis zum Äußersten –, doch da Rowan grimmig entschlossen nicht von meiner Seite wich, konnte sie mich auch nicht auffordern zu verschwinden.

Es war mein neu gewonnener Onkel Clarence – in jeder Hinsicht das Gegenteil seiner Schwester –, der vorschlug, dass Rowan mit mir zum Friedhof fahren könnte. Und so fand sich der arme Colin im Autokorso der Prozession wieder. Rowan, die hinten saß, beugte sich über den Sitz und lehnte während der ganzen Fahrt ihren Kopf an meine Schulter.

Am Ende, als Rowan – widerstrebend – von ihrem Vater geholt wurde, hing sie an mir, als wären wir alte Freunde. Und in gewisser Hinsicht stimmte das auch; instinktiv wusste ich, dass wir beide die Gabe besaßen, die Fremde so nah wie Geschwister werden ließ, zusammengeschweißt durch diese verwünschte Gnade, sehen zu können, was andere nicht sahen.

»Du kommst uns doch besuchen, Claire?«, fragte Rowan, als wäre sie ein kleines Mädchen. »Ja?«

Natürlich sagte ich Ja. Selbst wenn ich damals geahnt hätte, welche Folgen dieses Versprechen haben würde, wäre meine Antwort genau die gleiche gewesen.

21

SHADOWKILL, STAAT NEW YORK, MÄRZ 1990

's ist wahr, ich sah auf Treue scheel und kalt;
Doch kann ich es beim ew'gen Himmel schwören:
Dies Wanken gab der Seele neuen Halt;
Verjüngt wollt' ich nur dir noch zugehören.

WILLIAM SHAKESPEARE

Es war zwei Uhr, und Colin hatte gehofft, Boston vor Beginn des Berufsverkehrs zu erreichen, doch stattdessen machte er einen Umweg.

Claire war dagegen gewesen, dass er eine Fahrt quer durch das ganze Land unternahm – in *seinem* Alter, hatte sie gesagt und einige bissige Bemerkungen über zweite Kindheit und Leute mit Herzkrankheiten angeschlossen. Doch Colin war sich in jenen Tagen über die Grenzen seiner Kraft sehr wohl im Klaren und fühlte, dass er nicht mehr viele Jahre wie dieses zu erwarten hatte. Er wollte noch einmal die alten Orte der Erinnerung aufsuchen.

Mehr noch als das wollte er Zeit haben für eine Bestandsaufnahme seines Lebens. Nach Simons Rettung unterbrach Colin die Suche nach einem Schüler. Doch Alison Margraves postume Notlage war ihm eine wichtige Lehre. Er musste einen Schüler finden, der von ihm lernen konnte – und zwar bald.

Aber wen?

Hunter Greyson war der aussichtsreichste Kandidat gewesen, dem Colin in Jahrzehnten begegnet war, doch Grey hatte seine Zukunft an den Nagel gehängt und war verschwunden. Frodo Fredericks hatte sich dem Hexenpfad verschrieben. Keiner der jungen Männer, die in die Buchhandlung kamen, hatte die Entschlossenheit, Disziplin und innere Berufung, Colins Pfad einzuschlagen.

Doch welche Tragödie, wenn er sterben sollte, ohne einen Nachfolger ausgebildet zu haben. Denn nur so konnte ein Adept zurückzahlen, was ihm selbst an Lehren zuteil geworden war.

Und Colin hatte in seinem Leben viele Lehrer gehabt …

Obwohl er nur einmal vor zwanzig Jahren hier gewesen war, fand Colin auf Anhieb seinen Weg durch das Städtchen Shadowkill – eine typische Stadt am Hudson, mit hübschen alten viktorianischen Häusern, die um den malerischen Stadtpark lagen. Er fuhr am Kriegerdenkmal vorbei und die Bezirksstraße 13 – die Hauptstraße – hinunter, bis diese auf die Old Patent Grant Road stieß.

Nach *Shadow's Gate.*

Das Pförtnerhaus lag direkt vor ihm, doch die Einfahrt war mit einem Zaun versperrt, der an der Old Patent Grant Road entlanglief. Alle paar Meter standen BETRETEN VERBOTEN-Schilder, doch dieser Teil des Zauns und auch das Haus dahinter waren stark mit Graffiti verunstaltet. Und jemand hatte einen halbherzigen Versuch unternommen, das Siegel des Nordtores in die Mitte der Straße zu sprühen.

Thorne Blackburn lebte in der Erinnerung fort.

Colin fuhr an den Straßenrand und hielt. Durch die Windschutzscheibe betrachtete er den schlossartigen Landsitz. Das Pförtnerhaus bildete einen Bogen über der Einfahrt. Sogar von hier aus konnte Colin sehen, dass die Eisentore in diesem Bogen mit Ketten und Vorhängeschloss zugesperrt waren. Auf der Fahrspur lag fast kein Kies mehr, stattdessen war überall Unkraut, Anzeichen von zwei Jahrzehnten Verwahrlosung. Der Besitz stand leer und war dem Verfall preisgegeben. Meilen von rotem Band umschlossen den Grund und seinen verschwundenen, immer noch nicht als tot registrierten Eigentümer. Thorne Blackburns schwer geprüfte Anwälte füllten Aktenordner mit Petitionen und kamen für die Grundsteuern auf. Andernfalls wäre *Shadow's Gate* mit seinen hundert Morgen Wald schon vor Jahren verkauft worden.

Es war unwahrscheinlich, dass irgendeines von Thornes Halbdutzend unehelichen Kindern Anspruch auf den Besitz erheben konnte. Außer der Tochter von Katherine Jourdemayne waren sie alle in Pflegeheimen verschwunden und wussten heute vielleicht nicht einmal, wer ihr Vater gewesen war.

Wenn er Thorne damals nicht zurückgewiesen hätte, wäre dann alles anders ausgegangen? Hätte er den Mann abhalten können, sich so weit den dunklen Pfad hinunterzubegeben – oder hätte er wenigstens die Toten verhindern können?

Colin öffnete die Tür und stieg aus. Er klappte den Mantelkragen gegen den eisigen Märzwind hoch. Kein Verkehrsgeräusch, nur das Sausen des Windes durch die mit Eis überzogenen Baumäste. Er überquerte die Straße und lehnte sich an den Zaun. Warum war er hergekommen? Was hoffte er zu finden?

Vergebung?

Das Haus selbst lag noch etwa eine Meile weiter weg, von der Straße aus nicht zu sehen. So weit das Auge reichte, nur Ödnis, Rost und Verwahrlosung. Thorne war weg, zusammen mit den Blumenkindern des Aquarianischen Sommerlandes, in dem er auf der Höhe seines Ruhms gestanden hatte. Es blieb nur das, was er zu tun versucht hatte und was seine Schüler heute noch versuchten, um sein Werk zu vollenden.

Wenigstens hatte Thorne Schüler, dachte Colin. Er konnte nicht umhin, dies neidvoll anzuerkennen.

Bei diesen Erinnerungen über die Kluft der vielen Jahre hinweg fragte sich Colin, ob das, was Thorne zu tun versucht hatte, so falsch gewesen war. Weder wusste er noch, was genau es eigentlich war, noch konnte er die moralische Selbstsicherheit aufrechterhalten, die ihm damals erlaubt hatte, den anderen so leicht abzuurteilen.

Inzwischen war es offensichtlich: Die Menschheit wandelte auf dem falschen Pfad. Es würde großer Anstrengungen bedürfen, sie zu retten. Was würde Thorne wohl heute sagen? Würde er einfach wie damals erklären, keine Chance sei die *letzte?*

Doch Thornes Zeit war dahin, und die Korruption, die vor zwei Jahrzehnten noch so erschreckte, war heute nur noch ein weiterer, allgemein akzeptierter Verlust der Unschuld. Thorne war tot, und Colin würde nie erfahren, wie seine Geschichte geendet hätte.

Völlig durchgefroren kehrte er zum Auto zurück und fuhr zum Taconic Parkway Richtung Norden.

22

ARKHAM, MASSACHUSETTS, MÄRZ 1990

Ich bin in aller Munde;
Ich streifte durch die Welt mit offnem Herzen
Und sah viel Städte, Menschen – ihre Lebensart,
Luft, Wetter, Räte und Regierungen,
Mich selbst zuletzt, jedoch geehrt von allen …

ALFRED LORD TENNYSON

Arkham, die Stadt in Massachusetts, war wie der Campus von Taghkanic im Staate New York ein Überbleibsel des neunzehnten Jahrhunderts. Der efeuüberrankte Campus des Miskatonic College war von alten neuenglischen Herrenhäusern umstanden, die seit Ende des Ersten Weltkriegs vor sich hinbrüteten, und von ein paar Einsprengseln des zwanzigsten Jahrhunderts: einem Supermarkt, einem Steakhaus an der Hauptstraße, dessen Gäste hauptsächlich vom Durchgangsverkehr kamen; einer Reihe von Ferienhäuschen für Touristen, die sich aber nie so recht einstellen wollten. Sie störten den komaähnlichen Schlaf des Städtchens kaum auf.

Nicht anders als die anderen ländlichen Gemeinden der Umgegend wie Innsmouth, Whateley's Crossing, Madison Corners war Arkham mit diesem Stand der Dinge überaus zufrieden. Die Menschen, die vor drei Jahrhunderten in dieses wilde, verwunschene Land geflohen waren, verlangten von ihren Nachbarn nichts, als in Ruhe gelassen zu werden, um so zu leben, wie sie immer schon gelebt hatten. Und meist respektierte auch die moderne Welt diese Wünsche.

Als Colin zum ersten Mal hierher gekommen war, war Sara Latimer schon zwei Jahre tot.

Miskatonic College zählte für niemanden zur ersten Wahl. Hier wurden in zwei- bis vierjährigen Studiengängen Landwirte, Mitarbeiter des öffentlichen Gesundheitsdienstes, Buchhalter und Hausfrauen ausgebildet, und diejenigen, die mehr vom Studium erwarteten, strebten gewöhnlich nach Harvard, ans MIT oder an die Brown University in Rhode Island. Miskatonic bot nur einen höheren akademischen Abschluss an, aber die wenigen Seelen, die hier einen Abschluss in Esoterischer Ethnographie machen wollten, kamen aus aller Herren Länder.

Colin hatte in den letzten fünf Jahren Sommervorlesungen über die Volkssagen Neuenglands gehalten, und wenige ahnten den wahren Grund, warum er regelmäßig aufs Land nach Arkham zurückkehrte. Unglücklicherweise schien jetzt die Zeit gekommen, da er handeln musste. Es war das Jahr 1990, und Sara Latimer war seit sieben Jahren tot.

Die Ortsansässigen hatten sie für eine Hexe gehalten.

Sie hatten damit Recht gehabt. Die alte Sara Latimer – auf den umliegenden Bauernhöfen einfach die Hexen-Sara – war Hohepriesterin in der so genannten Kirche vom Alten Ritus gewesen.

Zufällig kannte Colin seit Jahren verschiedene Nachkommen der alten Sara. Paul Latimer, Professor an der Columbia University, wohnte in Colins New Yorker Haus. Colin bezweifelte, dass irgendeiner der Latimers von seiner illustren Verwandtschaft wusste oder davon, dass es in diesem Teil von Massachusetts schon seit 1600 Latimers gab – alle der Hexerei angeklagt, allerdings einer viel weniger harmlosen als der modernen Abart.

Vor Jahren hatte Nathaniel Atheling Colin einen so genannten Beobachtungsauftrag erteilt. Es war leichte Arbeit, aber keineswegs eine Sinekure. Colin war dafür ausgewählt worden, weil er sich mit der Kirche vom Alten Ritus auskannte. Hunter Greyson hatte während seiner Zeit am Taghkanic College einen Forschungsbericht über sie erarbeitet.

Die Atmosphäre religiöser Freiheit in der Neuen Welt, welche die Epoche vor der Revolution kennzeichnete, hatte die Blüte des Alten Ritus begünstigt. Es war eine Zeit, in der jeder,

der einen Schiffsplatz ergatterte, sich in Amerika niederlassen und seiner eigenen Form der Religion widmen durfte, ohne von der Kirche oder der Krone allzu viele Einschränkungen befürchten zu müssen. Noch zur letzten Jahrhundertwende wurden ihre Riten in ganz Neuengland praktiziert.

Soweit bekannt, führte der Erste Weltkrieg, in vieler Hinsicht ein Epochenbruch, das Ende des Kultes herbei. Eine neue Generation, geblendet von heißen Jazzrhythmen, starken Getränken und dem Nachtleben in den Städten, hatte wenig Sinn für die lästigen Betulichkeiten der Vergangenheit, und so starb der Alte Ritus einfach aus.

Fast überall.

Bei seinem ersten Besuch hatte Colin in weniger als einer Woche herausgefunden, dass immer noch ein Hexenzirkel des Alten Ritus zusammenkam, und zwar auf dem Land in der Nähe von Madison Corners.

Die Gruppe ging heute den gleichen Geschäften nach, für die Hexen über Jahrhunderte verfolgt worden waren: Saufen, Drogen, Völlerei, Orgien, Verwünschen der Nachbarn, Kleindiebstähle. Doch nichts davon fiel in den Bereich von Colins Beobachtertätigkeit – die Magie des Kreises war wenig ausgeprägt, und seinen Mitgliedern schien es mehr um gemeinsame Freizeit als um sonst etwas zu gehen.

Doch all das mochte sich im siebenten Jahr nach Sara Latimers Tod ändern.

Auch in diesem Jahr verbrachte Colin die ersten Tage damit, sich in einem der Ferienhäuschen am Rande von Arkham einzurichten und seine Freundschaften am ethnographischen Fachbereich zu erneuern. Er war kurzatmiger als gewöhnlich, und er führte dies auf seine bewegungsarme Lebensweise in San Francisco zurück. Er nahm sich vor, sich während seines Aufenthaltes hier körperlich mehr zu betätigen und sogar einen Termin bei seinem Arzt zu Hause zu vereinbaren. Zum Glück hatte er schon vor mehreren Jahren mit Rauchen aufgehört. Aber es war nicht nötig, den hiesigen Allgemeinmediziner aufzusuchen – auch wenn der eine wunderbar gerahmte neue Urkunde von Johns Hopkins vorzuweisen hatte. Kein

Arzt konnte mehr tun, als Colin mitzuteilen, was dieser schon wusste: Iss vernünftig und treibe Sport, nimm Aspirin und hoffe, dass deine Zukunft von einer weiteren Herzattacke verschont bleibt.

Derweil war zu viel zu tun, als dass ein wenig Müdigkeit ihn behindern durfte. Claire würde in ein paar Wochen kommen, um ihre Verwandten im nahe gelegenen Madison Corners zu besuchen.

Colin war ein wenig verblüfft, als er erfuhr, dass die Moorcocks so nah an dem Unruheherd wohnten, den er im Auftrag Nathaniels beobachten sollte, doch Claires Instinkte waren so verlässlich wie immer, und wenn sie sich zu Rowan Moorcock und ihrer Familie hingezogen fühlte, dann war es unwahrscheinlich, dass sie mit irgendwelchen dunklen Machenschaften zu tun hatten.

Claire war immer so gelassen und unerschütterlich gewesen, eine Oase heiterer Vernunft inmitten des Chaos, das sie umgab, dass es für Colin ein schmerzhafter Anblick gewesen war, sie auf der Beerdigung ihrer Mutter so aufgelöst zu sehen – nicht vor Trauer, sondern Wut. Es freute Colin, dass Claire mit einem Teil ihrer Vergangenheit Frieden schließen konnte. Die Freundschaft zu ihrer jungen Cousine Rowan schien ihr nur Gutes gebracht zu haben – Colin glaubte, dass Rowan ein wenig die Familie ersetzte, die Claire mit Peter gern gegründet hätte.

Sie und Rowan hatten sich vor dieser Reise ein ganzes Jahr über geschrieben, und Colin hatte Claire stark zugeraten, in diesem Sommer zu kommen. Es war für ihn nützlich, Claire bei sich zu haben – sie konnte, wenn erforderlich, ihre sensitive Begabung für ihn einsetzen.

Er hoffte allerdings, dass es dazu nicht kommen würde.

Anfang April nahm Colin seine Vorlesungen wieder auf. Miskatonic hatte eine vorzügliche Bibliothek. Die Spezialsammlung war für Studenten nicht zugänglich, aber Colin konnte seine Zeit dort sehr gut nutzen und seine Kenntnisse über *Les Cultes des Goules* auffrischen, das Quellenbuch der Kirche vom Alten Ritus. Vor über zweihundert Jahren war es von einem der dekadenteren französischen Kirchenmänner als ein »hässliches kleines Zauberbuch« bezeichnet worden. Das traf, nach Colins Auffassung, die Sache sehr genau.

Unter anderem glaubte der Kult an *Metempsychose* – wonach die Seelen der Mitglieder nach dem Tod befreit und in neuen Körpern wieder geboren würden. Und durch die Teilnahme an den Kultriten ließ sich die Erinnerung an ihre vorhergegangene Identität zu neuem Leben »erwecken«.

Nach Ablauf von sieben Jahren.

»Food King« in Arkham war der größte Supermarkt im Umkreis von dreißig Meilen, aber für moderne Maßstäbe war er immer noch winzig: ein Relikt längst vergangener Tage, als der »Super«-Markt gerade erst erfunden wurde. Der Kühlschrank in Colins Ferienhaus war sehr launisch, doch glücklicherweise lag »Food King« auf dem Weg zum College, so dass er seine Eier halbdutzend- und seine Milch halbliterweise kaufen konnte. Er überlegte gerade, was er sich zum Abendbrot machen sollte, als er mit einer alten Freundin zusammenstieß.

Oder genauer: Eine alte Freundin stieß mit ihm zusammen.

Er sah überrascht auf, als der andere Einkaufswagen mit voller Wucht gegen seinen eigenen rammte. Doch seine unmittelbare Freude, ein bekanntes Gesicht zu sehen, ließ schnell nach, als er erkannte, wen er vor sich hatte.

Ich hätte geschworen, dass Paul nichts von seiner Latimer-Verwandtschaft weiß – und wenn doch, dass er sie jedenfalls von seiner Frau und seinen Kindern, insbesondere von seiner Tochter, fern hält …

»Was, Sally Latimer, stimmt's?«, sagte Colin laut.

Colin hatte sie seit mindestens einem Jahr nicht mehr gesehen; Sally sah dünn und blass aus, Falten des Kummers oder von Krankheit hatten sich in ihr Gesicht gegraben. Sie war mit einem jungen Mann zusammen, der Colin irgendwie bekannt vorkam, auch wenn er ihn im Moment nicht unterbringen konnte.

»Colin!«, sagte Sally, und der junge Mann – offensichtlich *ihr* junger Mann – sagte schnell:

»Ich dachte, du kennst niemanden in dieser Gegend, Sara.«

»Tue ich auch nicht«, widersprach Sara und stellte die beiden vor. Der junge Mann war Brian Standish, der neue Arzt, der seinem Cousin James in der anstrengenden Landpraxis aushalf.

Colin schickte sich ins Unvermeidliche und hörte sich den Rest von Sallys Neuigkeiten an: vom tragischen Tod ihres jüngeren Bruders, der seinerseits den Tod ihrer Mutter auslöste; dann der verrückte Unfall ein paar Tage später, der auch noch ihren Vater aus dem Leben riss.

Als ob irgendetwas sie von allem abtrennen wollte, was sie mit der vertrauten Wirklichkeit und der Vernunft verband. Und sie dann hierher brachte.

Er betrachtete forschend ihr Gesicht, konnte aber in ihren offenen grünen Augen keinerlei Spuren der alten bösen Seele von Hexe Sara entdecken, die seit sieben Jahren tot war und – wie der Kult glauben machte – reif für ihre Wiedergeburt im Körper eines Familienmitglieds. Es war ihm tatsächlich zuvor nie aufgefallen, und er hatte sie eine ganze Weile nicht gesehen, doch Sally war das genaue Abbild jener Latimer-Hexen, die das Miskatonic in einer Reihe von Porträts in seinem geschlossenen Büchermagazin verwahrte: rotes Haar, blasse Haut, schräg geschnittene grüne Augen und sogar das kleine Grübchen neben dem rechten Mundwinkel. Er hörte mit sinkendem Mut, wie sie arglos über die Erbschaft ihrer Großtante Sara erzählte, vom Haus an der Witch Hill Road – und von der Kirche vom Alten Ritus, mit der sie offenbar schon bekannt war und die sie nun … eingeladen hatte.

Armes Kind; von dem, was sie ungesagt ließ, war klar, dass sie tatsächlich keinen anderen Zufluchtsort als das Haus ihrer Vorfahren hatte. Sie mit Geschichten von hinterwäldlerischen Geistern zu ängstigen würde sie eher noch weiter in die Fänge des »Reverend« Matthew Hay treiben.

Colin brachte sie ohne weiteres dahin, ihn einzuladen, sie bald in ihrem Haus am Witch Hill zu besuchen. Er beschwichtigte sein Gewissen, indem er im Gegenzug sie und Brian zum Abendessen bei sich einlud. Er versuchte sich zunächst keine Gedanken darüber zu machen, was Sally hier widerfahren könnte, wo das Hexenblut so nah unter der Oberfläche pulsierte und eine alte Verworfenheit direkt aus dem Felsgestein des Landes zu sickern schien.

Es war schon ziemlich spät, als Colin in seine Hütte zurückkehrte, aber dessen ungeachtet rief er Claire an. Es klingelte nur ein-, zweimal, und schon hob sie ab.

»Hier bei Moorcock.«

»Bist du es, Claire? Hier Colin.«

Claire war Ende April in Madison Corners angekommen und hatte sich rasch bei den Moorcocks eingelebt. Colin hatte sie vorgewarnt, dass sie möglicherweise zur Tat würden schreiten müssen. Jetzt war er froh, sie eingeweiht zu haben.

»Du hast Glück, dass du durchgekommen bist«, sagte Claire. »Rowan hat den ganzen Abend über telefoniert. Bald findet der Abschlussball der Schule statt, und das scheint von allergrößtem Interesse für die Stadt zu sein.« Sie klang amüsiert.

»Daran habe ich keinen Zweifel«, sagte Colin. »Und ich dachte schon, es ist vielleicht zu spät für einen Anruf. Da du von Interesse sprichst: Du wirst nie erraten, wen ich heute im Supermarkt getroffen habe.«

Sie mussten bei ihrem Gespräch eine gewisse Vorsicht walten lassen: Eine der ländlichen Dienstleistungen, die Arkham bereithielt, war der Gemeinschaftsanschluss, der von einer Telefonistin betreut wurde, und demzufolge war kein Telefongespräch je wirklich privat.

»Wen?«, fragte Claire pflichtschuldig.

»Sally Latimer. Erinnerst du dich – ihr Vater war einer meiner Mieter in New York?«

»Aber natürlich«, sagte Claire, und Colin merkte an der Veränderung ihrer Stimme, dass sie die richtige Folgerung aus dem »war« gezogen hatte. »Aber ich bin froh, dass du anrufst. Onkel Clarence will dich zum Abendessen einladen, seit er weiß, dass du hier in der Gegend bist. Wie wäre es mit morgen Abend?«

»Ich komme«, versprach Colin. »Gute Nacht, Claire.«

Die Moorcocks bewohnten ein verschachteltes altes, weißes Farmhaus etwa eine Meile vom alten Friedhof auf dem Witch Hill entfernt. Das Haus schien beinahe einer anderen Welt anzugehören.

Die drei Generationen der Moorcocks waren eine Familie ganz im Stil der neunziger Jahre. Rowans Vater Justin war der Enkel von Clarence Moorcock. Justins Vater war, wie so viele Männer jener Generation, in Vietnam gefallen, so dass sein Sohn vaterlos, manchmal auch mutterlos aufwuchs. In der Folge seiner Scheidung war Justin, ein Software-Designer, zusammen mit seiner damals vierzehnjährigen Tochter Rowan von Boston zurück nach Madison Corners gezogen.

Colin parkte seinen gemieteten Chevrolet in der Einfahrt neben dem alten Ford-Lastwagen von Clarence, Justins schickem BMW und Rowans kleinem Toyota. Rowan erwartete ihn schon an der offenen Eingangstür. Sie war jetzt achtzehn und trug die Uniform der Teenager: ausgefranste Jeans und ein T-Shirt mit dem Aufdruck irgendeiner Rockband.

»Guten Abend, Mr. MacLaren«, sagte Rowan. Unter ihren Augen zeigten sich dunkle Ränder, die nach akutem Schlafmangel aussahen.

Um ihren Hals hingen Kopfhörer, und in der Gesäßtasche steckte ein Walkman. Es war das erste Mal, dass er sie seit dem Begräbnis ihrer Großtante wieder traf. Einen Moment wunderte sich Colin darüber, dass sie es fertig brachte, wie jeder andere Teenager auszusehen, obwohl doch das nächste Einkaufszentrum sich erst in Boston befand.

»Guten Abend, Rowan«, sagte Colin. Merkwürdig, sich vorzustellen, dass die meisten seiner Studenten etwa in ihrem Alter gewesen waren.

Er betrat das alte Farmhaus und spürte das leichte Frösteln einer Spannung in der Luft. Es gab Probleme hier, und welche es auch waren, Claire hatte sie jedenfalls am Telefon nicht ausplaudern wollen.

»Heute Abend gibt es Schmorbraten«, sagte Rowan, als wollte sie von einem unangenehmen Thema ablenken. »Claire kocht. Geradeaus durch. 'tschuldigung – muss mich noch umziehen.« Sie drehte sich um und polterte die Treppe hoch, wobei sie sich die Kopfhörer wieder aufsetzte.

Colin sah ihr kurz hinterher und fragte sich, um welches Problem es sich wohl handelte – ein Konflikt zwischen den Generationen oder etwas Dunkleres.

Er würde es bald genug herausfinden. Colin ging in die Richtung, die Rowan ihm gewiesen hatte.

In der Küche legte Claire gerade letzte Hand ans Abendessen. Clarence saß am Küchentisch und sah ihr mit Wohlgefallen zu.

»Colin«, sagte er und erhob sich. Die Hand, die er Colin reichte, war immer noch schwielig von langen Jahrzehnten Farmarbeit, und auch mit über achtzig hatte er noch einen sehr kräftigen Händedruck. »Schön, Sie mal wiederzusehen. Wo ist Rowan hin? Hat sie Sie reingelassen?«

»Ich glaube, sie wollte sich noch umziehen«, antwortete Colin diplomatisch.

Clarence grinste. »Ich bin zu alt und zu dickköpfig, um Mädchen in Hosen am Esstisch zu ertragen. Wie Claire Ihnen bestätigen wird.«

»Ach, ja. Onkel Clarence ist ein ziemlicher Tyrann«, stimmte Claire leichthin zu, dann schob sie ein Blech mit Biscuits in den Backofen.

»Wenn die Biscuits fertig sind, können wir essen.« Sie nahm den Deckel vom Schmortopf und hob den Braten gekonnt auf eine Servierplatte.

»Ich brauche das überhaupt nicht«, protestierte Justin gut gelaunt, als er Soße über seine Kartoffeln und Mohrrüben goss. »Ich tue nichts Anstrengenderes, als von morgens bis abends am Computer zu hocken.«

Rowan war in Jeansrock und weißer Bluse zurückgekehrt und hatte Justin aus der umgebauten Scheune geholt, die ihm als Arbeitszimmer diente.

»Rowan und ich haben gekocht«, sagte Claire zum Spaß drohend, »du isst also besser auf.«

Colin erfuhr, dass normalerweise Rowan und die Haushälterin das Kochen besorgten. Nach Claires Aussage hatte Rowan die Biscuits und die kleinen Kuchen als Nachtisch gemacht, während Claire das bewährte Moffatsche Familienrezept für den Schmorbraten beigesteuert hatte.

Das Gespräch bei Tisch verlief in allgemeinen Bahnen.

Das Land wurde nicht mehr bewirtschaftet, aber Clarence war auf dem Laufenden, was die bäuerlichen Neuigkeiten anbetraf. Claire hatte Joann Winters, der Distriktkrankenschwester, ausgeholfen und konnte ein wenig harmlosen Stadtklatsch zum Besten geben. Die Schule ging noch eine Woche, doch die Abschlussklasse dachte an nichts anderes mehr als an den Abschlussball und die Klassenfahrt in die »große Stadt« – Boston, Massachusetts.

Clarence, so schien es, war mit Rowans College-Wahl nicht einverstanden, insbesondere da sie sich für eine Schule in einem anderen Staat entschieden hatte.

Taghkanic College.

»Wenn du schon auf eins gehen musst, was hast du dann gegen Miskatonic einzuwenden, Enkelin? Martha und ich waren beide da. Es ist eine gute Schule – und du könntest zu Hause wohnen.«

»Na ja«, begann Rowan. Ihr Vater warf ihr einen warnenden Blick zu, und das Mädchen entschied sich, etwas anderes zu sagen. »Ich glaube, ich möchte einfach gern woanders hingehen«, murmelte sie und starrte vor sich auf ihre Serviette.

»Ich habe gestern im ›Food King‹ eine alte Bekannte getroffen«, sagte Colin, um das Thema zu wechseln. »Du erinnerst dich doch, dass ich gestern von Sally Latimer gesprochen habe, nicht wahr, Claire?«

Colin berichtete schnell von den schrecklichen Schicksalsschlägen, die Sally erlitten hatte; Claire und die Moorcocks äußerten ihr aufrichtiges Mitgefühl. »So wohnt sie jetzt in dem alten Haus der Familie, bis sie sich darüber klar geworden ist, was sie machen wird.«

»Witch Hill? Brrr ….! Da würde ich ja noch lieber im ›Bates Motel‹ absteigen«, sagte Claire offenherzig. »Immerhin ist sie diesen blöden Heini Roderick losgeworden. Den konnte ich noch nie ausstehen – einer dieser Korinthenkacker, die sich erst wohlfühlen, wenn sie auf jemanden heruntersehen können.«

»Der junge Mann, den ich gestern Abend getroffen habe, schien ziemlich nett zu sein«, sagte Colin. »Er ist von hier – Brian Standish.«

»Kannte seine Mutter ganz gut – sie war eine Phillips, Stadtmädchen«, sagte Clarence, und die momentane Betretenheit war überwunden.

Clarence nahm sich das Recht des Alters und ging gleich nach dem Essen ins Bett. Er hatte Colin noch einen sehr schönen Abend gewünscht. Justin blieb noch ein wenig und führte höflich das Gespräch fort, doch dann gestand er, noch ein oder zwei Sachen erledigen zu müssen, bevor am nächsten Morgen die Postabholung kam.

Rowan blieb so lange wie ihr Vater, doch als er gegangen war, erklärte sie, sie wolle vor den Hausaufgaben noch abspülen und zog sich in die Küche zurück. Colin und Claire blieben allein im Wohnzimmer zurück, wo ein Kanonenofen für behagliche Wärme sorgte.

»Als ich so alt war wie sie, hätte ich alles lieber gemacht als abzuspülen«, meinte Colin.

»Ich auch«, stimmte Claire zu. »Rowan ist ein gutes Kind. Nur in der letzten Zeit fühlt sie sich nicht wohl.«

»Das habe ich schon vermutet. Worum ging es denn da beim Abendessen? Es klang nach einem Streit, der schon eine Weile im Gange ist.«

»Ach, es ist eigentlich nichts so Wichtiges. Natürlich möchte Clarence, dass Rowan aufs Miskatonic geht, aber sowohl sie als auch Justin sind absolut dagegen. Letzte Woche hat Rowan Onkel Clarence mitgeteilt, dass sie nicht nach Miskatonic gehen wird, weil sie weder Hausfrau noch Geisterbeschwörerin werden will, und ich fürchte, die Dinge haben sich danach etwas zugespitzt. Clarence mag sie sehr, aber sie ist seine Urenkelin, und zu seiner Zeit hatten Frauen nicht so viele Möglichkeiten. Nicht, dass Clarence wollte, dass sie irgendeinen Einheimischen heiratet, überhaupt nicht. Ich glaube, die Dinge hier sind in den letzten sechzig Jahren stetig bergab gegangen.«

»Das überrascht mich nicht«, sagte Colin. »Ich wollte beim Essen nicht darüber reden, aber die Art, wie Sallys Familie umgekommen ist, schmeckt mir nicht. Sie erhielt den Brief über Witch Hill am selben Tag, an dem sie Paul beerdigte; armes Mädchen. Schlimmer noch, sie scheint Matthew Hay kennen gelernt zu haben, und damit steckt sie schon bis zum Hals in der Kirche vom Alten Ritus, ob sie das weiß oder nicht.«

»Um sie für die Rolle der nächsten – oder der letzten – Hohenpriesterin vortanzen zu lassen?«, mutmaßte Claire und erschauerte. »War sie nicht auch eine Sara? Arme Sally! Sie muss glauben, hier in eine Zeitmaschine geraten zu sein. Ich bin erst seit kurzem hier, aber ich habe schon mehr als genug Geschichten über die alte Dame Latimer gehört – die Frau scheint eine Mischung aus Morgan LeFay und Cruella DeVille gewesen zu sein!«

Colin starrte abwesend in die Flammen, die durch die Ofentür zu sehen waren. »Ich wünschte nur, ich wüsste, wie viel Hay weiß – oder glaubt. Die Ähnlichkeit ist verdammt groß; in der Spezialsammlung sind ein paar Porträtzeichnungen, die von Sally sein könnten ... Aber ich kenne das Mädchen seit ihrem achten Lebensjahr; ich kann mir nicht vorstellen, dass sie sich auf den scheußlichen Unsinn des Alten Ritus einlässt.«

Zumindest nicht aus freien Stücken ... Doch welcher Wille hatte den Tod von Sallys Eltern herbeigeführt?

Nathaniel hatte vollkommen Recht gehabt, ihn hierher zu schicken. Die Leute mochten zwar engstirnig und hinterwälderisch sein, doch waren hier zugleich dunkle Mächte am Werk, die zu vernichten – ohne dabei Sally Latimer in Mitleidenschaft zu ziehen – größte Umsicht und Behutsamkeit erforderte.

»Willst du, dass ich ein bisschen herumschnüffle, Colin?«, fragte Claire und riss ihn aus seinen Gedanken.

»Das wäre gut. Gestern Abend beim Essen klang Sally so, als ob sie jemanden zur Unterstützung bräuchte, und ich würde gern wissen, auf was genau wir uns einstellen müssen. Wenn dieses alte Haus zum Beispiel parapsychologisch aktiv ist ...«

»Wenn ja, dann wird sie da wahrscheinlich nicht bleiben können«, stimmte Claire zu. »Ich frage mich, ob Onkel Clarence noch einen Gast im Haus aufnehmen würde?« Sie hielt inne. »Aber ich denke, wir haben noch ein zweites Problem: Rowan.«

Colin hielt seinen Kopf schräg und lauschte auf das Geschirrgeklapper in der Küche. Das Mädchen war beschäftigt und konnte sie sicher nicht hören. »Erzähl mal«, sagte er leise.

»Du hast gesagt, dir sei die Stimmung heute Abend angespannt vorgekommen. Nun, das hatte nicht nur mit Rowans College-Wahl zu tun. Vor etwa einem Monat – um den letzten Vollmond herum – fing sie mit Schlafwandeln an.«

Colin beugte sich vor, plötzlich hellwach.

»Justin arbeitete noch spät und sah, wie sie hinausging. Er brachte sie ins Haus zurück und steckte sie wieder ins Bett – sie wachte nicht einmal auf –, und danach haben wir abends immer das Haus abgeschlossen. Aber sie schlafwandelt weiter.«

»Erinnert sich Rowan an irgendetwas von ihrer Schlafwandelei?«, wollte Colin wissen.

Claire zuckte die Schultern. »Sie hat es zuerst überhaupt nicht gemerkt. Und eine Weile lang haben die abgeschlossenen Türen sie aufgehalten, zumindest kam sie nicht aus dem Haus hinaus. Sie rüttelte eine Zeit lang am Türknopf, wachte auf und ging ins Bett zurück. Natürlich schlafwandeln die meisten Menschen irgendwann in ihrem Leben, und meistens ist es harmlos, doch neuerdings hat sie angefangen, die Tür aufzuschließen und … tja, nach draußen zu gehen«, sagte Claire resigniert.

»Nach dem ersten Mal, als wir merkten, dass sie weg war und die Hintertür weit offen stand, hat Justin einen Infrarotalarm installiert, damit er aufwacht und sie zurückholen kann, aber die Sache geht ihm mächtig an die Nieren. Es ist ziemlich eindeutig, dass die Sache etwas damit zu tun hat, dass Rowan sensitiv ist, aber Justin will es nicht wahrhaben, weil es ihm so irrational erscheint.«

Claire seufzte und schüttelte langsam den Kopf. »Er will es vielleicht nicht zugeben, aber er weiß es, glaub mir. Und das ist das eigentliche Problem.«

»Problem?«, fragte Colin.

»Ach, du weißt doch, Colin – die Leute wissen einfach den Unterschied zwischen ›übersinnlich‹ und ›satanisch‹ nicht, und Justin hat hier als Junge genügend Sommer verbracht, um den örtlichen Aberglauben über den Alten Ritus aufzunehmen, auch wenn er das ebenso wenig zugeben wird. Er weiß nicht, ob er einen Exorzisten oder einen Arzt rufen soll – was nicht heißt, dass einer von denen ihm helfen könnte. Und inzwischen nagt der, nun, ich nenne es den Anomalitätsfaktor, auch an Rowan. Ich glaube, dass sie sich die ganze Nacht über künstlich wach hält, damit sie nicht schlafwandelt; auf Dauer natürlich keine Lösung.«

»Irgendeine Idee, wohin sie geht?«, fragte Colin. »Das könnte uns den Schlüssel für die Sache an die Hand geben.«

Claires Gesicht war grimmig. »Oh, wir wissen alle, wohin sie will. Das ist das Problem. Jedes Mal, wenn sie hinauskommt, geht sie schnurstracks nach Osten, direkt zum alten Friedhof und zur Kirche vom Alten Ritus.«

Erst am Freitag kam Claire dazu, Sally Latimer zu besuchen.

Bis zu Colins Besuch hatte sie in einem der überzähligen Schlafzimmer übernachtet – das Haus war für eine große Farmerfamilie gebaut worden, und es war kein Mangel an Gästezimmern –, doch nach dem, was Colin ihr über Sally erzählt hatte, erkannte Claire, dass sie nicht einfach abwarten konnte, bis sich die Dinge von allein zum Besseren wandelten. Sie sagte Rowan, sie wolle in ihr Zimmer kommen, und war nicht überrascht, als Rowan dankbar einwilligte.

Den Donnerstag verbrachten sie größtenteils damit, Möbel umzustellen, um Platz für ein zweites Bett zu schaffen, und dann Claires Sachen herüberzutragen. Zum Glück hatte Rowan in Erwartung ihres Studiums in Taghkanic, das im Herbst beginn sollte, schon einen Teil ihrer Sachen eingepackt. Das Zimmer mit seiner verblichenen Rosentapete hatte sogar etwas kahl ausgesehen, bevor Claire nun einzog.

»Ich bin froh, dass du hier bist, Claire«, sagte Rowan schlicht. Sie war für die Nacht gekleidet – in einem Miskatonic-T-Shirt und karierten Flanell-Boxer-Shorts – und saß im Schneidersitz auf ihrem Bett und hielt einen Plüschdrachen im Arm. Sein Name, so wurde Claire beschieden, war Lockheed.

»Ich bin auch froh«, sagte Claire. Sie faltete ihren praktischen dunkelblauen Wollbademantel – der in Kalifornien für jede Jahreszeit zu warm, aber für das Frühjahr in Neuengland perfekt war – am Fußende ihres Bettes und warf die Bettdecke zurück. Auf dem Bett lagen mehrere Lagen handgenähter Steppdecken, die die Moorcock-Frauen von Generation zu Generation weitervererbt hatten.

»Claire …«, begann Rowan.

Jetzt kommt's. Natürlich war Rowan über ihr Schlafwandeln selbst sehr beunruhigt – und hatte am Abend zuvor beim Essen etwas Außergewöhnliches an Colin wahrgenommen. Claire bereitete sich innerlich auf die Frage vor, die sie fürchtete. Doch als sie kam, war sie nicht ganz das, was sie erwartet hatte.

»Hältst du es für möglich, dass sich Hexenkraft *vererben* lässt?«, fragte Rowan.

»Ich weiß nicht, ob ich deine Frage richtig verstehe«, ließ sich Claire mit der Antwort Zeit. »Wo hast du das gehört?«

»In der Schule.« Rowan zuckte die Schultern, als wollte sie die ganze Sache abtun. »Laney hat all diesen Blödsinn von den großen erblichen Hexendynastien erzählt und wie sie alle ihre Linien zurückverfolgen können bis auf Morgan LeFay und den Hexensabbat von Camelot. Aber Laney ist so eine … Schwätzerin, dass sie wahrscheinlich nicht weiß, wovon sie redet. Nur, sie hat auch gesagt, dass jede, die mit roten Haaren geboren wird, eigentlich eine Hexe ist«, fügte Rowan hinzu und wand einen ihrer kastanienfarbenen Zöpfe um ihr Handgelenk.

»Nun, das ist alles nicht wahr«, erwiderte Claire geradeheraus. »Die meisten Hexen, die ich kenne, sind sehr vernünftige Leute, die glauben, sie würden alte heidnische Bräuche wieder zum Leben *erwecken* und nicht in ungebrochener Linie weiterführen. Ich kann mir vorstellen, dass jede Hexe – oder weiße Zauberin, wenn du so willst – genau weiß, dass sie eine ist, auch wenn sie es niemandem sagt. Und was die Rothaarigen anbetrifft, die alle Hexen sein sollen, so ist das ein Stück altenglischer Sagentradition, und ich wundere mich, dass diese Dinge immer noch herumgeistern.«

»Ich bin keine Hexe«, sagte Rowan bestimmt, als ob sie damit Laneys Äußerung ein für alle Mal vom Tisch wischte. Einen Moment lang starrte sie Claire mit ihren grauen Augen beklemmend direkt an. »Aber es *gibt* Hexen, Claire, und sie sind nicht alle weiß.«

Claire war sich nicht sicher, was sie darauf antworten sollte. Es kam ihr fast so vor, als wollte Rowan sie warnen.

»Na ja, gute Nacht«, sagte Rowan kurz darauf, gähnte und drückte den Drachen noch fester an sich.

»Schlaf schön, Liebe«, sagte Claire. Sie wartete, bis Rowan unter die Decken geschlüpft war, und löschte dann das Licht.

Aber es dauerte lange, bis sie Schlaf fand.

Irgendwann tief in der Nacht wachte Claire plötzlich auf. Der Vollmond schien durch die offenen Fenster, und in seinem geisterhaft blauen Licht erkannte Claire, dass Rowans Bett verlassen war.

»Rowan!«, sagte Claire halb flüsternd.

»Ich bin hier.« Die Stimme des Mädchens klang seltsam fern. Claire dachte, dass es an ihrer Müdigkeit läge. Sie drehte sich um und sah Rowan am Fenster stehen, in eine der Steppdecken gehüllt.

»Komm zurück ins Bett. Du holst dir noch was«, sagte Claire.

»Sie sind da draußen«, sagte Rowan. »Ich kann es spüren – du nicht? Sie rufen nach uns.«

Schimmernde Dunkelheit; ein herztiefes Trommeln, das nach etwas Älterem, Ursprünglicherem als dem Menschen rief. Etwas Abscheuliches, doch gleichzeitig Verführerisches, eine Sehnsucht, der Menschheit eingebrannt, nach jener unendlichen Nacht, bevor die Dämmerung anbrach …

Claire schüttelte heftig den Kopf, und der *Ruf* entfernte sich, auch wenn Claire wusste, dass er noch da draußen war. *Und Sally ist auch da draußen. Der Himmel stehe ihr bei.*

»Komm zurück ins Bett, Rowan!«, sagte Claire, ein wenig schärfer, als sie beabsichtigt hatte.

»Ich kann nicht schlafen«, antwortete Rowan. »Und … ich glaube, ich soll auch nicht schlafen. Kannst du denn, Claire?«

»Nein«, gab Claire mit einem Seufzen zu. »Du hast wahrscheinlich Recht. Aber du darfst nicht zu ihnen hinausgehen, Rowan, egal wie sehr es dich hinzieht.« Noch während sie sprach, spürte Claire, wie bevormundend und töricht ihre Worte klangen. Was würde sie tun, wenn Rowan ihr nicht folgte?

»Ich gehe nicht«, sagte Rowan, und jetzt konnte Claire Bedauern aus ihrer Stimme heraushören. Sie sah den Schatten, als Rowan eine Hand auf das kalte Glas des Fensters legte, als ob diese Geste die dunklen Vorgänge draußen klarer machen könnte. »Ich habe es früher nicht gehört. Ich war zu jung dazu. Jetzt kann ich es hören, aber ich bin noch nicht stark genug. Irgendwann werde ich es sein.« Ein stilles Versprechen klang in diesen Worten mit.

Rowan hatte ein Bedürfnis nach Tee, und Claire ging mit ihr in die Küche hinunter. Durch das Fenster über der Spüle sah Claire, dass in Justins Arbeitszimmer noch Licht brannte.

»Daddy arbeitet wieder die Nacht durch«, sagte Rowan wie selbstverständlich, füllte den Wasserkessel und stellte ihn auf den Herd. »Magst du ein Stück Kuchen? Es ist noch welcher vom Abendessen übrig.«

»Nein, danke.« Rowans Appetit machte der Legende vom unersättlichen Teenager alle Ehre. »Aber ich nehme eine Tasse Tee«, sagte Claire.

Rowan nahm die Teedose vom Wandbrett und hielt unvermittelt inne, als sie wehmütig das Arbeitslicht ihres Vaters betrachtete. »Er hört nichts davon«, sagte sie beinahe abwesend. »Heute Nacht ist für ihn eine ganz gewöhnliche Nacht.« Dann bewegte sie sich wieder, holte eine alte braune Kanne herunter und füllte aus der Dose Tee hinein.

»Was hörst du, Rowan?«, fragte Claire ruhig. Obwohl Claire schon beim ersten Zusammentreffen erkannt hatte, dass Rowan die Gabe hatte, war sie sich nicht sicher gewesen, ob das Mädchen es selbst auch wusste – oder wie viel Glauben Rowan in ihre eigenen Fähigkeiten setzte.

»Einfach … irgendein Zeug«, sagte das Mädchen unbestimmt. Claire spürte, dass Rowans Sprachlosigkeit nichts mit Starrsinn zu tun hatte, sondern nur damit, schlicht unfähig zu sein, jene Dinge zu beschreiben, für die andere Menschen keine Worte hatten. »Die da«, sie zeigte unbestimmt in östliche Richtung. »Es ist wie … wie Zahnschmerzen.«

Der Wasserkessel pfiff, und Rowan stand auf, um das kochende Wasser in die Rockingham-Kanne zu gießen. Während der Tee zog, holte sie den Kuchen hervor und schnitt sich ein großes Stück davon ab. Sie legte einen Teller und eine Gabel auf, mit Rücksicht auf ihre ältere Tante.

Sie trug die Kanne zum Küchentisch, dazu zwei handbemalte chinesische Becher – Beutestücke eines lang vergessenen Flohmarkts –, die Zuckerdose und eine Flasche unpasteurisierte Sahne von einem der umliegenden Bauernhöfe. Rowan schenkte sich und Claire ein, dann süßte sie mit mehreren Löffeln Zucker ausgiebig ihren Tee und gab noch einen mächtigen Schuss Sahne hinzu, so dass der Becher beinahe überlief.

»Und was siehst du sonst noch?«, fragte Claire, als Rowan von sich aus nicht weitersprach.

»Einfach ... Dinge«, antwortete Rowan, doch diesmal spürte Claire, dass sie nichts Genaueres sagen wollte. »Arme Sara. Aber ich glaube, es muss manchmal so schlecht laufen, damit es wieder besser werden kann. Gott! Das klingt ja wie einer von Laneys blöden *New-Age*-Sprüchen«, fügte sie hinzu.

»Arme Sara.« Claire erschauerte innerlich bei dem Mitleid, das in Rowans Stimme anklang. Im Hintergrund ihres eigenen Bewusstseins konnte auch Claire die Angst spüren, die von den Trommeln ausging, aber sie wagte nicht, nach Sally Latimer zu suchen. Sie war sich beinahe sicher, dass sie sich in den dunklen Straßen verirren würde, und wenn sie nicht mehr da war, dann wären die Moorcocks ungeschützt vor dem, was sie bedrohte – und Rowan war besonders gefährdet.

Aber es war noch lange bis Tagesanbruch.

Etwa um halb fünf kam Justin aus seinem Arbeitszimmer und scheuchte Rowan ins Bett – am nächsten Morgen war Schule, und sie musste um sieben aufstehen. Rowan versicherte ihm, kein Problem damit zu haben – und in ihrem Alter bestand daran auch kaum Zweifel, dachte Claire neidvoll –, und nach einem flüchtigen Gutenachtkuss auf die Wange zog sie ab.

»Ist sie okay?«, fragte Justin, nachdem Rowan gegangen war. »Wirklich?«

»Es wird ihr wieder gut gehen«, wich Claire aus, da sie nicht lügen wollte. Was aus der Alten Kirche auf dem Berg auch gerufen haben mochte, es hatte vor wenigen Minuten aufgehört, und Rowan war nicht mehr in Gefahr.

Jedenfalls für den Rest dieser Nacht.

Claire brachte die beiden Becher und Rowans Teller zur Spüle und stellte sie vorsichtig ab. »Vor allem, wenn sie erst auf dem College ist. Das *weißt* du, Justin«, ergänzte sie.

Justin Moorcock seufzte und fuhr sich durch sein dichtes, kastanienbraunes Haar. »Manchmal wünschte ich, ich hätte sie nicht hierher zurückgebracht, aber sie war seelisch so überfordert, als Merilee uns verließ, und ich war hier immer glücklich. Nebenbei, Großvater wird auch nicht jünger ...« Er wich ihrem Blick aus, als ob er fürchtete, Dinge gesagt zu bekommen, die er würde abstreiten müssen.

»Mach dich deswegen nicht verrückt, Justin«, sagte Claire bestimmt. »Mit Rowan wird sich alles einrenken. Sie ist ein sehr vernünftiges Mädchen.«

»Bestimmt hast du Recht«, entgegnete Justin mit zögernder Erleichterung. »Na, gute Nacht, Claire.«

»Gute Nacht, Justin.«

Als Claire ins Zimmer zurückkehrte, schlief Rowan tief und fest unter einem Berg von Steppdecken, ihren Drachen fest im Arm. Claire wünschte nur, sie hätte ihre eigenen Probleme ebenso leicht beiseite schieben können. Sie hatte das grässliche Gefühl, dass sie zwischen der Sicherheit ihrer Cousine und der ihrer jungen Freundin wählen musste ... und Claire wusste nicht, ob sie einer solchen Wahl gewachsen wäre.

Es dauerte lange, bis sie in den Schlaf fand.

Es war schon nach neun Uhr, als Claire erwachte, diesmal vom Klingeln des Telefons. Clarence hörte schwer und ließ es einfach klingeln, Justin hörte es in seinem Arbeitszimmer ebenso wenig. Zum Glück gab es oben im Flur einen zweiten Anschluss. Claire schlüpfte in ihren Bademantel und nahm den Hörer ab.

»Hallo«, sagte sie müde.

»Claire?« Es war Colins Stimme. »Du klingst aber ziemlich mitgenommen.«

Er hätte ebenso wie Justin nicht das Geringste gehört, selbst wenn er die ganze Nacht hier verbracht hätte. Manchmal könnte ich wirklich neidisch werden …

»Ich habe schlecht geschlafen. Nichts Schlimmes. Was kann ich für dich tun?«, fragte sie.

»Sally hat kein Telefon, und ich habe heute keine Zeit, aber Brian Standish hat mich um sieben heute früh angerufen; auf seinem Anrufbeantworter war eine Nachricht von ihr. Sie hat ihn gestern zu erreichen versucht. Er konnte sich aber nicht mehr bei ihr melden, weil es zu spät war. Jetzt schläft er wahrscheinlich, aber ich habe gedacht, ob du vielleicht die Zeit findest, mal bei ihr vorbeizuschauen.«

»Das hatte ich heute sowieso vor«, sagte Claire und fing in Gedanken an, ihren Tag zu planen. »Ich rufe dich später zurück, ja?«

»Ich bin bis um fünf oder sechs im College«, sagte Colin. »Du kannst mich dort erreichen.«

Claire legte auf und schlurfte zurück ins Schlafzimmer. Über Nacht hatten sich Wolken zusammengezogen, der Tag war regnerisch und grau. Sie fröstelte, als sie in ihre Pelzhausschuhe schlüpfte und ans Fenster trat. Von Rowans Zimmer überblickte man die Einfahrt, und sie sah, dass Justins und Rowans Autos fort waren. Irgendetwas musste mit der Postabholung nicht geklappt haben – sonst hätte Justin Rowan zur Schule gefahren, dessen war sich Claire sicher.

Ich glaube, ich muss mir den Lastwagen ausleihen, dachte Claire verzagt. Sie hatte kein eigenes Auto gemietet, weil sie bisher immer problemlos Justins oder Rowans Auto geliehen hatte, wenn sie eins brauchte – und die nächste Autovermietung war erst in Boston. Normalerweise hätte sie gewartet, bis Justin zurück war.

Doch ihr Besuch bei Sally duldete keinen Aufschub.

Onkel Clarence hatte nichts dagegen, dass sie seinen Lastwagen nahm – er zweifelte höchstens daran, ob ihre Fahrkünste ausreichten. Nach einem raschen Frühstück mit Kaffee und Toast, das kaum die schlaflose Nacht kompensierte, machte sich Claire auf. Der stürmische Tag half, ihren Kopf von den Spinnweben der Nacht zu befreien, und als sie gegen elf Uhr Witch Hill erreichte, war sie für alles gewappnet … so glaubte sie.

Auf eine Eingebung – oder einen Impuls – hin hatte sie ein »Care-Paket« mitgenommen: Kaffee und einen alten Filter samt Filtertüten, die niemand vermissen würde. Was im alten Haus der Latimers auch vor sich gehen mochte, Claire meinte, Kaffee würde jedenfalls von Nutzen sein, und sie war sich nicht sicher, ob Sally das Nötige dafür im Haus hatte.

Als sie den alten Lastwagen den Berg hinaufquälte, konnte Claire zuerst nicht glauben, was sie sah – wenn es je einen unsagbar gruseligen Ort gegeben hatte, war es das alte Haus der Latimers. Es sah wie eines jener unheimlichen Häuser in den Romanen von Stephen King aus, wo die Zimmer in andere Dimensionen führten. Jede nur denkbare Art ornamentaler Holzarbeiten war im Laufe der Zeit an dem Haus angebracht worden; Türme, Dachgauben und Erkerfenster schienen in hässlicher Asymmetrie aus dem Haus herauszuwachsen. Der Wetterhahn an der Spitze des Daches war ein unheimlicher schwarzer Vogel, und wenn er sich im Wind bewegte, gab er ein peinigend quietschendes Geräusch von sich. Claire fuhr mit dem Wagen unter das Schutzdach der Auffahrt und stellte den Motor ab. Es dauerte einen Moment, bis sie die Eingangstür entdeckte – das Latimer-Haus wirkte insgesamt so unproportiniert, dass man den Blick nur schwer auf Einzelheiten konzentrieren konnte.

Wenn einem schon der Anblick des Hauses die Haare zu Berge stehen lässt, wie viel schlimmer muss es sein, darin zu wohnen? Arme Sally! Ich kann sie zumindest auf ein gutes Essen mit nach Hause nehmen und sie für ein paar Stunden von diesem verruchten Ort fortbringen.

Ihre Sorge um Sally nahm zu, als auf das Klopfen niemand antwortete – obwohl ein weißes Gesicht durch eines der Fenster oben gespäht hatte –, doch endlich hörte Claire, wie der Riegel zurückgeschoben wurde, und einen Augenblick später ging die Tür auf.

Sally Latimer stand vor ihr, mit nichts als ihrem schweren Flanellbademantel bekleidet. Claire versuchte, ihren Schreck zu verbergen – Sallys prächtiges rotes Haar war ein einziges verfilztes Durcheinander, ihre Augen lagen tief in den Augenhöhlen. Ihre Pupillen waren riesengroß. Sie wich zurück, als blendete sie das Tageslicht schmerzhaft, und zugleich starrte sie Claire an, als wollte sie jeden Augenblick in Tränen ausbrechen. Das Mädchen war dünn wie ein Vögelchen; was zuletzt, als Claire sie gesehen hatte, die Schlankheit eines Fohlens gewesen war, hatte jetzt die Grenze zur Abgezehrtheit überschritten.

Belladonna mochte für die Erweiterung ihrer Augen verantwortlich sein, und Nachtschatten war ein traditioneller Bestandteil der Salbe, die diabolische Hexen zum Sabbat – oder zum *Esbat* – auflegten.

Das muss Colin dringend wissen. Die Dinge sind viel schlimmer, als wir dachten. Doch das Beste für Sally ist jetzt die Illusion der Normalität, dachte Claire.

»Komme ich ungelegen?«, fragte sie und ließ ihre Stimme so fröhlich normal klingen, wie es ihr möglich war. »Colin hat gesagt, dass Sie hier sind, und ich kenne keine einzige Seele von hier bis Innsmouth ...«, schwatzte Claire drauflos, bis sie ein erstes Anzeichen von Entspannung in Sallys Gesicht sah und glaubte, eine unverblümte Frage an sie richten zu können. »Sind Sie krank, Sally?«

»Nicht direkt«, antwortete das Mädchen. Ihre Stimme war heiser, und sie sprach undeutlich. Claires Eindruck, dass sie unter Drogen stand, bestätigte sich. Schließlich merkte Sally, dass ihr Gast draußen im Regen stand. »Kommen Sie herein, Claire«, sagte Sally Latimer und tat einen Schritt zurück.

Claire trat ein und nahm Sally spontan in den Arm. Sie spürte, wie das Mädchen vor der Berührung zurückschreckte, und empfand eine Woge tiefen Mitleids. *Armes Kind! Sie hätte die letzte Nacht nicht allein sein dürfen ...*

»Ich gehe mir nur was anziehen«, sagte Sally schleppend.

»Für mich brauchen Sie sich nicht in Schale zu werfen«, sagte Claire beruhigend. »Ich habe etwas Kaffee mitgebracht – haben Sie etwas dagegen, wenn ich welchen aufbrühe, während Sie sich anziehen?«

»Bitte, machen Sie nur«, sagte Sally langsam. Sie verließ die Küche und merkte gar nicht, wie ihr beim Gehen der Bademantel von der Schulter rutschte.

Als sie fort war, holte Claire tief Atem. Sie nahm ihre Kraft zusammen und öffnete ihre Sinne dem alten Haus.

Hier war nichts – überhaupt nichts.

Sie hatte erwartet, dass Witch Hill von bösartiger psychischer Energie durchdrungen sei, von der Art Unrat, wie sie die Praktiken der Kirche vom Alten Ritus hervorbrachten. Doch hier war nichts dergleichen – der Ort war so neutral und unpersönlich wie eine Plastiktasse oder eine Neubauwohnung.

Claire zuckte mit den Schultern und machte Kaffee. Sie hatte bereits genug Erfahrung mit Vetter Clarences Küche gesammelt, um den launischen Propangasofen ohne Mühe anzubekommen, und bald lief der Kaffee durch den Filter und verbreitete seinen aromatischen Duft. Als sie nach Tassen und Löffeln suchte, tauchte plötzlich ein wunderschöner rotbrauner Kater auf.

»Hallo, mein Süßer«, sagte Claire, beugte sich hinunter und hielt ihm ihre Hand hin. Sie sehnte sich danach, selbst wieder Katzen zu haben – Monsignor war vor ein paar Jahren alt und fett gestorben, und im vergangenen Herbst war Poltergeist ihrem Gefährten gefolgt, so dass »Ancient Mysteries« und Claire zum ersten Mal seit vielen Jahren katzenlos waren. Sie hatte daran gedacht, sich ein neues Kätzchen oder zwei zu besorgen – aber erst dann, wenn die Erinnerung an ihre zwei lieben Freunde verblasst war. Dennoch vermisste sie die Gesellschaft von Katzen.

Der Kater rieb seinen Kopf an ihrer Hand, und Claire konnte die Regentropfen auf seinem Fell spüren. Also war er von draußen hereingekommen ... aber wie?

Vielleicht stand irgendwo ein Fenster offen.

Dann kehrte Sally zurück. Sie trug einen taubenblauen Kordsamtrock, der reichlich zerknittert aussah, und einen Shetlandpullover gleicher Farbe. Um ihren Hals hatte sie sich ein Tuch in grellem Orange gebunden. Claire fragte sich, wie eine Rothaarige sich je ein solches Teil hatte kaufen können – und ihr Mund war korallenrot verschmiert. Offenbar hatte sie zunächst Lippenstift aufgetragen und dann wieder weggewischt. Ihr Haar war immer noch ungekämmt und hing ihr wirr wie bei einer Irren um den Kopf.

Reagiere einfach nicht darauf, ermahnte sich Claire. Ihr Instinkt sagte ihr, dass Sally mit nichts konfrontiert werden dürfe, das sie auch nur im Geringsten hätte ängstigen können. Irgendetwas hatte da schon ganze Arbeit geleistet.

»Er ist schön«, sagte sie stattdessen und streichelte den Kater. »Haben Sie ihn hier gefunden?« Irgendein unguter Drang, doch mehr zu versuchen, ließ sie hinzufügen: »War er der Kater ihrer Tante?«

»Weiß der Himmel«, sagte Sally dumpf und ließ sich auf einen Stuhl fallen. Sie lachte unruhig. »Die Leute im Städtchen haben ihre eigenen Ideen darüber. Ich nenne ihn Barnabas, nach der alten Fernsehserie.« Sie strich sich das Haar aus dem Gesicht. Unter ihren Augen waren tiefdunkle Ränder, ein weiterer Hinweis auf Drogen.

»Haben Sie etwas gegessen?«, fragte Claire. Und nach der voraussehbaren Antwort drängte sie sie, doch etwas zu sich zu nehmen. Dabei sah sie sich zum ersten Mal in der Küche richtig um.

Sie sah aus, als hausten hier die Vandalen mit Hottentotten zusammen. Geschirr und Abfall stauten sich in der Spüle, und es war leicht zu erkennen, dass seit dem Tod der anderen Sara vor sieben Jahren hier niemand mehr sauber gemacht hatte.

Claires Gesicht musste trotz aller guten Vorsätze doch etwas von ihren Gefühlen verraten haben, denn Sally, die sie ansah, begann plötzlich zu weinen.

»Ich weiß – ich weiß – es ist alles schrecklich! Aber es ist wegen Matthew – er hat gesagt, ich wäre Tante Sara und müsste am *Esbat* teilnehmen. Und ich habe ihm gesagt, dass er spinnt – ich habe versucht, wegzugehen – ich habe Brian angerufen – aber Tibby hat eine Dohle als Haustier, und ich habe mich ständig verlaufen – ich habe die Bushaltestelle nicht mehr gefunden – und der Bus ist ohne mich abgefahren – und ich bin wieder nach Hause gegangen und habe mich eingeschlossen, doch da kam Matthew mit Judith – und sie hatte einen Erdbeerkuchen dabei – ich habe nichts davon gegessen, aber es war eine Salbe am Teller, und damit hat sie mich betäubt, und dann – dann ...«

Einen Augenblick lang verlor Sally den Faden, doch dann brachte sie ihre Geschichte mit zitternder und heiserer

Stimme zu Ende: Wie sie mit der Hexensalbe an der Hand in Ohnmacht gefallen sei – der *Esbat* danach, der halb Traum, halb alptraumartige Wirklichkeit gewesen zu sein schien –, wie sie in der Morgendämmerung auf dem Friedhof aufgewacht sei, nackt. Claire hörte dem allem unbewegt zu, dann schenkte sie Sally eine Tasse starken Kaffees ein und stellte sie vor sie hin.

»Glauben Sie, dass ich verrückt bin?«, fragte Sally. »Glauben Sie mir, Claire?«

»Ich weiß nicht, was ich davon halten soll«, sagte Claire vorsichtig. Ihre eigenen Sinne bezeugten, dass hier in der letzten Nacht etwas Grauenhaftes vorgefallen war. Sallys Geschichte war jedoch beinahe zu glatt, um wahr zu sein – sie enthielt alle Elemente der klassischen europäischen Hexensagen, und diese Geschichten waren von den Verfolgern und nicht von den Anhängern der Alten Religion in die Welt gesetzt worden. Es war für Claire schwer vorstellbar, dass irgendein Hexenzirkel – oder selbst ein Satanischer Tempel – Rituale wie die eben beschriebenen praktizierte.

Doch andererseits war die Kirche vom Alten Ritus weder mit Hexen noch mit Satanisten verbunden, auch wenn ihre Wurzeln irgendwo in vorchristlichen Volksriten liegen mochten, die von den Missionaren Roms nie ganz ausgelöscht worden waren.

»Ich glaube, dass Sie es glauben. Und ich muss zugeben, ich habe gewusst, dass Sie in Schwierigkeiten sind. Deshalb bin ich hergekommen.«

»Sie haben – was gewusst?«, fragte Sally mit plötzlichem Argwohn.

»Dass Sie in Schwierigkeiten sind«, wiederholte Claire langsam. Einen kurzen Moment lang blitzte etwas ganz anderes als die fröhliche junge Künstlerin, die Claire kannte, aus Sally Latimers Augen hervor, und Claire spürte ein leises Unbehagen. »Aber jetzt brauchen Sie vor allem etwas zu essen«, sagte sie entschieden und wandte sich Sallys kargen Vorräten zu.

Claire fühlte sich ziemlich unsicher – in welchem Umfang beruhte denn das, was Sally erzählt hatte, auf objektiven Tatsachen? Sie wünschte, Colin wäre da. Er wusste mehr über die

Kirche vom Alten Ritus als sie und wäre in der Lage, Tatsachen von Rauschhalluzinationen zu unterscheiden. Doch Colin war nicht hier, und Sally brauchte *jetzt* Antworten – und Ermutigung.

»Gut«, sagte Claire, als sie beide aßen. »Gehen wir davon aus, dass einiges von dem, was Sie erlebt haben, tatsächlich stattgefunden hat. Warum, denken Sie, hat es denn stattgefunden?«

Sallys Mund verzog sich zur Parodie eines Lächelns. »Ich dachte … ein ganz übler Streich.«

»Um so einen üblen Streich zu spielen, muss ein Mann reif für die Klapsmühle sein«, sagte Claire unumwunden.

»Sie glauben nicht, dass Matthew Hay so etwas tun könnte?«, fragte Sally. Wieder war da jener seltsame Unterton in ihrer Stimme, der Claire auf der Hut sein ließ.

Doch welche Gefahr sollte *Sally* für sie darstellen? Was immer in der letzten Nacht vorgefallen war: Sally war das Opfer, nicht die Anstifterin.

Es sei denn, natürlich, dass es überhaupt nicht Sally war …

Sie darf keinen Verdacht gegen dich schöpfen, dachte Claire und zweifelte nicht an der Richtigkeit ihres Instinkts. Sie musste nicht nur sich selbst, sondern auch Rowan beschützen.

»Ich glaube, dass Matthew Hay zu allem fähig ist«, sagte Claire. Sie hatte das Gefühl, eine Rolle zu spielen – die dümmliche, aber warmherzige Freundin der Heldin in einem englischen Schauerroman, dazu da, vorgeblich vernünftige Erklärungen für eine ganze Batterie okkulter Phänomene zu geben. Sie hatte stark den Eindruck, keinesfalls zu viel – aber auch nicht zu wenig – wissen zu dürfen, sonst hatte sie das Spiel verloren und würde jene Nicht-Sally erwecken, die hinter den ängstlichen grünen Augen von Sally Latimer lauerte.

Also plapperte Claire weiter, als hätte sie von den wahren Motiven Matthew Hays keine Ahnung; wies stattdessen auf die Tatsache hin, dass Sally unter Drogen gesetzt worden sei (das war für jeden offensichtlich, der über medizinische Erfahrung verfügte, und Sally wusste, dass Claire Krankenschwester gewesen war), und klärte Sally darüber auf, wie schwer es für sie sein würde, irgendetwas von dem zu *beweisen,* was in der Nacht zuvor geschehen war.

»Ich will nur wissen, dass ich meinen Verstand nicht verliere«, wiederholte das Mädchen, und Claire hörte den Hilferuf aus diesen Worten heraus. Wenn sie Sally nur dazu bewegen könnte, mit ihr zu kommen, dann würde sie sofort aufbrechen und zu Colin fahren. Colin wurde sicher mit allem fertig, was Sally – oder der ungebetene Gast in ihrem Inneren – ihm an den Kopf warf.

»Sehen Sie mal, Sar … Sally. Wollen Sie ins Krankenhaus? Die Notaufnahme ist sicher offen – man könnte dort Ihre Vergiftung überprüfen. Ich bin sicher, dass Brian das verlangen würde. Zumindest könnte man Ihre körperlichen Symptome behandeln.«

Sie sah, wie Sally zögerte. Sie starrte sie an, wie eine Gefangene durch die Gitterstäbe ihrer Zelle in die Freiheit blickt. Gerade als das Mädchen Atem zur Antwort holte, wurde die kurze Stille von der Türklingel durchschnitten.

Beide Frauen erschraken. Sally fröstelte, als wäre ihr plötzlich eiskalt; der Kaffee schwappte aus der Tasse, die sie in Händen hielt.

Claire stand auf und sah durch das Fenster auf die Küchentreppe.

»Matthew Hay«, sagte sie angewidert. Claire war ihm ein-, zweimal im Gemischtwarenladen in Madison Corners begegnet – einem großen, schlaksigen Mann mit einem Gesicht so kalt wie ein aufgeklapptes Rasiermesser. Seine blassblauen Augen und seine mausgrauen Haare zeugten von generationenlanger Inzucht. Doch trotz der Tatsache, dass er wie eine unselige Mischung aus Arnold Schwarzenegger und Ichabod Crane aussah, lag etwas Bezwingendes in seiner Ausstrahlung. »Ich glaube, er kommt, um Sie zu kontrollieren.«

»Lassen Sie sich nicht blicken«, riet Sally schnell.

Claire sah sie verwundert an.

»Ich meine … vielleicht glaubt er, dass ich alleine bin, und er sagt etwas, was meine Geschichte beweist«, fügte sie hinzu. »Wenigstens weiß ich dann Bescheid.«

»Ich möchte Sie ungern mit ihm alleine lassen.« *Und warum wollen Sie mit ihm alleine sein, Sally – wenn das alles wahr ist, was Sie mir heute erzählt haben?*

»Sie glauben, ich will mit ihm alleine sein?«, widersprach Sally wenig überzeugend. Sie erhob sich und scheuchte Claire mit raschen Handbewegungen in die Vorratskammer. »Sie sind doch da, wenn ich Sie brauche.«

Eine warnende Stimme ließ Claire sich zurückziehen. Hier stand ihre junge Freundin – und zugleich war sie es nicht. Irgendetwas anderes war da, unter der Oberfläche von Sallys normaler Persönlichkeit.

Dissoziation, Vergewaltigungstrauma, Schizophrenie, multiple Persönlichkeit ... Claire ging die psychologischen Schlagwörter durch, die sie in ihren College-Seminaren gelernt hatte, doch keines schien zu passen. Nur der ältere, dunklere Begriff schien treffend.

Besessenheit ...

Aus ihrem Blickwinkel in der Speisekammer konnte Claire nur Hay sehen. Sie wagte nicht, einen besseren Standort einzunehmen aus Furcht, sich zu verraten. Sie hörte, wie Sally und Hay zankten – es gab wirklich kein anderes Wort dafür –, als ob sie beide von der gleichen merkwürdigen Gesprächsvoraussetzung ausgingen. Der Streit wandte sich sogar kurz der jungen Frau zu, von der Sally behauptet hatte, sie hätte sie gestern an der Flucht gehindert – Tabitha Whitfield.

»Offenbar macht es dir nichts aus, mich zu vergiften«, sagte Sally gedehnt. Ihre Stimme klang anders, hart, irgendwie älter, und es war ein spöttischer Ton darin, den Claire jetzt zum ersten Mal hörte.

»Man kann kein Omelette machen, ohne Eier zu zerschlagen«, sagte Hay und hob die Schultern. Die Tür hinter ihm stand immer noch offen. Es drang feuchte, kühle Luft in die Küche, doch er schien es nicht zu merken. »Du lebst doch noch, was jammerst du also?« Er tat einen Schritt vor, und Claire spürte ein plötzliches Hochbranden von Energie in dem Raum.

Das genügt jetzt.

»Sie geben es also zu, Mr. Hay? Sie haben versucht, Sally zu vergiften? Haben Sie sie auch vergewaltigt?«, fragte Claire. Hay schien bestürzt, sie zu sehen – *dachte wahrscheinlich, seine okkulten Kräfte hätten ihn vor meiner Anwesenheit warnen sollen* –, und starrte fassungslos zwischen ihr und Sally hin und her. Claire fröstelte, als sie das höhnische Grinsen auf Sallys Gesicht sah, die sich an seinem Unbehagen weidete.

»Vergewaltigt? Hat sie Ihnen das erzählt?«, fragte Hay. Er klang wie ein ganz gewöhnlicher Mann, der »am Morgen danach« seine Gewalttat zu verharmlosen sucht. »Okay, Sara, du hattest deinen Spaß und deine Rache«, fügte er hinzu und wandte sich von Claire ab. »Jetzt schmeiß diese alte Giftspritze hier raus, damit wir über Wichtigeres reden können.«

»Ich gehe erst, wenn Sally mich darum bittet«, sagte Claire beherzt. »Ich habe viel mehr gute Lust, Sie hinauszuwerfen.«

Hays Lächeln verzog sich zu einer spöttischen Grimasse. »Sara, das geht ein bisschen weit für einen Scherz.«

Claire beobachtete Sallys Gesicht. Was immer hier vor sich ging, Hays Anwesenheit machte es schlimmer. Das Mädchen, das sie kannte, war beinahe verschwunden, in jener dunklen *Bewusstheit* versunken, das immer mehr Sallys Verhalten bestimmte.

Weil Hay hier war?

»Hinaus mit Ihnen, verdammt noch mal«, rief Claire. Hay trat auf sie zu, und sie stieß ihn fest von sich.

Die Technik, die sie anwandte, war eine Mischung unterschiedlichster Kampfsportarten. Es wurde *Opfersicherung* genannt, und Claire hatte Kurse darin in San Francisco besucht, gemeinsam mit Frauen, die sie beriet.

»Ich warne Sie …«, sagte Hay. Als er erneut nach ihr ausholte, ergriff sie sein Handgelenk und drehte es ihm auf den Rücken.

»Fahren Sie zur Hölle. Und möglichst ohne Umweg, und verpassen Sie nicht den Eingang. Sie kommen umsonst hinein«, sagte Claire. Er geriet aus dem Gleichgewicht und taumelte, und sie schubste ihn mit Schwung zur Tür hinaus.

Er landete auf dem aufgeweichten Boden, und einen Augenblick fürchtete Claire, ihn wirklich verletzt zu haben. Doch dann rappelte er sich auf und warf ihr einen mordlüsternen Blick zu. Claire legte ihre Hand an die Tür, bereit, sie ihm ins Gesicht zu schlagen, sollte er sich nochmals nähern.

»Das wirst du bereuen, Sara«, schrie Hay. »Ich kann dein bester Freund – *und Priester* – sein oder dein schlimmster Feind! Du hast die freie Wahl!«

Er schüttelte seine Faust in der Luft, als ob er den Zorn des Himmels herbeiriefe, und wie auf Kommando begann es stärker zu regnen. Die dramatische Gebärde war zu viel für Claire; sie begann zu lachen, schloss die Tür und lehnte sich gegen sie.

Sally starrte sie mit einem merkwürdigen Ausdruck auf ihrem alt-jungen Gesicht an. Unter diesem unheimlichen Blick kam Claire schnell wieder zu sich. Etwas Unmenschliches lag in diesen unverwandt blickenden, grünen Augen.

»Lassen Sie uns ins Krankenhaus fahren«, schlug Claire vor. Sie versuchte, die Situation wieder in den Griff zu bekommen. »Und auf dem Weg können wir bei der Polizei anhalten, und ich kann eine Anzeige erstatten, oder Sie, und ...«

»Nein«, sagte Sally schnell.

Claire sah sie erstaunt an. *Hay schien sich ziemlich sicher zu sein, dass du auf seiner Seite bist. Das bist du nicht, oder?*

»Claire, ich ...« Es war Sallys Stimme – und wiederum auch nicht. Als spielte etwas in ihr die Rolle von Sally Latimer und versuchte sich in die Reaktionen einer jungen Frau einzufühlen, die gerade Zeugin einer solchen Szene geworden war.

»Ist alles in Ordnung, Sally?«

»Oh. Ja. Aber ... ich glaube, Sie gehen jetzt besser. Ich muss mich ausruhen. Matt wird jetzt nichts anderes mehr probieren; vergessen wir ihn.«

Sie weiß, dass ich es weiß. Die Überzeugung genügte, um Claire für einen Moment zu lähmen. Und plötzlich schien es nur noch wichtig, dass sie von hier fortkam und Colin berichtete, was hier vorging. Die Verwandlung, die in der letzten Nacht offensichtlich begonnen hatte, war jetzt vollendet, und Claire konnte dagegen nichts ausrichten.

»Schließlich ... gibt es kein Gesetz, das Hexerei verbietet, oder?«, sagte Sally. Aber es war nicht Sally, die aus diesen katzengrünen Augen blickte. Es war *Sara* – Hexen-Sara, Hohepriesterin der Kirche vom Alten Ritus und Matthew Hays Partnerin in der Verdammnis.

»Wir sind zu spät gekommen«, sagte Claire schlicht, als sie mit Colin im einzigen Restaurant von Arkham Kaffee trank. »Wie auch immer, es hat sie erwischt – und ich fürchte, dass Rowan als Nächste dran ist.«

Sie war gleich nach Arkham gefahren, nachdem sie das Haus der Latimers verlassen hatte. Sie beeilte sich, Colin zu finden und ihm die schlechten Nachrichten zu überbringen. Nur Colin stand noch zwischen dem Alten Ritus und der Zerstörung der Menschen, die Claire etwas bedeuteten. Obwohl Colin sich ihr nie restlos anvertraut hatte, *wusste* Claire das so genau, wie sie ihren eigenen Namen kannte.

Beschützen und dienen: Das war Colins Bürde in diesem Leben, nicht anders als ihre, doch Colins Macht war durch Eide und Gelöbnisse verstärkt, die sie nicht geleistet hatte. Oft hatte sie schon die Freiheit gesegnet, die es ihr erlaubte, sich einfach einzumischen – sie wusste, dass, was sie auch tat, Teil des Großen Plans war, den die Baumeister jenes Pfades geschaffen hatten, den sie alle beschritten.

Colin besaß diese Freiheit nicht. Er hatte die volle Verantwortung für jede seiner Handlungen in diesem Leben auf sich genommen, und diese Selbstverpflichtung erlaubte es ihm nicht, in die Angelegenheiten jener einzugreifen, die er die Unerweckten nannte, es sei denn auf ihr eigenes Bitten hin. Im Moment wünschte sie, es wäre anders: Sie konnte sich nicht erinnern, je so hilflos gegenüber dem reinen Bösen gewesen zu sein, wie es dort auf dem Witch Hill sein Unwesen trieb.

»Es ist nie zu spät, Claire«, sagte Colin bestimmt. »Ich weiß, das klingt wie ein dummes Klischee, aber es ist wahr. Es ist zwar in keiner Weise schön für Sally, aber sie ist gegenwärtig noch in keiner wirklichen Gefahr.«

»Wie kannst du das sagen?«, brach es aus Claire hervor. »Sie hat mir erzählt, was letzte Nacht geschehen ist – solange sie dazu noch in der Lage war –, und Rowan wird genauso in die Sache hineingezogen! Wenn du nur Matthew Hay dort oben gesehen hättest, er hat sich aufgeführt wie ein geiler Bock.«

Colin brachte sie mit einer Handbewegung zum Schweigen. »Ich habe nicht gesagt, dass Sally – oder Sara, wie wir sie wohl jetzt nennen müssen – Spaß dabei gehabt hat. Aber wenn wir Hexen-Sara dahin zurücktreiben können, wo sie hergekommen ist – die Psychologen nennen es, glaube ich, das kollektive Unbewusste oder ähnlichen Blödsinn –, wird sie keine bleibenden Spuren in Sally hinterlassen. Und nach einer Weile wird sich Sally nicht einmal mehr daran erinnern, was sie getan hat, als sie im Schatten stand.«

»Aber andere werden sich erinnern – und damit muss sie dann leben. Und was, wenn wir sie nicht austreiben können?«, fragte Claire. »Was dann?«

»Claire, auch wenn Sara es geschafft hat, Sally in Besitz zu nehmen, bleibt doch ihr Zugriff auf das Leben unsicher, bis sie mit dem Alten Ritus vereint ist. Das erfordert eine besondere Zeremonie, und die werden sie nicht vor ihrem nächsten Größeren Sabbat abhalten, also am 1. August.«

»Und bis dahin?«, fragte Claire bissig. »Selbst wenn Sally nicht dafür verantwortlich ist, dass ...«

»In gewissem Sinn *ist* sie verantwortlich«, sagte Colin ernst, »und wenn dies der Pfad ist, auf dem sie Sühne tut, dann hat keiner von uns das Recht, ihr diese Strafe abzunehmen. Wenn wir im richtigen Moment gegen den Kult vorgehen, können wir sie mit einem Schlag vernichten. Wenn wir es jetzt nicht schaffen – aus unangebrachtem Mitleid für Sally –, wer weiß, wann wir dann je wieder eine Chance erhalten? Das ist das Risiko wert.«

Claire starrte Colin an. Obwohl er schon Menschen vor ihren Augen getötet hatte, konnte sie sich nicht erinnern, ihn je so abgebrüht gesehen zu haben.

»Und Rowan?«, fragte sie ruhig.

»Rowan wird nichts geschehen, Claire – das schwör ich dir. Ich glaube nicht, dass Hay irgendein dringendes Interesse hat, außer Sara zurückzubekommen. Aber ich werde hingehen und mit ihm sprechen, nur um sicher zu sein. Ich brauche sowieso eine Einladung zu seinem Lammas-Sabbat – es dürfte nicht sonderlich schwer sein, sie zu erhalten.«

»Du willst hingehen?«, fragte Claire ungläubig.

Colin lächelte grimmig. »Um nichts in der Welt möchte ich das versäumen.«

23

WITCH HILL, MASSACHUSETTS, SAMSTAG, 19. MAI 1990

Und du – was brauchst du die schwarzen Zelte deiner Sippe,
Die du doch im roten Pavillon meines Herzens wohnst?

FRANCIS THOMPSON

Obgleich Madison Corners nur etwa elf Meilen Luftlinie von Arkham entfernt lag, dauerte die Fahrt doch an die dreißig bis vierzig Minuten, da die anderthalbspurige Straße so kurvenreich und holperig war. Und einen anderen Weg gab es nicht in diesem verlassenen Winkel von Massachusetts. Colin steuerte seinen Chevrolet möglichst auf dem Grat der Straße. Er hatte keinerlei Verlangen, im Straßengraben zu landen und sich von einem der hiesigen Farmer herausziehen zu lassen.

Zu Colins großer Erleichterung hatte Claire berichtet, Rowans Schlafwandeln habe mit dem *Esbat* aufgehört. Er glaubte nicht, dass sich etwas Derartiges bis Lammas noch einmal wiederholen würde. Und in jener Nacht würde das Problem mit Matthew Hall und seiner widerwärtigen Kirche ein für alle Mal gelöst werden.

Vor zehn Jahren – oder sogar vor nur fünf – hätte Colin wahrscheinlich eine andere Kampfmethode gewählt statt dieses Katz-und-Maus-Spiels, das Claire so bedrückte. Doch die Kraft, die man für eine solche Aktion brauchte, stand Colin nicht länger zur Verfügung. Sein Teil an dieser Kraft und Herrlichkeit war im Kampf um Simon Ansteys Seele aufgebraucht worden, und er begann sich zu fragen, ob er überhaupt noch genügend physische Kraft besaß, um den so viel feineren Plan, den er jetzt vorhatte, auszuführen. Er fühlte sich in diesen Tagen ständig kurzatmig, auch wenn er das niemanden merken ließ.

Doch weil bloße Stärke in dieser Schlacht nichts bedeutete, hatte Nathaniel ihn zum Alten Ritus geschickt. Mehr als den Hexenzirkel zu zerstören – was jeder Arbeiter des Lichts zu jeder Zeit hätte tun können –, musste Colin herausfinden, welche Verbindungen er zu anderen unterhielt, die im Schatten arbeiteten.

Was hatte doch auf dem Sticker auf der Stoßstange gestanden? »*Alter und Hinterlist sind stärker als Können und Jugend.*« Colin fand den Spruch diesmal absolut treffend, wenn das auch kaum ermutigend war. Was er heute vorhatte, würde ihn allerdings nicht übermäßig anstrengen; es war nur das Vorgeplänkel vor dem Duell, das auf Leben und Tod ging – so etwas wie eine Feinderkundung.

Denn die Dinge waren oft nicht, was sie zu sein schienen …

Madison Corners galt verwaltungstechnisch zwar als Stadt, eigentlich war es aber nur eine ausgedehnte Farmergemeinde, die sich lose um das Latimer-Haus oben an der Witch Hill Road gruppierte. Colin passierte die Abzweigung, fuhr an der Whitfield-Farm vorbei und hinunter zur Kreuzung, wo er nach links abbog und der Straße so lange folgte, bis er am Ende auf die Witch Hill Road traf.

Man konnte sie kaum eine Straße nennen, denn sie war unasphaltiert und hatte tiefe Fahrrinnen. Colin fuhr langsam den Hügel hinauf, an dem Haus der Hays vorbei – eine überladene neugotische Monstrosität, Überbleibsel besserer Tage in Massachusetts – und weiter zum Friedhof mit der verfallenen Kirche dahinter. Er stellte sein Auto an der trockensten Stelle ab, die er finden konnte, dann stieg er aus und sah sich um.

Friedhof und Kirche waren schon zu Zeiten, als Massachusetts noch Kolonie der englischen Krone gewesen war, von keiner angesehenen Glaubensrichtung mehr benutzt worden. Doch welche Gemeinde das Gebäude auch immer errichtet hatte, sie hatte es auf Dauer gebaut, und die Steine harrten aus.

Colin ging auf den Friedhof. Lumpenpuppen hingen von den Bäumen, und auf den alten Grabsteinen lagen Speisegaben, Anzeichen für heidnisches Brauchtum, das längst zu etwas Dunklerem mutiert war: zu einer perversen, auf Inzucht beruhenden Besessenheit für Sex und Tod und nicht zu der wohltätigen Liebe zum Leben, die von den Verborgenen Kindern der Wicca gefeiert wurde. Colin sandte seine Adepten-Sinne aus und suchte nach Spuren, die selbst Claires Gabe nicht zu entdecken vermochte: Spuren der Hexerei und Zauberei.

Trotz der warmen Frühlingssonne fröstelte Colin. Ja ... hier war es. Erregung und lustvolle Gier hallten in der Luft wie das Echo martialischen Lärms vom bronzenen Tor vor der Kirche wider. Das zeigte zur Genüge, dass dieses Gebäude noch in Gebrauch war. Vorsichtig berührte Colin die von der Zeit korrodierte Bronze – seltsam, dass der Bogen darüber aus Metall und nicht aus Stein oder Holz errichtet war – und wich rasch zurück. Nicht dass die Macht, die an diesem Ort weste, so sonderlich groß gewesen wäre, aber sie war *unrein* ...

»Kann ich Ihnen helfen?«, fragte eine Stimme hinter ihm.

Colin lächelte in sich hinein und drehte sich um. Wie er gehofft und erwartet hatte, kam Matthew Hay durch den Friedhof auf ihn zu. Sein langer schwarzer Mantel flatterte wie Krähenflügel an seinen Seiten. Hay sah aus wie ein Engel des Jüngsten Gerichts aus einem Avantgarde-Western.

»Vielleicht«, sagte Colin. »Ich interessiere mich für bestimmte ... Altertümer.«

Hay blieb vor ihm stehen. Colin war keineswegs klein, aber selbst er musste in Hays porzellanblasse Augen aufschauen.

»Wenn Sie Antiquitätenläden suchen«, sagte Hay, »dann ist es besser, Sie sehen in Arkham nach. Dies hier ist Privatgrund, und es tut mir Leid, aber wir gestatten keine Reiberdrucke von den Grabsteinen.«

Wenn man bedenkt, was auf manchen draufsteht, ist das auch kein Wunder, dachte Colin bei sich. »Spreche ich mit Matthew Hay«, fragte Colin, »dem direkten Nachfahren von Reverend Lemuel Hay?«

Hay machte eine höchst argwöhnische Miene. »Und wer sind Sie?«, fragte er unfreundlich zurück, ohne auf Colins Frage einzugehen.

»Jemand, der weit gereist ist«, sagte Colin geheimnisvoll. Wenn er Matthew Hay davon überzeugen wollte, dass er ein Adept seiner eigenen schwarzen Sorte war, musste er mit allen Finessen zu Werke gehen, die er sich in Jahrzehnten der Verstellung angeeignet hatte.

Hay musterte Colin bei dieser dunklen Antwort scharf, und seine nächsten Worte waren äußerst bedeutungsschwanger.

»Und was suchen Sie, wenn Sie so weit reisen?«

»Manche reisen gen Osten und suchen das Licht. Andere suchen etwas anderes«, antwortete Colin. Es war nicht gelogen – er hatte nicht gesagt, was er suchte. Doch wie er gehofft hatte, sprang Hay sofort darauf an.

»Willkommen – Bruder«, sagte Hay förmlich. »Was führt dich zu uns?«

»Ich komme nicht aus eigenem Willen«, sagte Colin und nahm den hochgestochenen Sprechstil an, den der andere zu erwarten schien, »sondern bin von einem anderen geschickt, dem Kunde von euch wurde.«

»Und dein Name?«, fragte Hay, dessen natürlicher Argwohn wieder durchdrang. »Du scheinst meinen schon zu kennen.«

»Colin MacLaren.«

»Ich kenne dich.« Hays Augen verengten sich. »Du bist so ein Dozententyp am Miskatonic. Du bist hier und redest über Volkssagen.«

Die Art, wie Matthew Hay das Wort aussprach, klang es gleichbedeutend mit Unsinn.

»Manche nennen es Volkssagen«, stimmte Colin zu. »Aber andere wissen, dass die Volkssage viele vergessene Wahrheiten enthält. ›Das ist nicht tot, das ewig lügt … und in Äonen gar den Tod betrügt.‹ *Af baraldim Azathoth! Ad baraldim asdo galoth Azathoth! Iä Cthulhu fthagn!*«

»Yeah«, sagte Matthew, widerwillig beeindruckt. »Weiter.«

»Es ist in gewissen Kreisen sehr wohl bekannt, dass der Kult des Großen Cthulhu und der antediluvianischen Götter hier von einigen Familien bewahrt wurde, die mit gewissen Büchern im Gepäck in die Neue Welt aufbrachen – Bücher wie *Necrocomicon, Die Vermis Mysteriis, Les Cultes des Goules* … alles Quellen des alten Wissens, das von den großen Adepten weitergegeben wurde«, sagte Colin.

Bei der Vermengung von realen und Phantasietiteln blinzelte Hay noch nicht einmal und bestätigte Colins ursprüngliche Annahme, dass der Alte Ritus, obwohl immer noch gefährlich, längst nicht mehr die Drohung von einst darstellte. Die Vermittlung durch Generationen von ungebildeten Bauernfamilien hatte das ihre getan, und Hay und sein Hexenzirkel verstanden nicht mehr genau, was sie hier in der alten Kirche eigentlich taten – so böse ihre Machenschaften auch blieben.

»Und du kommst, um von uns zu lernen?«, fragte Hay halb ungläubig.

»Ich komme einen weiten Weg, um euch kennen zu lernen«, antwortete Colin wahrheitsgemäß.

Nachdem er Hay verlassen hatte – es war leicht genug gewesen, die Einladung, die er wünschte, zu erhalten, zusammen mit Ort und Zeit des Sabbats –, fuhr Colin langsam die Witch Hill Road wieder hinunter.

Seine Brust tat ihm weh, und er hatte einen Geschmack wie von Kupfer im Mund. Hays Kirche war ein der Macht geweihter Ort, dessen innere Orientierung Colin körperlich krank machte. Claire, so nahm er an, wäre nicht einmal fähig, die Schwelle des Gebäudes zu übertreten. Zum Glück war Colin kein Medium. All seine Pläne beruhten auf diesem Umstand.

Als er am Latimer-Haus vorbeikam, entschied er sich spontan anzuhalten. *Ich muss herausfinden, was Sally weiß – und ob Claire die richtigen Schlüsse gezogen hat aus dem, was sie sah. Wenn Hexen-Sara wirklich zurückgekehrt ist …*

Und wenn ja, wird sie uns an Hay verraten? Es ist noch lange hin bis August – fast sechs Wochen. Er mag mir die Geschichte abkaufen, dass wir bis zum Sabbat nicht zusammen gesehen werden sollten, aber das ist immer noch eine lange Zeit, um die Maskerade aufrechtzuerhalten. Insbesondere wenn Hexen-Sara verrät, was Sally weiß …

Colin war auf alles vorbereitet, nur nicht darauf, was er zu sehen bekam. Claire war peinlich genau in ihrer Beschreibung von Sallys heruntergekommener Erscheinung am Tag nach dem *Esbat* gewesen, doch die junge Frau, die ihn an der Tür begrüßte, sah gepflegt, ja geradezu verwöhnt aus. Ihr lockiges rotes Haar war mit silbernen Haarnadeln zu einem festen Knoten hochgesteckt, und ein Paar antiker Ohrringe, die Colin noch nie gesehen hatte, glitzerte an ihren Ohren. Sie trug ein von der Zeit weich gewordenes Cambraihemd und darüber einen Overall, dessen verschmutzte Knie darauf hindeuteten, dass sie draußen im Kräutergarten gearbeitet hatte.

Doch Sally Latimer war immer ein reines Stadtkind gewesen, und Colin hätte nie das geringste Interesse für Gartenarbeit in ihr vermutet.

»Dr. MacLaren!«, rief Sally fröhlich. »Möchten Sie nicht hereinkommen?«

Und sie hatte ihn in ihrem ganzen Leben nicht ›Dr. MacLaren‹ genannt.

»Sie sehen gut aus, Sally«, sagte Colin und trat in die Küche. Ein großer, rotbrauner Kater folgte ihm.

»Und das ist wohl Barnabas«, sagte Colin und beugte sich hinunter, um die Katze zu streicheln.

»*Das* ist Ginger Tom«, verbesserte sie ihn knapp, und dann sagte sie, um freundlicher zu erscheinen: »Ich habe den ganzen Morgen im Garten gearbeitet und wollte mir gerade einen Tee aufsetzen. Möchten Sie nicht auch eine Tasse?«

»Mit dem größten Vergnügen«, entgegnete Colin und richtete sich wieder auf.

Sally bot ihm einen Platz am Tisch an. Colin setzte sich und ließ seinen Blick umherwandern.

Claire hatte die Küche als verwahrlost beschrieben, doch alles, was Colin sah, glänzte vor Sauberkeit. Verschiedene Kräuterbündel hingen zum Trocknen von der Decke. Alles in allem sah es so aus, als ob Sally sich hier behaglich in einem neuen Zuhause eingerichtet hätte.

Nur bezweifle ich irgendwie, dass es Sally ist.

»Was macht die Malerei?«, fragte er.

»Oh, ich hatte kaum Zeit dafür«, sagte Sally ungezwungen. »Zu viel im Garten zu tun, und noch lacht uns der Frühling. Es wird noch ein ums andere Jahr dauern, bis der Garten wieder in Ordnung ist, fürchte ich.«

Nein, diese stolze Frau mit der Haltung einer Königin war nicht das junge Mädchen, das er kannte, sondern eine Gegnerin, vor der er auf der Hut sein musste. Die Hexen-Sara von Witch Hill, seit mehr als drei Jahrhunderten Leben für Leben die Hohepriesterin der Kirche vom Alten Ritus.

Es dauerte nur ein paar Minuten, bis der Tee fertig war. Sally brachte die alte Steingutkanne an einen Tisch, der bereits mit Tassen und einem großen Teller mit selbst gemachten Zuckerplätzchen gedeckt war.

»Ich darf einschenken«, sagte Colin und füllte beide Tassen.

»Was führt Sie so weit aufs Land?«, fragte Sally. »Das ist ein ziemlich beschwerlicher Weg von Arkham – ich staune, dass Sie nicht im Straßengraben gelandet sind.«

»Ach, ich habe Matthew Hay einen Höflichkeitsbesuch abgestattet«, sagte Colin obenhin.

Sallys Augen blitzten grün, als sie kurz aufsah. »Warum das?«, fragte sie scharf.

»Na ja, Sally, Sie wissen, dass ich mich für Volkssagen interessiere ... und Ihr Mr. Hay scheint eine Goldgrube dafür zu sein. Tatsächlich bin ich sogar zu Ihrem nächsten Sabbat eingeladen«, fügte er hinzu.

Er musste vorsichtig vorgehen, doch es war ebenso wichtig herauszufinden, auf wessen Seite sie stand ... falls sie nicht nur auf ihrer eigenen Seite stand. Er nahm ein Plätzchen und biss furchtlos hinein. Es mochte alles Mögliche in diesem Haus vorgehen, doch er glaubte nicht, dass Hexen-Sara ihn vergiften wollte. Seine Leiche – oder sein Verschwinden – würde viel zu viel Aufmerksamkeit auf Madison Corners ziehen.

»Dann nehmen Sie also an seinem Sabbat teil?«, fragte sie. Offensichtlich war die Frau verblüfft, so sehr, wie es Sally Latimer nie gewesen wäre.

»Ich möchte ihn um alles in der Welt nicht verpassen«, sagte Colin ehrlich.

Er beobachtete mit großem – allerdings heimlichem – Interesse, wie die Frau, die er als Sally Latimer kannte, einige Sekunden lang mit sich selbst rang.

»Unterschätzen Sie Matthew Hay nicht, Dr. MacLaren«, sagte sie leise. Er glaubte, Sally Latimer zu sehen, wie sie dort in den Tiefen von Hexen-Saras grünen Augen ertrank, und sein Herz litt angesichts des Kampfes, den sie ausstand. Es war ein Kampf, den sie vor diesem Leben gewählt hatte, und sie war dazu verdammt, ihn zu verlieren – wenn er ihr nicht helfen konnte.

»Glauben Sie mir, Sally, ich unterschätze ihn nicht«, erklärte Colin voller Grimm. Er wusste, dass sie ihn loswerden wollte, und er hatte das Gefühl, alles auf Witch Hill erfahren zu haben, was ihm heute möglich war. Nach ein paar Minuten brach er auf.

Doch er würde wiederkommen.

Der Juni verschwand im Dunst der Sommerhitze, und der Juli folgte. Colin beendete seine Vorlesungsreihe, doch er blieb noch länger, stöberte hier und da in Archiven oder ging seiner umfangreichen Korrespondenz nach. Oft besuchte er die Moorcock-Farm, doch während er mit Clarence und Justin Moorcock Freundschaft schloss, blieb Rowan seltsam unzugänglich.

Sie war beinahe so alt wie damals seine Studenten, und er war immer stolz gewesen auf seinen guten Draht zu jungen Leuten. Sie befand sich nicht in einem dieser nervösen spätpubertären Zustände, in denen jeder Erwachsene als natürlicher Feind erscheint – tatsächlich passte eine solche Stimmungslage überhaupt nicht zu Rowan, die jedem Menschen und jeder Situation mit der etwas vorlauten Überschwänglichkeit eines jungen Bernhardinerwelpen begegnete. Es war etwas anderes, etwas, das Colin nur auffiel, weil er sie genau auf Anzeichen hin beobachtete, die auf eine Verbindung zur Kirche vom Alten Ritus schließen ließen. Sie erschien gleichgültig, wo sie neugierig hätte sein sollen, und heiter, wo man eher Betroffenheit erwartet hätte. Doch wenn sie eine Rolle spielte, um ihn irrezuführen, dann war Rowan die beste Schauspielerin, die Colin je gesehen hatte.

Nein, er konnte ihr keine unlauteren Absichten unterstellen, und schließlich fand sich Colin damit ab, dass das Geheimnis, falls es denn eines gab, von ihm nicht enthüllt werden sollte. Aber in stillen Momenten grübelte er darüber nach, und so war er mehr als froh, als Claire ihn einlud, mit ihr und Rowan hinunter nach Glastonbury zu fahren.

Rowan würde im September hier mit dem College beginnen. Und da sich die Lage in Madison Corners zuspitzte, hatten Claire und Justin entschieden, dass sie früher hinfahren sollte. Claire hatte Freunde, bei denen Rowan unterkommen konnte, bis das Studentenwohnheim öffnete.

Wenn Rowan etwas dagegen hatte, auf diese Weise aus dem Weg geschafft zu werden, so merkte Colin nichts davon. Er fand diesen Ortswechsel eine elegante Lösung. Und jedenfalls war es für ihn eine gute Gelegenheit, ein paar Dinge in der Bibliothek von Taghkanic zu recherchieren.

Und alte Freunde wiederzusehen.

Obwohl sein letzter Besuch schon fast zehn Jahre zurücklag, schien die Zeit auf dem Campus von Taghkanic stehen geblieben zu sein. Colin wurde plötzlich von Heimweh ergriffen nach dem Ort, der für ihn so viele glückliche Erinnerungen barg.

Er setzte Claire und Rowan bei der Verwaltung ab. Claire wollte Rowan ein paar alten Freunden aus dem Lehrkörper vorstellen und sie über den Campus führen. Colin selbst nahm sich einen Moment Zeit, um bei Eden vorbeizuschauen. Taghkanics ausgezeichnete Präsidentin schien ebenfalls von den Jahren unberührt. Sie begrüßte Colin herzlich, und eine Weile sprachen sie über alte Zeiten.

»Was führt dich denn wieder her zu uns, und das so kurz vor Semesterbeginn? Es ist wohl eine vergebliche Hoffnung, dass du ein paar Vorträge halten willst?«, fragte Eden.

»Nicht dieses Jahr«, bedauerte er. »Ich komme eigentlich, um in der Bibliothek Sachen nachzuschauen. Ich unterrichte oben am Miskatonic, und im letzten Monat wurde dort eingebrochen. Seither fehlen Bücher aus dem abgeschlossenen Bibliotheksbereich, darunter eines, das ich brauche.«

»Das tut mir Leid«, sagte Eden. »Bücherdiebe sind wirklich ein großes Problem, vor allem für Bibliotheken mit seltenen Büchern – wie wir leidvoll genug erfahren haben. Aber bitte, es steht dir hier alles zur Verfügung. Aber du wirst doch auch im Institut vorbeischauen – Miles würde es dir nie verzeihen, wenn du dich nicht bei ihm meldest.«

»Colin! Alter Schurke«, sagte Viv Aillard. »Kommst du zurück, um zu sehen, was die Insassen machen?«

Sie hatte inzwischen die fünfzig überschritten, und ihr ehemals feuerrotes Haar hatte die Farbe von Zimtzucker angenommen. Sie umfasste Colins Arm und ging mit ihm zurück zu den Büroräumen des Instituts.

»Ich dachte, ich sollte es mir nicht entgehen lassen – da ich schon mal hier bin«, sagte Colin lächelnd.

»Dass du dich das traust, so, wie du uns im Stich gelassen hast«, neckte sie ihn. »Aber du hast uns immerhin ein paar gute Leute dagelassen – Dylan! Komm mal und schau, wer da ist!«

Dylan Palmer lehnte sich aus seinem Zimmer. Sein jungenhaft offenes Gesicht verzog sich zu einem breiten Grinsen, als er Colin erblickte. »Professor MacLaren!«, sagte er.

»Bitte«, sagte Colin. »Ich bin jetzt ein schlichter Privatmann. Hallo, Dylan. Wie bekommt dir das Leben so nach dem Studium?«

»Ich genieße es«, gab Dylan zu. »Und die Studenten scheinen meine Unterrichtsversuche zu überleben.«

Dylan Palmer hatte eine akademische Karriere in der Parapsychologie angestrebt, als Colin noch Direktor des Bidney Instituts gewesen war – er gehörte dem gleichen Studentenjahrgang wie Hunter Greyson an –, und Colin freute sich, dass der junge Mann seinen Traum verwirklicht hatte.

»Colin!«, sagte Miles, der aus seinem Büro kam. »Eden hat gerade angerufen. Was treibt dich in den Osten? Ich hoffe, du willst zu uns zurückkommen.«

»Ich fürchte, nein. Ich bin oben am Miskatonic und halte da eine Vorlesungsreihe über Volkssagen. Ich bin ziemlich mit San Francisco verwachsen, aber manchmal tut eine Luftveränderung gut«, sagte Colin. Miles Godwin war sein handverlesener Nachfolger, und zu sehen, wie das Institut unter seiner Leitung blühte, dämpfte das – durchaus mäßige – Schuldgefühl, das Colin vielleicht wegen seines Weggangs haben mochte.

»Dann solltest du dahin gehen, wo es wirklich andere Luft *gibt*«, sagte Miles scherzend.

»Miskatonic?«, fragte Viv Aillard. »Ist das nicht das kleine Bauern-College in Arkham? Die ganze Gegend da spukt«, sagte sie mit neiderfülltem Unterton.

»Das ist einer der Gründe, warum ich da bin«, sagte Colin. »Die meisten Gespenstergeschichten sind einfach Lagerfeuerromantik, aber hier und da gibt es ein Körnchen Wahrheit, das sich zu verfolgen lohnt. Abgesehen davon leben Verwandte von Claire in Madison Corners, die sie seit Jahren nicht gesehen hat – sie hat eine junge Cousine, die sich heute hier umsieht.«

»Schön, wir freuen uns, wenn sie an unser Institut kommt«, sagte Miles, der das anscheinend für selbstverständlich hielt.

Der Kurzbesuch weitete sich zu einer Art Spontanparty aus. Jeder wollte Colin den neuesten akademischen Tratsch erzählen – allerdings gab es da kaum so viel Neues.

»Bertram wollte letzte Woche den Preis erringen – er hat wirklich geglaubt, dass er es mit seiner transzendentalen Kinese schaffen würde«, sagte jemand.

»Wer braucht eine fünfte Kolonne, wenn Bertie da ist?«, erwiderte jemand anderer. Sie bezogen sich auf den Preis von einer Million Dollar, den zu erringen seit der Gründung des Instituts, also seit über einem halben Jahrhundert, niemandem gelungen war.

»Na, Devant und Lovelock haben ihn ganz schön festgenagelt – er musste danach eine Woche Urlaub nehmen, um sich zu erholen.«

Allgemeines Gelächter. Colin sah Miles an und hob fragend die Augenbrauen. Er war froh, dass zwischen Miles und seiner Mannschaft eine so gute Arbeitsatmosphäre herrschte. Colin konnte ein Lied davon singen, dass Parapsychologen oft launisch waren wie Opernsänger.

»Kit Lovelock, eine unserer Forscherinnen«, erklärte Miles.

»Ich kann sie nicht ertragen«, sagte Viv zornig. »Ebenso gut könnten wir ›Amazing Randi‹ auf der Gehaltsliste haben.«

»Den *haben* wir auf unserer Liste«, erwiderte Dylan liebenswürdig. »Nur heißt er Mask Devant.«

»Einen Zauberkünstler einzuschmuggeln, als Bertie mit Hans arbeitete – das ist vollständiger Vertrauensbruch!«, fuhr Viv fort.

»Wenn man bedenkt, dass Hans so falsch war wie eine Dreidollarnote«, sagte eine neue Stimme kalt, »finde ich es nur gut, dass wir ihn jetzt überführt haben, statt ihn noch ein paar Hundert teure Testeinheiten fahren zu lassen.«

Colin drehte sich zu der Frau um, die gerade sprach. Sie stand neben dem Kaffeespender, eine Tasse in der Hand. Obwohl er sie gewiss noch nie gesehen hatte, kam sie ihm seltsam bekannt vor.

Sie hatte dunkles Haar – beinahe so kurz wie eine Herrenfrisur geschnitten – und trug einen blauen Nadelstreifenanzug, der sie älter erscheinen ließ, als sie war. Obwohl Colin nichts von Mode verstand, ahnte er, dass sie damit genau diese Wirkung anstrebte. Denn sie sah eigentlich recht jung aus – wahrscheinlich hatte sie gerade ihren Studienabschluss.

»Colin, du hast noch nicht unsere jüngste Institutskollegin kennen gelernt«, sagte Miles. »Sie ist eher eine Einzelgängerin, leistet aber hervorragende Arbeit. Sie kam direkt von Harvard zu uns, und wir sind glücklich, sie hier zu haben. Truth, das ist Dr. Colin MacLaren, der ehemalige Direktor des Instituts. Colin, das ist Truth Jourdemayne, unsere Spezialistin für Parapsychologische Statistik.«

Truth lächelte – mit dem verhaltenen Gesichtsausdruck eines Menschen, der eben von seinem Chef einem berühmten Fremden vorgestellt wird.

Das war also der Grund für die merkwürdige Vertrautheit! Colin stand auf.

»Truth Jourdemayne«, sagte er voller Wärme. »Ich habe Ihre Eltern gekannt. Ihr Vater wäre stolz, wenn er sehen könnte, dass Sie die Familientradition fortführen.«

Plötzlich hatte Colin das Gefühl, etwas sehr Falsches gesagt zu haben. Aus dem Augenwinkel sah er, wie Dylan zurückwich und sein Gesicht mit den Händen bedeckte.

Colin hatte immer Caroline Jourdemaynes Wunsch respektiert, dass alle Freunde und Bekannten von Thorne Blackburn sich von ihr und ihrer Nichte fern halten sollten. Aber es war ihm bis jetzt nie der Gedanke gekommen, dass sie vielleicht Truth auch nicht gesagt hatte, wer ihr Vater sei.

»Thorne Blackburn«, sagte Truth mit einer Stimme wie brechendes Glas. »Ich fürchte, Sie sitzen einer Fehlinformation auf, Dr. MacLaren. Thorne Blackburn ist 1969 gestorben. Er kann wohl kaum etwas mit meinem Leben oder meiner Berufswahl zu tun haben.«

Einen Augenblick lang herrschte betretenes Schweigen, als hätte Truth bemerkt, dass sie sich undiplomatisch in eine Untiefe manövriert hatte, aus der sie nur schwer wieder herausfinden würde. »Nett, Sie kennen zu lernen, aber ich stecke leider in Bergen von Arbeit.« Sie drehte sich um und ging, die leere Tasse noch in der Hand, und ein paar Sekunden später hörte Colin, wie eine Tür lautstark geschlossen wurde.

»Truth ist ein bisschen empfindlich … was Thorne Blackburn anbelangt«, sagte Miles in die Stille hinein.

»›Ein bisschen‹ ist weit untertrieben«, hörte Colin Dylan murmeln.

»In diesem Fall tut es mir Leid, ein so sensibles Thema gestreift zu haben«, sagte Colin, und damit war die Situation bereinigt.

Trotz der entspannten Atmosphäre am Institut war es immer noch ein Arbeitstag, und die Mitarbeiter gingen bald wieder ihrer Wege – Dylan, um ein Nachmittagsseminar abzuhalten, Viv, um ihre Unterlagen für eine Reise zum Schwesterinstitut auf der Isle of Man in Ordnung zu bringen, und die anderen an ihre eigenen Aufgaben.

Miles brachte Colin zum Auto.

»Ich möchte mich noch mal entschuldigen, dass ich das Falsche zu Ms. Jourdemayne gesagt habe«, sagte Colin, als er die Tür zu dem kleinen gemieteten Coupé öffnete. »Erst nachdem ich geredet hatte, wurde mir klar, dass Caro ihr vielleicht nicht viel über ihren Vater erzählt hat.«

Miles wischte die Entschuldigung beiseite.

»Offenbar wusste sie nicht viel über Blackburn, als sie sich dafür entschied, Parapsychologin zu werden, und natürlich zieht sie als seine Tochter die üblichen Phantasten an. Blackburn hat eine wichtige Rolle für den Okkultismus in diesem Jahrhundert gespielt. Und Okkultismus und Parapsychologie im öffentlichen Bewusstsein auseinander zu halten ist selbst in guten Zeiten keine einfache Sache. Sie ist in einer etwas merkwürdigen Situation.«

»Ich verstehe«, sagte Colin. »Ich wünsche ihr alles Gute.«

»Ich dir aber auch«, erwiderte Miles. »Und warte nicht wieder so lange, bis du das nächste Mal herkommst. Vielleicht können wir dich ja irgendwann zu einer Vorlesungsreihe überreden.«

»Ich lass es mir gern durch den Kopf gehen«, versprach Colin. »Ich kann dich ja in ein paar Monaten anrufen, wenn ich wieder in der *Bay Area* bin.«

»Würde mich freuen«, sagte Miles.

Das Zusammentreffen mit Truth hatte ihm erneut auf beunruhigende Weise gezeigt, wie die Zeit verging. Jene schreckliche Nacht in *Shadow's Gate* schien noch gar nicht so lange her, und doch war Thornes Tochter damals keine zwei Jahre alt gewesen. Jetzt war sie eine erwachsene Frau. Eine ganze Generation war herangewachsen, für die die Zeit der sechziger Jahre zum riesigen Bereich der Prähistorie gehörte.

Das Gefühl, dass die Zeit verrann und so viele Dinge noch ungetan waren, begleitete Colin, als er mit Claire im Zug zurück nach Massachusetts fuhr. Langsam näherte sich der Sabbat, und bald würde der Alte Ritus darangehen, die überzeitliche Hexenseele Saras ein für alle Mal in den Körper ihrer Nachfahrin zu verpflanzen.

Doch Colin und Claire waren alles andere als untätig gewesen.

Kurz vor der Morgendämmerung des letzten Julitages wanderten Colin und Claire den Hügel zum Friedhof hinauf. Er trug eine abgenutzte, von den Jahren ausgeblichene Segeltuchtasche über der Schulter. Sie glich den Taschen, in denen Klempner ihr Werkzeug tragen. Claire trug gar nichts. Sie hatten den Chevrolet am Straßenrand etwa eine Meile entfernt abgestellt, denn sie wollten weder Sara noch Matthew mit dem Motorengeräusch wecken. Heute Nacht war der Große Sabbat, und Colin hatte zuvor noch jede Menge zu tun.

»Puuh«, stöhnte Claire leise, als sie am Friedhof ankamen. Die Grabhügel und zerbrochenen Grabsteine waren im Vormorgenlicht kaum zu sehen. »Das stinkt zum Himmel.«

Sie betrachtete ihre festen Wanderschuhe, als wären sie mit Kehricht bedeckt.

»Ich fürchte, es wird noch schlimmer, bevor es besser wird.«

Colin warf ein schnelles Zeichen in die Luft – seine Finger fühlten sich taub an –, dann gingen sie weiter, vorsichtig den Weg im Dunkel ertastend. Colin hielt bei jedem Baum und jedem Grabstein an, um sie zu versiegeln. Dabei spürte er dumpf stechende Schmerzen in seiner Brust, die in seinen Arm hineinzogen. Er schob es auf die Erschöpfung, aber er konnte jetzt nicht aufhören. Sie mussten fertig sein und verschwinden, bevor der Tag anbrach.

»Wird Hay nicht merken, was du hier gemacht hast?«, fragte Claire. »Ich habe die anderen Mitglieder des Zirkels beobachtet. Ihre Kraft scheint kaum auszureichen, um eine Kerze mit einer Schachtel Streichhölzer anzuzünden, mit Hay jedoch verhält es sich schon etwas anders.«

»Stimmt. Aber es ist nicht so viel, wie er selbst glaubt«, antwortete Colin. »Ich würde sagen, dass der Alte Ritus mindestens seit der Zeit seines Großvaters von dessen Ruf zehrt. Und ich wette, Hay wird sich heute Abend auf Sally und Brian und nicht auf Magie konzentrieren.«

Brian Standish war das schwache Glied in der Wiederbelebung von Hexen-Sara. Brian war Sally Latimers Geliebter, nicht Saras, und damit Sallys Anker in der Menschenwelt des Lichts und der Vernunft. Colin hatte immer gewusst, dass der Zirkel Brian zerstören musste, um Hexen-Saras Auferstehung zu ermöglichen, und in der Tat – so hatte Claire von ihrem Onkel gehört – hatte es bereits einen verdächtigen »Unfall« gegeben, in dem die Bremsen von Brians Auto eine Rolle spielten. Doch die letzten Wochen über schien Sally ihn vor Hay und seiner Gruppe beschützen zu wollen. Schließlich ging sie so weit, sich von Brian mit Matthew Hay und Tabitha Whitfield im Bett erwischen zu lassen, um ihn von sich fern zu halten. Das brach dem jungen Arzt das Herz – und der Dorftratsch war so treffend wie grenzenlos. Obgleich Brian ihr seither aus dem Weg ging, wusste Colin, dass Hays monströses Ich ihn nicht so leicht davonkommen lassen würde.

Das hatte sich auch schon erwiesen.

»Wäre es nicht besser, sie einfach alle ins Gefängnis zu stecken, statt sie das Ritual durchführen zu lassen? Sie haben Brian entführt – das kann er beschwören«, sagte sie und warf einen Blick auf Hays Haus. In der Küche brannte Licht – die Leute auf dem Land lebten im ländlichen Rhythmus.

»Schwören ist eine Sache, Beweise sind eine andere«, erinnerte Colin sie. »Sein Wort stünde gegen das von Hay, und ich bin mir sicher, dass Hay eine Menge Leute hat, die freudig beeiden würden, dass Brian aus vollkommen freien Stücken in sein Haus kam. Abgesehen davon würde es Sally – oder Brian – nicht viel helfen, wenn wir das Lammas-Ritual des Sabbats unterbinden.«

»Es gefällt mir aber gar nicht, dass Brian in die ganze Sache hineingezogen wird«, brummte sie.

»Ich bin auch nicht begeistert davon. Gewiss hat Sally mit Hay vereinbart, Brian in Ruhe zu lassen dafür, dass sie sich von ihm abwendet. Aber Hay kann es sich nicht leisten, Brian am Leben zu lassen, wenn er Sara zurückhaben will.«

»Also bricht Hay sein Wort. Und Brian ist als das Menschenopfer *du jour* vorgesehen«, murmelte Claire.

»Ich bezweifle, dass Sally das weiß – das ist der Punkt. Auf jeden Fall garantiert Hays Plan, dass Brian bis heute Nacht – wenn auch nicht eben unter behaglichen Umständen – am Leben bleibt. Wir dürfen keinen Finger für seine Rettung rühren, nicht wenn wir auch Sally retten wollen. Schau, hier ist der Torbogen. Er hat mir Unwohlsein bereitet, also sei vorsichtig.«

Claire blieb ein paar Schritte vor dem korrodierten Bronzetor – nicht mehr als ein schwarzes Gerüst in der Dunkelheit – stehen und schloss die Augen, um sich zu konzentrieren. Fast augenblicklich zuckte sie zusammen und schwankte zurück, eine Hand zur Abwehr erhoben. Das winzige Goldkreuz an ihrem Hals funkelte.

»Ja«, sagte sie erregt. »Es ist schrecklich. Da helfen nur große Kaliber.«

Colin stellte seine Tasche ab und entnahm einen Hostienbehälter und eine kleine Phiole mit Salböl. Gebete murmelnd ölte er das Tor an verschiedenen Stellen ein. Das Metall war unangenehm warm, obwohl die Sonne sich nur als schmaler Goldstreifen am Horizont ankündigte.

Colin war zwar kein Katholik, doch diese Symbole gehörten seit annähernd zweitausend Jahren zum Licht und wurden immer noch von der Hälfte der Menschheit verehrt. Er hatte eine kirchliche Ausnahmebewilligung, sie zu besitzen und zu gebrauchen, was diesen Mitteln ihre volle Wirkungskraft sicherte.

An den Punkten, die Colin mit dem heiligen Öl berührt hatte, schien die Korrosion das Metall zu durchdringen. Er nahm die geweihte Hostie aus dem Behälter und berührte damit die vier Stellen am Tor, die er schon eingeölt hatte. Dann brach er die Hostie entzwei und vergrub die Teile an der Basis des Tores. Die Atmosphäre des Ortes veränderte sich schlagartig, als ob der Luftdruck plötzlich gesunken wäre.

»Besser?«, fragte er.

»Ja«, antwortete sie matt. »Aber mir graust schon vor der Kirche.«

Es war so übel, wie sie es vorausgesagt hatte. Mit Claire als Detektivin legte Colin innen um das Gebäude einen Ring aus kleinen Hostienstückchen und schuf so eine heilige Barriere gegen den Schatten.

Der Steinboden war einst in einem Schachbrettmuster gefliest gewesen, so wie in allen Templerkirchen. Die Zeit hatte die schwarzen und weißen Steinplatten zu zwei verschiedenen Grautönen verwittern lassen. In die Wände waren rätselhafte Symbole eines Glaubens eingeritzt, der sehr viel älter als das Christentum war. Zum Glück boten die Verzierungen leichte Verstecke für ihre magischen Eingriffe, und innerhalb der Kirche konnten sie es sogar wagen, die Laterne anzuzünden.

»Noch etwas?«, fragte Colin, nachdem er den Kreis vollendet hatte.

»Der da«, sagte Claire und zeigte auf den Schwarzen Altar.

Colin schritt vorsichtig darauf zu. Er war etwa einen Meter hoch und sah fast wie ein normaler Altar in einer beliebigen

Kirche aus. Doch diese Ähnlichkeit war nur Illusion. Der Schwarze Altar war ein behauener Fels des Urgesteins, und die Kirche war um ihn herum errichtet worden.

Obwohl er ihn einölen konnte, gab es in seiner unmittelbaren Umgebung zu wenig Platz, um die Spuren stärkerer Mittel aus seinem Arsenal zu verbergen. Als Colin jedoch näher trat, bemerkte er, dass eine der Bodenplatten hinter dem Altar gelockert war. Der Mörtel, der sie bündig mit dem Altar gehalten hatte, war längst zerbröckelt.

»Claire, hilf mir mal. In der Tasche ist eine Brechstange.« Zusammen schafften sie es, den Stein aus seinem Bett herauszuheben. Colin rang nach Luft, als sie so weit waren, und sein Herzschlag war ein rotes Pulsieren hinter den Augen.

»Colin – ist alles in Ordnung?«, fragte Claire besorgt.

»Ja, natürlich. Mach dir jetzt keine Gedanken, wir müssen das hier erledigen«, sagte er knapp.

Claire hob das Brecheisen an, und Colin grub ein kleines Loch in die Erde unter dem Stein und legte eine ungebrochene Hostie hinein. Dann suchte er in seiner Tasche und holte einen letzten Gegenstand hervor: einen kostbaren goldenen Rosenkranz, den ihm Adalhard Godwin kurz vor seinem Tod gegeben hatte.

»*Heb es dir für einen wirklichen Notfall auf, mein Junge. Ich traue dir zu, dass du ihn erkennen wirst, Colin*«, hatte der alte Priester gesagt.

Colin küsste das Symbol des Einen, den sein Orden als Meister ihrer Kunst verehrte, und legte den Rosenkranz ebenfalls in die Höhlung. Dann brachten er und Claire den Stein wieder in seine alte Lage, und Claire fegte wieder Schmutz darüber, bis die Spuren ihres Eingriffs getilgt waren. Colin kniete neben ihr und rang nach Atem. Seine Brust fühlte sich wie mit einem Eisenband umklammert an, das ihm alle Kraft raubte. An den Rückweg zum Auto mochte er gar nicht denken.

Bin wohl nicht mehr so jung, wie ich mal war. Aber noch jung genug.

»Ich würde einen Arzt holen, aber der nächste gute im Umkreis von fünfzig Meilen sitzt gefesselt in Hays Keller«, sagte

Claire, ihre Besorgnis mit einem Scherz überspielend. »Colin, bist du sicher, dass es dir gut geht?«

»Wir können schlecht die ganze Sache hinschmeißen, nur weil es mir nicht gut geht, oder?«, erwiderte Colin gereizt. Er wischte sich mit einem Taschentuch die Schweißperlen aus dem Gesicht. »Verzeih, Claire. Ich bin nicht ganz ich selber. Die Anspannung, wahrscheinlich.«

»Ich habe dich noch nie mit Lampenfieber gesehen«, sagte Claire. Sie biss sich nervös auf die Lippen, offensichtlich tief beunruhigt.

Na, ich auch nicht, um ehrlich zu sein. Aber wir können nicht einfach einpacken und später wiederkommen, und das hier ist nichts, was Claire allein erledigen könnte. Gott sei Dank ist wenigstens Rowan aus dem Spiel.

Die ersten Sonnenstrahlen drangen durch die Spalten des alten Schieferdachs, und durch die offene Tür kam ebenfalls genug Licht herein, so dass sie ihre Laterne löschen konnten. Colin nahm sie und drehte sie aus.

»Wie ist es jetzt?«, fragte er Claire, zum Teil, um sie auf andere Gedanken zu bringen.

Claire hockte sich hin und schloss die Augen. Sie sah ebenso mitgenommen aus wie er; sowohl die Arbeit eines Mediums wie die eines Magiers forderte ihren Tribut von den Praktizierenden.

»Sauber«, sagte sie endlich. »Zumindest bin ich mir ziemlich sicher, dass es so ist. Jedenfalls nicht mehr länger von Bosheit überlagert. Wenn Hay herkommt und seine Dunklen Kräfte entfesseln will, wird er eine schöne Überraschung erleben.« Sie rang sich ein Lächeln ab.

»Eine größere, hoffe ich, als dass sich seine Götter nur aus dem Staub gemacht haben«, sagte Colin. Endlich ließ der stechende Schmerz in seiner Burst nach, und er konnte wieder richtig atmen. Er lächelte Claire aufmunternd zu. »Komm, altes Mädchen. Lass uns gehen, bevor irgendjemand merkt, dass wir hier herumgepfuscht haben.«

Sonnenuntergang. In der alten Kirche waren die zwölf Männer und Frauen versammelt, die Mitglieder des Zirkels waren, und die acht weiteren, die als ihre Messdiener und Gehilfen fungierten.

Wie können sie nur so ahnungslos sein? Wie können sie nur so verantwortungslos sein?, fragte sich Claire verzweifelt, als sie auf die gefesselte Gestalt auf dem Altar starrte. Sie hatte Onkel Clarence erzählt, sie wolle die Nacht bei Freunden verbringen. Er war derart beunruhigt, weil sie am Vorabend des August ausging, dass er ihre vage Geschichte ohne Kommentar akzeptierte. Zum Glück waren weder er noch Justin in Gefahr, da die Familiengabe sie beide verschont hatte. Und gottlob gab es das Taghkanic College – sie wusste nicht, was sie getan hätte, wenn sie in dieser Nacht auch noch Rowan hätte schützen müssen.

Von dort, wo sie stand, konnte Claire sehen, wie Brian Standishs Augen vor Wut und Angst funkelten. Aber sie traute sich nicht, ihm ein Zeichen zu geben, dass Hilfe nahte. Zwanzig Männer und Frauen hatten sich in dieser Nacht hier in der Erwartung zusammengetan, dass ein Mensch getötet wurde. Auch dies hier war das Amerika des zwanzigsten Jahrhunderts, doch zugleich löste das Ereignis keine größere Erschütterung in ihnen aus, als wären sie ins Kino gegangen.

Sie rückte näher an Colin heran und versuchte, sich ihr Entsetzen nicht anmerken zu lassen. Sie war in eine zu warme Kapuzenrobe gehüllt, die sie von der Schauspielabteilung im Miskatonic ausgeliehen hatte. Und doch fühlte sie sich schrecklich entblößt. Als Colin sie etwas früher als seinen Messdiener vorgestellt hatte, war sie sorgfältig darauf bedacht gewesen, dass ihr Gesicht von der Kapuze verdeckt blieb. Denn sie wollte keinesfalls, dass Hay in ihr die Frau wieder erkannte, die ihn im Mai aus Sallys Haus geworfen hatte. Doch Hay war viel zu aufgeregt vom Ritual dieser Nacht, als dass er der unbedeutenden Begleitung eines Mannes, dem er vertraute, sonderlich Beachtung schenkte.

Colin stand fest wie ein Fels neben ihr, so unbeweglich wie eine Statue, und wartete auf den Augenblick zum Losschlagen. Sie beneidete ihn um seine Ruhe – auch wenn seine Pistole dazu beitrug.

Es dauerte fast eine Stunde, bevor Hay das Ritual einleitete, indem er den Weihrauch entzündete und damit die stickige

Sommerhitze in dem Raum voller Menschen noch verstärkte. Sally war nicht da. Sie würde später, nach Beginn der Zeremonie, erscheinen.

Claire kniff die Augen zusammen. Sie versuchte, Matthew Hay nicht anzusehen, wie er – nackt, bemalt und maskiert – dem Großen Gehörnten Wesen und der Schwarzen Jungfrau und deren untergebenen Teufeln inmitten des beißenden Rauchs seine Ehrerbietung darbrachte. Nach dem, was sie und Colin heute Morgen hier getan hatten, war das alles nur noch Mummenschanz. Sie hatten die Echos des Bösen, die an diesem Ort gehallt hatten, verbannt und den Raum aller Einflüsse beraubt, ihn leer und neutral zurückgelassen. Tatsächlich wäre Hays Posieren geradezu lustig anzuschauen gewesen, wenn er nicht vorgehabt hätte, Brian Standish zu töten.

Claire konnte sich gerade eben noch beherrschen, um nicht vor Entsetzen zurückzuschrecken, als Hay ein sich windendes Kätzchen aus einem Korb hinter dem Altar heraushob und ihm so beiläufig die Kehle durchschnitt, wie andere eine Bierdose öffneten. Mit dem Blut salbte er Brian an den Fünf Punkten und malte dann ein Kreuz auf sein Herz – kein christliches Kreuz, sondern ein Opferzeichen, das der Hohenpriesterin zeigte, wo sie zustechen musste. Claire stiegen Tränen in die Augen, und sie versuchte, sich, so gut es ging, damit zu trösten, dass das arme Tier das letzte Lebewesen sei, das in der Kirche vom Alten Ritus zu Tode gekommen war.

Jetzt begann die Versammlung zu singen und sich zu wiegen, um in Trance zu kommen – das war nicht allzu schwierig. Claire roch den Geruch von Cannabis, der sich mit Weihrauch mischte, und sah mehrere Stirnen, auf denen zerlassenes Fett glitzerte. Sally hatte davon erzählt, dass die Mitglieder des Zirkels sich mit einer Salbe einschmierten. Jeder war hier so *high* wie der sprichwörtliche Drache, und die Nähe zu den Berauschten erfüllte Claire mit Misstrauen in ihre eigenen Wahrnehmungen.

Auf ein lautloses Zeichen hin verstummte die Versammlung und bildete eine Art Gang zwischen Altar und Pforte.

Da erschien Sally Latimer in der Pforte.

Nein, nicht Sally. Dies war Hexen-Sara, seit dreihundert Jahren Priesterin und Hexe. Sie pirschte sich – man konnte es nicht anders bezeichnen – langsam zum Schwarzen Altar vor, gekleidet in ein loses Gewand aus bestickter Seide. Hay steckte ihr ein schwarzes Messer in die Hand, und sie hob es hoch über ihren Kopf.

Claire wartete darauf, dass Colin seine Pistole zöge und dem Ritual ein Ende bereitete, aber er tat nichts dergleichen. Sie stand kurz davor, laut aufzuschreien, als das Messer niederfuhr – aber es tötete nicht.

»Lauf, Brian!«, schrie Sally. Sie klang wieder wie sie selbst. »Hol die Polizei!«

Mit einem Schnitt durchtrennte sie das Seil, das in kunstvollen Schlingen um Brians Körper gebunden war. Sowie es durchgeschnitten war, strampelte er sich frei. Sally schleuderte das Messer so weit wie möglich weg; Claire hörte das Klirren, mit dem es gegen die Wand schlug.

Claire wusste nicht genau, was Sally sich von der Polizei aus Madison Corners versprach – zehn zu eins, waren schon ein paar Beamte hier –, aber es war eine mutige Geste.

»Tötet sie beide!«, brüllte Hay.

Claire konnte seine rasende Wut spüren. So stark war die Macht des Gehörnten über sie, dass seine Versammlung bereit war, ohne Skrupel zu morden. Doch während sie sich noch zusammenrotteten, um seinem Befehl zu folgen, trat Colin vor und zog seine Pistole. Als sie zum Altar vordrängten, schoss er zur Warnung in die Luft.

»Zurück!«, rief er.

Sie blieben wie angewurzelt stehen, vom Anblick der Schusswaffe überrascht, und Claire sah, wie Colin sich mit seiner freien Hand die Brust hielt. Sie wollte zu ihm, doch dann hörte sie ein abscheuliches Heulen hinter sich. Sie fuhr herum. Hay griff Brian an, die Schwarze Bestie glotzte aus rauchgeröteten Augen, die unter seiner Maske sichtbar waren.

Brian war zu aufgebracht, um sich über ihre unterschiedliche Größe Gedanken zu machen – er schnappte nach der schweren, geschnitzten Maske des Gehörnten, zerrte sie vom Gesicht …

Und schlug mit ihr auf ihn ein.

Das Ganze dauerte wenige Sekunden. Hay fiel Blut spuckend hintenüber und stürzte mit einem furchtbaren, endgültigen Schlag auf die Ecke des Altars. Als er sich nicht mehr regte, zweifelte niemand im Kirchenraum, dass er tot sei.

Jemand schrie. Panik erfüllte den Raum, getragen von einer Woge psychogener Drogen. Die rituelle Ekstase verwandelte sich binnen eines Herzschlags in die Mutter aller Horrortrips. Die Leute wandten sich blind gegeneinander – oder einander zu. Brian schloss Sally in seine Arme, und Colin drehte sich langsam zu ihnen um und fuchtelte mit seiner Pistole. Sein Gesicht war grau vor Schmerz.

»Kommt!«, rief er keuchend und bahnte einen Weg durch die Sippschaft.

Ich verbringe zu viel Zeit in Krankenzimmern, dachte Claire missgelaunt. *Gott sei Dank war es kein Schlaganfall – Gott sei Dank ist Brian Arzt – sonst wäre Colin jetzt nicht mehr am Leben.*

Das Arkham General Hospital war ein kleines ländliches Krankenhaus ohne eigene kardiologische Abteilung. Die Ärzte dort hatten offen zugegeben, dass Colin in Boston besser aufgehoben wäre. Also plante man, ihn hinzufliegen.

Sie waren auf der Polizeidienststelle gewesen und hatten ihre Aussagen zu Protokoll gegeben – wobei sie sorgfältig alles ausließen, was für weltliche Ohren zu unwahrscheinlich klingen musste –, als Colin in Ohnmacht fiel. Sie hatte den ganzen Tag über gewusst, dass er unter Schmerzen litt. Die Diagnose war, von den Symptomen zu schließen, ziemlich eindeutig. Aber es gab nichts, was sie tun konnten, bis Brian und Sally befreit waren. Claire hatte nicht erkannt, wie ernst es um Colin stand, bis er zusammenbrach. Zuerst hatte Claire eine Art magischen Racheakt vom Alten Ritus befürchtet; ein einfacher Herzinfarkt schien geradezu heilsam und harmlos verglichen mit der Verderbnis, die sie zuvor gesehen hatten. Zum Glück erholte er sich hinreichend, um Brian seine Symptome zu erklären – glücklicherweise hatte Brian seine Arzttasche zur Polizeidienststelle mitgenommen.

»*Wenn man in seinem Alter ist, muss man sich langsam auf diese Dinge vorbereiten*«, hatte einer der Ärzte im Krankenhaus schonungslos konstatiert. Colin wurde gegen seine Proteste im Krankenhaus aufgenommen – Brian hatte darauf bestanden –, und Claire war bei ihm geblieben und hatte seinen Schlaf überwacht.

Am nächsten Morgen erschien ihr die letzte Nacht wie ein Traum. Nicht anders erging es wohl den Mitgliedern des Hexenzirkels, die vernünftigerweise ebenfalls ins Hospital gebracht worden waren. Matthew Hay war tot. Seine Frau Tabitha Whitfield stand stark unter Beruhigungsmitteln, doch alle anderen würden im Laufe eines Tages ohne weitere Nachwirkungen wieder genesen. Sally und Brian hatten das ganze Erlebnis erstaunlich schnell abgeschüttelt, doch Claire kannte ein solches Verhalten. Es war der Versuch des Bewusstseins, mit Dingen fertig zu werden, die es nicht verstehen konnte, indem es sie einfach beiseite wischte. Die beiden sprachen bereits übers Heiraten – aber es bestand stillschweigende Übereinkunft, dass Brian seine Landarztpraxis woanders eröffnen würde.

Und jetzt muss ich einen möglichst taktvollen Weg finden, um Justin klarzumachen, dass von dem hiesigen Hexenzirkel keine Gefahr mehr ausgeht.

»Kann ich reinkommen?«

Claire wachte mit einem Ruck auf, sie war eingedöst. Justin Moorcock stand in der Tür.

»Ich komme vielleicht besser raus«, antwortete sie und ging auf Zehenspitzen an Colins Bett vorbei hinaus in den Flur.

»Es ist vorbei, nicht wahr?«, fragte Justin einfach.

»Ja«, erwiderte Claire. »Ich glaube nicht, dass es noch Probleme geben wird.« Sie konnte es in der Luft spüren – auch wenn es vielleicht nur das Licht der Sommersonne und Wunschdenken war. »Was führt dich her, Justin?«

»Na ja, Rowan hat gestern Abend angerufen, um mir zu sagen, dass du wahrscheinlich in Schwierigkeiten steckst. Du wirst sagen, dass es verrückt ist, aber ihre Ahnungen treffen meist zu. Ich habe mit dem Büro des Sheriffs und dem Krankenhaus telefoniert und dachte mir, ich fahre einfach herum, bis ich dich finde. Doch dann rief der Sheriff an, um mitzuteilen, Colin sei im Krankenhaus und du bei ihm. Also hat Rowan einmal falsch gelegen.«

»Ja und nein«, sagte Claire ausweichend. *Auf dem Land spricht sich alles herum,* war ihr Gedanke. Sie fragte sich, welche Geschichten über die Ereignisse der letzten Nacht umliefen oder ob alle es vorzogen, so zu tun, als ob nichts geschehen wäre. Schließlich war fast jeder in dieser Gegend irgendwie mit jemandem vom Hexenzirkel verwandt.

»Wie geht es Colin? Ich dachte, es ist das Beste, ich warte bis zur Besuchszeit, um vorbeizuschauen, und ich wollte Großvater auch nicht nachts allein im Haus zurücklassen.«

Besonders wenn man bedenkt, was vielleicht ins Haus eindringen will, dachte Claire. »Es freut mich, dass du gekommen bist, Justin. Colin ... nun, es hat schon seit Monaten Anzeichen gegeben, aber ich habe sie wie eine Idiotin alle übersehen. Brian will ihn so bald wie möglich nach Boston ins Krankenhaus überführen.«

»Dann wirst du also wegfahren«, sagte Justin. »Du wirst uns fehlen. Mir wirst du fehlen.« Er zögerte. »Sind sie alle tot? Matthew Hay und Hexen-Sara und alle?«

Er klang sehr ernst. Insgeheim glaubte Justin Moorcock an Ungeheuer. Schließlich war er in Madison Corners aufgewachsen. Er wusste, dass der Schatten zählebiger war als das Licht.

»Matthew Hay ist tot. Ich glaube nicht, dass Sally Latimer hier bleiben wird.« *Nicht, wenn sie bei Verstand ist.* »Aber ich möchte die Geschichte nur einmal erzählen. Ich muss Colins Sachen packen und komme dann hinaus zur Farm, um euch alles zu berichten.«

»Und vielleicht verständigst du besser auch Rowan«, sagte Justin. »Tut mir Leid ... ich wünschte, du hättest hier eine bessere Zeit gehabt.«

»Ach, es gab schöne Augenblicke«, sagte Claire lächelnd.

INTERMEZZO #8

AUGUST 1990

Colin blieb noch ein paar Monate im Krankenhaus, zunächst in Arkham, dann in Boston. Schließlich durfte er wieder nach Hause, allerdings musste er streng Diät halten, regelmäßig Medizin einnehmen und Sport treiben. Es schien nur vernünftig, dass er sich nun mehr auf Beratungen beschränken und jüngeren Leuten den Stress überlassen wollte, sich mit dem Unsichtbaren direkt herumzuschlagen.

Doch die Ärzte hatten ihn aus schlichter Unbedachtheit einen alten Mann genannt, eine Bezeichnung, die mir bis dahin nie in den Sinn gekommen wäre.

Ja, Colin war nicht mehr jung. Er war siebzig, als wir die Kirche vom Alten Ritus zerstörten, und hatte damit das biblische Alter erreicht. Doch sein Leben wirkte nie abgeschlossen auf mich. Ich sah ihn immer noch an der Schwelle zum Leben, die großen Aufgaben noch vor sich.

Dass Colin ähnlich fühlte, wusste ich. Selbst am Ende seiner langen Laufbahn im Dienste des Lichts gab es noch etwas Verborgenes, das ihm zu tun blieb. Und als die Schatten seiner Lebensdämmerung größer wurden, ließ ihm diese unerfüllte Aufgabe immer weniger Ruhe.

24

SAN FRANCISCO, FREITAG, 21. OKTOBER 1998

Tränen aus den Tiefen der Verzweiflung
Steigen auf in Herz und Blick,
Und die frohen Felder in der Herbstzeit
Kehren nimmer mehr zurück.

ALFRED LORD TENNYSON

Die Jahre fliegen nur so vorbei, dachte Colin bei sich. Die Oktobersonne wärmte Geist und Körper, und obgleich er Besuch erwartete, blieb er noch auf der Terrasse. Er konnte sich von der Sonne und dem Himmel einfach nicht losreißen.

Er war jetzt fast achtzig und hatte selbst bei großzügigster Schätzung nur noch einen Bruchteil des Lebens vor sich. Colins schwer errungene neue Perspektive ließ die Gezeiten der Weltereignisse gewissermaßen weit entfernt und unausweichlich erscheinen. Die Zeit, die ihm noch blieb, war kurz bemessen, und mehr und mehr erkannte er in diesen Tagen, wie wichtig es ihm war, nichts Unabgeschlossenes zurückzulassen, wenn er aus dem Leben schied. Vom Licht zurückgerufen zu werden mit der Bürde unerfüllter Aufgaben und unbeglichener Schulden würde ihn niederdrücken.

Manchmal wunderte er sich, dass ein Leben so schnell vorüber sein konnte. Es schien ihm, als hätte er nur kurz innegehalten, um einen Blick auf das Erreichte zu werfen, und plötzlich waren alle ihm zugemessenen Jahre wie im Fluge vergangen. Die Zeit aber, wie das Klischee besagte, lief weiter, und es stellte sich heraus, dass das Leben in Momenten der Unaufmerksamkeit gelebt wurde, während die Gedanken woanders waren.

Die letzten zehn Jahre waren mit Meilensteinen gepflastert, als ob selbst die Geschichte spürte, dass sie sich dem neuen Jahrtausend näherte und ihr Haus bis dahin bestellt haben wollte. Manchmal fragte er sich, was er als junger Mann – noch unbeschwert von Erfahrung – davon gehalten hätte. Bei vielen Dingen, gegen die er früher gewütet hätte, musste er jetzt einsehen, dass seine Kräfte nicht ausreichten, sie zu beeinflussen.

Die beiden Teile Deutschlands waren endlich wieder vereinigt. Der Krieg, den Colin immer noch für »seinen« Krieg hielt, war nun seit einem halben Jahrhundert vorbei. Doch der Frieden, der durch den Sieg der Alliierten hätte greifbar sein müssen, war nie wirklich eingetreten. Die *Pax Americana* war ein grausamer Schwindel gewesen, dessen volles Ausmaß sich langsam in den Nachkriegsjahrzehnten zeigen sollte. Jetzt wurden sogar diese schweren Sünden – neben den leuchtenden Augenblicken des Triumphs – unter dem Gewicht eines einzigen Ereignisses begraben.

Die Sowjetunion hatte sich fünfundsiebzig Jahre nach ihrer Geburt aufgelöst – ein Vorgang, der sowohl die Kalten Krieger wie Sowjet-Experten im Westen vollkommen überraschend traf. Zu Hause gab es neue Rassenunruhen, in ihrer Art nicht weniger beunruhigend als ehedem die von Watts. Diesmal waren die Gewalttaten live im Fernsehen zu sehen, dank der neuen Beweglichkeit des Mediums. Mit den Bombenanschlägen in New York und Oklahoma erreichte auch diese eher europäische Spielart des Terrorismus das amerikanische Leben, und natürlich war das Fernsehen auch hier dabei und sendete Bilder des Blutbads, bevor sich der erste Staub gelegt hatte.

Mit dem Einzug in diese letzte Wohnung – in eine Wohnanlage »vom Reißbrett«, wie die Jüngeren es nannten – hatte sich Colin von seinem Fernseher getrennt. Er hatte immer der falschen Nähe des Mediums misstraut, und vieles, was er darin sah, machte ihn tief und unsagbar traurig. Seine Generation hatte sich sehr viel vom Fernsehen versprochen – dem elektronischen globalen Dorf –, doch stattdessen war es eine immer währende, geistlose Berieselung, ein triviales Gebräu uninteressanter Details geworden, das Colin mit jedem Tag lästiger fand.

Alte Freunde hatten ihn verlassen, neue Freundschaften waren entstanden. Cassie Chandler war vor zwei Jahren tragisch in einem Feuer umgekommen, das den »Ancient Mysteries Bookshop« zerstörte. Die Katastrophe schien Claires Bindung an die *Bay Area* aufzulösen. Mit den Jahren wurden ihre Besuche auf der Farm ihrer Verwandten in Massachusetts häufiger und länger, bis sie ihre Zeit zwischen Glastonbury und Madison Corners teilte und nur noch ab und zu in der *Bay Area* auftauchte. Sie schrieb regelmäßig und drängte Colin immer, die Farm zu besuchen, doch Colin konnte sich dazu nicht durchringen. Jetzt war seine Arbeit hier.

Caroline Jourdemayne war 1995 gestorben. Diesen Monat war es drei Jahre her. Wenige Wochen darauf hatte er einen Brief erhalten – lange vor ihrem Tod von ihr geschrieben und bei ihrem Anwalt für diesen Anlass hinterlegt. Sie bat ihn darin, sich um ihre Nichte zu kümmern. Doch zu der Zeit, als Colin Carolines Brief erhielt, war Truth weit davon entfernt, sich auf die erbetene Weise helfen zu lassen.

Sie besuchte ihn ein paar Monate, nachdem er den Brief erhalten hatte. Seit er sie vor acht Jahren das letzte Mal gesehen hatte, war sie dem Pfad ihres Vaters gefolgt – sie hatte nun so viel von ihm, dass es Colin einen Stich versetzte, sie wiederzusehen. Es war beinahe, als stünde Thorne Blackburn vor ihm und als müssten all die alten Streitigkeiten über Licht und Dunkelheit erneut aufbrechen.

Doch Colin war nicht mehr das Schwert des Ordens, schon seit vielen Jahren nicht mehr. Und es musste immer Veränderung geben. Es musste immer jemanden geben, der bereit war, sich auf Gefahren einzulassen, auf das, was einst verboten war. Jemanden, der sich in Bereiche jenseits des Bekannten wagte und Nachrichten aus dem numinosen Land zurückbrachte, vor denen die Phantasie verstummte. Er war ein alter Mann – warum sollte nicht er das Risiko auf sich nehmen?

Als Truth angefragt hatte, ob sie ihn besuchen dürfe, hatte er sie gern eingeladen – auch wenn das Leben, das er im Dienst des Lichts verbracht hatte, ihn immer wieder hart und bitter über die Gefahren des Kompromisspfades belehrt hatte. Er und Truth gehörten unsagbar verschiedenen Welten an.

Doch ihrer beider Hingabe galt dem Wissen und dem Dienst, wie verschieden diese jeweils auch definiert sein mochten.

Er hatte seinen kleinen Beitrag leisten können, um Truth Jourdemayne dabei zu helfen, ihren Pfad des Verstehens weiterzugehen. Aber sie wussten, dass ihr Pfad nicht der seine war noch je sein würde, solange sie an den Gelübden festhielt, die sie abgelegt hatte. Vieles, was er in sich trug und zu sagen hatte, war nicht für sie bestimmt. Colin sehnte sich mit ernster Freude nach dem Schüler, mit dem er alles hätte teilen sollen, was er gelernt hatte, dem Schüler, den er in einem ganzen Leben der Suche nicht gefunden hatte. Colin hoffte nur, dass die Herren des Lichts ihm bald jemanden schickten, denn er hatte noch vieles für seinen letzten Abgang vorzubereiten.

Er fürchtete sich nicht vor diesem unvermeidlichen Tag in der Zukunft – eher war er ein wenig neugierig, wie es ablaufen würde, und freute sich darauf, alte Freunde wiederzusehen. Doch in welcher seelischen Verfassung er auch darüber nachdachte, die Vorbereitungen für seinen eigenen Abschied waren mitunter mühsam. Er musste die Forschungen und Erinnerungen eines ganzen Lebens ordnen; viele seiner Bücher und persönlichen Aufzeichnungen hatte er vor seinem letzten Umzug dem Bidney Institute gestiftet, und weitere würden nach seinem Tod dorthin folgen.

Dafür war genug Zeit, das wusste er. Aber warum hatte er das Gefühl, dass er nur noch so wenig Zeit hatte für das, was viel wichtiger war?

»Colin! Ich habe an der Tür geklingelt, aber es hat niemand reagiert, also bin ich ums Haus herum, um zu sehen, ob Sie hinten sind.«

Hunter Greyson kam durch die Gartenpforte, einen Spazierstock in der Hand und seinen Laptop über die Schulter gehängt. Er brauchte den Stock nach zwei Jahren intensiver Krankengymnastik nicht mehr so dringend, doch das furchtlose Draufgängertum der Jugend war bei jenem Unfall, der ihm so viele Jahre seines Lebens geraubt hatte, verloren gegangen und der Besonnenheit des reiferen Mannes gewichen.

Colin erhob sich und gab Greyson die Hand. Dass Grey sich in Colins Leben zurückgemeldet hatte, war eines der großen Geschenke der letzten Zeit. Es barg die Chance, die Fahrlässigkeit und die Fehltritte seiner jungen Jahre wettzumachen oder zumindest zu verstehen.

»Ich habe nur vor mich hingeträumt. Was man das Privileg des Alters nennt«, sagte Colin lächelnd. »Wie geht es Winter und dem Baby?«

»Beiden geht es gut; Winter sagt, dass Sie uns unbedingt bald mal wieder zum Abendessen besuchen müssen, aber das wissen Sie ja. Und Sie müssen Colleen sehen – Sie glauben gar nicht, wie sehr sie gewachsen ist. Ich kann's nicht fassen, dass erst ein Jahr seit ihrer Geburt vergangen sein soll. Sie ist so wunderbar.«

»Ein Jahr – das heißt, dass Truth und Dylan bald ihren ersten Hochzeitstag haben werden«, sagte Colin.

»Am 21. Dezember«, erwiderte Grey prompt. »Muss ihnen eine Karte oder so etwas schicken. Ein Wunder, dass sie sich noch nicht die Köpfe eingeschlagen haben, so wie sie aufeinander losgehen.«

Colin und Grey waren beide auf der Hochzeit in *Shadow's Gate* gewesen – Thornes ehemaliger Landsitz war immer noch ein juristisches Tohuwabohu. Aber Truth hatte erste Schritte unternommen, sich als Thorne Blackburns Tochter anerkennen zu lassen. Auf der Hochzeit hatte Colin auch Grey zum ersten Mal wieder getroffen.

»Haben Sie von ihr etwas Neues gehört? Hat sie Erfolg bei ihrer Suche?«, fragte Colin.

Zur gleichen Zeit, als sie ihre Erbschaft beanspruchte, hatte Truth damit begonnen, nach ihren anderen Halbgeschwistern zu suchen. Nach Thornes verschwundenen Kindern zu forschen war jedoch eine langwierige Angelegenheit, selbst in der Welt des modernen Cyberspace, in der die physischen Grenzen eine ähnlich unbeträchtliche Rolle spielten wie auf der Astralen Ebene.

»Noch nicht«, sagte Grey und zuckte mit den Schultern. »Die Urkunden sind ziemlich tief vergraben. Der Zirkel des Feuers steht ihr natürlich bei, so gut wir können, und so halten es auch die anderen Zirkel, aber ...« Er seufzte.

Colin wusste – auch wenn sie nur selten darüber sprachen –, dass Grey weiterhin nach dem Werk Blackburns aktiv war und sein Bestes tat, das fragmentarische Vermächtnis von Thorne fortzuführen. Es war leichter jetzt, da der Cyberspace die neueste Herausforderung des Wassermann-Zeitalters geworden war. Diejenigen, die früher vergeblich nach Gleichgesinnten gesucht hatten, konnten nun durch modernste Kommunikationstechnologie enge Gemeinschaften bilden.

»Es ist nur so mühsam heutzutage«, sagte Grey und setzte sich. »Alles muss fix gehen, jeder will ein Meisterschamane im zehnstündigen Schnelllehrgang werden. Es ist schwierig, noch jemanden zu finden, der bereit wäre, sich dem Werk mit ganzer Seele zu verschreiben – Teufel auch, man hört ja, dass sogar die Heilige Mutter Kirche Probleme hat, genug Nonnen für ihre Pinguinkleider zu finden. Es ist nicht mehr so wie früher.«

»Die Zeiten ändern sich«, sagte Colin. »Ich weiß, es ist heute üblich geworden, die sechziger Jahre zu romantisieren, aber es war nicht sonderlich romantisch, damals zu leben, glaub mir. Die meisten meiner Generation dachten, dass uns die Kommunisten zurück in die Steinzeit bomben würden, und die jungen Leute auf den Straßen glaubten, ihre Eltern wären alle Nazis geworden.«

»Ja, mag sein«, sagte Grey ohne Überzeugung. »Aber Ihre Generation hat sich wenigstens mit den Problemen auseinander gesetzt. Heute kümmert sich niemand mehr um irgendwas, außer wie man über die Runden kommt. In den Sechzigern wusste wenigstens jeder, wo die Grenzen lagen.«

»Auch wenn es sie eigentlich gar nicht gab«, sagte Colin. »Komm, Grey – es hat keinen Sinn, die Sache weiter hinauszuschieben. Die Papiere warten jedenfalls auf uns, egal was mit der Welt geschieht.«

Sie gingen hinein in Colins Büro, und mehrere Stunden drehte sich ihr Gespräch um Korrespondenzpartner, fehlende Briefe und all das Drum und Dran, das sich aus einem dem Unsichtbaren gewidmeten Forscherleben ergab. Greys Ausbildung und Kenntnisse ließen die Arbeit leicht von der Hand gehen.

Er wusste aus eigener Erfahrung, welches Material sich für öffentliche Sammlungen eignete; was zwar gestiftet, aber nicht jedermann zugänglich gemacht werden konnte; und was am besten vernichtet wurde, da Colin keinen Schüler hatte, dem er vertrauen konnte.

»Genug für heute«, erklärte Colin, als das Tageslicht nachzulassen begann. »Winter wird mir den Kopf abreißen, wenn ich Sie zu sehr ermüde.« Er ließ sich auf das Sofa nieder und seufzte.

Grey stand auf und streckte sich. Er schaltete das Licht an und betrachtete die Arbeit des Tages.

»Das muss in eine eigene Glasvitrine im Institut«, sagte Grey und nahm den Briefbeschwerer in die Hand, Alison Margraves Geschenk. »›Wer dieses Schwert aus dem Felsen zieht, ist rechtmäßiger König über England‹ und so.« Er zog den kleinen silbernen Brieföffner aus dem Amboss und schwang ihn einen Moment lang durch die Luft, bevor er ihn zurücksteckte und den Beschwerer auf die Fensterbank stellte.

»Ich jedenfalls nicht. Ich habe auch so genug um die Ohren. Ich wollte Ihnen sagen, dass ich nächste Woche keine Zeit habe«, sagte Grey. »Der Zirkel des Feuers bereitet sich auf *Samhain* vor; wir planen zusammen mit anderen Zirkeln eine große Veranstaltung, und es bleibt noch jede Menge zu tun: Anmeldungen, Genehmigungen, diese Dinge.«

»Ich wünsche Ihnen mehr Erfolg damit, als Thorne hatte«, erwiderte Colin, und zum ersten Mal seit vielen Jahren brachte ihm die Erinnerung keinen Schmerz.

Grey lachte nur.

Grey war noch keine zehn Minuten aus dem Haus, als das Telefon klingelte. Colin nahm den Hörer ab und stoppte den Anrufbeantworter mitten im Satz. Wahrscheinlich war es nur Winter, die wissen wollte, wo ihr Mann blieb.

»Hallo?«

»Colin? Hier ist Dylan.«

»Dylan«, sagte Colin und warf einen Blick auf die Uhr, die neben Alisons Briefbeschwerer stand. 17 Uhr – dann war es in

New York jetzt 20 Uhr. Dylan rief wohl von zu Hause an. »Was kann ich für dich tun?«

»Ach, nichts eigentlich«, sagte Dylan so prompt, dass Colin sofort hellhörig wurde. »Ich habe nur … erinnerst du dich an Rowan Moorcock?«

Ja, er erinnerte sich an Rowan. Claires Cousine war auf Truths Hochzeit gewesen. Sie hatte sich verändert, seit Colin sie zum ersten Mal gesehen hatte. Sie schien nun eine Vertreterin des albernsten »Bubble-Gum-Okkultismus« geworden zu sein, eine typische Frucht des aquarianischen Zeitalters: der frivole, oberflächliche Umgang mit den alten Mysterien, den Grey zuvor beklagt hatte.

»Ja …«, sagte Colin. »Stimmt was nicht?«

»Ja. Nein. Das heißt, ich bin mir nicht ganz sicher«, sagte Dylan langsam.

»Das kann alles und nichts bedeuten«, sagte Colin. Mit jedem Wort, das Dylan sprach, wuchs die kalte Gewissheit in seinem Bauch, dass es Schwierigkeiten gab. »Aber du rufst doch sicherlich nicht zu dieser Stunde an, um mit mir über eine deiner Studentinnen zu reden?« Gewiss hatte Rowan mittlerweile ihren Abschluss am Taghkanic College gemacht. Aber bei Studenten, die nach dem ersten Abschluss weiterstudierten, wusste man nie.

»Nun, Rowan macht jetzt ihren Doktor bei uns …«, sagte Dylan. Die Abneigung, seine Befürchtungen in klare Worte zu fassen, ließ sie umso mächtiger erscheinen. »Und aus verschiedenen Gründen sehe ich sie nicht mehr so häufig wie früher. Ich war diesen Sommer ziemlich beschäftigt, mit diesem Schlamassel oben in Frosthythe und mit Truths Englandreise, auf der sie die Thornes kennen lernen will, und ich habe wohl einfach nicht mehr mitbekommen, was sie so treibt. Rowan, meine ich.«

Colin schwieg. Er erwartete halb, dass Dylan einfach auflegen würde. Dylan klang über alle Maßen verwirrt und beunruhigt.

»Sie ist verschwunden«, sagte Dylan endlich. »Ich weiß nicht, wo sie ist, und ich glaube, sie steckt in was drin, was über ihre Kräfte geht.«

»Hast du es ihrem Vater gesagt?«, fragte Colin.

»Was für einen Sinn hätte das, außer ihn zu beunruhigen?«, fragte Dylan niedergeschlagen. »Sie war seit einem Monat nicht mehr in ihrer Wohnung, sie hat ihre E-Mails nicht mehr abgerufen ... was soll ich machen, Colin?«

»Du könntest damit anfangen«, sagte Colin so ruhig wie möglich, »indem du mir erzählst, warum du mich und nicht die Polizei angerufen hast.«

Am anderen Ende der Leitung entstand langes Schweigen.

»Weil sie es nicht begreifen würden«, sagte Dylan mit einer Ungeduld in der Stimme, die wie Verärgerung klang. »Ich weiß, dass sie in Schwierigkeiten steckt, aber ich kann es keinem erklären, der nicht ...«

Eine weitere Pause folgte. Colin hörte, wie Dylan seufzte.

»Ich hatte gehofft ... ich hoffe, du kannst mir sagen, wo ich mit meiner Suche beginnen soll«, sagte er. »Ich selbst hab keine Ahnung. Hast du je etwas von einer *Thule*-Gruppe gehört?«

Im Zimmer wurde es dunkel, während Dylan sprach. »Es war als historisches Forschungsprojekt geplant. Kurz gesagt ist die *Thule*-Gruppe eine deutsche Geheimgesellschaft Anfang des zwanzigsten Jahrhunderts, gegründet von Guido von List. *Thule* soll das alte deutsche Heimatland sein und so weiter. Unter Lanz von Liebenfels, Lists Nachfolger, gründete die *Thule*-Gruppe – oder auch *Armanenschaft*, wie manche Wissenschaftler sagen – einen anderen Orden, aus dem die Braunhemden hervorgingen, die dann Hitler zur Macht verhalfen.

Nach dem Krieg rankten sich natürlich allerlei Gerüchte um die Gruppe. Darunter gab es die Geschichte, Hitler wäre selbst Mitglied in einer *Thule*-Loge gewesen und hätte den gesamten Holocaust unter dem Befehl seiner okkulten Oberen geplant und ausgeführt. Natürlich, wenn es die Gruppe je gegeben hat, hätte sie Hitlers Säuberungsaktionen gegen die okkulten Logen in den dreißiger und vierziger Jahren zum Opfer fallen müssen«, sagte Dylan.

»Dir wird bekannt sein, dass das nicht zutrifft, Dylan«, sagte Colin; es machte ihm Mühe zu sprechen. Es hatte keinen

Sinn, Dylan immer weiter Dinge erzählen zu lassen, die ihm selbst längst geläufig waren. »Was immer die *Thule*-Gesellschaft ursprünglich war, sie wurde später Teil des *Ahnenerbes* und hat den Fall Berlins im Wesentlichen unbeschadet überdauert – wie so viele Machtstrukturen der Nazis.«

Durch die Leitung konnte Colin förmlich die Ungläubigkeit, den Widerstand gegen das spüren, was er sagte.

»Das ist über fünfzig Jahre her. Selbst wenn ein paar von ihnen überlebt haben sollten, so haben sie sich aufgelöst. Was sollten sie denn noch ausrichten? Sie hatten den Krieg verloren …«

»Ich frage mich manchmal, ob der Krieg wirklich zu Ende ging«, entgegnete Colin halb zu sich selbst. »Glaub mir, Dylan: Die Loge – die ursprüngliche Loge, die damals von Lists Gründung ausging – ist noch intakt. Und sie kämpft immer noch für die Ziele des ›Dritten Reichs‹. Aber jetzt sag mir – was hat Rowan damit zu tun?«

»Ihr Dissertationsthema war ›*Die Entwicklung der Trancemedien als Instrument der nationalsozialistischen Theokratie*‹.« Dylan holte tief Luft, als überlegte er, wie er am besten fortfahren sollte.

Colin wartete, packte den Hörer fest, als könnte er entgleiten.

»Nun, sie ist sehr bald auf heutige Möchtegern-Thulisten gestoßen – die Gruppen, die in den sechziger Jahren und danach entstanden – der mystische Zweig des *Klans;* verschiedene Arten von rückwärts gewandtem Nazi-Schwachsinn. Und ich sagte ihr, sie solle sich von denen fern halten. Sie sind wirklich nur ein Ärgernis. Und was Rowans Doktorarbeit angeht, so sind das Neonazis, die nichts mit dem ›Dritten Reich‹ zu tun haben …«

Komm schon raus mit der Sprache, drängte Colin innerlich, aber er spürte sofort, dass es da etwas gab, das Dylan nicht durchs Telefon sagen konnte.

»Dann hast du ihr also gesagt, sie soll es bleiben lassen. Und natürlich hat sie auf dich gehört«, sagte Colin ins Ungefähre.

Aber wenn sie auf dich gehört hat, warum rufst du mich dann an?

Dylan holte ihn auf dem kleinen Flughafen des Städtchens ab. Ihre Fahrt zurück nach Glastonbury war ungewohnt schweigsam; Colin hing seinen eigenen Gedanken nach. Es war ihm unmöglich, die forsche, lebhafte junge Frau, die er im letzten Jahr auf Dylans Hochzeit gesehen hatte, mit einer Person übereinzubringen, die nun den Kampf gegen Ungeheuer aufnehmen wollte, deren vermeintlicher Untergang ein halbes Jahrhundert zurücklag.

Wenn sie sich denn tatsächlich darauf eingelassen hatte. Falls sie die Sache ernst genug genommen hatte, um zu wissen, wie gefährlich – wie wirklich – diese Ungeheuer sein konnten.

Colin betete darum, dass sie die Risiken des Spiels kannte, auf das sie sich eingelassen hatte. Um ihretwillen.

Die Wohnung lag über einem Laden im Zentrum von Glastonbury, nur einen oder zwei Blocks von »Inquire Within« entfernt. Dylan erklärte beim Öffnen der Tür zum zweiten Mal, dass Rowan die Schlüssel bei einer Studentin namens Val Graves hinterlegt hatte, die auch nach den Blumen und der Post schauen sollte. Rowan hatte Val Geld für drei Monate im Voraus gegeben.

Demnach hatte sie vor zu verschwinden. Ist das ein gutes Zeichen? Ich wünsche bei Gott, es wäre so.

Colin sah sich in der Wohnung um. Er hoffte, einen Anhaltspunkt zu finden, den Dylan vielleicht übersehen hatte. Es war eine typische Studentenbude, auch wenn Rowan das Studentenheim schon lange verlassen hatte. Das Einzige, was neu aussah, war die Hi-Fi-Anlage.

Das vorhanglose Fenster zur Straße war mit Pflanzen begrünt. Manche in Hängetöpfen, manche auf der Fensterbank. Alle sahen kräftig und gepflegt aus. An den Wänden hingen gerahmte Poster – überwiegend realistische Fantasy-Darstellungen: Drachen, Ritter, kriegerische junge Frauen mit Tattoos und in Leder. Auf dem Bücherregal neben der Stereoanlage stand eine Glasschale mit kristallförmigen Würfeln. Rowan Moorcock, so zeigte sich, frönte hingebungsvoll jener Würfel-Rollenspiele, die für die meisten Menschen von heute zum Inbegriff von Magie und des Kontakts mit der Unsichtbaren Welt geworden waren.

Das Zimmer war zwar reichlich unordentlich, aber niemand schien es auf den Kopf gestellt zu haben. *Sie haben sie also nicht bis hierher verfolgt*, dachte Colin. *Und vielleicht brauchten sie das ja auch nicht*.

Dylan beachtete Colin nicht weiter, er blätterte einen Stapel Briefe durch, der auf der Ecke des Sofas lag.

»Lass uns die Sache noch mal durchgehen«, sagte Colin. »Du hast gesagt, Rowan hätte die *Thule*-Gesellschaft als Thema für ihre Doktorarbeit gewählt. Jetzt ist sie verschwunden. Und sie hat nicht gesagt, wohin sie gehen wollte?«, fragte Colin. »Du hast ihre Freunde schon gefragt?«

»Keiner weiß, wo sie steckt«, wiederholte Dylan hartnäckig. »Auch Val nicht – das Mädchen, das auf ihre Wohnung aufpassen soll. Rowan hat ihr nur das Geld gegeben und gesagt, sie würde vielleicht manchmal vorbeischauen.«

»Was sagt Truth zu dem Ganzen?«, fragte Colin. Auch wenn sie einem anderen Pfad folgte als er, war sie doch eine Magierin von großer Kraft, und ihre Einsicht könnte hier nützlich sein.

»Ich habe ihr noch nichts gesagt«, gab Dylan widerstrebend zu. »Sie ist noch in England – ich weiß nicht, was sie von dort aus tun kann, und ich will sie nicht zurückholen …« Dylan brach ab, sein unausgesprochenes Problem lag auf der Hand. Truth wäre vielleicht in der Lage zu helfen, doch sie zurückzuholen würde sie unvermeidlich der gleichen Gefahr aussetzen, in der Rowan jetzt vermutlich steckte. Er verstand Dylans Vorsicht viel besser, als Dylan dachte – welchen Weg er auch einschlug, er führte zu Gefahren; nicht für ihn selbst, sondern für jemanden, den er liebte. Wie konnte ein moralisch denkender Mann sich entscheiden, wen er aufs Spiel setzen sollte?

»Rechnungen … Schecks – sie kann doch nicht einfach auf und davon sein und das alles einfach so zurückgelassen haben.« Dylan fuhr sich erregt durchs Haar. Dunkle Schatten unter seinen blauen Augen deuteten auf zu wenig Schlaf hin.

»Dylan«, sagte Colin in leicht scharfem Ton.

Dylan blickte auf. In seinem Gesicht spiegelte sich ein innerer Kampf, er wollte nicht glauben, dass etwas entsetzlich falsch gelaufen war. Doch dann ließ er resigniert die Schultern hängen.

»Im Frühjahr – vielleicht Mai oder Juni – bekam Miles eine Reihe seltsamer Telefonanrufe. Leute wollten etwas über Rowan wissen und taten sehr geheimnisvoll, wenn er zurückfragte; nicht nur einer, sondern verschiedene Leute über mehrere Wochen. Er hat mir davon erzählt – ich habe sogar einen von ihnen angerufen. Er sagte, dass sie im Zusammenhang mit einem Einstellungsgespräch Rowans Hintergrund überprüfen wollten.« Dylan verzog das Gesicht. Wenn er je dieser Versicherung des Unbekannten geglaubt hatte, so tat er das nicht länger.

»Erinnerst du dich an irgendwelche Namen?«, fragte Colin.

Dylan zuckte mit den Achseln. »Ich glaube, ich habe mir Notizen gemacht. Ich schaue, ob ich sie noch finde. Natürlich haben weder Miles noch ich irgendeine Information rausgerückt, aber die Sache war doch merkwürdig genug, so dass ich Rowan Bescheid gab. Sie war sehr aufgebracht und gab zu, dass sie – so viel konnte ich mir zusammenreimen – Kontakt zu einer eher unappetitlichen Geheimgesellschaft aufgenommen hatte.« Dylan schloss einen Moment lang die Augen und warf die Briefe zurück auf das Sofa, als seien sie bedeutungslos.

»Colin, ich hätte sie auf der Stelle erwürgen können, ich schwör's. Ich forderte sie auf, das *Thule*-Thema fallen zu lassen und sich ein neues zu suchen – ich schwor, ich würde sie aus dem Promotionsverfahren rauswerfen und sie auf die schwarze Liste setzen. Daraufhin sagte sie, sie sei da zu tief hineingeschlittert, habe sich inzwischen aber eines Besseren besonnen. Sie wählte sich ein neues Thema für die Doktorarbeit – und ich dachte, das wäre es auch, was sie einreichte. Aber als ich sie las, handelte sie nicht vom amerikanischen Trance-Spiritismus im neunzehnten Jahrhundert. Sondern es war das hier.«

Dylan öffnete seine Aktenmappe und brachte ein dickes spiral-gebundenes Manuskript zum Vorschein. Das war es also, worüber Dylan am Telefon nicht sprechen konnte, die Sache, die ihm solche Furcht eingejagt hatte, dass er Colin hergerufen hatte.

Colin nahm das Manuskript. Die Blätter zwischen den Pappdeckeln knisterten schwach. Colin schlug die erste Seite auf. Sie war leicht gewellt, als wäre sie irgendwann einmal feucht geworden, an manchen Stellen waren die Buchstaben etwas verlaufen.

»*Ultima Thule*: Das Tausendjährige Reich und die Korrumpierung des Amerikanischen Traums.«

Sie weiß es. Der kalte Stich in seiner Brust hatte nichts mit körperlicher Schwäche, sondern mit Angst zu tun. Es war, als läge sein schlimmster Alptraum gedruckt vor ihm – und eine weitere Unschuldige war zum Opfer erkoren.

»Kein Trance-Spiritismus«, stellte Colin unbewegt fest.

»Ich habe den Titel gesehen. Da begann ich, Rowan zu suchen – und konnte sie nicht finden«, sagte Dylan. »Das hatte vielleicht auch sein Gutes – ich weiß nicht, was ich getan hätte. Ich war so in Rage und voller Sorge darüber, worauf sie sich eingelassen hat. Aber ich suchte sie weiter und stellte nach einer Weile fest, dass sie seit Wochen niemand mehr gesehen hatte. Und dann setzte ich mich hin und schaute mir an, was sie geschrieben hat – das war der Moment, als ich in Panik geriet und dich angerufen habe.«

»Das war nicht das Unvernünftigste, alles in allem«, sagte Colin. »Du bist einer der wenigen, die heute etwas von meiner Arbeit in den vierziger Jahren wissen.«

»Das ist … schlimm«, sagte Dylan unpassenderweise. Er setzte sich aufs Sofa und stützte seinen Kopf in die Hände.

Colin betrachtete ihn eine Weile voller Mitgefühl, dann ging er in die winzige Küche. Irgendetwas nagte in seinem Hinterkopf. Am besten ignorieren, bis es sich von allein meldete. Rowan hatte einen Weg in die Schattenwelt des Nazi-Okkultismus gefunden – und hatte, wie Colin anzunehmen begann, eine gesunde Furcht vor ihrem Forschungsgegenstand entwickelt. Doch sie hatte ihre Recherche fortgesetzt, und jetzt war sie verschwunden.

Wohin? Und lebte sie noch?

Er stöberte geistesabwesend in der Küche herum. Im Kühlschrank war nichts Verderbliches aufgehoben – eine Flasche Zitronensaft, ein Gurkenglas und eine Schachtel Parmesan. Die Nachricht an ihre Kommilitonin, die anderen Dinge mitzunehmen, war immer noch mit einem Magneten – ein Teddy in Zaubererkostüm – an der Kühlschranktür befestigt.

Sie hatte genug Zeit gehabt, ihr Fortgehen mit Umsicht zu organisieren, doch die Tatsache, dass die Wohnung nicht durchsucht worden war, machte Colin Sorgen. Wenn die Leute, vor denen sie sich fürchtete, sie immer noch suchten, wären sie sicher hergekommen, um Anhaltspunkte zu finden, so wie Colin es jetzt tat.

Oder hatten sie das nicht mehr nötig?

Colin öffnete das Gefrierfach und fand das Übliche – kein Fleisch, aber eine Auswahl von gefrorenem Gemüse, Getreide und eine halb geleerte Packung Eiscreme.

»Was machst du da? Sie wird sich nicht im Kühlschrank verstecken«, sagte Dylan, der ebenfalls in die Küche kam.

»Du hast mich angerufen, weil du Hilfe von mir willst«, sagte Colin knapp und schloss den Kühlschrank. »Also lass mich in Ruhe arbeiten.«

Er ging noch einmal die bekannten Tatsachen durch, als könnten sie eine neue Information ergeben. *Sie hat gefunden, was sie suchte – die* Thule-*Gruppe. Und sie haben sie gefunden – haben sie überprüft; entweder indem sie den Angaben folgten, die von ihr selbst stammten, oder sie haben sie selbst verfolgt. Sie war sich bewusst, dass sie hinter ihr her waren, als sie sich entschloss unterzutauchen. Hat sie gewusst, wie weit sie gehen würden?*

Er musste das annehmen – auch war sie sehr wahrscheinlich nicht einfach in die trügerische Sicherheit ihrer Familie geflohen. Die Sorgfalt, mit der sie ihre Flucht geheim gehalten hatte, bestärkte Colin in dieser Annahme. Wäre sie nach Hause gegangen, befänden sich jetzt nämlich Claire und Justin gleichfalls in tödlicher Gefahr.

Ein Blick auf die Küchenregale ergab nichts Neues. Auch das Badezimmer enthielt nur, was eine gesunde junge Frau zur Pflege brauchte. Soweit Colin sah, war in beiden Räumen nichts angefasst worden.

Er ging ins Schlafzimmer.

Das Erste, was ihm auffiel, war Rowans Altar in der Zimmerecke. Auf einer weißen Decke lagen vier Gegenstände. Das Wasser in der Glasschale war längst verdunstet, die Rosenblüten, die darauf geschwommen waren, lagen braun verwelkt auf dem Schalenboden. Die dazugehörige Schüssel enthielt immer noch eine Mischung aus Salz- und Quarzkristallen, Repräsentanz der irdischen Alchemie. Die einzigen anderen Gegenstände auf dem kleinen Tisch waren ein Weihrauchgefäß mit Deckel und eine Öllampe. Über dem Altar hing in der Art einer Ikone der gerahmte Druck eines Hubble-Fotos: ein leuchtender Nebel in Tönen von Gold, Tiefrot und Zinnober. Sonst lag nichts auf dem Altar oder in seiner Nähe.

Die Bücher hier waren längst nicht so harmlos wie die im Wohnzimmer. Colin erkannte mehrere Titel, die er auch in seiner eigenen Bibliothek hatte: das *Kybalion*, das *Arbatel*, eine Ausgabe der *Tesoraria d'Oro*. Ein Exemplar von *Mein Kampf*. Colin nahm es in die Hand und blätterte darin. Das Buch war intensiv mit Unterstreichungen und Anmerkungen versehen.

»Ist das ihre Handschrift?«, fragte Colin und reichte Dylan das Buch.

»Ja«, sagte dieser nach einem kurzen Blick. »Hör mal, Colin, ich hätte dich nicht herrufen sollen. Du darfst dich nicht mehr so anstrengen. Claire bringt mich um, wenn dir irgendetwas zustößt. Aber wenn du eine Idee hast, wo ich mit der Suche beginnen könnte ...«

»Noch nicht«, sagte Colin kurz angebunden. Die Bemerkung über seine Gesundheit – so berechtigt sie sein mochte – ärgerte ihn. Er schätzte sein Leben nicht so hoch, dass er es lieber rettete, als jemandem zu helfen, der in Not war. Jeder Mensch starb zu seiner Zeit.

Er setzte sich aufs Bett und zog eine Schublade aus dem kleinen Aktenschrank, der Rowan auch als Nachttisch diente. Die unterste Schublade enthielt Ordner, die Beschriftungen »Weltkirche des Schöpfers« und »Weißer Arischer Widerstand« deuteten offenbar auf Sackgassen ihrer Forschungsarbeit hin. Ein Ordner mit dem Titel »*Thule*-Gesellschaft« enthielt nur die bekannten – und dürftigen – historischen

Standardtexte, von Rowan kopiert und mit schwer entzifferbaren Randnotizen versehen.

Colin ließ seinen Blick darüber wandern. »Hess ein Mitglied?«; »Spandau-Loge«; »Verbindung zu Tempelrittern – Vernichtung der Freimaurer«. Er schaute noch schnell die anderen Ordner durch, fand aber nichts Brauchbares.

Gereinigt. Nichts da, nicht einmal die Aufzeichnungen für die Dissertation, die sie Dylan geschickt hatte.

Colin seufzte und stand auf. »Du kannst von Glück sagen, dass sie …« Er hielt inne, da ihm ein Gedanke kam. *Du kannst von Glück sagen, dass sie dir ein Exemplar geschickt hat, bevor das auch noch verschwunden wäre. Aber …*

»Dylan, *wann* hast du Rowans Dissertation bekommen?«

Dylan starrte ihn an, als zweifelte er an seinem Verstand. Dann ging er ins Wohnzimmer und holte das Manuskript. »Am 14. September. Ich habe es auf der ersten Seite vermerkt.«

Colin nahm ihm die Dissertation ab. 14. September, also vor einem Monat. Doch Dylan, wie alle anderen von zu viel Papierkrieg überlasteten Professoren, hatte eine Dissertation nicht für sonderlich dringlich gehalten.

Bis jetzt.

»Und wann wurde Rowan das letzte Mal gesehen?«, fragte er.

»Im August«, sagte Dylan. »Soweit ich weiß. Zwischen dem Ende des Sommersemesters und den ersten Veranstaltungen für die Studienanfänger.«

»Also hat sie dir das hier vierzehn Tage nach ihrem Verschwinden geschickt«, sagte Colin. »Vor ungefähr sechs Wochen.« Ihm kam ein weiterer Gedanke. »Hast du irgendetwas darüber gegossen?« Er rieb das Titelblatt zwischen Daumen und Zeigefinger und horchte auf das Knistern.

»Nein. Es ist so angekommen. Es muss bei der Post feucht geworden sein. Sie hatte Glück, dass ich es überhaupt lesen konnte; Tintenstrahldruck verschwimmt, wenn er nass wird …«

Colin kehrte ins Wohnzimmer zurück und durchblätterte die Seiten. Irgendetwas arbeitete in seinem Hinterkopf.

Es war nur vernünftig, dass Rowan ihre Notizen und ersten Fassungen weggeworfen – oder irgendwo anders versteckt – hatte, falls sie gefürchtet hatte, ihre Wohnung könnte durchsucht werden. Auf diese Weise waren ihre Jäger auf Vermutungen angewiesen, wie viel sie denn wirklich wusste. Aber warum schickte sie Dylan ein Exemplar ihrer Doktorarbeit, nachdem sie schon ›untergetaucht‹ war? Sie musste annehmen, dass Dylan ebenfalls observiert wurde – tatsächlich wusste sie das, nachdem er ihr von den Anrufen erzählt hatte. Aber trotzdem war sie das Risiko eingegangen. Warum? Um ihm damit eine Nachricht zukommen zu lassen?

Alte Angewohnheiten, alte Verhaltensweisen, die er seit einem halben Jahrhundert abgelegt hatte, begannen sich zurückzumelden. Seine Generation war noch sorgfältig in den Tricks unterwiesen worden, wie man verdeckt Kassiber weitergab. Für die nächste Generation bildeten die gleichen Tricks den Hauptteil der Abendunterhaltung im Fernsehen. Wie viel hatte Rowan davon gesehen, wie viel kannte sie?

»Es war keine Nachricht dabei oder sonst irgendwas?«, fragte Colin.

»Nein«, sagte Dylan. »Ich war überrascht, dass sie es geschickt hat, statt es vorbeizubringen. Doch als ich dann sah, wovon es handelte, dachte ich, sie wollte mir einfach aus dem Weg gehen, bis der erste Zorn verraucht war. Als ich daran dachte, mir den Poststempel anzusehen, war der Umschlag längst weggeworfen.«

Colin öffnete das Manuskript und klappte die Deckel nach hinten. Er hielt das Titelblatt gegen das Licht des Wohnzimmerfensters. Es gab hellere Zeichen auf dem Papier, beinahe wie Wasserzeichen – doch wer benutzte Papier mit Wasserzeichen, um einen Computerdruck darauf herzustellen?

Dylan sah ihn unsicher an.

»Was ist damit?«

»Ich bin mir noch nicht sicher.« Colin roch an dem Papier. Roch es schwach nach Zitrone?

Neben dem Sofa stand eine Stehlampe. Colin nahm den Schirm ab und knipste sie an.

»Komm schon, Colin, das ist die Kopie ihrer Dissertation!«, rief Dylan. »Was suchst du denn – Geheimnachrichten in unsichtbarer Tinte?«

»Genau das«, antwortete Colin entschlossen. Unsichtbare Nachrichten, geschrieben mit einer Tinte, die jeder Agent – jedermann – problemlos kaufen und besitzen konnte: Zitronensaft. Der Saft aus den alten Spionagegeschichten, seither längst Allgemeingut.

Unter der Hitze der Lampe erschienen unregelmäßige Linien eines braunen Textes auf dem Papier. Sie bedeckten das Titelblatt, geschrieben zwischen den gedruckten Zeilen.

»Lieber Dylan. Ich hoffe, Sie finden das hier heraus. Es gibt auch noch Übertragungen und Anmerkungen. Ich kopiere hier alles und verstaue die Originale an einem sicheren Ort – Nin wird den Schlüssel finden, wenn er sich in der Wohnung umsieht, und der Rest liegt auf der Hand. Irgendjemand muss etwas tun, und ich glaube, ich bin damit dran. Hoffentlich sind Sie mir nicht zu böse.« Die Worte brachen ab, als hätte sie eigentlich mehr schreiben wollen.

Dylans Gesicht war sehenswert, halb ungläubig über die Komik der Situation und halb wirklich in Sorge, dass Rowan es aus Furcht für nötig fand, einen solchen Weg zu wählen, um ihre Nachricht zu übermitteln.

»Wer ist ›Nin‹?«, fragte Colin und reichte Dylan die Seite. Den Rest des Handgeschriebenen zum Vorschein zu bringen war eine sehr mühevolle Aufgabe. Es wäre schneller gegangen, die Originale zu finden, die Rowan erwähnt hatte.

»Das ist Ninian Bellamy, glaube ich«, sagte Dylan. »Sie haben bei verschiedenen Gelegenheiten zusammengearbeitet – sie machen beide ihren Doktor –, aber ich würde nicht sagen, dass sie eng befreundet sind. Ich denke, ich rufe ihn mal an. Er ist noch in der Gegend.«

Dylan nahm den Hörer von Rowans Telefon und wählte die Nummer. Sie wussten beide, dass ihre Fingerabdrücke keine Rolle spielten. Selbst wenn die Polizei irgendwann eingeschaltet werden musste, war hier nichts zu finden, kein der Ermittlung dienendes Beweisstück, das sie zerstören könnten.

Colin entnahm Dylans Telefongespräch, dass Ninian erstaunt war, von seinem Professor zu hören, und noch nicht wusste, dass Rowan verschwunden war.

»Er wird in etwa vierzig Minuten hier sein«, sagte Dylan und legte auf.

Jetzt konnten sie nur noch warten. Colin war versucht, am Manuskript weiterzuarbeiten, aber er entschied sich dagegen. Jetzt war das Geschriebene sicher – unsichtbar. Es war später noch genug Zeit. Colin lehnte sich auf dem Sofa zurück und schloss die Augen. Er hatte letzte Nacht nicht gut geschlafen, und den Tag über war er die meiste Zeit unterwegs gewesen. Die gnadenlose Unbeweglichkeit des Alters erinnerte ihn daran, dass er nicht mehr auf die Reserven der Jugend zurückgreifen konnte. Alle Kraft war geschwunden, von der Zeit dahingerafft, und übrig blieben nur Erfahrung und Geschicklichkeit.

Aber manchmal reichte das aus, wenn das Können groß genug war …

Er musste eingedöst sein, denn es schien ihm mit der klarsichtigen Unvernunft der Träume, dass er Rowan Moorcocks Doktorarbeit läse und dass sie Antworten auf Fragen enthielte, um die er sich sein ganzes Leben lang vergeblich bemüht hatte. *Das ist also alles, dafür habe ich mich so abgestrampelt. Wie einfach – und wie tragisch …*

Unsanft wurde er von der Türklingel aus dem Traum gerissen. Er stand langsam auf und schüttelte die Schlaftrunkenheit ab.

»Ich gehe hin«, sagte Dylan, und einen Moment später: »Hallo, Nin.«

Ninian Bellamy sah aus wie ein schwindsüchtiger viktorianischer Poet, den es in die Gegenwart verschlagen hatte. Sein langes schwarzes Haar trug er zu einem Pferdeschwanz zurückgebunden, seine Haut hatte die milchweiße Farbe des schwarzhaarigen Kelten. Seine Augen waren hellgrau unter schwarzen, geraden Brauen, und er trug ein dunkles Tweedjackett über einem schwarzen Stehkragenhemd, das bis zum Hals zugeknöpft war. Aus dem Rahmen fielen bei dieser eher steifen Kleidung seine hoch geschlossenen Turnschuhe.

»Gottlob hast du es geschafft«, sagte Dylan. »Was macht das Geschäft mit der Wünschelrute?«

»Ganz gut«, sagte Ninian und zuckte unbehaglich die Schultern. Er schien etwas unsicher zu sein, was den Grund seines Hierseins betraf.

»Du erinnerst dich an Dr. MacLaren«, sagte Dylan. »Colin, das ist Ninian Bellamy, ein ehemaliger Student von mir.«

»Ich freue mich, Sie kennen zu lernen«, sagte Ninian förmlich, behielt seine Hände aber in den Taschen.

Colin nickte leicht. Wenn Ninian vom Wünschelrutengehen lebte – eine uralte Profession, die von modernen Geschäftsleuten gern in Anspruch genommen wurde, ohne dass sie sie verstanden –, so hatte er zweifellos ein ziemlich hohes Maß an sensitiver Kraft, und die meisten Medien wichen Berührungen aus.

»Vor mehreren Jahren habe ich Vorlesungen von Ihnen besucht, aber Sie werden sich sicher nicht an mich erinnern«, vermutete Ninian.

»Und Sie sind nicht eingeschlafen? Ich fühle mich geschmeichelt«, erwiderte Colin scherzhaft, um die betretene Stimmung zu entspannen.

»Es war sehr interessant«, sagte Ninian wie zur Erklärung. Er richtete seinen Blick auf Dylan. »Wollen Sie mir nicht sagen, warum keine Polizei hier ist, wenn Ro seit über einem Monat verschwunden ist?«

»Weil«, antwortete Colin für Dylan, »wir nicht beweisen können, dass ihr irgendetwas zugestoßen ist. Ich glaube, sie steckt in Schwierigkeiten – sie hat eine geheime Nachricht hinterlassen und erwähnt, dass Sie einen Schlüssel für den Verwahrungsort wissen.«

»Ich?« Der junge Mann sah höchst überrascht aus. »Ich habe Ro seit über einem Jahr nicht mehr gesehen. Ich hatte keine Lust, noch zwei zusätzliche Jahre in einen Doktor für forensische Psychometrie zu stecken.«

Colin nahm das Manuskript mit Rowans unsichtbarer Botschaft und reichte es Ninian. Dieser starrte es an und schüttelte den Kopf, dann blätterte er die erste Seite um.

»Vielen Dank, Ro«, murmelte er, schloss das Manuskript und gab es Colin zurück. »Haben Sie etwas dagegen, wenn ich Kaffee mache, bevor ich mir überlege, was sie sich dabei gedacht hat – und ich benutze das Wort im weitesten Sinn. Ich war die ganze Nacht über auf, um einen alten Abwasserkanal, etwa neunzig Meilen nördlich von hier, zu finden, und ich bin irgendwie ziemlich fertig. Ich hasse es, nach Wasser zu suchen – es fühlt sich wie ein Schlag auf einen schmerzenden Zahn an«, ergänzte er halb zu sich selbst.

»Der Laden ist um die Ecke«, sagte Dylan, doch Ninian schüttelte den Kopf.

»Ich kann ihn mir auch gleich hier machen. Sie schuldet mir Kaffee dafür, dass sie mich hier so beschäftigt hält.«

»Du musst ihn schwarz trinken«, warnte Dylan. »Val hat den Kühlschrank leer geräumt.«

Ninian zuckte die Schultern und ging in die Küche, immer noch das Blatt in der Hand. Er war vielleicht nicht Rowans bester Freund, kannte sich aber in ihrer Wohnung aus.

Colin setzte sich aufs Sofa und übte sich in Geduld. Ninian war ein anderer Typ Mensch als er, nicht gewohnt, schnell und zupackend zu handeln, wie Colin es vorzog. Doch in diesem Fall hatte Colin keine Wahl: Er brauchte alles, was Ninian ihm sagen konnte, wie wenig es auch sein mochte.

Doch Rowan kannte gewiss ebenso gut wie andere die seltsamen Einschränkungen, die mit einer übersinnlichen Gabe einhergingen. Wie konnte sie erwarten, dass Ninian etwas fand, das sich einer normalen Suche entzog?

»Pfui Teufel!«, rief Ninian aus der Küche.

»Was ist?«, fragte Dylan besorgt.

»Wer hat denn *das* ins Eisfach gelegt? Höchste Zeit, es wegzuwerfen. Ro hat nie so etwas gegessen, und es ist auch schon geschmolzen.«

Ninian kehrte ins Wohnzimmer zurück und öffnete die Packung Eiscreme, die Colin schon früher gesehen hatte. Es war ein dicker Pelz von Eiskristallen auf einer weichen, weißen Masse unter dem Deckel – als wäre die Eiscreme geschmolzen und dann wieder geforen.

»Dann schmeiß es weg«, sagte Dylan. »Oder leg's zurück ins Eisfach – wir können es dann mitnehmen, wenn wir gehen.«

Ninian ging in die Küche zurück, und die anderen beiden hörten ihn klappern, als er nach Kaffee und Zucker suchte.

Unsichtbare Tinte, dachte Colin immer noch halb verschlafen. *Wie bei Kindern, wenn sie Detektiv spielen. Warum sollte es keinen wirklichen Schlüssel geben, irgendwo versteckt, damit Ninian ihn findet, wenn er zu suchen anfängt? Aber er wäre nicht hergekommen, wenn wir nicht die Nachricht entdeckt und ihn angerufen hätten – er sagt selbst, dass er Rowan seit dem Abschluss nicht gesehen hat. Also musste ihn jemand anrufen. Aber wenn es nicht jemand gewesen wäre, dem er vertraute, hätte er nicht in der Küche herumgestöbert ...*

Plötzlich stand Colin auf und ging rasch in die Küche. Ninian lehnte an der Wand und versuchte offenbar das Sprichwort zu widerlegen, ein Wasserkessel, den man beobachtet, fängt nie zu kochen an.

»Warum hat sie das Eis nie gegessen?«, fragte Colin. »Mag sie keine Eiscreme?«

»Nicht diese Sorte«, sagte Ninian abwesend. »Zu viele Zusatzstoffe. Sie kauft immer ›Häagen-Dazs‹ oder so was. Deswegen habe ich ins Gefrierfach geschaut. Ich verabscheue schwarzen Kaffee.«

»Und Sie wollten Eiscreme hineintun«, sagte Colin halb zu sich selbst. »Und Rowan hat immer nur eine sehr gute Sorte gekauft.«

»Stimmt.« Ninian betrachtete Colin mit fragendem Ausdruck.

Colin öffnete das Gefrierfach, holte die Eispackung heraus und wog sie in den Händen.

»Schwer«, sagte er. Erstaunlich schwer für eine halb volle Packung mit aufgequollener Eiscreme.

... aber wenn Dylan die Nachricht entdeckt hätte, dann hätte er Ninian angerufen. Und Ninian hätte sich als allererstes Kaffee gemacht. Aber es wäre keine Milch da, weil Rowan Val gesagt hatte, sie

solle die Milch mitnehmen. Also würde er die Eiscreme nehmen müssen, wie er es so oft getan hatte …

Colin öffnete die Packung und nahm den Löffel zu Hilfe, den Ninian auf die Anrichte gelegt hatte. Der Löffel ging nur etwa zwei Zentimeter tief, dann stieß er auf etwas Hartes.

»Da ist etwas drin«, sagte Colin laut und stellte die Packung in die Spüle. Er drehte den heißen Wasserhahn voll auf.

Die Eiscreme schmolz schnell und brachte einen Klumpen Wassereis zum Vorschein, in dem etwas eingefroren war, wie ein Insekt in einem Stück Bernstein. Colin nahm das Stück Eis aus dem Karton, zuckte wegen der Kälte zusammen, und legte es in den Ausguss.

Ein Stück Eis, eingepackt in zwei Schichten aus Eiscreme. Ein Trick, den wohl niemand durchschaut hätte – und wenn er das ganze Haus auseinander genommen hätte –, außer jemand, der Rowan gut kannte.

Aber warum ein so großes Stück Eis, wenn sie nur einen Schlüssel zu verstecken hatte?

Das fließende Wasser ließ das Eis langsam schmelzen. Jetzt war auch Dylan in die Küche gekommen und beobachtete, was zum Vorschein kam. Als das Wasser kochte, goss Ninian das Wasser über das Eis, und dann ließ er kaltes aus dem Wasserhahn nachfließen.

»Eine Halskette?« Dylan war verblüfft.

In der Spüle befanden sich ein kleiner silberner Schlüssel und eine fingerdicke Goldkette mit rechteckigen Gliedern, die entfernt an eine Ankerkette erinnerte. Daran war ein großer Anhänger befestigt, fast acht Zentimeter groß. Colin legte sie auf ein Papiertuch zum Trocknen.

»Ein Kruzifix«, sagte Dylan.

»Es ist zerbrochen«, sagte Ninian und wollte die geschnitzte Elfenbeinfigur umdrehen. Colin hielt ihn auf, bevor er sie berührte.

»Nein«, sagte Colin. »Nicht anfassen. Sie gehört so.«

Er starrte auf die rothaarige, einäugige Figur, die falsch herum am Kreuz hing, den Körper mit blutigen Runenzeichen überzogen.

Sie fuhren danach zum Bidney Institut. Ninian kam mit. Obwohl Colin ihn nicht in diese Sache hineinziehen wollte, gab es keine Möglichkeit, den Jungen rauszuhalten.

»Das sollte die Geheimschrift lesbar machen«, sagte Dylan und legte das Manuskript – Rowans ungebundene Doktorarbeit – auf einen langen Tisch im Laboratorium. »Ich glaube, man könnte den gleichen Effekt erreichen, wenn man es durch den Laserdrucker laufen lässt, aber es wäre ein bisschen riskanter.«

Er langte nach oben und zog eine Leiste mit Strahlern darüber und schaltete sie an. Der Tisch war auf einmal in heißes rotgelbes Licht getaucht.

»Infrarot«, sagte Dylan. »Wenn es stimmt, was du gesagt hast, müsste Rowans Schrift sichtbar werden.« Er nahm das oberste Blatt und senkte die Lampen darauf. Nach wenigen Sekunden erschien eine schwache braune Schrift.

»Okay«, sagte Ninian und beobachtete, wie die Schrift dunkler wurde. »Ich hätte ganz gern eine Erklärung. Wenn Ro in die Fänge des Komitees zur Wiederwahl des Präsidenten oder irgendeines anderen Verrückten geraten ist, möchte ich wissen, was wir tun wollen.«

Dylan sah Colin erwartungsvoll an.

Toller Hasloch war tot. Er war seit über zwanzig Jahren tot – seit Weihnachten 1972. Dass seine perverse, zerrissene Doktrin immer noch in Umlauf war, daran hatte Colin nie gezweifelt – warum war es dann aber eine solch tiefe und erschütternde Überraschung, dieses Symbol wiederzusehen? Es bedeutete nicht, dass er noch lebte, dachte Colin. Doch das innere Wissen, dass er zu bekämpfen suchte, glich der Angst. Er holte tief Atem.

»Ich stelle jetzt mal eine Reihe von Vermutungen an, die sich vielleicht im Lichte der Lektüre von Rowans Dissertation und ihren Anmerkungen ändern werden – und Dylan, wenn du dich an irgendjemanden erinnern kannst, der mit dir über sie gesprochen hat, wäre das von großer Hilfe.«

Colin ging hinüber zum Tisch und nahm widerstrebend das Runenkreuz in die Hand. Es war schwer, aus Gold und bemaltem Elfenbein gefertigt – auf jeden Fall ein kostbares Stück handgearbeiteten Schmucks. Die Rückseite war aus reinem Gold gefertigt, verziert mit vielen kleinen Vertiefungen wie ein Muster von Schrotkugeln oder ein Stück aus einer Sternenkarte.

Wem gehörte es? Wie war Rowan in seinen Besitz gekommen, und warum hatte sie es behalten? Colin drehte es um, aber die kleine, gefolterte Figur gab keine Antworten.

»Rowan begann damit, die Geschichte der *Thule*-Gruppe zu erforschen. Irgendwann stieß sie dabei auf ihren modernen Ableger, der – wie ich mit Sicherheit weiß – in unserem Land noch aktiv ist, und ihre Forschung wandte sich ihm zu. Als sie die *Thule*-Gesellschaft entdeckte, wurde auch sie entdeckt, und man spürte ihr nach. Sie ist jetzt seit sechs Wochen verschwunden.« Der riesige leere Raum des Hauptlaboratoriums schien seine Worte, kaum dass er sie gesprochen hatte, auszulöschen, selbst aus der Erinnerung. Das Licht kam hauptsächlich von den Infrarotstrahlern, und die drei Männer sahen in dieser Hochofenbeleuchtung wie drei Teufel auf Urlaub von der Hölle aus.

»Wir haben keinen Grund, daran zu zweifeln, dass sie selbst die Kopie ihrer Dissertation mit ihren Anmerkungen vor einem Monat an Dylan geschickt hat. Das heißt, dass sie zu diesem Zeitpunkt frei war.«

Bei Colins Worten rückte Ninian unbehaglich hin und her und fuhr sich mit der Hand durchs Haar. In dem orangefarbenen Licht war sein Gesicht schwer zu deuten.

»Wir haben jetzt drei Möglichkeiten. Entweder sie versteckt sich noch, oder sie ist von den *Thule*-Leuten gekidnappt worden, oder sie ist bereits tot. In jedem dieser drei Szenarios ist die Polizei – oder das FBI, da es sich um Entführung handelt – keine Hilfe für uns.«

Colin sprach nicht von seiner in den letzten Jahrzehnten langsam entstandenen Überzeugung, dass, je höher man in den Etagen der staatlichen Nachrichtendienste kam, desto größer die Wahrscheinlichkeit wurde, dass eine Ermittlung gegen die *Thule*-Gruppe direkt den Leuten bekannt würde, denen Rowan nachgeforscht hatte – den *Thule*-Leuten selbst. So etwas laut zu sagen hatte für ihn immer noch einen Beigeschmack von Paranoia.

»Ich kann sie nicht finden«, sagte Ninian verzagt. »Das wissen Sie, Dylan. Das gehört nicht zu meinen Fähigkeiten.« Er bedeckte seine Augen mit der Hand, als ob er alles ausblenden wollte, was er hörte – und dachte.

»Ich für meinen Teil – ich kann auch für Dylan sprechen – hätte es am liebsten, wenn Sie einfach das Ganze vergessen und zu Ihrem Leben zurückkehren würden«, erklärte Colin, auch wenn er nicht glaubte, dass seine Worte irgendeine Wirkung haben würden.

»Nein«, widersprach Ninian. »Nicht, wenn Rowan meine Hilfe braucht. Weltraum-Nazis aus der Hölle … bei allem Respekt, Professor MacLaren.« Der junge Mann klang angegriffen, so wie vielleicht jeder, der unvorbereitet mit einer solch aberwitzigen und schrecklichen Idee konfrontiert wurde. »Es ist nur … Es muss doch was anderes geben, was ich tun kann, als ihr Gefrierfach aufzutauen!«

»Es muss etwas geben, was wir *beide* tun können«, ergänzte Dylan nachdrücklich. »Du hast gesagt, du kennst dich mit der modernen Gruppe aus, Colin – wie finden wir sie?«

»Ich hatte schon mit ihnen zu tun«, sagte Colin und betrachtete den Anhänger in seiner Hand. »Aber ich möchte keinen Amateur – nicht noch einen Amateur – in Gefahr bringen. Wenn ich herausfinde, wen ich ins Visier nehmen muss – wenn Rowan noch lebt –, dann glaube ich, dass ich sie auch befreien kann.«

»Du?«, fragte Dylan, und Colin wurde all seiner Vorbehalte gewahr, als stünden sie ihm ins Gesicht geschrieben: *Du bist ein gebrechlicher alter Mann, und der Zweite Weltkrieg ist ziemlich lange her. Sie ist meine Studentin – ich trage die Verantwortung für sie …*

»Ich muss es tun«, sagte Colin bestimmt. »Das musst du jetzt akzeptieren, Dylan, oder ich kann dir nicht weiterhelfen. Ich bin seit über fünfzig Jahren mit diesen Leuten beschäftigt und kann dir versichern: Sie sind entschlossen und haben die Mittel, mit oder ohne Grund zu töten, ohne dass je etwas herauskommt. Ich werde keine Verantwortung dafür übernehmen, dass noch mehr wehrlose Unschuldige dabei draufgehen.«

»Du wirst mich wohl nicht als wehrlosen Unschuldigen bezeichnen …«, begann Dylan, doch Ninian unterbrach ihn, indem er eine Hand auf Dylans Arm legte.

»Lassen Sie ihn, Dylan. Es geht um eine Art … Verhandlung, ist es nicht so, Dr. MacLaren? Sie sagen, dass diese Leute Sie kennen. Und sie kennen Dylan nicht, stimmt's?«, sagte Ninian.

»Etwas in der Richtung«, sagte Colin, dankbar für die Unterstützung von so unerwarteter Seite. »Dylan, wenn du anfängst, Rowan zu suchen – wenn sie sie haben, und du bist hinter ihnen her, dann bringen sie sie vielleicht auf der Stelle um.«

»Du hast gesagt, dass sie vielleicht schon tot ist«, sagte Dylan mit zusammengekniffenen Lippen.

»Ich glaube es eigentlich nicht. Sie hätte vorher geredet, und dann hätten sie sich um dich gekümmert«, stellte Colin sachlich fest. Er sprach, ohne darauf zu achten, welche Wirkung seine Worte hatten, doch Dylan wurde blass. »Sieh nach, ob du deine Notizen finden kannst«, sagte Colin besänftigend. »Ninian und ich werden diese Seiten hier zu Ende entwickeln. Vielleicht enthalten sie noch weitere Aufschlüsse.«

Als Dylan außer Hörweite war, wandte sich Ninian an Colin.

»Glauben Sie wirklich, dass sie noch lebt?«, fragte er.

»Ich glaube, wenn sie nicht mehr lebt, ist sie erst vor sehr kurzer Zeit gestorben«, sagte Colin. »Denn ich kann mir nicht vorstellen, dass diese Leute das hier« – er wies auf den Schlüssel und den Anhänger – »uns überlassen wollen.«

Gegen Mitternacht – nach Colins innerer Uhr, die noch auf Westküstenzeit eingestellt war, allerdings erst 21 Uhr – saß er im Gästezimmer des Hauses von Dylan und Truth und ging die Seiten der ungebundenen Dissertation durch. Die Vorderseite war jeweils eng bedruckt, die Rückseite bedeckt mit brauner Handschrift. Colin las beide jeweils sorgfältig.

Rowans Dissertation war eine solide, umsichtige Arbeit, ganz anders die mit Zitronensaft geschriebenen Notizen. In ihnen ging sie auf Namen, Daten, Orte ein, die Colin lange oder für immer vergessen geglaubt hatte. Sie dokumentierte das gescheiterte okkulte Ritual, das Hess nach England geführt hatte; die Geheimgespräche mit Dulles in der Schweiz, die unter der Tarnung der BIS, der Bank for International Settlements, stattgefunden hatten; die Übersiedlung der *Thule*-Gruppe nach Amerika. Sie belegte Verbindungen zwischen den Peronisten, der *Colonia Dignidad* und wichtigen Mitgliedern der beiden großen amerikanischen Parteien. Wenn auch nur die Hälfte dessen, was Rowan geschrieben hatte, an die Öffentlichkeit käme, hätte sie sich bis weit ins nächste Jahrhundert mit Verleumdungsklagen herumzuschlagen – unabhängig davon, ob ihre Untersuchungen stimmten oder nicht.

Und das Bild, das sie mit ihrer Collage von Namen und Daten malte, taugte für wildeste Verschwörungstheorien.

Aber sind nicht Verschwörungstheorien stark in Verruf geraten? Als ob jemand – oder etwas – ein Interesse daran hätte, die ganze Idee der Verschwörungen ins Lächerliche zu ziehen? So dass jede Verschwörung, egal wie faktisch auch immer, im Moment ihrer Entdeckung gezwungenermaßen etwas Fragwürdiges bekommt ... Zwischen Watergate und Roswell interessiert sich niemand mehr für die Wahrheit. Nachdenklich wollte Colin seine Pfeife aus der Jackentasche nehmen, bevor er sich – wie immer in derartigen Situationen – erinnerte, dass er sie nicht mehr hatte. Er hatte ja das Rauchen vor Jahren aufgegeben, nachdem Claire und sein Arzt ihm zugesetzt hatten. Das war jetzt umso bedauerlicher, da es sich hier um etwas handelte, das der große Detektiv Sherlock Holmes sicherlich ein »Drei-Pfeifen-Problem« genannt hätte.

Er nahm seine Brille ab, putzte die Gläser, setzte sie dann wieder auf. Manchmal war ihm das ein vollwertiger Ersatz, denn es gab seinen Händen etwas zu tun, während er seine Gedanken ordnete. Er starrte die Seiten vor sich auf dem Tisch an. Aber heute Nacht half gar nichts.

Seine Uhr mahnte ihn mit einem Piepton, dass es Zeit für seine Pillen sei. Colin seufzte und kramte in seiner Reisetasche, bis er die Medizin gefunden hatte. Sein Leben war von medizinischen Vorschriften umstellt – die Alchemie der Zeit hatte aus einem rasenden Roland einen Don Quijote gemacht.

Einen Augenblick überlegte Colin, Claire schon jetzt statt erst morgen anzurufen. Wenigstens könnte er dann seine Gedanken mit jemandem teilen, der sein Grauen und seine Ohnmacht verstehen würde. Er musste bald handeln – wenn Rowan gefangen genommen war, schwebte ihre Familie auch in Gefahr. Doch Colin hatte Angst, es ihr zu sagen – als wäre das Nichtwissen der einzige Schutz vor dem Bösen, vor Rowans bedrohlicher Lage.

Vor dem Bösen.

Da war es. Er hatte das Wort gesagt, wenn auch nur in Gedanken. *Das Böse.*

Es war kein geläufiges Wort heutzutage. In einer Welt, in der Kinder zu Dutzenden hingeschlachtet, zu Tausenden mit Gewehren, Bomben und Messern gemetzelt wurden, kam das Wort »Gräuel« leicht über jedermanns Lippen. Doch die Erkenntnis des Bösen war irgendwie aus der Mode gekommen. Die Schrecken der modernen Welt waren Pech, Business-as-usual, »uralte Rassenspannungen«, politischer Terrorismus, Kriminalität … doch nie »das Böse«. Es war, als ob eine Farbe auf der Palette des menschlichen Verstehens gelöscht worden wäre, es sei denn … was?

Es sei denn, es gäbe Hoffnung?

Die Existenz des Bösen zu akzeptieren hieß auch an sein Gegenteil zu glauben – zu hoffen, zu glauben, dass das Böse bekämpft werden konnte.

So wie Colin jetzt kämpfen musste, auch wenn die Jahre wie ein stetes Gewicht an ihm zerrten und sein eigener Zerstörungsengel in seiner Brust schlug, bereit, ihn ans Messer zu liefern. Die Leute sprachen von der Bürde des Alters, ohne zu wissen, woher dieses Klischee kam. Colin kannte das Alter als etwas anderes: als eine immer währende Schwere, die an der Lebenskraft jenes Mannes zehrte, der er einmal gewesen war. Jetzt war die Zeit gekommen, da er – trotz seines Herzleidens »für sein Alter« in guter Kondition – seine Tage wie ein Meisterstratege planen, haushälterisch mit seinen Reserven umgehen und seine Kräfte umsichtig einsetzen musste. Es sei denn, er wollte ächzend und erschöpft zurückbleiben, ohne seine Aufgabe erledigt zu haben.

Er konnte es sich nicht leisten, diese Arbeit unerledigt zu lassen.

Colin nahm seine Brille wieder ab und rieb sich müde die Augen. Er zweifelte an nichts von dem, was Rowan auf diesen Seiten niedergeschrieben hatte. Das war das Schlimmste. Zu glauben und zu wissen, dass ehrliche Menschen nichts taten, war eine größere Lähmung als jede Niederlage ...

Er legte das Manuskript beiseite und nahm die Aufzeichnungen vor, die Dylan für ihn herausgesucht hatte. Sie enthielten nicht viel, nur einen Namen – Caradoc Buckland – und flüchtige Notizen der Fragen, die er gestellt hatte. Gute Studentin? Gute Leistungen bisher? Drogenkonsum? Krankenhausaufenthalte? Haft oder Vorstrafen? Nahe Freunde? Familie? Offene Schulden? Buckland hatte gesagt, er riefe aus Washington, D.C., an, aber die Angabe des Ortes – wie der Name des Mannes – mochten ebenso gut erfunden sein. Das half alles nicht viel weiter.

Tief in Colins Innerem schrie eine ängstliche Stimme, dass er alt und müde sei; dass er genug für ein Leben getan habe – genug Siege errungen, genug Opfer gebracht, dass es ihm gestattet werden müsse, diesen Kampf einem jüngeren Mann zu überlassen.

Ein Telefonanruf genügte. Er würde Nathaniel anrufen, ihm sagen, was er wusste, das blasphemische Kruzifix übergeben, den Schlüssel und Rowans Arbeit. Nathaniel würde handeln. Colin hätte sich so seiner Aufgabe bequem entledigt.

Aber damit hätte er nicht getan, worum Dylan ihn gebeten hatte – und was er tun musste, selbst wenn es ihn sein Leben kostete.

Er war ein letztes Mal in die Schlacht gerufen, und obwohl er über keine esoterischen Waffen mehr verfügte, war er doch mit einer mächtigen Waffe bewehrt: der Kenntnis eines weltlichen Verbrechens. Wenn man es richtig anstellte, konnte Rowans Entführung zur Entlarvung und Zerstörung der exoterischen Teile des Schatten-Ordens genutzt werden – eventuell durch nichts anderes als durch die Glaubhaftigkeit, die es ihrer Dissertation gab. Obwohl eine solche Zerstörung kein vollständiger Sieg des Lichts wäre, so wäre es doch ein wichtiger Sieg. Und Colin konnte das, was er wusste, nutzen, um Rowans Leben zu retten – wenn sie noch am Leben war.

Nathaniel konnte es nicht – aber Colin vielleicht. Seine Feinde kannten ihn von früher, und ihre Erinnerung war langlebig.

Er seufzte und bereitete sich auf den Kampf vor, in dem nicht Kraft, sondern Schlauheit entschied und vielleicht Glück. Er musste jede Spur überprüfen, die Rowan hinterlassen hatte, und einen Ansatzpunkt finden. Seine Seele sagte ihm, er müsse auch überprüfen, ob – wider alle Erwartung und Vernunft – Toller Hasloch irgendwo überlebt hatte.

Vielleicht gab dieser Gedanke Colin auf seltsame Weise Hoffnung. Wenn Hasloch noch lebte nach dem, was Colin getan hatte, hatte Colin durch seine Tat keine Schuld auf sich geladen, sondern nur durch seine Absicht.

Doch diese Hoffnung, so unwürdig und widersprüchlich sie war, verblasste angesichts der ehrlichen Furcht, was aus Hasloch in der Zwischenzeit geworden sein mochte – was gewisslich aus der *Thule*-Gruppe geworden war –, wenn nämlich Colin sich seines Sieges über ihren hellsten gefallenen Stern zu früh gefreut haben sollte.

25

WASHINGTON, D. C., MITTWOCH, 26. OKTOBER 1998

O Schelme, Vipern, rettungslos verdammt!
O Hunde, die vor jedem Fremden wedeln!
An meines Herzens Blut erwärmte Schlangen,
Die nun ins Herz mir stechen! Drei Judasse.
Und dreimal ärger jeglicher als Judas!

WILLIAM SHAKESPEARE, KÖNIG RICHARD II., III, 2, 129

Ninian benötigte nahezu anderthalb Tage, um mit einem Pendel und Karten, deren Maßstab stufenweise größer wurde, den gefundenen Schlüssel mit einem Bankschließfach in Manhattan in Verbindung zu bringen. Und nach der Logik, die Ninians psychometrische Gabe antrieb, standen der Schlüssel und das Schloss immer noch in Verbindung.

Währenddessen waren Claire und Justin in Glastonbury angekommen – Colin hatte sie nicht guten Gewissens ohne Warnung lassen können.

Justin nahm die Nachricht von Rowans Verschwinden sehr ernst. Wenn Claire nicht dagewesen wäre und ihn beruhigt hätte, wäre er sofort zur Polizei gegangen. »*Wie konntet ihr das zulassen? Warum tut niemand irgendetwas?*« Der Schrei eines verzweifelten Vaters, dessen Kind auf die schiefe Bahn geraten war.

Dylans Versuche, ihm Mut zu machen – zu erklären – blieben fruchtlos.

»Lass sie ihre Arbeit machen!«, sagte Claire scharf.

Justin, der in Dylans Wohnzimmer auf und ab lief, kam überrascht auf sie zu. »Nenne mir bitte einen vernünftigen Grund, warum ich das tun sollte! Palmer hier hatte nicht einmal die Güte, mir mitzuteilen, dass sie verschwunden ist; ich sollte ...«

»Wenn du dich einmischst, stirbt sie«, sagte Claire hart.

Justin Moorcock starrte sie an. Claire holte tief Luft und fuhr fort: »Justin, du kennst mich seit Jahren. Ich kannte Rowan schon als kleines Mädchen, und ich liebe sie genauso wie du. Ich kenne diese Leute, Justin – sie haben versucht, mich umzubringen, als ich ungefähr in Rowans Alter war, und Colin hat mich damals gerettet. Lass ihn jetzt auch Rowan retten!«

»Warum tut denn keiner was?«, fragte Justin. Doch die Wut war nun aus seiner Stimme gewichen. Er setzte sich aufs Sofa. Claire legte einen Arm um seine Schulter und sah Colin flehend an.

»Wir tun, was wir können«, beruhigte ihn Colin. Es war überflüssig, Justin zu erklären, welch machtvollen politischen Schutz die Thulisten genossen, mit welcher Raffinesse sie Beweise der Existenz ihres Kultes verbargen.

»Was kann ich tun?«, fragte Justin. »Wenn ihr Geld braucht ...«

»Ich würde nicht zögern, dich darum zu bitten«, sagte Colin offen. »Aber in diesem Moment müssen wir an Rowans Schließfach in New York rankommen und herausfinden, was sie dort für uns hinterlegt hat.«

Claire sah ihn mit sonderbarem Gesichtsausdruck an.

»Ich glaube, das kann ich für euch erledigen.«

Sie fuhren zu fünft nach New York, um das Schließfach zu öffnen. Allerdings gingen nur Colin und Claire zur Bank. Claire war Mitunterzeichnerin des Schließfachs; Rowan hatte es vor zwei Jahren gemietet, was Claire völlig vergessen hatte.

»Sie hat mich zum Narren gehalten«, sagte sie leicht verbittert. »Ich hatte nicht die geringste Ahnung, dass sie es für so etwas benutzen wollte.«

»Wahrscheinlich hat sie es damals auch noch nicht gewusst«, sagte Colin. »Vor zwei Jahren hat sie sich noch nicht mit der *Thule*-Gruppe bechäftigt.«

Oder vielleicht doch?, überlegte er und starrte auf den Kasten, der vor ihnen auf dem Tisch stand. Sein Inhalt zeugte von Rowans praktischem Sinn: ein weiteres Exemplar ihrer Dissertation, Briefe an Justin und Claire, eine Abschrift ihres Testaments. Rowans Notizen und Korrespondenz, die aber, wie Colin schon vermutet hatte, nichts enthielten, was für die Polizei von Interesse gewesen wäre oder gar einen Hinweis auf eine Entführung enthalten hätte. Die Dokumente waren nur für den bedrohlich, der wusste, was sie bedeuteten.

Die Unterschrift von Caradoc Buckland fand sich auf einer Reihe harmloser Briefe, die den Namen der Cincinnatus-Gruppe und eine Adresse in Washington, D.C., im Briefkopf führten.

»Was nun?«, fragte Claire, als Colin alles zweimal durchgesehen und sich ein paar Notizen gemacht hatte.

»Jetzt kommt der schwierige Teil. Du bleibst hier und sorgst dafür, dass Justin und Dylan nicht in Schwierigkeiten geraten – Ninian kann dir dabei helfen, er scheint ein vernünftiger junger Mann zu sein –, und ich werde ein paar alten Freunden meine Aufwartung machen.«

»Gott sei mit dir«, sagte Claire ernst.

Colin nahm am Mittwochmorgen den Shuttle vom JFK-Flughafen. Der National Airport war im letzten Februar nach Ronald Reagan umbenannt worden. Doch diese Namensänderung wurde so wenig angenommen wie die der Sixth Avenue in Avenue of the Americas. Die Menschen blieben bei den vertrauten Namen und kümmerten sich nicht um Namensschilder.

Washington war noch genauso, wie er es in Erinnerung hatte: eine Stadt, die einer Bühnenkulisse glich, ein Hintergrund für unwahrscheinliche Ereignisse. Es regnete, als er eintraf, auch das entsprach seiner Erinnerung. Washington war wie Berlin eine Stadt, die man im Regen am besten verstehen konnte. Er nahm ein Taxi und fuhr direkt zu seinem Ziel in Georgetown. Aus alter Gewohnheit nannte er nicht die Adresse, sondern die nächstgelegene Kreuzung. Erneut schien die Vergangenheit gegenwärtig werden zu wollen, und Verhaltensweisen, die er seit Jahrzehnten abgelegt hatte, gewannen wieder Bedeutung. Noch einmal wurde Colin zu jenem Mann, den er einst in dem Glauben ad acta gelegt hatte, er würde ihn nicht mehr brauchen. Das war einmal ...

Aber dieses »Das war einmal« konnte nicht ewig weitergehen, und auch das schönste Märchen ging irgendwann zu Ende.

In dem berüchtigten Berufsverkehr dauerte die Fahrt über eine Stunde, obwohl Colin den näheren Flughafen gewählt hatte. Langsam wandelte sich die Nachbarschaft, wurde wohlhabender, bis der Fahrer in einer Gegend hielt, in der nur noch Brownstone-Häuser mit Bronzeschildern standen, Sitz reicher, vornehmer Kanzleien und Büros: Rechtsanwaltskanzleien, Beraterfirmen und Büros anderer Gruppen unbestimmterer Arbeitsbereiche. Obgleich er schon lange nicht mehr auf dem Schachbrett der Politik mitspielte, erkannte Colin dieses Schattenland sehr wohl wieder: Hier kreuzten sich Reichtum und Macht, und die Korruption blühte.

Das Taxi hielt. Colin zahlte und wartete, bis es weggefahren war, bevor er sich nach seinem Ziel umsah. Ein Teil seines Bewusstseins beharrte immer noch darauf, dass es besser gewesen wäre, eine falsche Adresse ein paar Häuserblocks entfernt anzugeben, um seinen Bestimmungsort noch schwerer identifizierbar zu machen, aber er wusste, dass das zwecklos war. Noch war niemand hinter ihm her. Dazu würde es erst kommen, wenn er in die Arena trat.

Er ging die Straße hinauf und fand das Haus, das er suchte: eine Brownstone-Villa, ununterscheidbar von den anderen. Die Cincinnatus-Gruppe war der einzige Nutzer.

Colin hatte seine Hausaufgaben gemacht. Die Cincinnatus-Gruppe war eine Denkfabrik, eine Beratungsfirma der Art, wie sie häufig von der Regierung für Intensivrecherchen auf den verschiedensten Gebieten beansprucht wurde. Ihren Namen hatte sie von jenem römischen General, den George Washington bewundert hatte – dem, der die Stadt gerettet hatte und dann zu seinem Pflug zurückgekehrt war. Der zivile Soldat war einmal ein amerikanisches Ideal gewesen. Lang, lang war's her – als es noch amerikanische Ideale gegeben hatte.

Colin schritt die Stufen hinauf. Neben der Tür hing die unvermeidliche gravierte Bronzetafel. Die Tür war verschlossen, und er drückte die Klingel. Zu seinem leisen Erstaunen öffnete sich die Tür.

Dies war jetzt der letzte Moment, um sich umzudrehen und wegzurennen. Es war verwunderlich, wie stark dieser Wunsch tatsächlich war: Als teilte er seinen Körper mit einem praktisch denkenden Tier, das nur an sein eigenes Überleben denkt, mit einem Geschöpf, das die vor ihm liegende Gefahr genau witterte.

Aber er war kein Tier, sondern ein Mensch. Colin schüttelte die Empfindung des Bedrohlichen ab und trat ein. Der Empfang war gleich zu seiner Rechten.

Als er das Foyer betrat, wurde er von dem höflich fragenden Blick einer Empfangsdame begleitet. Sie schien leicht beunruhigt, ein fremdes Gesicht zu sehen. Auf dem Empfangstisch befand sich nichts, das darauf hingedeutet hätte, dass sie einem Broterwerb nachging; nur ein Telefon, eine Tiffany-Lampe und ein Silberteller für Visitenkarten. Die Frau hinter dem Tisch war blond, grazil. Sie wirkte nachgerade aristokratisch und schien eher auf den Laufstegen von Mailand als hier an einer Rezeption zu Hause. Ihre Pagenfrisur verdeckte nur unvollkommen den Knopf in ihrem Ohr und das Kabel, das zu einem Empfänger unter ihrem Jackett führte; ein kleiner Sprung in der liebenswürdigen Fassade und ein Beweis, dass irgendwo jemand saß und aufpasste.

»Kann ich Ihnen behilflich sein?«, fragte sie. Eine Hand befand sich unter dem Tisch, zweifellos an dem Alarmknopf.

»Ich möchte Mr. Buckland sprechen«, sagte Colin.

»Ja, natürlich, Sir«, sagte sie erleichtert. Beide Hände lagen jetzt auf dem Tisch. »Wen darf ich anmelden?«

»Colin MacLaren.«

Sie sprach einige Sekunden lang leise ins Telefon; Colin hörte, wie sie seinen Namen nannte. Sie legte auf und bat Colin mit dem zuvorkommendsten Gesicht der Welt, seinen Mantel abzulegen und Platz zu nehmen.

Colin zog es vor, stehen zu bleiben und seinen Mantel anzubehalten. Das blasphemische Kreuz war ein kaltes Gewicht in seiner Jackentasche – es hierher zu bringen war nicht risikolos. Aber noch gefährlicher wäre es gewesen, es woanders zu lassen.

Er hörte das Rumpeln eines Fahrstuhls in dem alten Haus, und kurz darauf kam ein junger Mann – sehr vermutlich Caradoc Buckland – auf ihn zu.

Colin hatte sich ihn etwas anders vorgestellt. Buckland war Anfang dreißig, schlank und sehr gut aussehend, mit dunkelbraunem Haar und ebensolchen Augen. Er trug die Uniform Washingtons: dunkelblauer Blazer, kastanienrote Krawatte, graue Flanellhosen. Trotz dieses deutlich zur Schau gestellten Konservatismus prangten ein schwerer Goldring an seinem linken Ohr und ein massiv goldener Siegelring an der rechten Hand.

»Dr. MacLaren? Ich bin Caradoc Buckland.« Er streckte seine Hand aus, und Colin schüttelte sie.

Für Buckland wäre das Nächstliegende vernünftigerweise die Frage gewesen, was Colin herführe, aber er stellte sie nicht. Er bedeutete Colin nur, ihm zu folgen. Er führte ihn in den hinteren Trakt des Hauses, wo der Fahrstuhl, den Colin gehört hatte, wartete.

»War es schwierig, uns zu finden?«, fragte Buckland höflich und schob die Bronzegitter des Fahrstuhls zu.

Sie wissen Bescheid. Diese Eingebung erfüllte ihn mit einem fast überwältigenden Bedürfnis zu fliehen. Doch es war ihm klar geworden, dass er hier kein Unbekannter war – wenn auch nicht gleich in dem Moment, da er das Gebäude betreten hatte, so doch sehr bald darauf. Die *Thule*-Gruppe schloss nie das Buch über einen Gegner, bevor sie ihn nicht unter die Erde gebracht hatte.

»Ach, nicht besonders schwierig«, antwortete Colin leichthin. Die erste Woge der Furcht verwandelte sich in erwartungsvolles Prickeln entlang seiner Nervenbahnen. Der Drang, das Große Spiel zu spielen, ließ nie nach, auch nach einem halben Jahrhundert nicht.

Der Aufzug hielt im zweiten Stock. »Wenn Sie mir folgen wollen, Dr. MacLaren«, sagte Buckland, dessen Stimme nicht das mindeste Anzeichen gab, dass er etwas außerhalb der Routine tat.

Der Flur war mit rotem Teppichboden ausgelegt, so weich, dass Colin förmlich spüren konnte, wie er bei jedem Schritt einsank. Der Boden schien zugleich die Geräusche zu dämpfen, und es herrschte eine ähnlich schweigsame Atmosphäre wie in einer dämmrigen Kathedrale. Mit einem Teil seines Bewusstseins versuchte sich Colin vorzustellen, welche Inszenierung sie sich für die Konfrontation ausgedacht hatten und wer die Mitspieler sein würden.

Die Tür am Ende des Flurs bestand aus Rosenholz, dessen Maserung über Generationen von Hand poliert worden war. Buckland öffnete sie schwungvoll und bat Colin, ihm vorauszugehen. Die Wände des Büros waren eichengetäfelt, und auf seine Weise war der Raum eine ähnliche bühnenbildnerische Leistung wie das Empfangsfoyer unten.

Der Schreibtisch stand völlig allein in der Mitte des Raumes, eine riesige, von Schnitzwerk verzierte Antiquität.

»Hallo, Colin«, sagte der Mann hinter dem Schreibtisch.

Es war Toller Hasloch.

Sein blondes Haar hatte mit den Jahren einen lichten Elfenbeinton angenommen. Er war mit dem Alter dicker geworden, doch fraglos derselbe Mann, den Colin vor einem Vierteljahrhundert zuletzt gesehen hatte. Colin traf der Schock wie ein Hammerschlag auf die Brust, und er hatte das Gefühl, nach Luft schnappen zu müssen.

»Setzen Sie sich, Colin«, sagte Hasloch und erhob sich wie ein guter Gastgeber. »Doc, bitte bringen Sie unserem Besucher etwas zu trinken.«

Colin sank in den angebotenen Sessel, unfähig, seine Augen von Haslochs Gesicht zu wenden. Er bemerkte es kaum, als Buckland ein Glas auf den Tisch neben seinem Ellbogen stellte. Das Alter war wie ein schwerer Anker, es verlangsamte die Reflexe, es raubte ihm alle Spannkraft, und Colin setzte sich dagegen zur Wehr, als wäre es sein leibhaftiger Feind. Hasloch hatte ihn mit der Entdeckung, dass er noch lebte, sprachlos machen wollen, und Colin konnte ihm diesen Triumph nicht lassen. Nach einem Moment schwand der erste lähmende Schreck, und er vermochte wieder zu denken.

»Was machen Sie denn hier?«, fragte Colin umstandslos, obwohl die Frage eigentlich von Hasloch hätte gestellt werden müssen.

Wie hatte Hasloch überlebt? Auch wenn die Antwort darauf letztendlich unerheblich für das Problem war, das sich vor ihm auftürmte, nagte sie an seinen Gedanken. Wäre er doch damals nur in New York geblieben – wenn Simon sich damals doch nur nicht verletzt und Colins gesamte Aufmerksamkeit an die Westküste gezogen hätte. Als er dann in den Osten zurückgekehrt war, um das Bidney Institut zu leiten, hatte er anderes zu tun, als sich darum zu kümmern, ob Hasloch wirklich tot war.

Man sagt immer, dass der Teufel im Detail steckt; das bringt einen schließlich zu Fall …

»Ich lebe einfach mein Leben«, sagte Hasloch mit geheuchelter Unschuld. Buckland hatte jetzt Wachtposten an der Tür bezogen, und Colin fühlte sich plötzlich geschmeichelt – dieser ganze Aufwand wegen eines alten Mannes!

»Es ist wohl wahr, dass ich mich nicht mehr so nach vorne dränge«, sagte Hasloch mit fortwährend affektiertem Lächeln, »aber ich bin deswegen noch kein Eremit. Ich bin reich, habe Macht und Einfluss, Besitz, gute Freunde …«

Hasloch war immer schon reizbar gewesen, und auch jetzt verriet ihn seine Nervosität. Er konnte seine Hände nicht still halten. Sie fuhren wie zwei eigenständige Wesen über dem Schreibtisch hin und her, nahmen dies und jenes auf, spielten damit, stellten es wieder hin. Colin beobachtete ihre fahrigen Bewegungen. Die meisten der Gegenstände waren einfach Bürozubehör, doch in der Mitte befanden sich fünf kleine bonbonfarbene Plastikteile, die deplatziert wirkten. Ein Würfel, ein Dreieck, ein Diamant und zwei weitere Gegenstände mit derart vielen Schliffflächen, dass sie annähernd rund waren. Magische Würfel, wie sie Colin in Rowans Wohnzimmer gesehen hatte.

Nur der Umstand, dass Colin sich streng darauf vorbereitet hatte, nichts preiszugeben, schützte ihn nun davor, seine Überraschung zu zeigen. Es konnte Zufall sein, doch Colin hielt es für einen Beweis.

Die Vorgehensweise, die er sich für den Unbekannten namens Caradoc Buckland vorgenommen hatte, würde nicht funktionieren – jetzt, da er wusste, dass entgegen aller Erwartung Toller Hasloch seine Finger im Spiel hatte.

»Verzeihen Sie«, unterbrach er höflich, »ich frage mich, warum Sie mir das alles erzählen.« Er würde mehr erfahren, wenn er sein Gegenüber provozierte, als wenn er freundlich zuhörte – Hasloch hatte ja immer die Neigung gehabt, Reden zu halten.

Hasloch legte seine Hände flach auf den Schreibtisch und stand halb auf. »Weil ich will, dass Sie wissen, wie tief Sie gescheitert sind, Sie Dreckskerl«, knurrte er.

Colin hatte gehofft, Hasloch aus der Ruhe zu bringen, es war ihm offenbar gelungen. Hinter sich spürte Colin, wie Buckland geradezu sprunghaft hellhöriger wurde.

»Das tue ich nun«, sagte Colin ruhig. »Ich denke, ich sollte Ihnen wohl sagen, wie sehr ich mich freue, Sie so wohlauf zu sehen.«

»Weil es Sie endlich vom Schuldkomplex des Weißen Lichts befreit?«, schnappte Hasloch. »Ist es so, Colin? Ist es wirklich so?«

Er stand auf und begann umherzugehen, doch Colins Antwort schien seine gute Laune wieder herzustellen. »Sie haben versucht, mich umzubringen – ich nehme an, dass Ihre Meister Ihnen dafür die Hölle heiß gemacht haben. Haben sie Sie hinausgeworfen? Oder sind Sie als reuiger Sünder beim Orden geblieben und haben durch gute Taten Buße getan? Erzählen Sie mir, Colin. Erzählen Sie mir über all das Gute, das Sie in der Welt getan haben – kann es sich mit dem messen, was ich vollbracht habe?

Erinnern Sie sich an unser erstes Gespräch, vor vielen vielen Jahren? Ich habe Ihnen damals gesagt, was mein Ziel ist, und ich habe es erreicht: Meine Schutzherren haben mit dem Mord an Kennedy Amerika das Herz herausgerissen, mit dem Vietnamkrieg seine Seele zerstört und mit Nixons Machenschaften seinen Geist zerrüttet.«

Hasloch musste sich sehr sicher fühlen, wenn er so offen vor Buckland sprach … oder eine unvorstellbar große Macht über den jungen Mann besitzen. Welches von beidem zutraf, spielte jetzt keine Rolle.

»Und wir waren seither nicht untätig: Lesen Sie die Zeitungen, Kalter Krieger – dies ist der Vorabend unseres Sieges! Ihr Amerikanischer Adler ist tot, und der Weiße Adler von *Thule* wird in meiner Lebenszeit triumphieren. Was können Sie dagegen noch ausrichten?«, fragte Hasloch.

»Mauern«, erwiderte Colin MacLaren. Haslochs Tirade war nur der Ausdruck seiner eigenen dunkelsten Befürchtungen, und er hatte Jahrzehnte Zeit gehabt, sich mit ihnen abzufinden und sich über sie hinwegzutrösten. »Die Berliner Mauer ist gefallen – und was Vietnam anbelangt, sollten Sie sich mehr an die Denkmäler hier in dieser Stadt halten. Das Vietnam-Memorial ist ein überzeugender Beweis dafür, dass Herzen und Köpfe heilen und Seelen gerettet werden können. Sogar Ihr Herz und Ihre Seele, Toller.«

Hasloch hielt im Gehen inne und lachte laut auf. »Nicht durch einen alten Mann, der sich weigert, die Dunkelheit in seiner eigenen Seele zu erkennen!« Er kehrte zum Schreibtisch zurück und ließ sich auf seinem Stuhl nieder. Mit sichtlicher Mühe gewann er seine Fassung zurück. »Aber ich habe Ihnen schon zu viel Zeit gestohlen. Sie hatten mit meinem Assistenten etwas zu besprechen, und ich habe Sie daran gehindert. Bitte, seien Sie so frei.« Er wies mit einer Gebärde auf Caradoc.

Das Gespräch hätte einen anderen Verlauf genommen, wenn Hasloch wirklich den Grund für Colins Anwesenheit gekannt hätte. War es möglich, dass Hasloch keine Verbindung zwischen ihm und Rowan Moorcock herstellte? Nun, er hatte auch keinen Grund dafür. Selbst wenn sie sie ausgehorcht hatten, war es unwahrscheinlich, dass sie nach ihm gefragt hatten, ebenso wie Rowan gewiss nicht von sich aus erzählt hätte, ihn zu kennen. Für Hasloch befand er sich in einem vollkommen anderen Umfeld.

Colin schwieg, um Zeit zu schinden.

Hasloch sah Buckland mit hochgezogenen Augenbrauen an. Der junge Mann runzelte die Stirn und dachte nach.

»Ich glaube, es ist wegen Julian – äh, Pilgrim, glaube ich, nicht wahr? Aber ich verstehe nicht ganz, warum Ms. Jourdemayne nicht selbst gekommen ist«, sagte Buckland. »Eigentlich hatte ich mich gefreut, sie wiederzusehen.«

Pilgrim? Was hatte die *Thule*-Gruppe mit Truths Halbbruder zu schaffen? Er war in eine Anstalt eingewiesen worden, kurz bevor Truth zum ersten Mal bei Colin auftauchte, und Colin war sich ziemlich sicher, dass er sich noch immer dort befand. Nach den wenigen Andeutungen, die sie gemacht hatte, war es die beste Lösung. Das Kind, das Colin gekannt hatte, war ein Ungeheuer geworden. Der schwache Schatten des Bösen, der Thornes eigentlich lichten Charakter verdüstert hatte, war in seinem Sohn voll ausgeschlagen. Was nur hatte die Cincinnatus-Gruppe mit ihm zu tun?

»Ich glaube, Sie können sich eine ganze Reihe von Gründen denken, warum sie nicht mit Ihnen zusammentreffen will«, sagte Colin und erhob sich. Er pries den Umstand, dass die anderen glaubten, er sei im Auftrag von Truth hier, da sein tatsächliches Interesse sich gar nicht besser verbergen ließ. Alles, was ihm zu tun blieb, war, hier herauszukommen, bevor sie merkten, dass sie an einem großen Haken angebissen hatten.

»Sie wird kaum gedacht haben, es wäre eindrucksvoller, Sie zu schicken«, entgegnete Hasloch spöttisch. »Nicht, dass Sie auf Ihre Weise keinen Eindruck hinterlassen würden«, fügte er hinzu. »Ein Triumph der Altersschwäche.«

Buckland und er schienen zu wissen, wovon Hasloch sprach, aber das sollte nicht lange vorhalten. »Verschonen Sie mich mit Ihren schalen Beleidigungen«, sagte Colin. »An Ihrer Stelle würde ich mir eher Sorgen um meine eigenen Pläne machen statt um Truths, Toller – zumindest nach den Erfahrungen, die Sie schon gemacht haben. Ich bin sicher, ich brauche Ihnen den Sinn dieser Worte nicht zu erläutern. Und jetzt möchte ich Ihrer faszinierenden Gesellschaft Lebewohl sagen. Machen Sie sich nicht die Mühe, mich zu begleiten. Ich finde den Weg allein hinaus.«

Colin war ein wenig erstaunt, als er die Straße erreichte, ohne belästigt worden zu sein, und nach ein paar Blocks winkte er ein Taxi herbei. Er fuhr in die City, wo er an einem Taxistand ein anderes Taxi nahm, das ihn zu seinem Hotel fuhr. Keine

Erschöpfung konnte ihn dazu verführen, solche Vorsichtsmaßnahmen zu unterlassen, auch wenn er bezweifelte, dass Hasloch ihn verfolgen ließ. Sie beide wussten, dass ein zweiter Akt folgen würde. Falls Hasloch schlau genug war, wüsste er auch, wie dieser aussah. Schließlich war Rowan Studentin am Taghkanic College.

Hasloch war schlau.

Die seelenlose Betonschachtel des Airport Holiday Inn lag an einer Straße, die nach einem berühmten amerikanischen Verräter benannt war. Seine Zimmer gab es tausendfach kopiert in Dutzenden Ländern, ununterscheidbar wie Telefonzellen. Colin warf seinen Mantel über einen Sessel, setzte sich aufs Bett und entledigte sich der Schuhe. Er steckte den Anhänger zwischen Matratze und Lattenrost; das Versteck würde einer flüchtigen Suche standhalten, wenn auch keiner professionellen.

Was würde jetzt folgen? Wenn Toller Interesse an Pilgrim hatte, musste Colin Truth warnen. Doch er hatte Dylans Versprechen der Nichteinmischung nur nach der Drohung erhalten, Truth zu informieren, die zwar in England, aber nur einen Anruf entfernt war. Er war sich sicher, dass dieses Versprechen Dylan kaum lange zurückhalten würde. Doch falls Colin Truth jetzt anrief, würde Dylan sich sofort von seiner Zusage entbunden fühlen. Und mit Hasloch im Spiel war das viel zu gefährlich.

Colin runzelte die Stirn und dachte nach. Pilgrim war letztes Jahr, nachdem Truth Nathaniel getroffen hatte, nach Fall River verlegt worden. Er nahm den Hörer ab und wählte.

»Atheling.«

»Nathaniel, hier Colin.« Er wollte Nathaniel mitteilen, dass Hasloch noch lebe, aber dann wurde ihm klar, dass Nathaniel schon Bescheid wusste – dass er, anders als Colin, alles, was Hasloch betraf, weiterverfolgt hatte. Nathaniel hatte sicherlich die ganzen Jahre über gewusst, dass Hasloch noch lebte, während sich Colin mit Schuldgefühlen gequält hatte.

So also sah meine Strafe aus. In der Drehung des Rades liegt das Verständnis aller Dinge. So soll es denn sein.

Colin neigte den Kopf und versuchte, seinen aufbegehrenden Geist zur Demut zu bewegen. Er brauchte einen Moment, bevor er weitersprechen konnte.

»Ich habe Nachrichten für dich, Nathaniel. Erinnerst du dich an Toller Hasloch?«

Es folgte ein Augenblick elektrisierender Stille, bevor Nathaniel leise antwortete: »Ja, Colin.«

»Als ich heute mit ihm sprach …« Colin machte eine Pause, dann zwang er sich fortzufahren, »als ich mit ihm sprach, glaubte er, ich wäre wegen Truth Palmer bei ihm. Er erwähnte Pilgrim – natürlich nur in der unverfänglichsten Weise. Ich möchte keinen falschen Alarm auslösen, aber …«

»Lieber tausendmal falschen Alarm als keinen, wenn es darauf ankommt«, erwiderte Nathaniel ernst. »Pilgrim ist hier bei mir in Sicherheit. Er hat keine Besucher und würde sie auch nicht erkennen. Was führt Hasloch im Schilde?«

»Das hat er mir leider nicht gesagt. Ich muss ihn das nächste Mal fragen, wenn ich ihn sehe«, sagte Colin. Es folgte Schweigen.

»Gibt es sonst noch etwas, das ich wissen muss?«, fragte Nathaniel.

Colin überlegte. Wenn er Truth nicht mit hineinziehen wollte, musste irgendjemand Bescheid wissen. »Claires Cousine, Rowan Moorcock, ist verschwunden, während sie über die Thulisten recherchierte. Die Spur führt direkt zu Hasloch und einer Organisation, die sich Cincinnatus-Gruppe nennt.«

»Ah.« Es war keine Bewegung in Nathaniels Stimme. »Gute Jagd also, Colin. Und pass auf dich auf.«

»So gut ich kann, alter Freund«, antwortete Colin. »Wandle im Licht, Nathaniel.«

»Du auch, Colin. Immer.«

Als Colin dieser Pflicht nachgekommen war und auflegte, erfasste ihn eine Woge entsetzlicher Müdigkeit und schwemmte seine Kraft hinweg, wie Ebbeströmungen den unvorsichtigen Schwimmer. Er hatte sich ein Vierteljahrhundert lang gewünscht, sein Mord an Hasloch könnte ungeschehen gemacht werden. Und als er in jenem versengenden Augenblick erfuhr, dass genau dies der Fall war, hatte sich seine Schuld ebenfalls verwandelt. Hasloch war böse, eine Kreatur, die nur zu einem Zweck dem finsteren Herzen der Schöpfung entsprungen war, so wie Colin als Schwert und Schild geschaffen war, gegen ihn zu kämpfen. Colin konnte seinem Schicksal ebenso wenig entgehen wie Hasloch. Sie waren schon zu Feinden erkoren, bevor sie das Licht der Welt erblickt hatten.

Wie wäre die Welt gewesen, wenn Hasloch nicht in sie hineingeboren worden wäre? Wenn die Männer und Frauen, denen eine Nation vertraute, dieses Vertrauen auch tatsächlich verdienten und das zerstörten, das zu zerstören sie schließlich gewählt waren? Stattdessen hatten die Verteidiger des Westens, geblendet von kleinlicher Furcht, verführt von der Aussicht auf Geld und Macht, mit tausend niedrigen und unwürdigen Gründen das Licht verraten. Die meisten von ihnen wussten nicht einmal, welchen Kampf sie eigentlich fochten.

Colin streckte sich auf dem Bett aus. Fast erwartete er, den Anhänger durch die Matratze zu spüren, wie die Prinzessin im Märchen. Ein Teil seines Bewusstseins wartete auf das Telefonklingeln, obwohl nicht einmal Nathaniel wusste, wo er sich aufhielt.

Es klingelte nicht. Er schlief ein.

Der Adept stand an einem mit winzigen blauen Blumen übersäten grünen Hang. Der Duft war wie ein Nachhausekommen, wie früher Morgen. Hierher kehrte er immer wieder zurück in den Zwischenzeiten der tausend Leben und suchte nach Absolution, nach einem Zeichen, dass ihm schließlich vergeben sei. In der Ferne konnte er die goldenen Türme des großen Tempels sehen, wo ihm die Schale der Nepenthe gereicht worden und wo er gestorben war, um sein Verbrechen zu sühnen. Leben auf Leben war an das Rad gekettet – Hochmut war stets seine Sünde: Stolz, Neugier und der Glaube, die Macht herrsche über das Gesetz.

Macht – nach der sich seine Seele sehnte. Macht, immer nur Macht und Herrschaft über die Welt, die ihn festhielt …

Colin erwachte jäh, noch umfangen vom Nachklingen des Traums. Er hatte gelernt, dass die Tore der Zeit sich dem Adepten in das dunkle Jenseits des Todes öffneten, so dass in einem einzigen kurzen Blick das Muster, das sich durch viele Leben rückwärts ausdehnte, in seiner Gesamtheit erfasst werden konnte. Zum ersten Mal in seinem Leben sah Colin diesem Moment mit Grauen entgegen. Was würde er wohl zu sehen bekommen, wenn er über den Abgrund der Zeit hinwegblickte, der sich vor seiner Geburt erstreckte?

Er setzte sich auf und fuhr sich durchs Haar. Der Abend dämmerte. Auf der Straße unter seinem Fenster irrlichterten die bunten Leuchtreklamen der Geschäfte. Die Erinnerung – einer Phantasie ähnlich – löste sich auf wie Rauch und ließ nur ein drängendes Verantwortungsgefühl zurück.

Mitten am Tag schlafen. Es heißt, das sei ein Zeichen des Alters. Doch der Schlaf hatte ihn nicht erfrischt. Colin saß auf der Bettkante und starrte durchs Fenster auf die weiten Flughafenflächen. Sein Geist war so lahm wie ein widerspenstiges Lasttier. Er schüttelte den Kopf, halb benommen von der anhaltenden Erschöpfung. Er hatte keine Zeit zu verlieren. Er musste irgendeinen Plan aushecken, Hasloch zu fassen.

Er wusste jetzt, dass Rowan irgendwo hinter der Fassade der Cincinnatus-Gruppe gefangen gehalten wurde. Es war nur eine Frage der Zeit, wann Hasloch herausfinden würde, warum Colin sich tatsächlich in Washington aufhielt. Hasloch würde sich nie auf einen Handel einlassen, der Rowans Freiheit gegen Schweigen eintauschte. Dazu stand zu viel zwischen Hasloch und Colin, zu viel Hass.

Die lebenslange Übung in der bitteren Kunst des Möglichen ließ Colin einen anderen Handel ins Auge fassen: Claire gegen Rowan. Claire würde, dessen war sich Colin sicher, einwilligen, und an irgendeiner Stelle während des Austausches müsste sich die Möglichkeit ergeben, beide Frauen zu befreien.

Doch wenn er ein doppeltes Spiel planen konnte, so konnte es Hasloch ebenso. Zögernd verwarf Colin die Idee. Die Erfolgschance war zu gering. Er wusste nicht einmal, ob Rowan noch lebte, so dass ein solcher Austausch überhaupt stattfinden könnte.

Müde rieb er sich die Augen. Der Traum wirkte in ihm immer noch nach und plagte ihn mit fernen, verwirrenden Gefühlen von Schuld und Verderbnis – hinderliche Empfindungen, die er jetzt nicht brauchen konnte. Er konnte sich der vor ihm liegenden Aufgabe nur mit reinem Herzen und sauberen Händen stellen.

Aber was war seine Aufgabe? Rowan Moorcock zu retten oder Hasloch zu vernichten? Colin massierte sich die Schläfen. In einer Hinsicht gab es zwischen den beiden Zielen gar keine so große Wahl – doch in einer anderen gähnte der ganze Abgrund der Verdammnis.

Welchen Sinn hatte es, ein Leben zu retten, während der Schatten Tausende von Leben fraß?

Wo war der Triumph, wenn man dem Schatten tausend einzelne Leben überließ, indem man behauptete, es lohne nicht, ein einzelnes Leben zu retten?

Wer ein Leben rettet, rettet eine ganze Welt. Die Antwort kam aus der tiefen Stille seines Herzens – und diese Antwort zeigte ihm plötzlich die Vollendung seines Lebenswerks. Das quälende Gefühl unerfüllter Versprechen fiel von ihm ab und hinterließ nur Klarheit. Dieser Weg war ihm vor tausend Leben vorgezeichnet worden.

Schließlich nahm Colin den Hörer und wählte eine Nummer, die er seit über vierzig Jahren nicht mehr benutzt hatte.

Xavier's war eine gut gehende Bar nahe dem Capitol Hill. Es war mit pseudo-viktorianischem Buntglas, hellem Eichenfurnier und sogar ein paar Farnen ausgestattet. Es war die Art von Lokal, in der die tragisch jeder Mode Verfallenen sich trafen und fanden; etwa so gemütlich und persönlich wie ein Pappbecher.

Die Nachricht war irgendwann im Laufe der Nacht an der Rezeption hinterlegt worden. Auf falsche Weise vertraulich und gnadenlos fröhlich schlug sie vor, die alten Freunde sollten sich doch heute Abend im *Xavier's* auf einen Drink treffen. Colin ging schon fast aus purer Neugier hin, auch wenn er vom Absender der Nachricht noch nie etwas gehört hatte. Viel weniger handelte es sich um einen alten Freund. Aber das tat nichts zur Sache. Er hatte jene Nummer nicht gewählt, weil er kein Risiko eingehen wollte, sondern um ein altes Versprechen einzulösen.

Der Abend war regnerisch. Die kleinteiligen Fensterscheiben waren von Regentropfen übersprenkelt, und die Autos machten auf den Straßen sirrende Geräusche wie Skier bei der Schussfahrt. Der Mann, der sich zu ihm an den Tisch setzte, war ein Fremder.

Der dunkelblaue Regenmantel des Unbekannten war auf den Schultern nass, und der Regen hatte sogar einen Weg unter den Regenschirm gefunden, so dass jetzt auf dem langen, zurückgekämmten roten Haar die Nässe glänzte. Er war ein junger Mann, nicht halb so alt wie Colin, und er trug seinen grauen Dreiteiler wie eine unbequeme Uniform. Er behielt seine Handschuhe an.

»Professor MacLaren – es ist eine Weile her, seit ich die Ehre hatte, einer Ihrer Vorlesungen beizuwohnen«, sagte der junge Mann so gut gelaunt wie gespreizt.

Obgleich Colin sich nicht an alle Studenten erinnerte, die er einmal gehabt hatte – welcher Lehrer vermochte das schon –, war er sich in diesem Augenblick sicher, dass dieser junge Mann nie zu ihnen gehört hatte. Vielleicht lag es an der Belustigung, mit der er Colin aus seinen fuchshellen Augen anblinzelte, als handelte es sich bei ihrem Treffen um einen besonders gelungenen Scherz.

Aber wenn der Eindruck stimmte, mit wem wurde dann hier gescherzt?

»Ich weiß, dass Sie nie große Stücke auf mich gehalten haben – nein, widersprechen Sie nicht –, aber ich habe es doch ein Stück weit zu etwas gebracht. Hier ist meine Karte.«

Sie tauchte in seinem Handschuh auf wie durch einen Zaubertrick. Er reichte sie Colin.

»Hereward Farrar. Beratungen.« Keine Adresse oder Telefonnummer, wie ich sehe.

Die Kellnerin kam an ihren Tisch. Farrar bestellte ein Bier. Colin saß noch bei seinem doppelten Scotch.

Es ging auf sieben zu, und die Workaholics der Hauptstadt kamen auf einen Drink herein, bevor sie sich erneut zu Arbeitsessen oder späten Sitzungen zerstreuen würden. Der Lärmpegel nahm langsam zu.

»Und wobei beraten Sie, Mr. Farrar?«, fragte Colin.

»Bei diesem und jenem«, sagte Farrar lächelnd. »Sie werden sich fragen, wer mich hergeschickt hat und was ich von Ihnen will, und egal, was ich sage, werden Sie weiter überlegen, ob Sie mir trauen können.«

Die Kellnerin kehrte mit Flasche und Glas zurück und entfernte sich wieder. Farrar schenkte sich sein Bier mit einer Konzentration ein, als nähme er um sich herum nichts mehr wahr.

»Jetzt, da wir das alles geklärt haben«, bemerkte Colin trocken, »sind wir wohl in einer Sackgasse gelandet.« Vielleicht lag es am Alter, aber er hatte keine Lust mehr auf diese Art Versteckspiel und Ablenkungsmanöver, so nötig sie manchmal auch sein mochten.

»Vielleicht«, sagte Farrar ohne allzu viel Überzeugung. »Ich muss schon sagen, dass wir sehr überrascht waren, als Sie gestern Morgen in Haslochs Büro spaziert sind – und gestern Abend anriefen.«

»Das ging mir nicht anders«, sagte Colin kühl.

Die Stimme am anderen Ende der Leitung wiederholte ratternd und mit der Perfektion eines Roboters die Nummer, die er soeben gewählt hatte. Und wartete.

Vierzig Jahre. Eine Ewigkeit in der politischen Welt Washingtons. Colin war sich nicht sicher, ob die Nummer noch stimmte. Doch dies war die Antwort, die er vor langer Zeit zu erwarten gelernt hatte, in einer Welt, die es heute nicht mehr gab. Wie lange war diese Nummer nun schon in Gebrauch, ein Horchposten an der Front eines Krieges, der nie beendet worden war?

»Hier ist Sturmkrähe. Ich habe Nachricht für Kestrel. Sagen Sie ihm, dass der Drache erwacht.«

»Danke für Ihren Anruf, Sturmkrähe«, antwortete die Stimme. Dann war die Leitung tot.

Das war also die Art von Leuten, die heutzutage für Abteilung 23 arbeitete – vorausgesetzt, dass er überhaupt auf Colins Anruf hin gekommen war. Abteilung 23 war eine illegal operierende Einheit, die vom OSS als Gegengruppe zum *Ahnenerbe* gegründet worden war, um Schwarze Magie mit Weißer Magik zu bekämpfen. Sie hatte im Moment, als die Freie Welt sich in höchster Not befand, Okkultisten aus einem Dutzend verschiedener Traditionen vereinigt. Doch es war lange her, dass der Westen verzweifelt genug gewesen war, um sich auf solche Experimente einzulassen. Heute hatten andere Kräfte bei den Geheimdiensten das Sagen. Farrars Anwesenheit war vielleicht nur eine neue Falle. Er hatte Colin keines der Losungswörter und Erkennungszeichen gegeben, die Colin aus dem Krieg in Erinnerung hatte; wahrscheinlich kannte er sie nicht einmal.

»Frage Nummer eins: Warum wollen Sie mir überhaupt helfen?«, fragte Colin.

Farrar schien einen Augenblick darüber nachzudenken und sorgsam die Worte abzuwägen.

»Ich bin hier, weil Sie mich angerufen haben. Manche Jobs sind etwas mühsamer als andere, oder?«

Colin war immer noch nicht überzeugt, doch etwas in ihm fragte sich, ob auf lange Sicht wirklich so viel von Farrars ehrlichen Absichten abhing. Wenn Farrar unter Haslochs Befehl stehen sollte, würde alles, was er Colin zufügte, Informationen für denjenigen abwerfen, der Colin in das Schlangennest folgte. Wenn Colin verschwand, würde Nathaniel wissen, wo und wen er zu suchen hatte. Dylan würde mit Sicherheit Nachforschungen anstellen – und mehr noch würde es in diesem besonderen Fall seine Frau tun. Truth kannte keinerlei Rücksicht, wenn es um ihre Familie ging, und Hasloch hatte Pilgrim bedroht.

Kurzum, Colins Verschwinden würde eine Menge Schwierigkeiten, sowohl weltlicher wie okkulter Natur, bereiten, und Hasloch würde zu jenem traurigen 15-Minuten-Ruhm im Fernsehen kommen, der Jahre sorgfältigster Planung im Nu vernichtete … oder sogar wieder in den Untergrund getrieben werden. Falls Farrar überhaupt sein Agent sein sollte.

Zugleich konnte es tatsächlich sein, dass Farrar wirklich für die moderne Variante der Abteilung 23 arbeitete. Er war exakt die Art von Person, die Colins alte Verbündete geschickt haben würden – jemanden, der in der Hierarchie weit genug unten angesiedelt war, dass die Infiltration der oberen Ränge durch die *Thule*-Gruppe nicht verfangen konnte.

»Kommen wir zur Sache, junger Mann. Wir befinden uns nicht im Berlin der vierziger Jahre, und der Kalte Krieg ist vorbei. Sie haben mir noch nicht gesagt, wer Sie sind oder warum Sie hier sind, und Sie haben mir auch noch keinen Grund genannt, warum ich mich mit Ihnen unterhalten sollte. Ohne Zweifel wissen Sie bereits alles, was ich Ihnen über Hasloch mitteilen könnte…«

»Wenn Sie über Ihre alten Studenten informiert sind, wird es Sie nicht überraschen zu hören, dass Toller Hasloch im inneren Zirkel des Machtbetriebs einer der Königsmacher ist«, fuhr Farrar im Plauderton fort, als gäbe er Klatschgeschichten weiter. »Die Cincinnatus-Gruppe ist eine wichtige Macht hier auf Capitol Hill – eine Menge Leute kommen durch ihre Empfehlung in Amt und Würden. Eine Reihe von Leuten stehen in der Schuld von deren Vorsitzenden – und die Art von Leuten, denen Mr. Hasloch umgekehrt Gefälligkeiten schuldet, beunruhigt nicht wenige Leute. Leute, die sich noch daran erinnern, wer Sie gewesen sind.«

Wer ich gewesen bin… Farrar spann eine hübsche Geschichte, darauf aus, dem Ego eines alten Mannes zu schmeicheln und ihn davon zu überzeugen, ein letztes Mal in die Schlacht zu ziehen; ihn so rücksichtslos zu benutzen, wie Colin einst andere benutzt hatte, um eine Schlacht, ja, den ganzen Krieg zu gewinnen.

»Dann mögen Ihre Freunde Mr. Hasloch nicht sonderlich«, sagte Colin. »Nun, ich mag ihn auch nicht. Aber ich habe gelernt, mit Dingen zu leben, die ich nicht mag, Mr. Farrar. Ich bin hier aus einem anderen Grund. Wenn Ihr Nachrichtendienst so gut ist, wie Sie anzudeuten scheinen, werden Sie wissen, dass ich gestern bei der Cincinnatus-Gruppe war, um mit Caradoc Buckland zu reden, und nicht mit Hasloch.«

Ein Zucken ging durch Farrars blasse Augen. »Mr. Buckland ist kein sehr liebenswürdiger Mann. Einer seiner Freunde hat schon auf mich geschossen, also weiß ich, wovon ich rede. Er ist nur gut im Ausführen von Befehlen. An Ihrer Stelle würde ich das Ganze vergessen und nach Hause gehen«, fügte er ernst hinzu.

»Ich fürchte, genau das kann ich nicht tun«, erwiderte Colin und wartete.

Das Schweigen dauerte eine Weile an, bis Farrar es endlich unterbrach.

»Na schön«, sagte er. »Sie haben ein Recht, mir gegenüber misstrauisch zu sein. Im Ernst, ich heiße wirklich Hereward Farrar. Wer könnte sich so etwas ausdenken?« Er lächelte einnehmend, doch Colin wollte sich nicht beeinflussen lassen. Er wartete weiter.

»Womit kann ich Sie überzeugen, dass ich auf Seiten der Engel stehe? Ich könnte schwören …«

Auf dem Tisch stand eine Kerze, die tief in einem plastikverkleideten Glaszylinder brannte. Farrar legte seine linke Hand um sie. Seine Stimme wurde tiefer und feierlicher, und einen Augenblick lang erschien es Colin, als läge das Licht wie eine feste Masse in seiner Hand.

»… ich könnte beim Licht schwören, dass ich vielleicht ein anderer bin, als der ich scheine, aber jedenfalls bin ich kein Erbe des Drachen. Hilft Ihnen das?«, fügte er mit seiner normalen Stimme hinzu, und die momentane Bannung der Energie, die Colin empfunden hatte, war vorüber.

»Okay«, sagte Colin. Es war eine Art Erkennungszeichen: Der Codename, den die Abteilung 23 für die *Thule*-Gruppe verwendet hatte, war Drache. Und noch wichtiger – gleichgültig wie gut Farrar schauspielerte, gleichgültig wie eingeschränkt Colins eigene Fähigkeiten waren –, Colin wusste jetzt, dass niemand, der vom Schatten war, die Energie in dieser Weise auf sich ziehen konnte, ohne sein wahres Wesen zu verraten.

Wer immer Hereward Farrar war, er kam vom Licht.

»Wenn Sie mir tatsächlich helfen wollen, Mr. Farrar, ich habe da einen kleinen Wunschzettel …«

26

FAUQUIER COUNTY, VIRGINIA, MONTAG, 31. OKTOBER 1998

Find ich dich verwildert, Falk,
Und sei dein Fußreim mir ums Herz geschlungen,
Los geb ich dich: fleuch hin in alle Lüfte
Auf gutes Glück!

WILLIAM SHAKESPEARE, OTHELLO, III, 3, 260

Die Landschaft Virginias erstrahlte noch im hellen Herbstlicht. Das reiche Farbenspiel war zwar vorüber, doch die Landschaft hatte sich noch nicht dem kargen Graubraun des Winters ergeben. Heute Nacht war All Hallows Eve, die Nacht, in der die Wilde Jagd über die Erde ging, befreit von der Hölle selbst oder von irgendeiner düsteren Keltischen Unterwelt. All Hallows Eve war nicht eigentlich ein Festtag in Haslochs Kult. Doch ob christlich oder heidnisch, die Geister, die in dieser Nacht umherschweiften, brachten nur Gefahr und Tod. Jemand war zum Sterben ausersehen.

Und wenn es Colin war, dann würde in weiteren zehn Tagen, am Jahrestag der »*Kristallnacht*«, auch Rowan Moorcock sterben.

Farrar hatte sein Versprechen gehalten, ihm zu helfen. Colin hatte ihm nicht viel verraten – nicht einmal Rowans Namen –, doch Farrar war in der Lage, die Information zu beschaffen, die Colin brauchte: den Standort von Haslochs Tempel.

Zumindest glaubte Colin das. Er nahm an, dass Hasloch eine so wichtige Position in der amerikanischen *Thule*-Gesellschaft innehatte, dass der unvermeidliche unheilige Ort unter seiner unmittelbaren Kontrolle stand. Falls das zutraf, befand sich der Tempel mit höchster Wahrscheinlichkeit in seinem

Haus, ebenso wie es vor dreißig Jahren gewesen war. Er warf einen Blick auf das Dossier, das neben ihm auf dem Sitz lag.

Toller Christian Hasloch, geboren am 9. November 1938 in Baltimore, Maryland; Studium an der University of California in Berkeley und in Harvard; ausgedehnte Reisen in Europa; 1966–1972 Anwaltstätigkeit in New York; als Berater für verschiedene obskure Komitees tätig; 1973–1975 Mitarbeiter an der Ostberliner US-Botschaft; 1975 Eintritt in die Cincinnatus-Gruppe; seit 1986 deren Vorsitzender; unverheiratet, ohne Vorstrafen, keine Kinder, keine Haustiere, keine dauerhaften Frauenbeziehungen; Wohnungen: ein fest angemietetes Apartment im Watergate Hotel, Landhaus »The Hallows« irgendwo an der Route 66 zwischen Manassas und Front Royal.

Das war das Ziel, das Colin jetzt ansteuerte. In einem unauffälligen großräumigen Wagen, das Hunderten von Regierungsfahrzeugen glich. Farrar fuhr. Autos mit Fahrern waren in dieser vornehmen Washingtoner Gegend nichts Ungewöhnliches. Ein Fahrer konnte Fragen beantworten, Argwohn zerstreuen und bei Bedarf Alarm schlagen. Und Colin musste mit seiner Kraft haushalten, um für die vor ihm liegende Schlacht gerüstet zu sein.

»The Hallows« war ein großes Backsteinhaus aus der Zeit der Jahrhundertwende. Sie passierten es langsam und bogen dann in verwinkelte Seitenstraßen ein.

»Hinter dieser Hecke«, sagte Farrar, als verläse er die Wetternachrichten. Das Auto kam am Straßenrand zum Stehen; kein Verkehr sonst. Die Bewohner dieser Gegend waren bereits in ihre Büros aufgebrochen. Colin nahm an, dass auch Hasloch jetzt hinter seinem Schreibtisch in Georgetown saß.

»Wie lange werden Sie brauchen?«

»Nicht lange.«

Colin glaubte nicht, dass es schwierig wäre, ins Haus zu kommen. Er hatte Farrar nichts von dem Kruzifix erzählt. Selbst jetzt steckte es noch als kaltes Gewicht in der Brusttasche seines Jacketts. Es musste eine Art Schlüssel sein. Es konnte keinen anderen Grund geben, warum Rowan es aufgehoben hatte, wenn sein Besitz sowohl in der magischen als auch in der normalen Welt so gefährlich war.

»Viel Glück also«, sagte Farrar, offensichtlich mit Colins Antwort zufrieden. Er nahm die Zeitung, die auf dem Beifahrersitz lag, und vertiefte sich darin wie jeder angestellte Fahrer, der auf seinen Chef wartet.

Colin stieg aus. In der Hecke war eine Lücke. Er schlüpfte hindurch und ging über den Rasen und quer über die Terrasse von »The Hallows«.

Das Haus war wie das eines jeden wohlhabenden Mannes auf mehrerlei Weise vor Einbruch gesichert. Das reichte von Türriegeln über doppelt versperrte Fenster bis hin zu einer elektronischen Verbindung mit einer privaten Wach- und Schließgesellschaft und der Polizeidienststelle. Zweimal in der Woche kam ein Reinigungsdienst, und an den Wochenenden waren eine Köchin und ein Butler da. Doch an einem Montagmorgen konnte Colin davon ausgehen, dass sich niemand auf dem Anwesen aufhielt. Aber er machte sich ohnehin keine Gedanken darüber, ob er entdeckt werden würde. Eine Verhaftung würde ihm sehr viel mehr nützen als Hasloch, und wenn es dabei zu einer peinlichen Szene käme, nun ja, so hatte Colin nur seinen eigenen Ruf zu verteidigen.

Obwohl er gern jemanden mit übersinnlichen Fähigkeiten bei sich gehabt hätte, wusste er doch niemanden, den er freiwillig einer solchen Gefahr ausgesetzt hätte. Wie er Dylan gesagt hatte: Leute, die sich in solche Dinge einmischten, verschwanden nicht selten spurlos. Zumindest wäre er weniger verdaulich als die meisten.

Die Garage neben dem Haus ließ sich leicht mit Colins Dietrich öffnen – es gab keinen Alarm. Colin hätte auch das Fenster einschlagen und so eindringen können. Es war die berühmte Schwachstelle, die so viele Hausbesitzer in ihrem Sicherheitssystem unbeachtet ließen. Hasloch war da offenbar keine Ausnahme.

Einen Moment später stand Colin in der Garage, vor neugierigen Blicken geschützt. Es war eine Doppelgarage, doch kein Auto war darin abgestellt. Hinten stapelten sich die üblichen Gerätschaften eines Hausbesitzers: Rasenmäher, Schneeschieber, Säcke mit Streusalz und Mulch. Colin sah auf seine Uhr: 9.45 Uhr.

Die Tür, die ins Haus führte, war sehr viel besser gesichert: dem Anschein nach mit Stahlfüllung, Steckschloss und elektronischem Berührungsmelder. Doch die Leuchtdiode war aus, ebenso die Lämpchen der Alarmanlage, die oben an der Decke neben der Tür angebracht waren.

Farrars Werk? Es war jedenfalls besser, nicht lange herumzustehen und sich den Kopf darüber zu zerbrechen. Mit dem fünften Dietrich, den Colin ausprobierte, zog er den Bolzen des Steckschlosses heraus, und die Tür ließ sich öffnen.

Anrichteraum … Küche … Speisezimmer … jedes Zimmer, durch das er ging, war vollkommen durchgestylt und wirkte unbewohnt, fast wie im Museum. Obwohl das Überwachungssystem außer Funktion war, schien niemand auf das Warnsignal zu reagieren, das dabei ausgelöst worden sein musste. Colin eilte durch die Räume im Erdgeschoss. Nicht einer von ihnen, auch nicht die Bibliothek, verriet etwas über die Person, die Hasloch wirklich war: die neu geschaffene Kreatur des Bösen, aus dem Gewebe des Schattens von jenen herangebildet, die diesem Geschöpf zutrauten, ihren Plan bis zum Höhepunkt durchzuführen.

Schwindel überkam Colin, und er musste sich am Türrahmen festhalten. Er fühlte sich benommen, von einer Mischung aus zu viel Stress und Adrenalin aus dem Gleichgewicht gebracht. Die Aufgabe schien ihn zu überfordern. Hier lauerte etwas, dem er sich nicht stellen wollte, etwas Düsteres. Plötzlich wurde ihm kalt – als stünde er nicht im Wohnzimmer eines Landhauses, sondern in einer Krypta, einem dunklen Schrein Hunderte von Metern unter der sonnenbeschienenen Erde, vor einem Götzenbild, der Maske eines noch unentdeckten Gottes …

Er holte ein Taschentuch aus der Hosentasche und wischte sich mit zitternder Hand den Schweiß vom Gesicht. In seiner Brust spürte er, wie sich sein Herz zusammenzog und wieder öffnete, die Schläge so hart und deutlich wie das Hämmern eines Gefangenen gegen die Mauern seines Verlieses.

Er tastete im Jackett nach seinen Tabletten, legte eine davon unter die Zunge und spürte, wie das schmerzhafte Hämmern nachließ. Ihm wurde klar, dass Hasloch zum Sieg nur Colins Tod brauchte und dass er tatsächlich hier sterben könnte, ausgelöst von nichts anderem als dem unvermeidlichen Versagen jenes störrischen Lasttieres, seines Körpers.

Es war über ein halbes Jahrhundert her, seit er den versammelten Heeren des Schattens in einer Schlacht gegenübergestanden hatte. Er erinnerte sich genau des Tages – 31. Oktober 1945 – und jedes Halloween danach hatte etwas von der Bedrohlichkeit, ein Echo der ewigen Schlacht enthalten.

Alte Gespenster umgaben ihn jetzt: tote Kameraden, noch einmal von der Erinnerung zum Kampf herbeigerufen. Michael Jaeger, in Colins Leben wieder geboren; Marian Shipton, David Fouquet, Dame Ellen, Alison Margrave, Pater Godwin, Nigel St. Clare und die anderen, die er nur mit ihren Decknamen kannte: Kestrel, Peregrine, Shrike, »Lampenanzünder«, »Der Römer«; Mitkämpfer im Licht, von denen jeder in gewissem Sinn sein Leben hingegeben hatte, damit Colin heute hier stehen und in ihrem Namen den Streich führen konnte.

Er würde sie nicht enttäuschen.

Colin konzentrierte sich auf seinen Atem, um seine Sinne zu beruhigen. Bald nahm er einen tiefen Luftzug und stimmte sich noch einmal auf seine Aufgabe ein, den Talisman in seiner Tasche fest in der Hand. Haslochs Tempel war hier, und Colin vermutete, dass Rowan irgendwo in seinem Inneren gefangen gehalten wurde. Zum Glück konnte er auf Haslochs enormes Ego bauen. Es war unwahrscheinlich, dass er seine Beute irgendeinem anderen überließ.

Colin brauchte also nur den Weg hinein zu finden…

Die Kellertreppe befand sich im hinteren Teil des Flures. Niemand würde von der Straße aus das Licht sehen. Colin drückte den Lichtschalter und ging die Stufen hinunter. Er schaute auf seine Uhr: 9.55 Uhr. Er fragte sich, ob Farrar noch wartete – und wenn, wie lange noch. Am Ende der Treppe leuchtete er mit seiner Taschenlampe im Raum umher, und seine Gedanken gingen zurück in jenen anderen Keller der verzweifelten Suche vor so vielen Jahren. Irgendwie schienen die Momente zu verschmelzen, und all die Jahre dazwischen wirkten wie eine Illusion.

In der hinteren Kellerwand war eine abgeschlossene Tür zu sehen. Früher hätte er sie einfach eingetreten. Jetzt kostete es ihn zu seinem Ärger wertvolle Minuten, mit zitternden Händen seine Dietriche auszuprobieren, bis er schließlich den richtigen Schlüssel fand.

Hinter der Tür war es zunächst dunkel, dann wurde es langsam hell, als die Lampen angingen. Ein leichter Geruch nach Holzkohle und Weihrauch lag in der Luft; gegenüber eine weitere Tür, dann ein Aufzug, der offen stand, als wartete er.

Es war nicht ohne Ironie. Die Reichen und Mächtigen, die Haslochs Klienten und Gönner waren, erwarteten in ihren Ausschweifungen modernste Ausstattung mit allem Komfort. Colin zögerte jedoch, den Aufzug zu betreten. Er glich zu sehr einer tödlichen Falle.

Aber er hatte keine Wahl. Vielleicht gab es noch einen anderen Weg in die Räume, die unter dem Haus lagen, doch Colin fehlte die Zeit, ihn zu suchen. Er überwand seinen inneren Widerstand, trat in die Fahrstuhlkabine und drückte auf den einzigen vorhandenen Knopf.

Die Tür schloss sich, und es ging nach unten. Es schien sehr lange zu dauern, Colin schätzte, dass es wohl an die zehn Meter in die Tiefe ging. Das setzte eine aufwändige unterirdische Architektur voraus, mit aller Ingenieurskunst, die dazu nötig war.

Die Tür ging auf. Ein geräumiges Vorzimmer mit holzverschalten Wänden und indirekter Beleuchtung öffnete sich vor ihm. Der Teppich unter seinen Füßen war vom gleichen Dunkelrot wie der im Haus der Cincinnatus-Gruppe, doch hier war in der Mitte ein heraldischer Phönix in Gold und Zinnober eingewoben. Gleich vor ihm waren massive Metalltüren, deren polierte Bronzeoberfläche im sanften Licht glänzte.

Die Türen waren reich verziert und von zyklopischen Abmessungen. Es war ein solcher Kontrast zu dem Haus oben, dass Colins Sinne für einen Moment wankten. Bewaffnete Ritter in Rüstungen waren auf ihnen dargestellt, die sich unter einer Hakenkreuz-Sonne gegenüberstanden und mit steif erhobenen Armen die Dämmerung eines neues Tages begrüßten. Die Strahlen der Sonne glichen den Flügeln eines Adlers, und hinter der Sonnenscheibe war die Gestalt eines Vogels angedeutet.

Was das alles gekostet hat. Und alles vollkommen heimlich, staunte Colin. *Wie in einem James-Bond-Film.* Dieser Gedanke enthielt ein gewisses Grauen. Wie viele Menschen außer Colin hatten diese Türen je gesehen?

Wie viele waren durch sie hindurchgegangen und nie wieder zurückgekehrt?

Nicht ohne starken Widerwillen rüttelte Colin an einer der Türen – unbeweglich.

Er sah sich um. Man konnte sich sonst nirgendwo hinwenden: Auf der einen Seite war der Fahrstuhl, auf der anderen die Türen; vor oder zurück.

Er betastete die Türoberflächen, suchte nach irgendetwas, das ihm den Weg hinein zeigen würde. Er fand es schließlich in dem Schild eines der Ritter: Es war deutlich erhabener als alles andere auf beiden Türen, und seine Kanten fühlten sich scharf an. Colin zog daran, und das Schild sprang auf wie der Deckel einer Taschenuhr.

Hinter dem Schild befand sich ein glatter schwarzer Kreis, offenbar ein Schloss; in seiner Mitte ein Loch in Kreuzform. Er nahm seine Taschenlampe und leuchtete in die Öffnung. Winzige Nadeln spiegelten den Lichtstrahl – der Mechanismus eines Schlosses, das sich mit keinem Dietrich der Welt öffnen ließ.

Er nahm das Kruzifix aus seiner Tasche und hielt es an der Kette. Er betrachtete erneut das Muster von Vertiefungen auf der Rückseite, deren Zweck jetzt ziemlich deutlich wurde. Das also war der Grund, warum Rowan es aufbewahrt hatte – weil es auch ein Schlüssel war!

Das Kreuz passte genau in das Schloss, als wären beide füreinander geschaffen. Er drückte, und der ganze Mechanismus versank etwa drei Zentimeter tief in der Tür. Er hörte ein Klicken. Unter seiner Hand konnte er spüren, wie die Tür zu arbeiten begann. Beide Türen schwangen nach innen auf. Der Anhänger ließ sich wieder herausziehen und pendelte an seiner Kette. Colin wickelte ihn erst in sein Taschentuch und steckte ihn dann zurück in die Tasche.

Hinter der Schwelle war es dunkel. Plötzlich aber gingen mit leisem Zischen Lichter an. Colin stockte der Atem. Er erblickte etwas, das er in seinem ganzen Leben nicht mehr zu sehen erwartet hatte.

Ein runder Raum von nur schwer abschätzbarer Größe öffnete sich vor ihm, dessen Decke den Kreuzgewölben gotischer Kathedralen nachempfunden war. In der Mitte lag eine kreisrunde Feuerstelle, die tief in den Steinboden eingelassen war. Um die Feuerstelle herum standen zwölf hohe Stühle, jeder mit der geschnitzten Darstellung eines mittelalterlichen Helden in der Rückenlehne und darüber dessen Schlachtbanner.

Doch diese Darstellungen waren falsch – es waren nicht die, die er kannte, und das Trugbild von Wewelsburg oder der »Wolfsschanze« schwand. Das Licht strahlte hier aus verborgenen Scheinwerfern, unecht wie Theaterbeleuchtung. Das hier war keine Nazi-Ordensburg, wo die Wahnreligion Hitlers und Himmlers ihre bösen Blüten trieb. Es war vielmehr eine ungenaue Nachbildung, von Männern erbaut, die nie das Original gesehen hatten. Welche Verbrechen hier auch immer begangen worden waren, Schwarze Magie gehörte nicht dazu. Mit einem unbestimmten Gefühl der Enttäuschung ging er hinein und die Stufen hinunter.

Der Raum war nicht ganz so groß, wie es auf den ersten Blick den Anschein hatte – seine großen Abmessungen verdankte er der Lichtwirkung und perspektivischen Tricks. Sein Blick glitt über die glänzenden Rüstungen, die an der Wand aufgereiht standen. Hinter einem Vorhang mit mehreren »reinrassigen« ländlichen Schönheiten darauf entdeckte Colin eine weitere Tür, auf der in sorgfältig gemalten gotischen Lettern P R I V A T stand. Sie war abgeschlossen, bot Colins Dietrichen jedoch keinen Widerstand. Er öffnete auch sie und ging hindurch.

Eine Art Wohnhöhle tat sich ihm auf, offenbar ein Zufluchtsort für Hasloch und seine Kumpane. An den Wänden waren Bücher von deutlich üblerer Sorte zu sehen als diejenigen, die die Hausbibliothek oben zierten. Eine Tür zur Linken führte hier hinaus, sie war nicht verschlossen. Er öffnete sie und fand sich in einem kleinen Büro, das einen Schreibtisch und einen Schrank mit Aktenordnern enthielt. Auf dem Schreibtisch lag eine Damenhandtasche.

Colin durchsuchte sie, fand rasch die Geldbörse und warf einen Blick hinein.

Sie gehörte Rowan. Endlich hatte er den Beweis: Rowan war hier – oder hier gewesen, lebend oder jedenfalls vor nicht so langer Zeit noch lebend; ihre Handtasche lag ja noch hier auf dem Schreibtisch. Aber wo steckte sie? Dieses Büro war eine Sackgasse.

Akribisch durchsuchte Colin den Schreibtisch. Der Aktenschrank war abgeschlossen, und es würde ihn zu viel Zeit kosten, ihn aufzubrechen. Der Schreibtisch enthielt einige interessante Dinge: eine .45er Automatik, einen Riegel Haschisch, mehrere tausend Dollar in bar und ein Schnellhefter mit professionellen pornografischen Hochglanzfotos keineswegs unbekannter Gesichter.

Mittlerweile hatte Colin eine genauere Vorstellung davon, was in »The Hallows« vorging. Die alte seelische Fäulnis der *Armanenschaft* wirkte sicherlich hinein, aber es war zugleich etwas Zynischeres und Moderneres. Dies war ein Hort schrecklicher Lüste aller Art, alle sorgfältig aufgezeichnet und archiviert von Meister Toller Hasloch.

Das erklärte die seltsam theaterhafte Ausstattung des Tempels; tatsächlich – wie der erste Eindruck es nahe gelegt hatte – ein Bühnenbild. Nichts davon war wirklich.

Doch gleichgültig, was Hasloch sonst noch war, er war in seiner monströsen Perversion wahrhaft fromm. Deshalb musste es noch einen zweiten Tempel geben.

Colin kehrte in den Raum mit den Büchern zurück, Rowans Tasche noch bei sich. Nach kurzem Herumprobieren fand er das Brett, mit dem sich ein Teil des Bücherregals bewegen ließ. *Kinder und ihre Spielsachen,* dachte er verdrießlich. Er stellte einen Stuhl in den Öffnungsspalt, damit das Regal nicht wieder zufiele, und ging einen schmalen Gang hinunter, halb voller Hoffnung, halb voller Furcht, worauf er wohl stoßen würde.

Ein weiterer Raum, sehr modern, aber auch er schien nirgendwo hinzuführen. Eine Konsole mit einer Reihe von Bildschirmen, die den Fahrstuhl und den Tempel zeigten, durch den Colin hereingekommen war; ferner die Auffahrt – leer, aber er hatte auch nichts anderes erwartet – und ein paar opulent ausgestattete Partyräume oder dergleichen. Unter jedem Bildschirm befand sich ein Schacht für Videokassetten. Es war nicht schwer, sich vorzustellen, wozu sie dienten, noch wozu die Kassetten später benutzt wurden.

Die Erschöpfung zehrte wie ein subtiles Gift an ihm. Er spürte das Ende seiner Kräfte nahen. Hätte er die Möglichkeit gehabt, so wäre er jetzt gegangen und ein anderes Mal wiedergekommen, aber das war ausgeschlossen. Sein Einbruch war wahrscheinlich von einer der Kameras aufgezeichnet worden, die Hasloch offenbar so schätzte. Von Colins Gegenwart gewarnt, würde er leicht darauf kommen, was ihn hergeführt hatte, und Rowan woanders verstecken.

Oder sie töten.

Colin hatte keine Ahnung, woher diese Gewissheit rührte, dass Rowan noch lebte; vielleicht verwirrter Eigensinn. Doch es war ihm so klar wie das Licht selbst, dass man den Fall jetzt nicht ohne absolute Sicherheit aufgeben, eine Mitstreiterin nicht in den Händen des Feindes zurücklassen durfte. Das wäre Verrat, mit dem er nicht würde leben können. Lieber hier am heutigen Tage sterben, als unter solchen Voraussetzungen weiterleben.

Stirb aufrecht oder lebe auf deinen Knien? Darauf gibt es nur eine Antwort, wie unbeliebt sie auch geworden sein mag …

Der Eingang zum zweiten Tempel lag im Scheintempel selbst, hinter einer Schiebewand, die durch einen Knopf an Haslochs schwarzem Thron zu öffnen war. Colin zwängte das goldene Kruzifix zwischen Tür und Gleitschiene, um den Mechanismus aufzuklemmen, dann trat er vor ins Dunkel.

Die Wände des Ganges bestanden zunächst aus poliertem Stein, dann aus Backstein, schließlich aus rohem Fels, über den Kabel und Rohre verlegt waren. Der Gang wurde schmaler, und die Decke senkte sich herab, bis sie sich nur noch wenige Zentimeter über Colins Kopf abgesenkt hatte. Als er die Holztür am Ende öffnete und den Runenchristus an einem schwebenden Balken vor der Wand hängen sah, überkam ihn ein Gefühl von Übelkeit und zugleich von Erleichterung. Seine Ahnung hatte ihn nicht getrogen.

Er wollte den Raum nicht eher betreten, bis er es unbedingt musste, und so sah er sich zunächst nur um. Aus irgendeiner verborgenen Quelle fiel Licht über die Decke. Die gemarterte Figur – vielleicht dieselbe, die vor vielen Jahren in dem Keller in Berkeley gehangen hatte – hing an einem Eschenkreuz über einem schwarzen Steinaltar, umgeben von den Gerätschaften Hoher Magie. Die Wände und der Boden waren einfach aus Beton, kein vergoldeter Marmor. Doch der Raum atmete eine Macht, die dem prächtigen, theaterhaften Bühnenbild, das Colin zurückgelassen hatte, fehlte. Der Gestank dessen, was hier getrieben wurde, war geradezu zu riechen, ähnlich dem Angriff auf die Sinne wie die Entdeckung eines Massengrabes.

Am Kopf- und Fußende des Altars waren Ringe eingelassen – Eisenringe in Gestalt von Schlangen –, und die Oberfläche war beschmutzt, als ob eine Flüssigkeit ausgelaufen und dann getrocknet wäre. Drei der Wände waren stabil. Die vierte wurde von einem langen roten Samtvorhang verdeckt. *Immer die gleichen alten Tricks*, dachte Colin. Er biss die Zähne zusammen, ging durch den Raum zu dem Vorhang und zog ihn zurück.

Bei geöffnetem Vorhang war der Raum fast doppelt so groß. Er sah gleich neben dem Vorhang einen Lichtschalter, der an diesem fremdartigen Ort seltsam praktisch und häuslich wirkte. Er schaltete das Licht an und zuckte zusammen, als ein ganzes Lichtgewitter über ihm niederging.

In der Mitte des Raumes stand ein langer Operationstisch mit dicken Ledergurten, daneben ein Handwagen mit glänzendem Operationsbesteck. In der Mitte des Bodens war ein Abfluss, dessen Metallfassung ähnlich verschmiert war wie der Altar. Dies hier war eine Klinik, in der schwärzeste »Medizin« praktiziert wurde.

Alles auf dieser Seite des Vorhangs war hell und klinisch nüchtern, mit Metallregalen an den Betonwänden. Und doch schien es gleichzeitig eine unmittelbare Fortsetzung der mittelalterlichen Grausamkeit des Altars mit dessen entstellter Skulptur. Die Regale an den Mauern enthielten das Werkzeug des Gewerbes: jede Menge Kabel und Gummischläuche, Weihrauch und Öle, Spritzen und Pillenfläschchen. In dem gnadenlosen Licht konnte Colin alles ganz genau erfassen – Utensilien der Zauberei zusammengepackt mit denen der Zerstörung.

Es gab Messer aus Gold, Silber und Stein, Peitschen aus feinen Lederriemen mit kleinen Bleidreiecken an den Spitzen, einen Kühlschrank und eine Spüle; eine kleine Petroleumlampe neben Schachteln mit handgezogenen Wachskerzen, einen Schneidbrenner; einen Schrank, der aussah, als könnte er Zeremonienkleidung enthalten. Colin kam die Galle hoch. Das Entsetzliche, das er hier sah, verschlug ihm den Atem. *Jeder redet irgendwann*, hatte Colin Dylan gesagt, und das war wahr. Wenn jemand diesen Raum erst einmal betreten hatte, gab es keine Chance mehr für ihn: Du würdest reden – und dann würdest du sterben, zum größeren Ruhme von Haslochs luziferischem Traum. Ein Traum, der stärker war als die Fähigkeit irgendeines Menschen, Widerstand zu leisten.

Das leise Zittern einer Bewegung – die sanfte Bewegung eines Atems – erregte jetzt seine Aufmerksamkeit. In einer Ecke des Raumes befand sich eine Zelle, vielleicht vier Fuß tief. Sie war mit dicht geflochtenem, grünem Maschendraht eingefasst. Colin hätte sie fast übersehen. Der Raum war voll gestopft mit Dingen, die er gar nicht alle so genau sehen wollte. Auch der schlankste Gefangene hätte nicht mehr als seine Fingerspitzen durch diese Maschen strecken können. Es gab kein Schloss, sondern nur einen einfachen Riegel, der die Tür von außen zuhielt. Wer hier gefangen war, konnte nichts tun, als sich über die Ausstattung des Raumes und deren Zweck Gedanken zu machen. Die scheußliche Raffinesse der Grausamkeit wirkte wie die Signatur eines bekannten Künstlers.

Benommen, erschöpft von seinem Ekel ging Colin hin, um nachzusehen, wer – oder was – sich in dem Käfig befand. Er zog den Riegel zurück und schob die Tür auf.

Rowan Moorcock lag auf dem Boden der Zelle, einen Arm übers Gesicht gelegt. Sie trug einen weißen, langärmeligen

Rollkragenpullover und Jeans. Vielleicht hätte er sie ohne das gar nicht erkannt, hätte den Drahtverhau für die Tür zu einer weiteren Abstellkammer gehalten. Steif kniete er sich neben sie, voller Furcht vor dem, was er nun entdecken würde. Er zog ihren Arm vom Gesicht fort.

Aber sie war nicht verletzt, zumindest nicht körperlich, soweit Colin sehen konnte. Ihr langes rotes Haar war immer noch sorgsam geflochten. Der weiße Pulli war an den Handgelenken und Ellbogen grau, aber sie war vollständig bekleidet bis zu den weißen Turnschuhen; nirgendwo eine Blutspur.

Colin konnte sie jedoch nicht wach bekommen.

Sie zeigte nicht einmal die Reflexe einer Kranken oder Narkotisierten. Ihre Pupillen reagierten nicht, als Colin mit seiner Taschenlampe hineinleuchtete. Als er ihren Puls fühlte, spürte er einen gemessenen, regelmäßigen Herzschlag, als wäre sie in tiefer Trance. Sie atmete wie im Schlaf – oder als wäre nur ihr Körper anwesend.

Colin wusste bereits, dass Rowan über eine starke mediale Begabung verfügte. Das machte sie viel verletzlicher als normale Menschen oder ausgebildete Adepten. Wenn sie sich unvorsichtig der vergifteten Atmosphäre dieses Schreins geöffnet hatte, mochte der Schock ihren Geist aus ihrem Körper herausgerissen und dazu verdammt haben, im Überlicht zu wandeln, bis ihr Körper starb – das gleiche Schicksal, das Colin einst für Hasloch ausersehen hatte.

Wenn das tatsächlich nur die seelenlose körperliche Hülle sein sollte, die nach einem derartigen Unfall – oder vorsätzlicher Vernichtung – zurückgeblieben war, dann blieb es Colin schleierhaft, warum Hasloch sie noch hier behielt. Wenn Colin seinen alten Feind richtig einschätzte, hatte Hasloch noch etwas mit Rowan vor, und das bedeutete, dass Rowan noch hier war.

Irgendwo.

Wenn es ihm möglich gewesen wäre, hätte Colin sie einfach hinausgetragen und sich später darum gekümmert, ihren vagabundierenden Geist ausfindig zu machen. Aber er konnte sie weder heben noch sie den langen Gang bis zum Fahrstuhl und dann bis zur Erdoberfläche tragen. Und er konnte niemanden zu Hilfe rufen. Selbst wenn Colin es wagen wollte, den ganzen Weg zurückzugehen und nach Farrar zu suchen, würde er ihn sicher nicht mehr vorfinden.

Die Polizei? Es war nur zu wahrscheinlich, dass Colin, wenn er sie herbestellte, Haslochs Verbündete auf den Plan rief. Seine einzige Chance, Rowan von hier fortzubekommen, bestand darin, dass sie sich selbst bewegte.

Es gab einen Weg.

Die Mächte, für die Colins Orden als Wächter fungierte, waren die Geheimnisse des Lebens selbst – Mächte, die aus dem dunklen Herzen der Natur entsprangen und jedem, der sie nutzte, ein hohes Risiko aufbürdeten. Colin war sowohl Magier als auch Priester, und niemand kannte besser als er die düstere Versuchung der von Pflicht ungebändigten Macht. Hier in der Festung seines Feindes, von Verzweiflung und Hass übermannt, gab es eine gewaltige Versuchung, die Kräfte, die er herbeirufen konnte, zu nutzen, um das Böse mit einem Schlag zu vernichten – doch damit würde er jene Geheimnisse beschmutzen, die ihm anvertraut waren, und gleichzeitig die Zukunft zerstören, auf die er vertrauen musste.

Konnte er die Macht an sich reißen – und dann wieder von ihr lassen, selbst im Angesicht von Niederlage, Tod und Untergang?

Colin holte tief Luft. *Nicht mein Wille,* betete er. *Nicht mein Wille. Ich gebe meinen ganzen Willen dahin, in vollkommener Liebe und vollkommenem Glauben. Gleichgültig, wie hoffnungslos die Niederlage aussieht, ich werde nicht an Deiner letzten, unerforschlichen Güte zweifeln …*

Er nahm Rowans Hand in seine, seine langen Finger schlossen sich um ihr Handgelenk und fühlten den langsamen Puls. Mit seiner freien Hand malte er ein Zeichen auf ihre Stirn – ein Zeichen von solcher Macht, dass es die Seele selbst in einen toten und nicht nur in einen schlafenden Körper zurückzwingen konnte. Er spürte, wie ihr Puls rascher schlug. Ihr Herz begann in schnellerem Rhythmus zu arbeiten.

Doch sie wehrte sich noch, wollte nicht in jene unerträgliche Wirklichkeit zurück, der sie so verzweifelt zu entkommen versucht hatte. Was er bisher gewagt hatte, reichte nicht aus.

Er hatte stärkere Mittel der Magie in seinem Arsenal, doch wenn er sie anwandte, würde Rowan dafür bezahlen müssen, nicht er. Sie ohne ihren Willen und ohne ihre Zustimmung einer solch unauflöslichen Verpflichtung auszuliefern wäre Schwarze Magie, die nur zum Bösen führen konnte. Er musste bereit sein zu scheitern, wie er gelobt hatte.

Oder er musste ihre Zustimmung erlangen …

»Rowan«, sagte er laut. »Rowan Moorcock. Hörst du mich?«

Höre mich, Kind des Lichts, höre mich mit dem Licht, das in dir ist …, sagte Colin stumm. Er schloss die Augen.

Und er war wieder zu Hause.

Das Feld der Sterne lag außerhalb der Sonnenstadt, außerhalb des Tempelbezirks, den tausend Generationen von exilierten Adepten im Überlicht wieder errichtet hatten, in Erinnerung an ihr verlorenes Heimatland. Das sanft gewellte Hügelland war mit winzigen blauen Blumen übersät, die der Landschaft ihren Namen gaben.

Warum war er hier? Dies war nicht der Ort, an dem er Rowan zu finden erwartete. Verletzt und unter Schock stehend, hatte sie sich gewiss *an einen Ort zurückgezogen, den ihr tiefstes Inneres für sicher hielt: ein Kinderspielplatz vielleicht oder Bilder, die ihr vom Fernsehen zugetragen wurden.*

Hatte Haslochs Magie Colin in die Irre geleitet – oder hatte eine Höhere Macht ihn herbeigerufen?

Colin sah sich aufmerksam um und versuchte die Bedeutung dessen, was er erblickte, zu verstehen. Wo war derjenige, der ihn gerufen hatte? Warum – wenn er gerufen worden war – stand er jetzt nicht vor dem großen Tor des Sonnentempels?

Als er über das Feld auf die kahlen, fernen Berge dahinter blickte, sah er eine Gestalt in Mönchskutte, die inmitten der Blumen stand und wartete. Es war ein Mädchen, das die schlichte Robe der Schreiber und Schreiberinnen trug, jener Kaste, in der die Priester und Adepten der Sonnenstadt ihre Schüler fanden.

Sie wartete auf ihn.

Auf ihn.

Wartete auf ihren Meister, auf den Adepten, der ihren Fuß auf den Pfad lenken würde. Wartete auf den einen, der ihr seine tiefsten

Geheimnisse anvertrauen würde, seine Macht, der ihr vollkommen vertrauen würde …

Eine Frau! *Colin empfand tiefe Verwunderung, selbst noch, als er das durchdringende Läuten der Astralen Glocke hörte. Und nicht irgendeine Frau, sondern eine, die er bereits kannte.*

Rowan Moorcock.

Sie? Wie ist das möglich? Sollte ich sie die ganzen Jahre gekannt haben, ohne sie wirklich zu kennen? Aber es heißt: »Wenn der Schüler bereit ist, findet sich der Lehrer von selbst.« Habe ich die ganzen Jahre darauf gewartet, dass sie bereit ist? SIE? *Es war nichts Unerhörtes, sagte er sich, während seine Verwirrung darüber nachließ, dass eine Frau Adept wurde. Der Mann, der in diesem Leben Colin MacLaren hieß, hatte im Lauf seiner Leben viele davon kennen gelernt; es gab sogar Frauen in seinem eigenen Orden. Aber er hatte nie daran gedacht, dass der Schüler, den er die ganzen langen Jahre gesucht hatte, eine Frau sein könnte. Und unter allen Frauen war Rowan die letzte, die er sich dafür hätte vorstellen können: leichtsinnig und frivol, schlagfertig und oberflächlich …*

Blindheit. Und Arroganz. Meine alten Sünden in mehr als nur diesem Leben, *erinnerte sich der Adept traurig. Hier und jetzt, im Moment der höchsten Gefahr, lag das Große Buch des Lebens aufgeschlagen vor ihm, die Seiten rein und klar für ihn zu lesen.*

»Wähle jetzt, Riveda.« *Die tiefe und majestätische Stimme schien von allen Seiten auf einmal zu kommen, so tief und nachdrücklich klingend wie eine Glocke.* »In diesem Augenblick liegt das Buch offen vor dir, so dass du darin lesen und lernen kannst, wie das Schwarze Grau werden kann und das Graue schließlich Weiß.«

Und Colin sah all die Leben, die er vor diesem gelebt hatte – die Leben unter der großen Bürde des Adepten: dem Wissen, das allein dem Dienst geweiht war. Und er sah die karmische Bürde, die ihn für tausend Lebenszeiten an das Rad gefesselt hatte …

In der Großen Halle des Lichttempels stand ein Mann in Ketten – ein großer Mann mit grauem Haar und stechenden, regengrauen Augen. Er war von denen zum Tode verurteilt worden, die einst seinesgleichen waren, verdammt wegen schwarzer Überschreitungen des Gesetzes. Er war Heiler und Priester gewesen, doch das hatte ihm nicht genügt. In seiner Anmaßung hatte er zunächst gute Arbeit geleistet – er hatte die grauen Roben auf den Rechten Weg der Schüler und Heiler zurückgeführt –, doch in seinem Widerstand, die vollendete Aufgabe loszulassen, war Riveda zu weit gegangen, hatte nach der Macht der Götter gegriffen und sich in den schwärzesten Geheimnissen der blinden Natur verirrt. Er hatte seinen Kopf vor keinem Gesetz gebeugt als dem, das er sich selbst ersann, doch nun musste er sich dem größten Gesetz von allen beugen: dem Tod.

Mit dem Gnadenbecher ging er ohne Reue in die Nacht, und der Schaden, den er in seinem Leben angerichtet hatte, würde weiterwirken, bis er Tempel und Stadt zerstört und die Priester über die jungen Königreiche verstreut haben würde, die jenseits der Stadttore lagen.

Hier auf dem Feld der Sterne fand Colin zu sich selbst zurück, erschüttert bis ins Mark seines Seins durch das, was er gelernt hatte. Gewiss *war das Vergessen, das jene auf dem Pfad mit sich ins Leben brachten, eine große Gnade – wie hätte er je mit der innersten Kenntnis dieses großen Verbrechens leben können? Er hatte tausend Leben damit zugebracht, für das, was er getan hatte, zu büßen … seine Leben verausgabt im Dienst und in der Hinnahme, doch in diesem Augenblick hatte Colin nicht das Gefühl, dass das hinreichend war.*

»Doch wisse, Sohn der Sonne – dass alle Pfade Speichen des Rades sind, die nur auf ein Ziel in der Mitte zuführen: Und dass das größte der Geheimnisse dies ist, dass das Leben in der Hand des Todes selbst entsteht …«

War es dafür?, *fragte der Mann, der in seinem Leben Colin MacLaren hieß.* War das alles für dich – all der Verrat und all die Wiedergeburten – der Schmerz, die Scham, die vergeudeten Leben?

»Alles«, sagte die brausende Stimme in Colins eigenem Herzen. »Denn dies ist das Zentrum meines Geheimnisses: Und alles Leben ist Mein, ich vergeude keines …«

Doch jetzt musste er erneut wählen, so wie er wohl tausendmal in tausend Leben die Wahl getroffen hatte, so dass die Vollkommene Freiheit und der Göttliche Wille eine einzige Kraft wurden.

Der Mann, der einst Riveda geheißen hatte, ging über das Feld der Sterne, und er roch den Duft der Blumen, die er mit seinen Sandalen niedertrat. Die junge Frau sah zu ihm auf, als er näher kam, und als er in ihre Augen schaute, erkannte er das Gesicht der Tochter, die er nie gesehen hatte. Jener Magier von damals war gestorben, ohne sie zu kennen. Und er wusste durch dieses Zeichen, dass die gewaltige Schuld endlich abgetragen war und dass er schließlich von dem Großen Rad befreit war, das die Seelen an die Materie band.

Er ergriff ihre Hand. Sie erschrak, als ob sie aus tiefem Schlaf erwachte, und sah ihn erstaunt an.

»Eilantha«, sagte der ehemalige Gott der Grauen Roben. »Ich rufe dich, um ins Leben zu gehen. Komm mit mir.«

Als Rowan ihre Hand der seinen entzog, kam Colin wieder zu Bewusstsein und öffnete die Augen.

Rowan stützte sich auf einen Ellbogen und sah ihn argwöhnisch an, als überlegte sie, wer er sei. »Dr. MacLaren«, sagte sie dann verständnislos.

»Weißt du, wer ich bin?«, fragte Colin. Er fühlte sich, als hätte er nur gedöst, obwohl er genau wusste, dass etwas viel Größeres geschehen war, auch wenn die Erinnerung – außer an den Glanz der göttlichen Gegenwart – schnell verflog. Aber er musste wissen, woran sie sich aus ihrer Zeit im Überlicht erinnerte.

»Sie sind …« Sie hielt inne. »Wissen Sie, ich hatte diesen völlig verrückten Traum, in dem …« Ihre Stimme brach ab, als sie ihre Umgebung wahrnahm. »Es war kein Traum. Ich war dort – auf dem Berg, wo sich die Geheimschule trifft. Auch Sie waren da.«

Die Geheimschule: Der Name, den viele, die ihn nur im Traum oder im Geist besuchten, dem Lichttempel gaben. Es schien, als hätte ihn sein ursprünglicher Eindruck getäuscht: Wenn Rowan jenen Ort kannte, so war sie keine oberflächliche Dilettantin im Bezirk des Obskuren.

»Nein. Es war kein Traum, Rowan«, erwiderte Colin, während ein Teil seines Inneren sich immer noch wunderte: *Diese Frau? Dieses Mädchen? Sie soll mein* chela *sein?* Wie sollte er sie unterrichten? Was würde er ihr zu sagen haben?

Was ich ihr sagen muss. Was wir zusammen gewählt haben, sie und ich.

Ihre Erinnerung an das Erlebnis im Überlicht verblasste schnell – Colin konnte es an ihren Augen sehen –, und sie wurde dieses Ortes hier und seiner lauernden Schrecken gewahr. Sie setzte sich auf und stöhnte, als sie ihre steifen Glieder zu bewegen versuchte.

»Was ist passiert? Die Tür ist offen – hat Dylan die Nachricht erhalten? Ich habe mich monatelang versteckt und versucht, jemanden zu finden, der mir *zuhört*, aber es klingt zu sehr nach ›Akte X‹, als dass irgendwer es ernst nehmen könnte. Da ist ein Mann namens Toller Hasloch. Er ist ein einflussreicher Anwalt in Washington, und ich weiß, dass er mindestens acht Leute auf dem Gewissen hat. Er hat hier unten einen Nazi-Tempel errichtet, und es gibt diesen Präsidentschaftskandidaten …«

»Wir haben keine Zeit«, unterbrach Colin sie. »Wir müssen dich hier wegschaffen, aber es gibt eine Sache, die du zuvor noch tun musst, zu deiner eigenen Sicherheit. Du musst den Eid, den du schon auf der Astralen Ebene abgelegt hast, auf der Materialen Ebene wiederholen, damit Hasloch nicht mehr die Macht hat, dir ernsthaft etwas anzutun. Durch die Macht, die mir verliehen ist, betraue ich dich mit der Macht, dem Licht zu dienen bis an das Ende der Zeiten selbst. Ist dies dein wahrer Wille?«, fragte Colin und hob sein Hände zum Zeichen. Ob sie Rowan etwas bedeutete oder nicht, die Frage musste gestellt – und beantwortet – werden.

»Ja, okay, einverstanden«, sagte Rowan und bewegte ihre Hände aufgeregt. »Vergessen Sie das ganze alte Atlantis-Zeug, Dr. MacLaren. Ich hab's kapiert. Ich glaube Ihnen. Ich bin dabei.«

Colin zuckte innerlich zusammen. Es würde genauso schwierig werden, wie er es sich vorgestellt hatte. Komischerweise musste er bei dem Gedanken lächeln.

»Was machen wir jetzt?«

Rowan rappelte sich auf und lehnte sich gegen den Maschendraht. Sie reichte Colin eine Hand, um ihm aufzuhelfen. Er wusste, dass sie schwächer war, als sie ihm zeigen wollte –

er hatte keine Ahnung, wie viele Tage sie bewusstlos auf dem Boden des Verschlags gelegen hatte, vermutlich wusste sie es selbst nicht. Zum Glück mussten sie nicht weit gehen – wenn sie oben im Haus angelangt waren, würde Colin mit Vergnügen selbst die Polizei rufen.

»Wir gehen«, sagte Colin, der sich ebenfalls kurz am Zaun abstützte. »Komm.« Rowan war in Sicherheit. Alles andere konnte warten.

Rowan atmete tief ein, um etwas zu entgegnen, schüttelte aber dann den Kopf und gab nach. Sie nahm ihre Handtasche vom Boden, wo Colin sie abgestellt hatte, und hängte sie sich über die Schulter. Sie schwankte etwas, als wäre sie davon aus dem Gleichgewicht gebracht worden. Colin sah, wie sich Falten des Schmerzes und der Anstrengung in ihr Gesicht gruben, da sie allmählich ihren Körper deutlicher wahrzunehmen begann.

»Sie sind der Boss«, sagte sie bereitwillig.

Colin drängte durch den halb geöffneten Vorhang. Die Gestalt am Kreuz leuchtete im Dämmerlicht, aus ihren geschnitzten Wunden schien frisches Blut zu treten. Colin zwang sich, den ersten Schritt zum Altar hin zu tun.

»Krank«, bemerkte Rowan von hinten. Ob es eine Ankündigung oder ein Urteil war, ließ sich nicht entscheiden.

Als er sich umdrehte, sah er, wie sie den Kopf schüttelte. Die Atmosphäre des Tempels hinderte sie wie eine Steinmauer am Weitergehen. Er fragte sich, ob alle, die so leichtfertig große übersinnliche Kraft für sich reklamierten, mit der gleichen Unbekümmertheit auch diese dunkle Seite auf sich nehmen würden: die Verwundbarkeit durch unsichtbare Mächte, die dem normalen Sterblichen nichts anhaben konnten. Es waren diese Verletzlichkeit und die Missverständnisse, die sie hervorrief, die bei so vielen medial Begabten zu Verfolgung und Wahnsinn führte. Colin hörte, wie sie mit einem bebenden Atemzug ihre ganze Kraft zusammenraffte, um das Hindernis zu überwinden.

»Komm«, sagte Colin ermunternd. Er hielt ihr seine Hand entgegen. »Es ist nicht weit.«

»Aber weiter, als Sie je gehen werden.«

Toller Hasloch trat durch die Tür herein.

Er war büromäßig gekleidet – noch ein befremdliches Moment an diesem seltsamen Ort. Ein Gegenstück des Anhängers, den Colin in Rowans Küche gefunden hatte, hing über seiner Seidenkrawatte – ein Archaismus, der nicht in die moderne Welt passte.

»Ach, Colin«, tadelte Hasloch. »Sie sind viel zu leicht zu durchschauen. Als mir klar wurde, warum Sie zu mir gekommen waren, wusste ich natürlich, dass Sie versuchen würden, das holde Mädchen zu retten – und natürlich wollte ich pünktlich hier sein, um Sie aufzuhalten. Ich habe sogar das Alarmsystem ausgeschaltet, damit uns niemand stört – ich hätte sogar die Türen offen stehen lassen, wenn ich gewusst hätte, dass Sie heute kommen. Aber ich bin froh, dass Sie keine Mühe hatten.«

Er hielt einen Revolver in der Hand. Alles andere hätte Colin in gewisser Weise auch enttäuscht.

»Das Einzige, was mir jetzt Kopfzerbrechen bereitet, ist die Frage, ob Sie noch ein bisschen leben und zusehen wollen, was mit dem Mädchen geschieht, oder ob ich einfach meinem Impuls folgen und Sie auf der Stelle erschießen soll? Was meinen Sie? Es könnte sich für Sie lohnen – noch ein wenig leben und darauf hoffen, dass ich einen Fehler mache, den Sie ausnutzen können?« Haslochs Stimme klang freundlich, geradezu beschwingt.

Colin hörte hinter sich Rowan vor Enttäuschung wimmern und spürte, wie sie sich langsam von ihm entfernte.

»Sie können uns nicht beide auf einmal erschießen«, sagte Rowan herausfordernd. Sie stahl sich von Colin fort und bewegte sich langsam Richtung Tür.

»Keine Bewegung, mein kleiner Mischling«, fuhr Hasloch sie an. »Ich erschieße dich zuerst, wenn ich muss – und auf die kurze Distanz werde ich dich nicht verfehlen.«

»Bleib, wo du bist, Rowan«, sagte Colin, und erneut fühlte er durch den unsichtbaren Strom ihres gegenseitigen Gelübdes ihren widerstrebenden Gehorsam.

»Was wollen Sie, Toller? Sie müssen etwas wollen, sonst hätten Sie uns längst erschossen«, sagte Colin. Jeder Moment, in dem er Haslochs Aufmerksamkeit auf sich ziehen konnte, bedeutete für Rowan die Chance, sich zu fangen. Wenn sie die Kraft fände loszurennen, hatte sie eine winzige Chance, es zu schaffen – und selbst eine winzige Chance war besser als das, was sie sonst hier unten erwartete.

»Mit einer Kugel kann man sehr wirkungsvoll der Diskussion ein Ende bereiten, aber ich gebe zu, dem ermangelt es an Eleganz«, sagte Hasloch zuvorkommend. »Wenigstens einmal, bevor Sie sterben, Sie altes streitsüchtiges Fossil, möchte ich es noch erleben, dass Sie mir Recht geben.«

Colin hätte beinahe laut aufgelacht, dann kniff er die Augen zusammen. »*Wir müssen uns bei* Fritz *vor Augen halten, dass er eigentlich geliebt werden möchte. Die Deutschen sind bekanntlich sentimental, und für Mördergesindel haben sie erstaunlich viel Selbstmitleid. Wenn sie dich erwischen, kannst du das vielleicht ausnutzen und Zeit für dich herausschinden.*«

Die lange verhallten Worte eines Ausbilders standen so klar vor Colin, als wären sie gerade erst ausgesprochen worden. Und obwohl Hasloch in Amerika geboren und aufgewachsen war, besaß er doch zugleich jene fatale, unbeherrschte Charakterschwäche. Er wollte nicht einfach nur siegen: Er wollte, dass jeder anerkannte, dass er diesen Sieg verdiente.

»Sie halten uns hier beide mit vorgehaltener Waffe fest, um uns später zu Tode zu quälen. Und da wollen Sie mit uns diskutieren? Von mir aus gerne, Kleiner«, sagte Colin und brachte ein höhnisches Lächeln zustande. Hasloch hatte immer schon gern Reden gehalten, vielleicht war ihm auch jetzt wieder nach einer zumute.

»Na, kommen Sie schon«, sagte Hasloch schmeichelnd. »Sie haben die letzten beiden Male das Schlachtfeld bestimmt – lassen Sie mich dieses bestimmen. Ein letzter Waffengang mit einem würdigen – oder wenigstens ausdauernden – Gegner. Geben Sie Ihre Niederlage – Ihr Scheitern – zu, und ich lasse Sie sogar laufen: Sie werden Ihre alten Tage mit der Erkenntnis verbringen, dass Sie Ihr ganzes Leben einer Lüge geweiht und einer Sache gedient haben, die Sie Ihrem eigenen Eid zufolge hätten verabscheuen müssen.«

»Vielleicht«, sagte Colin. »Warum probieren Sie's nicht einfach, und dann sehen wir mal?«

Sein Rücken und seine Brust schmerzten vor Erschöpfung, und die Luft war dermaßen erstickend, als presste ihn die Erde über ihnen mit ihrem ganzen Gewicht nieder. Wenige Schritte entfernt wankte Rowan vor Übelkeit und Schwäche. Ihr Gesicht war weiß wie ein abgenagter Knochen.

»Colin MacLaren, Kämpfer für Wahrheit, Gerechtigkeit und so weiter.« Hasloch verbeugte sich spöttisch, ließ den Revolver aber starr auf ihn gerichtet.

»Im Namen der heiligen Freiheit verteidigen Sie den Amerikanischen Adler gegen gewaltige Übermächte … doch wie kann Amerika Ihrer würdig sein, Krieger des Lichts? Amerika ist ein Land, das auf dem Prinzip der Intoleranz gegründet wurde. Seine puritanischen Siedler massakrierten die arglosen Ureinwohner und die anderen nachfolgenden Siedler mit gleicher Rücksichtslosigkeit. Es ist eine Nation, die den Reichtum ihrer großen Lagerhäuser den toten Händen der ersten Einwohner entriss; deren Bürger mehr Tiere hinschlachteten als die Römer in all ihren Kolosseen; deren Gründer einen Kontinent versklavten und seine Arbeiter ausbeuteten, länger als ein halbes Jahrhundert, nachdem zivilisierte Männer die Sklaverei für eine Schande erklärt hatten: aufrechte amerikanische Patrioten, die diese ausbeuterische Praxis zu ihrer Herzensangelegenheit machten, weil so viele wohlhabende Grundbesitzer dadurch noch reicher wurden.«

Er hob seine Hand, als fürchtete er, Colin wolle ihn unterbrechen. Rowan starrte Hasloch ungläubig an, doch Colin wusste nur zu gut, dass die Situation keineswegs ungefährlicher geworden war, nur weil sie groteske Züge annahm. Es konnte einem so vorkommen, als wären Haslochs Worte nur leeres Gerede wie das, was die Feinde der Nation seit einem halben Jahrhundert ihr entgegenwarfen, doch jetzt und hier waren es nicht nur bloße Worte. Das Große Buch war offen und zeichnete alles auf, was gesagt wurde. Und was darin festgehalten wurde, entfaltete eine zwingende Kraft in der Wirklichkeit.

Hasloch fuhr fort.

»Und dann, als die Industrie es dem Norden ermöglichte, den Süden hinter sich zu lassen, ermordeten die Nordstaatler ihre Brüder und benutzten ausländische Söldner als Kanonenfutter. Der industrielle Norden befreite die Sklaven und ließ sie dann Hungers sterben.

Das ist der Schmelztiegel, aus dem Ihr Amerika, Ihr ewiger Freiheitskämpfer, hervorging, alter Mann! Und wie schnell ließ es seine Freunde im Stich – Sie erinnern sich an Ungarn 1956, nicht wahr, Colin? Sieben Tage lang flehten sie den Westen an, seine Verträge zu erfüllen, bis die Russen einmarschierten und sie alle niederschossen. Wo war denn da die Ehre des Adlers hingeflogen?«

Das Duell, auf das sich Colin nur aus dem einen Grund eingelassen hatte, um Rowan eine Überlebenschance zu geben, war plötzlich ein viel ernsterer und zeitloserer Kampf geworden, einer, den Colin nicht zu verlieren wagte. Wenn Haslochs Argumente nicht in ihre Schranken gewiesen würden, dann hätte er in der Tat einen wahren, einen wirklichen Sieg davongetragen.

Es war ein Krieg, der den schwächsten Punkt von Colins Innerem berührte: seinen Glauben. Und wenn er versagte – wenn er auch nur für einen Moment an die Wahrheit von Haslochs Worten glaubte –, dann würde der Schatten einen entsetzlichen Triumph feiern.

Hasloch lächelte – übermütig, selbstbewusst.

»Sie haben sich vielleicht schon darüber gewundert, warum die Menschen heutzutage so müde sind. Warum ein solcher Überdruss gegenüber dem wundervollen Prozess der Demokratie herrscht. Ihre verehrten Bürgerphilosophen wollen keine Verantwortung für diesen ›politischen Zirkus‹ übernehmen, den ihr ihnen hinterlassen habt; eine Verantwortung, um die sie im Übrigen nie gebeten haben und für die sie auch nicht gerüstet sind. Sie wissen auch, warum das so ist.

Ich finde es interessant, dass Sie so schnell aus dem Militär ausgestiegen sind. Sie haben nie die Gelegenheit wahrgenommen, Ihre ehemaligen Feinde zu treffen, als sie die neuen Posten in der US-Regierung besetzten. Die verwünschten Schlächter, die am deutschen V-2-Programm in Dora arbeiteten, das London zerstörte, schufen Amerikas eigenes Luft- und Raumfahrtprogramm – für rein friedliche Zwecke, versteht sich. Die so genannten Nachrichtendienste des Westens wurden hier und in Europa von Leuten bevölkert, die die Doppelblitz-Rune auf ihre Körper tätowiert hatten. Männer im Sold der USA, doch im Dienste des Reichs, des wahren Reichs; des unsichtbaren und unbesiegten Reichs, das immer schon bestanden hat – das ein Traum in den Herzen der Menschen, der Geist eines Zeitalters war, lange bevor Hitler geboren wurde, um es ins Leben zu rufen.

Diese Visionäre haben sich jahrzehntelang geduldig damit abgeplagt, die naiven, ausgelutschten Ideale der Gründerväter zu diskreditieren und durch die eigenen Ideale zu ersetzen. Ihr blutgetränkter Adler ist müde, Professor – seine Bürger haben sogar Brot und Spiele satt. Der ›Amerikanische Traum‹ ist vorbei, und die rassische Bestimmung weist nun dem Übermenschen die Führungsrolle zu.« Hasloch lächelte raubtierhaft, siegessicher.

»Nein«, entgegnete Colin. »Sie befinden sich im Irrtum.« Leeres Wortgeklingel half ihm hier nicht weiter, nur die Wahrheit. Seine eigene Wahrheit, gesucht und erprobt in einem Leben voller Zweifel und Verzweiflung – eine Wahrheit, die der von Hasloch überlegen war.

»Es hat Zeiten gegeben, als mir der Gedanke nicht fremd war, dass Sie vielleicht Recht haben könnten, Sie Brechmittel. Es ist ein verführerisches Argument. Doch Verzweiflung ist eine Sünde – und auch eine Lüge. Ich habe keine Zeit mehr für Lügen, auch für diese nicht. Also lassen Sie mich Ihnen eine Nachricht frisch und direkt von der Front geben: Der Traum lebt, Toller!«

Er spürte, wie Rowan sich aufrichtete, als schöpfte sie aus einer unerwarteten Quelle neue Kraft. Hasloch beobachtete ihn wachsam mit funkelnden Augen.

»Er lebt in den Herzen und Köpfen aller Menschen in der ganzen Welt, die unwandelbar an den ›Amerikanischen Traum‹ glauben – in jedem, der kämpft und sein Leben lässt, um etwas zu erreichen, das man nur durch Glauben kennen kann. Sie sagen, Sie hätten uns zerstört, doch eine Nation besteht nicht nur aus Fleisch und Stein und Land – sie existiert vor allem im Herzen und im Bewusstsein. Sie haben nicht gewonnen. Sie haben verloren. Jeder chinesische Dissident – jeder ungarische Freiheitskämpfer – ist mein Landsmann. Sie können uns nicht alle besiegen.«

Aus dem Augenwinkel sah er, wie Rowans Kopf sich langsam zu ihm hindrehte, als hätte sie erst jetzt begonnen, ihm zuzuhören. In einer geheimen Kammer seines Herzens trauerte er um all das, was sie verlieren würde, wenn sie beide der Tod hier erwartete.

Doch selbst ihr Tod wäre keine bleibende Niederlage. Das erkannte Colin schließlich.

»Leere Worte, Colin; Sklavenphantasien. Ihr ›Traum‹ ist tot – und in Wahrheit hat es ihn nie gegeben. Unsere Siegesparade ist so greifbar nah wie die nächste Wahl. Eine neue Pax Americana wird den Erdball überziehen – aber ich fürchte, Sie werden davon nicht begeistert sein.« Das triumphale Lächeln auf Haslochs Gesicht war wie erstarrt. Der Revolver in seiner Hand glänzte silbrig im Dämmerlicht.

»Amerika spielt keine Rolle, Toller. Hören Sie? *Es spielt keine Rolle*. Das ist es, was ihr Burschen nie begriffen habt. Wir streben seit Tausenden von Jahren jene Ewige Stadt an – die Stadt des Lichts. Um Amerika geht es nicht – es ist bisher nur die größte Annäherung an ein Ideal. Zerstört es, zersetzt es, wir werden den Traum abermals aus der Asche wieder errichten, und jedes Mal werden wir der Vollendung, die das Licht in unsere Herzen gepflanzt hat, näher kommen.«

Eine ungeahnte Freude erfüllte Colin, verwandelte ihn. Das war die Antwort, um die er gebetet hatte, die Zurückweisung des Bösen und der Verzweiflung, die er um sich her sah, die Entkräftung der Furcht, Hasloch könnte den Sieg davontragen, die ihm unzählige schlaflose Nächte bereitet hatte.

»Vor zweitausend Jahren entstand die Kirche als Werkzeug des Lichts; geschaffen, um die Menschen frei und glücklich zu machen …«

»Ein Reinfall!«, höhnte Hasloch, der wieder sicheren ideologischen Boden unter sich fühlte.

»Einverstanden«, sagte Colin leichthin. »Sie ging in lokalen Bräuchen und in dem Versuch unter, die Moral zum Gesetz zu erheben. Die Kirche scheiterte mit ihrem Auftrag, doch sie reichte die Fackel weiter: an die Renaissance, an die Reformation, an die industrielle Revolution. Nichts davon war vollkommen – jeder Fortschritt wurde mit Blut und Leid und Unrecht und Tausenden Toten bezahlt. Doch nichtsdestoweniger war jeder ein Schritt näher zum Traum, für den wir erschaffen wurden. Und deshalb lautet die Botschaft: Die Dinge bessern sich.«

Hasloch grinste höhnisch, aber es wirkte nur halbherzig. Als hätte tief in seiner ausgedörrten Seele etwas zugehört; etwas, das danach lechzte, dies zu hören.

»Wir sind stärker, wir sind gesünder, niemand seit dem Sturz des Menschen weiß besser als wir, wer wir sind und wohin wir gehen«, erklärte Colin mit grimmiger Entschlossenheit. »Da haben Sie ein gutes Beispiel – den Sündenfall des Menschen. Er ist einer unserer größten Triumphe – eure Schlange hat die Runde gewonnen, und es hat uns zehntausend Jahre gekostet, uns vom Grund des Lochs wieder nach oben zu arbeiten, aber wir haben es geschafft. Und genauso machen wir weiter. Bevor ihr nicht den Letzten von uns umgebracht habt, kann der Schatten keinen Sieg verkünden – und, was das anbetrifft, wird euer Sieg nicht länger dauern, als bis ein neuer Kämpfer für das Licht geboren ist.«

Der Schatten hatte nicht gewonnen und würde nie gewinnen. Gleichgültig, was geschah. Gleichgültig, wie lang und gewunden und mühsam der Weg.

Rowan machte einen Schritt auf ihn zu. Sie lächelte, und Tränen stiegen in ihre Augen. Doch ihr Gesicht leuchtete vor inniger, leidenschaftlicher Freude. Sie streckte ihre Hand aus, und er ergriff sie.

»Los, machen Sie schon«, drängte sie Hasloch großmütig. »Töten Sie uns beide. Aber wissen Sie, es wird Ihnen wenig bringen. Wir werden wiederkehren. Wir werden immer wieder da sein.« Ihre Stimme vibrierte in diesem Versprechen so hell wie eine Schwertklinge.

»Gib auf, Hasloch. Du hast nicht gewonnen. Und du wirst es nie tun«, sagte Colin ruhig.

Erstmals, seit Hasloch ihnen gegenübergetreten war, zeigte sich wirkliche Unsicherheit auf seinen Gesichtszügen. »Ihr seid besiegt«, sagte er mit geradezu wehleidiger Stimme. »Ihr wisst es. Warum legt ihr euch nicht hin und geht zugrunde?«

»Das ist der amerikanische Geist«, sagte Colin mit gespanntem Lächeln. »Sag nie: zugrunde gehen.«

Rowan kicherte, ein erschreckend triumphierender Laut an diesem Ort der Qualen. »Fühlst du dich gut, Punk?«, zitierte sie leise. »Nun? Bist du gut drauf?«

»Dann sterbt jetzt trotzdem«, rief Hasloch, hob den Revolver und zielte. »Nicht elegant, aber wirkungsvoll.«

Der Knall eines Schusses erfüllte den Raum.

In dem engen Raum war er betäubend. Rowan schrie vor Schreck auf. Da war ein Aufblitzen und der Gestank verbrannten Schießpulvers. Instinktiv bedeckte Colin seine Augen, sprang zurück und riss Rowan in einem hilflosen Versuch, sie zu beschützen, mit sich.

Doch er war gar nicht das Ziel, noch war es Rowan.

Hereward Farrar stand in der Tür, umgeben von Pulverdampf, ein doppelläufiges Gewehr in der Armbeuge.

Hasloch lag hintenübergebeugt auf seinem eigenen Altar und krallte sich, Halt suchend, an ihn. Aus irgendeinem Grund hatte Farrar tief gezielt, und der größte Teil der Ladung hatte Haslochs Kopf und Lunge verschont. Er lebte noch.

Sein Mund bewegte sich, formte Abschiedsworte, die er nicht mehr sagen konnte. Seine Füße rutschten in seinem eigenen Blut aus, und er sackte in eine sitzende Position auf den nassen Boden. Colin kam es vor, als könnte er exakt den Moment spüren, als der Geist sich von Haslochs sterblicher Hülle befreite, um noch einmal zu dem Rad zurückzukehren, das sich unterschiedslos für das Dunkel wie für das Licht drehte.

»Er stirbt«, sagte Rowan teilnahmslos, halb ungläubig. »Müssen wir nicht …?«

»Nein.« Colin umfasste besänftigend ihre Schultern. »Lass ihn gehen. Er wird zurückkehren. Vielleicht wird er mit der Zeit zu lernen anfangen. Erinnere dich daran, wenn du ihm wieder begegnen wirst.«

Colin hörte, wie ein Buch mit einem gedämpften Klang geschlossen wurde.

Doch nicht für immer.

»Wird es nicht Zeit für Sie beide, hier wegzukommen?«, fragte Farrar. Er hielt Colin seinen Schlüsselbund hin. »Ich habe den Sheriff benachrichtigt, bevor ich hier runterging – ich habe das Auto in der Einfahrt stehen lassen, aber da müsste es für ein paar Minuten sicher sein. Lassen Sie die Schlüssel einfach stecken, wenn Sie aussteigen. Und stellen Sie es irgendwo ab, wo Sie wollen.«

»Wer sind Sie denn?«, fragte Rowan noch halb benommen. Sie löste sich von Colin und starrte Farrar an. Man sah, dass sie sich nur noch durch reine Willensanstrengung auf den Beinen hielt.

»Niemand Besonderes«, antwortete Farrar mit leisem Lächeln. »Nur jemand, der zur rechten Zeit am rechten Ort war – endlich einmal.«

»Was haben Sie vor?«, fragte Colin.

»Ach, ich glaube, ich gehe in den Knast«, sagte Farrar. »Ich habe gerade einen Mann erschossen. Hasloch musste zweifellos getötet werden, aber man kann sich der Verantwortung nicht entziehen. Du empfängst den Schlag – du machst es aber nicht noch schlimmer. Das ist die Regel.«

Und dann, eines Tages, ist deine Sühne vollbracht ...

»Sie sind nicht von der Abteilung geschickt worden«, sagte Colin.

»Nein«, erwiderte Farrar nur. Er trat neben die Tür und klappte das Gewehr vorsichtig auf. »Gehen Sie. Ich muss hier noch einiges erledigen, bevor ich selbst gehe.« Er deutete nach hinten. »Immer den Flur lang.«

»Und immer geradeaus bis morgen«, murmelte Rowan und tat einen ersten, tastenden Schritt zur Tür hin.

Die Rückkehr durch den endlos erscheinenden Gang war beinahe schlimmer als der Hinweg. Die Geheimtür stand offen, und sie gingen Hand in Hand hindurch.

Rowan taumelte wie blind, erschöpft von ihrer Folter und der seelischen Not, die sie in dem Tempel durchlitten hatte, und Colin spürte das Gewicht jedes Augenblicks seiner Jahre. Beide wurden von dem einen Wunsch getrieben: keinen Moment länger in diesem unsäglichen Gemäuer.

Einen qualvollen Augenblick lang dachte Colin, die Tür des Tempels würde sich ohne Schlüssel nicht öffnen lassen, doch von dieser Seite aus genügte ein einfacher Druck auf den Knopf. Die Türen schwangen ihnen entgegen. Auf der anderen Seite des Vorzimmers erwartete sie bereits das Licht des offenen Aufzugs.

»Wir sollten hier auf ihn warten«, sagte Rowan und ließ sich gegen die Innenwand des Fahrstuhls fallen. »Oder?«

»Ich glaube nicht«, meinte Colin. »Wir müssen dich hier heil herausbringen. Du bist die wichtigste Zeugin, wenn diese Geschichte je vor Gericht kommt. Hasloch hat nicht allein gearbeitet. Wir haben nur einen Vorsprung, wenn wir etwas aufdecken können.«

»Wie zum Beispiel einen unterirdischen satanistischen Tempel in Virginia?«, sagte Rowan mit matter Lustigkeit. Sie stützte sich von der Wand ab und drückte auf den Fahrstuhlknopf. »Achtung, Geraldo Rivera, ich komme.«

Die Fahrstuhltüren öffneten sich ins Dunkel. Die Tür am Ende des kurzen Flures war zu.

»Komm«, sagte Colin zu Rowan. Seine Stimme klang heiser und fremd – wie die Parodie des Alters. Doch der alte Mann hatte einen Punkt für seine Heimmannschaft geholt. »Nur noch eine Treppe hoch, und wir haben es hinter uns.«

Rowan griff nach dem Knopf. Da wurde die Tür von außen aufgerissen. Sie schrie auf und sprang zurück gegen Colin, den sie beinahe umgeworfen hätte.

Vor ihnen stand ein Hilfssheriff von Fauquier County mit gezogener Pistole.

27

GLASTONBURY, STAAT NEW YORK, FREITAG, 31. DEZEMBER 1999

Läutet ein, dass tausend Jahre Friede ist,
Läutet ein den freien, kühnen Mann,
Das größ're Herz, die bess're Hand;
Läutet fort die Finsternis vom Land;
Läutet dem Herrn, der da naht, dem Herre Christ.

ALFRED LORD TENNYSON

Toller Hasloch hatte mit seinen vielen Freunden in hohen und höchsten Ämtern geprahlt, aber er hatte dort mindestens ebenso viele Feinde. Die Hilfssheriffs, die Rowan und Colin verhaftet hatten, brachten sie sogleich ins nächstgelegene Krankenhaus, und während sie auf ihre Behandlung warteten – Rowan wegen Dehydrierung und Schock, Colin wegen akuten Erschöpfungszustandes im Alter –, wurden die uniformierten Polizisten durch aalglatte Kollegen in Zivil ersetzt, die keinerlei Fragen zuließen.

Eine Weile lang fragte sich Colin, ob er Hasloch besiegt hatte, nur um in die Fänge dieses monströsen Netzwerks zu geraten. Nachdem das Krankenhaus sie allerdings entlassen hatte, wurden sie von ihren Bewachern einfach in ein Hotel in einer Seitenstraße der Washingtoner Mall gebracht, wo sie beide drei Tage lang in einer Suite im achtzehnten Stockwerk unter Hausarrest standen. Dann wurden sie zum Flughafen gefahren und in die Freiheit entlassen.

Niemand stellte ihnen je danach noch irgendwelche Fragen, und Colin war zufrieden. Er hatte getan, was er vorgehabt hatte. Und mehr noch – er hatte die letzte Aufgabe seines Lebens gefunden.

»Ich hoffe, dass Claire und Daddy Spaß miteinander haben«, sagte Rowan und sah ins Feuer.

»Wahrscheinlich haben sie so viel Spaß, wie man in Rhinebeck nur haben kann«, versicherte Colin ihr.

Im letzten Frühjahr hatte Claire schließlich Justins Überredungsversuchen nachgegeben und war für immer zu ihm auf die Farm in Madison Corners gezogen. Das Land dort hatte sich mächtig verändert seit den Tagen, als die Kirche vom Alten Ritus dort ihr Unwesen getrieben hatte. Obwohl sich hier wie in anderen landwirtschaftlich geprägten Regionen der USA die Spuren der Rezession bemerkbar machten, war es insgesamt eine gesündere Art von Stagnation als vorher, wenn es so etwas überhaupt gab. Claire konnte viele der Fertigkeiten, die sie in einem langen Leben ausgebildet hatte, gut gebrauchen, von der Krankenpflege bis zur akuten Krisenintervention. Und als Colin sie zu Weihnachten besuchte, hatte er den Eindruck, dass sie und Justin sehr glücklich waren.

Es war sein zweiter Winter in dem alten Farmhaus an der Greyangels Road. Das Haus hatte ihn im letzten Herbst so selbstverständlich aufgenommen, als wäre er überhaupt nicht fort gewesen. Winter Greyson (geborene Musgrave) war die derzeitige Eigentümerin, und die Greysons waren froh, einen so angenehmen Mieter zu finden. Grey hatte es besonderen Spaß gemacht, Colins Büchersammlung und Archiv herüberzuschicken. Obwohl Rowan als Sekretärin nicht so effektiv war wie Grey, arbeitete sie sich schnell ein. Ein großer Teil seiner Sammlung würde ohnehin in den nächsten Jahren unmittelbar in ihren Gebrauch übergehen.

»Sie bleiben bis Montag«, erinnerte Colin sie. »Aber sie haben ein eigenes Haus, wo sie unterkommen. Und ein altes Haus braucht Pflege, besonders im Winter von Neuengland.«

»Ja, aber …«, sagte Rowan und brach den Satz ab.

Colin wusste, was sie dachte. Während Claire und Justin hier waren, konnte sie vorgeben, ein normales Leben zu führen. Die Möbel des Meditationsraums, der das zweite Schlafzimmer im ersten Stock einnahm, wurden weggeräumt, und das Pensum an Meditationen und spirituellen Übungen, das

Rowans Zeit – neben ihrem weltlichen Studium – ausfüllte, wurde ausgesetzt.

»Silvesterabend«, sagte Colin. »Ich habe zu viele davon erlebt, um noch etwas darum zu geben, aber du solltest feiern gehen, statt mir Gesellschaft zu leisten.«

Rowan gab ein unmissverständliches Schnaufgeräusch von sich. »Und mit *wem* soll ich bitte schön ausgehen? Ninian? Um was zu machen? Die Leute – die normalen Leute – kommen mir so … vergesslich vor. Ich weiß, das ist falsch, aber ich habe ihnen nichts zu sagen, und was könnten sie mir geben? Ich habe das Gefühl, dass wir auf verschiedenen Planeten leben.«

Das Lehrer-Schüler-Verhältnis war für keinen von beiden einfach gewesen – und war es immer noch nicht. Der Weg, um Mitglied in Colins Orden zu werden, war lang und mühselig. Viele der überkommenen Praktiken erschienen Rowan sinnlos archaisch, und sie begehrte heftig dagegen auf. Denn bei aller sichtbaren Hingabe ans Licht hatte Colin doch manchmal den Eindruck, dass Rowan die Großen Geheimnisse der Initiation allzu sehr auf die leichte Schulter nahm.

Doch im vergangenen Jahr hatten sie viel übereinander gelernt. Im Frühjahr würde Rowan ihren Abschluss am Taghkanic College machen, und Colin würde dann mit Dr. Rowan Moorcock Nathaniel besuchen und dann – mit seiner Erlaubnis – weiter nach London reisen, um sie förmlich in den Orden aufnehmen zu lassen.

»Na ja, wie du willst«, sagte Colin. »Die wirkliche Jahrtausendwende ist sowieso erst im nächsten Jahr – obwohl es natürlich bloß eine willkürliche Festsetzung ist. Hauptsache, du hast nicht das Gefühl, irgendetwas zu verpassen.«

Rowan schüttelte den Kopf, ohne ihn anzusehen. In mancher Hinsicht war ihr Pfad schwieriger als seiner: Es war viel einfacher, Geheimtätigkeit und Isolation auszuhalten als das Wissen, dass man Gegenstand von Hohn und Spott werden würde, wenn je herauskam, was man machte. Colin war sich nicht sicher, ob er das, womit Rowan sich jeden Tag auseinander setzen musste, mit der gleichen geistigen und seelischen Gelassenheit auf sich genommen hätte.

Aber sie ist für ihre eigene Zeit geboren worden, so wie ich für die meine geboren wurde. In jeder Lebenszeit werden uns die Mittel an die Hand gegeben, die wir benötigen, um das Große Werk auszuführen, auch wenn es in jedem Jahrhundert andere sind.

Im Mittsommer würde die neueste Tochter der Sonne im Tempel des Lichts empfangen werden, so wie er auf der Äußeren Ebene existierte, und sie würde Erbin von Colins gesamter Macht und der Weisheit von mehr als nur diesem einen Leben werden. Sein Erbe würde problemlos in die Hände seiner Schülerin übergehen, um im dritten Jahrtausend sicher verwahrt zu sein.

»Ach, da fällt mir ein«, fuhr Colin fort, »dass ich noch ein Geschenk für dich habe.« Er hatte ursprünglich beabsichtigt, es ihr im nächsten Juni zu geben, aber es schien richtiger, wenn sie es jetzt bekäme.

»Ein Neujahrsgeschenk?«, fragte Rowan und stand auf, als Colin sich vom Sessel vor dem Kamin erhob.

»So was Ähnliches. Warte.«

Colin ging durch die Küche in sein Schlafzimmer und holte einen Gegenstand von seinem Schreibtisch. Er trug ihn vorsichtig mit beiden Händen ins Wohnzimmer zurück und überreichte ihn Rowan.

»Vor vielen Jahren hat mir dies eine Freundin geschenkt. Es hat mir all die Jahre treue Dienste geleistet – es ist eine Art Mahnung, wenn du so willst. Und jetzt gebe ich es an dich weiter. Nenn es ein Vermächtnis.«

»Wie schön«, sagte Rowan.

Sie hielt den Briefbeschwerer hoch, so dass sich das Licht des Feuers darin spiegelte: Ein Silberschwert, die Oberfläche leicht von der Patina des Alters überzogen, steckte in einem Amboss, der auf einem weißen Steinsockel saß.

EPILOG

UND HIERNACH KÖNIG

Ich dankte ihnen
Süße Lust in schwachen Stunden,
Welche Blut und Herz erfüllt;
Und selbst den reinen Geist
Mit stiller Ruh' beglückt.

WILLIAM WORDSWORTH

Es war ziemlich überraschend für mich, dass ich nun wieder auf der Moorcock-Farm wohnte. Als Onkel Clarence starb, übernahm Justin die Farm mit der Auflage, dass ich jederzeit willkommen sein müsse und dort wohnen dürfe, wenn ich es wollte. Es dauerte einige Jahre, bis mich Justin davon überzeugte, dass ich dort wirklich glücklich sein könnte. Aber es ist ein schönes Gefühl, wieder eine Familie um mich herum zu haben. Rowan hat mit Colin etwas gemeinsam, das ich während der ganzen Jahre unserer Freundschaft nie mit ihm teilen konnte. Es ist seltsam, wie glücklich es mich macht, dass er es endlich gefunden hat.

Und so schreiten wir von Dunkelheit zu Dunkelheit und erfreuen uns unserer kurzen Zeit im Licht. Alles ist Schlaf und Vergessen, außer für die wenigen unter uns, die sich dafür entschieden haben, die Bürde der Bewusstheit von Leben zu Leben auf ihren Schultern zu tragen. Wie die Jahre dahingehen, kommt mir die Dunkelheit, die eines Tages jeden von uns fordert, immer vertrauter vor, und mehr und mehr denke ich daran, was Colin mir sagte, als er meinen Fuß auf den Pfad setzte, dem ich dann mein ganzes Leben lang gefolgt bin:

»Die große Masse der Menschheit weiß nichts von Magik und interessiert sich nicht dafür, und die Menschen haben das Recht, sich so zu verhalten. Sich nicht beunruhigen zu lassen von Mächten, die außerhalb des Horizonts ihres täglichen Lebens stehen, oder sich nicht bestimmen zu lassen von Mächten, denen sie in keiner Weise gewachsen sind. Wenn ich auf jemanden stoße, der mit Magik in das Leben anderer Menschen eingreift, ist es meine Pflicht, ihn aufzuhalten, wenn ich kann – zu seinem eigenen Besten wie zum Besten der Menschen, denen er sonst vielleicht Schaden zufügen würde.«

Ein gutes Resümee, für die Arbeit eines Lebens und für das Leben eines Freunds. Wandle im Licht, Colin MacLaren. Ich weiß, dass wir uns wiedersehen werden.

Genug von Kunst und Wissenschaft;
Lass trockne Blätter hinter dir.
Geh aus und bring ein Herz herfür,
Das spürt, empfängt und liebt mit Kraft.

WILLIAM WORDSWORTH

HEYNE BÜCHER

Marion Zimmer Bradley

Die großen Romane der Autorin, die mit *Die Nebel von Avalon* weltberühmt wurde.

01/13070

Eine Auswahl:

Das Wort des Hastur
01/10390

Geisterlicht
01/10394

Das Beste aus Marion Zimmer Bradleys Fantasy Magazine
Band 1
01/10391

Die Engel der Dämmerung
01/13070

Marion Zimmer Bradley
Mercedes Lackey/Andre Norton
Der Tigerclan von Merina
01/10321

Marion Zimmer Bradley
Julian May
Das Amulett von Ruwenda
01/10554

Marion Zimmer Bradley und ›The Friends von Darkover‹
Die Tänzerin von Darkover
Geschichten
01/10389

Dämonenlicht
01/10395

Marion Zimmer Bradleys neues Fantasy Magazine
01/13204

HEYNE-TASCHENBÜCHER